Das Buch

Als die blaublütige, junge und schöne Lulu Foxworth ihren Sommer in Sweetwater Creek verbringen möchte, wehrt sich Emily zunächst eifersüchtig gegen den Neuankömmling. Zu tief sitzen Schmerz und Misstrauen, denn die zwölfjährige Emily musste bereits viele Verluste erleben. Ihre Mutter ließ die Familie im Stich und ihr geliebter Bruder nahm sich das Leben. Nur langsam kann Lulu Emily für sich gewinnen. Doch auch sie hat ein dunkles Geheimnis, das alles zu zerstören droht.

Die Autorin

Anne Rivers Siddons arbeitete als Journalistin, bevor sie sich ganz der Schriftstellerei widmete. Mit ihren Romanen platziert sie sich regelmäßig auf den obersten Rängen der amerikanischen Bestsellerlisten. Anne Rivers Siddons lebt in Atlanta, Georgia.

Von Anne Rivers Siddons sind in unserem Hause bereits erschienen:

Muscheln im Sand
Der Preis der Liebe

Anne Rivers Siddons

Sommer am Fluss

Roman

Aus dem Englischen von
Bettina Zeller

Ullstein

Besuchen Sie uns im Internet:
www.ullstein-taschenbuch.de

Umwelthinweis:
Dieses Buch wurde auf chlor- und säurefreiem Papier gedruckt.

Deutsche Erstausgabe im Ullstein Taschenbuch
1. Auflage Dezember 2006

Titel der amerikanischen Originalausgabe: *Sweetwater Creek*
(HarperCollins, New York)
Der Abdruck der in Kapitel 1 auf Seite 23 zitierten Stelle aus *Sonett an den Tod*
von John Donne erfolgt mit freundlicher Genehmigung des Carl Hanser Verlags
(Curt Hohoff, Hrsg., *Lyrik des Abendlandes,* übersetzt aus dem Englischen
von Richard Flatter © Carl Hanser Verlag München, 1978)
Umschlaggestaltung: Büro Hamburg
Titelabbildung: © John Lawrence/Getty Images
Gesetzt aus der Berkley Oldstyle
Satz: Pinkuin Satz und Datentechnik, Berlin
Druck und Bindearbeiten: Ebner und Spiegel, Ulm
Printed in Germany
ISBN-13: 978-3-548-26490-5
ISBN-10: 3-548-26490-5

Für Walter Matthews, der viele Menschen – unter
anderem mich – glücklich gemacht hat,
und für Martha Gray, meine aufrichtige Freundin,
die viele meiner Romane erst möglich machte.

Doch einer liebt' das Pilgerherz in dir,
Die Trauer in dem wechselnden Gesicht.

William Butler Yeats
Wenn du alt bist

Prolog

Im Lowcountry in South Carolina – und nur dort – findet zweimal täglich ein grausames und gleichzeitig atemberaubendes Ballett statt. Im Spätsommer und Anfang Herbst, wenn der Wasserstand in den Prielen, die im Lowcountry durch die Salzmarschen fließen, gesunken ist, suchen die dort heimischen Fische und Krabben im Uferschlick Unterschlupf und warten ungeduldig auf das Ansteigen des Wasserpegels. Nur bei Flut kann ihnen das hohe Spartgras Schutz bieten.

Und dann kommen urplötzlich die Delphine.

Schulen großer Tümmler, die seit Generationen in diesen Prielen, an diesen Gestaden jagen, die jede Biegung, jedes Watt kennen, kommen den Priel hochgeschossen und treiben die Fische, meistens Meeräschen, zusammen. Kurze Zeit später ist es, als gäbe ihnen jemand ein Zeichen – vielleicht hören sie das Pfeifen eines Artgenossen oder das Schnalzen der Späher – und die Delphine brechen durch die Wasseroberfläche, schießen blitzschnell nach vorn und treiben perfekt aufeinander eingespielt die Meeräschen Richtung Ufer. In einem die menschliche Vorstellungskraft übersteigenden Tempo produzieren sie eine gigantische Welle, mit der sie die Fische aus dem Wasser an Land spülen. Die Delphine, auf ihrer eigenen Welle reitend, folgen den Meeräschen ans Ufer und halten sich dort an ihren Opfern gütlich, bis der letzte Fisch verzehrt ist. Die Delphine kommen dabei ganz aus dem Wasser, liegen ordentlich aufgereiht nebeneinander, immer auf der rechten Seite, so synchron wie The Rockettes. Zwei, drei Monate lang kommen diese Meeresbewohner zweimal am Tag an die Gestade ihrer Vorfahren und verwandeln sich für einen Augenblick in Geschöpfe, die auf dem Festland ausharren. Dieser Vorgang nennt sich Strandfressen und niemand kann genau sagen, warum und wie es passiert, nur dass die Delphine hier schon seit Ewigkeiten so verfahren. Sie jagen nur in ruhigen, warmen Gewässern, in weichem Salzwasser.

Dieser Roman spielt am Ufer einer dieser Priele und in den dahinter liegenden Feldern und Wäldern. Und seit Menschengedenken trägt dieser schmale Priel den Namen Sweetwater Creek.

Kapitel Eins

Am Abend vor Thanksgiving saßen Emily und Elvis kurz vor Sonnenuntergang auf einem kleinen Hügel, der sanft zum Sweetwater Creek hin abfiel. Die Herbsttage im Lowcountry von South Carolina sind für gewöhnlich so träge und süß wie dickflüssiger Portwein und zeigen dieselbe berauschende und ermattende Wirkung. In diesem Herbst war es recht früh kühl geworden. Die Kälte hatte die spätblühenden einjährigen Gewächse mit Raureif überzogen und den Menschen frostige Nächte beschert, die so klar und windstill waren, dass die Sterne über den Marschen und Flüssen wie weiße Chrysanthemen blühten. Zwei Monate früher als sonst wurden die dicken Pullover hervorgekramt und die Öfen bollerten schon Ende September. Emily fröstelte ziemlich in ihrer dünnen Jeansjacke und hatte Elvis zu sich herangezogen, damit er sie wärmte. Morgens klirrte das raureifüberzogene Schlickgras leise und das klare dunkle Wasser im Fluss erinnerte an Eistee. Alles Leben, von dem es in diesen trüben Gewässern normalerweise nur so wimmelte, war vorzeitig verendet oder mit den Zugvögeln nach Süden geflohen. Emily vermisste das Vogelgezwitscher, das man normalerweise bis nach dem Erntedankfest erlebte, doch dafür hörte man nun die Stimmen der Wachteln, das laute Schnattern der Enten und anderer Wasservögel und das Schnauben des Rotwilds deutlicher. Emily mochte die Geräusche der Wintertiere, denn sie waren der eindeutige Beweis dafür, dass das Leben in den Marschen weiterging.

Sie saßen auf einer Böschung mit Blick auf einen kleinen Sandstrand, wo die Flussdelphine wegen der Fische, die sie in die Enge getrieben hatten, an Land gegangen waren. Die Delphine waren längst in wärmere Gewässer entschwunden, doch bei Ebbe konnte man immer noch deutlich die Furchen erkennen, die ihre Körper im Sand hinterlassen hatten. Bis ihre Spuren endgültig verblasst sein würden, musste das Wasser noch mehrmals steigen.

»So spät kommen sie nicht mehr«, sagte Emily zu Elvis, der sie angrinste. Das wusste er. Delphine mochten Hitze und seichte Gewässer. Im Sommer kamen das Mädchen und der Spaniel fast jeden Tag, um sie zu beobachten. Elvis' innere Uhr funktionierte wesentlich besser als das kunterbunte Uhrensammelsurium im Gutshaus.

Sie blieben noch eine Weile lang sitzen und sahen zu, wie der goldene und zinnoberrote Horizont sich langsam grau und violett färbte. Wenn sie sich nicht bald auf den Heimweg machten, mussten sie notgedrungen durch die schnell hereinbrechende, undurchdringliche Dunkelheit stolpern. Ihre Taschenlampe hatte Emily nicht mitgenommen, da sie nicht vorgehabt hatte, so lange zu bleiben. Die Aussicht, im fahlen Küchenlicht und in erdrückender Stille zu Abend zu essen, ließ sie dennoch in der Marsch ausharren. Selbst für Parmenter-Verhältnisse würde dieser Abend alles andere als heiter werden. Worte, die nicht zurückgenommen werden konnten, waren gefallen, Tränen der Wut vergossen worden. Und Thanksgiving rückte unabänderlich näher. Man konnte getrost darauf vertrauen, dass keiner ein Wort sagte, ein jeder von ihnen im eigenen Schweigen ertrank. Alles war gesagt. Und es war nicht Art der Parmenters, etwas zurückzunehmen und sich zu bemühen, entstandene Kränkungen und Groll zu lindern. Bis zum Abendessen war alles vergessen. Nur Emily würde noch daran denken. Ihr Vater und ihre Brüder würden sich heute Abend auf das Essen und die Getränke stürzen und ihre Tante Jenny würde sich verabschieden und heimfahren in ihre totenstille Wohnung. Morgen würden Jenny, Emily und Cleta wie gewöhnlich das Abendessen für die heimkehrenden Jäger zubereiten. Ob ein Unwetter oder eine Katastrophe nahte, jemand krank wurde oder trauerte – die Jagd an Thanksgiving war sakrosankt. Walter Parmenter hatte diese Tradition lange vor Emilys Geburt begründet.

»Alle großen Plantagen veranstalten eine Jagd. Dieser Brauch ist schon alt«, sagte er bei jeder Gelegenheit, wenn ihm jemand sein Ohr schenkte. »Von all den Plantagenfamilien hier müssen vor allem wir eine Jagd veranstalten. Immerhin haben wir die besten Jagdhunde im Lowcountry und mit das höchste Vogelaufkommen. Die anderen Plantagenbesitzer sprechen über unsere Hunde, unser Land. Und zwar andauernd, wie mir von allen Seiten zugetragen wird.«

Dass es in der Gegend von Charleston nur noch wenige Eigentümer gab, die ihre riesigen am Fluss oder Priel gelegenen Plantagen bewirtschafteten, kümmerte Walter Parmenter nicht. Er lebte in der Vergangenheit, in den glorreichen Tagen der familiengeführten Plantagen, doch inzwischen gehörte ein Großteil der Anwesen Jägern aus dem Norden oder Jagdvereinen und wurde von Managern betrieben. In diesem noch jungen Jahrtausend dienten die Plantagen hauptsächlich dem Wochenendvergnügen. Dass Walter fast sein ganzes Leben lang auf der Sweetwater Plantage gelebt und gearbeitet hatte, erfüllte ihn mit großem Stolz. Für Freizeitplantagenbesitzer hatte er nur Verachtung übrig.

»Keiner von denen kennt die Wälder und Felder, die Marschen, das Wild und die Vögel wie ich. Dinge könnte ich denen zeigen, dass ihnen die Augen überlaufen. Und ich bin auch ein besserer Jäger als sie. Ich, die Jungs und die Hunde werden denen schon bald das eine oder andere beibringen.«

Emily hielt das für eher unwahrscheinlich; Walter war nie zu einer der großen Jagdgesellschaften an Thanksgiving oder Weihnachten eingeladen worden, die ihre Nachbarn traditionell veranstalteten. Sie schauten nur vorbei, um sich die berühmten Sweetwater Boykin Spaniels anzuschauen oder sie zu kaufen. Dann lächelten sie, zollten den Hunden Bewunderung, nahmen einen Welpen mit oder reservierten einen aus dem nächsten Wurf und kehrten schnell in ihre eleganten alten Häuser am Ende der Lebenseichenalleen zurück. Doch in einem Punkt hatte ihr Vater recht. Die Sweetwater Boykin Spaniels gehörten zu den besten im Lowcountry, wurden unter Einhaltung strengster Standards gezüchtet, stammten von langen Linien legendärer Jagdhunde ab und erhielten eine erstklassige Ausbildung. Wer einen Sweetwater Boykin mit nach Hause nahm, ob gerade geworfen oder schon abgerichtet, besaß einen Jagdhund, der auf weiter Flur und daheim von jedem Besucher, der vorbeischaute, bewundert wurde. Elvis, auch so ein Prachtexemplar, war eigenhändig von Emily abgerichtet worden.

»Du weißt, morgen komme ich nicht mit«, sagte sie und stand erst auf, als sich die dunkle Nacht herabsenkte. »Du gehörst mir und bist von mir, der besten Trainerin auf dieser Farm, ausgebildet worden, aber Daddy und die Jungs wollen dich nun zum ersten Mal mit auf die

Jagd nehmen, weil dieser reiche Typ einen Boykin in Aktion sehen will, und Daddy weiß, du bist der beste, auch wenn er das nicht zugeben will. Er denkt, dieser Typ muss dich nur auf der Jagd erleben und schon taucht er wieder auf, bestellt gleich zehn Millionen Boykins für sich und seine reichen Freunde und erzählt allen, was für ein phantastischer Züchter und Abrichter Walter Parmenter ist. Keiner wird je erfahren, dass ich die abgerichtet habe, weil es nicht angeht, dass eine Elfjährige den großen Experten aussticht. Stinkt meiner Meinung nach zum Himmel. Und das habe ich ihm auch gesagt. Ich habe ihm gesagt, dass du mir gehörst und ich nicht zulassen werde, dass er dich mir wegnimmt. Er weiß, was ich von der Jagd halte. Woraufhin er gesagt hat, hier müsste jeder Boykin seinen Beitrag leisten, egal, wem er gehört. Und am Ende hat er mich angebrüllt und ich habe zurückgebrüllt und … jetzt haben wir den Salat.«

Elvis wackelte mit seinem Stummelschwanz und schaute zu ihr auf. Er spürte stets, wenn sie wütend oder verletzt war. Emily dachte oft, dass niemand – mit Ausnahme von Buddy – ihr solche Beachtung schenkte oder sich so sehr über ihre Gesellschaft freute. Bei einem von ihren nachmittäglichen Lesemarathons hatte Buddy ihr eine Passage von einem Mann namens Lord Byron vorgelesen, der – wie Buddy behauptete – ein wirklich großartiger Dichter war, wenn vielleicht auch nicht ganz so groß, wie er dachte. Die Passage lautete so:

An dieser Stelle
Ruhen die Gebeine von einem
Welcher Schönheit besaß ohne Eitelkeit,
Stärke ohne Übermut
Mut ohne Wildheit

Und alle Tugenden des Menschen ohne seine Laster.
Dieses Lob, unpassende Schmeichelei
Wäre es über menschliche Asche geschrieben,
Nur ein gerechter Tribut ist es für das Andenken
Von Boatswain, einem Hunde.

Als Emily sich jetzt daran erinnerte, traten ihr die Tränen in die Augen. Wäre Elvis nicht noch putzmunter und quicklebendig gewesen, hätte Lord Byron mit diesen Zeilen auch ihm gedenken können. Sie schüttelte den Kopf, bis die Tränen versiegt waren. Buddy hatte behauptet, die meisten Tränen würden aus unwichtigen Gründen und umsonst vergossen. Ach, Buddy …

Seit sie sich entsinnen konnte, litt er unter diesem Teufel, der sich langsam in seinem System ausbreitete und ihn seiner Muskelkraft, seiner Atemluft beraubte. Es hatte eine Weile gedauert, bis sie begriffen hatte, dass er ein älterer, maskuliner Teil von ihr, ein wahrer Bruder war. Obwohl sie noch zwei Brüder – drei Jahre jünger als Buddy und vier Jahre älter als sie – hatte, dachte sie nur an Buddy, wenn ihr das Wort »Bruder« in den Sinn kam. Die anderen waren eben nur die Anderen. Und ganz anders als sie. Mit ihnen und dem Mann, der unter dem Begriff »Vater« lief, war sie verwandt, aber nicht verbunden. Sie alle waren groß – zumindest im Vergleich zu ihr – und breit. In ihren Augen war Emily ein zerzaustes kleines Wesen, das auch irgendwie zu ihrem Leben gehörte. Ihr fast wohlwollender Blick streifte sie flüchtig und wanderte dann nach draußen, wo die Sonne schien, sich kein Lüftchen regte, zu den weiten Marschen, zum Fluss, zu den Felder und Wäldern. Und den Hunden, die immer überall waren.

Buddy begab sich nur äußerst selten hinaus in diese

Welt. Und wenn er das tat, dann im Rollstuhl und auch nur, weil er einen Arzttermin in Charleston hatte. In ihrer Vorstellung konnte Emily sich vage an eine Zeit erinnern, wo er noch gehen konnte. Vor ihrem geistigen Auge sah sie einen Gehstock und die dünne, drahtige Gestalt von Morris, Cletas Ehemann, der Buddy stützte, während er von der Vordertreppe zu dem großen, schwarzen Wagen schlurfte, der all die Jahre nicht ausgetauscht wurde. Dieses Bild war leider genauso verschwommen und unstet wie das von ihrer Mutter, als Emily sie zum letzten Mal sah. Zu Buddys Alltag gehörten der Rollstuhl, sein schnelles, verschmitztes Lächeln, die Decke, die über seine nutzlosen Beine gebreitet war. Und seine Stimme. Diese angenehme, schleppende und tiefe Stimme, die ihr von unzähligen wunderbaren Dingen berichtete und verriet, wo sie sie finden konnte in den Bergen von Büchern, die überall in seinem riesigen, finsteren Zimmer herumlagen.

Selbst mit dem Rollstuhl, den Sauerstoffflaschen und allen anderen Requisiten eines chronischen Leidens war Buddy in ihren Augen nie »krank«. Immer wieder überraschte es sie, wenn Besucher – fast ausschließlich Menschen, die sich für die Hunde interessierten – auf die Plantage kamen und mit ihrem Vater mit gesenkter Stimme über seinen armen, kranken ältesten Sohn sprachen. Einmal hatte sie gehört, wie eine dicke, braun gebrannte Frau mit Lederhaut und einem formlosen Tweedponcho zu Walter Parmenter sagte, sie hätte gebetet, dass diese schreckliche Last, an der die Parmenter-Familie so schwer zu tragen habe, bald von ihr genommen würde. Woraufhin Walter mit ernster Miene genickt und sich bedankt hatte.

»Haben wir eine Last zu tragen?«, fragte Emily Cleta,

die in der riesigen schäbigen, alten Bauernhausküche den Brötchenteig ausrollte. »Eine dicke alte Frau hat gesagt, sie hätte gebetet, dass uns bald unsere Last abgenommen wird.«

»Sicherlich meint sie den armen Buddy«, sagte Cleta und ließ das Nudelholz auf den Teig fallen, der auf dem alten Marmorblock lag. »Obwohl es mir immer so vorkommt, als wäre er für diese Familie eher ein Segen als eine Last.«

»Vielleicht hat sie mich gemeint«, sagte Emily. Schon seit frühster Kindheit hing sie der Überzeugung an, sie wäre in dieser Familie eine Art schwarzes Schaf, auch wenn sie damals noch nicht zu sagen gewusst hätte, woran sie das festmachte.

»Du bist keine Last, Emily«, erwiderte Cleta grinsend. »In diesem Haus leben zwei Engel. Und du bist einer davon.«

Jedes Parmenter-Kind durfte sich an seinem zehnten Geburtstag einen Welpen aussuchen. Walt Juniors Hund hieß Avenger und Carters wurde Sumter getauft, nach dem Unionisten-Fort im Charleston Harbour, das die Konföderierten beschossen und damit den Bürgerkrieg angezettelt hatten – oder *Den Krieg*, wie viele Lowcountry-Einwohner ihn nannten. Dass diese aggressiven und chauvinistischen Namen überhaupt nicht zu den aufmerksamen und gutmütigen Boykins passten, fiel ihren Brüdern nicht auf. Buddy taufte seinen Hund Aengus, nach dem von Schönheit besessenen Wanderer in William Butler Yeats' Gedicht *Das Lied des irrenden Aengus*. Da der Name Ängus ausgesprochen wurde, nahmen die meisten Leute an, Buddy, der seine Entscheidung nicht erläuterte, wollte damit einen schottischen Vorfahren ehren.

Im Nachhinein fand Emily es eigenartig, dass sie und Buddy sich nur äußerst selten über die Gegebenheiten unterhielten, die ihre Welt ausmachten: die Farm, die Hunde, ihr Vater, seine Krankheit, ihre Schule. Sie lebten größtenteils in Innenwelten, die auch Gegenstand ihrer Gespräche waren. Nur ein einziges Mal hatten sie über ihre Mutter gesprochen. Zu jener Zeit war Emily noch ziemlich klein gewesen. Wenn sie an ihre Mutter dachte, erinnerte sie sich nur an weiches, elfenbeinfarbenes Licht, an Wärme, an weiche Arme und den Geruch von Gardenien.

Und dann gab es all diese Dinge von einem Tag auf den anderen nicht mehr. Obwohl niemand mit ihr über ihre Mutter redete, registrierte sie, wie der eine oder andere Erwachsene ihr schnell einen Blick zuwarf und den Kopf schüttelte, kaum dass der Name Caroline fiel. Emily, die rasch von Begriff war, lernte zweierlei: Caroline war ihre Mutter und sie sollte nichts über sie erfahren. Und wie Kinder nun mal so sind, stellte sie auch keine Fragen. Das Kopfschütteln stand für Schmerz, für Probleme, für schreckliche und unbegreifliche Vorgänge. Allerdings hatte Emily schon sehr früh gelernt, Mienen zu deuten. Und diese Mienen sagten, dass sie Teil dieses Schmerzes war. Da war es besser, keine Fragen zu stellen.

Aber Buddy fragte sie – nur ein einziges Mal. »Wo ist unsere Mutter?«

Er wandte sich ab, drehte sich zu den hohen Fenstern in seinem Zimmer und schaute auf die ungepflegte halbrunde Kiesauffahrt.

»Ich weiß es nicht«, antwortete er.

»Hm … ist sie tot?«

»Wieso fragst du das?«

»Weil ich dachte, sie würde zurückkommen, wenn sie nicht tot ist.«

»Nein«, sagte er mit dumpfer, tonloser Stimme. »Ich glaube nicht, dass sie tot, krank, verletzt oder so was ist. Sie konnte schon immer prima auf sich aufpassen.«

»Erinnerst du dich an sie?«, fragte Emily. Diese Frage war von großer Bedeutung. Sie machte ihre Mutter wieder lebendig.

»Selbstverständlich. Und du?«

»Ich weiß noch, wie sie nach Blumen gerochen hat, dass es nie sonderlich hell war und sie mir manchmal etwas vorgesungen hat.«

»Schöne Erinnerung«, meinte Buddy. »Dräng mich jetzt nicht länger, Emily. Gut möglich, dass ich dir später mehr erzähle, aber im Augenblick gibt es nichts Wichtigeres als die Bücher und das Beisammensein. Vergiss das nicht.«

Und so lasen sie in seiner Zuflucht, lasen und lachten, plünderten Cletas Küche und aßen Süßigkeiten, und Emily kam es so vor, als wären ihr älterer Bruder und sie tatsächlich Seelenverwandte.

An einem Winternachmittag, als der Regen Schlieren auf die Fenster in seinem Zimmer malte und das Feuer im Ofen zischte und knackte, las er Emily ein Gedicht vor.

»Sperr die Ohren auf«, sagte er, »und du wirst vier der schönsten Zeilen hören, mit denen die englische Sprache aufwartet.«

Emily, die vor dem Ofen auf dem Teppich lag, bettete den Kopf auf Aengus' reglose Flanke und schloss die Augen. Damals war sie acht Jahre alt und besuchte eine kleine Grundschule aus schmutzigen Schlackenbetonblöcken auf James Island. Die einzigen Gedichte, mit denen man sich dort auseinandersetzen musste, waren die Kritzeleien an den Wänden in der Mädchentoilette. Emily hatte auf der Schule keine Freundschaften geschlossen. Die meisten ihrer Klassenkameraden, Arbeiterkinder aus ärmlichen Familien, glaubten, es läge daran, dass sie auf einer großen Plantage lebte und dort nicht wegkam, doch in Wahrheit brauchte Emily keinen anderen Freund als Buddy. In all den Jahren, die sie ihn nun kannte, hatte er sie kein einziges Mal gönnerhaft behandelt. Mit Ausnahme von Cleta war er in ihrem Umfeld vermutlich der Einzige, der sie ernst nahm. Sie war klein und hübsch gebaut. Nur der flammend rote Haarwust brandmarkte sie als Mädchen. Es passierte schnell, dass man sie wie eine Puppe behandelte.

Buddy begann zu lesen: »›Fort ging ich in den Haselwald, weil Feuer war in meinem Kopf …‹«

Das war ihr vertraut. Ein Prickeln erfasste Emily. Zitternd schöpfte sie Atem. Ein Feuer im Kopf … ja.

Und dann las er: »›Und pflücke, bis die Zeit sich trollt, die Silberäpfel voller Mond, die Sonnenäpfel voller Gold.‹«

Emily brach in Tränen aus.

»Das will ich sehen«, schluchzte sie. »Goldene und silberne Äpfel will ich sehen.«

»Das tust du doch. Jeden Tag und jede Nacht«, meinte Buddy. »Das hier eröffnet dir nur eine andere Sichtweise auf die Dinge. Wann immer du die Sonne oder den Mond siehst, wirst du an dieses Gedicht denken. Mir ging es jedenfalls so, nachdem ich es das erste Mal gelesen hatte.«

Buddy sollte mit seiner Prophezeiung recht behalten.

Zwei Jahre später, als er siebzehn und Emily noch

nicht ganz zehn war, nässte Buddy sich in seinem Stuhl ein. Wie erstarrt und voller Anteilnahme beobachtete Emily, wie der blassgelbe Urin vom Stuhl auf den Teppich tropfte.

»Ich werde das wegwischen, ehe jemand etwas davon mitkriegt«, sagte sie und stand auf, um Lappen und einen Mopp zu holen.

Buddy sagte kein Wort. Inzwischen waren seine Gesichtszüge so scharfkantig und ebenmäßig wie die des Vaters. Und auch das dicke weizenblonde Haar hatte er von Walter Parmenter geerbt. Nun wurde sein Gesicht aschfahl und ausdruckslos und er starrte nur geradeaus.

»Zieh Leine, Emily«, sagte er, ohne sie anzusehen. Sie entsprach seiner Bitte.

Am nächsten Tag – Emily war in der Schule und die Männer waren mit den Hunden unterwegs – gelang es Buddy irgendwie, sich mit der alten Purdey in den Kopf zu schießen, die Walter ihm zu seinem sechzehnten Geburtstag geschenkt hatte. Laut Walter war das eine berühmte Waffe, Anfang des 19. Jahrhunderts in England gefertigt für einen Mann namens Carter, an den sich niemand erinnerte. Seit damals war dieses Gewehr immer an den ältesten Sohn in der Carter-Linie vererbt worden. Ihr Vater, dem – wie Emily bemerkte – das Gewehr viel bedeutete, hatte es vorsichtig in die Hand genommen und poliert, an die Schulter gehalten, war mit den Fingern über die feingliedrigen, vom Alter geglätteten Enten, Schwäne und das feine Schilfrohr gefahren, die in den silbernen Griff graviert waren.

Buddy hatte nichts übrig für das Gewehr. Kaum hatte er sich der Höflichkeit halber bedankt, verstaute er die Waffe irgendwo und Emily bekam sie nie wieder zu sehen. Doch anscheinend hatte er sie nicht zu weit weggelegt, denn mit ihr hatte er seinen Erzfeind herausgefordert und ihm ein Schnippchen geschlagen.

Für seinen Vater und die Jungs hatte er eine Nachricht hinterlassen, aber da niemand jemals ein Wort darüber verlor, wusste Emily nicht, was darin gestanden hatte. Ihr hatte er auch einen Abschiedsbrief geschrieben mit ein paar Zeilen aus einem anderen Gedicht von John Donne, das er ihr einmal vorgelesen hatte und das seiner Meinung nach das unerschrockenste und wunderbarste Gedicht war, das jemals geschrieben worden war.

Es lautete in Auszügen so:

Tod, sei nicht stolz, hast keinen Grund dazu,
bist gar nicht mächtig stark, wie mancher spricht:
Du tust uns nichts; auch mich tötest du nicht.
Die du besiegt wähnst, warten nur in Ruh.
...
Nach kurzem Schlaf erwachen wir zur Ruh,
und mit dem Tod ist's aus: Tod, dann stirbst du.

»Ich habe ihn besiegt«, hatte er unten hingekritzelt.

Nach dem Trauergottesdienst, an den Emily sich später nicht erinnerte, brachten ihr Vater und ihre Brüder ihn auf den alten Carter-Friedhof in einem mit spanischem Moos bewachsenen Lebenseichenhain auf einen Hügel in der endlosen Marsch. Emily nahm Aengus mit auf ihr Zimmer, in ihr Bett, und hielt den zitternden und jaulenden Hund den ganzen Nachmittag, die Nacht und noch den nächsten Tag fest umschlungen. Emily weinte nicht um Buddy. Keine einzige Träne vergoss sie seinetwegen. Sie hörte einfach auf zu lesen.

An jenem Abend ging Walter mit der berühmten Purdey zu der großen Biegung, wo das Wasser des Sweetwater Creeks tief und dunkel war, und warf die Waffe in den Fluss.

Nach Buddys Tod geisterte Emily durch das große, schäbige Haus auf der Suche nach einem Zufluchtsort. Ein oder zwei Mal betrat sie Buddys Zimmer, doch Cleta hatte dort unter Tränen saubergemacht und Buddys persönliche Habseligkeiten weggeschafft, so dass da nichts mehr von ihm und somit auch nichts von ihr war. Mit Ausnahme der im Familienkreis eingenommenen Mahlzeiten begann sie, ihre ganze Freizeit mit den Hunden zu verbringen.

Auf der Sweetwater Plantage wurden wirklich prächtige Boykins – die Rasse stammte ursprünglich aus Boykin, South Carolina – gezüchtet und abgerichtet. Walter, der in Boykin aufgewachsen war, arbeitete hart, um dem entbehrungsreichen Leben, das seine Eltern auf einer Farm fristeten, zu entfliehen. Unzählige Arbeitsstunden verbrachte er in den Häusern, Gärten und auf den Feldern von Menschen, die diese kompakten, kleinen bronzefarbenen Hunde züchteten und aufzogen. Und so lernte er die Mythen und das wahre Wesen dieser Hunderasse kennen: Sie alle stammten von einem umherstreunenden Welpen ab, der eines Tages einem berühmten Bürger von der Kirche nach Hause folgte. Er erfuhr, dass sie gezüchtet und gekreuzt wurden, um den speziellen Bedürfnissen der Männer zu entsprechen, die im Lowcountry Jagd auf Wasservögel machten. Der Hund verfügte über die entsprechende Statur und Ausdauer, um stundenlang in eisigem Wasser zu apportieren. Und da er nicht groß war, passte er perfekt in ein kleines Boot;

manchmal wurden ihm dort die Augen verbunden. Der inoffizielle Slogan für den Hund lautete: »Der Hund, der kein Boot zum Kentern bringt.«

In der Ahnenreihe des Hundes gab es ein bisschen hiervon, ein bisschen davon: Chesapeake Bay Retriever, American Water Spaniel, Cocker- und Springerspaniel. Wie sich herausstellte, war die neue Gattung von Natur aus daheim anhänglich und verspielt und enthusiastisch auf den Feldern und in den Sümpfen. Das dichte, lockige Fell schützte den Hund vor eisigem Wasser, seine herbstbraune Färbung bot ihm ausreichend Tarnung und sein Stummelschwanz machte keinen Lärm im Unterholz und verriet somit auch nicht die Position der versteckten Boote. Er konnte alles aufscheuchen: kleine Wasservögel, Tauben, Truthähne und Enten, die an Land lebten, und Rotwild. Zu dem Zeitpunkt, wo Walter Parmenter auf den Boykin Spaniel aufmerksam wurde, war dieser Hund bei Jägern an der Ostküste so beliebt wie kein anderer Hund.

Walter, der an den kleinen Hunden einen Narren gefressen hatte, beobachtete, hörte zu und lernte. Er mistete Hundezwinger aus, versorgte die Tiere mit Futter und Wasser, führte sie aus und durfte schon bald helfen, die Spaniels abzurichten. Als er ein Stipendium erhielt und auf ein kleines Landwirtschaftscollege im Norden ging, nahm er seinen Boykin mit, der ihm von einem dankbaren Züchter vermacht worden war, und lernte viel über die Aufzucht und Pflege von Tieren. Mit seinem eigenen gut trainierten Spaniel nahm er überall im Süden an Hundeschauen und Probeläufen teil. Und die Zeit, die dann noch übrigblieb, ging er mit seinem Boykin auf die Jagd. Als er Caroline Rutledge Carter von der Sweetwater Plantage kennenlernte, war er entschlossen, herausragende Boykin Spaniels zu züchten und auszubilden. Im Laufe der Jahre war ihm genau das gelungen. Tief in seinem Herzen war er ein einfacher und zielstrebiger Mann, der sein ganzes Denken und seine ganze Energie auf die Hunde konzentrierte. Und sie gediehen prächtig und bescherten ihm ein festes Einkommen, mit dem sich fast der Unterhalt der Plantage finanzieren ließ. Walters Familie, die sehr wohl spürte, dass sie im Vergleich mit den kleinen, braunen Spaniels immer die zweite Geige spielte, gedieh weniger gut.

Zu jener Zeit, als Emily vor dem ausgestorbenen Haus floh und sich auf die Boykins stürzte, besaß Walter eine stattliche Zahl von Weibchen und Deckrüden, eine nahezu konstante Menge an Welpen, neue, saubere Zwinger, ausreichend Auslaufmöglichkeiten, gepflegte Felder und Wiesen und ein paar Teilzeitarbeiter und -trainer. Emily hatte sich auf den ersten Blick in die niedlichen Welpen, die schönen Weibchen und Rüden verliebt. Die Hunde wie Haustierchen zu behandeln, hatte man ihr verboten, weil ihr Jagdinstinkt darunter gelitten hätte. Und Avenger und Sumter folgten nur ihren beiden Zwillingsbrüdern. Obwohl sie mit ihren Stummelschwänzen wedelten, wenn Emily sie streichelte, und manchmal sogar ihr Gesicht abschleckten, bestand überhaupt kein Zweifel, wem sie gehörten. Was sie über Boykins wusste, wusste sie von Aengus, doch er wurde nach Buddys Tod nach North Carolina zur Familie eines anderen Züchters geschickt, der seine Hunde veredeln wollte.

Buddy war dagegen gewesen, dass sein Hund für die Jagd abgerichtet wurde, aber Aengus stammte von einer Linie erstklassiger Jagdhunde ab und entsprach dem Zuchtstandard, der Sweetwaters Ruf begründete. Walter erhielt eine stattliche Summe für ihn. Emily und Aengus blutete das Herz, als der Laster aus North Carolina mit ihm wegfuhr. Ungeduldig versicherte Walter Emily, dass auf Aengus das beste Hundeleben wartete, das man sich nur vorstellen konnte.

»Nein, das stimmt nicht«, erwiderte Emily keuchend. »Das hat er schon gehabt.«

Drei Wochen lang hatte sie die Nachmittage ausschließlich mit den Hunden im Zwinger und den Welpen verbracht, ehe Walter überhaupt von ihr Notiz nahm. An dem Tag, wo er sie in dem kleinen eingezäunten Trainingsgehege mit einem Welpen entdeckte, stürmte er nach draußen, da er sie dafür schelten wollte, dass sie aus den Welpen, die Jagdhunde und nichts anderes werden sollten, Schoßhündchen machte. Statt sie aber zu rügen, blieb er wie angewurzelt am Zaun stehen und beobachtete sie.

Sie saß mit Ginger, einer besonders eigensinnigen Zwölfwöchigen, auf dem trockenen Stroh. Walter hatte vorgehabt, Ginger in der kommenden Woche die Grundregeln beizubringen, worauf er gar nicht erpicht war, da er davon ausging, dass er mit der possierlichen kleinen Hündin lange arbeiten musste, ehe er klargestellt haben würde, wer wem wann gehorchte. Das Erste, was ein Jagdhund lernt, ist, auf Kommando zu sitzen. Wer Walters Methode befolgte, musste das Hinterteil des Welpen nach unten drücken, dabei mit fester Stimme »Hup!« sagen und diese Prozedur zig Mal wiederholen.

Emily saß reglos auf dem Boden. Das Gesicht hielt sie ganz dicht vor das des aufmerksamen Welpen. Sie rührte sich die längste Zeit nicht und Ginger folgte ihrem Beispiel. Das Mädchen und der Hund schauten einander einfach in die haselnussbraunen beziehungsweise goldenen Augen.

Als Emily dann aufstand, erhob sich auch Ginger und wartete höflich. Emily nickte. Ginger setzte sich. Und blieb sitzen.

Ein paar Minuten später nickte Emily, woraufhin Ginger sich erhob und reglos vor Emily stehen blieb. Emily nickte erneut. Ginger setzte sich wieder und rührte sich nicht.

So lässig wie nur irgend möglich schlenderte Walter zu seiner Tochter hinüber und sagte: »Kannst du das noch mal machen?«

»Ich glaube schon«, sagte Emily, drehte sich wieder zu der kleinen Hündin um und nickte.

Ginger stand auf.

»Hm … arbeitest du schon lange mit Ginger?«, wollte ihr Vater wissen. »Denn du weißt doch, dass wir unsere eigene Methode haben, die Boykins abzurichten. Du solltest ihre erste Lektion nicht ungefragt ändern.«

»Erst seit heute«, antwortete Emily, den Blick auf die Füße gerichtet. Alles in allem war es ihr lieber, wenn ihr Vater sie mit Gleichgültigkeit strafte als mit Engstirnigkeit.

»Was sagst du zu ihr? Flüsterst du ihr etwas zu?«

»Nein, nichts«, murmelte Emily.

»Na, wie kriegst du sie dann dazu, sich zu setzen und sitzen zu bleiben?«

»Ich sage es ihr in Gedanken«, antwortete Emily. »Dann horche ich, ob sie mich versteht. Und danach sage ich ihr in Gedanken, was sie tun soll. Ginger ist wirklich sehr gut darin. Normalerweise muss ich es nur einmal denken. Sie hatte keine richtige Lust, sitzen zu bleiben, aber das liegt daran, dass es sie langweilt. Ich habe ihr gesagt, dass mir wirklich sehr, sehr viel daran liegt. Da hat sie es getan. Sie ist ein guter Hund.«

»Emily, das ist nur Wunschdenken oder so etwas«, entgegnete Walter nervös. »Ein Zufall, mehr nicht. Allein mit Denkarbeit kann man einen Hund nicht abrichten. Du musst es ihnen zeigen, immer und immer wieder, und zwar mit Nachdruck. Ginger hatte einfach Lust, sich zu setzen.«

»Nein, hatte sie nicht«, beharrte Emily. »Ich habe es dir gesagt. Anfangs hat es sie echt gelangweilt.«

Ihr Vater musterte sie schweigend.

»Hättest du Lust, Ginger mit mir zusammen abzurichten?«, fragte er. »Wir könnten damit anfangen, dass sie bei Fuß geht. Die Kommandos ›Sitz‹ und wahrscheinlich auch ›Platz‹ beherrscht sie ja schon. Wir könnten morgen ein bisschen miteinander arbeiten. Ich könnte dir zeigen, wie es geht, und später kannst du dann vielleicht allein weitermachen.«

»Ja«, sagte Emily und warf ihm einen prüfenden Blick zu, ob er es auch ernst meinte.

Am nächsten Nachmittag warteten Emily und Ginger schon, als Walter mit einer Hundeleine, einem Stachelhalsband und einer Trillerpfeife auf die Trainingskoppel kam.

»Wozu brauchst du all die Sachen?«, fragte Emily skeptisch.

»Bei Fuß zu gehen ist kompliziert. Es braucht viel Übung, besonders bei einem Hund wie Ginger. Lass uns mal rausfinden, mit welchem Halsband sie am besten arbeitet, und dann fange ich an und du kannst zuschauen.«

»Kann ich vorher noch ein bisschen mit ihr in Gedanken reden?«, fragte Emily. »Sie kann das Zeug, das du mitgebracht hast, nicht ausstehen und ich glaube, sie wird nicht zulassen, dass du ihr etwas davon anlegst.«

Walter starrte seine Tochter und den stocksteifen, aufrecht sitzenden Welpen an und winkte dann hilflos ab.

»Nur zu. Sprich in Gedanken mit ihr«, sagte er.

Wieder setzte sich Emily vor Ginger und der kleine Hund saß ganz still da, neigte den Kopf zur Seite und sah sie an. Kurze Zeit später stand Emily auf, drehte Ginger den Rücken zu, nickte und setzte sich in Bewegung. Ginger erhob sich und trottete brav neben Emilys linkem Fuß her. Als Emily nach rechts und nach links abbog, machte die junge Hündin ihr alles nach. Sie drehten ein paar kleine Runden in der Koppel, machten dann kehrt und gingen zu Walter zurück. Emily nickte. Ginger setzte sich.

So arbeitete die bald zehnjährige Emily rasch wie selbstverständlich mit den Sweetwater Boykins und übernahm bei ein paar Welpen sogar die schwierigeren Übungen: die Eingewöhnung an Gewehrfeuer (mit einer Zündplättchenpistole), Apportieren unter einfachen und widrigen Bedingungen, die Bekanntschaft mit dem Wasser. »Aber von Vögeln, ob lebendig oder tot, lasse ich die Hände«, sagte Emily. »Jagen bringe ich den Hunden nicht bei.«

»Das übernehmen wir. Du hast sie dann ja schon prima eingewöhnt«, sagte Walter. Mehr an Lob hatte Emily von ihm noch nie erhalten. Außerhalb des Hauses wurde Emilys Beitrag bei der Erziehung der Sweetwater Boykins mit keiner Silbe erwähnt. Wenn die gut erzogenen Spaniels mit einwandfreiem Stammbaum, die wie heiße Semmeln weggingen, gelobt wurden, lächelte ihr Vater nur höflich.

An ihrem zehnten Geburtstag durfte Emily in den Zwinger gehen und sich einen Welpen aussuchen. Der jüngste Wurf war gerade drei Wochen alt. Als ein mageres, leidlich schönes Hündchen aus seinem Versteck kroch, zu ihr hinüberwatschelte und sich auf ihren Fuß setzte, gewann es sofort ihre Zuneigung und nahm ihr die Entscheidung ab.

»Dieser Spaniel taugt nicht für die Jagd«, spotteten ihre Brüder. »Das ist ein Spürhund. Wie in diesem Song: *Ain't nothing but a hound dog.*«

Dieser Kommentar brachte Emily auf die Idee, ihn Elvis zu nennen. Sie nahm den Kleinen mit auf ihr Zimmer und verliebte sich bis über beide Ohren, wie ihr das nie wieder in ihrem Leben passieren sollte. Das Mädchen und der Hund bildeten zwei Hälften eines Ganzen, waren wie die zwei Kammern eines Herzens. Die Leere, dieses dunkle Loch, das Buddy hinterlassen hatte, war fast verschwunden. Aber eben nur fast.

Manchmal sprach er noch mit ihr. Natürlich nicht wirklich, aber durch die Worte der Dichter, deren Werke sie nach seinem Tod zwar nicht mehr angefasst hatte – das Kapitel »Poesie« war ad acta gelegt. Aber hin und wieder musste sie, ohne es zu wollen, an die Worte der Dichter denken. In diesen Momenten spürte Emily ganz deutlich, dass Buddy bei ihr war.

In jener Nacht wurden sie von der rasch einsetzenden Dunkelheit überrascht. Ein weißer Mond stand hoch am Himmel, als Emily sich vom Prielufer und dem Hügel abwandte. Einen Augenblick verharrte sie noch in dem finsteren Lebenseichenhain, betrachtete die silbernen Priele und die von Raureif überzogene Marsch. Die Böschung, die zu dem kleinen Strand hinunterführte, wo die Delphine an Land kamen, glühte purpurrot und die Zypressenstämme, die Austernbänke und die ausgewaschenen Muscheln hoben sich tiefschwarz davon ab.

Wie lieblich das Mondlicht auf dieser Böschung ruht. Diese perfekte Beschreibung kam ihr einfach so in den Sinn. Ein leises Lächeln umspielte ihre Lippen, ein Lächeln, das zwei so unterschiedliche Gefühle wie Schmerz und Liebe verriet.

»Angeber«, flüsterte sie, drehte dem Hügel den Rücken zu und folgte dem schmalen Pfad durch das Schilf und die Felder nach Hause.

Elvis war schon vorausgelaufen und wartete reglos auf dem Weg. Im Mondlicht loderten seine haselnussbraunen Locken feuerrot. Von Liebe überwältigt spürte Emily kurz einen stechenden Schmerz, der sie fast in die Knie zwang. Sie liebte diese bernsteinfarbenen Augen, die auf sie gerichtet waren. Liebte die zerzausten Locken. Dies war Liebe in ihrer reinsten Form.

»Ich liebe dich, Hund«, rief sie, woraufhin er mit seinem Stummelschwanz wackelte. Dann liefen das Mädchen und der Hund nach Hause.

Elvis' Locken im Mondlicht hatten genau die gleiche Farbe wie die Haare ihrer Mutter, als Emily sie das letzte Mal im gedämpften Licht im Foyer des Gutshauses stehen sah, doch es sollte noch eine ganze Weile dauern, bis Emily sich dessen klar wurde.

Kapitel Zwei

Auf der Sweetwater Plantage hing über dem staubigen üppig verzierten Kaminsims im Esszimmer ein Ölgemälde. Es war trist, melancholisch und – wie Emily immer fand – extrem romantisch. Ein blasses, strahlendes Gestirn, aller Wahrscheinlichkeit nach der Mond, hing hoch über einem flachen Dach. Dahinter schimmerte der Wadmalaw River wie Quecksilber. Grüppchen anmutiger schwarzer Männer und Frauen spazierten Arm in Arm mit offen stehenden Mündern auf der halbrunden Auffahrt und schauten zu einem Balkon im zweiten Stock hoch, wo ein Mann und eine Frau in einem Kleid aus dem 18. Jahrhundert standen. Allem Anschein nach waren die schwarzen Menschen glückliche Sklaven, die ihrer Herrschaft in der Dämmerung ein Lied vortrugen. Kleine schwarze Kinder tollten herum und rollten durchs weiche Gras. Riesige blasse Rosen leuchteten in der Dämmerung. Unter dem hoch stehenden Mond hatten die mit Greisenbart bewachsenen Lebenseichen auf der breiten Allee etwas Gespenstisches.

»Das muss sehr alt sein und die Szene ist recht naiv«, sagte Emily am Thanksgiving-Nachmittag, als sie den schweren Goldrahmen abstaubte. Buddy hatte ihr von den ersten Porträtmalern erzählt, die im ausgehenden 16. Jahrhundert nach Charleston gekommen waren, um die Häuser und Familien der reichen Pflanzer zu malen. Es machte ihr Spaß, mit ihrem Wissen anzugeben.

Nur zweimal im Jahr, zu Thanksgiving und Weihnachten, staubte sie das Gemälde ab. Die Parmenters nahmen ihre Mahlzeiten ausnahmslos in dem kleinen Frühstückszimmer neben der riesigen Küche ein. Früher einmal war dies das Morgenzimmer für die Damen gewesen, hatte Walter ihr erzählt, doch in diesem Raum hatten schon seit Ewigkeiten keine Damen mehr ihren Vormittag zugebracht. Da Emily die Bezeichnung gefiel, nannte sie es das Morgenzimmer, wenn niemand in der Nähe war, der sie damit aufziehen konnte. Auf der Sweetwater Plantage von heute gab es nur ein voll gestopftes Frühstückszimmer, das dringend einen neuen Anstrich brauchte, aber das Sweetwater in dem Ölgemälde hatte zweifellos ein Morgenzimmer.

»Sweetwater hat mir in der Dämmerung schon immer am besten gefallen«, sagte Emily zu ihrer Tante Jenny, die das Silberservice polierte, dass sie zum Fest aus ihrer Wohnung herübergeschafft hatte. Dazu gehörte auch ein Silbertablett von den Rogers Brothers aus dem Jahre 1847, das sich ihre Tante nach der Scheidung von ihrem charakterschwachen, untreuen Gatten Truman zugelegt hatte, was Emily allerdings nicht wusste. Sie mochte das reich verzierte Silber, das beim Abendessen an Thanksgiving und zu Weihnachten im Lichtschein der hohen weißen Kerzen funkelte. Dieses Silber deutete auf ein Erstgeburtsrecht hin, das womöglich nur vorübergehend verloren war.

Auch Walter Parmenter mochte das Silbergeschirr. Bei diesen Festtagsmahlzeiten vergaß er nie zu erwähnen, dass beide Carter-Mädchen sich aufs Tischdecken verstanden und er eigentlich vorgehabt hatte, das Silber seiner Familie zu ersetzen, ehe Emily erwachsen war. Auf diese Bemerkung hin nickten alle freundlich, sagten aber kein Wort, weil jeder wusste, dass Caroline Carter-Parmenter damals die wenigen Silberstücke mitgenommen hatte, als sie das Weite gesucht hatte. Emily, die sich daran nicht erinnerte, legte keinen Wert auf die Anschaffung von neuem Silbergeschirr, denn sie hatte gewiss nicht die Absicht, Gäste an einen schön gedeckten Tisch mit eben erst erstandenem Silber zu bitten. Silbergeschirr gehörte zu einem Haus und sollte weitervererbt werden.

»Das auf dem Bild da ist keine Dämmerung«, erwiderte ihre Tante bissig. »Das ist Rauch, der seit Jahren aus dem verdammten Kamin quillt. Eigentlich steht das Haus in der strahlenden Sonne. Und Rosen haben hier auch nie geblüht. Meine verrückte Tante Harriet hat es 1950 gemalt. Sie war deine Großtante. Auf dem anderen Bild – sie hat nur zwei gemalt – ist ein Krug Buttermilch zu sehen, in dem eine Zinnie steckt.«

Emily sah Jenny Raiford nicht an. Sie wusste, dass es sich nicht um eine frühe Arbeit eines Porträtmalers handelte, dass es nicht dämmerte, dass es nichts von dem darstellte, was sie in ihrem Kopf, in ihrem Herzen bewahrte. Doch dieses Wissen konnte den Hunger nicht stillen. Emily wünschte sich von ganzem Herzen, dass Sweetwater so wie auf dem Gemälde war.

»Es hätte aber mal so sein können«, murmelte sie störrisch. »Wäre doch möglich … bevor es in unseren Besitz kam. Daddy hat gesagt, es wäre früher mal eine große Reisplantage gewesen und danach hätte man hier Sea-Island-Baumwolle angepflanzt. Er hat auch erzählt, hier auf der Insel hätten wir den besten Zugang zum Wasser. Von unserem Anlegeplatz kann man alles nach überall hin verschiffen. Ich wette …«

»Emily«, sagte ihre Tante, die nun einen sanfteren

Ton anschlug. »Du weißt, Sweetwater war nie eine großartige Plantage. Das weißt du genau. Vielleicht wäre das früher einmal möglich gewesen, aber die Leute, die sie aufgebaut haben, haben alles in Reis gesteckt, als Baumwolle aufkam, und die nächsten Besitzer haben die alten Bewässerungsanlagen für den Reis vergessen und die Baumwollfelder unter Wasser gesetzt, und die Nächsten – das waren, wenn mich nicht alles täuscht, die Olivers – haben alles brachliegen lassen und nur einen Gemüsegarten und eine Kuhweide angelegt, bis Großvater Carter das Land 1925 gekauft hat. Er hat, um schnelles Geld zu machen, Sojabohnen angepflanzt und dann die Scheunen und Ställe gebaut. Sein Traum war es, aus der Plantage eine berühmte Pferdezucht im Lowcountry zu machen. Natürlich hat er nicht mit 1929 gerechnet. Ich denke, hier hat keiner damit gerechnet. Bis auf die Hunde hat sich auf dieser Farm nichts verändert. Wieso hängst du dein Herz immer noch an diesen Traum von einer herrschaftlichen Plantage?«

Emily, die dem fragenden Blick ihrer Tante auszuweichen versuchte, erwiderte unwillig Jenny Raifords warmherziges Lächeln.

»Ich möchte nur, dass irgendetwas besonders ist«, sagte sie.

Als Jenny näher trat und sie in die Arme schloss, spürte Emily ihre dünnen Rippen und spitzen Schulterblätter. Im Gegensatz zu den anderen weiblichen Carters war ihre Tante weder rund noch klein noch lebhaft. Sie war groß gewachsen, so groß wie Walter Parmenter und größer als die Jungs, wenn man Buddy außen vor ließ. Das wusste Emily, weil es ein vergilbtes Foto von ihr, ihrem Vater, ihrer Tante und den Jungs im Wohnzimmer gab, das aufgenommen worden war, als Buddy noch in der Lage gewesen war, sich ein paar Minuten lang aufrecht zu halten.

Sie besaß das flammend rote Haar der Carters, obwohl es bei ihr eigentlich eher den Ton von angelaufenem Kupfer hatte und von grauen Strähnen durchzogen war. Jenny hatte ein ebenmäßiges, schmales Gesicht, das Emily an ein Gemälde von John Singer Sargent erinnerte. Blasse Sommersprossen zierten Nase und Wangenknochen. Ihr Hals war lang, ihre Hände und Füße schmal und schön geformt. Ihre haselnussbraunen Augen funkelten wie die von Emily – changierend hatte Buddy sie mal genannt. Buddy hatte Tante Jenny für schön gehalten. »Elegant«, hatte er sie immer genannt.

Als Buddy starb, hatte ihre Tante genauso sehr gelitten wie Emily.

»Du bist etwas Besonderes und mehr braucht es hier nicht«, behauptete sie.

Emily presste das Gesicht an Jennys nach frisch gewaschener Baumwolle riechende Schulter, ehe sie sich von ihr löste.

»Nein, das stimmt nicht«, entgegnete sie. »Auf dieser Plantage gibt es nichts, was gewöhnlicher ist als ich.«

Ihre Tante legte die Hände auf ihre Schultern und musterte sie.

»Wer, um Himmels willen, hat dir diesen Floh ins Ohr gesetzt?«, flüsterte sie.

»Keine Ahnung. Aber irgendjemand war es«, sagte Emily. Und das entsprach der Wahrheit. Manchmal sorgten diese Worte dafür, dass sich ihr Magen zusammenkrampfte oder sie schweißgebadet aufwachte. Emily war entfallen, wer sie gesagt hatte, aber an die Worte selbst erinnerte sie sich noch ganz deutlich.

»Na, da hat jemand eine Menge Stroh im Kopf«, meinte Jenny und gab ihr einen kleinen Klaps auf den Hintern, ehe sie ihre Nichte losließ. Emily musste lachen. Die ganze Familie lachte über Tante Jennys Versuche zu schimpfen. Sie fing immer gut an und am Ende klang es dann so altbacken wie in einem viktorianischen Jugendroman.

Cleta kam durch die Küchenschwingtür und zog eine dicke wohlriechende Dampfwolke hinter sich her. Ihre Arme waren bis zu den Ellbogen mit Mehl bestäubt.

»Seid ihr hier drinnen immer noch nicht fertig?«, fragte sie. »Alles ist vorbereitet und wartet nur darauf, in den Herd geschoben zu werden, bis auf diese Sesamdinger, die Mister Parmenter will. Jenny, Sie wollten sie doch machen, wissen Sie noch? Und haben Sie daran gedacht, Sherry mitzubringen?«

»Beim Bi-Lo hatten sie nur eine Marke und die habe ich mitgebracht«, sagte Jenny. »Ich glaube, Walter hat sich etwas anderes vorgestellt, aber soweit ich weiß, kriegt man hier in der Gegend keinen 1949er Amontillado. Gut, ich werde mich gleich an die Sesamstangen machen, aber wieso, in Dreigottesnamen, er die will, ist mir wirklich schleierhaft …«

Emily kannte den Grund dafür. Gestern Abend hatten sie und die Jungs lange beim Abendessen gesessen, während Walter, dessen Wut über Emily verflogen war, seine strahlenden Visionen in die verrauchte Luft posaunte. Das tat er des Öfteren und sie lauschten immer stumm und aufmerksam. Emily hatte keine Ahnung, was ihren dunkelblonden Zwillingsbrüdern während dieser ausschweifenden Monologe durch die Köpfe ging, doch sie lachte innerlich, langweilte sich zu Tode und wurde irgendwann wütend. Walter Parmenters abendliche Geschichten variierten kaum, was Inhalt und Tempo anbe-

langte. Nur bei diesen Gelegenheiten erlebte sie ihren Vater lebhaft und hochtrabend. Sonst war seine Miene meistens verschlossen und er verlor kaum ein Wort, während sein Blick ins Leere ging.

Er ließ sich über die nicht allzu fernen Tage aus, wo die aristokratischen Käufer seiner Boykins in ihm endlich das zurückhaltende Mitglied der besseren Kreise sahen und sie ebenso oft in seinem Heim zu Gast waren wie er in den ihren. In seiner Vorstellung bildeten sie eine aus Individuen bestehende Einheit und die Welt der immer noch prosperierenden und aktiven Aristokratie, die auf den am Wasser gelegenen Plantagen lebte, war perfekt. Seine Söhne würden mit den Söhnen dieser Männer ausreiten und auf die Jagd gehen, mit deren Töchtern auf großen Jagdbällen tanzen und – da sie nun mal ebenbürtig waren – ihnen auf die Citadel oder vielleicht sogar an die Clemson folgen. Emily würde, wie es sich geziemte, auf eine kleine ausgesuchte Mädchenschule, möglicherweise nach Charlotte Hall, gehen, zu Weihnachten mit ihren anmutigen jungen Freundinnen auf die Plantage kommen und schließlich einen jungen Mann heiraten, dessen Familienname man auf Straßenschildern, an öffentlichen Gebäuden und auf unzähligen geschmackvollen Messingschildern an den alten Türen in der Broad Street entdeckte. Er selbst würde mit den Vätern dieser Jeunesse dorée in Clubs und Salons sitzen und alle mit seinem Wissen über Jagd und Jagdhunde fesseln. Außerdem wären seine Boykins im gesamten Jagduniversum hoch angesehen.

»Sweetwater Boykins?«, würden die Waidmänner von Grosse Point bis Sea Island sagen. »Die besten Jagdhunde auf der Welt. Ich habe mir einen zugelegt, ehe jeder Dummkopf mit einem Gewehr in der Hand davon Wind

gekriegt hat. Jetzt muss man sich ganz schön ins Zeug legen, um einen zu kriegen. Parmenters Warteliste für Welpen ist ellenlang. Und wenn das Tier auch noch auf Sweetwater abgerichtet worden ist, willst du in deinem ganzen Leben sowieso keinen anderen Hund mehr. Ist ein guter Mann, dieser Parmenter. Weiß, worauf es ankommt. Und zu seiner Plantage gehört ein Jagdgrund, der ganz unverfälscht ist. So was habe ich noch nie gesehen. Tiefwasseranlegestelle, weite Sümpfe, baumbestandenes Marschland, undurchdringliche Wälder und freie Felder für die Wachteljagd.«

Doch die Geschichte, die er sich gestern Abend ausgedacht hatte, war selbst für seine Verhältnisse dick aufgetragen. Im Kerzenlicht – er hatte beim Abendessen darauf bestanden – hatten seine scharf geschnittenen Züge heller gestrahlt als bei Tageslicht und seine länglichen blauen Augen hatten wie Glimmererde geschimmert. Wie Emily sehr wohl wusste, stammten die geröteten Wangen nicht vom Schnaps, denn ihr Vater gestattete sich jeden Abend nur ein Gläschen Single-Malt vor dem Abendessen. Er trank nie weniger und auch nie mehr. Anscheinend war der Drink ebenso Teil des allabendlichen Rituals wie diese absurden Kerzen, die windschief auf dem Holztisch mit den vielen Kratzern brannten, und sein Beharren darauf, dass er und die Zwillinge stets ein frisches Hemd anzogen. Selbst das Glas, aus dem er trank, war jeden Abend dasselbe: ein schweres Kristallglas, einzig verbliebenes Teil eines Sets, zu dem auch eine große, reich verzierte Karaffe gehörte. Bei anderer Gelegenheit hatte er ausgeführt, dass die ersten Carters dieses Glas aus England mitgebracht hatten, obwohl niemand so genau zu sagen wusste, wann das wohl gewesen war.

»Baccarat«, sagte er, als er ihnen von dem Glas und der

Karaffe erzählte. »Das feinste Kristall der Welt. Und das einzige Gefäß, das einen guten Single-Malt wert ist.«

Das Wort »fein« verwendete Walter häufig. Auch das war ein Ritual. Manchmal kam Walter Parmenter seiner Tochter wie eine rastlose unterirdische Kraft vor, die von Ritualen im Zaum gehalten wurde.

Gestern Abend war seine Euphorie zum ersten Mal begründet gewesen. Zur Thanksgiving-Jagd rechneten er und die Jungs mit einem Gast, dem Besitzer einer nahe gelegenen Plantage, der auch ein Haus in Idaho, auf Long Island und selbst in Ungarn hatte, wo es nach Auskunft ihres Vaters die besten Jagdreviere gab.

Townsend Chapelle hatte Geld geerbt und verdient. Er leitete eine ganze Reihe von im Supermarkt vertriebenen Zeitschriften, die über die Magersucht des einen Hollywoodstars und die heimliche Heirat eines anderen Sternchens berichteten, das im Alter von dreizehn einen Chippendales-Tänzer geheiratet hatte. Seit Jahrzehnten war die Familie in diesem Geschäft. Inzwischen besaß der Mann ein unvorstellbares Vermögen. Die Jagd war sein Leben und er hatte Spartina, seine riesige Plantage am Wadmalaw-Sund, in ein Paradies für Jäger verwandelt. Freunde aus der ganzen Welt kamen dorthin, um zu jagen. Und zu diesen Freunden zählten Berühmtheiten mit den unterschiedlichsten Neigungen, deren Ausschweifungen nach der Jagd in Charleston die Runde machten, wenn auch hinter vorgehaltener Hand. Eine Einladung zur Jagd in Spartina war gleichbedeutend mit einer zur Jagd in Bernard Barucs berühmter Hobcaw Barony, als diese noch bessere Zeiten sah. Allein schon der Name Spartina verlieh dem Gast Ansehen und Größe.

Und dieser Mann schloss sich nun am Thanksgiving-Morgen den Parmenters an, weil er einen tüchtigen

Boykin in Aktion sehen wollte und gehört hatte, dass auf Sweetwater außergewöhnliche Spaniels gezüchtet wurden. Seine preisgekrönten Labradors passten von der Größe her nicht in die kompakten, kleinen Boote, die bei der Entenjagd zum Einsatz kamen, und seine Stöberhunde, ebenfalls Spaniels, waren zu zierlich, um bei extremer Hitze oder im Eiswasser lang genug durchzuhalten. Da er die Absicht hatte, selbst Spaniels für die Entenjagd zu züchten, hatten Freunde ihn an Walter verwiesen.

»Welchen Hund außer Elvis nimmt du noch mit, Dad?«, fragte Walt Junior.

»Diesmal keinen anderen. Einen besseren als Elvis haben wir nicht. Ich werde ihn auch auf ein, zwei Wachteln ansetzen, und falls wir Glück haben, scheucht er für uns ein Reh auf.«

»Hältst du das nicht für riskant?«, gab Carter zu bedenken. »Elvis hat noch nie richtig gejagt. Vielleicht solltest du doch ein paar andere Hunde zur Reserve mitnehmen.«

»Ist ganz und gar unnötig. Der Hund hört auf jedes Kommando«, sagte ihr Vater. »Und er hat schon alles gemacht, nur noch keinen toten Vogel aus dem Wasser gefischt. Aber mit den Attrappen im Wasser gibt er ein perfektes Bild ab und er bewegt sich wie ein Fisch im Wasser.«

»Nimmst du Emily mit?«, wollte Walt Junior wissen und warf ihr von der Seite einen Blick aus seines Vaters Augen zu. Emily hob weder den Kopf, noch gab sie einen Muckser von sich.

»Dieses Mal nicht. Könnte den guten alten Townsend abschrecken, wenn ihm ein kleines Mädchen zwischen den Beinen rumläuft und den Hund streichelt.«

Emily sagte noch immer keinen Ton. Hatte er plötzlich vergessen, wer letztes Jahr die Hälfte aller Boykins abgerichtet hatte?

Die Stille wurde beklemmender. Walter drehte schnell den Kopf in ihre Richtung und sah sie an, als wäre ihm gerade eben erst eingefallen, dass sie auch da war.

»Ich werde ihr erlauben, mit runterzukommen und Elvis einen Floh ins Ohr zu setzen, bevor wir aufbrechen«, verkündete er jovial. »Auf die Weise hat er seine Befehle von ganz oben erhalten. Wenn wir zurückkommen, wird Chapelle jeden Welpen, der in den nächsten fünfzig Jahren hier das Licht der Welt erblickt, ordern und zudem darauf bestehen, dass wir sie abrichten. Und dann werden alle anderen im Lowcountry seinem Beispiel folgen – das ist so sicher wie das Amen in der Kirche.«

Er wirkte fast so, als würde er im Frühstücksraum zwei Meter über dem Boden schweben. Emily entschuldigte sich und stand auf, um ins Bett zu gehen. Sie fürchtete schon, vor Wut und unterdrückten Ohnmachtsgefühlen platzen zu müssen.

»Warte mal kurz, Emily«, rief Walter ihr hinterher. Sie blieb stehen, drehte sich aber nicht um.

»Bestell Cleta und deiner Tante Jenny, ich möchte, dass jemand ein paar von diesen Sesamdingern bäckt, die in Charleston immer auf Cocktailpartys gereicht werden. Und jemand soll eine Flasche guten Sherry hier reinstellen und die Bibliothek auf Vordermann bringen und dort bei Sonnenuntergang ein Feuer im Kamin machen. Ich nehme an, Mr Chapelle möchte gern einen Happen essen und sich einen Drink vor dem Kamin genehmigen, während wir das Geschäftliche besprechen. Die Höflichkeit verlangt, dass wir ihm etwas anbieten.«

Emily nickte, drehte sich allerdings nicht um und verließ den Frühstücksraum. Hinter ihrem Rücken hörte sie die Zwillinge fragen: »Wo ist die Bibliothek? Meinst du das Büro? Dad, da drinnen sieht es wie in einem Zwinger aus.«

Emily hörte ihren Vater antworten, aber sie verstand nicht, was er sagte. Und es war auch nicht von Belang.

Ihr Vater hatte verfügt, dass Elvis diese Nacht zusammen mit den anderen Hunden im Zwinger schlief, damit sein Gast nicht sah, wie er aus dem Haus getrottet kam. Für einen erstklassigen Stöber-Spaniel geziemte es sich nicht, wie ein Schoßhündchen im Haus zu wohnen. Emily hatte ihn nach draußen in einen großen Zwinger gebracht, wo das viele frische Heu ihn wärmte, und ihm aufgetragen, für eine Weile ruhig zu sein. Und er verhielt sich ruhig. Als sie wegging, beobachtete er sie ängstlich durch die Zwingerstreben, doch er machte kein Theater. Als im Haus endlich das letzte Licht gelöscht war und Ruhe einkehrte, schlich sie die schöne alte Wendeltreppe hinunter, deren Lack abblätterte, lief zu den Zwingern und holte ihn heraus.

»Pst«, flüsterte sie. Er wedelte mit seinem Stummelschwanz, lief stumm bei Fuß mit ihr zum Haus hinüber und die Treppe hoch in ihr Schlafzimmer. Das Mädchen und der Spaniel schliefen in dieser Nacht wie immer so eng aneinandergekuschelt, als wollten sie miteinander verschmelzen.

Fünf Stunden später weckte sie ihn auf und brachte ihn in den Zwinger zurück, wo sie sich mit ihm ins Stroh setzte und die Arme um ihn schlang.

»Heute ziehst du mit Daddy und diesem Wichtigmeier los. Daddy will mit dir angeben. Ich werde nicht mitkommen, aber du beherrscht ja alles, was er von dir erwartet.«

Sie hielt inne und stellte sich endlos kalte, dunkle Vormittage vor, an denen Elvis auf den Anhänger gepackt und in die eiskalte Marsch geschafft wurde, um warme, schlaffe Enten, die dort überwinterten, aufzuscheuchen. Sie stellte sich vor, wie er mit einer Brautente im Maul aus dem Wasser kam, mit dem Schwanz wedelte und sie dem grinsenden Walter Parmenter brachte. Für Emily waren Brautenten die schönsten Vögel, die sie je gesehen hatte. Tränen stiegen ihr in die Augen.

»Du tust einfach, was du für richtig hältst«, sagte sie. Er wedelte mit dem Schwanz und grinste sie an. Zuneigung und Vertrauen blitzten in seinen goldgelben Augen auf. Als Emily wieder im Bett lag, dämmerte es draußen vor ihrem Fenster. Mit einem roten Streifen über dem stahlgrauen Fluss brach ein kalter Morgen an. Kurze Zeit später hörte sie das Knurren eines kraftvollen Motors und die joviale Stimme ihres Vaters. Er begrüßte den nahenden König der Supermarkt-Boulevardpresse, der ihm in einem schneidigen Neuenglandakzent antwortete.

Sie kroch zum Fenster auf dem Treppenabsatz und schaute hinaus. Im kalten, vom Fluss hochkriechenden Nebel erkannte sie schemenhaft ihren Vater und ihre beiden Brüder, die neben einem riesigen, speziell für die Jagd entworfenen Gefährt standen und dem Gast die Hand schüttelten. Die Stimme ihres Vaters klang herzlich und kräftig, nicht so ruhig und tonlos wie sonst. Sie schämte sich so sehr, dass es sie schauderte. Ihre Brüder verschwanden im Dunst und kamen mit Elvis zurück, dem sie ein Würgehalsband umgelegt hatten. Auf der Ladefläche des Dodge Pick-up ihres Vaters wartete schon die alte Aluminiumkiste, in die zwei Hunde passten. Einen Moment, bevor die Zwillinge Elvis in die

Kiste hievten, schaute der Hund in Emilys Richtung und wackelte mit dem Schwanz, woraufhin Emily ins Bett zurückrannte, die Decke über den Kopf zog und weinte. Sie hörte nicht, wie die Jagdgesellschaft losfuhr.

Gegen zwei Uhr nachmittags war mehr oder minder alles fürs Abendessen vorbereitet und der Tisch gedeckt. Cleta schob den riesigen Truthahn, den Carter geschossen und bratfertig gemacht hatte, in den Ofen. Eine schwarze Eisenpfanne mit einer Füllung aus Maisbrot und Austern, die eine Stunde vor dem Servieren in den Vogel gegeben wurde, stand bereit. Und zwei Pekannusskuchen standen zum Abkühlen auf dem Küchentisch mit der Wachstuchdecke.

Cleta hatte schon ihre riesengroße Daunenjacke angezogen und wollte nach Hause gehen. Wenn Emily nicht alles täuschte, kochte sie nun daheim eine Mahlzeit für ihre eigene Familie. Cleta, die überall im Lowcountry Verwandtschaft hatte, erwartete ungefähr achtzehn Gäste zum Essen.

»Kommt mir irgendwie ungerecht vor, dass du praktisch den ganzen Tag für uns kochst, wo du daheim so viele Mäuler stopfen musst«, hatte Emily einmal zu ihr gesagt.

»Gütiger Gott, ich bin froh, dass ich erst so spät heimkomme«, meinte Cleta. »Bertha und die Mädels haben dann schon die Füllung gemacht, weil sie Kohldampf haben und unbedingt davon naschen wollen, und die Mannsbilder trinken schon seit Mittag ihren Selbstgebrannten. Wenn ich komme, ist keiner mehr richtig hungrig und die Hälfte schon so betrunken, dass es ihnen wurst ist, wenn ich mich verspäte. Funktioniert alles ganz prächtig so.«

Jetzt sagte sie: »Ich wünsche euch ein frohes Thanksgiving und hoffe wirklich, dass sich alles gut anlässt für Mr Walter.«

Ihre Miene verriet, dass sie in dieser Beziehung skeptisch war.

Emily und Jenny schnappten sich Lappen, Besen, Silberpolitur und den knubbeligen alten Hoover und gingen den Flur hinunter zu dem kleinen Raum, den Walter Parmenter als Büro, Zuflucht, Pokaldepot und manchmal als Welpenstation nutzte. Emily setzte nur selten einen Fuß in dieses Zimmer. Walt Junior und Carter schlossen sich hier manchmal mit ihrem Vater ein, doch die meiste Zeit war der Raum Walters Domäne. Cleta wischte und saugte hier ab und an, durfte sonst aber nichts anfassen.

»Du liebe Zeit, hier sieht es ja wie im Lager von einem Tierfutterladen aus«, fand Jenny Raiford. »Wenn Mr Schotter hier reinkommt, erstickt er.«

Staub aus den Falten werfenden Orientteppichen wirbelte durch das gedämpfte Licht und rieselte aus den schweren ausgeblichenen Damastvorhängen, hinter denen sich hohe französische Fenster verbargen, die auf die Terrasse hinausführten. Auf der Mahagonivertäfelung und den passenden Regalen, auf die man früher einmal sehr stolz gewesen war, weil man glaubte, solch eine Qualität gäbe es auf den anderen am Wasser gelegenen Plantagen überhaupt nicht, lag eine dicke Staubschicht. Und das viele Holz, das im Lauf der Jahre im Kamin verbrannt worden war, hatte alles grau gefärbt: die schön geschnitzten Türen und Fensterrahmen mit geschnitzten Rosetten und Lüftungsschlitzen und den Chippendale-Kaminsims, bei dessen Fertigung der Steinmetz sich selbst übertroffen hatte. Der Boden vor dem Kamin war unter dem schwarzen Ruß und der grauen Asche gar nicht mehr zu erkennen. Auf den Regalen türmten sich angelaufene Pokale, Medaillen an verblassten Bändern und verrußte Fotos von Spaniels. Unter all den Hundefuttersäcken, der Zedernstreu und den Kisten, in denen die Hündinnen ihre Jungen geworfen hatten, waren die breiten Zypressendielen kaum noch zu erkennen. Eingestaubte Sammelalben stapelten sich links und rechts vom Kamin auf den beiden Morris-Ledersesseln. Auf Walters Schreibtisch, der neben dem hohen Fenster stand, türmten sich Rechnungsbücher, Schreibblöcke, uralte Jagdzeitschriften und vergilbte Zeitungen. Und oben auf dem ganzen Haufen thronte eine Rolle Toilettenpapier.

»Wo sollen wir das Tablett mit den Sesamstangen und dem Sherry hinstellen? Auf seinen Schreibtisch neben das Klopapier oder dort drüben auf den 50-Pfund-Sack Eukanuba?«, fragte Emily und konnte vor Lachen kaum mehr an sich halten.

»Mir würde schon was einfallen, wo er das hintun kann«, meinte Jenny und brach ebenfalls in Gelächter aus. Wie sonst hätte man auch auf dieses Chaos reagieren sollen?

Zwei Stunden später waren die Regale aufgeräumt, der Sack Hundefutter auf die hintere Veranda gebracht, die Teppiche, Möbel und Vorhänge abgesaugt, Walters Schreibtisch freigeschaufelt und poliert, der Kamin saubergemacht und mit Holzscheiten bestückt worden, die nur noch angezündet werden mussten. Jenny brachte eine große Kupfervase mit Holunderbeerzweigen, während Emily gerade die letzten silbernen Fotorahmen auf dem Kaminsims abstaubte.

Als sie das letzte Bild – es war ein großes Foto von einem wunderschönen, längst in Vergessenheit geratenen Boykin – in die Hand nahm, rutschte es heraus und fiel zu Boden. Dahinter war ein zweites Foto. Emily ging damit zu den inzwischen blitzblanken Fenstern hinüber und studierte es. Obwohl das Bild ziemlich vergilbt war, konnte sie die gedrungene Gestalt eines Mannes mit kupferroten Haaren und einen kleinen, sich sehr aufrecht haltenden Mann mit Fassrumpf, kurzen Beinen, breiter Brust und einem riesigen Kopf erkennen. Zwischen den beiden stand ein gertenschlankes Mädchen, das fast so groß war wie sie. Sie hatte lange, glatte, braune Haare und wohlgeformte, schlanke Beine, die aus einem Minirock herausragten. Beide Männer hatten die Arme um das Mädchen gelegt und sie grinste sichtlich vergnügt. Die Männer schauten mit ernster Miene in die Sonne und kniffen die Augen zusammen.

Emily betrachtete das Bild eine ganze Weile und wandte sich dann an ihre Tante.

»Schau mal, das bist du! Stimmt doch, oder? Sieh dir mal diesen Rock an … und, meine Herrn, das ist Daddy! Und das da ist wahrscheinlich Großvater Carter. Tante Jenny, Daddy hat sich überhaupt nicht verändert. Und du siehst richtig hübsch aus …«

Jenny Raiford trat ins Licht und nahm Emily das Foto ab. Sie neigte den Kopf und betrachtete es lange.

»Ja«, sagte sie, hob den Kopf und sah Emily an. Auf einmal hatte sie so einen verkniffenen Zug um die Nase, den Emily sonst nur von Kranken kannte.

»Ja, das sind wir. Ich habe dieses Foto nicht mehr gesehen seit … es aufgenommen wurde, wenn ich mich recht entsinne. Wann wird das wohl gewesen sein … 1969? 1970? Wo hast du es gefunden?«

»War hinter dem Hundefoto auf dem Kaminsims«, sagte Emily. »Keine Ahnung, wieso es da versteckt war. Das ist doch ein tolles Foto von dir und Daddy …«

»Ja, ich weiß es auch nicht«, meinte Jenny. »Na, komm schon, jetzt polieren wir noch diese Pokale und dann trinken wir eine Tasse Tee oder eine Coke. Kommt mir vor, als hätte ich einen Baumwollballen verschluckt.«

Sie stellte das Foto schnell auf Walters Schreibtisch und verließ das Zimmer. In der Küche warf Emily ihr einen prüfenden Blick zu. Die Bewegungen ihrer Tante, ansonsten eher bedächtig und anmutig, hatten jetzt etwas Hektisches, Abruptes. Emily fiel wieder ein, dass Jennifer Carter auf dem Charleston College Ballett studiert hatte. Jenny wich noch immer ihrem Blick aus.

»Wer hat das Foto gemacht?«, wollte Emily wissen. »Hat … meine Mutter es geschossen?«

»Nein«, antwortete ihre Tante. »Damals ging sie noch auf das Converse. Ich glaube nicht mal, dass sie zu jener Zeit deinem Vater schon begegnet war. An dem Tag, wo das Foto entstanden ist, hat unser Vater ihn von einer Hundeprobe mit nach Hause gebracht. Da haben wir uns kennengelernt.«

Emily besaß die Gabe, auch das Unausgesprochene zu hören. Manchmal konnte sie, ohne es zu wollen, die Gedanken anderer lesen. Diese Fähigkeit war für sie von großer Bedeutung, da ihr Vater und ihre Brüder nur selten das Wort an sie richteten. Sie betrachtete den durchgedrückten Rücken ihrer Tante und dachte: Sie hat ihn geliebt. Zuerst war er ihr Freund. Das kann man an ihrem Gesicht auf dem Foto ablesen. Wie ist es nur dazu gekommen, dass er meine Mutter geheiratet hat?

Aber sie kannte die Antwort. Caroline Carter mit ihren Locken, Kurven, den haselnussbraunen Augen und dem ansteckenden Lachen war nach Beendigung des College heimgekommen, hatte sich in Walter Parmenter verguckt und damit war die Sache besiegelt gewesen.

Wahrscheinlich hat sie als Reaktion darauf Truman Raiford geheiratet, überlegte Emily. Was für ein Fehler das gewesen war. Ich glaube nicht … Ich wünschte, meine Mutter hätte ihn ihr nicht ausgespannt.

Aber wo wäre ich dann? Und wo wären Walt Junior und Carter? Hätte es dann je einen Buddy gegeben? Sie machte den Mund auf und wollte noch etwas fragen, da sagte Jenny, die sie immer noch nicht anschaute: »Lass gut sein, Emily. Das ist alles lange her.«

Emily hätte darauf wahrscheinlich keine Rücksicht genommen, wäre da nicht plötzlich das laute Knattern des Dodge Pick-up auf der Auffahrt zu hören gewesen. Autotüren wurden zugeknallt, Männerstimmen schallten kurz durch die kalte, neblige Luft und dann sprang der Motor des schweren und teuren Geländewagens an, der die Auffahrt hinunterfuhr. Und dann legte sich Stille über Sweetwater. Eine ganze Weile lang war nicht das leiseste Geräusch zu hören.

»Wieso, in Dreigottesnamen, sind sie schon so früh wieder daheim? Ich dachte, dein Vater hätte etwas von Sonnenuntergang gesagt …«, meinte Jenny.

In Emilys Brust schnürte sich alles zu einem Eisklumpen zusammen. Sie rührte sich nicht, sagte kein Sterbenswörtchen.

Die Eingangstür flog auf. Die schweren Schritte ihres Vaters dröhnten in der Halle. Er machte nicht vor der Küche halt, sondern ging die Treppe hoch. Eine Tür flog ins Schloss und dann kehrte wieder Stille ein.

Kurz darauf kamen Walt Junior und Carter in die Küche. Ihre Gesichter waren von der Kälte gerötet und sie sahen überhaupt nicht wie glückliche Jäger aus, die von ihrem Ausflug heimkehrten. Neben Carters Fuß trottete ein gehorsamer Elvis herein. Er schaute zu ihr hoch. In seinen goldenen Augen blitzte keine Lebensfreude und er wackelte auch nicht mit seinem Stummelschwanz, sondern setzte sich einfach ohne zu murren vor die Jungs. Zu Emily sah er nicht mehr hoch. Die Stille breitete sich aus, war so greifbar wie die Staubkörnchen, die durch die schräg einfallende Nachmittagssonne flirrten.

»Was ist passiert?«, flüsterte Emily schließlich mit immer noch zugeschnürter Brust. »Wo ist Mr Schotter?«

»Mr Schotter ist nach Hause gefahren, um – ich zitiere – die Sache zu überdenken«, sagte Carter. »Ihr solltet das Zeug lieber wegräumen.« Er deutete auf die funkelnde Sherry-Karaffe und das ziselierte Silbertablett mit den warmen Sesamstangen. »Ich glaube nicht, dass Dad das sehen will.«

»Carter …«, begann Emily verzweifelt.

»Elvis wollte nicht apportieren«, antwortete ihr Bruder kurz angebunden. Seine Unterkiefermuskeln zuckten. »Er hat alles perfekt gemacht, war ein richtiger Prachtkerl. Mr Schotter, wie du ihn nennst, war total begeistert von ihm. Und dann hat er eine Stockente geschossen. Elvis lief ans Wasser, ging hinten in die Hocke, um zu springen, drehte den Kopf in unsere Richtung und grinste. Und dann wedelte er mit dem Schwanz und rührte sich nicht vom Fleck. Und egal, was Daddy anstellte, er blieb einfach sitzen. Gehorchte nicht. Irgendwann haben wir uns dann auf den Heimweg gemacht. Wenn ich du wäre, würde ich den Hund eine Weile lang aus dem Verkehr ziehen. Gut möglich, dass Daddy ihn sonst umbringt.«

Zitternd kniete Emily sich hin und schlang die Arme

um Elvis. Sie spürte ein leises Bibbern und Muskelzucken unter seinem feuchten lockigen Fell.

»Hat ihn jemand angebrüllt – oder ihn geschlagen?«, flüsterte sie. Elvis schob den Kopf unter ihren Arm und vergrub ihn dort.

»Ach, Scheiße, natürlich nicht«, herrschte Walt Junior sie ungeduldig an. »Du weißt, Daddy würde keinem Hund etwas zuleide tun. Er hat einfach … nicht mehr mit ihm geredet. Ihn in die Kiste gesteckt, hinten auf den Pick-up geladen und nach Hause gebracht. Er war schon aus dem Wagen gesprungen, bevor Carter und ich nur unsere Tür geöffnet hatten. Wir haben die Kiste runtergeholt und Elvis rausgelassen. Aber er weiß, dass er einen Riesenfehler gemacht hat. Schau ihn dir nur an.«

Emily nahm den Hund auf die Arme, stand auf und drückte ihn an die Brust.

»Er hat keinen Fehler gemacht. In seinem ganzen Leben hat er noch keinen Fehler gemacht!«, fauchte sie und spürte, wie alles Blut aus ihrem Gesicht wich und sie ganz weiß wurde. »Es war ein Fehler, ihn mit auf die Jagd zu nehmen und vorzuführen … wie einen Preisbullen! Wenn es nach mir geht, apportiert er nie! Ich hoffe, er wird niemals für jemanden hier irgendetwas apportieren!«

Und dann lief sie mit Elvis die Stufen zu ihrem Zimmer hoch. Die Schlafzimmertür ihres Vaters flog auf. Walter Parmenter baute sich oben auf dem Treppenabsatz auf und schaute zu ihr hinunter. Wie angewurzelt blieb sie stehen. Sein Gesicht war aschfahl, die Miene angespannt, aber in seinen Augen loderte ein Feuer.

»Was, zum Teufel, hast du diesem Hund ins Ohr geflüstert?«, brüllte er Emily an.

Mit dem Hund auf den Armen lief sie weiter, stürmte

an ihm vorbei und rannte in ihr Zimmer, ehe sie ihre Tante Jenny mit tonloser Stimme wütend rufen hörte: »Was redest du da, Walter Parmenter? Bist du von Sinnen? Hörst du, was du sagst? Wage es ja nicht, mit Emily jemals wieder so zu reden in meiner …«

Emily knallte die Tür zu und schloss sie – soweit sie sich erinnern konnte – zum ersten Mal in ihrem Leben ab. Es dauerte ziemlich lange, bis sie die Tür wieder aufsperrte. Und als sie das tat, hatte sich nichts und alles verändert.

Kapitel Drei

In der Thanksgiving-Nacht hatte Emily einen Traum.

Sie träumte von einem kristallinen weißen Nebel, der sich vom Fluss näherte – dem Dunst, der hier normalerweise im Herbst und Winter herrschte, irgendwie ähnlich und auch wieder nicht. Dieser Nebel war greifbar, hatte Gestalt. Wie ein dichter Schleier legte er sich über das Haus, den Fluss, die Marsch, über die ganze Plantage, vom Toogoodoo Creek im Norden bis fast nach Hollywood, runter nach Yonges Island am Wadmalaw River bis zur Bucht auf North Edisto.

Irgendwie ritt sie auf diesem Nebel, saß mit gekreuzten Beinen obenauf. Eine warme Sonne schien auf sie herab, eine frische Brise spielte mit ihrem Haar. Sie schaute zur Plantage hinunter, die sie durch den marmorweißen Dunst eigentlich gar nicht hätte sehen dürfen. Die längste Zeit saß sie einfach auf dieser Nebelschwade, blickte nach unten und war glücklicher als jemals zuvor in ihrem Leben.

Sie schwebte direkt über dem Haus und konnte es so deutlich erkennen wie bei normalem Tageslicht. Die schmucklose klassizistische Architektur, das zweistöckige Haupthaus, die sich daran anschließenden Flügel, die umlaufende Holzveranda und die vier schlichten, weißen Holzsäulen waren ihr wohlvertraut. Das Haus saß leicht erhöht auf einem Fundament aus Backsteinwölbungen. Wenn der Wind vom breiten Wadmalaw, der hinter dem Haus verlief, unten durchblies, wurde es gleich ein paar Grad kühler. Sweetwater war nie eine von diesen überladenen, herrschaftlichen Plantagen gewesen wie die an den Flüssen Ashley, Cooper und Peedee, fügte sich aufgrund seiner simplen Symmetrie allerdings gut in die Landschaft ein, wirkte wie ein Teil des am Fluss vorherrschenden Lichtes und des weiten Himmels. Und im Traum erstrahlte Sweetwater in einem eigenen Glanz, so weich wie der Augustmond.

Im Traum war es Morgen, ein Morgen im Frühling, und das frische Hellgrün der Marschen und das junge saftige Blattwerk der Lebenseichenhaine, wie es sie da nie gegeben hatte, erstrahlten. Wald- und Wiesenblumen blühten auf den Anhöhen und hinter dem Haus, wo normalerweise nur Ginster, knorrige kleine Bäume, Büsche und Gräben – allesamt von einem dunklen Wald eingerahmt – zu finden waren. Wachtelland hatte Emily es irgendwann genannt. Ein Garten, schöner als alles, was Emily je in der Realität oder in einem Buch gesehen hatte, umgab das Haus: Rosen, Taglilien, Iris, Azaleen, Kamelien, einjährige Blumen in einer Orgie unglaublicher Farbschattierungen, perfekt getrimmte dunkelgrüne Buchsbaumhecken. In der Marsch und auf den Hügeln fielen Vorhänge aus silbernem Greisenbart aus den Lebenseichen und berührten das hohe Gras. Die Tüpfelfarne leuchteten hellgrün. Am Rand der Sümpfe wiegte sich das Schlickgras in einem lauen Lüftchen, das so stark nach dem sauberen, fischreichen Fluss und dem dahinter liegenden Meer roch, dass man ganz trunken davon wurde. Unzählige, ganz unterschiedliche Vogelstimmen ertönten in der seidenweichen Luft. Und über all das spannte sich ein weiter zartblauer Frühlingshimmel.

Emily fühlte sich trunken – trunken vor Freude, berauscht von einem Gefühl der Sicherheit, der Wertschätzung, verzaubert von unendlich vielen Möglichkeiten.

Vom Weg und vom Holzsteg, der weit hinaus in die Marsch reichte bis zu der Stelle, wo der Fluss ganz tief und die Strömung schnell war, wehte Musik herüber und Emily entdeckte Menschen, Tiere, Boote. Die Boote bildeten eine Linie vom Landesteg bis fast zur großen Biegung, wo der Fluss in den Toogoodoo Creek mündete. Hinter der Biegung musste man nur an Bears Bluff vorbei und schon war man am breiten North Edisto, der zwischen Edisto und den Seabrook Islands direkt in den offenen Atlantik mündete. Die Boote waren wunderschöne dreimastige Schoner mit aufgerollten Segeln, die sanft in der morgendlichen Flut schaukelten. Auf den Decks drängten sich Menschen, die Emily nicht erkennen konnte, dicht an dicht. Nichts von all dem überraschte Emily. Die Boote fügten sich perfekt in das Panorama ein.

Die Musik kam in Wellen. Sie meinte, ein paar Noten Pachelbel, einen Ausschnitt von Bachs *Jesu Bleibet Meine Freude*, das Buddy so gemocht hatte, zu erkennen. Und einen fröhlichen, rhythmischen Sprechgesang, der eigenwillig klingende alte Trommeln und Tamburine übertönte und wahrscheinlich eine Gullah-Lobpreisung war. Ein paar Takte von den Shirelles, die *Foolish Little Girl* sangen – sie gehörten mit zum Besten, was man an Carolinas Stränden zu hören kriegte –, und ganz laut die Fifth Dimension, die *The Age of Aquarius* schmetterten. Wer war es gleich wieder gewesen, der diesen Song so gemocht hatte? Emily konnte sich nicht daran erinnern, doch die Musik stimmte sie heiter und froh. Obwohl die einzelnen Stücke nicht zusammenpassten, fand Emily, dass die Atmosphäre ohne diese Musik ihren Zauber verlöre.

Die Menschen auf dem Steg neben dem ersten Schiff waren im Gegensatz zu denen an Bord so deutlich zu erkennen, als würden sie von einem Scheinwerfer angestrahlt. Da war ihr Vater, der das gebräunte Gesicht in die Sonne hielt und lachte. Tante Jenny stand neben ihm. Sie trug ein langes, geblümtes Etwas, mit dessen Saum der Wind spielte, der sich auch in ihren Haaren verfing. Sie schenkte Walter Parmenter ein Lächeln. Die Zwillinge waren auch da. Sie hatten ihre berühmt-berüchtigten alten Jagdklamotten mit Tarnmuster an, die sie über alles liebten. Die beiden grinsten und schubsten sich gegenseitig zum Spaß. Und hinter ihnen stand Buddy inmitten einer Horde schwanzwedelnder rotbrauner Boykins.

Emily hatte Mühe, nicht laut herauszujuchzen, aber selbst im Traum war sie sich darüber im Klaren, dass eine Äußerung alles zunichte machen würde. Ein großer, schlaksiger Buddy – er überragte alle anderen auf dem Steg – hatte die Hände in den Taschen der karierten Baumwollshorts gesteckt und die Ärmel seines blauen Oberhemdes hochgekrempelt, so dass seine braunen Handgelenke und Arme zum Vorschein kamen. Seine Sonnenbrille steckte im dicken dunkelblonden Haar, das er von seinem Vater geerbt hatte, und ab und an tippte er mit einem Fuß, der nackt in einem Segelschuh steckte, einem aufmüpfigen Spaniel in die Seite. Emily war sich durchaus bewusst, dass sie Buddy nicht so sah, wie er gewesen war, sondern wie er hätte sein können, wäre er alt genug geworden, um aufs College zu gehen. Er hatte vorgehabt, in Yale Dichtkunst und Schauspiel zu studieren.

Ein Schiffshorn ertönte und der Klüver auf dem ersten Schoner wurde herabgelassen und blies sich im Wind auf. Die Menschen auf dem Steg lächelten ihr zu und gingen nach und nach an Bord. Sie reihten sich am Bug auf und spähten ins strudelnde Wasser. Zu ihr schauten sie nicht mehr hoch. Ganz gemächlich glitt das Schiff in die Mitte des breiten Flusses. Und kurz darauf bauschte sich noch eins der großen Segel auf.

Emily beugte sich vor, weil sie ihnen auf ihrer Nebelschwade folgen wollte, doch sie bewegte sich nicht. Wieder und wieder versuchte sie es, doch all ihre Bemühungen waren vergeblich. Als das Schiff Bears Bluff erreichte, waren alle Segel gesetzt. Von einer kräftigen Windböe getrieben, kam es schnell voran.

Sie öffnete den Mund, wollte *Wartet! Kommt zurück! Ihr habt mich vergessen!* rufen, brachte aber kein Wort über die Lippen. Auf einmal hatte sie einen Kloß im Hals. Ihr Herz pochte heftig, weil sie es mit der Angst zu tun bekam und sich verlassen fühlte, doch als sie endlich leise aufschrie, war das Schiff schon in den Edisto gebogen und aus ihrem Blickfeld verschwunden.

Emily stieß ein Wehklagen aus, einen erstickten langen Schluchzer, der von unendlicher Einsamkeit kündete. Sie beugte sich bald auf diese, bald auf jene Seite, ließ nichts unversucht in der Hoffnung, dass die Nebelschwade sich bewegte, aber sie war so unverrückbar wie ein Fels. Und dann setzte sie sich urplötzlich ganz von allein in Bewegung, drehte über dem Fluss Kreise und flog quer über die Insel, über das Marschland und den Wald, schneller und immer schneller, bis sie unter sich nichts mehr erkennen konnte und nur noch Wind und Sonne spürte, die sich jetzt kalt anfühlten.

Sie kauerte sich hin, schlang die Arme um die Knie und

versuchte, sich tief im Nebel zu vergraben, in der Hoffnung, dort Geborgenheit zu finden. Aus unerfindlichem Grunde verlangsamte die Nebelschwade ihr Tempo und blieb stehen. Wieder konnte sie die Erde unter ihr ganz deutlich erkennen. Sie befand sich über dem Sweetwater Creek, wo er in den Toogoodoo mündete, also genau über der Stelle, wo im Sommer die Delphine auftauchten. Sie konnte sogar ihre Furchen vom letzten Sommer erkennen. Ihre Furcht legte sich langsam und das einsetzende Gefühl der Vertrautheit beruhigte sie. Auf einmal war sie sich ganz sicher, dass der Nebel sie doch nicht über den Rand der Welt trug. Eine ganze Weile lang saß sie einfach nur da, ohne sich zu rühren, und sah zu, wie das Tidewasser hereinkam und in das von steilen Uferböschungen gesäumte Prielbett strömte. Bei Ebbe war das hier kaum mehr als ein Rinnsal, in dem nicht einmal Krabben schwammen, doch bei Flut war der Priel breit, tief und blauschwarz vom Himmel, der sich in ihm spiegelte. Und voller Leben, denn dann tummelten sich dort winzige durchsichtige oder weiß schimmernde Kreaturen und auch größere Tiere wie Seebarben, die sich in ihren Höhlen versteckten, und riesige träge Alligatoren mit dicken Schwänzen. Auf der anderen Seite raschelte das Spartgras im Wind – eine wogende Wiese aus Millionen unterschiedlicher Grüntöne.

Emily schaute zu dem Hügel auf der anderen Seite vom Sweetwater Creek hinüber, wo sie schon ein paar Mal Rotwild und ab und an eine kleine windgepeitschte Eiche mit zahllosen Vogelreihernestern entdeckt hatte, deren Anblick sie an einen winterlichen Druck von Currier und Ives erinnerte. Nur wenig Licht drang unter die große Eiche mitten auf der Böschung, aber Emily hatte dort schon Riesenstörche gesehen, die in der Erde herumpickten, und einmal sogar eine Damhirschkuh mit ihrem Kitz, die Schutz vor dem Regen suchten.

Heute saß eine Frau in einem pfirsichfarbenen Etwas aus fließendem, glänzendem Stoff mit angewinkelten Beinen im dichten Gras. Ein Sonnenstrahl verfing sich in ihren Haaren, die auf einmal rot aufloderten, und streifte über ihre alabasterfarbenen Schultern und den Hals, den eine cremeweiße Perlenkette zierte. Und obschon es unmöglich schien, stiegen Emily ihr Tuberosenduft und der Geruch des frischen Regens in die Nase. Neben der Frau saß Elvis, eingerahmt von ihrem weißen Arm.

»Meine Mutter«, sagte Emily laut. Vor lauter Freude und Sehnsucht schnürte es ihr die Brust zu. »Ich erinnere mich an dieses Nachthemd und diese Perlen. Ich weiß noch, wie sie gerochen hat, wenn sie sich nachts über mich gebeugt hat. Überall würde ich sie erkennen! Wieso habe ich jemals gedacht, ich könnte mich nicht mehr an sie erinnern?«

Sie beugte sich in den Nebel in der Hoffnung, er würde sie über die Marsch zu der Böschung tragen, und die Nebelschwade bewegte sich auch ein bisschen, ehe sie wieder an Ort und Stelle verharrte. Dennoch war sie nah genug, um das Gesicht ihrer Mutter zu erkennen, das verhaltene Lächeln, das ihre Lippen umspielte, und die zerzausten Locken, die ihr in die Stirn fielen. Elvis kuschelte sich freudig in ihre Armbeuge und blickte zu Emily hoch. Sein Fell hatte tatsächlich genau die gleiche Farbe wie die Haare ihrer Mutter. Und er grinste sein Hundegrinsen.

»Mama! Ich will rüberkommen«, rief Emily »Bitte, geh nicht weg! Bleib bei Elvis! Ich suche dich schon seit Ewigkeiten …«

Sie machte eine heftige Vorwärtsbewegung und die

Schwade ruckte ein bisschen vorwärts. Aus irgendeinem unerfindlichen Grund versank Emily in dem dichten Nebel, in dem es nass und kalt war.

Ihre Mutter setzte sich aufrecht hin und drückte Elvis an sich. Sie schüttelte den Kopf und machte mit der anderen Hand abwehrende Bewegungen. Elvis fing an zu bellen, als wollte er sie warnen.

»Geh zurück! Geh zurück!«, rief ihre Mutter. »Du kannst nicht hierher kommen. Du hast hier nichts verloren! Geh zurück …«

»Ich *habe* da sehr wohl was verloren. Und ich *komme* dorthin!«, rief Emily entsetzt und traurig. Sie versuchte, im Nebel aufzustehen, ihn hinter sich herzuziehen, darin einzutauchen und unten herauszufallen. Doch plötzlich war da nichts außer kaltem weißen Nebel, Nebel, der ihr in die Nase, in den Mund kroch, ihr Haar benetzte. Der Nebel raubte ihr die Sicht, drang in ihre Kehle, legte sich wie ein feuchter, eisiger Schleier auf ihr Gesicht. Sie kämpfte dagegen an, schlug darauf ein, setzte sich zur Wehr gegen dieses erstickende, alles schluckende Weiß … und wachte schließlich unter der Bettdecke auf. Während sie mühsam Atem schöpfte, spürte sie Tränen und Elvis' Zunge auf ihrem Gesicht. Er stieß einen kläglichen Laut aus. Sie holte einmal tief Luft, schlang die Arme um ihn und setzte sich im Bett auf.

Selbst nachdem ihr Herz wieder ganz normal schlug und ihre Tränen getrocknet waren, rührte Emily sich nicht. Sie saß inmitten der zerwühlten Laken, atmete leise, als ob sie keinen Laut von sich geben wollte, und drückte Elvis an die eiskalte Brust. Ihr Schlafanzug und das Laken waren nass. Kalt und nass, als hätte sie jemand gerade aus eisigem, brackigem Wasser gezogen. Erst als ihre Augen sich an die Dunkelheit gewöhnt hatten und sie links und rechts von den Vorhängen das bleiche Grau der Morgendämmerung und den blassen Lichtrand erkannte, der ihre geschlossene Tür einrahmte, stieg sie aus dem Bett, kramte einen frischen warmen Flanellschlafanzug und ein trockenes Laken heraus, zog sich um und legte sich dann wieder zu Elvis ins Bett. Die längste Zeit lagen sie ganz eng nebeneinander. Sie dachte nicht über den Traum nach und auch an nichts anderes. Nur die Wärme und ihr Hund waren von Bedeutung.

Erst als Elvis anfing, sich unruhig umzudrehen und zu jaulen, reimte sie sich zusammen, dass es mitten in der Nacht sein musste und sie beide sich schon ziemlich lange in diesem Zimmer eingeschlossen hatten. Zweifellos war er hungrig und musste dringend vor die Tür.

»Guter Junge«, flüsterte sie, stand auf, schlüpfte in den zu kleinen Fleece-Bademantel und ihre Wollfilzlatschen. »Guter Junge. Hast keinen Muckser von dir gegeben, bis du es nicht mehr aushalten konntest, was? Los. Wir gehen jetzt nach draußen und holen uns etwas zu essen.«

Das Mädchen und der Hund gingen lautlos den dunklen Flur hinunter, vorbei an den dunklen Schlafzimmern ihres Vater und ihrer Brüder, deren Türen geschlossen waren, und dann die breite Treppe hinab. Emily achtete darauf, nicht auf die knarzenden Stufen zu treten. Elvis tat es ihr gleich. Vorsichtig öffnete sie die Tür, die auf die hintere Veranda führte. Der Hund trottete hinaus, sprang die Stufen hinunter, verrichtete sein Geschäft im Gras und kam sofort zurück. Emily wusste, dass über dem Priel ein unglaublicher Himmel voller Wintersterne stand und sie womöglich noch den dahinhuschenden schwarzen Schatten eines wilden Tieres, das nachts jagte, gesehen hätte, doch sie schaute nicht hin. Sie fürchtete, dass sie sehen würde, wie sich über dem stillen Wasser Nebel bildete, dessen Schwaden bis zum Ufer reichten.

Gestern Nachmittag waren ihre Tante und Cleta an ihre Tür gekommen, hatten leise geklopft und sie zu überreden versucht, nach unten zu kommen und am Thanksgiving-Essen teilzunehmen. Sie hatten ihr versichert, dass die Luft rein war, dass ihr Vater und die Jungs sich in dem kleinen Wintergarten, den sie als Fernsehzimmer benutzten, vergraben hatten, Fußball schauten und von daher nichts hörten und bestimmt nicht herauskamen.

Emily hatte nicht geantwortet. Schließlich hatte ihre Tante gerufen: »Ich muss jetzt los, Liebes. Lass uns morgen oder übermorgen reden. Ich erzähle dir alles über Columbia. Vielleicht kannst du mich nächstes Mal ja begleiten.«

Sie hörte, wie die Schritte ihrer Tante sich entfernten. Danach meldete sich Cleta zu Wort.

»Ich muss für eine Weile nach Hause, aber ich stelle einen Teller vor deine Tür. Ruf mich an, wenn du mich brauchst. Ich bin daheim. Keine Sorge, Kleines, er meint nicht die Hälfte von dem, was er sagt, ernst. Hat den Vorfall wahrscheinlich schon längst vergessen. Sie sitzen unten, schauen fern und essen Kuchen.«

Als Cleta die Treppe hinunterging, verhallte ihr schwerer Schritt. Kaum war sie gegangen, war es still. Vollkommen still. Obwohl es noch eine ganze Weile gedauert hatte, bis Emily wieder einschlief, hatte sie nicht gehört, wie ihr Vater und ihre Brüder hochkamen und ins Bett gingen. Und als sie nun zusammen mit Elvis wieder unter die vielen Bettdecken kroch, rührte sich auch niemand. Sie hatte schon befürchtet, der grauenvolle Traum würde sie am Einschlafen hindern, aber dem war nicht so. Das Mädchen und der Hund dösten innerhalb von Sekunden ein.

Als sie aufwachte, war es spät, kurz vor Mittag. Dies verriet ihr das Lichtquadrat auf dem Schlafzimmerboden, das durch den Schlitz zwischen den Vorhängen fiel, die sich nicht ganz zuziehen ließen. Da sie hier viele Morgen gelegen und anhand des Rechteckes auf dem Boden ausgerechnet hatte, wie lange sie im Bett liegen bleiben konnte, wusste Emily, dass es kurz vor zwölf war.

Sie kletterte aus dem Bett und stapfte mit Elvis im Schlepptau, dessen Nägel auf den Fliesen klackten, ins Badezimmer. Sie wusch sich das Gesicht, putzte die Zähne und zog Kordhosen und einen alten Pulli von Buddy an, der immer noch leicht nach ihm roch. Sie brauchte keinen Blick aus dem Fenster zu werfen, um zu wissen, dass es kalt war. Der Boden war kühl und der Badezimmerspiegel beschlug. Sie spitzte die Ohren, konnte jedoch den leise grummelnden alten Ofen nicht hören. Nachdem sie dicke Socken und knöchelhohe Turnschuhe angezogen hatte, trat sie zögernd in den Flur. Ihrem Vater mochte sie um keinen Preis über den Weg laufen.

Draußen im Korridor schwante ihr, dass sie weder ihm noch sonst jemandem begegnen würde. In einem leeren Haus herrscht eine ganz besondere Stille. Es ist, als hielte die Welt den Atem an. Und man spürt ganz deutlich, dass niemand schwer auftreten, die Tür knallen, in der Küche mit den Pfannen klappern, dass niemand mit seinem Tun diesen Frieden stören wird. Emily blieb stehen und genoss einen Moment lang die Ruhe, ehe sie leise und unsicher die Treppe hinunterstieg. Weshalb sie es für nötig erachtete, sich auf Zehenspitzen zu bewegen, konnte sie nicht sagen. Selbst Elvis, der bei Fuß ging, bewegte sich lautlos. Weder klimperte sein Halsband, noch klackerten seine Nägel.

Unten brannte kein Licht. Dazu bestand auch gar keine Veranlassung, denn natürliches Licht vom Fluss fiel durch die großen Fenster. Sweetwater brauchte nur Tageslicht. An diesem Morgen hätte Kunstlicht hingegen vielleicht eine anheimelnde Atmosphäre geschaffen. Emily schlich von einem Raum zum nächsten. Die blitzsaubere Küche war leer. Wo steckte Cleta nur? Weder im Wohn- noch im Esszimmer noch im Büro ihres Vaters, wo immer noch alles strahlte und funkelte, war eine Menschenseele anzutreffen. Im Wintergarten, wo der Fernseher stand, fand sie nur Zeitungen, leere Gläser und Schokoriegelverpackungen von der Fußballorgie des gestrigen Abends. Selbst im Vorbeigehen hatte sie gemerkt, dass sich in den Zimmern ihres Vaters und ihrer Brüder niemand aufhielt. Die Leere konnte man buchstäblich riechen.

Sie trat auf die hintere Veranda und blickte zum Fluss hinunter. Es war einer von diesen Wintertagen, die sie am wenigsten mochte. Grenzenlos, ohne Konturen und gleißend hell, so dass das Auge keinen Punkt findet, den es fixieren kann. Heute war einer von diesen gnadenlosen Tagen, wo einen das Gefühl beschlich, der endlose Himmel, die kalte Erde und das eisige Wasser wären auf einmal ganz fremd und der Menschheit gegenüber gleichgültig geworden, verstrickt in ein unendliches, elementares, kosmisches Unterfangen, das keine Rücksicht nahm auf atmende Wesen. An so einem Tag drinnen zu bleiben, kostete Emily überhaupt keine Überwindung.

Nichtsdestotrotz kehrten sie und Elvis dem Fluss den Rücken zu und gingen hinter das Haus, wo ihr Großvater in einem Pecanobaumwäldchen Ställe und Koppeln für die Rassepferde errichtet hatte, die er nie gezüchtet hatte. Jetzt wurden hier Hunde untergebracht. Gemächlich schlenderte Emily zu den Gehegen hinüber. Der Laster ihres Vaters war weg, der zerbeulte alte Volvo-Kombi, der als Familienkutsche diente, ebenfalls. Und auch der altersschwache Mustang, den die Zwillinge sich teilten, fehlte.

»Niemand daheim«, sagte sie laut zu Elvis, nur um eine Stimme zu hören. Dann registrierte sie eine Bewegung hinter den Zwingern. Kenny Rouse kam mit einem riesigen Sack Hundefutter um die Ecke.

Von all den Hilfskräften, die ihr Vater für die schwere und öde Arbeit in den Hundezwingern eingestellt hatte, mochte Emily Kenny am wenigsten. Die Zahl änderte sich, aber im Normalfall arbeiteten hier drei oder vier junge Männer. Aus dem einen oder anderen Grunde besuchte keiner von ihnen die Schule. Dass ihr Vater sie je danach fragte, bezweifelte Emily stark. Leute zu finden, die bei einem Hundezüchter arbeiten wollten, war nicht einfach. Walter behandelte seine Leute gut, ohne ihnen allzu viel Aufmerksamkeit zu schenken. Kenny war der Einzige, der nie plauderte oder mal innehielt und eine Pause machte. Außerdem schaute er seinen Mitmenschen nur selten in die Augen. Kenny war klein, hatte einen Stiernacken und trug die Haare so kurz wie ein Marinerekrut. Die kleinen Augen und der Mund schienen sich in der Mitte seines Gesichts zusammenzudrängen. Er trug einen Ring in der Nase und zwei in einem Ohr. Emily wusste, dass ihr Vater das nicht guthieß, Kenny dafür aber nicht rügte. Wenn ihm der Sinn danach stand, konnte Kenny für zwei arbeiten.

Als er sie sah, blieb er stehen und setzte den Hundefuttersack ab.

Emily, die sich nicht elegant aus der Affäre ziehen konnte, blieb ebenfalls stehen und lächelte einfältig. Er schaute sie an wie immer, was in seinem Fall hieß, dass er sie vom Scheitel bis zur Sohle musterte. Emily konnte es nicht ertragen, wenn er sie mit seinen kleinen Schweineaugen quasi abtastete. Diese Augen weckten bei ihr immer das Verlangen, sich die Füße zu waschen, die Hände abzuwischen. Und heute machten ihr diese Augen richtig Angst.

»Hallo, Kenny«, sagte sie.

»Hallo, Emily«, murmelte er. Sein Blick wanderte, schätzte ab, sondierte.

»Wo sind denn alle?« Emilys Stimme drohte zu kippen.

»Sie sind zu diesem Probelauf nach Santee hochgefahren«, sagte er. »Hat dir keiner Bescheid gesagt? Sind den ganzen Tag, die ganze Nacht und vielleicht auch noch morgen Nacht weg. Ich jedenfalls muss die Hunde bis übermorgen füttern. Ich wusste nicht, dass keiner da ist.«

Für kurze Zeit schwiegen beide. Nach einer Weile trat er einen Schritt näher. Emily, deren zarte Hand auf Elvis' Rücken lag, spürte, dass er kurz davor war, Kenny anzuknurren. Sie stand ganz steif da und rührte sich nicht.

»Bist du ganz allein, Emily?«, fragte Kenny Rouse. Seine Stimme war jetzt leiser, kaum mehr als ein Flüstern.

»O Gott, nein«, plapperte Emily drauflos. »Cleta ist hier.«

»Hab' ihre alte Karre gar nicht gesehen.«

»Ihr Sohn hat sie hergefahren. Und wir warten jetzt auf meine Tante. Sie kommt mit ihrem Freund vorbei.« Emily hörte sehr wohl, wie verrückt sie klang.

»Sieh einer an. Na, dann wünsche ich einen schönen

Tag«, sagte Kenny und grinste. In Emilys Augen wirkte er wie ein Halloween-Kürbis, und zwar wie einer von der gar nicht spaßigen Sorte.

»Ich bin ja noch eine Weile da«, sagte er träge. »Vielleicht kann ich ja ein Stück Kuchen schnorren, wer weiß?«

»Prima Idee«, meinte Emily. »Wir werden dir ein Stück aufheben. Na, dann tschüss, Kenny.«

»Tschüss, Emily.«

Sie trottete zum Haus zurück und gab sich wirklich große Mühe, nicht zu rennen. Im Rücken spürte sie seinen Blick, der sich anfühlte, als würde er dort tiefe Krater hinterlassen. Elvis marschierte steif hinter ihr her. Jetzt hörte sie ihn leise knurren. Kaum war sie im Haus, schloss sie alle Türen und Fenster, schaltete in der Küche jede Lampe an und drehte das Radio voll auf. Erst als sie sich an den Küchentisch setzte, merkte sie, dass sie am ganzen Leib leicht zitterte – genau wie Elvis. Kenny Rouse kriegte sie nicht mehr zu Gesicht, aber vom Küchenfenster in der Ecke konnte sie sehen, dass sein alter Lieferwagen noch da stand. Und jedes Mal, wenn sie rausschaute, stand der Wagen an derselben Stelle.

Und Cleta wollte einfach nicht kommen.

Gegen vier Uhr färbte sich das Licht des winterlichen Himmels langsam grau. Heute würde es von einer Minute auf die andere dunkel werden. Emily ließ Elvis vorn raus, denn vor dem Haus war die Zufahrt und nicht wie hinten der Zwinger und der Fluss. Er entfernte sich nicht allzu weit, erleichterte sich im braunen Gras und rannte ins Haus zurück, als hätte sich Emilys Bedürfnis nach Eile und Ruhe auf ihn übertragen. Kaum war er eingetreten, verriegelte sie die Tür und hielt sich von da an nur noch im hinteren Teil des Hauses auf.

Sie wanderte in der viel zu großen, allzu ruhigen Küche herum und durchsuchte die Schränke nach etwas Essbarem für sich und Elvis. Sie fand kalten Truthahn mit Füllung, Milch und die Sesamstangen, die Jenny umsonst gebacken hatte. Sie überlegte, ob sie die Sachen oben in ihrem Zimmer essen, dort alle Lampen einschalten, Radio hören und die Tür abschließen sollte. Irgendwann musste ja auch Cleta endlich auftauchen …

Sie blieb vor dem Kühlschrank stehen und überflog den Kalender, der mit einem Magnet an der Tür befestigt war. Das war selbstverständlich ein Kalender mit Welpenmotiven, den ein Futtererzeuger geschickt hatte, dessen Produkt sie nicht kauften. Sie fand das Quadrat für den gestrigen Tag und las die schräg stehenden schwarzen Worte, die ihre Tante eingetragen hatte: Thanksgiving b. Parmenter. Auf dem nächsten Quadrat, also dem für heute, stand: Columbia, Symph. m. Althea/Evelyn/Lana.

Soweit Emily wusste, machte ihre Tante seit Jahren an Thanksgiving einen Ausflug nach Columbia. Bei diesen Stippvisiten besuchte Jenny eine Aufführung eines Symphonieorchesters, das dort gerade ein Gastspiel gab, stieg in dem großen, quadratischen, weißen Radisson Hotel ab und machte tags darauf einen Einkaufsbummel. Plötzlich fand Emily dieses bescheidene Vergnügen recht jämmerlich. Als sie sich das Leben ihrer Tante vergegenwärtigte, stiegen ihr Tränen in die Augen. Seit ihrer Kindheit kannte sie diese Geschichte; aller Wahrscheinlichkeit nach hatte Buddy sie ihr erzählt. Tatsache war, dass Jenny Carter keine zwei Monate, nachdem ihre Schwester Walter Parmenters Herz im Sturm erobert und ihn vor den Traualtar geschleppt hatte, einen gutaussehenden Nichtsnutz namens Truman Raiford heiratete. Anfangs wohnten sie in einem kleinen Apartment in

Ravenel, wo Truman zeitweise als Generalunternehmer arbeitete. Jenny unterrichtete in der dortigen Grundschule. In die Zukunft setzten sie große Hoffungen, denn ihr Vater hatte den beiden Mädchen ein stattliches Erbe, das größtenteils aus Land bestand, versprochen. Schon damals war klar gewesen, dass seine Diabetes ihm nicht mehr allzu viel Zeit ließ.

Ihr Vater starb Weihnachten darauf und hinterließ die Plantage samt dazugehörigem Besitz Caroline und Walter. Jenny und Truman erbten eine große Farm auf John's Island mit einem hübschen, wenig protzigen Haus und äußerst fruchtbarem Boden, aus dem Tomaten und anderes Gemüse geradezu emporzuschießen schienen. Truman verkaufte seine zwielichtige Firma an einen Bekannten und schlüpfte in die Rolle des eleganten Farmers. Nicht lange und er hatte Jenny davon überzeugt, ihm »aus steuerlichen Gründen« den ganzen Besitz zu überschreiben. Knapp ein Jahr später war es ihm dann gelungen, die Farm fast gänzlich in den Ruin zu treiben. Truman nahm noch einen Kredit auf die Farm auf, tat sich mit einer neunzehnjährigen Blondine aus Rantowles, von Beruf Nageldesignerin, zusammen und tauchte im endlos weiten Mittelwesten unter. Walters halbherziger Versuch, ihn für Jenny aufzuspüren, führte am Ende zu nichts, denn er war voll und ganz damit beschäftigt, mit seiner Boykin-Zucht ein eigenes Imperium aufzuziehen. Und Caroline hatte alle Hände voll zu tun, in die Rolle der Pflanzergattin hineinzuwachsen. Sie bot Jenny ein Zimmer auf Sweetwater an, was Jenny höflich ablehnte, ehe sie sich wieder ein Apartment in Ravenel suchte und dort einzog. Da sie tüchtig und kompetent war, fand sie schon bald in der Schule, wo sie ihr Referendariat gemacht hatte, eine Stelle als Lehrerin für Drittklässler, wo sie bis heute unterrichtete. Ihre Schüler liebten sie. Emily fragte sich manchmal, ob sie darunter litt, keine eigenen Kinder zu haben.

Wie Emily da so in der kalten Küche stand und zum ersten Mal das Leben ihrer Tante in Gänze betrachtete, fand sie, ihre Tante hatte ein richtig schlechtes Geschäft gemacht. Sie wusste, wie gern Jenny mit Walter auf Sweetwater gelebt hätte. Und nun hatte sie sich viel zu früh mit dem Dasein einer Frau in den mittleren Jahren abgefunden, während er verbittert war und nur noch an seine Boykins dachte. Zu spät. Sie musste an den Traum denken. War es immer für alles zu spät?

Mit ihrem Teller ging sie an den französischen Fenstern vorbei, trat auf die Veranda und stellte fest, dass Kenny Rouses Wagen immer noch unten stand. Er saß mit auf der Brust verschränkten Armen auf dem Kotflügel, ganz reglos, und fixierte das Haus. Als Emily an dem Fenster vorbeilief, winkte er ihr keck zu und grinste breit, was sie an einen Hai denken ließ. Elvis hielt mitten im Schritt inne und nahm eine perfekte Vorstehhaltung ein, bei Spaniels eher eine Seltenheit. Wieder knurrte er leise. Emily rannte die Treppe hoch. Die Stufen schienen kein Ende nehmen zu wollen. Oben schloss sie sich und Elvis im Zimmer ein. Aus dem Durcheinander auf ihrem Schreibtisch kramte sie das pinkfarbene Handy hervor, das Jenny ihr letztes Jahr zu Weihnachten geschenkt hatte, und rief Cleta an. Ihre Nummer war eine der wenigen, die Emily auswendig wusste. Es kam ihr so vor, als hielte sie in dem Zeitraum zwischen dem Wählen und dem Moment, wo Cleta abnahm, die Luft an.

»Cleta?«, fragte Emily mit erstickter Stimme. »Bist du dran?«

»Ja, ich bin's. Wer ist da? Emily? Bist du das?«

»Ja, ich bin's. Ich, ähm … ich wollte nur mal nachfragen, wann du wohl kommst.«

Es dauerte einem Augenblick, bis Cleta antwortete. »Ich habe heute freigenommen, Emily. Tijuan ist es gestern Morgen schlecht gegangen und Robert musste sie zum Entzug ins Krankenhaus bringen. Ich passe jetzt auf die Babys auf. Ich habe Mr Walter gesagt, dass ich freinehme. Wo ist Jenny?«

»Na, du weißt schon, sie ist mit ihren Freundinnen nach Columbia gefahren, um dieses Orchesterding zu hören. Nach Thanksgiving fährt sie immer weg. Ich glaube, sie kommt erst morgen oder Sonntag zurück.«

»Bist du allein?«, fragte Cleta scharfsinnig. »Du hörst dich eigenartig an.«

»Ja«, sagte Emily und versuchte trotz zittriger Stimme mit Nachdruck zu sprechen. »Daddy und die Jungs sind auf irgendeine Hundeveranstaltung im Norden gefahren. Soweit ich weiß, kommen sie morgen wieder.«

»Gütiger Gott, mir gegenüber hat er kein Wort über irgendeine Veranstaltung verloren«, meinte Cleta. Ihre Stimme war eine Oktave gestiegen. »Ich hätte jemanden gebeten, zu euch rauszukommen, oder Jenny gefragt. Du weißt, wie gern sie bei dir geblieben wäre.«

»Ich denke, er hat es einfach vergessen«, sagte Emily.

»Wenn ich mich erst mal mit ihm unterhalten habe, wird er dich in Zukunft nie mehr vergessen«, rief Cleta wütend. »Hast du da drüben Angst, Kleines? Ich glaube, mit all den Sicherheitsscheinwerfern und Hunden kann dir eigentlich nichts passieren. Gleich Morgen früh komme ich zu dir raus. Tijuans Schwester Esther kommt die Babys holen und nimmt sie mit nach Hause. Niemand weiß, wie lange Tijuan diesmal drinnen bleiben muss.«

»Oh, ähm, nein, ich habe keine Angst«, sagte Emily.

»Es ist nur so, dass Kenny Rouse dort drüben auf seinem Laster sitzt und anscheinend nicht heimwill. Er ist jetzt seit Mittag hier. Ich glaube, er weiß, dass ich hier allein bin.«

Sie hörte, wie am anderen Ende der Leitung laut Luft geholt wurde. Nach einer Pause sagte Cleta ruhig, aber bestimmt: »Du bleibst, wo du bist, und schließt überall ab, Emily. Pack eine kleine Tasche und warte. Ich schicke GW rüber. Er soll dich abholen und hierher bringen. In einer Viertelstunde ist er bei dir. Er hupt dann. Komm erst raus, wenn du ihn hupen hörst. Immer wieder habe ich Mr Walter gesagt, dieser Kenny Rouse ist Abschaum. Wenn er versucht, ins Haus zu gelangen, bevor GW da ist, rufst du die Polizei. Ist Elvis bei dir?«

»Ja ...«

»Dann kann dir nichts passieren. Bring ihn mit. Hier gibt es gebratenes Hühnchen, Kohl, Maisbrot und einen Cola-Kuchen. Das gibt ein richtiges Festmahl für uns.«

Nach dem Telefonat setzte Emily sich auf die Bettkante und wartete. Aus Furcht, es nicht zu hören, falls jemand sich an der Tür zu schaffen machte oder leise die Treppe hochstieg, schaltete sie nun das Radio aus. Bis sie das krächzende, hohe Tuten von GWs altem Laster hörte, hatte sich ihre Angst so gesteigert, dass sie hyperventilierte und sich vor lauter Zittern kaum mehr auf den Beinen halten konnte. Erst als sie schon halb zur Hintertür raus war, begann ihr rasch klopfendes Herz sich langsam zu beruhigen. Aus dem Augenwinkel heraus registrierte sie, dass Kenny und sein Laster verschwunden waren. Sie hatte ihn nicht wegfahren gehört. Nun, wo die panische Angst nachließ, war sie wütend auf sich selbst. Sie zog die Tür von GWs Laster auf.

»In meinen Augen war er plötzlich so was wie der

Teufel«, murmelte sie, »wo Kenny Rouse in Wahrheit doch nur weißer Abschaum ist, nicht mehr und auch nicht weniger.«

Als ihr einfiel, was Buddy vermutlich darauf erwidert hätte, errötete sie und stieg in die stickige Fahrerkabine. GW grinste bis über beide Ohren, so dass sie seine weißen funkelnden Zähne sehen konnte.

»Hallo, Emily«, sagte er. Seine Stimme war ein wunderschöner klarer Tenor. Soweit Emily wusste, sang er in der Goshen African Methodist Episcopal Church.

»Hallo, GW«, begrüßte sie ihn. Neben ihr wedelte Elvis mit dem rotbraunen Hinterteil und leckte GWs Hand ab, die auf dem Steuerrad lag. Egal, ob Hund oder Mensch – alle liebten GW Pringle.

»Bist du zufälligerweise jemandem begegnet, als du hierher gefahren bist?«, fragte Emily.

»Keinem, nur dem ollen Kenny Rouse«, antwortete GW. »Als er mich gesehen hat, ist er in seinen Wagen gesprungen und losgebraust, als säße ihm der Teufel im Nacken. Ist aus der Ausfahrt gerauscht wie ein zweiter Dale Earnhart. Auf wen hast du denn gewartet?«

»Auf niemanden«, antwortete Emily. »Ich war nur neugierig.«

In behagliches Schweigen versunken fuhren sie durch die Dämmerung. Nebelschwaden waren vom Fluss aufgezogen. GW war ein ungelenker kaffeebrauner Junge von sechzehn Jahren mit dem Verstand eines Acht- oder Neunjährigen. Da sich schon vor einiger Zeit herausgestellt hatte, dass der Schulbesuch ihn nicht weiterbrachte, war er zu Hause bei seiner Mutter geblieben, machte sich in Haus und Garten nützlich, übernahm kleinere und schwerere Arbeiten, die in der Nachbarschaft anfielen, und arbeitete bei Besson's Tankstelle am

Highway 162 als Tankwart. Außerdem half er noch bei der Tomatenernte auf den Feldern großer Farmen, war Wochenendküster in seiner Kirche und immer bereit, in der Gegend kurzfristig als Babysitter einzuspringen. GW fand an fast allem, was ihm unter die Augen kam, Gefallen, doch drei Dinge liebte er über alles: Kinder, Sterne und Singen. Manchmal setzte er sich mit seinen kleinen Schützlingen auf eine Uferböschung, beobachtete die Sternschnuppen, die über den Himmel huschten und verglühten, und sang den Kleinen dann eigenartige und unvergessliche Lieder vor, die Emily nicht verstand. Cleta hatte ihr erzählt, es handle sich dabei um uralte Lieder, die mit den ersten Sklaven aus Afrika herübergekommen waren. Die Sprache hieß Gullah und stammte vermutlich aus einem Land namens Angola, das in Westafrika lag, von wo viele Sklaven stammten.

Emily kannte GW schon von Kindesbeinen an. Früher hatte er hin und wieder auf sie aufgepasst. Die beiden fühlten sich miteinander wohl und brauchten sich nicht immer zu unterhalten. Es tut gut, dachte sie, einfach nur in diesem klappernden Führerhäuschen zu sitzen, das Haupt an die Kopfstütze, deren Füllung schon herausfiel, zu lehnen, an den Füßen die heiße Luft zu spüren, die aus der altersschwachen Heizung blies, und das Brummen des Motors zu hören. Bis sie Cletas kleines Haus erreichten, döste sie. Elvis, der tief und fest schlief, zuckte gelegentlich im Traum. Cleta wohnte unweit von Pleasant Point am Ende eines unbefestigten, moosbewachsenen Weges, der tief in die baumbestandene Marsch führte.

Als sie eintrafen, stand eine strahlende Cleta in der Haustür. Sie drückte ein kleines Baby an die Schulter und hatte einen Holzlöffel in der Hand.

»Jetzt, wo ihr beide gesund und heil angekommen seid, können wir euch so viel zu essen geben, bis ihr keinen Muckser mehr macht.«

»Cleta, du hast die Haustür ja blau gestrichen«, fiel Emily auf. »Wann hast du das gemacht? Das sieht toll aus.«

»Schreckt Geister und Unholde ab«, erklärte GW gut gelaunt. »Habe ich gemacht, kurz vor Thanksgiving.«

Cleta schaute ihn an und lächelte.

»Das ist ein Gullah-Zauber, mit dem man böse Geister und Pech fernhält«, sagte Cleta. »Ich weiß noch, als die Hälfte aller Häuser auf dieser Insel blau war. Damit will ich nicht sagen, dass ich daran glaube, aber schaden kann es ja auch nicht. Seit dem frühen Herbst haben wir am Ende der Straße ein Crackhaus und die Polizei unternimmt nichts deswegen. Kommt mir vor, als würden die Leute von Tag zu Tag lauter und gemeiner. Ich habe Schüsse gehört, die von dort kamen. Und ich bin mir ziemlich sicher, dass Tijuan ihr Zeug diesmal dort gekriegt hat. Falls ein bisschen blaue Farbe helfen kann, soll es mir nur recht sein.«

In dem kleinen Haus war alles blitzsauber. Im Kamin brannte ein Feuer und ein rotglühender Kerosinofen stand in der Mitte des vorderen Raumes. In diesem Zimmer passte nichts richtig zusammen. In den Lücken zwischen den Tapeten klebten Zeitungs- und Zeitschriftenseiten. Kartons dienten als Ersatz für die kaputten Scheiben in den Fenstern mit den schmalen Simsen. Stühle, Tische und Sofas waren kunterbunt zusammengewürfelt. Über ein paar Sitzmöbel hatte jemand alte, teilweise sehr schöne Schals und Teppiche geworfen. Emily entdeckte das alte Sofa, das früher bei ihnen in der Küche gestanden hatte, und einen Ledersessel, dessen

Risse von Klebeband zusammengehalten wurden. Eine Weile, fuhr es Emily durch den Sinn, hatte er im Arbeitszimmer ihres Vaters gestanden. Neben dem Kamin war ein breiter Weidenschaukelstuhl mit Löchern im Sitz und in der Rückenlehne. Beim Anblick des grellgelb gestrichenen Stuhls wurde Emily seltsamerweise ganz warm und wohlig.

»Ja«, sagte Cleta, die Emilys Blick folgte und lächelte. »Der hat mal dir gehört. Deine Mutter und ich haben dich darin stundenlang geschaukelt, bis du dich beruhigt hast und wieder eingeschlafen bist. Mr Walter hat ihn mir geschenkt, als … vor ein paar Jahren. Die Babys hier lieben ihn.«

»Darf ich?«, fragte Emily. Ihr Blick wanderte von dem Schaukelstuhl zu dem winzigen Baby auf Cletas Arm, das in eine Decke gehüllt war.

Cleta grinste.

»Setz dich auf den Schaukelstuhl und dann gebe ich ihn dir. Ich geh mal davon aus, dass er noch ein, zwei Stunden schläft. Das hier ist Robert Jr. Das ist der, der schläft. Wanda ist die Unruhige. Sie wird jeden Moment aufwachen und dann heißt es aufpassen.«

Emily zog den Schaukelstuhl vors Kaminfeuer und nahm Platz. Es kam ihr so vor, als beginne er von ganz allein zu schaukeln, diese natürliche, archaische Bewegung auszuführen, als wäre er nicht aus Holz, sondern aus Fleisch und Blut. Cleta legte Emily ein sauberes Handtuch über die Schulter und bettete das Baby darauf. Emilys Hände fuhren nach oben und stützten den Kleinen, als hätten sie seit Menschengedenken nichts anderes getan. Sie legte das Gesicht an das warme, nach Puder duftende Baby, saugte den Geruch in sich auf und begann wieder zu schaukeln. Robert wimmerte leise.

Auf seinen geschürzten rosanen Lippen bildete sich ein Bläschen und schon schlief er wieder.

»Wusstest du, dass Babys wie die Bäuche frisch geworfener Welpen riechen?«, fragte Emily.

Der flackernde Lichtschein, die Wärme des Feuers, der süßliche Geruch des Holzes, das im Kamin brannte, der vor sich hin köchelnde Kohl und das schläfrige, nach Puder riechende Baby lullten Emily ein. Sie driftete in einen Dämmerzustand. Da brannte ein Feuer im Wald und Menschen sangen leise zu dem Klang kleiner Trommeln … irgendwie wusste sie, dass alle zur Familie gehörten … und außerhalb des Lichtkegels, den das Funken sprühende Feuer auf die Erde warf, schlenderten wundersame Zauberwesen auf leisen Sohlen vorbei. Ein Lächeln huschte über Emilys Gesicht, die ihre Wange an das Baby drückte. Daheim. Noch nie hatte sie sich irgendwo so geborgen gefühlt.

Hinter ihr begann GW auf einem der alten Sofas leise zu singen.

»Honey in the rock, got to feed God's children,
honey in the rock, honey in the rock.
Honey in the rock, got to feed God's children,
feed every child of God.«

Als sie aus dem Schlaf aufschreckte, hatte Cleta ihr das Baby abgenommen, sie steckte den Kleinen gerade in einen Korb auf dem Sofa in der Zimmerecke. Er fing an zu strampeln und zu wimmern. Wieder musste Emily an Welpen denken.

Ich verstehe, warum die Menschen Kinder haben wollen, dachte sie. Wenn sie nur nicht größer werden würden.

Beim Abendessen fragte sie GW: »Was für ein Lied hast du vorhin gesungen? Das warst doch du, der gesungen hat, oder nicht?«

»Ja. Ich weiß eigentlich nicht, was es bedeutet. Der alte Gilley, der ein Stück die Straße runter wohnt, hat es mir beigebracht. Es gefällt mir einfach.«

»Das ist Gullah«, meinte Cleta. »Mit diesem Lied bittet man um Schutz und Segen.«

»Hat Mr Gilley es dir auch beigebracht?«, wollte Emily wissen.

»Nein. Ich habe es schon immer gekannt. Die Alten unten in Frogmore, wo ich geboren wurde, haben es gesungen, mal laut, mal leise, mal als Sprechgesang. Manchmal haben sie sogar dazu getanzt. Na, das war vielleicht ein Anblick. Ich weiß noch ganz genau, wie sie übers Feuer gesprungen sind …«

Auf einmal hatte Emily ganz stark das Gefühl, dass Cleta einer ganz anderen Welt angehörte, einer mächtigen und alten Welt, bestehend aus Luft und Feuer wie die Erde, eine Welt, wo das Wohlergehen und der Schutz der Familie den Menschen ein elementares Bedürfnis war. Für einen kurzen Augenblick schien es, als wäre sie Emily fremd, als wäre die Frau, die – seit sie sich entsinnen konnte – zu ihr nach Hause kam, nur geborgt, als hätte diese Frau sich entschlossen, ihre Tage bei den Parmenters zu verbringen, weil Emilys Familie vielleicht Wohlergehen und Schutz genauso dringend benötigte, wie sie den Lohn brauchte, den Walter Parmenter ihr zahlte. Im Lichtschein der Kerosinlampe verschlug es Emily die Sprache, und zwar so nachhaltig, als wäre sie bei einer außerirdischen Prophetin zum Abendessen geladen.

Schließlich sagte sie: »Das hat hübsch geklungen. Ich

würde gern mehr von diesen Liedern und Geschichten kennen.«

»GW und ich werden dir irgendwann mal ein paar Liedtexte beibringen«, versprach Cleta.

In dieser Nacht schlief Emily auf einem weiß gestrichenen Eisenbett, das auch als Sofa diente und vor das mit Asche belegte Feuer geschoben wurde. Sie lag unter einem schönen alten Quilt mit fremdartigen Mustern, der nach Mottenkugeln und Holzrauch duftete. Elvis rollte sich neben ihr zusammen, die Schnauze Richtung Feuer gedreht, und schlief himmlisch. Offenbar hatte er keine Träume, die ihn zusammenzucken oder aus dem Schlaf aufschrecken ließen. Als sie am nächsten Morgen im Begriff waren, aufzubrechen und nach Sweetwater zu fahren, war Emily kurz davor, in Tränen auszubrechen.

»Ich wünschte, ich könnte hier wohnen«, sagte sie.

»Du hast ein wunderbares Zuhause«, meinte Cleta.

»Das ist kein Zuhause«, murmelte Emily.

»Eines Tages wird es das sein«, gab Cleta leise zu bedenken. »Wenn es ein Heim werden soll, wirst du dort gebraucht.«

Als sie im kalten Mittagslicht mit Elvis im Schlepptau die Treppe zu ihrem Zimmer hochstieg, hatte Emily überhaupt nicht den Eindruck, dass dieses Haus sie brauchte oder irgendwann brauchen würde.

Sie lag auf dem Bett und hatte den kleinen Schwarzweißfernseher eingeschaltet, den Buddy ihr in seinem Todesjahr zum Geburtstag geschenkt hatte, als ihr Vater und die Jungs nach Hause kamen. Gerade lief die Titelmelodie von *Raumschiff Enterprise*, die Emily immer wieder in freudige Erregung zu versetzen wusste. Trotz der Musik hörte sie die ins Schloss fallende Eingangstür, schwere Schritte und Männerstimmen. Seit wann klangen die Stimmen der Zwillinge genau wie die ihres Vaters? Vielleicht, sinnierte Emily, war das gestern auf der Jagd passiert. Oder bei der Hundeprobe. Eben anlässlich einer dieser Begebenheiten, wo Jungs sich in Männer verwandeln. Sie rechnete nicht damit, dass sie das je erfahren würde, denn – soweit sie wusste – gingen Mädchen und Frauen nicht zu Hundeproben. Die Zwillinge hatten ihr das schon klargemacht, als sie noch klein war und geweint hatte, weil sie mitkommen wollte.

Sie schaltete *Raumschiff Enterprise* aus, weil sie lauschen wollte. Sie hörte, wie Cleta mit schneidender Stimme nach ihrem Vater rief und anschließend die Küchentür geschlossen wurde. Sie hörte auch, wie die Schritte der Jungs vor der verschlossenen Tür verstummten, als ob sie hören wollten, was da drinnen gesprochen wurde, und wie sie dann den Flur hinunter zum Fernsehzimmer gingen. Sie hörte das idiotische Geschrei von *Cops*. Und sie hörte, wie Cleta mit lauter Stimme ihren Vater zurechtwies, der keinen Ton von sich gab.

Eine ganze Weile später klopfte er an ihre Tür und rief: »Emily, darf ich reinkommen? Ich glaube, wir müssen uns unterhalten.«

»Ja«, rief sie mit pochendem Herzen. Neben ihr hob Elvis den Kopf und jaulte.

Ihr Vater kam herein, stand in seinen Klamotten – einer abgetragenen alten Wachstuchjacke und hohen Gummistiefeln – mit zu Boden gesenktem Blick da, als studiere er das Teppichmuster. Emily hatte den alten Orientteppich, der immer in Buddys Zimmer vor dem Kamin gelegen hatte, bei sich ausgelegt. Und nun hatte es beinah den Anschein, als wollte sich ihr Vater dessen Muster genau einprägen. Schließlich hob er den Kopf und sah sie an. Und auf einmal sah Emily ihn mit ganz anderen Augen, wie einem das hin und wieder mit Menschen passiert, die man Tag für Tag sieht. Es schnürte ihr das Herz zu. Buddy schaute sie an – ein Buddy, dessen Miene aus irgendeinem unerfindlichen Grund verschlossen war, dessen Augen, die stets in die Ferne blickten, kaum mehr sahen als die Träume von morgen.

Er sieht wirklich gut aus, fuhr es ihr durch den Sinn. Ist mir ein Rätsel, wieso mir das früher nie aufgefallen ist. Ich frage mich, ob er mich überhaupt jemals richtig zur Kenntnis nimmt.

»Es tut mir leid, dass wir dich allein gelassen haben«, sagte ihr Vater. »Ich wünschte, du hättest dich nicht die ganze Zeit hier oben verkrochen. Hätte ich dich gesehen, hätte ich dich auch nicht vergessen.«

Die schiere Dummheit, die aus seinen Worten sprach, machte sie sprachlos. Musste sie im Blickfeld sein, damit man sich an sie erinnerte?

»Wir werden dafür sorgen, dass so etwas nicht wieder vorkommt«, versprach er. »Ich denke, es ist jetzt an der Zeit, ein paar Regeln aufzustellen, damit wir immer wissen, wo wir stehen.«

Sein Blick wanderte von ihr zum Fenster und dann zum weiter hinten liegenden Fluss. Schiefergrauer Nebel zog auf.

»Als Erstes zu Elvis. Er ist ein guter Hund und ich weiß, wie stolz du auf ihn bist, aber ein Boykin, der nicht jagt, ist kein Gewinn für die Plantage. Um ehrlich zu sein, er ist ein Passivposten. Ich möchte vermeiden, dass potenzielle Käufer, die hierher kommen, ihn zu sehen kriegen. Er sieht einfach zu gut aus und dann wollen sie ihn in Aktion sehen, und so etwas können wir auf keinen Fall zulassen. Von daher möchte ich, dass – wenn Leute kommen – du ihn auf dein Zimmer bringst und ihn dort behältst. Sollte jemand unerwartet auftauchen, werde ich ihn, falls du nicht in der Nähe bist, hinten in den Schuppen sperren. Diese Maßnahme halte ich nicht für unvernünftig. Solltest du damit jedoch nicht einverstanden sein, müssen wir für ihn ein anderes Zuhause suchen.«

In der sich ausbreitenden Stille fühlte Emily sich, als wäre sie nur knapp einer Gewehrkugel entgangen. Ihre Ohren klingelten, ihr Gesicht brannte. Elvis jaulte wieder. Der Blick ihres Vaters ruhte immer noch auf dem Fluss.

»Akzeptierst du diese Regel?«, fragte er. Noch immer schaute er sie nicht an.

»Ja, Sir«, antwortete sie.

»Na schön. Nun, ich bin nicht der Meinung, dass es gut aussieht, wenn du allzu viel Zeit in Cletas Haus und vor allem mit GW verbringst. Ich weiß, dies war eine Ausnahme, aber so etwas sollte auf gar keinen Fall zur Gewohnheit werden. Bestimmt gibt es auf deiner Schule ein paar kleine Mädchen, die dich am Wochenende besuchen könnten oder die du besuchen könntest. Ich weiß, du arbeitest gern mit den Hunden, doch es reicht, wenn du dich unter der Woche mit ihnen beschäftigst. Nicht mehr lange und du bist eine junge Dame. Und dementsprechend solltest du dich auch verhalten.«

»Ja«, erwiderte Emily benommen. Sie redete mit der Seite seines Kopfes. Nun betrachtete er die Marsch, die gegenüberliegende Uferböschung und den dunklen feucht schimmernden Wald.

Eine Minute lang sagte er kein Wort. Dann schaute er sie an und meinte: »Es freut mich, dass du mir zustimmst. Ich möchte mir nicht die ganze Zeit Sorgen um dich machen müssen.«

Wann hast du dir jemals meinetwegen Sorgen gemacht, dachte sie wütend. Die aufsteigenden Tränen schluckte sie herunter. Am liebsten hätte sie ihr Gesicht versteckt, damit er nicht sah, was in ihr vorging, aber sie konnte den Blick einfach nicht von ihm abwenden.

»In Ordnung«, sagte er, drehte sich um, verließ ihr Zimmer und schloss die Tür hinter sich. Und einen Moment später rief er aus dem Flur: »Es tut mir leid, dass ich dich neulich wegen Elvis angeschrien habe.«

Sie antwortete nicht und wartete, bis sie ihn die Treppe hinuntergehen hörte.

Sie weinte nicht, sondern setzte sich einfach auf den Boden und drückte Elvis an ihre Brust. Nach *Raumschiff Enterprise* kam *The Twilight Zone* und danach *Akte X*. Obwohl die Sonne noch nicht untergegangen war, kam es ihr so vor, als wäre viel Zeit verstrichen, ehe Cleta leise an ihre Tür klopfte.

»Ich habe für dich ein paar Kekse gebacken. Sie sind noch warm. Du kannst sie essen und die Milch dazu trinken. Du hast nicht zu Mittag gegessen und das Frühstück ist schon Stunden her. Darf ich reinkommen?«

Emily dachte an das Frühstück, das sie an diesem Morgen in Cletas Haus zu sich genommen hatte. Heulende Babys, ein knisterndes Kaminfeuer, frisches Maisbrot mit Sirup, goldene Rühreierberge, selbstgemachte Würstchen, die in der Gusseisenpfanne brutzelten, und Kaffee mit Sahne. Und Wärme – alles und überall warm.

»Komm rein«, sagte sie, ohne aufzustehen.

Cleta stellte das Tablett auf ihren Schreibtisch, legte die Hände auf die Hüften und musterte sie.

»Dein Vater sagt, er hätte sich mit dir unterhalten. Ich habe ihm sofort klargemacht, was ich davon halte, wenn er wegfährt und dich hier allein zurücklässt. Ich vermute mal, es ist nicht so gut gelaufen, was?«

»Oh, es lief ganz großartig«, erwiderte Emily bissig. »Er hat ein paar Regeln aufgestellt, damit wir alle wissen, wo wir stehen. Regel Eins lautet, dass niemand, der nicht zur Farm gehört, Elvis sehen darf. Da sei Gott vor. Ich muss ihn verstecken, wenn Kunden hier auftauchen. Entweder ich akzeptiere das, oder Daddy wird für ihn ein neues Heim suchen. Und dann soll ich in Zukunft meine kleinen Freundinnen am Wochenende einladen oder sie besuchen gehen. Ich möchte zu gern wissen, was passieren würde, wenn ich meine kleinen Freundinnen mitbringen würde? Die haben Ringe in der Nase oder im Bauchnabel und tragen durchsichtige Blusen, so dass man ihre BHs sieht, falls sie überhaupt einen BH anziehen. Sie fluchen viel und gern. Und manche machen schon mit Jungs rum. In einem Wohnwagen in dieser ausgebrannten Wohnwagensiedlung bei Meggett.

Und am Wochenende arbeite ich nicht mehr mit den Hunden. Ich bin bald, Zitat, eine junge Dame und muss mich dementsprechend betragen. Als ob er wüsste, wie sich eine junge Dame benimmt …«

Schwer keuchend brach sie ab. Irgendetwas, das sich wie feuchter Zement anfüllte, rann in ihre Brust. Dass ihr verboten worden war, Cleta daheim zu besuchen, verschwieg sie. Am Boden sitzend und Elvis an die Brust drückend rang sie darum, ihre Atmung wieder in den Griff zu kriegen.

»Der Mann hat kein Wort verstanden von dem, was ich gesagt habe«, murmelte Cleta.

»Ach, Cleta, er wollte mich nicht mal ansehen! Kein einziges Mal hat er mich angeschaut! Er hat zum Fluss hinausgesehen, zum Wald, aber mich hat er nicht angeschaut! Bisher ist mir noch nie aufgefallen, dass er meinen Anblick nicht ertragen kann!«

Begleitet von einem Tränenschwall platzten die Worte aus ihr heraus. Sie verbarg das Gesicht in Elvis' lockigem Fell. Cleta kniete sich ungelenk hin und schloss Mädchen und Hund in die Arme. Nach einer Weile rollten weniger Tränen und dann versiegten sie ganz, doch der lähmende Schmerz hörte nicht auf.

»Emily«, sagte Cleta dann, »ich möchte, dass du aufstehst und dich in dem großen Spiegel anschaust. Los, nur zu.«

Widerwillig kam Emily Cletas Aufforderung nach.

»Was siehst du?«, wollte Cleta wissen.

Emily schaute genauer hin. Sie sah ein tränenverschmiertes, rotnasiges kleines Wesen mit einem Wust feuerroter Haare, die das Gesicht einrahmten, und strahlende, große haselnussbraune Augen. Und zum ersten Mal entdeckte sie Kurven. Sanfte Hüftrundungen. Eine schmale Taille. Brüste. Deutlich erkennbare kleine Erhebungen unter dem zu engen, alten T-Shirt mit dem Aufdruck BOYKIN SPANIELS – DIE HUNDE, DIE KEIN BOOT ZUM KENTERN BRINGEN. Unter dem »E« von Spaniels und dem »K« von Kentern zeichneten sich ihre Brustwarzen ab. Entsetzt starrte sie ihr Spiegelbild an. Wann war das passiert? Und wieso war ihr die Veränderung nicht aufgefallen? In dem Spiegel war eine kleine Frau zu sehen und Emily hasste dieses Wesen auf der Stelle.

Sie sah zu Cleta hoch.

»Ja«, meinte Cleta. »Auf einmal bist du nicht mehr die kleine Emily. Das setzt deinem Vater zu. Und was ihm am meisten zu schaffen macht, ist die Tatsache, dass du genau wie deine Mutter aussiehst, als er sie geheiratet hat. Ich habe das schon vor einer ganzen Weile gemerkt und mich gefragt, wann es ihm auffallen wird. Dass dir das nicht auffällt, war meiner Meinung nach ja klar, denn im Gegensatz zu früher, wo sie noch hier wohnte, hängen jetzt nirgendwo Fotos von ihr. Aber so siehst du nun eben aus. Miss Caroline wie aus dem Gesicht geschnitten. Und ihm dürfte das heute auch ins Auge gesprungen sein.«

»Wenn er sie so geliebt hat, warum hat er dann etwas dagegen, dass ich wie sie aussehe?«, schniefte Emily.

»Als sie weggegangen ist, wollte er sterben«, erzählte Cleta mit sanfter Stimme. »Von damals bis heute hat er nie wieder ihren Namen gesagt. Ich glaube einfach, es tut ihm sehr weh, wenn er dich jetzt ansieht. Aber das wird sich wieder legen, du wirst schon sehen.«

Wie das gelingen soll, weiß ich nicht, dachte Emily, wenn ich ihr mit zunehmendem Alter immer ähnlicher werde. Vielleicht kommt es bald so weit, dass wir nur noch schriftlich miteinander verkehren.

»Iss jetzt die Kekse«, mahnte Cleta. »Ich habe auch ein bisschen Speck für Elvis mitgebracht. Ich muss mich jetzt um euer Abendessen kümmern, damit ich dann heim kann. Zum Abendessen musst du runterkommen, Emily. Ist gerade nicht der passende Zeitpunkt, sich gegen deinen Vater aufzulehnen.«

Nachdem sie gegangen war, mampfte Emily die Vanillekekse, fütterte Elvis mit Speckstreifen und spürte ganz deutlich, welche Tragweite die Ereignisse des heutigen Tages hatten. Instinktiv ahnte sie, dass eine neue Zeitrechnung begonnen hatte. Von nun an würde sie über ihren Vater vollkommen anders denken. Jetzt war er für sie ein fast tödlich verwundeter Mann, der versuchte, mit dem Schmerz zu leben. Sie war noch nicht bereit, ihm zu vergeben, aber sie wusste, dass sie ihn nie mehr wie früher sehen konnte. Welches Bild sie am Ende von ihm haben würde, konnte sie jetzt noch nicht sagen. Und auch nicht, ob sie jemals Mitleid mit ihm haben würde.

Langsam stand sie auf, ging zum Spiegel und betrachtete ihr neues Ich durch gespreizte Finger. Diese Veränderung in der Wahrnehmung war noch wesentlich gravierender als das neue Bild, das sie von ihrem Vater hatte. Dieser Wandel kam einem kosmischen Beben gleich. Weder konnte noch wollte sie diese Frau im Spiegel sein, die man ihr ungefragt aufgedrängt hatte. Jetzt nicht. Vielleicht auch in Zukunft nicht. Allein die Vorstellung machte sie ganz krank.

Als Emily zum Abendessen nach unten ging, trug sie ein viel zu großes Flanellhemd, das über dem Jeansbund hing. Sie hatte sich das Gesicht geschrubbt, ihre wilde Haarmähne glatt nach hinten gekämmt und zu einem Pferdeschwanz gebunden. Beim Baden und Umziehen schaute sie sich nicht an, auch nicht im Spiegel. Und ehe sie am nächsten Montagmorgen in die Schule ging, wickelte sie so viel Klebeband über ihre kleinen Brüste, bis sie ganz flach waren. Das Klebeband abends wieder wegzureißen, tat höllisch weh. Es nicht mehr zu verwenden, wäre noch schmerzhafter gewesen.

Im Lowcountry gilt die Bauernregel, dass man nach einem ungewöhnlich kalten Herbst mit einem ungewöhnlich zeitigen und warmen Frühling rechnen durfte. Doch Anfang Januar, als eigentlich die Forsythien und Kamelien in den Blumenbeeten blühten und die Marsch sich zartgrün färbte, herrschte bittere Kälte, die anscheinend nicht weichen wollte.

»So einen Winter habe ich noch nie erlebt«, sagten

die Leute in der Schule, in der Drogerie und im Supermarkt.

»Ach was, es hat schon schlimmere gegeben«, meinten die Alten in den Tante-Emma-Läden und Tankstellen in Meggett, Hollywood und Adams Run. »Ich weiß noch, wie es mal im April geschneit hat. Ich denke, das war 1937. Kommt jetzt allerdings nicht mehr so häufig vor. Dieses ganze Weltraumgefliege erhitzt den Planeten.«

Die paar Vögel und Tiere, die nicht weitergezogen waren und deren Saison bis Anfang Frühling währte, litten unter dem harten Winter und sie fanden wenig Nahrung. Und es war auch kein gutes Wetter, um mit der Erziehung der Boykins weiterzumachen, deren Training im Zwinger abgeschlossen war und die nun ans Feld und den Sumpf gewöhnt werden mussten. In Sweetwater herrschte eine Art Stasis, eine Isolation, die den Winter in nördlicheren Breitengraden kennzeichnete. Unter dem Vorwand, trainieren zu müssen, blieben die Jungs länger in der Schule. Und wenn sie dann nach Hause kamen, rochen sie manchmal nach Bier, billigem Parfüm oder komischerweise nach Oregano. Im ländlichen Lowcountry wussten Emily und alle anderen Kinder über zehn, was dieser Geruch zu bedeuten hatte. Nur Walter Parmenter hatte keine Ahnung und tadelte sie deshalb auch nicht. Walter, der sich länger als sonst in seinem Arbeitszimmer verschanzte, brütete über Tierzeitschriften und Sportzeitungen. Die Jungs hatten ihm zu Weihnachten einen gebrauchten Computer geschenkt. Sie meinten, dass es ihm gefallen würde, im Internet obskurste Informationen über die Jagd und Hunde zu entdecken. Ende Dezember hatte er einen Regenmantel darüber geworfen und ihn seitdem nicht mehr eingeschaltet.

Emily trainierte die Hunde nur im großen Schuppen

und gelegentlich, wenn der Wind nachließ, auch im vorderen Gehege. Sie ließ die Heizgeräte in den Zwingern und auf den Rollbändern laufen. An den langen Abenden kuschelte sie mit Elvis vor dem Fernseher und guckte *Raumschiff Enterprise*. Grundlos einen Fuß vor die Tür zu setzen, kam ihr erst gar nicht in den Sinn. Mit eingezogenem Kopf und aufgestelltem Jackenkragen rannte sie vom Bus zur Schule und von der Schule zum Bus. Gut möglich, dass sie auf der Sweetwater Plantage weit und breit die einzige Person war, die nichts gegen diesen dunklen und engen Käfig einzuwenden hatte, dem dieser Winter glich. Vielleicht war es ihr sogar ganz recht so, denn die Kälte vermittelte ihr das Gefühl, man könne jetzt noch getrost die Hände im Schoß falten. Alles, was Ärger machte, konnte warten, bis sich der eisige Winter verzogen hatte. In den langen Nächten hatten Emily und Elvis, die unter mehreren Lagen von Quilts schliefen und noch nichts vom nahenden Frühling ahnten, große Ähnlichkeit mit Blumenzwiebeln unter einer dicken Schneedecke.

Kapitel Vier

Irgendwann Ende März zog der Winter kurz vor Morgengrauen seine Klauen aus der gefrorenen Lowcountry-Erde, breitete seine riesigen eisgrauen Schwingen aus und machte sich davon. Das geschah ganz plötzlich: Wer wach war – und im Lowcountry waren um diese Uhrzeit schon viele Menschen wach –, atmete gerade noch den feuchten, abgestandenen Moder der im Winterschlaf ruhenden Marsch und des Flusses ein und beim nächsten Atemzug einen samtenen lauen Wind, der nach Salz, fremden Blumen und vor allem nach der See roch. Kaum hielt man sein Gesicht in dieses Lüftchen, spürte man ganz tief drinnen, dass endlich eine neue Jahreszeit angebrochen war. Tiere, die im Stroh dösten oder auf den kleinen Hügeln Nester aus Moos bauten, reckten die Köpfe und hielten die Nasen in die Brise. Und das Versprechen auf das, was die Zukunft brachte, klingelte einem in den Ohren.

Selbst wenn man wie Emily und Elvis unter einem Berg von Decken fest schlief, spürte man den hereinbrechenden Umschwung. Seit Wochen wusste Emily, dass eine gravierende Veränderung bevorstand, wenngleich sie nicht zu sagen wusste, was geschehen würde. Dennoch konnte sie diese Vorahnung nicht abschütteln und manchmal spürte sie, wie die Wucht dieser Veränderung die Erde leise erzittern ließ. Das, was nahte, fühlte sich bedeutender als ein Jahreszeitenwechsel an. Es hatte eher etwas von einem unstrukturierten und unerschöpflichen *Wissen*. Ohne darüber nachzudenken, spürte Emily, dass sie, sollte sie erst mal über dieses Wissen verfügen, ein anderer Mensch sein würde: irgendwie reifer, respektabler, endlich wert, von der Welt wahrgenommen zu werden, weil sie dann über dieses namenlose Etwas verfügte, das Kindern verwehrt blieb.

Buddy flüsterte ihr im Schlaf zu: »Bloß welches derbe Tier, ist reif die Zeit erst, schlurft bethlehemwärts, um zur Welt zu kommen?«

»Angeber«, flüsterte ihr Herz wieder, ohne dass ihr schlafender Verstand sich einmischte.

Sie wälzte sich unruhig umher, warf ohne aufzuwachen die schweren Decken weg, legte sich mit ausgestreckten Armen und Beinen flach auf den Rücken und wartete auf das Geschenk, das der laue Windhauch ihr brachte. Elvis wachte plötzlich auf, setzte sich hin und studierte eindringlich ihre schlafende Miene. Emily lächelte vage. Elvis jaulte.

Und dann träumte sie wieder, aber dieser Traum war weder ätherisch noch von Nebelschleiern durchzogen wie der erste einer ganzen Reihe bedeutender Träume. Dieser besaß dieses ganz besondere Kribbeln, das einem das wahre Leben manchmal bescherte. Emily spürte feinen Schotter unter den nackten Füßen. Sie senkte den Blick und entdeckte den Sisalteppich, der in der Halle gelegen hatte, als sie noch ein kleines Kind gewesen war. Der Duft eines Hühnchens, das in der Küche gebraten wurde, stieg ihr in die Nase und auf der Zunge schmeckte sie den süßlichen, stechenden Geruch des Schlicks.

Als sie sich umschaute, sah sie, dass sie im finsteren Alkoven unter der geschwungenen Vordertreppe kauerte, wo das Telefontischchen und ein Stuhl standen. Hier wurde jedoch nur selten telefoniert, weil es viel zu dunkel war, um die Nummern lesen zu können. Für Emily hingegen war es schon seit langem ein ganz besonderer Ort. Dies war die sichere Höhle, von wo aus sie die Erwachsenen auf Sweetwater belauschte. Hier versuchte sie das, was sich in ihrer Welt ereignete, einzuschätzen. Sie war allein. Und wie das in solchen Träumen immer der Fall war, wusste sie, dass es einen Hund namens Elvis gab, der zwar so etwas wie ihr Seelenverwandter, aber noch nicht geboren war.

Es kam nicht oft vor, dass sie beim Ausspionieren der Erwachsenen in die Halle spähte. Nur auf ihr Gehör vertrauend, begriff sie wesentlich schneller, was vorging. Emily konnte Stimmen interpretieren, ehe sie Mienen deuten konnte. Manchmal glaubte sie, diese Fähigkeit wäre ihr in die Wiege gelegt worden.

Sie hörte die Stimmen ihrer Mutter und ihres Vaters, doch sie sprachen zu leise, als dass sie sie hätte genau verstehen können. Auf jeden Fall waren sie wütend. Emilys Herz pochte heftig. Zum ersten Mal bekam sie mit, wie ihre Mutter vor Zorn die Stimme hob. Ihr Vater war gelegentlich laut geworden, wenn irgendetwas mit den Hunden nicht richtig lief, doch seine Stimme klang dann eher flach und tonlos und nicht erbost. Für eine Weile getraute sie sich nicht, einen Blick in die Halle zu werfen, doch schließlich gab sie sich einen Ruck.

Ihre Mutter und ihr Vater standen unter dem eleganten großen Kronleuchter, der schon immer dort gehangen hatte. Inzwischen waren die Kristalle allerdings angelaufen und teilweise angeschlagen. Das milchig-blasse Licht genügte, die zerzausten Locken ihrer Mutter auflodern zu lassen und die scharfen Züge ihres Vaters zu akzentuieren. Seine schmalen blauen Augen funkelten viel intensiver als sonst und sein Gesicht war seltsamerweise tränenüberströmt. Dass er weinte, ängstigte Emily mehr als sein Zorn. Ein Tränen vergießender Vater passte einfach nicht in ihr kleines Universum.

Ihre Mutter trug ein Kleid aus weich fließender blassgelber Seide. Emily, die dieses Kleid kannte, fand es ganz wunderbar, denn es war die Robe einer Prinzessin. Und obgleich sie ihre Mutter nur von hinten sah, wusste Emily doch ganz genau, wie sie von vorn darin ausschaute. Das Kleid hatte einen weiten Ausschnitt, der den strahlenden Teint ihrer Mutter zur Geltung brachte. Das Gewand war mit Perlen in der Farbe des Stoffes bestickt, die Emily streiften, wenn Mutter sich über ihr Bettchen beugte und ihr einen Gutenachtkuss gab. Unbewusst holte Emily tief Luft. Sie erwartete, den Duft von Nachthyazinthen und Limonen zu riechen, den ihre Mutter immer auftrug. Sie reckte den Hals und spähte um die Treppe, weil sie einen Blick auf das Gesicht ihrer Mutter erhaschen wollte. Sie rechnete damit, dass ein schelmisches Lächeln ihre kupferrot angemalten Lippen umspielte. Ihre Mutter hatte die Angewohnheit, ihr mit den glänzenden Lippen über die Wange zu streifen und dort hin und wieder einen zarten goldbraunen Abdruck zu hinterlassen, den Emily nie wegwischte. Dieser Lippenabdruck war für Emily wie ein Pfand, wenn ihre Mutter abends ausging.

»Schlaf gut, mein kleiner Liebling«, pflegte sie dann zu sagen. »Ich werde dir ein paar Leckereien von der Party mitbringen.«

Danach schlummerte Emily in dem wohligen Gefühl, vollkommen sicher zu sein, ein. Und am nächsten Morgen lag dann für gewöhnlich ein Stück Kuchen, ein Törtchen oder ein nach Flussshrimps duftendes Kanapee auf ihrem Kissen.

Im Traum wollte Emily indessen nicht, dass sich ihre Mutter zu ihr umdrehte. Ihr Instinkt warnte sie, dass sie ein ihr fremdes Gesicht erblicken würde, ein Antlitz, vor Wut ganz fahl und mit einem schmalen Mund, der zornig zischte. Emily, die tief in ihrem Herzen ahnte, dass sie nur träumte, versuchte verzweifelt aufzuwachen. Aber wie das nun mal bei wirklich schlimmen Träumen der Fall ist, konnte sie sich nicht regen, egal welche Anstrengungen sie unternahm.

»Es gibt nichts mehr, das mich an diesem Ort halten könnte«, sagte ihre Mutter schließlich, hob den kleinen Krokodillederkoffer hoch, der neben ihr auf dem Teppich stand, schritt an Walter Parmenter vorbei, trat durch die offene Tür – im Traum war Hochsommer – und warf die Fliegengittertür zu. Das Letzte, was Emily von ihr sah, war der wippende Rocksaum ihres elfenbeinfarbenen Kleides, als sie die Stufen hinunterstieg und in der Dunkelheit verschwand. Danach wurde es im Traum mit einem Schlag ganz dunkel und Emily befand sich in einem nachtschwarzen, konturlosen Raum, wo kein Lebewesen war und auch nie wieder sein würde.

Der erstickte Schrei, der ihrer Kehle entwich, ließ sie aus dem Schlaf fahren. Und obwohl sie noch leicht benommen war, wusste sie, dass dies der Schrei eines kleinen Kindes gewesen war. Elvis leckte so lange ihr Gesicht, bis sie ganz wach war. Sie hörte Cleta in der Küche herumfuhrwerken. Und sie bemerkte gleichzeitig das fahle Sonnenlicht und das Blut. Der Hosenboden ihres Pyjamas war blutverschmiert und ihre Hände färbten sich rot, als sie nach unten griff und den Stoff berührte. Es war warm und dickflüssig und kam – daran hatte sie keinen Zweifel – von dem spitzen Stilett in ihrer Magengrube. Im ersten Augenblick glaubte Emily tatsächlich, der Traum hätte sie getötet.

Eine Minute später sprang sie aus dem Bett, rannte die Treppe hinunter und platzte in die Küche, wo sie sich in Cletas mehlbestäubte Arme warf. Die Tränen schnürten ihr die Kehle zu, so dass sie kein Wort herausbrachte. Cleta drückte sie fest an sich, wiegte sie hin und her, als wäre sie ein Baby, und summte leise in Emilys zerzaustes Haar. Emily klammerte sich mit aller Macht an ihr fest. Falls sie losließ, würde sie gewiss in einen tiefen Abgrund fallen.

Schließlich löste Cleta die Umarmung, schob Emily von sich weg und musterte sie.

»Um Himmels willen, was ist denn los, Kleines?«, fragte sie. Und dann senkte sie den Blick und sagte: »Ach, Schätzchen, deshalb brauchst du doch nicht zu weinen. Du hast erstmals deine Tage bekommen. Ich dachte mir schon, dass es bald so weit ist.«

»Nein, nein, das ist es nicht«, schluchzte Emily. »Darüber weiß ich Bescheid. Es bedeutet nur, dass man schwanger werden kann, wenn man es tut. In der Schule jammert die eine Hälfte von den Mädels den halben Tag lang, wenn sie ihre Tage kriegen, und die andere Hälfte, wenn sie ausbleiben. Man könnte fast meinen, der Kondomautomat sei der heilige Gral! Es ist etwas anderes, Cleta; das ist … Cleta, ich hatte diesen furchtbar schrecklichen Traum und ich glaube, er … bringt mich um! Es fühlt sich an, als stäche mir jemand mit einem spitzen Messer in den Magen!«

Cleta schüttelte leicht den Kopf. »Hör mir zu, Emily. Kein Traum, der je geträumt wurde, hat die Macht, dich zu töten, egal, wie furchtbar er auch sein mag. Wenn man erstmals seine Tage kriegt, tut es schrecklich weh, aber dagegen können wir etwas machen. Jetzt schaffen wir dich nach oben, stecken dich in die Wanne und dann kümmere ich mich um dich und du erzählst mir derweil von deinem Traum. Los, geh jetzt. Dein Vater und die Jungs werden jeden Moment zum Frühstücken herunterkommen.«

Im Haus gab es drei moderne Badezimmer mit Duschen, in die Wand eingelassenen Regalen und weißen Fliesen. Ihr Vater und die Jungs beanspruchten zwei dieser Bäder für sich. Das dritte, das neben Buddys Zimmer lag, wurde nie benutzt. Emilys Badezimmer war noch so wie im Jahre 1936, als es gebaut wurde, und die Zeit war nicht spurlos daran vorbeigegangen. Der Raum hatte eine hohe Decke und war riesig. Auf dem verkratzten moosgrünen Linoleum hätte man hervorragend Rollschuh fahren können. Die sanitären Objekte – Wanne, Waschbecken, Toilette – waren in die Ecken gezwängt. Beleuchtet wurde alles von einer matten Deckenlampe und einem kleinen Lämpchen mit Kette über dem Handwaschbecken. Da die Wände so grün wie das Linoleum waren, wirkte der Raum am frühen Morgen oder während der Abenddämmerung wie eine schimmernde Unterwasserkammer. Und die Luft schien hier zu flirren. Dieser Effekt war dem alten fleckigen Spiegel – das Silber war an manchen Stellen abgegangen – über dem Waschbecken zu verdanken und dem Wellenrelief der Fensterscheiben aus dem 19. Jahrhundert. Das Badezimmer war nicht an die Zentralheizung angeschlossen, denn Walter Parmenter vertrat die Meinung, es wäre absurd, einen Raum dieser Größe zu heizen, nur weil man ab und zu die Toilette benutzen oder schnell mal ein Bad nehmen würde. In der Mitte des Raumes stand ein hoher, bauchiger blauer Kerosinofen. Wer im Winter das Badezimmer benutzen wollte, musste zuerst in der Kälte dorthin gehen, den kleinen Drehknopf verstellen und warten, bis der Ofen dunkelrot glühte. Emily liebte den Raum über alles. Seit Buddy ihr von Atlantis erzählt hatte, bildete sie sich ein, das dortige Prinzessinnengemach sähe aus wie ihr Bad.

Während Cleta den Ofen anmachte und Wasser in die Wanne ließ, kauerte Emily, in einen dicken Bademantel gehüllt, im Bett. Als Cleta nach ihr rief, lief sie ins Badezimmer, ließ den Bademantel fallen und sprang buchstäblich in die Wanne, in dieses riesige, tiefe Ungetüm mit den Löwentatzenfüßen, das randvoll mit dampfendem Wasser war. Emily tauchte bis zum Hals unter, lehnte den Kopf an und schloss die Augen. Das heiße Wasser schien die Schmerzen in ihrem Bauch zumindest teilweise zu lindern und der Traum, der immer noch sehr realistisch wirkte, verblasste ein wenig. Neben ihr auf der Badematte grunzte Elvis, als würde er eine Fliege jagen. Für eine kleine Weile fühlte sie sich sicher.

Sie öffnete die Augen erst, als Cleta schroff fragte: »Emily, was sind das für Flecken auf deiner Brust?« Emily senkte den Blick. Das Klebeband hatte rote Falten auf ihren Brüsten und Rippen hinterlassen. Sie schnappte sich den Waschlappen, doch zu spät. Entschlossen riss Cleta ihn ihr aus der Hand und betrachtete ihren Rumpf. Dann hob sie den Kopf und schaute Emily ins Gesicht. Ihre sanfte Miene spiegelte Mitgefühl.

»Du hast versucht, dir die Brüste abzukleben, nicht wahr?«, murmelte sie. »Ach, Emily, was sollen wir nur mit dir machen? Du weißt genau so gut wie ich, ein Klebeband kann nicht verhindern, dass aus dir eine Frau wird.«

»Doch, das geht schon«, sagte Emily müde und begann wieder zu weinen. »Ich will nicht erwachsen und irgend so eine dumme Nuss werden, die mit ihren … Brüsten … herumwedelt, sobald in einem Fünfzig-Meilen-Radius ein Mann auftaucht. Und ich werde nicht beim Kondomautomaten oder im Wohnwagenpark herumhängen. Das hier ist *mein* Körper. Und wenn es mir passt, wickele ich ihn von Kopf bis Fuß in Klebeband ein.«

Cleta streckte die Hand aus und strich ihr eine nasse Haarsträhne aus dem Gesicht.

»Es gibt viele Möglichkeiten, eine Frau zu werden«, meinte sie. »Gute Möglichkeiten. Ich vermute mal, du kennst die Unterschiede nicht, weil du ja nicht oft mit Frauen zusammenkommst. Auch früher nicht. Und das macht mir oft richtig Sorgen.«

»Du bist eine Frau.«

»Emily, die Sachen, die du jetzt lernen musst, die kann ich dir nicht beibringen. Ich weiß nichts von den Orten, die du irgendwann besuchen wirst. Ich kann dich ein Leben lang lieben und dir momentan trotzdem keine Hilfe sein. Ich muss mir für diese Situation einen Zauber ausdenken. Komm jetzt raus. Ich hole dir ein frisches Handtuch, eine Tasse heißen Tee und ein Aspirin, und dann legst du dich wieder hin. In die Schule lasse ich dich heute nicht gehen.«

Als sie aus dem Wasser stieg, sah sie, wie ihr Blut darin Schlieren zog und sich in Kreisen drehte. Sie stürmte in ihr Zimmer, zog eine neue Unterhose an, legte ein kleines, gefaltetes Handtuch ein, das Cleta gebracht hatte, setzte sich ins Bett und trank den dampfenden Tee.

»Da ist Schnaps drin«, sagte sie.

»Ja, das ist Gin«, meinte Cleta. »Lindert die Mens-

die einzige andere Person, die darüber noch Bescheid weiß, nie den Mund aufmachen wird. Und du musst Bescheid wissen, was es damit auf sich hat, denn du spürst, wie es dich verfolgt, und wirst dich andauernd fragen, wann es dich einholt.«

»So fühle ich mich jetzt schon«, erwiderte Emily mit zittriger Stimme. »Seit mindestens einer Woche. Woher weißt du das?«

»Das wissen wir alle«, meinte Cleta. »Manche Leute nennen es einen Geist, andere sagen, es ist ein böser Zauber. Und ganz tief drinnen wissen wir alle, dass es nichts anderes als die reine Wahrheit ist, die uns einzuholen versucht. Du rennst und sie rennt schneller. Du drehst dich um und versuchst, ihr ins Gesicht zu sehen, und sie schleicht sich wie ein Feigling davon. Das habe ich schon tausend Mal erlebt.«

»Du willst also behaupten, dieser Traum ist die *Wahrheit*?«

»Ja, so ist es. Ich habe mich schon gefragt, wann dir die Geschichte wieder einfallen wird. Es gibt eine Menge Kinder, die sich nie mehr erinnern. Anfangs tut es höllisch weh, aber wenigstens wird es dich nachts nicht mehr verfolgen. Das ist weiß Gott nicht der beste Zeitpunkt, doch tief in deinem Herzen weißt du eh schon Bescheid, und nun versucht die Wahrheit ans Licht zu kommen. Und wir werden ihr dabei behilflich sein.«

Emily schloss die Augen und lehnte sich zurück. Die ganze Welt kam ihr warm und behaglich vor. Eingehüllt wie in einem Kokon fühlte sie sich. Wer oder was konnte ihr schon etwas anhaben? Elvis' Jaulen klang wie das eines Serienhundes im Fernsehen, der in einem Zimmer auf der anderen Seite des Hauses stand.

»Du kannst es mir jetzt sagen«, sagte sie und lächelte.

Sie merkte, dass sie albern wurde, wie sich ihr Lächeln in ein haarsträubendes Kichern verwandelte. »Das Einzige, was ich jetzt noch tun muss, ist Gin trinken.«

»Eigentlich hilft das Zeug überhaupt nicht, aber manchmal ist es genau der richtige Freund«, fand Cleta. »Und jetzt ist gerade so eine Zeit. Na schön. Du hältst den Mund und hörst zu, bis ich fertig bin, und dann werden wir weitersehen und überlegen, was als Nächstes zu tun ist.«

Emily sah sie stumm an. Gin hin oder her – das hier würde schlimm werden. Sie konnte schon die aufziehenden dunklen Schatten sehen. Dennoch kam die Situation ihr abstrakt, unwirklich vor.

»Was du geträumt hast, ist eines Nachts passiert, als du drei Jahre alt warst«, begann Cleta. Ihre sonst volle Stimme klang auf einmal tonlos und messerscharf. »Vermutlich dachten deine Eltern, ich wäre nach Hause gegangen, doch ich war noch in der Küche und habe gebügelt. Zuerst hörte ich nur ihre Stimmen, richtig laut und gemein, so wie ich sie noch nie gehört hatte. Später konnte ich dann auch verstehen, was gesprochen wurde. Nach einer Weile – Gott helfe mir – habe ich die Tür einen Spaltbreit geöffnet und sie beobachtet. Das war unrecht, aber leid tut es mir nicht.«

»Was …«

Cleta hielt die Hand hoch. »Ich denke mal, sie haben sich schon seit längerem gestritten. Ich wusste auch, dass deine Mutter manchmal die Beherrschung verloren und Sachen geworfen hat, wenn sie nicht kriegte, was sie wollte. Ihr Vater hat sie ziemlich verzogen. Bis zu jenem Abend haben sie sich nur oben gestritten. Obwohl die Bediensteten für gewöhnlich Bescheid wissen, hatte ich keinen Schimmer. Sie standen dort in der Halle unter dem Kronleuchter und sie trug dieses wunderschöne Seidenkleid, das sie in Atlanta für diese große Hochzeitsfeier in Charleston gekauft hatte, und ihr kleiner Koffer stand neben ihr auf dem Boden. Sie stand ganz dicht vor deinem Vater und schrie ihm ins Gesicht. Und er stand einfach nur da, wie eine Statue, und Tränen rollten ihm die Wangen hinunter. Aber er war auch furchtbar wütend; das habe ich sofort gesehen. Er sagte so etwas wie: ›Gibt es denn nichts, woran dir etwas liegt?‹ Und darauf antwortete sie laut und deutlich: ›In diesem Haus gibt es nichts, woran mir etwas liegt.‹ In dem Moment habe ich dich entdeckt. Du hast im Nachthemd neben dem Telefon gestanden und ausgesehen, als hätte dich gerade der Blitz getroffen. Weiß wie ein Laken warst du. Ich wäre so gern losgerannt, um dich zu holen, dass mir der Atem stockte. Aber du hast dich dann umgedreht und bist so leise und flink wie ein kleines Kaninchen die Treppe hochgeflitzt.

Und dann sagte er: ›Du willst also deine Kinder im Stich lassen? Einfach so? Willst du mir damit etwa sagen, dass sie dir auch nichts bedeuten?‹

Und sie sagte: ›Die Zwillinge sind unzertrennlich. Das war schon immer so. Und sie haben ja dich. Für mich interessieren sie sich schon lange nicht mehr. Emily ist noch so klein, dass sie sich nicht an mich erinnern wird. Du wirst schon jemanden finden, der sich um sie kümmert. Vielleicht Jenny. Ich könnte wetten, meiner seit Ewigkeiten leidenden Schwester würde es bestimmt gefallen, sich hier im Hause nützlich zu machen. Und Buddy … Buddy werde ich zu mir holen. Ihn werde ich nicht allein an diesem schrecklich öden Ort zurücklassen, wo sich alle nur für Hunde und die Vogeljagd interessieren. Er wird mit mir kommen, denn er ist so sensibel wie ich. Er braucht Menschen, Musik, Kunst und … und *Schönheit*. Und Schönheit findet man in diesem Haus nicht. Du kannst ihm ausrichten, ich komme schneller zurück, als er denkt, und werde ihn holen.‹

Und dann hat sie ihren Koffer genommen, ist durch die Tür gegangen und hat nie wieder einen Fuß in dieses Haus gesetzt. Dein Vater hat sich lange nicht von der Stelle gerührt. Irgendwann ist er dann den Flur hinuntergegangen und in seinem Arbeitszimmer verschwunden, wo er sich eingeschlossen hat. Und ich bin nach Hause gegangen und habe mir die ganze Nacht Sorgen gemacht und überlegt, wie ich die Situation für dich leichter machen kann. Aber einmal abgesehen davon, dass du deinen Vater am nächsten Morgen gefragt hast, wo deine Mutter ist, worauf er geantwortet hat, sie wäre verreist, hast du meines Wissens nie wieder von ihr gesprochen. Es war gerade so, als wäre nichts passiert. Lange Zeit habe ich Gott angefleht, dass du dich an nichts erinnerst, doch tief in meinem Herzen wusste ich immer, dass du diesen Vorfall nicht vergessen hast. Ich habe auch gehofft, jemand anderer würde sich ein Herz fassen und mit dir darüber reden, bevor dir alles wieder einfällt. Denn ich habe gewusst, es würde dich verfolgen. Nun weißt du Bescheid und jetzt kann dir dieser Traum nichts mehr anhaben.«

Tief in der Magengrube spürte Emily die tödliche Kälte eines riesigen Eisberges und sie ahnte, dass er niemals schmelzen würde, doch er schmerzte und quälte sie nicht so sehr wie der Traum. Die Kälte des reglosen Eisberges tötete einfach alles in ihr ab.

»Es war meine Schuld, nicht wahr?«, flüsterte sie. »Irgendwie wusste ich das schon immer. Alle Augen haben sich auf mich gerichtet, wenn jemand sie erwähnt hat.

Ich war dieses Nichts, oder? Hätte ich ihr etwas bedeutet, wäre sie nicht fortgegangen.«

»Nein. Es war nicht deine Schuld. Niemals. Sie war unfähig, für andere etwas zu empfinden, und da hat sie sich gedacht, wenn sie sich auf die Suche macht, wird sie etwas ganz Wunderbares entdecken.«

»Aber ich erinnere mich an sie ... wie sie sich über mich beugt und mich küsst und manchmal hat sie mir vorgesungen und sie hat mir immer etwas von den Partys mitgebracht ...«

»Es war nicht so, dass sie dich nicht geliebt hat. Wer würde dich nicht lieben? Es ist nur so, dass sie niemanden so sehr liebt, dass sie es irgendwo länger aushält. Na, wo immer sie auch sein mag, ich hoffe, sie findet, was sie sucht. Nein, eigentlich hoffe ich, dass sie es nicht findet, denn sie hat es nicht verdient.«

Emily hörte deutlich den Ärger, der in Cletas Stimme mitschwang. Dass Cleta richtig wütend werden konnte, war ihr ganz neu.

»Dann weißt du ... du also nicht, wo sie ist?«

»Wenn ich mich nicht irre, weiß das niemand. Mag sein, dass dein Daddy es weiß, doch zu diesem Thema schweigt er. Gerade so, als wäre sie in dieser Nacht gestorben. Wäre sie tot, hätten wir das allerdings erfahren.«

»Du meinst also nicht, sie ... sie ist krank oder so?«

»Nein, das glaube ich nicht.«

»Buddy hat es auch nicht geglaubt. Er hat mal gesagt, er glaube, sie könne ganz gut auf sich aufpassen.«

»Habt ihr über sie gesprochen, du und Buddy?«

»Nur ein Mal. Er hat immer das Thema gewechselt.«

»Das kann ich mir gut vorstellen, nachdem was sie ihm angetan hat.«

»Was denn? Ich weiß ja, dass sie nie zurückgekommen ist und ihn geholt hat, denn schließlich hat er hier gelebt. Meinst du das, wenn du sagst, dass sie ihm etwas angetan hat?«

»Ja«, antwortete Cleta langsam. »Ich denke, sie hat ihm gesagt, sie geht, ihm aber versprochen, ihn zu holen. Buddy hat seine Mutter über alles geliebt. Und sie hat ihn dauernd gelobt, gesagt, wie hübsch er ist und wie klug und wie stolz er sie eines schönen Tages machen wird, wenn sie ihn von hier fortholt …«

»Und sie ist nicht zurückgekommen?«

»Nein. Kurz bevor sie gegangen ist, hat Buddy angefangen, in der Öffentlichkeit zu stolpern und hinzufallen. Wenn du mich fragst, glaubte sie, er würde sie nur aufhalten. Mit mir hat er nie über sie gesprochen, doch es muss ihm sehr wehgetan haben. Er wusste von Anfang an, dass mit ihm irgendetwas nicht stimmte, denn er war ein kluger Bursche. Er wusste, warum sie nicht zurückgekommen ist.«

Ach, Buddy. Die Worte fühlten sich an, als wären sie mit Säure in den Eisberg in ihrem Innern gebrannt. Ach, Buddy …

Als Emily merkte, dass sie wieder mit den Tränen zu kämpfen hatte, glaubte sie nicht, das ihren geschundenen Augen noch einmal zumuten zu können. Zu viel, das war einfach zu viel. Sie spürte, es würde sie umbringen, töten, wenn sie versuchte, all das zu verarbeiten. Sie bemühte sich, an nichts zu denken.

»Und niemand hat je wieder ein Wort über sie verloren?«, fragte sie leise, als säße sie unter einer Glasglocke.

»Nicht dass ich wüsste«, sagte Cleta. »Dein Vater hat die Jungs, die Hunde und diese alte Farm, die er auf die eine oder andere Weise in eine von diesen noblen Plantagen verwandeln möchte. Er wird es allen zeigen, jawohl, Sir. Er wird ihnen beweisen, dass er ohne sie, ganz allein zurechtkommt. Das versucht er seit jenem Abend und es bringt ihn beinahe um.«

»Ich könnte ihm dabei helfen«, flüsterte sie.

»Eines Tages wird er das begreifen«, meinte Cleta.

Sie öffnete die Tür. Elvis kam hereingestürmt, krabbelte unter die Decke und presste sich ganz fest an Emily. Er schlief nicht, sondern fixierte ihr Gesicht mit seinen goldenen Augen.

Cleta blieb, bis Emily eingeschlafen war. Das Mädchen hatte nicht geglaubt, dass sie jemals wieder schlafen würde, und doch schlief sie fest und tief und rührte sich erst wieder, als der Abend dämmerte und ihre Tante Jenny auf Zehenspitzen hereinkam und sie wachrüttelte. Der mörderische Traum war tatsächlich nicht zurückgekehrt und so sollte es auch in alle Zukunft bleiben.

An jenem Wochenende zog Tante Jenny ein. Emily kriegte das erst richtig mit, als sie Sonntagabend ausgeruht aufwachte. Wie ein Tier hatte sie drei Tage lang Winterschlaf gehalten, war nur hin und wieder kurz aufgewacht, um die Mahlzeiten zu essen, die Cleta ihr hochbrachte, ins Badezimmer zu gehen und die Binden zu wechseln, die ihre Tante für sie besorgt hatte, sich das Gesicht zu waschen und gleich wieder wegzudämmern. Vage kriegte sie mit, dass Elvis neben ihr lag und behutsam ihr Gesicht abschleckte, wenn sie aufwachte. Erst später berichtete Tante Jenny, dass er sich die ganzen drei Tage lang beharrlich geweigert hatte, von ihrer Seite zu weichen. Er war zwar kurz nach draußen gerannt, um das Bein zu heben, hatte sich dann aber halb unter ihr vergraben und reglos wie eine Statue dagelegen. Futter und Wasser brachten sie ihm in Emilys Zimmer, wo er aß und trank.

Sie erinnerte sich, wie während einer ihrer zögerlichen Versuche, wach zu werden, ihre Tante gesagt hatte: »Da hast du aber einen wahren Freund.«

»Ich weiß«, murmelte Emily. »Er ist mein bester Freund. Und wahrscheinlich mein einziger.«

»Du hast eine Menge Freunde, Emily«, entgegnete ihre Tante. »Die meisten hast du nur noch nicht kennengelernt.«

Als sie Sonntagabend aufwachte, wusste sie instinktiv, dass ihr die Fluchtmöglichkeit Schlaf von nun an verwehrt bleiben würde. Jetzt, wo sie wach war, waren all ihre Sinne fast übernatürlich geschärft. Draußen vor ihrem Fenster herrschte dieses blassgrün schillernde, für das Frühjahr typische Zwielicht. Das Lüftchen, das hereinwehte, fühlte sich auf ihrem Gesicht wie ein Segen an. Emily hörte die Hunde in den Zwingern bellen, den Fernsehapparat, der unten laut tönte. Neben ihr schnaufte Elvis zufrieden. Draußen im Flur waren Schritte zu hören und unten in der Küche klapperten Pfannen.

Draußen in der Marsch hörte sie das Quaken von Frühlingschorfröschen. Sie roch Gemüsesuppe, Schlick, den eindringlichen und süßen Geruch warmer Hunde, ihren eigenen ungewaschenen Körper und das leichte, nach Gras duftende Parfüm, das ihre Tante immer auflegte. Sie schmeckte kaltes Quellwasser und das Innere ihres Mundes, der ganz rau war vom wenigen Sprechen.

Sie sah ihr dunkles Schlafzimmer und – wie von Licht eingerahmt – das Gesicht ihrer Tante, die sich über sie beugte. Sie konnte sogar Tante Jennys Poren sehen und die feinen Augenfältchen, die ihre Augenwinkel einrahmten.

»Hallo«, sagte sie und räusperte sich, weil sie das Sprechen gar nicht mehr gewohnt war. »Wie lange bist du schon da?«

»Eine Weile«, antwortete ihre Tante. »Hat Spaß gemacht, dir und Elvis beim Schlafen zuzuschauen.«

»Wie lange habe ich geschlafen?«

»Fast drei Tage lang. Hat dir gutgetan, denke ich. Du siehst wesentlich besser aus als bei meiner Ankunft. Deine Wangen haben etwas Farbe und dein Blick wirkt wieder fest. Wie fühlst du dich?«

»In Ordnung, denke ich«, sagte Emily, ehe die Erinnerung zurückkehrte. Sie schloss die Augen und wartete. Ihr Magen krampfte sich zusammen, doch der durchdringende, bohrende Schmerz meldete sich nicht.

»Tante Jenny, all diese Sachen … hat Cleta es dir gesagt? Sie hat versprochen, es dir zu sagen. Es war – es war einfach grauenvoll. Es war ganz schlimm. Und ich weiß nicht, was ich dagegen tun soll.«

»Du musst gar nichts dagegen tun«, meine ihre Tante. »Du hast genau das getan, was du tun musstest – schlafen. Armer Liebling, dich hat es gleich dreimal erwischt, nicht wahr?«

»Dreimal …?«

»Ja. Der Traum, der Fluch und – die Wahrheit. Ich hätte da zehn Tage lang geschlafen.«

»Du weißt von dem Traum und dem … woran ich mich erinnert habe?«

»Cleta hat es mir gesagt. Ich musste Bescheid wissen.

Aber sonst wird es niemand erfahren. Wenn du Lust hast, kannst du darüber sprechen oder es bleiben lassen.«

»Hast du gewusst … dass sie auf diese Weise gegangen ist?«

»Ich wusste, sie ist überraschend weg. Bis heute hatte ich allerdings keine Ahnung, wie es sich genau abgespielt hat. Dein Vater hat mit mir nie darüber gesprochen und die Jungs auch nicht. Ich war der festen Überzeugung, du würdest dich an nichts entsinnen.«

»Konnte ich auch lange Zeit nicht. Bis jetzt. Hat jemand versucht, sie zu finden, sie zurückzuholen oder so was in der Art?«

»Kann ich nicht sagen. Deine Mutter und ich waren uns damals schon nicht mehr sehr nahe. Falls dein Vater es versucht haben sollte, weiß ich nichts davon.«

»Und keiner hat eine Ahnung, wo sie steckt?«

»Nein, nicht dass ich wüsste, Liebling.«

Tante Jenny strich Emily das verstrubbelte Haar aus der Stirn, wie die Leute das immer machten.

»Aber … wo könnte sie wohnen? Ich meine, hat sie Geld mitgenommen oder was? Ich kann mir nicht vorstellen, dass sie eine Arbeit gefunden hat, denn sie konnte nicht viel …«

Jenny Raiford lächelte, doch dieses Lächeln hatte nichts Warmherziges.

»Was wirklich notwendig ist, beherrscht sie schon. Mach dir ihretwegen keine Sorgen. Dass sie auch nur einen Tag ohne Geld war, bezweifle ich stark.«

»Aber …«

»Das reicht jetzt fürs Erste. Vielleicht werden wir später mehr erfahren. Jetzt ist es höchste Zeit, dass du ein Bad nimmst, dich anziehst und mit mir zu Abend isst. Dein Vater und die Jungs haben früh gegessen und sind nach John's Island rübergefahren, um sich dort Zäune für die neuen Auslaufgehege anzusehen. Wird eine Weile dauern, bis sie zurück sind.«

»Ich möchte meinen Vater im Moment nicht sehen.«

»Heute Abend brauchst du das auch nicht. Allerdings möchte ich, dass du morgen mit uns zu Abend isst. Du musst dich langsam wieder an den Alltag gewöhnen.«

»Kommst du morgen auch zum Abendessen?«, fragte Emily.

»Emily, ich werde eine Weile lang hier bleiben. Vielleicht für ein, zwei Jahre. Macht dir das etwas aus?«

»O nein, warum denn auch? Wieso denn?«

»Cleta und ich haben an dem Abend, wo das alles passiert ist, ein Gespräch von Frau zu Frau geführt und sind hinterher zu deinem Vater gegangen und haben mit ihm geredet. Es ist nicht von der Hand zu weisen, dass ein weiteres weibliches Wesen dir hier guttun würde. Du bist zahlenmäßig eins zu drei unterlegen und Cleta wird langsam alt und müde. Wir sind übereingekommen, dass ich nach der Schule das Ruder übernehme und das Abendbrot zubereite. Am Wochenende bin ich ganz da. Und sie kommt weiterhin morgens und macht dann alles, was sie sonst auch gemacht hat. Ich kann ganz gut kochen, auch wenn ich das Hühnchen nicht gerade in Schweineschmalz brate.«

»Was habt ihr meinem Vater gesagt?« Emily war ganz verdattert.

»Nur dass du langsam erwachsen wirst und jemanden brauchst, der bei dir ist und dich dabei ein wenig unterstützt.«

»Und was hat er gesagt?«

»Er sah aus wie jemand, dem eine große Last von den Schultern genommen worden ist, und er hat mir angeboten, mir jede Summe, die ich verlange, zu zahlen, wenn ich diese Aufgabe übernehme.«

»Er wird dich *bezahlen*?«

»Selbstverständlich nicht. Ich nehme doch kein Geld dafür, dass ich Zeit mit dir verbringe. Mit dir zusammen zu sein ist ein Geschenk. Und schließlich bin ich hier zuerst zu Hause gewesen. Ich bin hier aufgewachsen und habe hier sogar länger gelebt als ihr. Man muss mich doch nicht bezahlen, damit ich heimkomme.«

»Wirst du deine Wohnung nicht vermissen?«

»Nicht eine Minute lang. Wer würde die schon vermissen? Dieser Ort hier, der hat mir ziemlich gefehlt.«

Sie ging, um sich um Emilys Abendbrot zu kümmern, und Emily verschwand in ihrem Unterwasser-Badezimmer und inspizierte ihr Gesicht in dem grünlichen Spiegel. Sie sah aus wie immer. Wie konnte das sein?

Kurze Zeit später lag sie im heißen Wasser und dachte über die letzten drei Tage nach. Elvis hatte es sich neben ihr auf der Badematte bequem gemacht. Sie fand, dass es in Ordnung ging, jetzt – wo ihre Tante auch hier wohnte – über alles nachzusinnen. Sie war der festen Überzeugung, ihren Vater und ihre Tante nie wieder wie früher sehen zu können. Von nun an würde sie, wenn sie ihrem Vater begegnete, wie bei einem Geisterbild auch stets den zutiefst verletzten jungen Mann sehen, dessen Frau einfach weggegangen war. Und beim Anblick ihrer gelassenen und effizienten Tante würde sie das kleine Mädchen sehen, das auf der Plantage in der Sonne gespielt hatte, womöglich genau dort, wo sie sich mit Elvis die Zeit vertrieb. Sie würde daran denken, wie Jenny die Delphine beobachtet hatte, die durch den Sweetwater Creek schwammen, wie sie auf einem Hügel im undurchdringlichen Schatten einer Lebenseiche gelesen, wie sie auf der Anlegestelle gesessen und die Füße bei Ebbe in den glitzernden Fluss gehalten hatte.

Sie malte sich aus, wie ihre Tante dieses Haus verlassen und ein kleines Apartment bezogen hatte, als ihre Schwester mit ihrem frisch gebackenen Ehemann in das Haus kam, das nun ihr allein gehörte.

In Emily regte sich ein bislang unbekanntes Gefühl, das sie – darüber war sie sich im Klaren – in ihre Gedankenwelt einbauen musste. Sie empfand Mitleid. Mit diesem Gefühl umzugehen, schien ihr unmöglich. Sie hasste es und musste es unterdrücken.

Sie schrubbte sich so lange, bis ihre Haut fast wund war, zog frische Sachen an und ging die Treppe hinunter, um zum ersten Mal gemeinsam mit ihrer Tante zu Abend zu essen.

Alles in allem funktionierte das neue Arrangement hervorragend. Es dauerte nicht lange, bis ihre Tante Jenny genauso selbstverständlich zu Sweetwater gehörte wie ihr Vater, die Jungs, die Hunde und der Fluss. Ungefähr einen Monat später konnte Emily sich schon kaum mehr an die Zeit erinnern, wo ihre Tante nicht hier gelebt hatte.

Am ersten Abend, an dem sie gemeinsam mit der ganzen Familie zu Abend aß, hatte ihr Vater seine Tochter mit ernster Miene und ziemlich förmlich willkommen geheißen und gesagt, er hoffe, sie hätte die Grippe überstanden – Emily warf ihrer Tante einen dankbaren Blick zu – und dass dieses neue Arrangement genau das sei, was der Doktor verordnet hatte. Cleta könne endlich etwas kürzer treten, was sie sich durchaus verdient habe,

Jenny habe die Freundlichkeit gehabt zu sagen, es würde ihr gefallen, hier zu leben, und sie, Emily, würde nun alles lernen, was von einer jungen Dame erwartet wurde. Er machte einen äußerst zufriedenen Eindruck, wirkte beinah herzlich und aß zwei Portionen von der Pasta puttanesca, die Jenny gekocht hatte.

»Ganz köstlich«, sagte er und stand auf.

»Leckere Makkaroni, Tante Jenny«, lobten die Zwillinge und verzogen sich Richtung Fernsehzimmer.

Walter stand immer noch da und zog ein gefaltetes Blatt Papier aus der Tasche.

»Ich habe eine Liste von den Dingen gemacht, die Emily lernen sollte«, verkündete er. »Natürlich nicht alle auf einmal, sondern immer eins nach dem anderen. Ich vermute, die meisten Vorschläge sind dir bekannt, Jenny, und ich vertraue darauf, dass du jemanden finden wirst, der ihr die Dinge beibringt, die du nicht beherrschst. Ich habe sie entsprechend ihrer Wichtigkeit aufgelistet. Ihr könnt sie ja nach dem Essen durchsehen und wir unterhalten uns dann morgen Abend beim Essen darüber.«

Und damit verzog auch er sich ins Fernsehzimmer. Die flackernde Mattscheibe und die männlichen Pheromone zogen ihn an wie Motten das Licht.

Emily und ihre Tante sahen sich an und gingen dann mit der Liste in Emilys Zimmer hoch, um sie dort zu studieren. Ihre Tante überflog sie zuerst und reichte sie dann mit zuckenden Mundwinkeln Emily. Sie enthielt sich allerdings eines Kommentars. Emily las die Liste:

1. *Lernen, wie sich eine junge Dame anzieht. Röcke für die Schule und besondere Gelegenheiten. Make-up und hochhackige Schuhe erst etwas später. Keine kurzen Shorts mehr. Ich werde ein entsprechendes Kleiderbud-*

get bereitstellen. Dass ich die Wahl gutheiße, ist nicht nötig. Ich vertraue deinem Geschmack, Jenny.

2. Lernen, wie man einfache Gerichte zubereitet. Soufflés, kleine Sandwiches, Krabbenküchlein, warme Mahlzeiten, Shrimpsreis, Nachspeisen. Deine Sesamstangen wären gut, Jenny.

3. Lernen, wie man mit Gästen ein intelligentes Gespräch führt. Sich mit dem Hund oben zu verstecken oder zu den Zwingern zu rennen, ist nicht mehr erlaubt.

4. Ein Instrument spielen lernen. Es hat mir immer gefallen, wenn Damen nach dem Abendessen Klavier spielen. Dafür werde ich ebenfalls ein Budget zur Verfügung stellen.

5. Einen Damensport lernen und ein paar Gesellschaftsspiele. Tennis oder Golf wären gut. Doch wenn ich es mir richtig überlege, ist Golf schrecklich teuer. Dann doch lieber Tennis. Keine Sorge, auch dafür wird es ein Budget geben. Und selbstverständlich Bridge. Falls ich mich nicht täusche, spielst du doch Bridge, Jenny? Und natürlich tanzen. Ich weiß, es gibt eine Schule, die die jungen Charlestoner Mädchen besuchen, wenn sie dreizehn werden. Bitte finde heraus, um welche Tanzschule es sich handelt.

6. Besorge ein paar Broschüren von den Privatschulen in Charleston und studiere sie. Charlotte Hall hielte ich für passend. Mir wäre es recht, wenn Emily mit dreizehn sich mit dieser Schule vertraut gemacht hätte.

Die Liste war mit Walter L. Parmenter unterschrieben.

Emily und ihre Tante schauten sich eine Weile lang an und brachen schließlich in schallendes Gelächter aus. Sie lachten so sehr, dass sie sich aufs Bett fallen ließen. Elvis, der herumtollte und zum Spaß bellte, kam zu ihnen gerannt.

Als sie endlich wieder sprechen konnte, sagte Emily: »Aber das machen wir doch nicht, oder? Alles, meine ich. Röcke in der Schule, Tanzstunden …«

»Nein, selbstverständlich nicht«, prustete ihre Tante, die sich gar nicht beruhigen konnte. »Klingt ganz nach einem Entwicklungsplan für eine Debütantin, die südlich der Broad wohnt. Aber wenn es dir Spaß machen würde …«

»Vorher sterbe ich.«

»Ich auch. Dennoch – wir werden ein paar Dinge gemeinsam lernen und das wird richtig Spaß machen. Und außerdem können wir ihm dann sagen, dass du Fortschritte machst. Solange du hin und wieder beim Abendessen ein Kleid trägst und drei Worte mit den Leuten wechselst, die zu Besuch kommen, wird er den Rest wahrscheinlich vergessen. Manches macht allerdings wirklich Spaß, weißt du. Zum Beispiel tanzen. Und Tennis spielen. Und wenn wir für dich ein paar neue Kleider aussuchen, muss das ja auch nicht verkehrt sein. Wir könnten erst mal einen guten Büstenhalter aussuchen, Liebes. Und das mit dem Kochen ist ein Klacks. Das machen wir zusammen an den langen Wochenenden.«

»Er hat nicht gesagt, dass ich die Hunde nicht mehr abrichten darf.«

»Nein«, meinte ihre Tante. »Ich vermute, er weiß ganz genau, was geht und was nicht.«

»Was willst du damit sagen?«

Doch ihre Tante schwieg.

Tage und Wochen vergingen. Zeit ging ins Land. Der Wandel, den Jenny Raiford einleitete, war sanft und willkommen und fühlte sich schon bald gar nicht mehr wie eine Veränderung an. Allen kam es so vor, als hätte die Familie Parmenter das alles schon immer so gemacht. Sie aßen gemeinsam zu Abend, und zwar relativ gemächlich. Jenny bestand darauf, dass jeder ein paar Worte über das verlor, was er am Tag erlebt hatte, und es dauerte nicht lange, bis sie Jennys Forderung nachkamen, auch wenn sie nur leise murmelten und dabei die Augen verdrehten. Immerhin unterhielt man sich nun beim Abendessen, worauf Walter Parmenter richtig stolz war.

Sie schauten gemeinsam fern – in Emilys Augen ein Riesenfortschritt.

»Ist doch barbarisch, wie ihr drei euch davonschleicht und das Ding so laut stellt, dass man es noch im letzten Winkel hört, und dass ihr kein Wort mit mir oder Emily wechselt«, konstatierte Jenny. »Da könntet ihr ja genauso gut in einer Holzhütte im Yukon leben. Was hilft es, wenn Emily lernt, wie sich eine junge Dame benimmt, wenn sie dann ihre Freundinnen in so ein Haus bringen muss?«

Von da an schauten sie etwa eine Stunde pro Tag gemeinsam fern und einigten sich auf CNN. Hinterher gingen Emily und Jenny in ihre Zimmer – Jenny wohnte nun in Buddys – und plauderten oder schalteten Emilys kleinen Fernseher ein und gingen früh zu Bett. Falls ihre Tante traurig war oder sich nach ihrem alten Leben sehnte, falls sie unter der Last dieser neuen Familie strauchelte, falls sie um den einen in diesem Haus weinte, der nie der ihre gewesen war, bekam Emily nichts davon mit. Dazu lagen ihre Zimmer zu weit auseinander.

Die Bilder, in denen sich ihre Mutter auf und davon machte, verblassten.

Das Gespenst der Veränderung schwand angesichts der angenehmen, fast identischen und ganz normalen Frühlingstage. Emily, die die Gleichförmigkeit und die Eintönigkeit genoss, wurde ruhiger.

An einem Samstagnachmittag Anfang Mai saßen sie und ihre Tante auf den alten silbergrauen Holzbänken am Ende des langes Steges über dem Wadmalaw, tranken Limonade aus einer Thermoskanne und hielten die Beine in die junge Sonne. Die Marsch war jetzt fast dunkelgrün und es wimmelte nur so von gleitenden, krabbelnden, planschenden Lebewesen. Die kleineren Priele, die kreuz und quer durch die Marsch schnitten, führten Hochwasser. Die Sonne malte rote Kreise und Kringel hinter Emilys geschlossene Augen und liebkoste ihr Gesicht.

Jenny atmete tief ein und aus.

»Riechst du das?«, murmelte sie verschlafen. »Glyzinien und Geißblatt. Der Sommer steht vor der Tür. Man kann den Wechsel der Jahreszeiten schon riechen.«

Doch was da auf den Schwingen des Sommers kam, war Lulu Foxworth, so funkelnd und schön und verletzlich wie eine gestrandete portugiesische Galeere und genauso gefährlich. Und für alle, die auf Sweetwater wohnten, veränderte sich das Leben grundlegend und wurde nie mehr wieder so, wie es einmal gewesen war.

Kapitel Fünf

Menschen, die an einem fließenden Gewässer leben, wird das Geschenk lebendigen Lichtes zuteil, und selbst wenn sie sich dessen eigentlich gar nicht bewusst sind, erscheint ihnen jedes andere Licht – egal wie klar oder strahlend – fahl oder statisch und vermittelt ihnen ein Gefühl von Verlorenheit, von Verletzlichkeit, als fühlten sie sich plötzlich nackt.

»Ich muss in der Nähe von Wasser sein«, sagen sie dann. »Ich kann nur am Meer wohnen.«

Oder am Fluss oder Bach oder irgendeinem anderen Gewässer, in dem sich die Sonne, die sich zusammenbrauenden Gewitterwolken, die dahinziehenden Nebelschwaden, der sich über alles ergießende Sonnenaufgang spiegeln.

Was die meisten in Wahrheit sagen wollen, ohne sich darüber klar zu sein, ist: »Ich kann nicht ohne dieses lebendige Licht sein. Es ist für mich wie eine zweite Haut. Ohne dieses Licht fehlt mir etwas.«

Diese Epidermis aus Licht kettet den Fährmann, den Shrimps- und den Hummerfischer an ihre Arbeit, auch wenn die Heimatgewässer längst überfischt und leer sind. Manchmal sieht man diese sonnenverbrannten, inzwischen verarmten alten Männer am Dockende auf einer Bank sitzen, unfähig, diesem Ort den Rücken zu kehren und ins Landesinnere zu gehen. Täten sie das, wäre das für sie gerade so, als würden sie gehäutet.

Emily vermisste dieses besondere Licht sehr und fühlte sich erbärmlich, wenn sie sich zu lange vom Fluss entfernte. Einmal, auf einer Klassenfahrt nach Washington, löste sie sich von der Gruppe und setzte sich an den schnell fließenden Potomac, während ihre Klasse das *Air and Space Museum* besuchte. Den Grund für ihr Verhalten konnte sie nicht benennen. Und das einzige Mal, wo man sie im Alter von sieben Jahren ins Sommerlager in die Berge von North Carolina geschickt hatte, verfolgte sie der Anblick des tiefen, stillen und trüben Sees, der kein Licht reflektierte, Tag und Nacht, so dass sie in einem fort weinte und man sie fünf Tage früher nach Hause bringen musste. Ihr Vater glaubte, sie hätte Heimweh, und zeigte nicht das geringste Verständnis für solch ein kindisches Betragen. Emily wusste zwar, dass nicht Heimweh der Auslöser für ihre Traurigkeit war, konnte aber trotzdem nicht sagen, was sie ausgelöst hatte, und schwieg von daher auf der Heimfahrt.

Doch als sie nach Sweetwater und zum Wadmalaw kam, der bei Flut viel Wasser führte und sie in dieses glitzernde Licht hüllte, fühlte sie sich schlagartig unversehrt, heil. Nach diesem Vorfall weigerte sie sich lange, sich vom Fluss zu entfernen, und besuchte nur die Schule, den Arzt und den Zahnarzt. Und selbst dann wusste sie, ohne jemals darüber nachdenken zu müssen, wie viele Meilen sie zurücklegen, wie viel Zeit verstreichen musste, bis sie wieder am Wasser war.

Als sie älter war, erzählte sie Buddy von diesem panischen Gefühl der Trauer und des Verlustes, unter dem sie im Ferienlager gelitten hatte. »Du brauchst keine Angst davor haben, Menschen oder Orte zu verlassen. Sie sind in dir und du nimmst sie mit«, hatte er daraufhin erwidert.

»Du meinst, in meinem Herzen?«

»Oder in deiner Leber, deiner Milz, deinem Rückenmark. Wer weiß? Jeder hat einen anderen Platz in seinem Innern, wo er all die Dinge hintut, die für ihn wichtig sind.«

Emily dachte, dass ihr Ort wahrscheinlich die Magengrube war. Alles, was sie kränkte, was ihr Angst machte, nistete sich dort unauslöschlich ein, und wenn sie sich so richtig freute, spürte sie es dort auch zuerst.

»Mein Magen macht vor Freude einen Satz«, sagte sie zu Elvis. »Könnte allerdings schlimmer sein. Was, wenn ich sagen müsste: ›Mein Dickdarm macht vor Freude einen Satz‹?«

An einem Samstagmorgen Anfang Juni weckten sie die tanzenden Lichtsprenkel, die der Fluss reflektierte. Auf dem Rücken liegend beobachtete sie, wie die Tupfer in ihrem Zimmer über Decke und Wände huschten. Sie streckte Arme und Beine, so gut es ging. Durch das offene Fenster drang womöglich zum letzten Mal diese angenehm kühle Luft, wie es sie nur frühmorgens im Sommer gibt. Wie eine Nebelbank lauerte in der Ferne schon die drückend-feuchte Hitze und wartete nur darauf, Lowcountry mit ihrer bleiernen Schwere zu betäuben. Es dauerte nicht mehr lange, bis alles prall und reif war. Für den Rest des Sommers würde der opulente Geruch der blühenden Marsch und der schwere, süße Brodem des Flusses durch die offenen Fenster dringen.

Für gewöhnlich wachte sie bei Sonnenaufgang aus freien Stücken auf, nur um wieder in der Welt zu sein. Doch ganz selten – beispielsweise an einem Morgen wie diesem – blieb sie im Halbschlaf im Bett liegen und streichelte Elvis, während ihr versponnene abstrakte Gedanken durch den Kopf geisterten, die sie an einem anderen Ort oder zu anderer Stunde nie hatte.

»Wenn du lange Zeit mit jemandem zusammen gewesen bist und diese Person weggeht, bist du dann immer noch derselbe Mensch wie der, der du in ihrer Gesellschaft warst?«

»Erfrieren die Möbel in der Antarktis? Können Sofas erfrieren?«

»Ist es in Ordnung, wenn man betet, obwohl man nicht an Gott glaubt?«

Diese Frage hatte sie auch mal Buddy gestellt, der lange darüber nachgedacht und am Ende gesagt hatte, ja, er hielte es sowohl für okay als auch für gut. Auch wenn die Menschen vom Verstand her vielleicht nicht glauben mochten, spürten sie tief im Herzen, dass es einfach etwas Größeres und Mächtigeres als sie geben musste. Anderenfalls lebten wahrscheinlich alle permanent in Angst und Schrecken und ließen sich dann *darüber* in ihren Gebeten aus. Oder wie immer man das auch nennen mochte.

»Dann beten Hunde uns an?«

»Könnte sein. Würde durchaus Sinn machen, nicht wahr?«

Ein großer Lichtklecks an ihrer Decke war zur Wand hinübergewandert. Sie streckte sich wieder. Dieser Tag hatte etwas Vielversprechendes. Ihr Vater und die Zwillinge waren wahrscheinlich schon nach North Charleston gefahren, wo sich die Mitglieder eines regionalen Boykin-Spaniel-Verbandes trafen und wieder einmal versuchten, den arroganten *American Kennel Club* dazu zu bewegen, Boykins als eigene Gattung anzuerkennen. Da sich die South Carolina Boykin-Züchter und -Besitzer beharrlich weigerten, die Vorschriften und Restriktionen des AKC anzuerkennen (»Ich lasse mir doch nicht von einem gottverdammten New Yorker vorschreiben, wie ich meine Spaniels erziehe«), war die Anerkennung der Boykin in etwa so unerreichbar wie der Saturn. Das Verlangen, die marodierenden Yankees zu bekämpfen, versiegte im Lowcountry nie ganz, was nichts daran änderte, dass die Treffen immer wieder anberaumt wurden.

Emily freute sich auf diesen Tag. Heute konnte sie ungestört mit den ganz jungen Tieren arbeiten und mit dem Training einer wunderschönen neuen Boykin-Hündin beginnen, die vorbei gebracht worden war, damit sie hier den letzten Schliff kriegte. Außerdem wartete in Glorias Kiste im Zwinger ein neuer Wurf tapsiger Welpen auf sie. Später wollte sie ihrer Tante drüben am Sweetwater Creek die Stelle zeigen, wo die Delphine aus dem Wasser kamen, und anschließend wollten sie mit einem Picknickkorb und dem Boot den Wadmalaw bis fast nach Bears Bluff hinunterfahren und dort testen, ob das Wasser warm genug zum Schwimmen war. Wahrscheinlich nicht. Anfang Juni waren die vielen Flüsse an der Oberfläche warm und einladend, doch darunter, in den tieferen Schichten, lauerte eine Kälte, die durch Mark und Bein ging. Wie auch immer – es würde auf jeden Fall ein toller Tag werden.

Gegen zehn ging sie nach draußen, machte es sich mit einer Tasse Milchkaffee und einem Doughnut auf der Treppe bequem und erfreute sich an dem schönen Morgen. Tante Jenny kam, setzte sich neben sie und pulte junge Erbsen aus den Schoten. Elvis räkelte sich neben ihren Füßen.

»Solltest du nicht langsam mal loslegen?«, fragte Jenny. »Du brauchst mindestens zwei Stunden für die Hunde, und wenn wir dann endlich am Fluss unten sind, sind wir auch schon am Verhungern.«

»Ja«, sagte Emily, ohne sich zu rühren.

Schweigend saßen sie nebeneinander.

Neben ihr hob Elvis den Kopf und drehte ihn abrupt zur Tür hinter ihnen. Eine Sekunde später hörten sie Walter Parmenters forschen Schritt und das Klappern der Fliegengittertür. Und dann stand er in gebügelten Chinos und einem blauen Oberhemd neben ihnen auf der Treppe. Sein frisch rasiertes Gesicht glänzte und in seinem dicken Haarschopf konnte man noch die Kammrillen erkennen.

»Morgen«, sagte Jenny. »Ich dachte, du wärst schon unterwegs zu deinem Treffen.«

»Morgen, Daddy«, murmelte Emily.

»Meine Damen«, sagte ihr Vater. »Heute Morgen wird uns eine ganz besondere Freude zuteil. Vielleicht wird das auch der ganz große Wurf. Gestern Abend, als ihr schon im Bett wart, hat Rhett Foxworth angerufen und gesagt, er wolle einen Boykin kaufen, Towny Chapelle habe ihm gesagt, unsere wären die Besten in ganz South Carolina. Gut möglich, dass dieses Thanksgiving-Fiasko am Ende doch noch zu etwas Gutem führt. Foxworth kommt gegen Mittag vorbei, um die Welpen und ein paar ältere Hunde in Aktion anzusehen. Er kommt in Begleitung von Frau und Tochter und da möchte ich natürlich, dass wir alle einen guten Eindruck machen. Jenny, vielleicht könntest du Pfefferminzeistee machen? Emily, ich möchte, dass du heute Morgen mit den Hunden arbeitest, aber nicht in Shorts und so einem Oberteil. Bitte, zieh ein Kleid oder einen Rock an und Elvis geht auf dein Zimmer.«

»Wer ist denn Rhett Foxworth?«, murmelte Emily und konnte den Mann und seine Familie schon nicht leiden.

»Rhett Foxworth *ist* Charleston«, erläuterte ihr Vater. »Eine der ältesten Familien, unerhört viel Geld, größte Plantage südlich von Hobcaw, denkmalgeschütztes Haus in der Stadt. Wenn sich rumspricht, dass er bei uns Hunde gekauft hat, sind wir dick mit den Jagdclubleuten, und nichts wäre mir lieber als das. Emily, nachdem du mit den Hunden gearbeitet hast, möchte ich, dass du dir seine Tochter schnappst und sie herumführst. Zufälligerweise weiß ich, dass ihre Mutter im Ausschuss von Charlotte Hall ist.«

»Juhu«, murmelte Emily.

»Wie alt ist seine Tochter?«, fragte sie laut. »Aufs Babysitten verstehe ich mich nämlich nicht so gut.«

»Sie ist schon älter«, erwiderte ihr Vater. »Wenn ich mich recht entsinne, hat ihre Mutter gesagt, sie wäre den Sommer über nicht auf dem College, sondern daheim. Wer weiß, vielleicht freundet ihr beide euch ja an. Jetzt beeil dich und zieh dich um.«

»Daddy«, begann Emily verzweifelt, ehe ihre Tante ihr das Wort abschnitt.

»Kein Rock an einem Junimorgen auf dem Land, Walter. Vielleicht eine nette Hose mit passendem Oberteil.«

»Egal«, sagte ihr Vater und ging die Treppe hinunter Richtung Zwinger. »Alles, nur nicht diese abgewetzten Blue Jeans. Und *nicht* dieses T-Shirt. Ach ja, und kämm deine Haare.«

Emily senkte den Blick auf ihren Brustkorb. Auf ihrem T-Shirt stand RÜCKWÄRTS BUCHSTABIERT HEISST GOD DOG. Und zu eng war es auch.

»Ich mache mir auch noch einen Knoten in die Nase«, schimpfte sie, als sie aufstand, um ins Haus zu gehen.

»Sei nicht so streng mit ihm, Emily«, meinte ihre Tante. »Das ist eine große Sache für ihn. Und er fängt gerade erst an, dich als junge Frau zu sehen. Wie du weißt, ist er in solchen Dingen nicht gerade schnell von Begriff. Dennoch möchte er, dass du die Hunde vorführst. Auf diese Weise sagt er dir, du kannst das besser als er.«

»Er könnte es doch einfach mal laut und deutlich sagen.«

»Nein«, widersprach ihre Tante. »Dass er dazu fähig ist, bezweifle ich. Das dauert noch.«

Als Emily in ihr Zimmer kam, um sich umzuziehen, waren die Lichtpunkte verschwunden. Draußen vor dem Fenster schimmerte der Fluss wie eine zerknitterte Folie. »Glitzerwasser«, hatte Emily das als Kleinkind genannt und der Ausdruck war hängengeblieben.

Sie legte die Jeans und das T-Shirt ab und zog, ohne einen Blick in den Spiegel zu werfen, eine pinkfarbene Baumwollhose und eine karierte Bluse an, die ihre Tante für sie gekauft hatte. Diese Sachen hatte sie noch nie getragen, denn sie passten irgendwie nicht so richtig in ihre eigene kleine Welt, aber für den Besuch der Foxworths waren sie vermutlich genau das Richtige. Sie schlüpfte in weiße Sandalen, kämmte ihr wildes rotblondes Haar streng nach hinten und band es mit einem Schnürsenkel zusammen. Dann hielt sie das Gesicht ganz dicht vor den halbblinden Spiegel im Badezimmer und zuckte zusammen. Dieses Mädchen verstand sich viel eher aufs Shoppen in der King Street als auf die Arbeit mit Spaniels.

»Wie du weißt, musst du eine Weile lang hier oben bleiben«, sagte sie zu Elvis. »Daddy führt für so einen reichen Typen die große Hundezüchternummer auf. Wenn sie wieder weg sind, lasse ich dich sofort raus. Es wird nicht lange dauern.«

An der Tür drehte sie sich um und warf ihm einen

Blick zu. Er hatte sich schon mit seinem Schicksal abgefunden und es sich auf dem Quilt am Fußende ihres Bettes bequem gemacht.

»Du wirst nicht jaulen oder bellen, was?«

Mit einem Seufzer legte er den Kopf auf die gekreuzten Pfoten. Nein, er würde garantiert keinen Muckser machen.

Viertel vor zwölf hatte sich die Familie vor der Haustür versammelt. Tante Jenny, nun im geblümten langen Rock und ärmellosen blauen T-Shirt, sah jung und hübsch aus. In den fleckenlosen Chinos und Polohemden waren Walt und Carter ihrem Vater wie aus dem Gesicht geschnitten.

»Ach, wie aaaaaufregend!«, flüsterte Emily ihrer Tante zu, die grinste.

Punkt zwölf knatterte ein schlammbespritzter Landrover die halbkreisförmige Auffahrt hoch und kam vor ihnen zum Stehen.

»Wenn er so reich ist, warum hat er dann nicht seinen Wagen waschen lassen?«, fragte Emily Jenny mit gesenkter Stimme.

»Ich denke, das versteht man unter schäbigem Schick«, flüsterte ihre Tante zurück.

Walter ging die Treppe hinunter, um die Foxworths zu begrüßen, die aus dem Rover stiegen.

»Willkommen auf Sweetwater«, rief er jovial. »Schön, dass Sie gekommen sind.«

»Danke«, sagte ein riesiger, sonnenverbrannter Mann mit schütterem schwarzen Haar und einer jungenhaften Stupsnase. »Walter Parmenter, nicht wahr? Rhett Foxworth, aber bitte nennen Sie mich Rhett.«

Er deutete auf die beiden Frauen, die hinter ihm standen. »Das hier sind meine Gattin Maybelle und meine

Tochter Lulu. Ihren richtigen Namen haben wir vergessen.«

Daraufhin brachen alle in Gelächter aus, traten näher, schüttelten Hände, nickten und tauschten leise Grußworte aus. Emily hielt sich im Hintergrund und musterte die sagenumwobenen Foxworths, die Charleston *waren*.

Maybelle Foxworth kam mit ausgestreckten Händen auf Walter Parmenter zu, lächelte so breit, dass ihre großen teuren Zähne funkelten, und bewegte sich auf dem groben Kies fast ohne Probleme. Ihre flachen gelben Glacélederschuhe würden, so schätzte Emily, im Hundering gerade mal zwanzig Minuten überstehen. Maybelle war klein und üppig und hatte diesen seidig-glatten, cappuccinofarbenen Teint, der so selten war. Ihr silberblondes Haar wurde von einem schwarzen Wildlederband aus dem runden Gesicht gehalten und ihr geblümter Wickelrock und die gelbe Bluse passten zu den Schuhen und offenbarten eine schlanke Taille und ein beeindruckendes Dekolleté. Ihre blauen Augen strahlten freundlich und waren von kleinen Fältchen eingerahmt. Sah man einmal von der etwas ledrigen Haut an Hals und Brust ab, hätte man sie für wesentlich jünger halten können und auf alle Fälle viel zu jung für eine erwachsene Tochter. Später erzählte Jenny Emily leise kichernd, dass einige Frauen einfach in der besten Phase ihrer Jugend stecken bleiben und alles tun, was es brauchte, um diesen Zustand beizubehalten. Maybelle Foxworth gehörte offensichtlich in die Lilly-Pulitzer-Ära. Emily fand, dass ihr die Konservierung alles in allem verhältnismäßig gut gelungen war.

»Ich habe ja nur Gutes über Sie gehört«, trällerte sie Walter Parmenter ins Ohr. »Towny spricht über nichts anderes als Ihre schönen Hunde und behauptet, Ihr Haus wäre unter den frühen Flussplantagen ein richtiges Prachtexemplar, eins von den einfachen, schlichten Häusern mit klaren Linien, die fast immer einen herrlichen Ausblick auf den Fluss bieten. Und nun muss ich sagen, dass er wirklich recht hat!«

Walter nahm ihre ausgestreckten Hände in seine, warf einen kurzen überraschten Blick auf sein schlichtes Heim mit den klaren Linien und fing fast an zu stammeln. Diese Wirkung übte Maybelle Foxworth nicht selten auf ihre Mitmenschen aus. Begegnete man ihr zum ersten Mal, war das eher wie das Zusammentreffen mit einem wunderschönen Fabelwesen aus einem Disney-Themenpark: leuchtend bunt, lebhaft, raumfüllend.

»Wir freuen uns, dass Sie kommen konnten«, sagte Emilys Vater. »Towny Chapelle hat oft über Sie gesprochen.«

Emily hätte gewettet, dass er das nicht getan hatte, doch sie schwieg still, beobachtete, saugte alles in sich auf. So machte man das also.

»Hoffentlich hat er nichts Schlechtes gesagt«, kicherte Maybelle Foxworth. »Towny ist ja so *ungezogen*! Ich muss ihn mir demnächst einmal vorknöpfen.«

»Oh, nur Gutes«, sagte Walter und nickte heftig.

»Na, dann möchte ich Ihnen meine Tochter vorstellen«, sagte Maybelle und trat beiseite, damit sie die junge Frau sehen konnten, die still und stumm wartete, während ihre Mutter trällerte und ihr Vater wie ein Kleinkind griente.

Da sie zuerst nicht aufschaute, konnte Emily nur ihre silberblonden Haare sehen, die genau den gleichen Farbton wie die ihrer Mutter hatten, was Emily auf die Idee brachte, dass Maybelle ihre Haare vielleicht doch nicht färbte. Ihre Tochter hatte die Haare zu einem Pferdeschwanz zusammengebunden.

»Das hier ist meine Tochter Lulu. Oder Louisa, doch um auf diesen Namen zu kommen, muss ich immer erst einen Blick in ihren Ausweis werfen.«

Alle Parmenters murmelten ein leises Hallo. Die Reglosigkeit dieser jungen Frau hatte beinah etwas Unheimliches.

Als Lulu Foxworth dann endlich den Kopf hob, erschauerte Emily leicht vor … war es Entsetzen? Zuallererst kam ihr der einfältige Gedanke, dass Lulu Foxworth tot, mumifiziert war. Gesicht, Hals und Arme wirkten wie aus Stein gemeißelt, makellos. Sie hätte durchaus ein Relief auf einem mittelalterlichen Sarg oder die Marmorstatue einer Heiligen sein können. Ihr Hautton war ein gedecktes Beige, fast ohne Unebenheiten und Schatten, gerade so als hätte jemand sie äußerst liebevoll und mit Bedacht angemalt. Nur ihre Augen wirkten lebhaft. So lebendig, dass es den anderen Eindruck überlagerte. Sie hatten das Blau von Maybelles Augen, loderten in Lulus Gesicht aber wie ein unstetes Feuer, das blaue Funken stob. Da ertönte ein leises Säuseln, als wäre kurz eine Brise aufgekommen, ehe die Luft wieder stillstand. Emily wusste dieses Geräusch richtig zu deuten: Den Parmenters stockte der Atem. Diese Augen verwandelten die Heilige Lulu Foxworth in eine komplett andere Person.

»Es freut mich, Sie kennenzulernen«, murmelte sie und senkte den Blick wieder auf die schmalen, leicht gebräunten Füße, die in weichen Mokassins steckten.

Emilys Blick wanderte von den Mokassins weiter nach oben. Sie trug Jeans, die so tief auf ihren Hüften saßen, dass man meinen konnte, eine Zentrifugalkraft halte sie dort fest, und ein Goldring bohrte sich durch ihren Nabel. Ein abgeschnittenes T-Shirt, das gerade mal so ihre Brüste bedeckte, lenkte den Blick auf den glatten, gebräunten Bauch. Sie war sehr dünn. Die Rippen und Schlüsselbeine standen heraus, ihre Handgelenke waren knochig und bildeten einen starken Gegensatz zu den üppigen, ebenfalls gebräunten Hüften und Brüsten.

»Heiliges Kanonenrohr«, hörte Emily Walt Junior voller Ehrfurcht flüstern, woraufhin ihr Vater dunkelrot anlief, ohne den Blick von Rhett Foxworth abzuwenden. Emily betrachtete ihr Pseudo-Milchmädchen-Outfit und warf ihm kurz einen triumphierenden Blick von der Seite zu, von dem er allerdings nichts mitbekam.

»Na, ich denke, zuerst die schon abgerichteten Jungen, nicht wahr, Emily? Zeig den Foxworths, was Sweetwater Boykins so alles draufhaben.«

Wortlos ging Emily in die Zwinger, brachte drei ihrer preisgekrönten Schüler heraus und führte die unterschiedlich gut ausgebildeten Hunde vor. Sie ließ sie Platz machen, stehen, bei Fuß gehen und zum Spaß apportieren. Anschließend veranlasste sie Maggie, eine ausgewachsene, voll abgerichtete Hündin, das ganze Repertoire vorzuführen. Sie zeigte, wie die Hündin sich bei simuliertem Gewehrfeuer machte und wie sie etwas aus dem Wasser holte. An Maggies Vorstellung gab es nichts auszusetzen. Mit leuchtenden Augen brachte die Hündin die Attrappe zu Emily und tollte fröhlich herum. Als die Foxworths spontan applaudierten, hob Emily den Kopf und errötete. Selbst Lulu Foxworth lächelte und klatschte in die Hände. Da hatte man das Gefühl, eine Statue zu beobachten, die zum Leben erwachte.

Als sie die Hunde in den Zwinger zurückbrachte, hörte sie ihren Vater sagen: »Ja, Emily verfügt über erhebliches Geschick im Umgang mit den Hunden. Sie ist eine richtige kleine Helferin.«

Noch ehe ihr die Galle hochkam und es ihr die Kehle vor Wut zuschnürte, hörte sie ihre Tante laut und deutlich sagen: »Um ehrlich zu sein, Emily hat jeden dieser Hunde abgerichtet. Das, was sie mit den Hunden anstellt, grenzt an Magie.«

»Darüber würde ich mich gern mal mit ihr unterhalten«, meinte Rhett Foxworth. »Mir ist nicht aufgefallen, dass sie ihnen Handzeichen gegeben oder einen Befehl zugerufen hätte.«

»Ich bin sicher, dass sie sich gerne mit Ihnen über dieses Thema unterhält«, erwiderte Walter Parmenter. Es klang, als würde er an den eigenen Worten ersticken.

Nach einer Weile gesellte Emily sich wieder zu der Gruppe. Rhett Foxworth unterhielt sich mit ihrem Vater und Maybelle Foxworth plauderte mit ihrer Tante. Die Zwillinge verlagerten das Gewicht von einem Bein aufs andere und starrten Lulu an.

Emily zögerte und hielt sich ein bisschen abseits. Sie hatte keine Lust, sich um Lulu zu kümmern, doch da kam Lulu schon mit einem breiten Lächeln auf den Lippen, leicht geröteten Wangen und funkelnden Augen auf sie zu.

»Das war phantastisch«, sagte sie mit leiser, sanfter Stimme, die etwas atemlos klang. »Sie waren richtig klasse. Und du auch. Ich wünschte, ich könnte das auch.«

Emily stammelte ein paar Dankesworte und dann gingen alle nach hinten zum Zwinger, wo Daisys Welpen, gerade mal drei Wochen alt, in der Kiste herumtollten, über den gelockten bronzenen Fellrücken ihrer Mutter krabbelten und vergeblich versuchten, über die Kistenwände zu steigen.

»Die Wahl fällt mir unglaublich schwer«, sagte Rhett Foxworth. »Das sind die hübschesten Welpen, die mir je unter die Augen gekommen sind. Ihre Mutter – gibt es einen älteren Wurf von ihr, den ich mir mal anschauen könnte?«

»Der Älteste, den Emily gezeigt hat, ist von ihr«, erläuterte Walter. »Der Vater ist in einem Zwinger weiter hinten. Von all unseren Tieren kommt Buck am ehesten an den höchsten Zuchtstandard heran. Er hat mehrere Auszeichnungen geholt. Auf dem Weg nach draußen werden wir bei ihm vorbeikommen.«

Sie schlenderten gemächlich aus der Scheune. Als Emily einen Blick über die Schulter warf, sah sie, dass Lulu Foxworth immer noch wie verzaubert vor den kleinen Welpen hockte. Sie hörte, wie Lulu den kleinen Hunden mit leiser Singsangstimme etwas zuflüsterte.

Ihr Vater kicherte. »So gut drauf habe ich sie nicht erlebt, seit sie von der Schule nach Hause gekommen ist. Meistens sitzt sie in ihrem Zimmer und hört diese Stammesgesänge. Gut zu wissen, dass sie sich noch für etwas begeistern kann.«

»Um Himmels willen, Rhett«, wies Maybelle ihn zurecht. Emily fiel auf, wie sich auf ihren Wangen grellrote Flecken bildeten. »Du weißt doch, dass sie total erschöpft ist. Sie hat sich am College übernommen, zu viel gemacht und zu hart gelernt, um ihre Noten zu halten, und dann hat sie noch die Grippe gekriegt. Kein Wunder, dass sie Ruhe braucht. Vielleicht könnten wir ja einen von den Welpen mit nach Hause nehmen …«

»Zu jung«, meinte ihr Gatte. »Und außerdem möchte ich, dass diese junge Dame hier sie abrichtet, falls sie Lust dazu hat. Wird noch eine Weile dauern, bis wir sie mitnehmen können.«

»Na, dann kann Lulu vielleicht vorbeikommen und sie besuchen?« Maybelle schaute Walter Parmenter an.

»Aber selbstverständlich«, beeilte er sich zu antworten. »Sie kann kommen, wann immer sie möchte. Emily kann ihr hier alles zeigen.«

Lulu Foxworth tauchte erst auf, als der Motor des Landrovers längst lief und ihr Vater nach ihr hupte.

»Das sind die schönsten Wesen, die ich je gesehen habe«, konstatierte sie mit ihrer sanften Stimme. Aus der Nähe betrachtet waren ihre Augen gerötet und von dunklen Ringen eingerahmt. Für einen Moment wirkte ihr Gesicht auf Emily so nackt und bleich wie ein Totenschädel. Die blauen Augen waren ganz dunkel, bestanden nur mehr aus Pupillen. Unbewusst wich Emily einen Schritt zurück. Buddy hatte ihr mal von Wechselbälgern erzählt, von Babys, die kurz nach der Geburt gegen ein anderes ausgetauscht wurden. Aus irgendeinem unerfindlichen Grund hatte sie diese Vorstellung in Angst und Schrecken versetzt. Jetzt tönte dieses Wort in der stehenden Luft. Und nur eine Sekunde später war Lulu wieder Lulu.

Nachdem sie sich verabschiedet und in ihrem Landrover davongefahren waren, richtete Walter Parmenter das Wort an seine Familie.

»Er hat drei gekauft«, krähte er. »Jetzt sind wir auf dem richtigen Weg. Nette Leute waren das, findet ihr nicht auch?«

»Sehr nett«, stimmten alle ein und die Zwillinge mit besonders viel Inbrunst, doch als sie ihrem Vater ins Haus folgten, schaute Emily kurz zu ihrer Tante hinüber und entdeckte in ihrem Blick eine gewisse Nachdenklichkeit und ein leichtes Stirnrunzeln.

Hatte sie den Wechselbalg auch gesehen?

Sie saßen gerade beim Abendessen, als das Telefon läutete. Ihr Vater stand auf und ging ran. Als er an den Tisch zurückkehrte, haftete seinem Gang etwas Militärisches, etwas Entschiedenes an, und er strahlte aufgeregt.

»Es wird euch freuen zu hören, dass ich gerade einen Anruf von Maybelle Foxworth gekriegt habe«, verkündete er. »Sie sagte, sie wolle mich um einen Gefallen bitten, und ich habe mich selbstverständlich erboten, ihr jeden zu erfüllen. Sie hat erzählt, dass sie sich um Lulu Sorgen machen, dass ihre Müdigkeit schon besorgniserregend sei, dass die Grippe einfach nicht abklingen wolle und dass das ganze Debütantinnentrara sie überfordere. Wie auch immer, ohne eine längere Auszeit fürchten sie, dass Lulu nicht bis Weihnachten durchhalten wird. Sie sagte, Lulu wäre wieder richtig auf dem Damm gewesen … ich glaube, das waren ihre Worte … als sie mit den Hunden zusammen war; es wäre ihr fast wie ein Wunder vorgekommen, und da hätten sie sich gefragt, ob es wohl möglich wäre, dass sie diesen Sommer bei uns wohnt und bei den Hunden hilft. Ihre Mutter meinte, sie könne gut mit Hunden umgehen. Und nachdem ich erwähnt habe, dass es über dem Schuppen ein Apartment gibt, hat sie gefragt, ob wir es Lulu überlassen könnten, falls es nicht belegt ist. Sie würden es selbstverständlich herrichten und sie würde sich selbst verpflegen. Und sie würden alles rausschaffen, was es braucht, um das Apartment wohnlich zu gestalten. Sie sagte, sie würde bezweifeln, dass wir sie überhaupt zu Gesicht kriegen würden, wenn sie nicht gerade mit den Hunden arbeitet. Sie verriet, Lulu hätte sich zum ersten Mal, seit sie von der Schule nach Hause gekommen ist, für etwas begeistert und dass dieser Vorschlag in Wahrheit von ihr stammt. Sie sagte, Lulu fände schon eine Möglichkeit, sich nützlich zu machen, selbst wenn sie nur die Zwinger saubermacht, und dass ihnen das wirklich das Leben retten würde. Und ich habe ihr natürlich versichert, dass es uns eine Freude wäre.«

Für einen Augenblick herrschte Schweigen und dann brachen die Zwillinge in Freudengeschrei aus. Jenny meldete sich mit ruhiger Stimme zu Wort. »Ziemlich seltsames Anliegen für eine erschöpfte Debütantin. Es gibt doch bestimmt andere, schickere Ort, wo man sich ausruhen kann. Glaubst du nicht, dass du dir damit am Ende ein bisschen zu viel zumutest, Walter? Das Mädchen hat auf mich einen ziemlich instabilen Eindruck gemacht.«

Emily sagte zu all dem überhaupt nichts. Von dem Augenblick an, wo ihr Vater den Mund geöffnet hatte, hatte sie mit absoluter Sicherheit gewusst, dass dieser Sommer Lulu Foxworth gehörte. Der Sommer des Wechselbalgs. So würde es kommen, ganz egal, wer sich dagegen stemmte oder aus welchem Grund. Es war unausweichlich, hatte – kaum dass Lulu auf der Bildfläche erschienen war – im Raum gestanden. Emily war kalt. Und sie wurde wütend.

Ich werde nicht zulassen, dass sie meinen Hunden wehtut, dachte sie grimmig, und ich werde schon gar nicht zulassen, dass sie Elvis anrührt.

Während der restlichen Mahlzeit frohlockte ihr Vater. Seine Miene, die oftmals versteinert und verschlossen wirkte, strahlte buchstäblich.

»Eine Foxworth in unserem Haus und das drei Monate lang. Wir werden dafür sorgen, dass es ihr wieder gutgeht. Wir nehmen sie in die Familie auf. Natürlich werden wir nicht zulassen, dass sie den ganzen Sommer über allein dort drüben sitzt. Wir laden sie zum Abendessen ein und sie kann uns auf Probeläufen und Hundeschauen begleiten … Und ihre Freunde werden zu Besuch kommen und ihre Eltern. So eine Chance kriegt man nur einmal im Leben!«

»Eine Chance wozu?«, fragte ihre Tante Jenny neugierig.

»Eine Chance, dass diese Familie endlich … etwas darstellt, dass wir endlich wer sind. Wir werden genau so ein Teil ihrer Welt wie sie einer von uns. Und bedenkt mal, was sie Emily alles beibringen kann. All die Dinge, die ein Charleston-Mädchen wissen muss. Sogar ihre Freunde werden sie kennenlernen. Ehe wir uns versehen, wird Emily in die Gesellschaft eingeführt.«

»Siehst du das alles nicht in einem zu rosigen Licht, Walter?«, gab ihre Tante zu bedenken. »Ihre Mutter hat gesagt, sie bräuchte Ruhe, Stille, das einfache Leben. Und Zeit für sich allein. Wenn sie mit uns zusammen sein will, wird sie uns das schon wissen lassen. Ich hielte es für angebracht, die Entscheidung ihr zu überlassen. Und außerdem wird es eine Stange Geld kosten, das alte Apartment wiederherzurichten. Gut sieht es dort nicht aus.«

»Maybelle hat gesagt, sie würden für die Renovierungskosten aufkommen«, meinte Walter Parmenter. »Und sie zahlen für Kost und Logis. Lulu erwartet keinen Lohn. Sie möchte nur mit den Welpen arbeiten und lernen. Das und lesen und schlafen. Maybelle hat gesagt, wir werden gar nicht mitkriegen, dass sie da ist.«

Ich werde es wissen, dachte Emily. Ich werde es wissen.

Gleich nach dem Abendessen schnappte sie sich Elvis und ging auf ihr Zimmer. Beim Fernsehen schmiegte sie sich an ihn. Und sie erzählte ihm alles: von den Foxworths, von Rhett, Maybelle und Lulu, was ihr Vater ihnen beim Essen gesagt hatte und wie sie beobachtet hatte, wie Lulu sich innerhalb eines Sekundenbruchteils verändert hatte. Jetzt kam Emily das alles so unwirklich vor wie ein Fiebertraum. Sie schüttelte den Kopf.

Doch an diesem Abend fand Emily einfach keinen Schlaf. Sie blieb so lange wach, wie sie konnte. Insgeheim rechnete sie fest damit, dass ihre Tante noch hochkam, um ihr eine gute Nacht zu wünschen. Und dann konnte sie ihr erzählen, was sie gesehen oder zu sehen geglaubt hatte, und sie fragen, was sie von dieser Lulu hielt. Aber Jenny kam nicht. Emily hörte, wie ihre Tante und ihr Vater sich unten ziemlich lange unterhielten, und nach einer Weile verwandelte sich das Gespräch in die zwanglose Unterhaltung von Menschen, die einander seit Ewigkeiten kennen. Es dauerte nicht lange und sie lachten. Emily hörte ihren Vater nur selten lachen. Sie lag da und lauschte. Und egal wie wütend und verwirrt sie war, so hatte es doch etwas Beruhigendes, im Bett zu liegen und zuzuhören, wie die Erwachsenen im Haus miteinander lachten. Irgendwann schlief sie auf einer Woge leisen Gelächters ein.

In der darauffolgenden Woche brachte Maybelle Foxworth Lulu mit, damit auch sie sich das Apartment ansehen könne.

Tagelang hatten Walter, die Zwillinge, GW und ab und an ein mürrischer Kenny Rouse sich dort zu schaffen gemacht, alten Plunder, der sich im Lauf der Jahre angesammelt hatte, herausgeräumt, den alten Kieferboden gebohnert, die weiß verputzten Wände frisch gestrichen.

Die Fenster waren immer noch dreckig und mit Farbe zugekleistert, als die Foxworths auftauchten, und in der Wohnung roch es überall nach Staub und Hund. In der winzigen Küche hatte noch niemand Hand angelegt. Die Fortschritte, die sie machten, stellten Walter nicht zufrieden. Er hatte sich vorgestellt, dass alles picobello war, wenn die Foxworths zur Inspektion kamen.

Walter und Emily stiegen hinter den Foxworths, die sich Lulus zukünftige Zuflucht anschauen wollten, die ausgetretenen Stufen hoch. Emily war ein, zwei Tage nicht mehr dort gewesen und sah die Wohnung plötzlich mit Maybelles und Lulus Augen. Ihr Herz machte vor Freude einen Satz. Trotz der frischen Farbe und der Politur war der Raum immer noch schlicht und schäbig. Bestimmt hatte noch kein Foxworth jemals in so einem Zimmer genächtigt. Und Lulu war zweifellos an Marmor, Mahagoni, dicke Federkissen, Damastvorhänge und seidenglatte Baumwolllaken gewöhnt. Vollkommen unmöglich, dass es ihr hier gefallen, dass ihre Mutter dies gutheißen würde.

Während sie in dem kargen heißen Raum standen, wo die Staubkörnchen durch die fahlen Sonnenstrahlen tanzten, die durch die ungeputzten Fenster fielen, herrschte langes, betretenes Schweigen.

Schließlich sagte ihr Vater: »Wir sind natürlich noch nicht fertig. Wir setzen neue Fenster ein und können uns, was den Fußbodenbelag und die Farbe anbelangt, nach Ihren Wünschen richten. Das Badezimmer wird frisch gefliest und die alte Badewanne mit den Löwentatzen durch eine Dusche ersetzt. Dann wird es, denke ich, ganz hübsch.«

»Ach, ich weiß nicht«, sagte Maybelle zögernd. Es war offensichtlich, dass der Anblick sie entsetzte, sie aber zu gut erzogen war, um das laut auszusprechen. »Ich habe gedacht, es wäre etwas … wohnlicher. Und es ist viel kleiner, als ich mir vorgestellt habe. Wir brauchen unbedingt eine Klimaanlage. Sonst geht uns Lulu hier oben in der Hitze ein.«

»Ja, selbstverständlich«, krächzte Walter Parmenter verzweifelt. »Das kriegen wir innerhalb von einem Tag hin.«

»Und diese Küche …« Maybelle verstummte. Heute hatte sie kein einziges Mal geträllert oder geflötet. So war Maybelle also im Alltag.

Wieder stellte sich Schweigen ein. Schließlich meldete Lulu sich zu Wort. »Ich finde es wunderbar. Das Zimmer ist sauber, schlicht und zurückhaltend – fast wie ein Raum in einem Haus auf einer griechischen Insel oder in einem Kloster. Ich möchte nicht, dass der Boden verändert wird, und die weißen Wände gefallen mir so, wie sie sind. Wenn ich Fensterläden kriegen könnte, wie man sie in Italien hat, fände ich das prima. Und einfache Fenster wären mir am liebsten. Eine Klimaanlage kommt nicht in Frage. Ich habe einen Standventilator, der reicht völlig. Und eine Badewanne mit Löwentatzen wäre genau das *Richtige* für mich. Was die Küche angeht, brauche ich nur eine Mikrowelle, eine Spüle und fließend Wasser. Ich nehme den kleinen Kühlschrank, den ich auf dem College hatte. Mehr brauche ich nicht.«

»Die Küche machen wir neu«, versprach Walter. »Bis Sie einziehen, sind wir fertig.«

»Lulu«, begann ihre Mutter.

»Ich will es so«, sagte Lulu. Ihre Stimme klang zum ersten Mal fest und klar. »Alles ist genau so, wie ich es mir vorgestellt habe. Und genau das, was ich brauche und wirklich will.«

Sie und ihre Mutter starrten sich einen Moment lang an. Dann hob Maybelle die Hände, ließ sie fallen und lächelte Walter kläglich zu.

»Nun, dann nehmen wir es und mit Dank. Ich habe ein paar Sachen, die es etwas gemütlicher machen werden – ein zierliches französisches Bett, ein Sofa, einen Sessel und eine Menge Kissen. Und einen wunderschönen mexikanischen Teppich. Damit könnte die Wohnung hier eigentlich ganz charmant wirken.«

»Charmant will ich es nicht«, murmelte Lulu in sich hinein. »Ich will, dass man hier …« Emily verstand den Rest nicht richtig, hätte jedoch schwören können, dass Lulu »Buße tun kann« sagte.

Wieder draußen in der glühenden Mittagssonne meinte Lulu: »Könnte ich wohl mal ein Badezimmer aufsuchen? Ich möchte mich etwas frisch machen.«

»Selbstverständlich«, beeilte Walter sich zu sagen. »Mrs Foxworth?«

»Danke, es geht schon«, antwortete sie distanziert.

Jetzt schmollt sie, fuhr es Emily durch den Sinn. Ich könnte wetten, bisher ist es nicht oft vorgekommen, dass sie ihren Willen nicht durchgesetzt hat.

»Emily, zeig Miss Foxworth, wo dein Badezimmer ist. Cleta ist vermutlich noch nicht dazu gekommen, die anderen sauberzumachen«, sagte ihr Vater. Emily wusste, dass Cleta tatsächlich noch nicht dazu gekommen war und die Badezimmer ihres Vaters und ihrer Brüder an dampfende Sportumkleidekabinen erinnerten.

»Ich zeige es dir«, sagte sie und führte Lulu ins Haus. Drinnen war es verhältnismäßig dunkel und still. Keiner sprach ein Wort, bis sie vor Emilys Zimmertür standen. Dann sagte sie: »Da rein und dann links. Ich werde hier auf dich warten.«

Sie setzte sich auf ein abgewetztes Brokatbänkchen.

»Danke.« Lulu trat in Emilys Zimmer und schloss die Tür hinter sich. Kurz darauf hörte sie Lulu laut reden – wieder in diesem Singsang, mit dem sie letztes Wochenende mit den Hunden gesprochen hatte. Emily rutschte das Herz in die Hose. Elvis. Sie hatte völlig vergessen, dass sie Elvis im Zimmer eingesperrt hatte. Und ihr Vater anscheinend ebenfalls. Sie machte die Tür auf und ging hinein.

Lulu Foxworth kniete neben Elvis, der sich zu ihr vorbeugte und ihr Gesicht ableckte. Vor lauter Wut über die beiden kam Emily die Galle hoch.

»Er ist das schönste Geschöpf, das mir je unter die Augen gekommen ist«, hauchte Lulu, drehte den Kopf und schaute zu Emily hoch. »Erzähl mir von ihm. Wie heißt er?«

»Er heißt Elvis«, antwortete Emily mürrisch. »Er gehört mir, nur mir. Und normalerweise ist er auch immer bei mir. Ich habe vergessen, dass er hier oben ist.«

»Ich wüsste zu gern, was er alles kann«, meinte Lulu. »Wenn er genauso gut wie niedlich ist, würde mein Vater alles dafür geben, ihn mal zu sehen.«

»Er … er jagt nicht«, entgegnete Emily verzweifelt. »Er kann jagen, er hat es wirklich drauf, aber in allerletzter Minute … verweigert er sich. Den Grund dafür kennen wir nicht. Mein Vater will nicht, dass ich ihn jemandem zeige.«

»Dann werde ich auch nichts sagen«, versprach Lulu und nahm Elvis noch mal in die Arme. Sie beugte sich vor und flüsterte ihm so laut, dass auch Emily es verstehen konnte, ins Ohr: »Ich wette, ich weiß ganz genau, weshalb du nicht jagen willst. Wenn mich nicht alles täuscht, hast du einfach keine Lust.«

Elvis leckte wieder ihr Gesicht ab. Emily setzte sich auf ihr Bett und wartete. Ein paar Minuten später kam Lulu mit frisch gewaschenem Gesicht aus dem Badezimmer und drückte Elvis, der vor Wonne mit dem Hintern wackelte, einen Kuss auf den Kopf. Eifersucht ergriff von Emilys Herz Besitz und ließ es nicht wieder los. Sie warf die Tür ins Schloss und stürmte die Treppe hinunter. Lulu folgte ihr.

Von fern hörte sie Elvis jaulen. Sie konnte sich beileibe nicht erinnern, dass er das jemals getan hatte, nachdem sie weggegangen war. Mitten in jener Nacht schreckte sie aus dem Schlaf auf. Sie hörte das Klackern seiner Krallen, während er auf dem Zypressenboden nervös hin und her lief.

Kapitel Sechs

Am dritten Wochenende im Juni machten die Foxworth Lulus Umzug. Die ganze Woche über hatte auf Sweetwater reges Kommen und Gehen geherrscht. Unzählige Schwarze waren in Lastern aufgetaucht und hatten schwere, verhüllte Gegenstände abgeladen, bei denen es sich wahrscheinlich um Möbel handelte. Selbst Maybelle Foxworth war gekommen und hatte höchstpersönlich Stoffballen und zusammengerollte Teppiche vorbeigebracht. Irgendwann erschien sogar der Wagen einer unbekannten Elektrikerfirma auf der Bildfläche. Der ebenfalls fremde Elektriker lud eine Klimaanlage ab, die unter dem Fenster installiert werden sollte, und wuchtete sie fluchend die steile Treppe hoch.

»Dachte, sie hätte gesagt, sie wollte all den Kram nicht haben«, flüsterte Emily ihrer Tante jedes Mal zu, wenn eine neue Lieferung eintraf.

Lulu selbst tauchte erst am letzten Tag auf.

»Schläft«, erläuterte ihre Mutter immer, wenn sie ohne Lulu kam, und schüttelte den Kopf über die Eigenheiten von Töchtern, die gerade in die Gesellschaft eingeführt wurden. »Ich habe noch nie erlebt, wie jemand so viel schlafen kann. Nun ja, sie hat wirklich eine schwere Grippe hinter sich, und die letzten paar Monate auf dem College haben ihr fast den Rest gegeben. Ich habe ihr noch gesagt: ›Mein Liebling, was ist denn so wichtig, dass du es unbedingt dieses Semester erledigen musst?

Gibt es etwas, das wichtiger ist als deine Gesundheit?‹ Die Hälfte der Zeit war sie gar nicht auf dem Campus, sondern bei irgendeinem Treffen. Sie vertritt Randolph Macon bei – ich weiß nicht wie vielen – College-Veranstaltungen. Irgendwann musste ich ihr eine Blankoerlaubnis ausstellen, dass sie das College nach eigenem Gutdünken verlassen darf. Wahrscheinlich hat sie einfach viel Schlaf nachzuholen.«

An dem Morgen, wo der eigentliche Umzug stattfand, war es sehr heiß und feucht. Der fahle Himmel hing tief; das schwarz und ölig wirkende Wasser lief träge flussabwärts. Unerträgliche Hitze legte sich über die Böschungen und Wälder und alle Lebewesen in der Marsch schienen angesichts dieser Temperaturen einen Gang herunterzuschalten. Die goldgrünen Halme des Schlickgrases, die sonst immer in Bewegung waren, rührten sich nicht. Der Greisenbart in den großen Lebenseichen bewegte sich nicht. Kein einziger Flussbewohner rührte sich. Kein Gluckern war zu hören, kein Spritzen, kein Rascheln, kein Trällern, kein Summen, weder das schrille Zirpen der Zikaden noch das leise Knacken der Shrimps in ihren Löchern. Der Fluss, der Niedrigwasser führte, wirkte reglos und roch streng nach Schlick. Wenn das träge Wasser an die Stegpfosten schwappte, war nur ein leises Plätschern zu hören.

Tiere und Menschen gleichermaßen waren wie betäubt. Aus den Hundezwingern drang kein Kläffen oder Jaulen, wie das sonst der Fall war, und die Parmenters, die sich auf der Auffahrt eingefunden hatten, um die Foxworths zu empfangen, tupften schweigend ihre Hälse und Gesichter ab. Selbst Walt Junior und Carter, die sich herausgeputzt hatten und heute tief sitzende, abgeschnittene Shorts und zerschlissene, ärmellose T-Shirts mit dem Aufdruck FOLLY IS A BITCHIN' BEACH trugen – ihrer Meinung nach offenbar die richtige Wahl, um bei einer jungen Frau Eindruck zu schinden –, hörten auf, in einem fort sexuelle Anspielungen zu machen und standen einfach nur wie benommen da. Ihre mächtigen Bizepse und breiten Brustkörbe glänzten. Zuerst dachte Emily, sie hätten sich wie um Titel kämpfende Bodybuilder eingeölt, doch inzwischen war sie sich nicht mehr so sicher, ob das Öl oder Schweiß war. Nur ihr adretter Vater in seinem blauen Oberhemd und den frisch gebügelten beigen Baumwollhosen schien nicht unter der vernichtenden Hitze zu leiden. Mit seinen großen, blau funkelnden Augen fixierte er das Ende der Auffahrt, wo die Karawane aus dem Wald kommen würde.

Zuerst hörten sie nur das Donnern, Knattern, Murren vieler Fahrzeuge. Als der Tross dann endlich ins Blickfeld rückte, konnten die Parmenters nur staunen. Die Schlange aus Geländewagen, Kombis, Lastern, Anhängern und ganz gewöhnlichen Fahrzeugen wollte einfach nicht enden. Rhett Foxworth fuhr voran. Lulu kauerte auf dem Beifahrersitz. Maybelle Foxworth folgte in einem kirschroten BMW-Cabrio. Sie lächelte und winkte – wie in einer Autowerbung. Ihre perfekten Haare schimmerten silbern in der Sonne. Emily wunderte sich, dass sie keinen Herzinfarkt erlitten hatte, wo sie in dem offenen Wagen so weit gefahren war. Walt und Carter begannen wieder zu tuscheln.

»Für diese Kutsche wird sie einen Chauffeur brauchen«, meinte einer der beiden. »Krieg dich wieder ein«, entgegnete der andere. Der wütende Blick ihres Vaters ließ die beiden Jungs verstummen.

Hinter den beiden Autos tauchte ein funkelnder grüner Pick-up mit der Aufschrift MAYBUD PLANTATION auf. Auf der Ladefläche stand ein funkelnagelneuer Kühlschrank. Und auf dem riesigen Anhänger, mit dem normalerweise die Jagdhunde transportiert wurden, türmten sich Lampen, ein großer Spiegel mit verschnörkeltem Rahmen, mehrere mannshohe Pflanzen und ein riesiger Fernseher. In den kleineren Fahrzeugen wurden Kisten mit Büchern, Geschirr, Kissen, Decken und Vorhängen, einer Mikrowelle, einer Stereoanlage und einem Computer gebracht.

Die ganze Szene ungläubig beobachtend, musste Emily an Kamele und Elefanten denken. Stirnrunzelnd überlegte sie, wieso ihr gerade diese Bilder in den Sinn kamen, und Buddy antwortete in ihrem Kopf: *Das Juwel der Krone*. Erinnerst du dich? Wir haben uns die Wiederholungen angeschaut. Diese große Radscha-Prozession mit den Elefanten und Kamelen …

Ohne es zu wollen, brach Emily in lautes Gelächter aus, woraufhin ihr Vater ihr einen vernichtenden Blick zuwarf, doch sie träumte nur von Elefanten und Kamelen.

Die Schwarzen, die alle die Sachen in das Apartment hochschleppten, trugen waldgrüne Hemden und Hosen mit einem aufgestickten M auf den Taschen. Wahrscheinlich hatte man sie sowohl wegen ihrer prächtigen Körper als auch wegen ihrer Leistungsbereitschaft ausgewählt. Den Männern kam kein Wort über die Lippen, und nachdem der letzte schwere Gegenstand nach oben gebracht worden war, stieg Lulu, die im Landrover gedöst hatte, aus, sprach alle mit dem Namen an und bedankte sich leise.

»Miss Lulu«, sagten die Männer dann und nickten. Einer von ihnen, älter als die anderen und mit grauen

Schläfen, beugte sich vor und flüsterte ihr etwas ins Ohr, woraufhin sie ihn umarmte und fest an sich drückte.

»Wir sehen uns bald, Leland«, versprach sie.

»Und Sie kommen heim, sobald Sie dazu in der Lage sind«, meinte er.

Nach seinen Worten machte sich die leere Karawane auf den Heimweg.

Maybelle Foxworth kam aus dem Schuppen und trippelte ihnen lächelnd entgegen.

»Sie werden über Ihre kleine Wohnung staunen«, sagte sie zu Walter. »Sie sieht inzwischen wesentlich wohnlicher aus, als ich es je erwartet hätte. Wäre ich ein alleinstehendes Mädchen wie Lulu, würde ich auch gern in so einem Apartment wohnen. Unter der Voraussetzung, dass es nicht ganz so weit in die Stadt wäre, meine ich. Wir Plantagenmenschen« – sie strahlte Walter an – »haben uns ja daran gewöhnt, in der Wildnis zu leben, doch meiner Meinung nach brauchen junge Frauen ein bisschen mehr Unterhaltung. Na, wie dem auch sei, kommen Sie später doch bitte alle mit nach oben und sehen Sie sich an, wie wir das hingekriegt haben. Dürfte noch ein Stündchen dauern, bis wir fertig sind, denke ich. Lulu, bist du denn gar nicht neugierig? Die Klimaanlage läuft schon auf vollen Touren. Da oben ist es jetzt schön kühl. Du musst mir sagen, wo die restlichen Sachen hin sollen.«

Lulu nickte den Parmenters zu und folgte ihrer Mutter in die Scheune. Obwohl Emily die Ohren spitzte, glaubte sie nicht, dass Mutter und Tochter auch nur ein Wort wechselten.

Rhett Foxworth war schon vor einiger Zeit nach Maybud zurückgefahren und hatte dies mit einer Verabredung mit einem Vertreter der Forstverwaltung begründet. Er wollte sich mit diesem Herrn über Sumpfkiefern, Maybuds Einnahmequelle, unterhalten.

»Na, Sie wissen ja, wie das ist, Parmenter«, sagte er, als er Walters Hand schüttelte. »Irgendwo drückt immer der Schuh.«

Die Parmenters saßen eine Weile lang im Schatten der überdachten Veranda und tranken Eistee aus angelaufenen Gläsern, die Cleta immer wieder auffüllte. Cleta war weit und breit die Einzige, die sich weder für Lulu noch für deren Familie interessierte.

»Was hältst du von ihr?«, hatte Emily sie nach dem ersten Besuch der Foxworths gefragt.

»Ist ein hübsches Ding«, meinte Cleta. »Hat schöne Augen und tolle Haare. Aber sie ist viel zu dünn und nervös. Als würde sie jedes Mal zusammenzucken, wenn man sie direkt anspricht. Irgendwas stimmt mit dem Mädel nicht. Die ist nicht nur krank und müde, will ich damit sagen. Und es ist nicht normal, dass ein hübsches reiches Mädel sich den ganzen Sommer über hier draußen verstecken will.«

Mehr wollte sie nicht sagen, obwohl Emily sich alle Mühe gab, sie in ein Gespräch über Lulu Foxworth zu verwickeln.

Maybelle Foxworth kam wieder die Treppe hinunter, trat ins gleißende Sonnenlicht und fächelte sich Luft zu. Hinter ihr tauchte Lulu auf. Trotz dieser unerträglichen Hitze wirkte Lulu beinahe ausgetrocknet. Heute rahmten sogar kleine Trockenfältchen ihre schönen Augen ein. Sie zog alle Blick auf sich – auch ohne Make-up. Die zum Pferdeschwanz zusammengebundenen Haare, die rot geränderten Augen und die deutlich sichtbaren Sommersprossen auf Nase und Wangen waren Blickfang genug. Ihre weißen Shorts und das T-Shirt waren trocken, ihre langen, muskulösen Beine gleichmäßig gebräunt und gar nicht schweißglänzend wie die aller anderen.

Vielleicht kommt sie da oben in ihrem kühlen kleinen Apartment zurecht, dachte Emily mit grimmiger Genugtuung, aber ich möchte doch zu gern sehen, wie lange sie es im Hundezwinger aushält.

»Nein, ich kann nicht bleiben«, trällerte Maybelle Walter zu, der ihr Eistee und Sesamstangen anbot. »Lulu möchte ein längeres Mittagsschläfchen einlegen und droht, mich zu erschießen, falls ich länger bleibe, und außerdem komme ich eh zu spät zu meiner Bridgepartie. Sie hat mir hoch und heilig versprochen, Ihnen später am Nachmittag ihre kleine Wohnung vorzuführen.« Sie suchte Lulus Blick, die nickte und lächelte, was allerdings ziemlich verkrampft wirkte.

Maybelle Foxworth umarmte ihre Tochter und sagte: »Vergiss nicht, uns heute Abend anzurufen. Und du kannst nach Hause kommen, wann immer du willst.«

»Mir geht es gut, Mama«, versicherte Lulu mit ihrer weichen, tiefen Stimme. »Und danke für alles, was du getan hast. Sag auch Daddy danke von mir.«

Kurz darauf lächelte sie allen zu, entschuldigte sich und verschwand in der dunklen Scheune. Ihre Mutter schaute ihr hinterher und legte die gebräunte Stirn in Falten.

»Bitte, passen Sie für mich auf sie auf«, sagte sie zu Jenny. »Sie ist längst nicht so erwachsen, wie sie glaubt.«

»Natürlich werden wir auf sie aufpassen«, versicherte Jenny. »Es ist uns eine Freude.«

Maybelle Foxworth stieg in den kleinen, roten BMW und schnurrte in der flirrenden Hitze davon. Die Parmenters schauten sich an. Es war drei Uhr am Samstagnachmittag, den 16. Juni, und es herrschte vollkommene Stille.

Lulu erschien nicht am späten Nachmittag, um sie zu einer Besichtigung ihres kleinen Heims einzuladen. Sie kam allerdings an die Tür, klopfte vorsichtig ans Fliegengitter und sagte, als Emily auftauchte, höflich: »Ich hoffe, ihr vergebt mir, dass ich euch noch nicht zu mir einlade, aber ich muss ein paar Telefonate erledigen und möchte noch das eine oder andere verändern, ehe ich euch rumführe. Mama ist manchmal ein bisschen … zu enthusiastisch.«

Inzwischen waren auch Walter und Jenny zur Tür gekommen.

»Ich kann es gar nicht erwarten, wie es dort drüben aussieht«, bekannte Jenny lächelnd.

»Im Augenblick sieht es bei mir wie in einem Bordell in New Orleans aus.«

Emily und ihre Tante lachten schallend. Warum auch nicht? Walter Parmenter runzelte die Stirn und lud Lulu noch einmal ein, mit ihnen zu dinieren. Emily starrte ihn an. Seit wann »dinierten« sie? Bislang hatten sie um sechs Uhr zu Abend gegessen.

»Das ist sehr freundlich von Ihnen, doch ich werde mir ein Omelette zusammenrühren und mich dann hinlegen und lesen. Sie können sich gar nicht vorstellen, was für ein Luxus das ist. Versuchen Sie mal, bei meiner Mutter daheim einen Blick in ein Buch zu werfen.«

Kaum hatte sie sich umgedreht und war in der Dämmerung in der Scheune verschwunden, jaulte Elvis und schaute zu Emily hoch.

»Platz«, wies Emily ihn schärfer als beabsichtigt an. Er gehorchte und sah zu ihr hoch. Da erst merkte sie, wie sehr sie ihn damit gekränkt hatte. Sie beugte sich hinunter und schlang die Arme um ihn.

»Es tut mir leid«, flüsterte sie. »Ich verspreche, es nicht mehr an dir auszulassen.«

Elvis war, was Lulu anbelangte, von Walter begnadigt worden, zumal sie ihn eh schon in Emilys Badezimmer gesehen hatte, auch wenn Lulu versprochen hatte, ihrem Vater nichts davon zu erzählen. Von nun an durfte er im Hof herumtollen. Sobald jemand, der sich für Jagdhunde interessierte, zu Besuch kam, stand er hingegen unter Hausarrest.

Emily stimmte der neuen Vereinbarung zu, denn sie war immer noch besser als die vorige Regel.

Als sie und ihr Vater am nächsten Morgen um acht Uhr zu den Zwingern gingen, um die Hunde und die Welpen zu füttern, war Lulu schon da. Sie saß auf einem Sack Eukanuba-Welpenfutter und hatte Daisys Junge im Arm. Die kleinen Hunde wackelten mit den Stummelschwänzen und leckten ihr das Gesicht ab, während sie mit geschlossenen Augen so selig lächelte, als hätte sie gerade den Himmel gesehen. Ihr Gesicht glänzte vor Seife und Hundesabber. In der frühen Morgensonne schimmerte sie golden wie ein oft befingertes Amulett und sie verströmte den Duft von französischer Lavendelseife. Trotz der abgeschnittenen Shorts, der eingefallenen Wangen und tief liegenden Augen sah sie sehr schön aus und Emily fragte sich missmutig, was es brauchte, um die Wirkung zu zerstören. Sie fragte sich auch, wie es sich wohl anfühlte, wenn man genau wusste, dass man so toll aussah, dass man nicht über sein Äußeres nachdenken musste. Emily dachte nur selten über ihr Aussehen nach, was allerdings nicht daran lag, dass sie sich für schön hielt. Solange sie nicht über ihr Äußeres nachdachte, versetzte die Entwicklung, die sie durchmachte, sie nicht in Panik.

»Ich mache doch hoffentlich nichts falsch«, sagte Lulu zu Walter, als er mit Emily auftauchte. »Ich konnte einfach nicht widerstehen.«

»Nein«, meinte er strahlend. »Um ehrlich zu sein, so kleine Welpen wie diese hier sollten sich so früh wie möglich an Menschen gewöhnen. Das ist wichtig für sie. Spielen Sie mit ihnen, wann immer Ihnen der Sinn danach steht. Dann kann Daisy sich ein wenig ausruhen.«

Emily starrte ihren Vater an. Bisher hatte er nie erlaubt, dass Welpen, aus denen irgendwann Jagdhunde werden sollten, ins Haus durften. Auf diese Weise verwöhnte und verwirrte man sie, behauptete er. Anstatt nur auf das Kommando einer Person zu hören, wie das von einem guten Jagdhund erwartet wurde, folgten sie Hinz und Kunz, was bei einem Stöberhund einer Katastrophe gleichkam.

Er sah zu Emily hinunter und errötete leicht.

»Ich habe gerade dieses Buch von den Mönchen aus dem Kloster New Skete beendet, das alle ganz großartig finden«, erläuterte er. »Sie trainieren mit die besten Hunde auf der ganzen weiten Welt und haben mich davon überzeugt, dass viel Kontakt vielleicht doch eine gute Sache ist. Ich wollte dir, Emily, und den Jungs und Rouse, falls der auch mal wieder auftaucht, vorschlagen, dass ihr alle mit den Älteren so viel Zeit wie mit den Jungen verbringt. Streichelt sie, macht sie sauber, spielt mit ihnen. Und sie müssen sich auch daran gewöhnen, mal drinnen zu sein. Ich kann selbstverständlich nicht alle drüben im großen Haus gebrauchen, spiele jedoch mit dem Gedanken, für sie in dem großen Vorratsraum in der Scheune so eine Art Wohnzimmer einzurichten. Sofas, Teppiche, Lampen, ein Radio, so was in der Art. Vielleicht sogar eine Kaffeemaschine und eine Eismaschine für euch. So könnten die Welpen lernen, was man drinnen nicht tun darf, wie beispielsweise Elektrokabel anknabbern oder auf den Teppich pinkeln. Wäre doch ein guter Weg, sie stubenrein zu kriegen. Vielleicht könnt ihr euch ja nach der Arbeit abwechseln und mit ihnen eine Stunde oder so verbringen.«

»Oh«, hauchte Lulu Foxworth. »Das möchte ich machen. Soweit ich weiß, haben alle anderen schon etwas zu tun, und es würde mir wirklich großen Spaß machen, die Welpen tagsüber eine Weile bei mir zu haben.«

»Na, wir können es ja mal versuchen und sehen, wie es funktioniert«, meinte Walter. »Bis dahin können Sie ein, zwei Tiere mit nach oben nehmen, wenn Sie mögen. Nur die Vorstellung, was diese kleinen Racker alles mit Ihren hübschen Sachen anstellen werden, behagt mir gar nicht.«

»Ach, das kümmert mich nicht«, versprach Lulu.

Schon an diesem ersten Morgen zeigte sich, dass Lulu im Umgang mit den Hunden ein Naturtalent war. Emily arbeitete mit vier zehn Wochen alten Welpen aus dem Wurf von Ginger, die eine gutmütige und geduldige Mutter war. Mit Gingers Nachwuchs kommunizierte Emily immer blendend.

Sie hatte sich geschworen, Lulu Foxworth nicht zu verraten, dass sie sich mit den Hunden die meiste Zeit ohne Worte unterhielt, weil Lulu sie dann für verrückt halten würde. Deshalb hatte sie beschlossen, Lulu die konventionelle Methode zu zeigen, mit der auf Sweetwater Welpen ausgebildet wurden, und erst mal abzuwarten, wie sie sich machte. Eine halbe Stunde später war klar, dass sie tatsächlich Talent besaß. Emily hatte begonnen, Bandit, einen großen, fröhlichen, männlichen Welpen, auf den Befehl »Sitz« einzuschwören, indem sie sanft sein Hinterteil nach unten drückte und mit fester Stimme »Hup« sagte. Ihr Vater hatte ihr irgendwann mal erzählt, dass Hup traditionell der Befehl für Spaniels war, sich hinzusetzen. Bisher hatte sie ihn noch nie benutzen müssen. Außerdem hob sie noch die rechte Hand, damit der Welpe sich an Handzeichen gewöhnte, was ihm beim fortgeschrittenen Training helfen würde. Lulu saugte jeden einzelnen Schritt in sich auf.

Solange sie hier ist, musst du es so machen, sagte sie stumm zu Bandit, wenn sie weg ist, machen wir es wieder wie früher.

Bandit schaute sie ernst an, setzte sich dann einwandfrei hin und grinste.

»Ach, das ist klasse«, sagte Lulu. »Gleich beim ersten Mal. Sie sind klüger als die meisten Menschen, nicht wahr?«

Emily gab ihr Molly, die im Gegensatz zu ihrer Mutter eine ausgemachte Hundediva war.

Na, dann wollen wir Miss Perfektion mal bei der Arbeit zusehen, dachte sie.

Lulu setzte sich vor Molly aufs Gras und sah sie an. Molly erwiderte ihren Blick. Das Weiß, das ihre gelben Augen einrahmte, war zu sehen. Alsdann erhob Lulu sich und brachte Molly dazu, sich auf Befehl zu setzen, als hätte sie so etwas schon ihr ganzes Leben lang getan.

Nach einem Versuch saß Molly.

Lulu, die auf dem Gras saß und Molly umarmte, grinste zu Emily hoch.

»Sie ist ja so klug! Das sind sie alle! Stell dir vor, gleich zwei haben es beim ersten Versuch kapiert«, jubelte sie. Zum ersten Mal, seit Emily Lulu kannte, wirkte Lulu weder verkrampft noch gekünstelt. Das Lachen ließ ihr trockenes Gesicht wie eine Kerze erstrahlen. Wo immer der Wechselbalg sich verstecken mochte, hier war er nicht, jedenfalls nicht in diesem Moment.

»Na, sitzen ist auch am einfachsten«, erwiderte Emily grimmig. »Das kriegen die meisten Hunde schnell hin. Warte nur, bis wir zu den schwierigeren Befehlen kommen.«

»Und was sind das für welche?«, wollte Lulu wissen. Emily fiel auf, dass ihre Wangen leicht gerötet und der glasige Blick verschwunden waren.

»Als Nächstes lernen sie ›Halt‹ und ›bei Fuß‹. Und ›Platz‹. Bei Fuß zu gehen, fällt den meisten ziemlich schwer. Und danach ›Komm‹ und dann die richtig schwierigen Sachen wie Attrappen apportieren, sich an Gewehrfeuer gewöhnen und ins Wasser springen. Die letzten Befehle werden sie wahrscheinlich erst lernen, wenn du schon weg bist, aber mit den anderen können wir schon anfangen.«

»Gewehrfeuer«, sagte Lulu nachdenklich. »Ist das schwierig?«

»Für sie oder für dich?«

»Für sie«, sagte Lulu und bedachte Emily mit einem unterkühlten Blick. »Ich schieße, seit ich eine Waffe halten kann.«

»Dann gehst du also auf die Jagd?«

»Nein, ich war noch nie jagen. Dennoch gibt es Menschen, die auf die Jagd gehen, und ihre Hunde sollten erstklassig ausgebildet sein. Um der Hunde willen.«

Lulus Einstellung ähnelte Emilys so sehr, dass sie sich fast ärgerte.

Schweigend brachten sie den beiden anderen Welpen die ersten Kommandos bei, und einmal abgesehen von einem Schnitzer, der Lulu mit Molly unterlief, lief das Training prima.

»Das reicht für heute«, sagte Emily. »Wir werden so viele Unterrichtseinheiten abhalten, wie es braucht, nur kurz müssen sie sein. Welpen können sich noch nicht lange konzentrieren.«

»Was kommt als Nächstes?«, fragte Lulu, die gerade mit ihren schmalen, braunen Händen den Welpensabber von ihren Shorts wischte.

»Jetzt gehen wir mit ihnen spazieren. Manche kriegen nur im Ring Auslauf, doch die meisten dürfen an der Leine raus. Die Älteren brauchen viel Bewegung, müssen aber angeleint bleiben.«

»Und hinterher?«

»Na«, meinte Emily, »dann gibt es Mittagessen. Und danach können wir die Zwinger saubermachen, frisches Stroh auslegen, nach den jungen Müttern sehen und schauen, ob ihre Zitzen massiert werden müssen, und dann füttern wir sie und spritzen die Betonböden in den Gehegen ab. Und wir kontrollieren alle Hunde und sehen nach, ob eins der Tiere einen Arzt braucht.«

»Und dann?«

»Und dann machen wir Schluss«, knurrte Emily, die langsam die Geduld mit diesem Ausbund an Fleiß verlor. »Du kannst dir jetzt noch gar nicht vorstellen, wie sehr du dich nach deinem Bad und Bett sehnen wirst. Die Jungs nehmen sich am Nachmittag die Hunde vor, die schon weiter sind. Und Daddy gibt ihnen den letzten Schliff.«

»Kannst du mir das auch beibringen?«

»Könnte ich schon, werde ich aber nicht tun. Das

ist Daddys Spezialgebiet. Und er dreht durch, wenn er merkt, dass jemand mit seinen perfekt ausgebildeten Hunden arbeitet. Außerdem weiß er nicht, dass ich das auch kann.«

»Wie hast du das gelernt?« Ihre blauen Augen funkelten neugierig.

»Ich habe mich versteckt und ihn beobachtet«, antwortete Emily kurz angebunden.

»Ich kann mir gar nicht vorstellen, dass dein Vater durchdreht«, meinte Lulu und lächelte leise.

»Na, er dreht auf seine Art durch. Glaub mir, das willst du nicht miterleben.«

Während sie die älteren Hunde ausführten und fütterten, unterhielten sie sich nicht mehr. Bevor Emily mittags in ihr Haus ging und Lulu die Treppe hochstieg, nickten sie sich auch nur kurz zu. Als Emily hörte, wie in Lulus Apartment die Klimaanlage unter dem Fenster ansprang, warf sie mürrisch die Fliegengittertür ins Schloss. Selbst in den heißesten Nächten, wo man sich auf der Matratze herumwarf, empfand Emily die Hitze als eine Notwendigkeit, als – vielleicht auch – unangenehmen Bestandteil des Plantagenlebens.

»Der Fluss versorgt uns mit so viel Aircondition, wie wir brauchen«, pflegte ihr Vater gern zu sagen. Nun malte Emily sich erstmals aus, wie es wohl war, aus der gleißenden Mittagshitze zu kommen, ein Gerät einzuschalten und zu spüren, wie kühle, trockene Luft über den Körper strich.

Ich wette, sie steht nackt davor, dachte sie und dann widerwillig: Sie kann gut mit Hunden umgehen. Ich möchte zu gern wissen, ob sie sich auch wortlos mit ihnen unterhält. Sah fast so aus.

Dies wäre der schlimmste Schlag, den sie Emilys

eh schon angeschlagenem Selbstbewusstsein zufügen könnte.

Sie verbannte den Gedanken aus ihren Kopf und ging nach oben, um sich das mit Hundeschweiß überzogene Gesicht zu waschen und Elvis zu umarmen, ehe sie zum Mittagessen nach unten ging.

Elvis saß nicht auf seinem Platz neben ihrem Bett und war auch nicht im Badezimmer, wo sein Wassernapf stand. Emily stapfte die Treppe hinunter in die Küche. Cleta trug gerade das Essen auf.

»Hat jemand Elvis gesehen?«, fragte sie und rutschte auf ihren Stuhl, der an ihren nackten Beinen festklebte, was ziemlich unangenehm war.

»Ist vor einer Weile hier durchgekommen und nach draußen gelaufen«, sagte Cleta. »Hat sich wahrscheinlich ein schattiges Plätzchen gesucht.«

Emily nickte. Elvis lag manchmal vorn auf dem Rasen auf der kühlen, feuchten Stelle neben dem Wasserschlauch. Wenn man Glück hatte, spürte man dort ein leises Lüftchen, das vom Fluss hochwehte.

Doch als sie auf dem Weg zu den Zwingern dort nach ihm suchte, war er nicht da. Kaum hatte sie den Trainingsring erreicht, kam Lulu schon die Treppe hinunter. Sie hatte zwei verschlafene Welpen auf dem Arm. Und Elvis trottete neben ihrem linken Fuß her.

»Ich hoffe, das mit den Welpen geht in Ordnung«, sagte sie. Und als ihr Emilys Blick auffiel, fuhr sie fort: »Ich habe ihn wirklich nicht entführt. Er ist einfach aufgetaucht und hat an meiner Tür gekratzt und da habe ich ihn reingelassen. Wahrscheinlich hat er die Welpen gehört und wollte nach ihnen sehen.«

»Das denke ich auch«, sagte Emily. Elvis trottete zu ihr hinüber und drückte die Schnauze in ihre Hand, wie er das immer tat, wenn er auf sich aufmerksam machen wollte.

»Du sollst Lulu nicht stören«, ermahnte sie ihn mit verlogen süßlicher Stimme. Er musterte sie ganz genau und leckte ihre Hand. Den ganzen Nachmittag über, während Emily und Lulu rechten, Stroh verteilten, nach den säugenden Müttern sahen, Trockenfutter und Wasser in die Näpfe füllten, wechselten sie kaum ein Wort. Elvis folgte Emily auf Schritt und Tritt und setzte sich, wenn sie eine neue Arbeit anfing. Emily und Lulu schwiegen immer noch. Der Unterschied zwischen zwölf und zwanzig ist enorm und der zwischen der Charlestoner City und einer Hundezuchtfarm noch viel größer. Nach getaner Arbeit verabschiedeten sie sich höflich. Auf dem Weg ins Haus trottete Elvis grinsend neben Emily her, sie wollte sich fürs Abendessen zurechtmachen. Als sie sich nach dem Bad auf dem Bett ausstreckte, machte er es sich neben ihr bequem.

»Ich könnte wetten, sie hat dich zu sich gerufen, nicht wahr?«, fragte sie ihn, woraufhin er jaulte und ihr übers Gesicht leckte.

Einmal abgesehen von den dicken rosanen Wolken, die vom Meer her kamen und sich über dem Fluss zusammenbrauten, und dem Geruch von Ozon und frischem Regen, der in der Luft hing, unterschied sich der nächste Tag nicht vom vorigen.

»Mit den Welpen arbeiten wir heute nicht«, verkündete Emily. »Es wird regnen und deshalb müssen wir nach den älteren Hunden sehen, ihnen Futter und Wasser geben. Wenn mich nicht alles täuscht, gibt es noch vor Mittag einen Sturm.«

Gegen Mittag gingen sie von der Scheune zum Ring. Wie immer herrschte kurz vor dem Sturm eine angespannte Ruhe. Kenny Rouse saß mit verschränkten Beinen gleich hinter dem Zaun auf dem Kotflügel. Kaum dass er Emily entdeckte, nahm er die Hände hoch und tat so, als würde er Brüste umfassen.

Diesmal war es Wut und nicht Angst, die Emily die Röte ins Gesicht steigen ließ. Elvis begann leise zu knurren. Als Lulu in die Sonne trat, schob Kenny die Hände zwischen die Beine, bleckte die Zähne und schob das Becken vor, woraufhin Elvis noch lauter knurrte.

»Wer ist dieser Idiot?«, fragte Lulu mit unbeteiligter, aber lauter Stimme.

»Kenny Rouse«, murmelte Emily. »Er macht die Zwinger sauber und füttert manchmal die Hunde, wenn wir nicht da sind. Ich kapiere nicht, wieso Daddy ihn behält. Er starrt einen immer an und grinst und fasst sich an. Ich hasse ihn.«

»Hmmm«, war alles, was Lulu sagte. Sie sammelte einen Arm voll Welpen ein, die sie mit in ihre Wohnung nahm, nickte Emily zum Abschied zu und stieg die Treppe hoch. Diesmal folgte Elvis ihr nicht, sondern ging mit Emily ins Haus. Kenny Rouse, der Lulu hinterherstarrte, ließ er nicht aus den Augen. Dabei standen ihm die Nackenhaare zu Berge.

Kurz nach dem Mittagessen, als die ersten dicken Regentropfen leise zischend auf den ausgetrockneten Boden fielen, klopfte Kenny Rouse an die Fliegengittertür. Walter Parmenter stand auf und ging zur Tür. Wieder knurrte Elvis laut. Emily erhob sich, schlich sich in die Halle und versteckte sich wie früher unter der Treppe, um zu lauschen.

»Ich kündige«, hörte sie Kenny Rouse in seinem schleppenden, nasalen Ton sagen. »Sie schulden mir noch den Lohn für die letzte Woche.«

»Du bist letzte Woche gar nicht hier gewesen«, entgegnete Walter. Seine Stimme klang unbeteiligt. Soweit Emily wusste, hatte er Kenny Rouse noch nie leiden können, doch es gab nicht gerade viele Leute, die gerne Zwinger saubermachten.

»Na, dann die Woche davor«, meinte Kenny mürrisch.

»Ich bin dir gar nichts schuldig«, sagte Walter in einem Ton, der keine Widerrede duldete. »Aber es sieht ganz so aus, als hätte dir jemand schon gegeben, was du verdient hast.«

»Scheiße«, schimpfte Kenny. Emily spähte hinter dem Treppengeländer hervor und musterte ihn. Auf seiner Wange prangte ein perfekter kleiner Händeabdruck, der im fahlen Licht des Sturms grellrot leuchtete.

Er machte auf dem Absatz kehrt, stolperte von der Veranda, machte eine obszöne Geste, stapfte über den Rasen und stieg in seinen Laster. Als er mit quietschenden Reifen wegfuhr und Kieselsteine durch die Luft flogen, sah Emily zur Scheune hinüber und entdeckte Lulu unten neben der Treppe. Sie hatte die Hände in den Taschen und wippte auf den Fußballen vor und zurück. Ein vages Lächeln umspielte ihre Lippen, und als sie Emily sah, salutierte sie kurz, drehte sich dann um und stieg wieder die Treppe hoch.

———— •◆• ————

»Von nun an gibt es nur euch, meine Damen«, sagte Walter Parmenter am nächsten Morgen zu Lulu und Emily im Welpenzwinger. Der Sturm hatte Erde und Himmel gereinigt und für Abkühlung gesorgt. Und nun glitzerte alles.

»Wieso das denn?«, spielte Emily die Unschuldige, ohne Lulu anzusehen.

»Rouse hat gestern gekündigt. Einfach so. Hat nicht mal gewartet, bis er seinen Lohn kriegt.«

Er neigte den Kopf und sah Lulu an.

»Was ihn wohl dazu bewegt haben mag?«, fragte er.

»Wie schade«, meinte Lulu sanft.

Emily konnte es sich nicht verkneifen und grinste Lulu an, die knapp nickte.

Mehr Worte wurden über Kenny Rouses Abgang nicht verloren, doch von da an hatte es den Anschein, als gäbe es einen winzigen Riss in der dicken Wand zwischen Emily und Lulu Foxworth.

In den darauffolgenden Tagen faszinierte Lulu die Parmenters – bis auf Emily – mit ihrer Bereitschaft, hart zu arbeiten, mit ihren tadellosen Manieren und ihrer Leidenschaft für Hunde. Wie sich herausstellte, war sie eine talentierte Trainerin mit Intuition, und sie verzog sich nie in ihre Wohnung, ohne zuvor Daisys Welpen in die Arme zu nehmen. Inzwischen waren die Kleinen fröhlich und ganz erpicht darauf, alles richtig zu machen. Es war genau so, wie Maybelle prophezeit hatte. Wenn sie nach der Arbeit in ihrer Wohnung verschwand, bekam sie niemand mehr zu Gesicht. Manchmal hörten sie leise Musik, meistens Klassik, und hin und wieder das Wimmern eines Welpen. Und gelegentlich, wenn Emily mitten in der Nacht aufwachte, merkte sie, dass bei Lulu drüben noch Licht brannte. Dann fing Elvis, der neben ihr lag, an zu jaulen, aber er lief glücklicherweise nicht im Zimmer auf und ab und rannte auch nicht mehr hinter Lulu her. Peu à peu integrierte Lulu sich in das Leben auf Sweetwater, und zwar so dezent und selbstverständlich, dass selbst Emily, wenn auch widerwillig, zugeben musste, dass dieses Arrangement sehr gut funktionierte.

Walter Parmenter gab sich nicht geschlagen und lud sie immer wieder zum Essen ein, und die Zwillinge spielten sich immer noch auf und taten sich hervor, aber irgendwann ging ihnen die Luft aus und ihre Angeberei hörte auf. Eines Tages – Walter versuchte mal wieder, Lulu zum Essen einzuladen, die sein Ansinnen wie üblich freundlich und höflich zurückwies – nahm Jenny ihn beiseite.

»Ich würde sie nicht drängen«, sagte sie. »Anscheinend ist es für sie wichtig, dass alles bleibt, wie es ist, und wenn du sie weiter drängst, wird sie weggehen und du kannst den Jagdverein abschreiben.«

Walter beherzigte Jennys Rat und gab nach. In den heißen Nächten brannte das Licht in Lulus Wohnung bis in die frühen Morgenstunden. Da konnte es durchaus vorkommen, dass Emily aufwachte und hörte, wie Elvis wieder unruhig im Zimmer herumlief.

»Das geht dich nichts an«, sagte sie dann schläfrig zu ihm und er sprang wieder zu ihr ins Bett und schmiegte sich im Schlaf an sie.

Kapitel Sieben

Am 1. Juli kamen Rhett und Maybelle Foxworth, um Lulu zu besuchen. Dass sie nicht schon eher vorbeigeschaut hatten, wunderte Emily, die ihre Tante nach dem möglichen Grund fragte.

»Meiner Meinung nach haben sie das nicht zu entscheiden«, antwortete Jenny.

Es war Samstagnachmittag und endlich war das Lowcountry mal so wie in der Phantasie jener Menschen, die vor langer Zeit weggezogen waren und sich immer noch nach diesem Landstrich sehnten. In der samtenen Luft hing ein lieblicher Duft von einheimischen Blumen und fremdländischen Pflanzen, den der Wind über den Fluss trug. Auf der schattigen Veranda war es angenehm kühl. Selbst wenn man über den Rasen Richtung Fluss ging oder zu den Zwingern oder der Scheune hinüberschlenderte, war es nicht allzu heiß. Die lähmende Luftfeuchtigkeit hatte vorübergehend nachgelassen und der Himmel und der schimmernde Fluss waren von einem Blau, das einen fast blendete. Der mit der einsetzenden Flut aufkommende Wind ließ den Hochwasser führenden Fluss Wellen schlagen und glitzern, und auf den entlegenen Hügeln und selbst noch in der Waldung dahinter konnte man ganz deutlich die Blätter der Fächerpalmen, die weichen Moos- und Tüpfelfarnbeete, das Flattern der zarten Lebenseichenblätter und die schwarzen Stämme der Bäume erkennen.

Es hatte beinahe den Anschein, alle Bewohner der Gewässer, der Marsch und des Himmels würden dem Besuch der Foxworths mit einer kleinen Einlage huldigen: Die Meeräschen im Fluss sprangen aus dem Wasser, die Shrimps knackten leise, die Schildkröten rannten von den moosbewachsenen Uferböschungen ins Wasser, die Fischadler zogen unter dem blauen Himmel Kreise und selbst der junge Adler, der auf der anderen Seite des Flusses am Waldrand lebte, flog vorbei und warf einen prähistorisch wirkenden Schatten. Hinter den entlegenen Hügeln blitzte im Halbdunkel gelegentlich der weiße Spiegel eines Rehs auf und vom Sweetwater Creek dröhnte das Gebrüll eines großen Alligators über die Halbinsel.

»Mein Gott, das ist ja wunderschön, nicht wahr?«, sagte Maybelle Foxworth in ihrem geblümten Hemdblusenkleid. Ein blaues Band sorgte dafür, dass ihr die goldenen Haare nicht ins Gesicht fielen. »Das ist einer von jenen Tagen, an denen man sich daran erinnert, wieso man überhaupt eine Plantage wollte. Und Ihre ist ganz bemerkenswert. Hat große Ähnlichkeit mit Maybud, findest du nicht, Rhett?«

»Wenn du mich fragst, gibt es hier eine ganze Menge, was ich auf Maybud vermisse«, erwiderte Rhett leutselig und drehte sein Milchgesicht dem Fluss und dem dahinterliegenden Wald zu.

»Hier gibt es genug Weideland, brachliegende Felder und den Hügelkamm, den wir auf der Herfahrt gesehen haben, wo man bestimmt prima jagen kann. Wir haben ein riesiges Feuchtgebiet, aber so was haben wir eben nicht. Hier würde ich gern mal jagen.«

»Wann immer Sie mögen«, strahlte Walter. »Sie brauchen nur Bescheid zu geben.«

Sie saßen in den alten Korbsesseln und auf dem Sofa, die seit Ewigkeiten auf der Veranda standen. Inzwischen sahen sie wieder ziemlich hübsch aus, denn Walter hatte die murrenden Zwillinge dazu verdonnert, sie in einem dunklen Charleston Green zu streichen, und Cleta hatte die Kissenbezüge gewaschen und gebügelt. Jenny hatte ein paar von ihren hübschen Grünpflanzen und Blumenampeln von ihrem kleinen Balkon mitgebracht und jemand hatte den vernachlässigten Gummibaum, der sein Dasein in Walters Büro gefristet hatte, gestutzt und seine Blätter abgestaubt. Nach gerade mal zwei, drei Tagen an frischer Luft und Sonne strahlte er wieder etwas von seiner viktorianischen Grandezza aus. Für einen flüchtigen Moment konnte Emily sich vorstellen, wie diese Veranda, ja, wie das ganze Haus bei seiner Hochzeit ausgesehen hatte.

Cleta servierte Pfefferminzeistee und Käsestangen, die Jenny morgens gebacken hatte. Bis auf Emily und Lulu tranken und aßen alle und verkündeten, wie wunderbar alles war. Lulu war wieder so stumm und fahl wie bei ihrer Ankunft. Und Emily fühlte sich verunsichert und ängstlich, ohne den Grund dafür zu kennen. Sie konnte den langen geblümten Rock und das ärmellose gelbe T-Shirt, die Jenny für sie gekauft hatte, nicht leiden und die älteren Foxworths ebenfalls nicht. Sie wünschte sich von ganzem Herzen, dass sie verschwanden, damit sie diesen herrlichen Tag in Ruhe genießen konnten.

»Lulu«, sagte Maybelle und stellte das Glas mit einer Geste ab, die signalisieren sollte, dass nun Tacheles geredet wurde, »du machst einen guten Eindruck, Schätzchen. Ich hatte schon befürchtet, weißt du, dass diese Abgeschiedenheit und alles … aber du wirkst erholt und ich vermute mal, du hast ein kleines bisschen Gewicht zugelegt. Ruhst du dich auch genug aus? Machst du lange Spaziergänge und genießt die schöne Umgebung? Bist du schon schwimmen gewesen?«

»Meistens arbeite ich mit den Hunden, Mutter«, antwortete Lulu gelassen. »Aber ja, nach der Arbeit bleibt mir noch genügend Zeit, mich auszuruhen.«

»Finden Sie ihren kleinen Schlupfwinkel nicht auch ganz reizend?«, plapperte Maybelle und betrachtete ihre Tochter, die den Blick nicht erwiderte, voller Zuneigung.

»Tja …«, begann Jenny zögernd.

»Ich habe sie noch nicht zu mir eingeladen, Mutter«, bekannte Lulu in einem etwas schärferen Ton. »Nach der Arbeit sind alle so müde, dass ich niemanden überreden wollte, sich meinen … Schlupfwinkel anzusehen.«

»Lulu, du bist wirklich sehr unhöflich«, tadelte ihre Mutter. »Bevor wir gehen, werden wir uns noch kurz deine Wohnung ansehen.«

»Vielleicht hat Lulu sich noch nicht ganz so eingerichtet, wie es ihr gefällt«, warf Jenny hastig ein, was Lulu ihr mit einem Blick dankte.

»Ja, ich räume immer noch Sachen hin und her«, meinte sie.

»Ich hatte es doch perfekt eingerichtet«, sagte ihre Mutter und zog eine Schnute, was recht wirkungsvoll gewesen wäre, hätte sich ihr pinkfarbener Lippenstift nicht auf den Schneidezähnen abgesetzt. »Ich konnte es gar nicht erwarten, dass du damit angibst. Verändere nicht zu viel. Ich finde, es war ganz du.«

Lulu enthielt sich eines Kommentars.

»Dir ist gewiss aufgefallen, dass wir dir deinen Wagen gebracht haben«, fuhr Maybelle fort und deutete mit dem Kinn auf den offenen kleinen BMW, dessen roter

Lack leuchtete. »Dein Vater hat ihn neu spritzen lassen. Sieht er nicht toll aus?«

Toll war nicht unbedingt das Wort, das Emily verwendet hätte. Der kleine Wagen war so perfekt wie ein Juwel, eine Netsuke-Schnitzerei oder ein Fabergé-Ei. Walt Junior und Carter zitterten buchstäblich vor Verlangen, die Sonnenbrillen abzusetzen, hinüberzulaufen und das Auto aus der Nähe zu inspizieren. Selbst Cleta, die nach draußen kam und ihre Gläser auffüllte, warf einen Blick auf den Wagen, schüttelte den Kopf und grinste. »O ja! Das ist ein Wagen«, lautete ihr Kommentar.

Lulu schwieg noch immer still. Emily bemerkte, wie sehr ihre Kiefermuskeln angespannt waren und eine kleine Schläfenader pulsierte. Lulus Gesicht glich der glatten Maske einer Geisha, aber langsam drang ihre Verärgerung durch und drohte, die Maske zu sprengen. Bislang hatte Emily in diesem Gesicht noch nie Wut entdeckt. Fasziniert beobachtete sie die Veränderung.

»Danke, Mutter, aber du weißt doch, dass ich den Wagen nicht hier draußen haben möchte«, meinte Lulu, deren Stimme man nichts anmerkte. »Daraus habe ich doch von Anfang an keinen Hehl gemacht, oder?«

»Ja, aber jeder ändert doch mal seine Meinung, Liebes. Du bist schon lange weg. Deine Freunde vermissen dich. Alle reden über dich und fragen sich, warum du dich hier draußen an diesem … ähm, hübschen Ort versteckst. Ich dachte, du wolltest diese netten Leute hier nicht von deinen Besuchern stören lassen, und mit dem Wagen kannst du in die Stadt fahren, wann immer dir der Sinn danach steht, und dort Mittag essen gehen oder sonst was machen. Oder du kannst dich auf halber Strecke mit jemandem treffen. Sister's in Jasmine, das ist gar nicht weit weg, und Missy Longstreet gibt in ein paar Wochen eine Party für ihre Zimmergenossin, dieses Mädchen aus Virginia. All deine Bekannten werden dort sein. Ich sagte, es würde mich gar nicht wundern, wenn du deine kleine Mönchszelle verlassen und auch kommen würdest. Damit will ich nicht sagen, dass es hier nicht traumhaft ist. Deine niedlichen Hündchen können doch bestimmt ein paar Stunden in der Woche auf dich verzichten.«

Sie warf Walter einen Blick und ein strahlendes Lächeln zu.

»Selbstverständlich«, sagte er. »Emily kann für sie einspringen.«

Aber sicher doch, dachte Emily.

Lulu holte tief Luft. »Mutter«, sagte sie. »Ich arbeite hier draußen sehr hart und ich glaube, ich mache mich ganz gut. Die Welpen entwickeln sich prima und ich möchte auf keinen Fall riskieren, dass es da einen Einbruch gibt. Zur Abwechslung mache ich mal etwas, das einen Wert hat. Ich werde nicht einfach aus Spaß in die Stadt fahren, um mit jemandem zu Mittag zu essen, den ich schon seit dem Kindergarten kenne, und ich komme auch nicht nach Maybud und gehe schon gar nicht auf Missys blöde Party. Ich habe dir gesagt, ich bleibe auf alle Fälle bis September hier draußen oder bis sie mich hier rausschmeißen, und ich habe es gemeint, wie ich es gesagt habe. Ich bin hier glücklicher als seit langem. Und von daher könnt ihr den Wagen wieder mitnehmen.«

Glücklich? wunderte Emily sich.

Lulu hielt inne, schaute in die Runde und sagte leise: »Ich muss sehr undankbar und unhöflich wirken. Hoffentlich verzeihen Sie mir.«

Die Parmenters nickten zustimmend.

»Lulu …«, begann ihre Mutter, woraufhin ihre Tochter unvermittelt aufsprang.

»Bitte, entschuldigt mich«, sagte sie förmlich. »Ich habe Giddys Junge noch nicht gefüttert und die großen Hunde brauchen Auslauf.«

Sie drehte sich um und wollte weggehen.

»Lulu!« Maybelles Stimme klang nicht mehr einschmeichelnd und neckisch.

»Emily wird sich gern darum kümmern, wenn Sie noch eine Weile mit Ihren Eltern zusammensitzen möchten«, bot Walter an.

Emily warf ihm einen wütenden Blick zu. Sie hatte vorgehabt, nachmittags mit Elvis zu der Stelle zu gehen, wo die Delphine nah ans Ufer kamen. Vielleicht waren sie ja da, wo es doch so heiß war ...

»Nein«, antwortete Lulu mit einer Stimme aus Stahl. »Ich mache das gern. Und außerdem telefoniere ich ja jeden Tag mit meiner Mutter. Mama, ich rufe dich heute Abend an. Ich muss jetzt los.«

Und damit verschwand sie. Ehe sie sich umdrehte, hatte Emily Tränen auf ihren glatten, leicht gebräunten Wangen gesehen. Ihr Magen zog sich aus Anteilnahme zusammen. Die Foxworths waren wirklich grauenvoll. Oder zumindest Maybelle.

Ich hätte mich auch verdrückt, fuhr es ihr durch den Sinn.

Eine Weile lang herrschte quälendes Schweigen, doch schließlich sagte Maybelle Foxworth mit sanfter Stimme: »Sie ist ja so impulsiv. Das war sie schon immer, nicht wahr, Rhett? Sie denken doch hoffentlich nicht, wir hätten sie so erzogen. Sie ist einfach total erschöpft ...«

»Machen Sie sich keine Gedanken«, meinte Jenny warmherzig. »Sie arbeitet wirklich sehr hart und ist ein Naturtalent, was die Hunde angeht. Außerdem kann ich mich an einige spektakuläre Szenen mit meiner Mutter erinnern. Als ich in Lulus Alter war, war ich viel schlimmer.«

Emily sah zu ihrer Tante hinüber. Dass Jenny Raiford jemandem eine Szene machte, überstieg ihre Vorstellungskraft.

Maybelle Foxworth, die offensichtlich bereit war, ihrer Tochter das Feld zu überlassen, wollte sich erheben und fliehen, doch da sagte Walter genialerweise: »Sie dürfen noch nicht gehen! Jenny und Emily haben extra Erdbeertörtchen gemacht. Die müssen Sie unbedingt kosten, bevor Sie nach Hause fahren.«

Emily warf ihrer Tante einen verstörten Blick zu. Erdbeertörtchen? Jenny wich ihrem Blick aus.

»Na, ein Bissen kann ja nicht schaden«, murmelte Maybelle und ließ sich wieder in ihren Sessel fallen. Emily überlegte vergeblich, ob sie schon mal jemanden gesehen hatte, der so dringend irgendwo anders sein wollte.

Cleta brachte die Törtchen. Die Foxworths saßen auf der Stuhlkante und aßen brav. Emily sah zu, Gesicht und Hals feuerrot. Begriff er denn nicht? Sah er nicht, was vor sich ging? Die Foxworths hatten sich unter das gemeine Volk gemischt und die Sache so gut gemeistert, dass es niemandem aufgefallen war – bis jetzt.

»Emily, komm doch und setz dich zu uns«, bat ihr Vater. Ängstlich erhob sie sich aus ihrem Sessel und setzte sich zu ihrem Vater auf die Bank.

»Mir ist zu Ohren gekommen, dass Sie aktives Mitglied im Ausschuss von Charlotte Hall sind«, sagte er zu Maybelle Foxworth. Emily spürte, wie sie erst aschfahl und dann wieder blutrot wurde.

»Nun, ich bin eine Ehemalige«, antwortete Maybelle steif. »Wie meine Mutter und Lulu.«

»Ich überlege gerade, welche Schule Emily besuchen soll, und da habe ich mich gefragt, ob Sie denken, dass Charlotte Hall für sie das Richtige wäre. Ihre Noten lassen nichts zu wünschen übrig und über ihre Familie mütterlicherseits verfügt sie über gewachsene Verbindungen zu Charleston.«

»Ihre Mutter Ja«, sagte Maybelle in einem Ton, mit dem man versuchen würde, eine Kobra zu bezirzen. »Wenn ich mich recht entsinne, bin ich mit ihr vor meiner Heirat mal auf einer Party gewesen«, fuhr Maybelle fort. »Sehr temperamentvoll und so lebhaft, nicht wahr? Wir haben uns alle gefragt, wer sie wohl sein mag. Ach, Sie müssen doch auch da gewesen sein«, wandte sie sich mit ihrem Haifischlächeln an Jenny. »Ich glaube, Ihre Schwester ging noch zur Schule, doch ich meine mich zu erinnern, dass Sie gerade Ihren Abschluss gemacht haben am … war es das North Charleston Community College?«

»Am College of Charleston«, erwiderte Jenny freundlich.

»Ach ja. Nun, zurück zu der Frage, ob dieses niedliche Kind sich für Charlotte Hall eignet. Das müssen wir abwarten, nicht wahr? Ich könnte Ihnen besser helfen, wenn ich Ihre Familie besser kennen würde, aber ich werde veranlassen, dass man Ihnen die entsprechenden Unterlagen und Broschüren schickt.«

»Und vielleicht hier und dort ein gutes Wort für uns einlegen«, bat Walter.

»Walter«, sagte Jenny und erhob sich. »Es wird spät. Ich bin sicher, die Foxworths haben an so einem Nachmittag noch mehr vor.«

»Tja, in Spartina *wird* eine Gartenparty veranstaltet«, sagte Maybelle und stand auf. Sie erinnerte an einen Pa-

pagei, der wegfliegen wollte. »Wir müssen uns wirklich beeilen, wenn wir uns noch umziehen wollen. Rhett, fährst du den kleinen Wagen zurück? Ich hatte für heute genug Sonne.«

Bevor jemand noch ein Wort sagen konnte, waren sie im Wald hinter der Auffahrt verschwunden.

»Na, meine liebe Emmy«, sagte ihr Vater. »Jetzt hast du eine Freundin bei Hofe. Oder besser gesagt in Charlotte Hall.«

Da machte Emily auf dem Absatz kehrt und rannte davon.

Draußen, jenseits der breiten, schattigen Veranda, brannte die Nachmittagssonne mit der Kraft eines neu entstandenen Sterns. Es war nicht unerträglich heiß, aber das grelle Licht, das der Fluss spiegelte, brannte Emily auf Kopf und Schultern, als versuche ein Riese, sie mit aller Macht ins Erdreich zu drücken. In den Gehegen bellten die Hunde ihr vielstimmiges Lied: Hunger! Habt ihr vergessen, dass man jetzt Mittag isst? Der Lärm und die Sonne verschmolzen zu einer Supernova. Emily kriegte Panik und lief davon, ohne nachzudenken. Erde und Himmel hatten sich verschworen, ihr nach dem Leben zu trachten.

Wie ein von Hunden gehetztes Tier rannte sie auf der Suche nach Kühle, Stille und Sicherheit weiter und lief schnurstracks zum alten Schuppen, wo es immer schattig und ruhig war. Und wo Elvis sich gern aufhielt. Sie hatte ihn dort eigenhändig eingesperrt, ehe die Foxworths kamen, und ihm stumm versichert: Es dauert nicht lange. Diese Leute sind grässlich und werden schnell wieder heimwollen. Die haben keine Lust, mit den so überhaupt nicht eleganten Parmenters zusammenzusitzen, auch wenn Daddy sich das einbildet. Ich komme dich nachher holen und dann gehen wir zu der Stelle, wo die Delphine sind.

Er hatte mit dem Schwanz gewedelt, sich in den kleinen Hohlraum gelegt, wo ihr Großvater das Salz für seine Pferde, die es hier nicht lange gegeben hatte, aufbewahrte, die Schnauze auf die verschränkten Pfoten gebettet und ruhig zu ihr aufgesehen.

Ich weiß, sagte er in Gedanken zu ihr

Emily rannte durch die Sonne und merkte, wie sie Schritt und Tempo dem Gullah-Lied anpasste, das GW gesungen hatte:

Honey in the rock, got to feed God's children,
honey in the rock, honey in the rock.
Honey in the rock, got to feed God's children,
feed every child of God.
Satan mad and I so glad
he missed the souls he thought he had.
Honey in the rock, honey in the rock.

Emily achtete darauf, dass ihr rechter Fuß immer bei dem betonten Wort den Boden berührte. Falls sie das nicht schaffte, würde sie von der Erde fallen.

Während sie das Lied hörte, führte eine klagende Stimme einen Dialog mit ihr: Er wird nie aufhören. Niemals. Er kapiert es nicht. Er wird es nie begreifen. Sobald ich sechzehn bin, haue ich ab. Meine Mutter hat das ja auch gemacht. Und ich verstehe, warum sie weg ist.

Zwei Töchter heute auf Sweetwater, die vor ihren Eltern weglaufen. Das ist schon komisch. So viel Geld und am Ende steht sie auch nicht besser da als ich. Nein, sogar noch schlimmer, denn ich habe ja Elvis …

(O, honey in the rock.)

Als sie die Scheune erreichte, riss sie die große Doppeltür auf und ging hinein. In der plötzlichen Dunkelheit musste sie erst mal blinzeln. Obwohl hier schon seit Ewigkeiten keine Pferde mehr untergebracht wurden, roch es nach Heu, Staub, beißend nach der Hunde-Medizin, die hier aufbewahrt wurde, und angenehm nach dem sauberen, trockenen Stroh für ihre Schlafplätze. Nur ein Geruch fehlte, und zwar der, wegen dem sie hierher gekommen war: der liebliche Duft eines jungen Hundes, dessen goldgelocktes Fell immer nach Sonne und Staub roch.

Emily ging langsam in den hinteren Teil der Scheune, wo früher der Salzbehälter gewesen war. Hier hatte sie Elvis zurückgelassen. Durch den Spalt in der Hintertür fielen schräge Lichtbalken, in denen Staubkörner tanzten. Es war hell genug in der Scheune, um zu sehen, dass Elvis nicht in der Scheune war.

Wenn ich ihn irgendwo lasse, bleibt er normalerweise auch dort, dachte sie benommen. Sie hat ihn geholt. Sie ist hierher gekommen, hat ihn geholt, mit in ihr verschissenes Apartment genommen und sich dort mit ihm eingeschlossen.

Verschissen ist kein Wort, das angehende Teenager in den Mund nehmen sollten, meinte Buddy.

Als ich es das erste Mal gesagt habe, hast du laut gelacht.

Ja, aber damals warst du acht Jahre alt.

Ist mir doch egal. Ich gehe jetzt hoch und hole ihn. Und ihr werde ich sagen, sie soll meinen Hund in Ruhe lassen. Soll sie sich doch einen Hund kaufen, wenn sie einen will. Sie könnte doch ohne mit der Wimper zu zucken den ganzen verdammten Zwinger aufkaufen.

Du machst einen Fehler.

Wen interessiert's?

Wie eine Furie rannte sie nach draußen in die Sonne und stampfte die Stufen zu Lulus Wohnung hoch. Die Tür war geschlossen, aber davon ließ sie sich nicht abhalten. Mit Schwung riss sie sie auf.

Sie setzte einen Fuß ins Zimmer und hielt dann inne. Ein irres Kaleidoskop unterschiedlicher Bilder bot sich ihr dar: dünne, weiße Vorhänge, die sich bewegten, ein kleiner Wald aus Grünpflanzen, ein Wandregal, auf dem sich Bücher und eine Stereoanlage türmten, ein zusammengerollter Teppich, ein Berg heller Kissen, die achtlos in die Ecke geworfen worden waren, daneben ein kleiner, korallenroter Sessel, der Richtung Wand gedreht war, ein schmales, hübsch gestrichenes Bett, auf dem Lulu saß. Ihre Knie berührten ihr Kinn und sie schaukelte vor und zurück, als hätte sie schlimme Magenschmerzen. Ihre Augen waren geschlossen, ihr Mund stand sperrangelweit offen wie bei einem heulenden Kind. Doch sie weinte nicht – sie schaukelte nur stumm vor und zurück. Schaukelte – und hielt Elvis in den Armen. Er hatte die Schnauze auf ihre Schulter gebettet. Und während sie schaukelte, passte er seine Bewegungen ihrem Rhythmus an. Als Emily in das Zimmer gestürmt kam, hob er den Kopf und wimmerte leise, rührte sich aber nicht. Lulu auch nicht.

Emily stieg wieder die Treppe hinunter, trat ins Sonnenlicht und bewegte sich ganz langsam und steif, damit sie nicht in den Abgrund stürzte, der sich vor ihr aufgetan hatte. Überrascht war sie nicht. Irgendwie hatte sie immer gewusst, dass es diesen Abgrund gab, doch gesehen hatte sie ihn bisher noch nie, weil es immer Kameraden gegeben hatte, die sie beschützt und ihr den Blick darauf verstellt hatten. Buddy, solange es ihm möglich gewesen war. Und Elvis – immer.

Auf einmal war da niemand. Klirrend kalter Atem streifte ihren Nacken. Aus dem tiefen Abgrund wehte ein eisiger Wind hoch. Und der Himmel über ihr war nur ein endloser, leerer blauer Raum.

So ist es also, wenn man allein ist, dachte sie und setzte auf dem schmalen Grat über dem Abgrund vorsichtig einen Fuß vor den anderen. Ihr verängstigtes Herz pochte heftig und schlug dumpf wie eine hohle Glocke. »Wo bist du, Buddy?«, flüsterte sie, doch er antwortete ihr nicht.

An der Fliegengittertür hing eine mit Heftpflaster befestigte Nachricht von ihrer Tante: »Dein Vater und ich sind nach Edisto Beach gefahren, um die Jungs abzuholen. Ihr Wagen ist kaputt. Leider war niemand in der Nähe, der sie mitnehmen konnte. Tut mir leid, dass ich nicht daheim bin, wenn du zurückkommst. Ich hielt es für eine gute Idee, die Gelegenheit zu nutzen und noch mal mit deinem Vater zu reden, denn ich weiß, wie sehr er dich heute verletzt hat. Leg dich hin und wir unterhalten uns, wenn ich wieder daheim bin. Sei so nachsichtig mit ihm, wie es dir möglich ist, Emily. Er begreift wirklich nichts.«

Ich werde überhaupt nicht nachsichtig sein, dachte Emily und stapfte leise die Treppe hoch in ihr Zimmer. Mechanisch setzte sie einen Fuß vor den anderen. Ich werde ihm gar nichts mehr durchgehen lassen. Und Miss Super Foxworth auch nicht. Ist mir doch wurst, was mit ihr los ist. Die sehen mir ja auch nichts nach. Er hat meine Zukunft schon bis ins kleinste Detail verplant.

Oder bildet sich das zumindest ein. Und sie hat meinen Hund. Also diese Sache lässt sich diesmal nicht wieder so einfach hinbiegen. Diesmal nicht. Ich werde nicht wieder dieses dämliche Theater aufführen, mich verstecken oder mir Predigten anhören, wo es darum geht, wer was gesagt hat. Der wird mir keine Vorschriften mehr machen. Ich werde so tun, als ob nichts passiert sei. Und ich werde nicht über diesen Vorfall sprechen, selbst wenn er es von sich aus versucht oder Tante Jenny ihn dazu drängt. Ich werde den Mund halten, höflich sein und ihn, wenn ich kann, einfach ignorieren. Es sind ja nur noch ein paar Jahre. Wenn ich schon allein sein muss, kann ich ja auch lernen, damit umzugehen. Das geht vielen Leuten so. Und ich werde mir meinen Hund zurückholen. Und alles tun, um Lulu loszuwerden. Niemand bleibt für ewig. Niemand.

Als sie in ihr Zimmer trat, verspürte sie mit einem Mal so etwas wie Gewissheit und ein Gefühl der Stärke und Autorität. Bislang hatte sie gar nicht gewusst, dass so etwas in ihr steckte. Während sie die Vorhänge zum Schutz gegen das gleißende Licht, das der Fluss reflektierte, zuzog und sie die verhassten Frauenklamotten ablegte und ihr geliebtes altes T-Shirt mit dem Aufdruck RÜCKWÄRTS BUCHSTABIERT HEISST GOD DOG überstreifte, dauerte dieses Gefühl an. Selbst als sie sich aufs Bett fallen ließ, spürte sie es noch.

Und dann driftete die Ruhe in den Abgrund und riss Emily mit. Sie fiel ins Bodenlose. In eine Dunkelheit, tiefer und leerer, als sie es sich je hätte vorstellen können. Sie riss den Mund auf und spürte die eindringende Luft. Ihr Herz schlug immer langsamer.

Mit beiden Armen umklammerte sie das Kissen, presste das Gesicht hinein und rieb mit der Wange daran. Der

Geruch von Seife und Sonnenschein, der im Bezug hing, stieg ihr in die Nase. Und dann brach sie in Tränen aus und weinte wie noch nie zuvor, weinte, bis ihr der Hals wehtat, sich ihre Lungen mit salzigen Tränen füllten. Eine Zeit lang bekam sie keine Luft, und als sie endlich wieder Atem schöpfte, schluchzte sie laut, keuchte, jammerte und heulte, doch niemand außer ihrem alten Daunenkissen erfuhr von ihrer Pein.

»Ich will meine Mutter«, heulte Emily unablässig. »Ich will meine Mutter!«

Es stimmt, dass man sich in den Schlaf weinen kann, und genau das tat Emily auch. Sie schlummerte tief und fest, rührte sich geschlagene zwei Stunden lang nicht, und als sie sich dann regte, spürte sie ein festes Ziehen in den Bein- und Armmuskeln. Sie lag einfach nur da, flüchtete sich hartnäckig in den Schlaf und spürte eine angenehm schwüle Wärme, die ihren Schmerz linderte, ihr Trost spendete, Sicherheit und liebevolle Fürsorge versprach.

Emily lächelte im Halbschlaf.

»Mutter …«

Elvis.

Emily wachte auf, streckte die Arme nach ihm aus und spürte seine nasse Schnauze an ihrem Ohr.

»Danke, dass du zurückgekommen bist«, flüsterte sie ihm zu. Ihre Wut auf ihn hatten die Tränen längst weggespült.

Eine Stunde später, als das strahlende Licht schwächer wurde und die einsetzende Abenddämmerung eine leichte Abkühlung brachte, stand Emily vor ihrer Zimmertür. Sie hatte gebadet, ihre ausgebleichten Jeans und ein frisches pinkfarbenes T-Shirt angezogen, die feuchten Haare zu einem Pferdeschwanz gebunden. Elvis saß neben ihr auf dem Boden, hechelte gut gelaunt und klopfte mit dem Stummelschwanz auf die Dielen.

»Denk dran«, flüsterte sie ihm zu. »Es ist nichts passiert. Er bedeutet uns nichts mehr. Wir werden ausgesprochen höflich sein, weil es so einfacher ist, wir wohnen noch ein paar Sommer lang hier und hauen dann ab. Du überlegst dir einen Ort, wo du gern leben möchtest, und ich auch.«

Danach trat sie in den dämmerigen Flur hinaus und stieg nach unten, wo das Abendessen wartete. Mädchen und Hund standen auf der untersten Stufe, als jemand leise an die Fliegengittertür klopfte. Walter Parmenter kam aus der Küche und ging zur Tür. Auf der Veranda stand Lulu Foxworth in einem ärmellosen weißen Kleid. Die silbernen Haare berührten ihre gebräunten Schultern. Trotz der Bräune konnte man rote Flecken auf ihren Wangen erkennen. Ihre Augen funkelten und das unsichere Lächeln eines Kindes umspielte ihre ungeschminkten Lippen. Ihr Lavendelgeruch drang durch das Fliegengitter in die Halle.

»Gilt die Einladung zum Abendessen noch?«, fragte sie.

Kapitel Acht

Ein paar Wochen später erzählte Emily Lulu, dass sie an jenem Abend, als Lulu ganz in Weiß in die Halle getreten war, als Erstes gedacht hatte: Großartig! Abendessen in der Hölle. Na, dann habe ich wenigstens etwas, das ich Elvis und Buddy erzählen kann. Und mehr brauche ich nicht.

»Ich könnte wetten, du hast mich gehasst«, meinte Lulu unaufgeregt, als Emily ihr das beichtete.

»Nein, ich habe nur ... Doch, du hast recht«, sagte Emily.

»Das kann ich dir nicht verdenken«, sagte Lulu grinsend. »Für dich war ich wohl der Kuckuck im Nest.«

Emily sah sie fragend an.

»Der Kuckuck hat die gemeine Angewohnheit, seine Eier in die Nester anderer Vögel zu legen, damit sich die dann um die Aufzucht der Kleinen kümmern. Und wenn sie dann schlüpfen, wird deutlich, dass die Kleinen fremd und seltsam aussehen und nicht dorthin gehören. Doch die Vogelmütter ziehen sie trotzdem groß. Und das ist doch genau so, wie wenn plötzlich eine ... Fremde in deiner Familie auftaucht und dir deinen Platz streitig macht.«

Emily erschauerte. Aus irgendeinem unerfindlichen Grund war ihr dieser Gedanke unheimlich. Zum ersten Mal seit langem musste sie wieder an Wechselbälger denken.

»So kommst du mir jetzt gar nicht mehr vor«, sagte sie zu Lulu. »Mittlerweile bist du eher so etwas wie eine große Schwester für mich.«

»Du brauchst keine große Schwester«, fand Lulu. »Viel zu herrisch und voreingenommen. Du brauchst eine Freundin. Und die wäre ich dir auch viel lieber.«

»Na gut«, murmelte Emily schüchtern. »Ich verstehe aber nicht, warum, wo du so viele Freundinnen hast. Und die sind alle in deinem Alter. Ich bin doch nur ein Kind.«

»Du weißt Dinge, über die die meisten Erwachsenen noch nicht mal nachdenken. Dir sind dieselben Sachen wichtig wie mir. Und das macht einen Freund aus. Außerdem bist du stark. Das habe ich gleich bei unserer ersten Begegnung gespürt. Du hast keine Ahnung, wie sehr ich das diesen Sommer gebraucht habe. Außerdem teilst du deine Welt mit anderen und urteilst nicht. All das ist ziemlich erwachsen, Emily. Unter meinen so genannten Freunden fällt mir keiner ein, der all diese Eigenschaften besitzt.«

»Ich bin nicht stark«, widersprach Emily. »Das bin ich nie gewesen. Also sag so etwas nicht. Und erwarte es auch nicht von mir. Es macht mir Angst.«

Doch egal, was die anderen über den Altersunterschied sagten, und trotz der vielen Ermahnungen, Lulu nicht zu stören, wusste sie doch, dass sie in Lulu Foxworth eine Freundin gefunden hatte. Wen interessierte schon, was der Grund dafür war.

Diese Freundschaft nahm während jenem ersten Abendessen, dem Lulu beiwohnte, zögernd und vorsichtig ihren Lauf. Trotz der plumpen Vertraulichkeit, die Walter an den Tag legte, dem dummen Getue der Zwillinge (später sagte Lulu, sie würden mit Unmengen von Testosteron die Luft vernebeln) und ihrem eigenen Schweigen wurde an jenem Abend ein widerstandsfähiger kleiner Samen gesät, der zäh am Leben hing. Ehe sie sich verabschiedete, hatte Lulu alle Parmenters und selbst die sich sträubende Emily zum Lachen gebracht. Wenn Lulu anfing, Geschichten zu erzählen, war sie einfach unwiderstehlich. Sie hatte große Ähnlichkeit mit jener Prophetin, die der Stamm in die Höhle ans Lagerfeuer einlud, damit sie ihnen, ohne sie einzuschüchtern, von der Welt außerhalb der Höhle berichtete. Schon bald forderten sie lautstark, mehr zu hören, denn die Erzählungen der Prophetin erklärten das Unerklärliche, brachten sie zum Lachen und bannten auf diese Weise ihre Angst.

Und genau so war es mit Lulu Foxworth.

Als sie ins Haus kam und sich zu ihnen in das kleine Frühstückszimmer setzte, hatte ihr Gesicht anfänglich diese hektische Röte, als hätte sie Fieber. Ihre Augen leuchteten und sie zitterte am ganzen Leib – ein leises, fast unmerkliches Beben. Doch irgendwie war das alles auch ziemlich charmant, denn keiner von ihnen hatte Lulu je so lebhaft gesehen und das Beben vermittelte ihnen den Eindruck, sie wäre ganz erpicht darauf, ihnen zu gefallen.

Sie hatte neben Jenny Raiford Platz genommen. Walter saß links von ihr. In dem schummerigen Raum leuchtete sie wie ein Feuer. Jenny, wie üblich elegant und zart wie ein junges Reh, wirkte seltsamerweise gedämpft und farbloser als gewöhnlich.

Walter Parmenter, der auf einmal vor Selbstbewusstsein nur so strotzte, machte überhaupt keine gute Figur. Sein Getue wirkte albern und er aufgeblasen – zumindest in Emilys Augen, die ihn kritisch unter die Lupe nahm.

Und die Jungs erinnerten an zweidimensionale Höhlenzeichnungen. Emily, die Lulu Foxworth am Tisch gegenübersaß, litt unter der Posse, die ihre Familie aufführte.

Da die Zwillinge unten am Pier in Folly Beach gewesen waren und einen tropfenden Sack mit den leckeren Lowcountry-Shrimps mitgebracht hatten, servierte Tante Jenny Shrimps und Grütze. Walter Parmenter entschuldigte sich bei seinem Gast für die schlichte Mahlzeit, woraufhin Lulu, der nicht entging, wie sehr sein Kommentar Jenny verletzte, meinte: »Es gibt kein Essen, dass mir mehr das Gefühl von ›Zuhause‹ vermittelt als Shrimps und Grütze. Unsere alte Köchin Lutetia servierte dieses Gericht jeden Samstag, und an den Feiertagen auch zum Frühstück, bei sich daheim und auf Maybud, und wenn man darauf keinen Appetit hatte, dann hatte man ein Problem. Ich mochte es, doch es schmeckte lange nicht so gut wie bei Ihnen, Mrs Raiford. Ich überlege, was anders ist, doch ich komme einfach nicht darauf …«

»Nennen Sie mich Jenny«, bat Jenny Raiford. »Wenn ich kann, fange ich mit den Shrimps und frischen Tomaten von John's Island an und mache eine Soße, die ich dann anstelle von Ketchup verwende. Und dann gebe ich ein bisschen von allem dazu, was so in meinem Kräutergarten wächst. Im Moment sind das Thymian und Koriander. Ich glaube, außer mir nimmt keiner Koriander, aber schließlich hat der Koch das Sagen.«

»Na, mir schmeckt es jedenfalls hervorragend«, meinte Lulu. »Ich kenne es nur mit Ketchup, weil Lutetia es immer so gemacht hat. In irgendeinem Winter, als wir auf Charlotte Hall waren und in die neunte Klasse gingen, spielten unsere Mütter im Yacht Club Bridge und beschlossen, wir müssten kochen lernen. Darum heuerten sie die Köchin vom Yacht Club an, deren Shrimps mit

Grütze hochgelobt waren. Sie sollte sich in diesem Winter einmal pro Woche mit uns nach der Schule in irgendeiner Küche treffen und uns zeigen, wie man typische Lowcountry-Gerichte kocht. Jedenfalls hat sie uns das so erzählt. Und Shrimps mit Grütze standen auf dem Lehrplan ganz oben. Jede von uns musste für sich kochen. Ich weiß noch, dass das bei uns daheim stattgefunden hat. Wir haben jeden Topf und jede Pfanne in der Küche benutzt und hinterher sah es dort wie in einem Schlachthaus aus, weil überall Ketchupspritzer klebten.

Abgemacht war, dass der Yacht Club unser Gericht am nächsten Samstag beim Brunch servierte. Aus diesem Grund nahm die Köchin an jenem Freitag einen großen Topf mit und unsere Mütter haben jeden angerufen, den sie kannten. Alle sollten die Shrimps und Grütze essen, die ihre charmanten kleinen Charlotte-Hall-Mädels zubereitet hatten. Und da die Charlestoner Klans sich schon immer gegenseitig unterstützt haben und in der Stadt jeder mit jedem verwandt ist, war der Speisesaal rammelvoll.«

»Ich wette, es war ein großer Erfolg«, meinte Walter und nickte zaghaft. »Ich habe Emily schon mehrmals gesagt, dass sie lernen soll, ein paar klassische Charlestoner Spezialitäten zu kochen. Vielleicht könnten Sie ihr ja mal Unterricht geben.«

Lulu lächelte zuerst ihn und dann Emily an und zwinkerte unglaublicherweise. Es war nur ein Lidschlag mit den goldenen Wimpern, die sich einmal kurz auf die Wange senkten. Emily wusste nicht, ob die anderen es auch mitbekommen hatten.

»Ich bin mir nicht sicher, ob ich dafür die Richtige bin, Mr Parmenter«, gab Lulu lächelnd zu bedenken. »Wir haben so viel Gin in die Soße gegeben, wie wir aus den Barschränken unserer Eltern stehlen konnten, und alle meinten, wie ungewöhnlich und gut unsere Kreation schmeckte. Selbstverständlich konnte die Hälfte nach dem Essen nicht mehr gehen. Mrs Burton Triplett Sr. fiel die Eingangstreppe hinunter und blieb lachend wie eine Hyäne liegen. Sie war damals dreiundneunzig. Den Rest des Semesters standen wir alle unter Hausarrest. Der Kochunterricht wurde sofort abgeblasen und als Nächstes war dann Bridge dran, doch alles in allem hat mir Kochen mehr Spaß gemacht.«

Die Parmenters brachen in schallendes Gelächter aus – und Emily schloss sich ihnen an. Walter schaute etwas schockiert drein, lachte aber ebenfalls. Anscheinend ließen sich nicht alle Charlestoner Debütantinnen darauf trainieren, in Zukunft perfekte Ehegattinnen zu sein.

An jenem Abend spürte Emily zum ersten Mal, dass Lulu Foxworth eine Verbündete werden könnte.

Sie blieben lange am Tisch sitzen. Emily konnte sich beileibe nicht erinnern, wann sie nach dem Essen mal so lange zusammengesessen hatten. Normalerweise sprangen alle um sieben Uhr auf und schauten obligatorisch eine Stunde zusammen fern. Auf diese Regel hatte Jenny bei ihrem Einzug bestanden. Doch an diesem Abend war es fast neun, ehe Jenny sich erhob und eine Lachsalve unterbrach, die eine von Lulus »Downtown-Geschichten« auslöste, wie sie ihre Erzählungen nannte.

»Lulu, meine Liebe, wir könnten und würden hier noch die ganze Nacht lang sitzen und Sie mit Beschlag belegen, aber da ich weiß, wie früh Sie und Emily aufstehen, möchten wir Sie nicht länger aufhalten«, sagte sie lächelnd.

Lulu legte verlegen eine Hand auf den Mund.

»Wissen Sie, wenn ich eins an Südstaatenfrauen auf

den Tod nicht ausstehen kann, dann ist es ihre Angewohnheit, in einem fort zu plappern, und jetzt mache ich das auch schon«, sagte sie. »Ich schäme mich sehr. Es liegt wohl daran, dass Sie alle so gute Zuhörer sind und mir daheim niemand groß Beachtung schenkt. Dort heißt es nur: ›Ach, das ist doch nur Lulu.‹ Deshalb danke ich Ihnen für Ihre Nachsicht und verspreche, Sie nie wieder so zu strapazieren.«

»Wir lassen uns aber gern strapazieren«, meinte Jenny. »Und wann immer Ihnen der Sinn danach steht, werden wir das hier wiederholen. In zwei Stunden haben wir mehr über Charleston erfahren als in unserem ganzen vorherigen Leben. Nächstes Mal fangen wir einfach eher an.«

»Ach«, sagte Lulu reuevoll. »Ich hoffe, es gibt ein nächstes Mal.«

Woraufhin die Parmenters einen Chorus anstimmten, dass es auf keinen Fall bei diesem einen Mal bleiben würde.

»Ich hoffe, wir setzen uns in Zukunft regelmäßig zusammen«, sagte Walter und strahlte sie an. Und dann wandte er sich an Emily und sagte: »Hör gut zu, was Lulu zu erzählen hat. Alles, was du wissen musst, um das Leben zu führen, das ich mir für dich wünsche, kannst du von ihr lernen. Hier kannst du lernen, wie man eine Dame wird.«

Emily spürte, wie sie errötete. Zorn flammte in ihr auf. Zorn auf ihren Vater, Zorn auf Lulu.

»Ich bin keine Dame«, verkündete sie, ohne jemanden anzusehen. »Ich bin ein Sumpfkind mit dreckigen Schuhen.«

»In dir steckt viel mehr als die Anlage, eine Dame zu werden«, wandte Lulu sich mit ernster Miene an Emily.

»Du hast alles, was es braucht, um eine wunderbare Frau zu werden. Das weiß ich. Aber mit einer Sache hast du recht. Deine Schuhe sind immer dreckig. Und meine auch, wo wir gerade schon dabei sind. Würdest du mir die Ehre erweisen, mich in deinen dreckigen Schuhen nach Hause zu begleiten? Ich wüsste gern, was du von meinem Schlupfwinkel hältst, um meine Mutter zu zitieren.«

Die Wut verrauchte. Stattdessen keimte Zuneigung in Emilys Herz auf und wartete nur darauf, sich voll zu entfalten.

»Klar«, antwortete sie nonchalant. »Kann Elvis mitkommen?«

Der Hund war nirgends zu finden, doch als sie durch die laue, dunkle Nacht zu dem von Faltern nur so wimmelnden Lichtkegel gingen, der durch die Tür zur Scheunentreppe fiel, sahen sie Elvis schwanzwedelnd auf sie warten und grinsen.

»Was tust du denn hier?«, fragte Emily. Dass sie ihn hier vor Lulus Wohnung antraf, freute sie überhaupt nicht.

»Er weiß immer, wo du bist«, sagte Lulu. »Das ist mir schon aufgefallen. Ich sehe, wie er in die eine oder andere Richtung rennt, und eine Minute später tauchst du dort auf. Unheimlich ist das. Hast du die Hunde verzaubert, Emily?«

»Das hat er schon immer gemacht«, meinte Emily und kraulte Elvis hinter den Ohren. »Es ist fast, als wäre er so was wie mein Bruder.«

»Einen tollen Bruder hast du da«, sagte Lulu. »Mit Elvis sind es drei. Was für ein Glück du hast. Ich bin Einzelkind. Ich glaube, es hätte mir gefallen, einen Bruder zu haben.«

Mit Elvis hatte ich vier, dachte sie überraschenderweise, und Buddy zum Bruder zu haben, hätte dir ganz besonders gefallen. Und er hätte dich auch gemocht.

Doch sie behielt ihre Gedanken für sich. Sie war noch nicht so weit, Buddy mit Lulu Foxworth zu teilen.

Sie hangelten sich die alte Treppe hoch. Emily fiel auf, wie schwach die Glühbirne war, und aus irgendeinem Grund schämte sie sich dafür. An solche Nachlässigkeiten war Lulu gewiss nicht gewöhnt. Sie würde Jenny Bescheid sagen, damit sie sich darum kümmerte.

Oben auf dem Treppenabsatz steckte Lulu den Schlüssel ins Schloss und stieß die frisch gestrichene, glänzende Tür auf.

»Ta-taa!«, rief sie.

Emily trat ins Apartment und blieb dann wie erstarrt stehen. Zuerst konnte sie die Eindrücke gar nicht verarbeiten. Trotz der flatternden weißen Vorhänge, der seidig-schimmernden blanken Holzdielen, den vereinzelten Farbtupfern und dem satten Grün konnte sie noch die alte Wohnung mit den Spinnweben erkennen.

»Wau!«, entfuhr es Emily, was die Sache nicht ganz traf.

Lulu grinste sie an. »Wau passt haargenau. Nachdem ich den Vorschlag meiner Mutter korrigiert habe, ist es hier jetzt wenigstens erträglich. Komm doch rein.«

Sie gingen in den großen Raum, der gleichzeitig Wohn- und Schlafzimmer war. Hinter ihnen jaulte Elvis, wagte sich aber erst hinein, als Emily sagte: »Ach, komm schon. Du bist ja eh schon hier ...«

Um zu vermeiden, dass Lulu erfuhr, dass sie Elvis, an dem sie ihre unerklärliche Wut ausgelassen hatte, heute Morgen schon hier erwischt hatte, beendete sie den Satz nicht.

Elvis kam herein, legte sich auf den kleinen, weißen Teppich vor dem Bett und bettete die Schnauze auf die gekreuzten Pfoten. Daheim, sagte seine Position.

Nein, das stimmt nicht, erwiderte sie stumm.

Wieder wedelte er mit dem Schwanz: Das weiß ich doch.

In dem großen Raum war nur eine Lampe eingeschaltet. Sie stand auf einem niedrigen Tisch neben dem hübsch gestrichenen Bett. Das französische Bett, dachte Emily, die sich an Maybelle Foxworths Worte anlässlich der ersten Wohnungsbesichtigung erinnerte. Sieht aus wie eine Kinderzeichnung mit Blumen und Efeu. Da habe ich bei Wal-Mart schon schönere gesehen. Das würde ich auch hinkriegen.

Das schmale Bett hatte ein Eisengestänge, an dem viele Lagen eines Stoffes befestigt waren, der wie ein Mückennetz aussah und auf den polierten Zypressenboden fiel. Auf dem Bett lag eine weiße Baumwolltagesdecke und nur ein Kissen, ebenfalls weiß. Am unteren Fußende lag ein zusammengefalteter Quilt. Im Lauf der Jahre waren die Farben so ausgeblichen, dass das kleine blaue Streublumenmuster kaum noch zu erkennen war. Auf dem Boden neben dem Bett war ein dickes weißes Etwas – vermutlich ein Schaffell. Sie hatte noch nie einen Schaffellteppich gesehen. Schafe und Wärme passten nicht unbedingt zum Lowcountry. Der Teppich war der einzige Gegenstand in diesem Zimmer, der Privilegiertheit verriet. Obwohl die Lampe nur einen kleinen Lichtkegel malte, konnte man unschwer erkennen, dass dieser schlichte Raum viel Ähnlichkeit mit einer Mönchszelle besaß.

Und … auch wieder nicht. Er übte große Anziehungskraft aus, versprach Frieden, Ruhe und traumlose

Nächte. Einige Grünpflanzen wucherten hinter dem Bett und mit den Mückennetzen fühlte man sich hier nachts bestimmt wie in einem ungefährlichen Dschungel. Auf dem niedrigen Sofa, augenscheinlich auch mit einem ausgeblichenen Quilt bedeckt, türmten sich bestickte Kissen. Die hohen Fenster mit den schmalen Simsen, die gerade offen standen, hatten keine Vorhänge und ließen Mondlicht, Sonnenschein oder eine Brise aus der Marsch herein. Auf den Fensterbrettern standen grobe Terracotta-Töpfe mit Kräutern. Solche hatte auch Tante Jenny im Garten. Gegenüber vom Bett befand sich ein einfaches Wandregal, auf dessen Böden sich die Bücher ungeordnet türmten. Emily spürte einen Stich in der Brust. In Buddys Zimmer hatte genau so eins gestanden. Auf einem der Bretter standen ein kleines Radio, ein winziger Kassettenrekorder und ein altes Notebook. Ein gemütlicher Sessel und eine Ottomane unter dem Fenster, über den ein Batiktuch in Erdfarben geworfen war, waren die beiden anderen augenfälligen Möbel in diesem Raum. Emily fragte sich, wo die vielen angelieferten Möbel geblieben waren.

An der letzten freien Wand stach ein grellbuntes Gemälde ins Auge und verlieh der Mönchzelle Sinnlichkeit und etwas Geheimnisvolles und Archaisches. Darauf zu sehen war ein Jaguar, der nicht von dieser Welt war. Die Wildkatze streifte durch einen tropischen Blätterwald. Blutrote Pyramiden zeichneten sich vor einem leeren blauen Himmel ab, über denen Furcht einflößende, alte Vögel kreisten. Ein gedrungener brauner Mann hielt ein Steingefäß gen Himmel, aus dem eine rote Flüssigkeit tropfte. Tief im Bauch spürte Emily einen Anflug von Furcht, Hitze und heftiger Freude, die sich im ganzen Körper ausbreiteten. Überwältigend. Beängstigend. Einnehmend. Sie drehte sich zu Lulu um und erwartete halb, anstelle des dünnen Mädchens, das ihr vertraut war, eine dunkelhäutige, halb nackte Priesterin zu sehen, die ein Lied sang. Das Gemälde passte überhaupt nicht zu dem zitternden Mädchen, das sie besucht hatte, und auch nicht zu diesem schlichten südländischen Raum. Und irgendwie ... passte es dann doch wieder hierher. Emily musste an Lulus geflüsterte Worte denken, die sie beim ersten Besuch der Foxworths aufgeschnappt hatte: Buße tun. Wenn sie Lulu damals richtig verstanden hatte, war das hier der Altar, vor den sich die Büßende kniete.

»Richard Hagerty«, erläuterte Lulu lächelnd. »Ein Charlestoner Künstler, den ich schon als kleines Mädchen über alles geliebt habe. Er ist außerdem noch Arzt. Ich denke mir, man muss schon in der Lage sein, Menschen zu heilen, wenn man sie so vor den Kopf stößt. Oder was meinst du?«

»Keine Ahnung. Es ist anders als alles, was ich kenne. Wenn man das Bild sieht, vergeht einem die Freude an Blumen und Vorfahren, oder?«

Lulu lachte.

»Ja, das stimmt. Viele Leute regt es auf. Meine Mutter hasst es. Sie behauptet, es sei heidnisch. Womit sie ausnahmsweise mal den Nagel auf den Kopf getroffen hat. Komm, ich mache uns Eistee und verspreche, dass ich dich danach ziehen lasse.«

Emily trat näher und setzte sich vorsichtig auf das Sofa. Elvis sprang hoch und fläzte sich neben sie. Lulu verschwand in der Küche, um Tee zu machen, während Emily und Elvis den nächtlichen Geräuschen des Lowcountry lauschten: der dissonante Gesang der Laubheuschrecken in den Lebenseichen, das Rascheln kleiner Kreaturen, die verstohlen im Sumpf durchs Schlickgras pirschten, das Jaulen eines unruhigen Welpen im Zwinger, die alles eliminierende Stille. Heute schien kein Mond. Dafür wirkten die Sterne ganz nah und groß und strahlten heller als gewöhnlich. Auch der Himmel schien tiefer als sonst zu hängen; man hätte fast meinen können, er neige sich herab, um einen Blick durch Lulu Foxworths Fenster zu werfen. Emily verspürte das vage Bedürfnis, sich zu winden, weil sie sein Gewicht zu spüren meinte. Ob sie in diesem Raum leben könnte, wusste sie nicht zu sagen. Obwohl er eine beruhigende Wirkung auf einen ausübte, verlangte er einem doch alles ab.

Lulu kam aus der Küche und servierte den Eistee auf einem Emailletablett.

»Nun, wie lautet das Urteil?«, fragte sie. »Heißt du mein Lager gut?«

»Ja. Deine Wohnung ist sehr ungewöhnlich«, antwortete Emily höflich. In Wahrheit konnte sie nicht entscheiden, ob ihr das Zimmer gefiel oder nicht – sie wusste nur, dass sie es niemals vergessen würde.

Schweigend tranken sie ihren Tee, bis Emily schließlich sagte: »Wo sind all die Sachen, die deine Leute angeschleppt haben? Es war doch so viel Zeug, dass man damit ein ganzes Haus hätte möblieren können.«

»Ein Großteil steht unten, wo dein Vater einen Wohnraum herrichten will. Ich habe meiner Mutter gesagt, ich will die Sachen nicht, aber sie hört nur, was sie hören will. Darum habe ich das meiste nach unten geräumt. Wenn dein Vater den Platz braucht, werde ich dafür sorgen, dass jemand die Sachen abholt.«

»Du hast das ganz allein runtergeräumt?«

»Ja. Ich bin viel kräftiger, als mein derzeitiges Aussehen vermuten lässt, Emily. Die ersten zwei Jahre auf dem College war ich Mitglied des Hochschulhockeyteams.«

Debütantinnen beherrschten also auch Kontaktsportarten, wo es grob zuging und man schwitzte. Emily legte diese Information unter »Lulus Geschichtensammlung« ab, die sie in ihrem Gedächtnis abspeicherte.

»Ich glaube nicht, dass es deiner Mutter besonders gefallen wird«, sagte sie.

»Ich weiß verdammt genau, dass es ihr nicht gefällt, aber das ist meine Wohnung und nicht ihre. Das ist die erste Bude, die *mir* entspricht und nicht einer schwermütigen Lady aus dem 18. Jahrhundert, die auf einem Schloss lebt.«

»Hätte deine Mutter dir nicht neue Möbel gekauft, wenn du das gewollt hättest?«, fragte Emily. In ihrer Vorstellung kaufte man sich etwas Neues, wenn man das, was man hatte, nicht mochte – falls man es sich leisten konnte. Das Haus der Parmenters war nur spärlich möbliert und das wenige Mobiliar war alt und bedurfte dringend eines neuen Anstrichs, doch nach Emilys Logik bedeutete das nur, dass die Parmenters sich keine neuen leisten konnten. Inwieweit dies auch den Tatsachen entsprach, hatte sie nie hinterfragt.

»Na, in Charleston kauft man keine Möbel«, antwortete Lulu. »Man *hat* Möbel.«

Sie tranken wieder wortlos ihren Tee und dieses Mal brach Lulu das Schweigen: »Hör mal, Emily, ich weiß, du hast heute Nachmittag Elvis hier bei mir gesehen. Ich bin einfach los und habe ihn geholt. Mir ging es echt dreckig und da habe ich jemanden gebraucht, an dem ich mich festhalten kann. Die Welpen sind noch nicht groß genug und dich wollte ich damit nicht belasten, aber Elvis strahlt so etwas wie … Zuverlässigkeit aus.«

»Ich weiß«, meinte Emily. Dass es ziemlich absurd war, über ihren Hund zu reden, als wäre er ein menschliches Wesen, bemerkte sie schon, doch im Augenblick war das nicht von Bedeutung.

»Trotzdem hätte ich das nicht tun sollen«, fuhr Lulu fort. »Ich habe dir wehgetan und das lag wirklich nicht in meiner Absicht. Ich möchte, dass du weißt, dass er durch und durch dein Hund ist. Gejault hat er und immer wieder zur Tür hinübergeschaut, als du hochgekommen bist. Er hat mich nicht sitzen lassen, aber er wollte schon. Und als es mir schließlich wieder … besser ging, ist er sofort los und auf schnellstem Weg zu dir gerannt.«

Emily kraulte Elvis hinter den Ohren. Er veränderte seine Lage, ohne aufzuwachen.

»Bist du wirklich krank?«, fragte sie Lulu. Noch nie hatte sie mit jemandem ein so vertrauliches Gespräch geführt – außer mit Buddy. Das war ein Thema, über das sie einmal nachdenken sollte, wenn sie allein war.

»In gewisser Weise, ja«, antwortete Lulu. Ihr Gesicht lag im Schatten und sie sah nicht zu Emily hinüber.

»Warum bist du dann nicht daheim bei deiner Familie? Ich glaube nicht, dass wir dir helfen können, wenn du tatsächlich richtig krank bist.«

»Doch, nur ihr gemeinsam könnt das schaffen«, sagte Lulu. »Ihr und die Hunde und dieses Zimmer und dieser Ort. Ich bin nicht so krank, wie wenn man Fieber hat oder eine schwere Erkältung. Meine Familie würde alles nur noch schlimmer machen. Nicht mit Absicht, aber am Ende würde es doch darauf hinauslaufen. Wie ich schon sagte, meine Mutter hört nur, was sie hören will. Würde ich versuchen, ihr zu erzählen, was mit mir nicht stimmt, würde sie nur behaupten, ich sei müde und müsse mich ausruhen. Tatsächlich hat sie genau das gesagt. In dem Moment habe ich begriffen, ich muss mir selbst helfen, und als ich dann hierher gekommen bin und die Hunde gesehen habe, wusste ich, dass ich vielleicht ganz allein gesund werden kann, wenn ich nur hier sein darf. Und nun denke ich, es könnte klappen. Elvis ist mir heute eine große Hilfe gewesen. Und heute Abend ihr alle.«

Emily sagte nichts. Obwohl wichtige Fragen im Raum standen, konnte sie sich nicht überwinden, sie zu stellen. Das hier war schmerzhaft und beängstigend – Erwachsenenterritorium. Für solche Dinge bin ich noch nicht alt genug, dachte sie wütend. Ich bin noch nicht alt genug.

Als hätte sie Emilys Gedanken gelesen, seufzte Lulu, fuhr mit den Händen über ihr Gesicht und setzte sich aufrecht hin.

»Das ist dir gegenüber nicht fair. Ich werde dir das nicht aufbürden. Was immer mir zusetzt, ist mein Problem. Auf gar keinen Fall möchte ich dir das Gefühl vermitteln, du müsstest mir irgendwie helfen. Ich verspreche dir, ich bin nicht verrückt oder gefährlich oder so was in der Art. Ich werde nicht heulend mit einem Metzgermesser in der Hand die Treppe zu dir hochrennen …«

Das Bild, das Lulu malte, war so grausig, dass Emily zusammenzuckte. Lulu strich ihr lachend eine rote Haarsträhne aus dem Gesicht.

»Um es auf den Punkt zu bringen, damit du keine Angst vor mir hast: Ich habe mich zu tief in eine Sache reinziehen lassen und konnte mich nicht dagegen wehren«, gestand Lulu. »Ich hatte nie das Gefühl, in das Charleston zu passen, in dem meine Familie seit Urzeiten lebt, obwohl die Stadt wunderschön und so verführerisch ist, dass es einem manchmal den Atem verschlägt. Dennoch habe ich mich lange Zeit so gut geschlagen, dass das niemandem auffiel, manchmal nicht mal mir selbst. Und dann bin ich nach Randolph Macon gegangen, was allerdings meine Mutter für mich entschieden hat, und da habe ich von Anfang an nicht hingepasst. Ich wollte nach Bennington in Vermont gehen, weil man dort – wie ich gehört habe – seine Kurse relativ frei wählen kann, doch da hat meine Mutter fast einen Anfall gekriegt. Darum war es einfacher, aufs Randolph Macon zu gehen. Es gibt dort schon ein paar Dinge, die ich mochte und immer noch mag, aber es lief genau wie mit Charleston: Ich passte da nicht hin. Und aus diesem Grund habe ich mich auf alles gestürzt, was ich finden konnte, nur damit ich nicht mehr darüber nachdenken musste, und irgendwann war ich so fertig und kaputt und fühlte mich dermaßen gefangen, dass ich überhaupt keinen Plan mehr hatte. Zu all dem stand mir noch die weltberühmte Debütantinnensaison bevor und … eines schönen Tages habe ich angefangen zu heulen und konnte gar nicht mehr aufhören. Meine Mutter ist gekommen, hat mich mitgenommen und einen Tag nach meiner Heimkehr zu einem diskreten Seelenklempner gebracht. Der Kerl hat behauptet, ich hätte mich in eine Situation manövriert, wo ich nicht gewinnen konnte, weil ich mich davor drücken würde, mich dem Leben zu stellen, anstatt zu versuchen, die Verantwortung dafür zu übernehmen. Gott, zu jener Zeit hätte ich keine Glühbirne auswechseln können, geschweige denn mein Leben in die Hand nehmen. Er war auch nur wieder einer von der Sorte, die mir nicht zuhört.«

»Und was hast du dann getan?«, fragte Emily neugierig. Debütantinnen wollten also gar nicht immer Debütantinnen sein. Wieder ein Fitzelchen mehr, das sie erfuhr.

»Ich habe ihm gesagt, er könne mir den Buckel runterrutschen, bin nach Hause gegangen, habe mich in meinem Zimmer eingeschlossen und wollte es einfach nicht mehr verlassen. Da haben meine Eltern endlich kapiert, dass ich nicht nur ›erschöpft‹ war, aber weil sie auch keinen anderen Begriff dafür fanden, haben sie überall in der Stadt herumerzählt, ich bräuchte absolute Ruhe und Erholung und dass ich in der Wintersaison wieder voll auf dem Damm wäre. Und als sie begriffen, dass die Hunde mir mehr bedeuteten als alles andere, kam meine Mutter auf die Idee, mich hier den Sommer über unterzubringen, was auf einen Schlag alle Probleme löste. Den Leuten hat sie erzählt, ich verbrächte den Sommer auf einer Plantage bei einer netten Familie und würde alles über ihre berühmten Boykins, meine neuste Leidenschaft, lernen. Außerdem wäre ich nun wieder überglücklich. Ich ließ sie einfach machen. War mir doch egal, was sie ihnen erzählte, solange ich nur hier bleiben konnte. Ich wusste, ich würde sterben, wenn ich wieder heimmüsste. Und ich wusste auch, hier könnte ich vielleicht leben lernen.«

Sie brach ab und Emily schaute sie einfach nur an. So viel hatte ein Erwachsener ihr noch nie von sich erzählt. Diese Vertraulichkeit war intimer, komplizierter und verlangte Emily mehr ab. Sie hatte keine Ahnung, wie sie reagieren sollte. Obwohl alles, was Lulu sagte, wahr klang, vermutete Emily, dass da noch mehr war. Als Lulu an jenem Nachmittag auf sie zugekommen war, hatte sie … am Boden zerstört gewirkt. Verzweifelt. Panisch. Nach Emilys Einschätzung wirkte jemand, der sich selbst berappeln wollte, anders. Sie musste an die Reproduktion eines Gemäldes in einem Kunstbuch denken, das Buddy ihr mal gezeigt hatte. Es hieß *Der Schrei*, stammte von einem skandinavischen Künstler und hatte Emily eine Heidenangst eingejagt. Was, wenn sie sich eines Tages genau so fühlen würde? Das würde sie unter aller Garantie umbringen.

Lulu hatte wie auf dem Bild ausgesehen.

»Na, ich hoffe, dir geht's bald besser«, hauchte sie und fand ihren Kommentar albern. Lulu, die wieder lachte, schloss sie in die Arme.

»Bestimmt. Verschwende keinen weiteren Gedanken an mein Gequatsche. Es gibt keinen Ort, wo es mir im Moment besser gehen könnte als auf Sweetwater, und du und Elvis, ihr helft mir sehr. Ihr alle. Alles wird gut. Und vielleicht könnte ich mir ja, wenn es mir wieder schlechter geht, Elvis für ein paar Stunden oder eine Nacht ausborgen?«

Plötzlich wurde Emily ganz ruhig, gelassen, ausgeglichen. Ihr wurden Geheimnisse anvertraut und sie erwies Gefälligkeiten.

»Sicher«, sagte sie. »Gib einfach Bescheid. Aber manchmal brauche ich ihn auch und dann müssen wir uns was einfallen lassen. Denn falls es dir nicht aufgefallen sein sollte: Mein Vater treibt mich in den Wahnsinn.«

Lulu nickte. »Ist so ihre Angewohnheit, nicht wahr? Aber dein Daddy macht auch einen ganz netten Eindruck. So solide ...«

»Das kann man sagen«, schimpfte Emily. Walter Parmenter hatte keine Anerkennung verdient. »Es gibt nur eine Sichtweise, und zwar seine. Und er hört mir genauso wenig zu wie deine Eltern dir. Es gibt zwei Dinge, die sind ihm wichtiger als alles und jeder: die Hunde und seine großen Ambitionen. Mehr als alles auf der Welt wünscht er sich, dass wir zu dieser noblen Gesellschaft von Plantagenbesitzern gehören, und er bildet sich ein, die Hunde würden ihm Tür und Tor öffnen. Der kriegt sich kaum mehr ein, dass du den Sommer über hier bist, weil er denkt, das würde bedeuten, dass er nun dazugehöre.«

»Du liebe Zeit, wieso will er denn dazugehören?«, erwiderte Lulu heftig. »Das hier ist viel *echter* …«

»Und aus mir will er eine Debütantin machen«, fuhr Emily fort, die sich jetzt in Rage geredet hatte. »Kannst du dir was Schlimmeres vorstellen?«

In dem Moment brach sie unvermittelt ab, weil sie sich schämte. Dies war das Leben, das Lulu bevorstand.

»Ist schon in Ordnung«, beruhigte Lulu sie. »Nicht alle Debütantinnen sind so … wie du sie dir vorstellst. Um ehrlich zu sein, ich kenne ein paar, die arbeiten in Immigrantenauffanglagern oder den Sommer über auf Haiti oder an einem anderen extremen und schrecklichen Ort. So was gibt es öfter, als du denkst.«

»Du könntest das auch tun«, fand Emily. »Du brauchst doch nicht die normale Debütantinnennummer durchziehen, was immer man darunter verstehen mag …«

»Emily, dazu bin ich momentan viel zu zerbrechlich«, entgegnete Lulu leise. »Mit Welpen komme ich gerade so zurecht. Und es fühlt sich richtig gut an, etwas zu arbeiten, woran mir auch liegt. Ich hatte schon Angst, das wäre für immer vorbei.«

Da war natürlich noch mehr, irgendetwas Schreckliches. Das war Emily klar. Und ihr war auch klar, dass sie niemals danach fragen würde. Egal, für wie stark Lulu sie hielt, sie konnte die Last dessen, was Lulus Mund diesen stummen Schrei ausstoßen ließ, nicht ertragen. Und auf einmal wollte sie nichts lieber als in ihrem Zimmer sein, *Raumschiff Enterprise* gucken, Kartoffelchips essen und sich an Elvis schmiegen.

»Und, denkst du, du brauchst Elvis heute Abend?«, fragte sie höflich.

»Nein, ich glaube nicht. Die vergangene Nacht war für mich eine gute Therapie. Also, ihr beide verschwindet jetzt, springt ins Bett und macht euch, um Himmels willen, meinetwegen keine Sorgen. Ich hätte dir das alles gar nicht aufbürden sollen. Der arme Elvis. Er könnte sich als Therapeut niederlassen.«

Erst viele Stunden später schaltete Emily ihre Nachttischlampe aus. In Lulus Apartment brannte kein Licht. Elvis lag friedlich neben Emily, seufzte und drehte sich hin und wieder, rückte näher. Er duftete herrlich nach Sonne und Hund.

»Ganz schön seltsam«, flüsterte Emily ihm zu, als sie sich umdrehte und die richtige Schlafposition suchte.

Sie träumte nicht. Und er rührte sich nicht. Und am nächsten Morgen, der zur Abwechslung mal kühl und sonnig war, kam ihr gar nichts mehr komisch vor. Im Gegenteil, sie fühlte sich erwachsen und kompetent, und es überraschte sie nicht im mindesten, dass sie eine neue Freundin hatte, so lebhaft und geheimnisvoll wie ein Einhorn oder eher noch wie dieser Sagenvogel Ruck, der freiwillig gekommen war und nun eine Weile lang in der Scheune hausen wollte.

Kapitel Neun

In der zweiten Julihälfte kam Lulu häufiger zum Abendessen ins Haupthaus. Eine gewisse Regelmäßigkeit wollte sich nicht einstellen, obwohl Walter Parmenter alles daransetzte, feste Zeiten zu verabreden. Wann immer er das versuchte, lächelte Lulu höflich und gab ihm deutlich zu verstehen, sie dächte nicht im Traum daran, der ganzen Familie solch eine unflexible Routine aufzudrängen. Zudem äße sie manchmal einfach gern früh zu Abend und ginge gleich danach ins Bett.

»Sie brauchen auch gar nicht für mich mitzukochen«, sagte sie. »Es reicht mir, mit Ihnen zusammenzusitzen und zu plaudern. Ich vertilge wirklich keine großen Mengen.«

Was der Wahrheit entsprach, auch wenn sie inzwischen wesentlich kräftiger wirkte. Ihre Bräune verblasste und sie war immer noch gertenschlank, doch langsam kriegte sie eine gesunde Farbe. Noch immer standen Lulus Wangenknochen und Schlüsselbeine unter der seidenglatten Haut wie ein Basrelief hervor, und wenn sie kurze T-Shirts trug, konnte man ohne Probleme ihre Rippen zählen. Ihre Augen hatten gelegentlich noch diesen fiebrigen Glanz und hin und wieder zitterten ihre Hände, wenn auch schwächer als früher.

Walter sorgte sich, dass sie nicht genug zu essen kriegte, und bat Cleta, warme, mit Schinken belegte Brötchen oder um die Mittagszeit deftige Sandwiches hinüberzubringen. Cleta buk das Brot und rührte die Mayonnaise an. Kaum ein Tag verging, ohne dass Kuchen und Pasteten aus Cletas Küche den Weg in die Scheune fanden, bis Lulu eines schönen Tages freundlich darum bat, in Zukunft von diesen großzügigen Gaben abzusehen.

»Sie sind die beste Köchin, die ich je kennengelernt habe«, sagte sie zu Cleta, »aber der Arzt hat gesagt, es dauert noch eine Weile, bis ich wieder richtig Appetit kriege, und darum ist es eine Schande, mir all die leckeren Sachen zu bringen. Seien Sie sicher, es wird der Tag kommen, wo ich in Ihre Küche stürme und Sie anbettle, mir etwas zu essen zu geben.«

»Sie braucht kein Essen«, machte Cleta eines Nachmittags dunkle Andeutungen, als Jenny von der Schule nach Hause kam. »Irgendetwas frisst dieses Mädchen auf. Sie braucht keine Nahrung. Sie hat auf etwas anderes Hunger.«

»Ich werde mit Walter reden, dass er das mit dem Essen lässt«, versprach Jenny. »Wenn sie zu uns zum Abendessen kommt, isst sie genug. Und ich gebe dir Recht; etwas nagt an ihr.«

»Ihr solltet nicht dauernd nachbohren, bis sie euch endlich verrät, was es ist«, sagte Cleta und setzte den alten Männerstrohhut auf, den sie im Sommer immer trug. »Vor allem Emily nicht. Lulu ist ein nettes Mädchen, aber vielleicht hat sie ja eine ansteckende Krankheit.«

»Nein, ich glaube nicht, dass es sich um so eine Krankheit handelt«, entgegnete Jenny. »Ich denke, sie ist nicht mehr so müde wie am Anfang, und die Grippe hat sie auch nicht mehr. Nein, da gibt es wahrscheinlich ein psychisches Trauma, von dem wir nichts wissen und das vielleicht mit ihrer Familie zusammenhängt. Sie braucht Ruhe und Frieden und inzwischen vielleicht auch Gesellschaft. Wenn sie zum Abendessen kommt, freut mich das. Und Emily geht es genauso.«

»Sie braucht noch viel mehr als das. Sie braucht alles, was ein Mensch zu geben hat. Wir müssen auf Emily achtgeben.«

»Emily ist glücklicher als seit langem, Cleta«, behauptete Jenny. »Und außerdem passe ich auf sie auf. Aus diesem Grund bin ich ja hier.«

Cleta schob die Unterlippe vor.

»Die Leute sehen manchmal den Wald vor lauter Bäumen nicht mehr«, meinte sie und schloss die Fliegengittertür hinter sich. Jenny blieb wie angewurzelt stehen und schaute ihr nach. In der nachmittäglichen Stille konnte sie die fröhlich bellenden Hunde hören und Lulu und Emily, die lachten. Die kleine Falte zwischen ihren Brauen, die zum ersten Mal aufgetaucht war, als Lulu nach Sweetwater gekommen war, zierte jetzt wieder ihre Stirn und hatte sich dort schon tiefer eingegraben.

Doch es schien unsinnig, sich Sorgen zu machen. Wenn Lulu bei ihnen am Tisch saß, wurde viel und laut gelacht. Mit trockenem Humor gab sie ihre aufregenden Charleston-Schilderungen zum Besten und mittlerweile steuerte auch Walter Parmenter hin und wieder eine Geschichte bei, wenn auch etwas unbeholfen. Dann lachten alle pflichtschuldig, weil er alles andere als ein begnadeter Erzähler war, sich aber wenigstens bemühte. Selbst Walt Junior und Carter wagten sich gelegentlich aus der Deckung und schilderten eine – deutlich ausgeschmückte – Begebenheit aus ihrem Leben, die vor Anspielungen auf gemachte Eroberungen und die eigene Manneskraft nur so strotzte. Emily fand, diese Schilderungen wurden Lulu wie tote Kaninchen als Opfergabe dargebracht, wofür sie sich schämte, doch Lulu schmunzelte nur, nickte interessiert und ermunterte sie fortzufahren.

Debütantinnen haben hervorragende Manieren, speicherte Emily im Kopf ab.

Wenn Lulu Foxworth in diesem Juli zum Abendessen kam, amüsierten sich am Tisch der Parmenters alle prächtig.

Im August fühlten sich die Menschen im Lowcountry, als lebten sie unter einer klitschnassen Wolldecke. Kein Wind, kein Tropfen Regen, nur anhaltende Schwüle. Die Welpen mussten mitsamt ihren Müttern aus der Scheune geholt und in provisorische Gehege aus Maschendrahtzaun und Leinen gebracht werden, die für sie am Waldrand im Schatten errichtet worden waren. Emily und Lulu standen bei Morgengrauen auf, um mit den Fortgeschrittenen zu arbeiten, solange es noch nicht ganz so heiß war. Mehrmals täglich gaben sie frisches Wasser in die Näpfe und ab und an spritzten sie Mütter und Welpen mit dem Schlauch ab. Kurz vor Sonnenuntergang gingen sie mit den älteren Boykins spazieren. Walt Junior und Carter, die trotz abgeschnittener Hosen und ärmelloser T-Shirts höllisch schwitzten, arbeiteten murrend mit den älteren Spaniels auf einem lang gestreckten, flachen Feld am von Schlickgras gesäumten Flussufer, das extra gemäht und planiert worden war. Nachmittags kamen die Jungs und die Hunde dann schweißgetränkt und nach brackigem Flusswasser riechend nach Hause. Mit den Hunden zu schwimmen, war eigentlich strengstens untersagt, doch Walter schimpfte nicht mit seinen Söhnen. Emily und Lulu spritzten sich und Elvis manchmal mit dem Schlauch ab, bevor sie sich duschen und umziehen gingen. Da Lulu immer höflich Einwände erhob, waren sie bisher noch kein Mal schwimmen gewesen. Emily vermutete, dass sie keinen gesteigerten Wert darauf legte, spärlich bekleidet auf dem Steg zu liegen und sich den lüsternen Blicken der hechelnden Zwillinge auszusetzen.

In dieser nicht enden wollenden Folge flirrend heißer, diesiger Tage kam einer, an dem die Sonne so unerträglich brannte und die Luft so dick war, dass man sie fast schneiden konnte. Walter riet Lulu und Emily, den Tag freizumachen.

»Ich denke, die Welpen gehen ein, wenn wir sie in dieser Affenhitze bewegen«, meinte er. »Wir machen weiter, sobald es sich etwas abgekühlt hat.«

»Dass wir dabei auch draufgehen könnten, ist ihm anscheinend nicht in den Sinn gekommen«, beklagte Emily sich mürrisch.

»Ist doch egal. Hauptsache, wir haben frei«, sagte Lulu. »Sollen wir den Nachmittag zusammen mit den ganz jungen und Elvis bei mir oben verbringen und die Klimaanlage voll aufdrehen? Ich habe *Seabiscuit* auf Video.«

»Was ist denn *Seabiscuit*?«

»Emily, du lebst wirklich hinterm Mond«, lachte Lulu. »Das ist ein herzzerreißender Film über ein kleines Rennpferd, das zuerst immer verliert und am Ende ein richtiger Turfsieger wird. Alle sind ganz vernarrt in diesen Film.«

Emilys Blick wanderte zu Elvis hinüber. Ächzend erhob er sich und ließ sich auf der feuchten Stelle neben dem Schlauchende nieder. Nicht zum ersten Mal dachte Emily, dass so ein dickes, weiches Lockenfell wie seins bei diesem Wetter die Hölle sein musste. Sie grinste Lulu an.

»Wir könnten einen Film über Elvis machen und ihn *Dogbiscuit* nennen.«

Lulu lachte anerkennend.

»Das ist echt lustig«, fand sie. »Aus welchem Hut hast du das gezaubert?«

»Keine Ahnung«, sagte Emily.

O doch, sagte Buddys Stimme. Emily musste schmunzeln. Buddy hatte sich schon lange nicht mehr gemeldet.

»Ich habe eine bessere Idee«, sagte Emily. »Lass uns picknicken gehen. Wir gehen zum Sweetwater Creek vor, da können wir schwimmen. Und falls wir Flut haben, kann ich dir da noch etwas ganz Irres zeigen, doch das Wasser darf nicht so hoch wie jetzt sein.«

»Was willst du mir zeigen?«

»Warte ab«, sagte Emily und schnorrte bei Cleta Sandwiches, frische Pfirsiche und Eistee.

Sie ließen Haus und Fluss hinter sich und liefen quer über die Halbinsel, auf der die Sweetwater Plantage lag. Das freie Gelände, wo Walter nie mähte, damit er dort die Hochlandjagdhunde ausbilden konnte, war ein sonnenverbranntes beiges Stoppelfeld. Die Stille klingelte ihnen in den Ohren. Nicht mal die großen Grashüpfer rührten sich. Surrende Mücken schienen die einzigen anderen Lebewesen zu sein. Emily, die voranging, hoffte inständig, dass sie den maritimen Waldstreifen am Sweetwater Creek noch erreichten, bevor sie aus den Latschen kippten und starben. Elvis trottete in gleichmäßigem Tempo neben ihr her, doch mit gesenktem Kopf und heraushängender Zunge. Emily konnte sich nicht erinnern, schon mal so einen siedend heißen Tag erlebt zu haben.

»Wir hätten Hüte aufsetzen sollen«, sagte sie und warf Lulu einen Blick über die Schulter zu. Lulus Gesicht war dunkelrot und sie keuchte schwer.

»Da vorn wird es besser«, versprach Emily und sollte

damit Recht behalten. Als sie in den Lebenseichen- und Fächerpalmenwald gingen, ließ die Hitze schlagartig nach, während die grässlich hohe Luftfeuchtigkeit anhielt. Der schmale Pfad, der durch die Bäume zum Fluss hinunterführte, war jetzt von vertrocknetem Süßgras überwuchert. Der feuchte Humusboden gleich daneben wirkte taufrisch.

Seit wann war Emily nicht mehr hier unten gewesen? Seit dem Thanksgiving-Abend. Ist schon eine halbe Ewigkeit her, dachte sie. Damals hatte die Welt noch ganz anders ausgesehen. An jenem Abend war sie hinter Elvis in der schnell einsetzenden Dunkelheit nach Hause gestapft – wütend, tieftraurig und todunglücklich. Sie erinnerte sich, wie sein Fell, als er das mondbeschienene Feld erreichte, plötzlich richtig leuchtete und wie der Anblick seiner rotbraunen Locken ihr deutlich machte, wie sehr sie ihn liebte. Damals hatte sie den Grund dafür nicht gekannt. Heute wusste sie Bescheid. Er hatte sie an ihre Mutter erinnert. An die Haare ihrer Mutter, die im Lichtschein des Kronleuchters feuerrot loderten, ehe sie Sweetwater für immer verließ.

War es jetzt besser?

Ja, sagte ihr Kopf.

Nein, hielt ihr Herz dagegen.

Doch nun gab es Lulu und somit einen anderen Blick auf die Welt. Ganz allmählich lösten sich die Verkrustungen, die ihr Herz hatten erstarren lassen.

Auf dem Pfad war es still und heiß. All die Kreaturen, die normalerweise sangen, zirpten, trällerten und planschten, schienen zu schlafen. Sie hatten sich tief im Schlamm, im Schatten oder ganz unten in kühlen Löchern verkrochen. Momentan herrschte fast Ebbe, doch Emily wusste, dass am Nachmittag der Gezeitenwechsel kam, begleitet von einer leichten Brise, die dann durch die Bäume wehte. Danach ging in der Marsch und auf den Uferböschungen alles wieder seinen gewohnten Gang, während momentan im Wald und auf dem kleinen Felsvorsprung am Wasser Totenstille herrschte. Nichts und niemand rührte sich hier. Es hatte fast den Anschein, als hätte jemand die Welt verzaubert und schlafen geschickt.

Sie traten unter dem Eichen- und Fächerpalmenbaldachin hervor, blieben am Ufer stehen und starrten zum Sweetwater Creek hinunter. Auf den ersten Blick sah es so aus, als stünde das Wasser still, doch Emily wusste, dass in den unteren Schichten der Herzschlag der Gezeiten vom fernen Golfstrom zu spüren war. Das Wasser spülte nur halb ans Ufer hoch. Zwischen dem dichten, bis zum Horizont reichenden Teppich aus Schlickgras konnte man den feuchten grauen Morast erkennen. Bei Flut glich die Marsch einem endlosen Meer aus wogendem Grün, bisweilen durchbrochen vom funkelnden Blau der kleinen Nebenflüsse, die endlos schienen, in Wahrheit freilich nur bis zur fernen Baumlinie reichten, wo links und rechts vom Highway 17 das Dorfleben brodelte. Stand das Wasser so tief wie jetzt, konnte man die Quartiere der hier lebenden Tiere erkennen: die kleinen Höhlen, in denen die Winkerkrabben hausten, die scharfgezackten Austernbänke in Ufernähe, die dunkleren Stellen, wo sich die Garnelen in ihren Löchern versteckten, die tiefhängenden Zweige und umgefallenen Bäume, auf denen sich die Schildkröten sonnten und lange, dicke Schlangen auf der Lauer lagen oder dösten. Nur die im Sumpf oder am Wasserlauf lebenden Tiere zeigten sich nicht.

»Keiner daheim«, lautete Lulus Kommentar. Sie ließ

sich am Ufer ins Gras fallen und rieb sich den Schweiß aus den Augen.

»Kommt schon noch«, prophezeite Emily, die sich auch setzte. Elvis machte es sich neben ihr bequem. Sehnsüchtig betrachtete er das Wasser.

Gleich, versprach sie ihm stumm.

»Wenn wir schwimmen wollen, sollten wir das jetzt tun«, meinte Emily. »Dauert nicht mehr lange, dann ist es zu seicht.«

»In der Brühe willst du schwimmen?«, fragte Lulu. »Das Wasser sieht dreckig aus. Und bestimmt versinkt man bis zum Hintern im Morast. Ich habe keine Lust, durch den Schlamm zu waten. Ist mir egal, wenn ich an einem Hitzschlag sterbe, was durchaus möglich ist. Außerdem stinkt man hinterher tagelang nach brackigem Wasser.«

Emily schnupperte. Ihr war dieser schwere, nach Algen und Schlamm riechende Mief vertraut, unter den sich der Geruch aller anderen Kreaturen mischte, die jemals am Sweetwater Creek gelebt hatten und gestorben waren, und zudem noch eine Prise von dem süßlichen Gestank des anaerobischen Schlicks, der in einer Tiefe von drei Fuß zu finden war. So roch ein gesunder Fluss nun mal.

»Wir können doch duschen, wenn wir wieder daheim sind. Und er ist gar nicht so seicht. Siehst du die dunkleren Stellen ein Stück weiter unten? Das sind Garnelenhöhlen. Nicht mal bei Ebbe ist es mir gelungen, da einen Fuß reinzukriegen. Dort ist das Wasser auch viel kühler und breiter. Solange du im Kalten bleibst, kommst du mit dem Schlick gar nicht in Berührung.«

»Aber was ist das Zeug da drinnen?«, fragte Lulu richtig panisch. »Das Wasser ist so trüb und grau, so dass man nicht mal fünf Zentimeter in die Tiefe sehen kann.

Wer weiß schon, was da herumwuselt? Aus der Ferne sieht das Wasser blau aus.«

»Das ist kein Dreck«, sagte Emily. »Das sind irgendwelche winzigen Lebewesen. Mehr Leben als im Sumpf existiert nirgendwo. Auf jedem Zentimeter findest du etwas. Wenn du ein Glas mit diesem Wasser anschaust, siehst du darin eine Million Kreaturen herumschwirren. Und wenn du sie durchs Mikroskop betrachtest, sehen sie wie Drachen und Monster aus. Doch die sind alle viel zu klein, um dir etwas antun zu können. Du wirst sie nicht mal spüren.«

»Woher weißt du das?«

»Na, ich schwimme hier doch schon seit Ewigkeiten. Und ich habe das Wasser durchs Mikroskop betrachtet. Das war echt super.«

»Wer hat dir das alles gezeigt?«, wollte Lulu wissen.

»Mein … jemand, den ich früher mal kannte«, antwortete Emily ausweichend. Sie war noch immer nicht so weit, dass sie mit Lulu über Buddy sprechen konnte. Noch nicht. Vielleicht würde der Zeitpunkt nie kommen. Jeder Mensch brauchte etwas, das nur ihm gehört.

»Wie kommst du rein, ohne durch den Schlick zu waten?«, fragte Lulu.

»Ich laufe über den abgestorbenen Baumstamm, der bis zu einem tiefen Loch reicht. Und dann rutsche ich runter ins Wasser.«

Seitlich und unter der toten Eiche hatten sich lebende und tote Rankenflusskrebse eingenistet. Am Ende des Stamms bewegten ein paar Winkerkrabben ihre riesigen comic-roten Vorderscheren.

»Du liebe Zeit«, sagte Lulu leise. »Du kannst mir doch nicht weismachen, dass du diese Krabben da nicht spürst.«

Emily klatschte in die Hände, woraufhin die Krabben blitzschnell verschwanden.

»Die zeigen sich erst wieder, wenn wir verschwunden sind. Und alle anderen Tiere auch. Es gibt ein Otterpärchen, das sich an diesem Ufer herumtreibt, doch sie flüchten, sobald du auch nur einen Schritt machst. Du musst nur nach Schlangen Ausschau halten, aber von denen habe ich heute keine gesehen und ich habe alles genau inspiziert.«

Lulu schwieg eine ganze Weile lang, ehe sie voller Ingrimm sagte: »Na schön, lieber sterbe ich, als noch eine Minute länger in dieser Hitze auszuharren.«

Damit stand sie auf, streifte Shorts und Trägerhemdchen ab und stand splitterfasernackt am Ufer. Sie atmete tief durch, arbeitete sich langsam auf dem Baumstamm vor und sprang ins Wasser. Emily starrte ihr hinterher. Bisher hatte sie noch nie eine erwachsene Frau nackt gesehen. Die einzigen Brüste und Schamhaare, die ihr jemals – und dann auch nur im seifig-trüben Badewasser – unter die Augen gekommen waren, gehörten ihr. Lulu Foxworth wirkte … irgendwie nackter, als es in Emilys Vorstellung für einen unbekleideten Menschen üblich war. Die schmalen weißen Streifen, die ansonsten ihr Bikini verdeckte, schienen die straffen, runden Pobacken und das silberne V zwischen ihren Beinen wie eine Lupe zu vergrößern. Ihre Brustwarzen waren so dunkel, dass sie auf den weißen Brüsten wie Augen aussahen. Emily spürte, wie ihr vor Scham die Röte ins Gesicht stieg.

Als Lulus Kopf die Wasseroberfläche durchbrach, klebten ihre blonden Haare am schön geformten, schmalen Kopf. Sie hatte genießerisch die Augen geschlossen.

»O Gott, es ist himmlisch«, rief sie. »Du hast recht,

es ist herrlich kühl. Und mir ist egal, was hier herumschwimmt. Kommst du nicht?«

Langsam und fast widerwillig legte Emily Shorts und T-Shirt ab. Darunter trug sie einen rot-grauen Badeanzug, den die Jahre und das Flusswasser ausgeblichen hatten. Dennoch verschränkte sie automatisch die Hände vor den Brüsten, die wie überreife Früchte aus dem Oberteil zu fallen drohten.

»Um Himmels willen, Emily, zieh das furchtbare Teil aus und komm endlich ins Wasser«, prustete Lulu. »Auf Randolph Macon trägt niemand Klamotten, nicht mal, wenn es verlangt wird. Wenn sie nach dem Unterricht duschen, rennen alle nackt herum. So viele unbekleidete Frauen wie dort hast du noch nie gesehen.«

Emily schloss ganz fest die Augen. Sie schämte sich immer noch und fand Lulus Vorschlag sehr gewagt. Mit rotem Kopf streifte sie den Badeanzug ab, rannte den Baum hinunter und sprang so schnell ins Wasser, dass es ihr in die Nase stieg und sie prustend und spuckend auftauchte. Lulu hatte recht. Das kühle Wasser auf der nackten Haut fühlte sich wundervoll an.

»Ich könnte wetten, du hast das Ding auch an, wenn du allein schwimmst«, zog Lulu sie auf. »Wirf es weg, Emily. Du hast einen tollen Körper. Ich bin mir sicher, er wird einige Menschen sehr glücklich machen. Wenn du schon nicht nackt schwimmen willst, dann besorg dir wenigstens einen Bikini und zeig, was du hast. Du wirst mal eine schöne Frau. Das bist du jetzt schon. Was nutzt dir dein Körper, wenn du dich nicht darüber freust?«

Emily war wie vor den Kopf geschlagen. Bis zum heutigen Tag hatte ihr üppiger Körper nur dafür gesorgt, dass Kenny Rouse an sich herumfummelte und anzüglich grinste. Sie hatte nicht die blasseste Ahnung, wie sie die Einstellung zu ihrem Körper irgendwann einmal verändern konnte.

Freust du dich denn über deinen?, wollte sie Lulu fragen, doch sie hielt sich zurück. Keine Ahnung, wieso, aber sie glaubte nicht, dass Lulus dünner, kraftloser Körper ihr in letzter Zeit viel Freude gemacht hatte. Er wirkte … ausgehungert. Darbend.

Elvis, der am Ufer saß, jaulte.

»Ach, du armer Schatz«, rief Emily. »Ich hätte dir sagen sollen, dass du auch schwimmen darfst.«

Zu Lulu sagte sie: »Jetzt pass mal auf!«

Elvis rannte begeistert los und sprang mit erhobenem Kopf, angewinkelten Beinchen und aufgerichtetem Schwanz direkt vom Ufer ins feuchte Nass. Wie ein bronzener Torpedo durchbrach er die Wasseroberfläche. Kaum war er bei ihnen, zog er paddelnd Kreise, schüttelte so heftig den Kopf, dass das Wasser aus seinen gelockten Ohren tropfte, und bellte einmal, als wollte er sagen: So ist es richtig.

»Das war klasse«, keuchte Lulu.

»So macht das ein guter Boykin«, sagte Emily voller Stolz. »Das können nicht alle Spaniels. Viele können nur Tiere aufscheuchen, aber manche sind eben auch geborene Apportierhunde. So wie Elvis.«

Bald darauf kletterten sie auf den Baum und stakten zu dem kleinen Felsvorsprung zurück. Lulu zog sich nicht an, sondern breitete ihre Klamotten auf dem Boden aus und legte sich darauf. Es dauerte einen Augenblick, bis Emily ihrem Beispiel folgte. Anfangs war sie sich ihrer Nacktheit fürchterlich bewusst, doch es dauerte nicht allzu lang, bis die ermüdende Hitze, die Ruhe und der Geruch des Flusses peu à peu von ihrem Körper

Besitz ergriffen. Sie drehte sich auf den Rücken und ließ sich von der Bruthitze in den Schlaf wiegen.

»Also, was ist so großartig, dass du es mir unbedingt zeigen wolltest?«, fragte Lulu, nachdem sie aufgewacht waren, sich angezogen und ihr Mittagessen zu sich genommen hatten. Der Wasserpegel war so stark gefallen, dass der Fluss jetzt nur noch ein Rinnsal von einem Meter Breite und siebzig Zentimeter Tiefe war. Dieses schmale, blaue Band schlängelte sich zwischen den beiden grauen, matschigen Uferböschungen durch. Ab und an sah man einen dunklen Fleck, der von einer Untiefe kündete.

»Ich denke ... es ist gleich da unten, hinter der nächsten Biegung«, antwortete Emily grinsend. Sie wusste, dass heute der richtige Tag dafür war. Der Schlick am breiter werdenden Strand unter dem Felsvorsprung war feucht und tief gefurcht.

»Was ...?«

»Pst«, sagte Emily. »Spitz die Ohren.«

In der beispiellosen Nachmittagsruhe ertönte auf einmal ein Geräusch, das ans Ufer hochschallte: ein leises rhythmisches Planschen, das man eher spürte als hörte. Nun ragten auch noch die letzten Schlickgrasbüschel aus dem Wasser. Das Planschen ging in ein kontinuierliches Wirbeln über – fast unmerklich und gleichzeitig so deutlich wie die Sommerlieder der Zikaden und Mücken.

»Was ist das?«

»Komm und schau selbst«, schlug Emily vor. Sie standen auf, stellten sich auf den Felsvorsprung und richteten den Blick auf Strand und Wasser.

»Ach du meine Güte, was ist das denn?«, flüsterte Lulu.

Schwärme kleiner silberner Fische hatten sich am Ufer versammelt und drehten sich dort um die eigene Achse, als wollten sie an Land gehen. Die Sonne auf ihren Rücken funkelte grell. Ein paar große Möwen und ein schneeweißer Reiher standen stumm und reglos am Ufer.

»Das sind Meeräschen«, sagte Emily. »Köder.«

»Sie sehen mir recht nervös aus«, fand Lulu.

»Dir würde es nicht anders gehen. So hör doch«, flüsterte Emily.

Sie hörten ein eigenartiges hohes Schnalzen, ganz leise, das seinen Ursprung hinter der Flussbiegung hatte. Und dann huschte ein langes silbernes Projektil vorbei. Zwei oder drei folgten – lautlos und verstohlen wie halb untergetauchte U-Boote. Im Nu waren es ein halbes Dutzend. Wie Disneyfiguren kamen die geschmeidigen, nassglänzenden Delphine mit den weit auseinanderstehenden, gütig dreinblickenden Augen und der langen, schmalen Nase freundlich lächelnd den Fluss hochgeschwommen.

»Was …«, begann Lulu wieder, ehe Emily sie mit einer abrupten Handbewegung zum Schweigen brachte.

Der erste Delphin beschrieb einen Kreis und kehrte zur Horde zurück. Ein seltsames durchdringendes Pfeifen ertönte, woraufhin die Delphine anfingen, die Meeräschen zusammenzudrängen, so dass sie nicht mehr vom Ufer wegkamen. Die Köpfe der Delphine ragten kaum aus dem Wasser. Sie hatten den Blick starr auf die sich windenden Meeräschen gerichtet und drängten sie gleichzeitig Richtung Ufer. Dabei produzierten sie eine ganz ordentliche Welle, die sowohl die Meeräschen als auch sie selbst aus dem Wasser in den Schlick am Strand trieb. Lärm und Chaos waren überwältigend. Silbern funkelndes Wasser flog durch die Luft. Als die Welle verebbte, lagen die Meeräschen hinten im Schlick und zappelten verzweifelt. Sechs Delphine, die ganz aus dem Wasser gekommen waren, näherten sich ihren Opfern. Einen Moment später lagen sie dicht an dicht – alle auf der rechten Seite – am Strand, so ordentlich aufgereiht wie Chorsänger, und verschlangen mit grinsenden Mäulern ihre zappelnde Beute. Kaum waren die Delphine satt, schlugen sie hektisch mit Rücken- und Schwanzflossen, schlingerten – als hätten sie es vorher so verabredet – ins Wasser zurück und verschwanden hinter der Flussbiegung, von wo sie auch gekommen waren. Die Meeräschen, die sie nicht aufgefressen hatten, überließen sie den Vögeln, die schon über ihnen gekreist hatten. Kurze Zeit später war der Fluss so ruhig wie eh und je.

Dieses Ballett, das Jäger und Gejagte aufgeführt hatten, hatte gerade mal fünf Minuten gedauert. Nachdem die Delphine abgezogen waren, rührten Lulu und Emily sich eine ganze Weile nicht, bis Lulu sich zu Emily umdrehte. Mit leicht offen stehendem Mund strahlte sie übers ganze Gesicht. Tränen liefen ihr die braunen Wangen hinunter.

»O mein Gott«, keuchte sie. »Das war einfach … magisch. Wie nicht von dieser Welt. Wie oft machen sie das? Wer hat ihnen das beigebracht? Und woher wusstest du, dass sie heute kommen?«

»Sie kommen Ende Sommer, Anfang Herbst«, erklärte Emily, die ihre neue Rolle als Lulu Foxworths Lehrerin sichtlich genoss. »Hin und wieder machen sie das ein, zwei Mal pro Tag, manchmal auch öfter. Ich denke, es hängt davon ab, wie viele Meeräschen es gibt.

Sie kehren jedes Jahr an die gleiche Stelle zurück; ist anscheinend irgendeine Familiensache. Dieselben Tiere kommen wahrscheinlich ihr ganzes Leben lang immer wieder nach Sweetwater. Wie ihre Vorfahren. In anderen Flüssen an der Küste tauchen andere Delphine auf, aber das erlebt man nur im Lowcountry und vielleicht noch in Georgia.«

»Die sind richtig aus dem Wasser gekommen! Aus dem Ozean, ans Flussufer!«

»Ja«, sagte Emily. »Genau an diese Stelle hier, und ein paar Monate lang tun sie das fast täglich und dann sieht man sie erst wieder im nächsten August. Aber sie kommen immer wieder und immer die gleiche Gruppe. Manchmal denke ich, es ist für die Delphine so was Ähnliches wie ein Spiel.«

»Du hast doch gewusst, dass sie hier sind, oder? Woher denn?«

»Na, ich komme doch schon viele Jahre her und beobachte sie«, erklärte Emily. »Und ich wusste, dass sie hier sind, weil die Furchen im Sand geglänzt haben und frisch waren. Und es gibt viele Furchen, was heißt, dass sie diesen Sommer schon oft hier gewesen sind. In manchen Jahren sind es nur ein paar ausgetrocknete alte Rillen. Dieses Jahr ist es viel besser.«

»Werden sie heute noch mal kommen?«

»Wahrscheinlich schon. Aber ich will nicht zu lange am Ufer rumhängen und ihnen zuschauen. Sonst verscheuchen wir sie noch. Dir würde es ja auch nicht gefallen, wenn dir dauernd jemand beim Essen zusieht, oder?«

»Nein«, meinte Lulu. »Lass uns heimgehen. Ich denke, es reicht, dass wir sie gesehen haben und wissen, dass sie dieses ... wunderbare Ballett immer wieder aufführen. An solch ein Schauspiel will ich mich gar nicht gewöhnen.«

Sie drehten sich um und schlenderten gemächlich den schattigen Tunnel hinunter, der durch die Fächerpalmen und Lebenseichen führte, hinter denen sie das sengende Feld und stickige Haus erwarteten.

Nach längerem Schweigen fragte Lulu, die hinter Emily herstapfte: »Elvis bellt sie nicht an?«

»Nein. Aus irgendeinem Grund hat er das noch nie getan.«

»Elvis hat ein Gespür für Magie«, behauptete Lulu und sagte dann: »Ich wünschte, ich wäre Vivienne. Die Dame vom See. Weißt du, wer das ist?«

»Nein, sollte ich?«

»Ja, das solltest du wissen. In den Erzählungen über König Arthur war Vivienne Merlins Geliebte. Sie betörte ihn und lockte ihn in eine verzauberte Höhle am Meer oder am See und dort lebten sie fortan. Ich wünschte, ich müsste nie von hier weggehen, von diesem Priel, diesem Fluss, diesem Gewässer. Du kannst dich wirklich glücklich schätzen, denn in gewisser Weise bist du Vivienne. Du musst ja nicht von hier weg, zumindest jetzt noch nicht. Und wenn du mal fortgehst, kannst du immer wieder zurückkommen. Obwohl du dich da draußen gut machen würdest. Du bist ein kluger Kopf, Emily.«

»Da draußen?«

Lulu holte aus und deutete nach Norden, wo die Welt wartete, das Chaos lauerte.

»Draußen in der großen, weiten Welt. Eines Tages musst du gehen – wie wir alle. Nur so lernen wir, machen wir Erfahrungen. Du kannst noch so klug sein und trotzdem nichts wissen.«

»Und was, wenn mir nicht gefällt, was ich da vorfinde?«, fragte Emily und dachte – ohne es laut auszusprechen –, dass Lulu sich gegen die Welt entschieden hatte und ganz offensichtlich nicht den Wunsch verspürte, dorthin zurückzukehren.

»Na, wie ich schon sagte, du kannst ja immer wieder zurück. Aber zuerst musst du weggehen.«

»Hm, ich werde nicht weggehen«, entgegnete Emily störrisch. »Ich bleibe hier. Eines Tages werde ich die Farm leiten. Daddy wird nicht immer hier sein und Walt und Carter werden, kaum dass sie ihr Abschlusszeugnis kriegen, abhauen. Daddy glaubt zwar, sie werden bleiben, aber da täuscht er sich gewaltig. Meiner Meinung nach sind sie ganz erpicht darauf, die große, weite Welt kennenzulernen. Sie werden sofort nach Myrtle Beach ziehen, wenn du mich fragst.«

Lulu lachte.

»Ich hoffe, sie bleiben nicht dort hängen. Ob du es glaubst oder nicht, es gibt außer Myrtle Beach noch mehr interessante Orte. Und selbst wenn du hier irgendwann das Sagen hast, musst du dir Wissen aneignen, dass du nur dort draußen kriegen kannst. In der Welt.«

»Wozu denn? Ich weiß schon fast alles, was es über Hunde zu wissen gibt.«

»Na, auf jeden Fall musst du lernen, wie man eine Farm managt. Die kaufmännische Seite. Und … Werbung, denke ich. Was nutzt es, diese wunderbaren Hunde zu haben, wenn das keiner mitkriegt. Und ob es dir nun passt oder nicht, du musst lernen, wie man sich in bestimmten Kreisen bewegt, denn an diese Leute wirst du einen Großteil deiner Hunde verkaufen. Und selbstverständlich englische Literatur. Die vermittelt dir ganz deutlich, wo du in dieser Welt hingehörst. Und das Schlechte auf dieser Welt, damit du weißt, wie du ihm aus dem Weg gehen oder es austricksen kannst. Und das Gute …«

Sie hielt für einen Moment inne, ehe sie leise fortfuhr: »›*Sucht die Liebe dich heim, wurdest du zu Sternen geschmolzen, wirst du mit Lunge und Kieme lieben, als Kalt- und als Warmblüter …*‹«

Und dann schwieg sie die längste Zeit. Während Emily Lulu beobachtete, spürte sie, wie ihre Haut zu prickeln anfing und sich etwas Großes, Warmes, Geheimnisvolles in ihr regte.

»Was ist das?«, wollte sie wissen. »Wer hat das gesagt?«

»Eine Dichterin, die ich sehr mag. Anne Michaels heißt sie. Ihre Gedichte habe ich in der Schule kennengelernt und seit damals trage ich ihre Arbeiten mit mir herum. Sie weiß genau, wie es ist, in dieser Welt Mensch zu sein. Du solltest sie lesen, Emily. Wäre genau der richtige Anfang, dein Wissen auszubauen.«

»Mein Bruder hat das auch getan«, sagte Emily. Die Worte strömten unaufhaltsam wie flüssiges Magma aus ihrem Mund.

»Was getan?« Lulu lächelte ihr zu.

»Gedichte zitiert. Wir haben gemeinsam Gedichte gelesen.« Sie brach ab und biss sich auf die Lippe, doch da war es schon zu spät.

»Dein Bruder? Tatsache? Welcher denn?«

Lulu klang überrascht. Da musste Emily grinsen. Als sie sich vorzustellen versuchte, wie Carter oder Walt Gedichte lasen oder zitierten, ging das Grinsen in Kichern über. Und dann brach sich der tief vergrabene Schmerz Bahn und drang an die Oberfläche.

»Nein. Mein Bruder Buddy. Er … ist gestorben. Er war sieben Jahre älter als ich.«

»Ach, Emily«, wisperte Lulu. »Das tut mir leid. War er krank?«

»Ja«, antwortete Emily knapp und förmlich. Vor ihrem geistigen Auge sah sie die glänzende Purdey, die in luftiger Höhe kreiste, dann herabstürzte und hinter der Flussbiegung verschwand. Darüber würde sie niemals mit Lulu sprechen.

»Du vermisst ihn sicherlich sehr. Was liest du denn jetzt?«

»Ich lese nicht«, murmelte Emily.

»Warum denn nicht?«

»Gibt irgendwie keinen Grund, es zu tun.«

»Aber das ist doch einer der großen Vorzüge am Lesen«, meinte Lulu. »Man braucht keinen Grund dafür. Ich würde sterben, wenn ich nicht lesen dürfte.«

Und ich würde sterben, wenn ich lesen müsste, dachte Emily.

Eine leise Brise, kaum mehr als der Anflug von einem Lüftchen, wiegte den Greisbart in den Lebenseichen und strich über das nasse Haar, das an Emilys Nacken klebte. Der Wechsel der Gezeiten hatte stattgefunden. Auf dem Rückweg würde es immer noch heiß sein, aber längst nicht mehr so unerträglich schwül wie diese tropischfeuchte Luft, die vorhin noch vom Sweetwater Creek gekommen war. Emily hörte, wie Lulu hinter ihr seufzte.

Als sie das Stoppelfeld erreichten, blieb Elvis wie angewurzelt stehen und starrte in den schattigen Lebenseichen- und Fächerpalmenwald rechter Hand. Da blieben sie auch stehen. Elvis knurrte nicht, sondern wartete einfach. Emily wusste sofort, dass sich ihnen etwas oder jemand näherte. Vorsichtig legte sie die Hand auf seinen Kopf.

Aus dem schattigen Grün kamen ein Mann und ein

Hund. Sie bewegten sich so leise, dass man eher eine Luftbewegung spürte, als dass man sie hörte oder sah. Mann und Hund blieben stehen. Emily, Lulu und Elvis warteten.

Der Mann war sehr alt und so dünn, bucklig und sonnenverbrannt, dass er an einen knorrigen abgestorbenen Glyzinienzweig oder einen krumm gewachsenen Lebenseichenast erinnerte. Sein Gesicht war so tief gefurcht wie die umgepflügte dunkle Erde, aber seine tief liegenden Augen leuchteten wie glimmende Kohle. Er trug eine ziemlich ausgeblichene Jeanslatzhose und ein langärmeliges Arbeitshemd. Trotz der sengenden Hitze hatte das Hemd keine Schweißflecken. In seiner Armbeuge lag ein altes, offensichtlich billiges Gewehr, das allerdings frisch geölt war und glänzte.

Die alte Hündin, ein schwarzer Labrador mit einer Schürze matronenhaften Fettes und einer ganz weißen Schnauze, war feucht und roch stark nach nassem Fell und brackigem Fluss. Emily überlegte, ob die Hündin noch genug Kraft zum Schwimmen hatte, denn ehe sich das Tier neben sein Herrchen setzte, war Emily aufgefallen, dass sie arthritisch hinkte und die Hinterläufe etwas nachzog, was auf einen Hüftschaden hindeutete. Und obwohl sie wusste, dass sie von beiden nichts zu befürchten hatte, schlug ihr Herz doch schneller. Die beiden hätten auch vertrocknete, sterbende Sumpfgeister sein können.

Elvis trottete zu der alten Hündin, berührte mit seiner Schnauze die ihre und wedelte dann mit seinem kurzen Schwanz. Die alte Hündin grinste, streckte die lange Zunge heraus, ließ sich von Elvis ablecken und stöhnte leise vor Zufriedenheit.

Hinter ihr sagte Lulu: »Und, hatten Sie Glück? Wie

ich sehe, war ihre Hündin im Wasser. Hoffentlich hat sie etwas gefunden, das sich lohnt zu apportieren.«

Falls die beiden um diese Jahreszeit jagen waren, dann auf Tauben und die gibt es nicht unten am Wasser, sinnierte Emily. Erst weiter oben. Und auf unserem Land stehen überall Warnschilder. Ob ich wohl etwas sagen müsste? Und welchen Sinn macht das? Denn egal, ob Jagdsaison ist oder nicht, wie oft werden dieser alte Mann und seine alte Hündin noch auf die Jagd gehen können?

Der alte Mann sah zu Lulu hinüber und räusperte sich, was sich gar nicht gut anhörte.

»Nee. Hatten kein Glück. Ist viel zu heiß. Ich jage sowieso nicht mehr. Bin nur wegen der Hündin unterwegs.«

Er tat so, als tippte er an eine Hutkrempe, und dann überquerten sie den Pfad und verschwanden auf der anderen Seite im Wald. Elvis jaulte zum Abschied einmal kurz auf, setzte sich und lehnte den Kopf an Emilys Bein. Sie und Lulu verfielen in Schweigen. Als Emily den Kopf hob, sah sie, dass Lulu die Tränen hinunterliefen und sie gleichzeitig lächelte.

»Verstehst du jetzt, warum ich nie von hier fort will? Zuerst führen Delphine aus dem Meer ein Tänzchen am Flussufer auf und anschließend begegnen wir diesem wunderbaren alten Mann, der seinen Hund mehr liebt als alles andere auf der Welt. Wieso soll man einen Ort verlassen, wo die Menschen ihre Hunde so sehr lieben? Gibt es auf der Welt etwas Wundervolleres als das?«

Na, dachte Emily, die auf einmal genervt war, ohne genau zu wissen, weshalb. Ich liebe meinen Hund auch mehr als alles andere. Was ist daran so besonders?

Dennoch enthielt sie sich eines Kommentars. Das alte

Paar, das in der sengenden Hitze den Pfad überquert hatte, hatte auch sie berührt.

»Du wirst trotzdem weggehen, nicht wahr?«, sagte sie zu Lulu, als sie sich dem alten Haus näherten, das in der Hitze flirrte. »Ich meine, du hast doch gesagt, du bleibst nur eine Weile.«

Plötzlich wollte sie unbedingt eine Antwort von Lulu, ohne genau zu wissen, ob ihr ein Ja oder ein Nein lieber wäre.

»Vielleicht gehe ich ja gar nicht weg«, sagte Lulu. »Vielleicht bleibe ich einfach hier. Und vielleicht auch nicht. Könnte doch auch sein, dass du weggehst, anstatt die Farm zu leiten. Vielleicht heiratest du und ziehst in das größte Haus in Charleston. Oder du lebst in Marokko, legst dir viele Liebhaber zu und wirst eine Legende. Vielleicht bewirbst du dich ums Präsidentenamt. Menschen ändern sich, Emily. Die anderen Menschen ändern sie.«

»Mich wird niemand ändern«, entgegnete Emily streitlustig. Für wen hielt sich diese Lulu Foxworth eigentlich? Wollte sie Gott spielen und über Emilys Zukunft bestimmen?

»Da ist jemand, den du unbedingt kennenlernen musst«, sagte Lulu.

»Nicht, wenn derjenige die Absicht hat, mich zu ändern.«

»Das wird sie. Wenn ihr der Sinn danach steht, wird sie es tun.«

»Wer?«

»Meine Großmutter«, sagte Lulu, drückte Emily fest an sich, stieg in der schäbigen Scheune die Treppe hoch und schloss ihre Tür auf.

Kapitel Zehn

Walter war begeistert.

»Selbstverständlich wird sie gehen«, versprach er Lulu am nächsten Abend beim Essen. »Jeder im Lowcountry weiß, dass diese Party stattfindet. Ich habe schon davon gehört, bevor ich auf diese Farm gekommen bin. Sie einzuladen, ist sehr freundlich von Ihnen. Das ist genau die Art von Erfahrung, die sie meiner Meinung nach unbedingt machen sollte.«

Lulu, auf der anderen Seite des Tisches, schenkte ihm ein Lächeln. Im Licht der hohen elfenbeinfarbenen Kerzen hatte ihr Gesicht etwas Geheimnisvolles, etwas von einem Totem. Irgendwann Ende Sommer hatten sie begonnen, im großen Esszimmer zu Abend zu speisen. Über den Grund dafür hatte Emily sich nicht den Kopf zerbrochen. In diesem Raum zu essen war angenehm, was Emily überraschte. Cleta und Jenny hatten sich den schönen Intarsien verzierten Sims und den Kamin vorgenommen, die seit hundert Jahren nicht mehr gereinigt und gepflegt worden waren. Danach hatte Jenny ihre silberne Platte und die dazu passenden Kerzenständer hervorgekramt, die sonst nur an Thanksgiving und zu Weihnachten auf den Tisch kamen. Und schließlich hatte sie sogar das schöne alte Haviland-Geschirr ihrer Mutter ausgepackt. Wenn Emily es gegen das Licht hielt, konnte sie durch die dünnen Wände ihre Finger erkennen.

»Das ist hübsch«, sagte sie zu Jenny, als sie das Geschirr zum ersten Mal sah.

»Weißt du, es hat deiner Großmutter gehört. Ich war immer der Meinung, eines Tages sollte es dir gehören, ich hatte so wenige Sachen von meiner Mutter, dass ich es aufbewahrt und nicht wieder weggegeben habe. Doch es gehört hierher, in dieses Zimmer, wie ich einsehen musste. Aus diesem Grund bleibt es nun auch hier.«

»Das ist überaus großzügig von dir, Jenny«, hatte Walter gesagt und sie angelächelt. »Ich habe mir immer gewünscht, Emily und die Jungs würden mit mehr solchen Sachen aufwachsen. Als Emily noch klein war, haben wir den Tisch immer sehr schön gedeckt. Leider wage ich zu bezweifeln, dass sie sich noch daran erinnert …«

Seine Stimme verhallte. Von den sechs Personen, die an diesem Abend an Walter Parmenters Esstisch saßen, wussten fünf, dass ein Großteil vom Silber, Geschirr und Kristall zusammen mit der wunderschönen Caroline Carter Parmenter das Haus verlassen hatte und nun dort stand, wo auch immer sie ihre Zelte aufgeschlagen haben mochte.

Jenny ergriff schnell das Wort. »Erzählen Sie uns von der Party, Lulu«, bat sie und lächelte gewinnend. »Ich denke, jeder hat eine andere Geschichte auf Lager.«

»Ja«, meinte Walt junior, der gerade an seinem Grillhähnchen rumknabberte. »Ich habe irgendwo gehört, dass die alte Dame sich einmal im Jahr ein Tier hinstellen lässt – meistens ein Reh – und ihm dann um Mitternacht den Kopf wegbläst. Würde mir gar nicht gefallen, dem alten Mädchen auf einem Hochsitz zu begegnen.«

Walter bombardierte ihn mit finsteren Blicken, woraufhin er errötete.

»Hm, aber eine ältere Dame gibt es schon, oder?«,

meldete Carter sich zu Wort. »Und sie schießt auf irgendwas ...«

Emily, vor Wut sprachlos, registrierte, wie ihre Tante im Kerzenschein zusammenzuckte, und dachte plötzlich, dass Jenny Raiford auf dieser Plantage die einzige Person war, der sie nicht zürnte.

Lulus Lächeln wurde noch breiter.

»Diese alte Dame ist meine Großmutter«, begann sie, »und sie hat noch nie auf ein Lebewesen geschossen. Einmal im Jahr, an ihrem Geburtstag, holt sie um Mitternacht die alte Purdey heraus, die seit Ewigkeiten im Besitz ihrer Familie ist, und schießt in die Luft. So feiert sie ihren Geburtstag.«

»Warum macht sie das?«, fragte Walt neugierig. Die immer noch stumme Emily überlegte, dass die Zwillinge wohl die einzigen Mitglieder der Parmenter-Familie waren, die bei dem Wort »Purdey« nicht zusammengezuckt waren.

»Weil es ihr Geburtstag ist. Weil sie die Waffe mag und den Lärm, den sie macht. Und weil sie sich dieses Recht herausnehmen kann.«

»Und damit man ihr dabei zuschauen kann, wird extra eine große Party veranstaltet?«, fragte Carter ungläubig. In seiner Welt schossen alte Damen an ihrem Geburtstag nicht mit Waffen um sich und Partys wurden schon gerade gar nicht für sie ausgerichtet.

»Es gibt eine große Party«, antwortete Lulu. »Die wird gefeiert, seit ich mich erinnern kann, und noch länger. Mein Großvater Foxworth hat sie früher für Oma veranstaltet. Nach seinem Tod hat mein Vater diese Sitte fortgeführt. Mutter und Vater veranstalten die Party jetzt auf Maybud. Mit dem Unterschied, dass meine Oma nicht mehr auf ihre eigene Party geht. Sie bleibt in dem

Häuschen, in dem sie wohnt, und lädt nur wenige Leute ein, die ihr besonders am Herzen liegen und dabei sein dürfen, wenn sie schießt. Sie behauptet, im Lowcountry könnte jeder Idiot eine Waffe abfeuern, und sie hat keine Lust, sich von fünfhundert Deppen beobachten zu lassen, wenn sie es tut. Doch die Leute spitzen die Ohren, und wenn sie den Schuss hören, bringen sie einen Trinkspruch aus und werfen ihre Gläser in den Kamin, wie am Geburtstag der Königin. Anschließend wird gefeiert, bis der Morgen graut, während Oma ins Bett geht. Eine Menge Gäste kriegen sie nur zu Gesicht, wenn sie sich kurz blicken lässt und ein paar Worte sagt.«

»Sie werfen die Gläser in den Kamin?« Dies hielt Walt junior anscheinend für ebenso unvorstellbar wie alte Damen, die um Mitternacht schießen. »Habt ihr denn noch welche?«

»Mama kauft die billigen von Wal-Mart«, verriet Lulu und grinste übers ganze Gesicht. Es bereitete ihr offenbar großes Vergnügen, ihnen im Kerzenlicht diese Geschichte zu erzählen, ihre Gastgeber wieder mit einer unterhaltsamen Anekdote zu erfreuen.

Emily freute sich überhaupt nicht. Sie war unglaublich aufgebracht, weil Lulu ihren Vater vor versammelter Mannschaft gefragt hatte – ohne sich zuvor nach Emilys Wünschen zu erkundigen –, ob sie Emily auf die Party mitnehmen durfte. Emily war nicht so naiv zu glauben, dass Lulu sie niemals verletzen oder etwas tun würde, was ihr Kummer bereitete. Mit Verrat hatte sie jedoch nicht gerechnet. Und sie war richtig sauer auf ihren Vater und die Jungs wegen ihrer naiven Ehrfurcht, die Lulu ihnen einflößte. Emily war wild entschlossen, nicht auf die Party zu gehen, doch nun musste sie gegen alle – mit Ausnahme von Tante Jenny – kämpfen.

»Du wirst ein neues Kleid brauchen, nicht wahr, Emmy-Schatz?«, gluckste ihr Vater. Dass sie beharrlich schwieg, schien ihm nicht weiter aufzufallen.

»Jenny wird mit dir in ein besonderes Geschäft gehen und ein hübsches Kleid kaufen«, plapperte er weiter. »Vielleicht in eins von den großen Häusern in der Mall? Oder – wenn du darauf bestehst – lasse ich sogar etwas aus der King Street springen. Womöglich möchten Sie ja auch mitgehen, Lulu? Sie wissen am besten, was ein junges Mädchen anlässlich seiner ersten großen Party anziehen sollte.«

»Das würde ich gern tun«, meinte Lulu, ohne Emily anzusehen. »Aber ich bin mir sicher, Jenny ist in diesem Fall die bessere Beraterin. Ich war schon seit Ewigkeiten nicht mehr bummeln.«

Emily fand endlich die Sprache wieder oder war zumindest in der Lage, ein paar zusammenhängende Worte zu sagen.

»Ich werde in keine Mall fahren, um ein neues Kleid zu kaufen«, flüsterte sie. »Weil ich nicht auf eine blöde Party gehe, wo eine alte Dame mit einem Gewehr schießt. Ich gehe nicht auf Partys, Punkt. Hätte sich jemand die Mühe gemacht, mich zu fragen, hätte ich das der betreffenden Person gleich sagen können.«

Und da schaute sie Lulu unverwandt in die Augen, die ihr sanftmütig zulächelte.

»Du gehst auf diese Party und du kriegst ein passendes Kleid. Und jetzt entschuldigst du dich bei Lulu und bedankst dich für ihre Großzügigkeit«, sagte Walter Parmenter in jenem strengen Ton, den er immer anschlug, wenn seine Kinder ihn mit Starrsinn und Ignoranz vor den Kopf stießen und die greifbare Erfüllung seines neuen Traums gefährdeten.

Emily stand auf und stolperte aus dem Esszimmer. Sie hörte, wie ihr Vater ihr wütend etwas hinterherrief und Lulu sagte: »Das ist schon in Ordnung. Sie hat recht. Ich hätte sie zuerst fragen sollen. Ich habe mir gedacht, meine Oma hätte ihr eine Menge zu erzählen, und sie würde Emily auch bestimmt sehr mögen, aber ich will sie nicht drängen. Ich werde morgen mit ihr sprechen. Und falls sie genervt ist, weil sie ein neues Kleid kriegen soll – ich habe ein paar Sachen, die ihr passen dürften. Der letzte Schrei sind sie allerdings nicht.«

Emily blieb im Flur vor dem Esszimmer stehen und hörte zu, wie über ihr Schicksal entschieden wurde. Ihre Tante Jenny gab mit ruhiger Stimme zu bedenken: »Das ist alles ein bisschen viel für ein junges Mädchen, das noch nie auf einem großen Fest war. Ich finde nicht, dass wir von ihr erwarten können, sich in ihrem Alter und von einen Tag auf den anderen in einem gesellschaftlichen Rahmen zu bewegen, der ihr gänzlich fremd ist. Vielleicht nächstes Jahr, falls Lulu die Freundlichkeit hat, sie dann noch mal einzuladen.«

»Na, es ist nie zu früh, um zu lernen, sich wie eine Dame zu benehmen. Sie wird gehen und wenn ich sie dazu zwingen muss. Später wird sie mir dafür dankbar sein.«

»Wie willst du sie denn überreden, wenn sie sich hartnäckig weigert?«, fragte Jenny leise.

»Da wird mir schon etwas einfallen. Ich kann immer noch ihren Hund zu den anderen in den Zwinger sperren und nicht eher wieder rauslassen, bis sie ihre Meinung geändert hat.«

Obwohl ihr Kummer und Panik die Kehle zuschnürten, rannte Emily die Treppe hoch. In dem Moment wusste sie, dass sie auf die Party gehen würde. Dass Jenny und Lulu lautstark Protest einlegten, hörte sie nicht mehr.

In der gemusterten Baumwollhose und dem passenden Oberteil stieg sie ins Bett und zog das Laken über den Kopf. Sie hatte gedacht, dass sie oben weinen würde, doch nun kamen keine Tränen. Die Schwermut, die von ihrem Herz Besitz ergriffen hatte, führte nicht dazu, dass sie heulen musste. Elvis erhob sich von dem Teppich neben ihrem Bett, sprang zu ihr hoch und leckte ihr heißes Gesicht ab. Als sie das Laken hochhob, krabbelte er unter den Stoff und schmiegte sich an sie.

In dem Moment kamen ihr die Tränen. »Ich hatte diesen Sommer eine Freundin«, schluchzte sie in sein lockiges Fell, »aber jetzt nicht mehr. Nie wieder werde ich mit ihr sprechen. Ich muss mit ihr zusammen arbeiten, doch reden muss ich nicht mit ihr. Und sie kriegt dich nie wieder ausgeborgt. Jetzt brauche ich dich.«

Er stöhnte leise neben ihrer Wange und schob seine Schnauze in ihr Haar. Als sie am nächsten Morgen aufwachte, hatten weder sie noch Elvis sich gerührt.

Das Erste, was sie sah, war Lulu, die mit gesenktem Kopf und zwischen den Beinen vergrabenen Händen am Fußende ihres Bettes saß und auf den Boden stierte. Obwohl Emily sich nicht rührte, kriegte Lulu irgendwie mit, dass sie wach war. Sie hob den Kopf, sah zu Emily hinüber und lächelte zaghaft. Emily erwiderte ihren Blick, nicht aber ihr Lächeln.

»Ich vermute mal, du bist ziemlich sauer auf mich«, sagte Lulu.

Emily schwieg.

»Na, ich wäre auch sauer«, sagte Lulu. »Ich habe dich in etwas reingezogen, was du um keinen Preis tun willst, und ich habe dir nicht mal eine Wahl gelassen. Wenn du

Lust hast, brauchst du einen Monat nicht mit mir reden oder noch länger, doch bitte hör dir an, was ich zu sagen habe.«

Emily sagte noch immer kein Sterbenswörtchen und rührte sich auch nicht. Neben ihr streckte sich Elvis genüsslich, gähnte, entdeckte Lulu und wedelte mit dem Schwanz, wich Emily allerdings nicht von der Seite.

»Es ist folgendermaßen«, begann Lulu so leise, dass Emily sich richtig anstrengen musste, um sie zu verstehen. »Für mich gibt es keine Ausrede, um nicht dorthin zu gehen, und außerdem liebe ich Oma über alles und möchte um keinen Preis ihre Gefühle verletzen. Seit ich denken kann, habe ich jeden ihrer Geburtstage mit ihr verbracht. Aber, Emily, ich schaffe es nicht, allein in dieses Haus zu gehen. Ich *kann* es einfach nicht. Diese Leute gehören genau zu der Sorte, die lieber zusehen, wie eine Tochter oder ein Sohn ertrinken, als dass sie zugeben, dass etwas nicht stimmt. Vor allem meine Mutter ist genauso. Ich schaffe es wirklich nicht, irgendwelche Ausreden zu erfinden, was ich den Sommer über treibe, wann ich heimkomme oder sonst einen Unsinn. Wenn ich allein komme, nehmen sie mich in die Zange. Kommst du allerdings mit, lassen sie mich in Ruhe, weil es in ihren Augen unangemessen wäre, mich auszuhorchen, wenn ich von jemandem begleitet werde, den sie nicht kennen und der vor allem wesentlich jünger ist. Deshalb habe ich dich in diese Situation gebracht. Weil ich wusste, dass dein Vater dich zwingen würde. Doch als ich sagte, dass Großmutter für dich wichtig sein könnte, war es mir damit ernst. Du musst sie unbedingt kennenlernen.«

Sie brach ab. Als Emily immer noch nicht den Mund aufmachte, murmelte sie so leise, dass Emily sie kaum verstehen konnte: »Emily, bitte, komm mit. Ich brauche dich.«

»Wieso brauchst du mich? Warum nicht jemanden, der weiß, wie man sich da benimmt? Auf so einem Fest? Ich will all diese tollen Leute gar nicht treffen. Ich weiß nicht mal, was man da redet. Mich werden sie für eine Sumpfgöre halten und dich für jemanden, der sich unters gemeine Volk mischt, womit sie ja auch recht hätten. Und außerdem, wie soll ich denn bei dem ganzen Riesentrubel deine Großmutter kennenlernen?«

Emily hatte ziemlich heftig begonnen, doch als sie alles losgeworden war, zitterte ihre Stimme nicht mehr. In ihren eigenen Ohren klang sie wie ein jammerndes Kind. Erbost schüttelte sie den Kopf.

»Ich brauche dich, weil du gerade *nicht* wie sie bist«, drängte Lulu. »Du bist anders als alle Menschen, die ich bisher getroffen habe. Du bist wie … dieser Ort. In dir sind die Hunde und der Fluss und die Delphine und … das Geräusch, das der Wind macht, wenn er nachts durch die Kiefern bläst. Du hast diese unglaublichen Sterne in dir. Wenn du mich begleiten würdest, wäre es, als trüge ich ein bisschen von all dem bei mir. Wie einen Talisman. Der mich daran erinnert, was ich hier draußen gefunden habe, und mir hilft, mich nicht wieder von all dem einholen zu lassen. Denn das würde ich nicht überleben, Emily.«

»Wenn das so grässlich ist, könnte ich das auch nicht.« Emily erschauerte. »Aber wie kannst du von mir erwarten, dass ich die ganze Nacht dort herumstehe, wenn du es nicht schaffst?«

»Ach, Gott«, stöhnte Lulu, lehnte sich zurück und lächelte müde. »Es ist nur eine verdammte Party. Mehr nicht. Niemand wird den lebendigen Satan heraufbeschwören oder ein Baby opfern. Eigentlich kann es sogar ganz lustig sein. Ich weiß jedenfalls noch, dass es früher manchmal lustig war. Nur eben jetzt nicht mehr.«

»Du brauchst Elvis und nicht mich«, erwiderte Emily, während sich ihr Zorn langsam legte. Wie konnte man sich weigern, diesem wunderschönen, emotionalen Krüppel von einem Mädchen beizustehen?

»Ich würde ihn mitnehmen, wenn es ginge«, meinte Lulu. »Falls er mir versprechen würde, auf den Aubusson zu pupen. Doch dich brauche ich viel mehr. Würdest du bitte noch mal darüber nachdenken? Wir müssen ja nicht auf die große Party gehen oder wenigstens du nicht. Ich würde nur kurz reinschneien und hallo sagen. Oma lässt sich da eh nicht mehr blicken. Wie ich schon sagte, sie sieht nur, wen sie sehen möchte. Ich weiß, dich wird sie mögen. Gut möglich, dass wir beide die Einzigen sind, die die ganze Zeit über bei ihr bleiben.«

»Und warum müssen wir uns dann in Schale werfen?« Emily merkte, dass sie inzwischen redete, als wäre die Sache beschlossen.

»Dass ich mich feinmache, hat folgenden Grund: Sollte mir zufällig ein Partygast begegnen, soll er keinen Anlass finden, sich zu fragen, wieso ich verlottert aussehe. Und ich tue es auch für Oma. Sie ist der Meinung, es sei wichtig, sich immer aufzudonnern. Und was dich betrifft, ich glaube, du würdest dich wesentlich wohler fühlen, wenn du etwas anziehst, was einen Tick schicker als abgeschnittene Hosen ist. Außerdem möchte ich dir etwas schenken. Wir werden schon etwas für dich finden, was dir richtig gefällt, und das kannst du dann für später weghängen, wenn du willst. Bitte, lass mich dir ein Kleid kaufen. Nichts macht mir mehr Spaß, als

Geschenke zu verteilen, und dir konnte ich noch den ganzen Sommer lang nichts schenken.«

Die Vorstellung, dass ihr jemand etwas schenken wollte, befremdete Emily. Niemand schenkte ihr etwas – einmal abgesehen von ihrem Vater und Tante Jenny an Weihnachten und ihrem Geburtstag. Und Cleta, die ihr mal eine kleine, schwarze Puppe mit einem Kopftuch mitgebracht hatte. Obwohl das schon lange her war, konnte Emily sich noch sehr gut daran erinnern. Die Puppe hatte sie kurz nach dem Verschwinden ihrer Mutter gekriegt. Emily hatte sie von ganzem Herzen geliebt. Wo sie abgeblieben war, war ihr allerdings entfallen.

»Hmm … na schön«, sagte sie schroff und dann, als Lulu grinste, murmelte sie: »Danke.«

Und damit war die Sache tatsächlich beschlossen.

Eine Woche vor der Party sprudelte, strahlte, brannte, loderte Lulu wie ein Lagerfeuer, das außer Kontrolle zu geraten drohte. Nach dem Abendessen erzählte sie solch haarsträubende und abstruse Charleston-Geschichten, dass selbst Walter schließlich die Möglichkeit in Betracht zog, dass sie sich all das nur ausdachte. Doch das kümmerte schon niemanden mehr. Emilys Einschätzung nach wurde in dieser Woche in dem alten Esszimmer mehr gelacht als in ihrem ganzen bisherigen Leben. Und während sie Lulu betrachtete, die auf der anderen Seite des Tisches saß – ihr Gesicht strahlte im Kerzenschein vor Freude und ihre Hände wanderten beim Erzählen durch die Schatten –, musste Emily plötzlich an etwas denken, das Buddy ihr mal erzählt hatte. Etwas über eine Frau … was war das noch gleich gewesen?

Tausendundeine Nacht, meldete sich Buddys Stimme in ihrem Kopf. Rätselhaft.

Na, das hilft mir doch wirklich weiter, dachte Emily. Ich habe keinen Schimmer, wovon du sprichst.

Er sagte nichts mehr. Emily wusste, dass sie ihn nicht dazu bewegen konnte, weiterzureden, wenn er erst mal verstummt war.

Nach einer Weile fiel es ihr wieder ein – in der Nacht vor der Party, als ihre Nerven bloßlagen. An diesem Abend war Lulu zu voller Größe aufgelaufen und hatte ihr ein pièce de résistance geliefert: die Geschichte einer unglaublich gepflegten Charlestoner Matrone, die in einem Jahr Weihnachtskarten verschickt hatte, auf der sie sich wie Goyas *Nackte Maja* splitterfasernackt auf einer Chaiselongue räkelte.

»Nur hat sie ein bisschen zu lang gewartet«, meinte Lulu. »Das hätte sie fünf Jahre früher machen sollen, als ihre Titten – ähm, ich bitte um Entschuldigung, Walter – noch nicht bis zum Bauch reichten. Danach hat sie Mann und Kinder verlassen, ist weggerannt und hat sich einer Kommune in Ohio angeschlossen, was allerdings niemanden überraschte. Die Leute sagten nur: ›O doch, ihre Familie war schon immer etwas komisch.‹ Mutter kannte sie von Charlotte Hall. Sie sagte, nach dem Turnunterricht wäre sie immer nackt im Umkleideraum herumgelaufen. Oma vertritt die Meinung, manche Leute wären nicht dazu geboren, Kleider zu tragen.«

»Und was hat auf der Karte gestanden?«, wollte Emily wissen.

»Darauf stand: ›Gott möge dafür sorgen, dass Sie vergnügt bleiben, meine Herren, und lassen Sie sich nicht beirren‹«, meinte Lulu grinsend. »Halb Charleston glaubte zu wissen, wer damit gemeint war, was ich stark bezweifle. Die Leute tun immer so, als wüssten sie Bescheid.«

Emily und Elvis waren gerade auf dem Weg nach oben, als Emily ihre Tante und Cleta hörte, die Robert und Wanda mitgebracht hatte, damit sie sich Glorias neue Welpen anschauen konnten. In der Küche spielten die Kleinkinder auf einer zusammengefalteten Decke mit den Welpen und kreischten vergnügt. Jenny und Cleta standen am unteren Treppenabsatz, lehnten am Geländer, behielten die Kleinen im Auge und unterhielten sich leise.

»Lulu war heute in Hochform, nicht wahr?«, fand Jenny. »Hast du ihre Geschichte über die ältere Dame gehört, die Weihnachtskarten verschickt hat, auf denen sie nackt abgebildet war?«

»Nee. Ich habe aber gehört, wie alle den ganzen Abend gelacht haben. Aufs Geschichtenerzählen versteht sie sich, was? Erinnert mich an diese Sherry, die den ganzen Abend lang ausgefallenes Zeug erzählen musste, damit der König sie nicht einen Kopf kürzer macht.«

»Wen meinst du ...? Ach, du sprichst von Scheherazade. Die Gattin eines orientalischen Königs, der sie eigentlich köpfen lassen wollte, dann aber noch eine Nacht leben ließ, weil sie so gut Geschichten erzählen konnte. Wieso um alles in der Welt erinnert Lulu dich an diese Frau?«

»Man muss nur mal ihr Gesicht beobachten, wenn sie loslegt, und ihre Augen. Sie achtet permanent darauf, dass ja auch alle lachen. Und ihre Geschichten werden von Abend zu Abend absurder. Man könnte fast meinen, ihr würde etwas zustoßen, wenn sie nicht alle zufriedenstellt.«

»Was sollten wir ihr denn antun, falls uns eine ihrer Geschichten nicht gefiele?«, überlegte Jenny Raiford, die sichtlich vor den Kopf gestoßen war.

»Sie heimschicken«, antwortete Cleta kurz und knapp.

»Das sollten besser ihre Eltern entscheiden«, fand Jenny. »Wo hast du was über Scheherazade gehört?«

»Buddy hat Emily und mir mal irgendwann von ihr erzählt. Er sagte, das wäre eine Frau, die hervorragend auf sich aufpassen könnte.«

Als sie in die Küche ging, um das Knäuel aus Kleinkindern und Welpen zu entwirren, sah Jenny ihr hinterher. Und wie so oft, wenn über Lulu gesprochen wurde, runzelte sie die Stirn. Emily, die oben auf der Treppe ausharrte, erinnerte sich wieder.

Es war ein grauer Wintertag gewesen. Dicke Regentropfen trommelten auf die Fenstersimse in Buddys Zimmer. Das feuchte Kaminholz knisterte. Obwohl es nicht sonderlich kalt war, fröstelte man leicht in dem großen, dunklen Raum. Buddy, Emily und Elvis saßen dicht vor dem Kamin. Buddy war in eine alte Decke gehüllt, dessen Karomuster – wie er behauptete – dem des McClellan-Klans entsprach. Nachdem er wochenlang ein Buch mit dem Titel *The Clans and Plaids of Scotland* studiert hatte, war er zu dem Ergebnis gekommen, dass die Parmenters zu diesem Klan gehörten. Ein entfernter Zweig, aber dennoch dazugehörig, wie er behauptete. Nach seinem Tod hatte Emily die dreckige alte Decke in ihr Zimmer gebracht und auf dem obersten Regalbrett in ihrem Schrank verstaut. Und manchmal, wenn Buddy sich lange nicht gemeldet und die Einsamkeit ihr Herz fest im Griff hatte, kramte sie nachts die Decke heraus, wickelte sich darin ein und döste – begleitet vom Pfeifen der Dudelsäcke und Klappern der zweischneidigen Langschwerter – ein. Von dieser Decke würde sie sich niemals trennen.

An jenem Tag war Cleta mit einem Arm voll frischer Wäsche stehen geblieben und hatte zugehört, wie Buddy Geschichten von Scheherazade und arabischen Nächten erzählte. Das war Emily entfallen, aber nun kehrte die Erinnerung zurück: der Regen, das Kaminfeuer, ihr Mitgefühl, ihre bange Sorge und Begeisterung für die junge Frau, die sehr wohl wusste, dass allein ihr Verstand und ihre Phantasie sie vor dem Tod bewahrten.

Was, hatte sie sich gefragt, wenn man an einem Abend einfach zu müde ist?

Mit einem Mal sah sie vor ihrem geistigen Auge Lulu am Esstisch, fast manisch und vollkommen vertieft in die Geschichte, die sie zum Besten gab. Schaute sie sich tatsächlich um und vergewisserte sich, ob auch alle lachten? Das war Emily nie aufgefallen, doch von nun an wollte sie darauf achten. Der Gedanke, dass Lulu etwas von Scheherazade hatte, war gleichzeitig beunruhigend und bemitleidenswert.

Was meinst du, fragte sie Buddy, erinnert sie dich an Scheherazade?

Hm, du bist zuerst auf diese Idee gekommen, meinte er. Heute Abend, als du nicht genau wusstest, an wen sie dich erinnert. Woran hat das wohl gelegen? Du liebe Zeit, Emily, muss ich dir denn alles erklären? Natürlich ist sie Scheherazade.

Na klar doch, dachte Emily mürrisch, und du hast zuerst davon gesprochen. Wie immer. Aber was soll ihr denn Schlimmes zustoßen, wenn uns ihre Geschichten nicht gefallen?

Das musst du sie fragen, sagte er und verschwand. Damit war die Unterhaltung vorbei, doch Emily musste noch lange darüber nachdenken, nachdem sie mit Elvis ins Bett geklettert war und das Licht ausgeschaltet hatte.

Und als sie endlich eingeschlafen war, verfolgte sie das befremdliche Bild einer Lulu, die fabulierend um ihr Leben kämpfte.

Am nächsten Abend stand Emily auf dem oberen Treppenabsatz und wagte es nicht, nach unten zu gehen. Unten hatten sich Lulu, Walter, Jenny und die Zwillinge versammelt und warteten darauf, Aschenputtel, die auf einen Ball ging, viel Spaß zu wünschen. Lulu hatte vorher stundenlang an ihr herumgezerrt, am Kleid herumgezupft, ihre Haare mal so und dann wieder anders aufgesteckt, mit einem dicken, weichen Pinsel ein rosanes Zeug aus einem kleinen Tiegel auf ihre Wangen gegeben. Und nun blieb ihr nichts anderes übrig, als dieses vor Angst bibbernde, fremde Ich nach unten zu schaffen und den ersten kritischen Blicken auszusetzen, die sie an diesem Abend auf sich ziehen würde. Das ungewohnte Make-up auf ihrem Gesicht, das eigenartige Gewicht der aufgetürmten Locken – Kosmetik und Haare fühlten sich an, als würden sie herunterfallen, falls sie den Kopf zu schnell drehte. Darüber hinaus fürchtete sie, auf den kleinen Absätzen ihrer neuen Sandalen umzukippen. Hätte sie sich umdrehen und weglaufen können, hätte sie das getan. Zum ersten Mal lief Elvis vor ihr die Treppe hinunter. Buddys Nähe war nicht zu spüren.

Doch inmitten der nach oben gerichteten Gesichter strahlte Lulu vor Zufriedenheit und Zustimmung. Emily wusste, sie würde es nach unten schaffen, ohne sich zu blamieren, wenn sie den Blick auf Lulus strahlende Miene und den glücklich grinsenden Elvis heftete. Über die Party selbst konnte sie sich später den Kopf zerbrechen. Und wenn es gar nicht anders ging, konnte sie sich immer noch weigern zu gehen. Hin und her gerissen zwischen Groll und Panik stieg Emily die erste Stufe hinunter.

Als sie das Geländer erreichte, hielten alle den Atem an. Es war kein Geräusch zu hören. Da sie auf keinen Fall mit ihren neuen Schuhen stolpern wollte, schaute sie nicht auf. Die Stille klingelte ihr in den Ohren. Sie hatte erwartet, dass irgendwer eine Bemerkung fallen ließ oder ihr aus reiner Höflichkeit ein paar Komplimente machte, hatte aber wirklich nicht damit gerechnet, dass alle den Atem anhielten und schwiegen. Auf der letzten Stufe blieb sie stehen und hob den Kopf.

Lulu strahlte und nickte. Die Zwillinge, Tante Jenny und ihr Vater starrten sie wie versteinert an. Emily spürte, wie ihr das hastig eingenommene Abendessen hochkam und die Tränen in die Augen stiegen. Was war denn los? War Emily Parmenter, wenn sie sich für eine Party feinmachte, ein so grotesker Anblick?

Walter machte auf dem Absatz kehrt und stürmte aus der Halle. Nach seinem Abgang konnte man die Stille überdeutlich hören, ehe Tante Jenny »Mein Gott!« hauchte und die Zwillinge »Verdammt noch mal!« und »Heiliges Kanonenrohr!« riefen. Lulu schaute die anderen fragend an und sah dann zu Emily hinüber, die Tränen in den Augen hatte.

»Du siehst absolut hinreißend aus«, sagte sie zu Emily. »Einfach umwerfend.« Und die anderen fragte sie: »Was ist denn in *euch* gefahren?«

»Du siehst deiner Mutter so ähnlich, dass es schon fast unheimlich ist«, erklärte Jenny und schmunzelte endlich. »Und du siehst wunderschön aus. Einfach … wunderschön.«

Nun begannen auch die Zwillinge zögernd zu lächeln.

»Aber hallo, wie du die Treppe hinuntergekommen bist, hättest du auch Mutter sein können«, rief Walt. »Tausend Mal habe ich sie das tun sehen. Hätte nie gedacht, dass du ihr ähnlich siehst, Emily, aber du … könntest sie sein.«

»Ja«, fand Carter. »So hat sie auch immer ausgesehen, wenn sie auf Partys oder ausgegangen ist. Gott, Emily, das ist echt beängstigend. Aber auch hübsch«, beeilte er sich zu sagen. Keiner der Zwillinge hatte ihr je ein Kompliment gemacht, was nur unterstrich, wie seltsam dieser Abend war. Sie spürte, wie ihr Tränen die Wangen hinunterliefen und Spuren im pfirsichfarbenen Rouge hinterließen.

Emily drehte sich um und wollte wieder die Treppe hochgehen. Sie spürte Elvis neben sich. Er versuchte, sich so dicht wie möglich an sie zu drängen. Die dumpfen Schritte, die sie hörte, sagten, dass die Zwillinge, die vor ihren Tränen flohen, sich wie aufgescheuchte Hühner ins Fernsehzimmer verzogen, wohin auch ihr Vater geflüchtet war. Und sie hörte Tante Jennys leise Stimme, in der Mitgefühl für Emilys Schmerz mitschwang.

»Emily«, sagte sie, »bitte renn nicht nach oben. Du siehst hübsch, wunderschön aus. Das ist dein Abend. Ich werde mit deinem Vater sprechen. Es ist nur so, dass du deiner Mutter so ähnlich siehst und es schwer für ihn ist …«

Mit feuchten Augen wirbelte Emily herum und starrte sie an.

»Na schön, dann wird er mich eben gegen ein anderes Modell austauschen müssen«, schlug sie mit belegter Stimme vor. »Oder mich ins Kloster oder sonst wohin stecken. Denn wenn ich jetzt schon wie sie aussehe, wie ähnlich werde ich ihr dann erst sein, wenn ich älter bin? Will er in Zukunft immer aus dem Zimmer rennen und die Türen hinter sich schließen, sobald er mich sieht?«

»Selbstverständlich nicht«, begann Jenny Raiford. »Er wird sich daran gewöhnen …«

Doch da hatte Emily sich schon wieder umgedreht und ein paar Stufen erklommen.

»NEIN!«

Das war Lulus Stimme, schärfer und bestimmter als je zuvor. Sie blieb stehen, drehte sich allerdings nicht um.

»*Wag* es ja nicht, dich wie ein Angsthase davonzuschleichen. Es gibt nichts, wovor du weglaufen müsstest. Wenn er sich einbildet, er hätte einen Grund dazu, dann ist das sein Problem und nicht deins. Du kommst jetzt wieder runter, ich kümmere mich um dein Gesicht und dann hauen wir ab. Und zwar pronto.«

Lulu stand ganz aufrecht da. Die Arme hingen locker herab; die Hände hatte sie zu Fäusten geballt. Ihre Miene verriet nichts, doch auf ihren Wangen prangten zwei rote Flecken. Ihre zusammengekniffenen Augen loderten wie die eines Adlers. Emily kam die Treppe herunter und ließ sich von Lulu umarmen. Jenny Raiford nahm die ausgebreiteten Arme herunter. Elvis, ganz überwältigt vor Liebe, versuchte, sich zwischen die beiden Mädchen zu zwängen. In der Halle waren nur das Ticken der alten Standuhr und Emilys und Lulus Atemzüge zu hören.

Eine Weile später trat Lulu einen Schritt zurück und musterte Emily kritisch.

»Die Mascara ist verschmiert, das Rouge streifig. Und die Nase ist rot. Das kriegt nur die Superdiva wieder hin.«

Hastig zog sie Emily ins untere Badezimmer und fiel mit ihren Quasten und Pinseln über sie her.

»Gut«, sagte sie schließlich. »Alles wieder okay. Sieh selbst.«

Beim Ankleiden hatte Emily sich hartnäckig geweigert, einen Blick in den Spiegel zu werfen. Als sie jetzt in den alten muschelverzierten Spiegel mit den dunklen Flecken schaute, entdeckte sie ein Mädchen, das sie nicht kannte. Ein Mädchen mit einem Krönchen aus rotblonden Locken auf dem Kopf und Ringellocken, die ihr Gesicht einrahmten. Ein Mädchen, dem Rouge und Tränen die Wangen leicht gerötet hatten. Ein Mädchen mit den schräg stehenden Augen einer Katze und einem kleinen, vollen Mund, auf dem korallenfarbenes Lipgloss schimmerte. Ein Mädchen mit spitzem Kinn, langem Hals und nackten glatten Schultern, die nur ein paar kleine Perlenohrringe und eine einreihige Perlenkette schmückten. Ein Mädchen, das auf eine Party ging.

Sie drehte sich zu Lulu um.

»Ich weiß nicht, wer ich bin«, flüsterte sie. »Ich bin nicht ich und auch nicht sie. Ich fühle mich wie nicht echt.«

»Gewöhn dich daran.« Lulu, die im Spiegel hinter ihr stand, lächelte. »Dieses richtig hübsche Mädchen ist deine Zukunft. Und jetzt sollten wir uns besser auf die Socken machen.«

Sie gingen wieder in die Halle. Nun gab es kein Zurück mehr. Emilys Herz pochte heftig. Jenny stand immer noch dort draußen, lächelte zaghaft und umarmte Emily kurz.

»Umwerfend siehst du aus«, meinte sie. »Geht jetzt, amüsiert euch und prägt euch alles ganz genau ein, damit ihr mir davon berichten könnt.«

Elvis, der neben Jenny saß, jaulte, rührte sich jedoch nicht von der Stelle.

Emily und Lulu traten in die warme, vom Lied der Zikaden erfüllte Nacht hinaus.

Lulu hatte sich für die Fahrt nach Maybud den Kleinlaster ausgeliehen.

»Findest du nicht jemanden, der dir deinen Wagen hier rausbringt?«, hatte Emily gefragt, als diese Vereinbarung getroffen wurde. »Oder die Jungs könnten doch wenigstens ihren Wagen putzen und dir leihen. Im Laster stinkt es nach Hund und Hundefutter.«

»Genau darum geht es ja«, hatte Lulu erwidert. »Wenn ich schon dorthin muss, nehme ich auch die Hunde als Talisman mit.«

Und so holperten und ratterten sie die Auffahrt hinunter auf die Schotterstraße, die durch den Lebenseichen- und Fächerpalmenwald zum Highway führte, der sie schließlich zur Plantage von Lulus Eltern bringen sollte. Lulu steuerte den schwer zu manövrierenden Kleinlaster mit derselben Leichtigkeit, die sie bei allem, was sie tat, an den Tag legte. Gewieft und unverzagt lenkte sie ihn durch tiefe Furchen und über dicke Wurzeln.

»Wo hast du gelernt, einen Laster zu fahren?«, fragte Emily.

»Davon gibt es auf Maybud eine ganze Menge«, sagte Lulu. »Ich mochte diese Dinger immer. Ein Freund von mir hatte auch einen. Mit dem bin ich oft herumgekurvt.«

Sie erreichten die von Schlaglöchern übersäte Asphaltstraße, die sie zum Highway 174 brachte. Die Landstraße führte sie weit nach Edisto Island hinein und danach zum südlichen Teil des Sweetwater Creek, wo seit 1798 die riesige und vornehme Maybud Plantage an einem

Nebenarm des Dawhoo River stand. Reine Luftlinie schien das nur einen Steinwurf von dem auf Waldmalaw Island gelegene Sweetwater entfernt, von dessen Ufer man das Maybud-Anwesen auf Edisto sehen konnte. Aber wie so oft im Lowcountry musste man viele Meilen und verschlungene Wege zurücklegen, ehe man sein Ziel erreichte. Brücken hatten in diesem wilden alten Hinterhof des Ace Basin nicht dieselbe Priorität wie in anderen Gegenden.

Während sie in dieser lauen Augustnacht durchs Lowcountry fuhren, redeten sie nicht viel. Hin und wieder beging ein Insekt auf der Windschutzscheibe Selbstmord und wer weiß was für dunkle Wesen mit roten Augen huschten vor ihnen über die Straße. Erst als sie in eine zugewucherte unbefestigte Straße bogen, die Richtung Wasser und Maybud führte, ergriff Emily das Wort.

»Ich hätte gedacht, so ein großes Anwesen hat ein Tor oder Schild oder so was in der Art«, sagte sie. »Wie sollen die Leute denn hierher finden?«

»Die Menschen, die hierher kommen, kennen den Weg«, erläuterte Lulu. In ihrer Stimme schwang etwas mit, das Emily nicht genau benennen konnte – vielleicht einen Anflug von Kälte, die auf vieles, aber gewiss nicht auf eine freudige Heimkehr hindeutete.

Die tief gefurchte Straße schrumpfte zu einem schmalen Pfad zusammen, der sich durch so dichte Vegetation pflügte, dass es einem vorkam, als führe man durch einen schwarzgrünen Tunnel. Von den Ästen der großen Eichen hing Greisenbart herab, das über den Laster strich. Die Äste junger Bäume und Büsche schlugen gegen den Metallrumpf. Im Tunnel war es stockdunkel. Nur die Scheinwerfer malten Lichttupfer auf die Blätter. »Pechschwarz« hätte Cleta jetzt gesagt.

Emily verstummte wieder. Beim Gedanken an das bevorstehende Ereignis wurde ihr ganz schwer ums Herz. Schließlich sagte sie mit erstickter Stimme, die selbst in ihren Ohren dünn und jämmerlich klang: »Ich möchte das nicht, Lulu. Ich will nach Hause.«

Sie ratterten um einen moosbewachsenen Hügel und tauchten in einen riesigen Lichtkegel.

»Zu spät«, sagte Lulu.

Kapitel Elf

In Emilys Erinnerung war das Ende dieser Fahrt als göttliche Erscheinung, als Offenbarung, als Traum abgespeichert, der einen nicht mehr losließ.

Der Feldweg ging in eine breite, von gigantischen alten Lebenseichen gesäumte Kiesallee über. Zwischen den Ästen wucherte der Greisenbart. Manche Zweige berührten sogar den Boden. Auf der hinteren Hälfte leuchteten mitten im Greisenbart kleine, weiße Lichter in jedem Baum, so dass man im Auto den Eindruck gewann, durch einen Tunnel aus nebligweiß-beleuchtetem spanischen Moos zu fahren. Noch weiter unten brannten auf beiden Seiten der Auffahrt Fackeln, die in der lauen Brise flackerten. Dahinter türmte sich das Plantagenhaus auf, das zwischen den dunklen Bäumen wie ein riesiges Schiff wirkte. In jedem Fenster brannte ein Licht; Votivkerzen konturierten die halbrunde Auffahrt. Die frisch gestutzten Buchsbäumchen, die das Haus einrahmten, funkelten wie kleine Weihnachtsbäume. Licht brannte auf den schnurgeraden Wegen hinter dem Haus, vor den Geländern und auf den verschiedenen Gartenebenen, die zweifellos zum Fluss hinunterführten. Unweit des Hauses hingen an den unteren Zweigen der schützenden Lebenseichen Papierlaternen. An diesem Abend war die Maybud-Plantage ein Haus aus Licht, das wie ein Zauberschloss aus Sir Thomas Malory schimmerte und schwerelos im All zu schweben schien.

Emily stockte unfreiwillig der Atem, wohingegen Lulu lächelte.

»Übertüncht alles ganz wunderbar, was?«, sagte sie. »Normalerweise sieht man die braunen Stellen im Rasen, den Schlamm auf der Zufahrt. Und dass der Lack wie Fischschuppen von den Fensterläden bröselt, aber wenn Mutter richtig loslegt, ist Maybud ein magischer Ort.«

Sie rollten auf die halbrunde Auffahrt, die sie zur doppelläufigen Treppe mit dem Schmiedeeisengeländer brachte, die zum Portikus hochführte. Der Portikus reichte bis in die zweite Etage. Seine schlanken weißen Säulen bildeten einen starken Kontrast zur alten Backsteinfassade und sein graziler Giebel mit dem ovalen weißen Medaillon in der Mitte lockerte die strenge Dachlinie auf.

Lulu zeigte auf ein warmes Licht, das sich aus dem Balkonfenster über dem Portikus ergoss.

»Das ist der Ballsaal«, meinte sie grinsend. »Gilt als einer der schönsten im Lowcountry. Von dem hält man sich meiner Meinung nach am besten fern.«

Auf Sweetwater gab es gerade mal eine Mansarde.

»Und hast du dich ferngehalten?«, murmelte Emily. An diesem Ort des Lichts war es ihr nicht möglich, die Stimme zu erheben. Denn wer wusste schon, welche Risse die verzauberte Eierschale kriegen würde, falls sie das tat? Und wer konnte voraussagen, welche Kreaturen sich aus dem Eigelb winden würden?

»Nein«, sagte Lulu und trat auf die Bremse. »Ich bin mal da oben gewesen. An meinem sechzehnten Geburtstag wurde für mich ein Ball veranstaltet. Das war richtig grauenvoll. Hast du mal *Die Maske des roten Todes* von Edgar Allen Poe gelesen?«

Emily schüttelte den Kopf. Buddy hatte Poe für einen überspannten Verfasser von Schundromanen gehalten.

»Darin geht es um Leute, die einen großen Ball in einem Schloss im Wald besuchen«, erzählte Lulu. »Sie haben sich dort verkrochen vor einer schrecklichen Seuche, von der die Landbevölkerung heimgesucht wird. Dort zechen und feiern sie, während das gemeine Volk verreckt. Und da sie auf einem Maskenball sind, weiß niemand, wer mit wem tanzt. Wie auch immer, sie trinken noch mehr, tanzen länger, lachen lauter … bis Mitternacht, wo alle ihre Masken ablegen. Und als sie das tun, erkennen sie, dass einer der Tänzer der Tod ist, und da begreifen sie, dass sie nicht davongekommen sind, sondern auch sterben werden. Mein Fest war ein bisschen angenehmer, aber nicht viel. Wenigstens für mich nicht.«

»Das ist ja schrecklich«, fand Emily. »Hast du dich denn nie auf Partys amüsiert? Hat es keine Feste gegeben, wo du deinen Spaß gehabt hast?«

Emily machte sich nichts vor: Sie plapperte nur so daher, weil sie den Augenblick, wo Lulu anhielt und sie sich in dieses grenzenlose Lichtermeer begeben musste, hinauszögern wollte. Insgeheim fürchtete sie, darin zu ertrinken.

»Nein«, antwortete Lulu. »In diesem Haus wurde noch nie ein Fest gefeiert, auf dem ich mich amüsiert hätte. Soweit ich mich entsinne, hat es in meinem bisherigen Leben sowieso nicht viele Partys gegeben. Vielleicht Geburtstagfeiern in Miss Hanahan's Kindergarten, doch schon damals hat man mir unter die Nase gerieben, ich wäre ein eigenartiges und ungeselliges Kind.«

Sie rollte mit dem Laster auf den Rasen neben der Auffahrt und zog die Handbremse an. Sie parkten zwar in der Kurve, waren aber noch ein gutes Stück von dem Portikus entfernt, wo junge Männer in weißen Hemden und schwarzen Krawatten höflich die Gäste begrüßten, deren Wagenschlüssel in Empfang nahmen und ihre grobschlächtigen, auf Hochglanz polierten Geländewagen wegfuhren. Auf dem Parkplatz stand kein einziges normales Fahrzeug. Vielleicht hatten sich diese Gäste durch undurchdringliche Dschungel, weite Savannen und endlose Steppen quälen müssen, um am Ende des Weges schließlich auf dieses lichtdurchflutete Anwesen zu gelangen. Vielleicht hatten sie sich durch Herden stampfender Elefanten und Horden knurrender Löwen kämpfen müssen. Vielleicht waren sie an Schimpansen und angriffslustigen Nashörnern vorbeigerauscht.

Lulu las ihre Gedanken.

»Man könnte meinen, sie kämen aus dem Regenwald im Amazonasgebiet, was? Die meisten leben in der Innenstadt. Vermutlich brauchen sie diese Riesenkarren, um sich durch die Touristenhorden zu pflügen.«

Sie blieb im Führerhaus sitzen und holte tief Luft. Emily bemerkte, wie ihre Hände wieder leicht zitterten. Lulu hatte auch keine Lust, das Haus ihrer Vorfahren zu betreten. Zuerst stimmte der Gedanke sie froh; kurze Zeit später schämte sie sich dafür. Wie grauenvoll war es doch, sich vor seinem Elternhaus zu fürchten.

»Wo stecken denn alle?«, fragte sie.

»Im Ballsaal. Im Speisesaal. Draußen auf der Terrasse und im Garten unten am Fluss. Überall, wo es etwas zu essen und zu trinken gibt. Los, Emily. Jetzt gibt es kein Entrinnen mehr.«

Emily blieb wie versteinert sitzen.

»Ich kann da nicht rein«, flüsterte sie. »Ich kann mich nur über Hunde unterhalten.«

»Wir gehen nicht in das große Haus hinein. Wir laufen außen herum, zum Haus von meiner Großmutter. Es gibt einen Weg, der ums Haus herum und hinten in den Wald führt. So gelangt man direkt zu ihr. Selbst in der Dunkelheit finde ich den Weg im Schlaf.«

»Willst du den Laster hier einfach so stehen lassen?«

»Ja«, meinte Lulu. »Verleiht Maybud ein bisschen Klasse.«

Erleichtert stieg Emily aus. Draußen hörte sie leise Musik, die auf der Terrasse hinter dem Haus gespielt wurde, und Gelächter. Sie stand neben Lulu und starrte ins weiße Licht, bis Lulu sich umdrehte und quer über den Rasen in die dunklen Schatten unter den von Greisenbart überwucherten Lebenseichen lief.

»Komm mit«, rief sie, »und pass auf diese verfluchten Kamelienbüsche auf. Die haben sich wirklich zu einem richtigen Dschungel entwickelt, doch Oma hat sie kurz nach ihrer Hochzeit gesetzt und erlaubt nicht, dass Mutter sie stutzen lässt.«

Auf dem Pfad war es stockdunkel. Das dissonante Zirpen der Heuschrecken und Zikaden und das sanfte Plätschern des fernen Wassers waren die einzigen Verbindungsglieder zu der Welt, die sie auf der Asphaltstraße hinter sich gelassen hatten, ehe Lulu nach Maybud abgebogen war. Schwere taubenetzte Blätter schlugen Emily ins Gesicht und die lächerlichen Absätze ihrer Schuhe blieben im Kies stecken, so dass sie mehrmals stolperte. Sie richtete den Blick auf Lulu, auf diese schimmernde weiße Seidensäule vor ihr. Es war, als folgte sie einem Irrlicht, ohne die leiseste Ahnung zu haben, an welchem gespenstischen Ort sie schlussendlich landen würde. Emily fühlte sich von Minute zu Minute unwohler.

»Bist du sicher, das ist der richtige Weg?«, rief sie Lulu

hinterher. Ihre durch die Stille tönende Stimme ließ sie zusammenzucken. Was für eine alte Dame war das eigentlich, die allein in diesem gespenstischen dunklen Wald lebte?

»Ja. Da wären wir«, sagte Lulu. Der Weg fiel abrupt ab und mündete in eine von Lebenseichen und Fächerpalmen eingerahmte Senke. Mitten in der Senke stand ein kleines, halbhoch mit Efeu bewachsenes Steinhaus. Aus dem schiefen Schornstein, der aus dem steilen Schieferdach ragte, quoll süßlicher Holzrauch und aus den tief liegenden Fenster mit den schmalen Simsen drang gelbes Licht. Eine niedrige Steinmauer fasste den wilden Cottage-Garten ein. Am Rand der winzigen, gepflegten Rasenfläche hatte jemand mehrere Näpfe mit Hunde- oder Katzenfutter im Kreis aufgestellt. Hinter dem Haus, gleich hinterm gegenüberliegenden Rand der Senke, gurgelte der Fluss, der sich genauso anhörte wie der Wadmalaw bei Flut. Der eiserne Griff, der sich um Emilys Brust gelegt hatte, ließ ein wenig nach.

»Wie bei Hänsel und Gretel«, hauchte sie.

»Recht hast du und triffst damit den Nagel auf den Kopf«, sagte Lulu. »Jeder hier in der Gegend weiß, dass Oma eine Hexe ist.«

Sie klopfte an die schwere, von Eisenbändern eingefasste Holztür und rief: »Oma? Hast du Platz für zwei müde und hungrige Pilger?«

»Kommt nur herein«, ertönte eine zarte, silberhelle Stimme, die hervorragend zu einer alten Porzellanpuppe gepasst hätte. »Noch eine kleine Weile länger und ich hätte all diese Leckereien allein gegessen.«

Lulu stieß energisch die Tür auf und stürmte in einen großen Raum mit Holzbalken an der tiefen Decke, ehe sie ein winziges, elfenhaftes Wesen umarmte, das neben dem Kamin in einem riesigen Morris-Lehnstuhl saß, der sie fast verschluckte.

Mit der Umarmung hob Lulu die Elfe halb aus dem Stuhl. Emily fiel auf, dass ihre Beinchen dünn und krumm waren. Die winzigen, runzligen Füße steckten jedoch in schicken schwarzen Satinpumps.

Da sie nicht wusste, was sie tun sollte, blieb sie im Türrahmen stehen, bis die alte Frau rief: »Komm herein ins Licht und lass dich ansehen, junge Dame. Dich möchte ich schon seit langem kennenlernen.«

Emily, die immer noch Mühe hatte, sich auf den verflixten Absätzen vorwärts zu bewegen, taumelte langsam nach vorn. Sie hätte ihre Seele dem Teufel dafür gegeben, in diesem Moment mit Elvis und Popcorn im Bett liegen und *Raumschiff Enterprise* sehen zu können. Als sie endlich den hauchdünnen Orientteppich vor dem Kamin erreichte, wo die alte Frau saß und Lulu kniete, blieb sie stehen und wartete.

Seltsame hellblaue Augen, von Tränensäcken und Falten eingerahmt, musterten sie. Von ihr hatte Lulu also die Augen geerbt. Überhaupt schien die alte Dame nur aus Runzeln zu bestehen; ihre zarte, dünne Haut war von Furchen und Falten übersät. Die silbernen Haare, durch die rosane Haut schimmerte, hatte sie auf dem Kopf aufgetürmt. Und sie besaß die Nase eines römischen Imperators. Als sie lächelte, blitzten ihre ebenmäßigen weißen Zähne zwischen den blutrot geschminkten Lippen hervor. Außerdem war sie stark gebräunt.

Als sie Emily beide Hände entgegenstreckte, beugte Emily sich hinunter und berührte sie, ohne zu wissen, was sie damit anstellen sollte. Sie trug an beiden Händen Ringe – riesige, stumpfe, in Gold gefasste Diamanten, große Rubine und Smaragde, die an den dünnen Fingern seitlich wegzurutschen drohten. In den kleinen, zerknitterten Ohrläppchen steckten tropfenförmige Diamanten. Sie trug ein langes Satinkleid mit einem tiefen Ausschnitt, der ein von Altersflecken übersätes, runzliges Dekolleté betonte, auf dem ein zu den Ohrringen passendes Diamantencollier lag.

»Das ist Oma«, sagte Lulu, die neben dem Stuhl der alten Dame kniete. »Ich habe dir ja gesagt, sie ist eine Hexe. Oma, das ist meine Freundin Emily Parmenter.«

»Ja«, sagte die alte Dame, die immer noch Emilys Hände hielt. »Eine Parmenter ist sie gewiss. Oder, besser gesagt, eine Carter. Kind, wie aus dem Gesicht geschnitten bist du deiner Mutter, als sie noch ein junges Mädchen war. Wahrscheinlich kannst du das nicht mehr hören. Bei unserer ersten Begegnung hatte sie die Haare auch so hochgesteckt wie du jetzt. Ein Renoir, genau wie du.«

»Sie haben meine Mutter gekannt?«, presste Emily mit Mühe hervor. An diesem Abend kam ihr alles fremd und sonderbar vor. Ganz tief drinnen flüsterte Buddy: *Und vom Moder unbesiegt/Wandelt durch der Nymphen Macht/ Sich jeder Theil von ihm und glänzt in fremder Pracht.*

Sie musste unfreiwillig lächeln, woraufhin die alte Dame schmunzelte.

»Setz dich zu mir, dann werde ich dir gleich erzählen, wie und wo ich sie kennengelernt habe«, sagte sie. »Lulu, hol bitte das Teetablett. Ich habe Rusky gebeten, ein bisschen von allem zu bringen, was sie drüben im Haus servieren. Es dürfte reichen, damit einen Elefanten satt zu kriegen.«

Lulu brachte ein schweres altes Silbertablett und stellte es auf einen kleinen Tisch neben den Stuhl ihrer Großmutter. Sie schenkte Tee in drei hauchdünne weiße Porzellantassen, reichte zwei davon Emily und ihrer Großmutter, richtete drei Teller her und verteilte sie ebenfalls. Lulu spielte die Gastgeberin, als wäre ihr diese Gabe in die Wiege gelegt worden. Hm, fuhr es Emily durch den Sinn, so war es ja auch.

Sie warf einen Blick auf ihren Teller. Es gab riesige, eingelegte Shrimps, winzige Brötchen mit Schinken, einen kleinen braunen Vogel – vermutlich ein Täubchen – in einer dickflüssigen rötlichen Soße, kandierte Früchte, Käsestangen, Sesambrötchen, eine hauchdünne Scheibe pinkfarbenes Roastbeef, dünne weiße Spargelstangen, die mit einer schweren gelben Soße beträufelt waren. Auf einem zweiten Tablett warteten kunstvoll verzierte Stückchen, auf denen sich gelbe, elfenbeinfarbene und dunkelrote Sahne türmte, Mohnkuchen und etwas, das sie vorher noch nie gesehen hatte: kleine luftige Kugeln, mit geschlagener Sahne gefüllt und mit Schokolade überzogen.

»Profiteroles«, sagte Lulu. »Rusty macht die besten in den drei umliegenden Countys. Jede Bäckerei in Charleston hat versucht, sie abzuwerben. Nimmst du Zitrone und Zucker, Emily?«

»Ja«, murmelte Emily. »Bitte.«

Sie schaute sich nach einer Möglichkeit um, Tasse und Teller abzustellen. Dem zierlichen Mahagonistuhl, den die alte Dame ihr angeboten hatte, fehlten die Armlehnen und Beistelltischchen gab es auch keine.

»Lulu, die Tabletts für den Schoß«, bat die alte Dame. »Hast du innerhalb von drei Monaten deine Manieren verloren?«

Lulu holte wunderschöne dünne Tabletts aus einem ganz dunklen Holz mit Gold- und Elfenbeinintarsien und legte eins auf Emilys Schoß.

»So sollte es gehen«, meinte sie.

Ein paar Minuten lang speisten sie schweigend. Die alte Mrs Foxworth aß mit Genuss, während Lulu von allem ein bisschen probierte. Emily, die Lulu beobachtete, nahm immer nur einen Bissen von dem, das auch Lulu kostete. Sie aß ein bisschen von der Rinderlende, ein paar kleine Sesambrötchen und Käsestangen. Alles andere war ihr fremd. Plötzlich fürchtete sie, etwas ausspucken zu müssen.

»Was, um Himmels willen, ist das auf dem Täubchen?«, rief Lulu neugierig. »Es schmeckt wie Hustensaft.«

»Das ist eine Portwein-Pflaumensoße«, antwortete ihre Großmutter schadenfroh. »Deine Mutter und ich haben eine Abmachung getroffen: Sie darf an jedem meiner Geburtstage etwas Neues ausprobieren, ohne mich um Erlaubnis zu fragen. Dafür schleppt sie mir keine Gäste an, die nicht gehen möchten, ohne mir guten Tag gesagt zu haben. Den letzten Schwung habe ich nicht empfangen.«

»Na, sie hätte bei der Champagnersoße bleiben sollen. Das hier schmeckt grässlich«, meinte Lulu und schob den Teller weg.

»Um ehrlich zu sein, mir wäre es weitaus lieber, sie würde immer noch Wachteleintopf und Rehchili servieren, so wie früher auf meinen ersten Geburtstagsfeiern, ehe aus den Veranstaltungen förmliche Audienzen bei der Königin Mutter wurden.«

»Du weißt ganz genau, du hast schon seit Jahren niemandem mehr eine Audienz gewährt, es sei denn, du hättest die betreffende Person extra darum gebeten«, sagte Lulu. Sie streckte die langen Beine genüsslich Richtung Feuer und fühlte sich augenscheinlich ganz wohl.

»Ach, bei den Partys geht es doch nicht mehr um

mich. Jetzt befriedigen sie nur Maybelles obsessives Verlangen, ihre Freunde einzuladen, damit sie einmal hautnah miterleben, wie eine alte Frau um Mitternacht ein Gewehr abfeuert. Falls ich richtig informiert bin, hat man einen echten Coup gelandet, wenn man eine Einladung erhält, auf der Terrasse zu stehen, den Schuss zu hören und Champagner zu trinken. Des Weiteren ist mir zu Ohren gekommen, dass viele behaupten, tatsächlich neben mir gestanden zu haben, als ich abdrückte. Hier im Lowcountry bin ich wahrlich eine Legende. Und eine Legende würde Maybelle nicht mal gegen die Mitgliedschaft bei den *Colonial Dames* eintauschen. Nur die ältesten und besten Lowcountry-Familien verfügen über lebende Legenden. Ich glaube, ich werde sogar in Reiseführern erwähnt. Es ist bald zehn Jahre her, seit ich die Party drüben im großen Haus besucht habe.«

Emily konnte sich ein Grinsen nicht verkneifen. Das hier war Macht; nicht die Plantagen, nicht die Jagden, die zu Weihnachten veranstaltet wurden, nicht die Debütantinnenbälle und die *Saint Cecilia Society*. Dies war die Macht, alles zu unterlassen, was man nicht tun wollte, und nur zu leben, wie es einem gefiel. Höchstwahrscheinlich hatte die alte Mrs Foxworth von Geburt an diese Macht besessen. Und es war durchaus vorstellbar, dass Lulu – indem sie sich weigerte, Weihnachten nach Hause zu kommen – jetzt danach strebte. Emily hätte gewettet, dass es ihr am Ende gelingen würde, sich frei zu strampeln. Ja, sie würde darauf wetten, dass Lulu irgendwann ausschließlich das tat, wonach ihr der Sinn stand, ohne den entsprechenden Preis dafür zu bezahlen.

Nach dem Essen musterte Mrs Foxworth zuerst Emily und danach Lulu interessiert.

»Steht auf und lasst mich euch beide anschauen«, sagte sie, woraufhin sie sich gehorsam vor ihr aufbauten. Vielleicht, schoss es Emily durch den Kopf, dreht sie den Daumen nach unten.

»Lulu, du siehst gut aus«, befand die alte Dame. »Wesentlich besser als bei deiner Heimkehr im Juni. Du hast Farbe gekriegt und diese Schulterknochen ragen nicht mehr ganz so spitz hervor. Isst du genug? Menschen, die für sich selbst kochen, essen meistens zu wenig.«

»Ich *esse* gut und genug«, antwortete Lulu mit einem Lächeln. »Jetzt esse ich meistens drüben bei den Parmenters zu Abend und Emilys Tante Jenny ist wirklich eine ausgezeichnete Köchin. Außerdem schlafe ich gut und koste jede Minute aus, die ich mit den Hunden verbringe. Emily gibt mir Unterricht. Sie ist so gut, dass sie einem Hund nur einen stummen Befehl geben muss, damit er pariert. Das ist fast unheimlich. Also, Oma, du brauchst dir wirklich keine Sorgen zu machen.«

Gut schlafen, dachte Emily. Meint sie die Nächte, wo bei ihr bis Sonnenaufgang Licht brennt, oder die, wo sie auf Elvis' Gesellschaft angewiesen war?

»Schön, dann mache ich mir keine Sorgen. Hört man deine Mutter, wirst du Hunderte von Meilen weit weg auf einer Hundezuchtfarm gefangen gehalten und kannst nicht entkommen. Freut mich, endlich die Wahrheit zu erfahren.«

»Die hast du doch eh gekannt«, meinte Lulu. »Ich habe Mutter und Vater gesagt, ich komme erst heim, wenn ich wieder richtig auf dem Dampfer bin, und so weit ist ... es noch nicht. Am liebsten würde ich für immer auf Sweetwater leben, wenn die Parmenters es mir gestatten würden. Und außerdem rede ich praktisch jeden Tag mit Mutter. Ich habe ihr allerdings gedroht, sofort aufzulegen, falls sie wieder davon anfängt, ich soll über Weihnachten heimkommen. Nach ein paar Telefongesprächen hat sie aufgehört, mich zu drängen.«

»Dann kommst du also nach Hause? Irgendwann?« Die alte Dame musterte Lulu aufmerksam.

»Ach, wahrscheinlich schon. Irgendwann, aber eben nicht über Weihnachten. Ich weiß mittlerweile am besten, was mir guttut, Oma.«

»Ja, das denke ich auch«, meinte ihre Großmutter. »Und ihr beide seht heute Abend ziemlich schick aus. Ist eine Schande, diese Kleider nur einer alten Dame mit einem Gewehr vorzuführen. Lulu, das Kleid, das du anhast, kommt mir irgendwie bekannt vor, oder?«

Sie trug ein langes, schmal geschnittenes Kleid aus weißen Seidensatin, das auf dem Boden aufstieß und dort Falten warf. Das Oberteil war gerafft und hing an nur einem schmalen Träger. Mit ihrem leicht gebräunten Teint, den glatten, glänzenden goldblonden Haaren und den kleinen Diamantohrsteckern passte Lulu nach Emilys Meinung eher auf den Olymp als auf eine Hundezuchtfarm.

»Ja«, sagte Lulu. »Steuben's auf der King Street hat es für mich anlässlich meines achtzehnten Geburtstages angefertigt. Außer den Parmenters bist du die erste Person, die mich darin zu sehen kriegt.«

»Stimmt, du bist ja gar nicht auf diese Party gegangen«, erinnerte Mrs Foxworth sich schmunzelnd. »Wie mir zugetragen wurde, bist du zu Booter's am Folly Creek hinausgefahren, hast Bier getrunken, Austern gegessen und mit den Einheimischen bis zum Morgengrauen getanzt. Du warst bestimmt *die* Sensation.«

»So könnte man es sagen«, meinte Lulu.

»Nun, Emily«, sagte die alte Frau und richtete die

blauen Augen auf sie. »Lass dich mal anschauen. Haare perfekt. Genau die richtigen Perlen für ein junges Mädchen. Und der weiße Pikee steht dir sehr gut; er ist schlicht und zurückhaltend und deutet dennoch an, wie du später als Erwachsene einmal aussehen wirst. Du bist ein sehr schönes Mädchen, weißt du? Genau wie deine Mutter. Du könntest jeden Ballsaal im Lowcountry betreten und mit deinem Aussehen Aufsehen erregen. Genau wie deine Mutter.«

»Meine Mutter …«, begann Emily.

»Später«, sagte Mrs Foxworth und lächelte. »Ich verspreche es dir. Hm, Lulu, kenne ich nicht auch Emilys Kleid?«

»Das Kleid habe ich auf dem Abschlussball in Charlotte Hall getragen«, verriet Lulu. »Passt Emily viel besser, als es mir je gepasst hat. Sitzt, als wäre es für sie gemacht worden, wo sie diese schmale Taille und so schöne Brüste hat. Ich bestehe darauf, es ihr zu vermachen.«

Emily spürte, wie die Hitze ihren Hals hochwanderte und ihre Wangen rot färbte.

»Na, schön sind sie tatsächlich«, befand die alte Frau. »Eines Tages wirst du froh sein, sie zu haben, meine Liebe. Ich musste mir ein Leben lang Strümpfe in den Büstenhalter stopfen. Aber, wie in Dreigottesnamen ist es dir gelungen, diese Kleider zu beschaffen, Lulu? Hast du ein Überfallkommando losgeschickt, das mitten in der Nacht ins Haus eingestiegen ist?«

»Ich habe mich mit der Küche verbinden lassen und mit Moselle gesprochen. Sie ist nach oben gegangen, hat die Kleider und den Schmuck herausgesucht und Leland hat sie rausgeschmuggelt und mir gebracht. Die Schuhe haben wir bei Target gekauft.«

Sie streckte einen gebräunten, schmalen Fuß vor, der

bis auf ein paar silberne Riemchen nackt war. Die sehr hohen Absätze waren schlammverkrustet. Emily, die schnell einen Fuß hinter den anderen schob, versuchte, ihre ruinierten weißen Satinsandaletten mit den kleinen Absätzen zu verbergen. Einer genaueren Inspektion hielten sie nicht mehr stand.

»Du brauchst dich nicht zu schämen, meine Liebe«, meinte Mrs Foxworth und lächelte wohlwollend. »Lulu und ich kaufen alle Schuhe bei Target. Es kümmert mich nicht, ein Vermögen für ein wirklich gutes Kleid hinzulegen, aber Schuhe sind nur – Schuhe. Sie tragen sich auf. Sie kriegen blanke Stellen und werden dreckig. Füße sind sowieso hässlich. Habe nie begriffen, was es mit diesen Manolo-Blahnik-Dingern auf sich hat. Das hier sind die besten von Target. Haben mich fünfundzwanzig Dollar gekostet.«

Sie streckte einen schiefen alten Fuß vor, damit Emily die glänzenden schwarzen Satinpumps sehen konnte.

Manche Debütantinnen kaufen billig. Wieder eine neue Erkenntnis, die Emily sich sofort einprägte.

»Nun gut, jetzt hast du es dir verdient, die Geschichte zu hören, wie ich deine Mutter kennenlernte«, fand Mrs Foxworth. »Mach es dir auf dieser Couch bequem. Lulu, sieh doch mal nach, ob du meine Zigaretten findest. Ich habe sie wohl auf der Frisierkommode liegen lassen.«

»Diese Dinger werden dich eines Tages umbringen, Oma«, warnte Lulu, stand auf und ging aus dem Zimmer.

Emily und der alten Dame fiel gleichzeitig auf, wie absurd diese Warnung war. Die beiden schmunzelten. Und mit einem Mal konnte Emily diese Zigaretten rauchende, diamantbehängte Frau mit ihren Targetschuhen, die gern Chili aß und schoss, richtig gut leiden. Zu ihrer Überraschung fühlte sie sich auf dem tiefen alten Sofa vor dem Kamin wohl. Das Feuer hatte etwas Beruhigendes; der sehr exzentrisch eingerichtete Raum strahlte Wärme aus und die Tatsache, dass man hier vor den kritischen Blicken der anderen Gäste sicher war, wirkte entspannend. Einen leisen Seufzer der Erleichterung ausstoßend zog sie die Beine hoch und setzte sich auf ihre Füße.

»Ich weiß nicht, was Lulu dir erzählt hat, aber ich habe früher mal auf Charlotte Hall unterrichtet. Ich war jung, verheiratet, das Haus war komplett eingerichtet und von daher brauchte ich eine Beschäftigung. Dort waren sie so freundlich, mir eine Anstellung zu geben. Doch irgendwann kamen die Kinder und von da an war Arbeiten tabu. Jedenfalls in Charleston, selbst wenn man sich ohne weiteres eine Kinderfrau hätte leisten können. Nicht einmal ich spielte damals mit dem Gedanken, trotzdem zu arbeiten. Aber ich hatte genug Bedienstete und konnte mich einfach nicht mit diesem ganzen Bridgeclub-, Blumenzüchter-, Amateurliga-Getue anfreunden. Da bin ich auf die Idee gekommen, daheim Unterricht zu geben. Charlotte Hall hat mich weiterempfohlen und mir Schüler geschickt. Es dauerte nicht lange, bis Mütter von überall ihre Kinder zu mir brachten, Kinder jeden Alters, und ich eine Auswahl treffen musste. Als deine Mutter mich anrief und fragte, ob ich ihren Sohn unterrichten könnte, war ich eigentlich voll ausgelastet. Sie sagte, er hieße Buddy. Ich glaube nicht, dass ich je seinen richtigen Namen erfahren habe.«

Sie hielt inne und betrachtete Emily, die sie wie gebannt anstarrte. Buddy? Hier? Ihre Mutter? Hier? Da sie das auf die Schnelle nicht verarbeiten konnte, hielt sie den Mund und stierte ihr Gegenüber an.

»Er war gerade neun, als sie ihn zu mir brachte«, fuhr

Mrs Foxworth fort. »Er besuchte eine staatliche Schule auf Edisto. Zu der Zeit etwa fing seine Krankheit an, ihn stärker zu beeinträchtigen, und die Kinder dort waren ziemlich grausam zu ihm. Caroline führte ihn an der Hand herein. Er stand da, sah sich im Zimmer um und sagte: ›Hätte Merlin sich seine Höhle aussuchen können, hätte er sich für diesen Raum hier entschieden.‹

Ich mochte ihn sofort. Und ich glaube, er hat mich als Freundin gesehen. Von allen Kindern, die ich unterrichtete, war Buddy der Schüler, der am schnellsten begriff. Manchmal überzogen wir und aus einer Stunde wurden zwei oder drei. Wenn wir nicht lasen, unterhielten wir uns – über alles Mögliche. Es gab nichts, das diesen Jungen nicht interessierte. Und dieser Raum hier hat ihn verzaubert. Wir haben viel Zeit damit verbracht, uns die Dinge hier anzusehen, und ich habe ihm erzählt, wie das eine oder andere Stück hier gelandet ist.«

Wieder legte sie eine Pause ein und zog lange an dem mit Lippenstift verschmierten Zigarettenfilter. Emily schaute sich in dem Zimmer um. Warum es Buddy hier gefallen hatte, konnte sie durchaus nachvollziehen. An jeder Wand standen Regale, auf deren Bretter sich die Bücher stapelten. Auf den Erkerbänkchen und Tischen lagen Bücher. Gemälde lehnten an den Regalen – eindrucksvolle, brutale Bilder und ein paar heitere Lowcountry-Landschaften. Überall lagen Fotografien herum. Ihr Blick blieb an einem Foto in einem Silberrahmen hängen. Darauf abgebildet war eine flachsblonde junge Frau neben einem Brückenpfeiler. Im Hintergrund war eine Menschenmenge zu erkennen. Neben der Frau stand ein Schwarzer, der ihr den Arm um die Schulter gelegt hatte. Die beiden unterhielten sich ernsthaft. Der schwarze Mann war unverkennbar Martin Luther King jr. Bei der jungen Frau, die Lulu hätte sein können, handelte es sich um die alte Mrs Foxworth in jungen Jahren. Emilys Blick wanderte von ihr zu Lulu, die sich mit ausgestreckten Beinen in einem tiefen Sessel räkelte und grinste.

»Deine Augen täuschen dich nicht«, sagte Lulu. »Das sind wirklich Dr. King und Oma. Und das da ist die Edmund Pettus Brücke in Selma, Alabama. An jenem Tag ist Oma mit Dr. King marschiert. In Wahrheit hat sie an mehreren Märschen durch den Süden teilgenommen. Wäre sie keine Coltrane gewesen, die einen Foxworth geheiratet hat, hätte man sie ausgestoßen, so wie das die Amish mit ihren Aufrührern machen. Doch so sagten einfach alle kopfschüttelnd: ›Die Coltranes haben ihre Mädchen noch nie an der kurzen Leine gehalten, wie es sich gehört‹ und ›Die Foxworths haben gekriegt, was sie verdient haben. Das kommt davon, wenn man seine Jungs nach Princeton und Yale schickt‹. Großvater ist irgendwo dort hinten in der Menge und wartet darauf, dass es losgeht. Er hatte eine Narbe von einem Polizeihund am Arm.«

Die alte Mrs Foxworth lächelte.

»Ja«, sagte sie. »Brad und ich waren die ersten Charlestoner Hippies. Um ehrlich zu sein, die einzigen Hippies, wenn ich mich nicht täusche. Dein Bruder mochte dieses Foto sehr. Immer wieder hat er mich gebeten, ihm diese Geschichte zu erzählen. Als er es zum ersten Mal sah, sagte er: ›Ich wäre auch marschiert.‹ Und das entsprach der Wahrheit. Selbst wenn er den Rollstuhl gebraucht hätte. Dein Bruder war einer der tapfersten Menschen, die ich je getroffen habe, Emily.«

»Sie hätten sein Zimmer daheim sehen müssen«, sagte Emily mit zugeschnürter Kehle. »Es sieht genau wie das hier aus. Haben Sie auch meine Mutter kennengelernt?«

Mrs Foxworth schüttelte den Kopf. »Nicht richtig. Wir haben nur ein paar höfliche Worte gewechselt, wenn sie Buddy brachte. Sie war eine schöne Frau. Und wenn man dich ansieht, meint man, ein Foto von ihr zu sehen. So ernsthaft und gleichzeitig überschäumend. Sie hatte es immer eilig, musste stets irgendwohin. Ich habe mir immer vorgestellt, dass die Orte, die sie aufsuchte, extrem mondän wären. Sie küsste Buddy auf die Stirn und sagte: ›Werde nicht zu klug, Schatz.‹ Und dann rauschte sie zur Tür hinaus. Buddy fiel über einen Stapel Bücher her und schaute kaum auf, bis sie wieder auftauchte. Innerhalb von drei Jahren hat er mehr gelernt als andere in zwölf. Buddy und ich, wir konnten uns in Büchern verlieren.«

»Mochten Sie sie? Meine Mutter?«, fragte Emily. Die Frage war ihr sehr wichtig.

Die alte Dame überlegte und schüttelte dann den Kopf. »Nein.«

Schweigen machte sich breit. Das Feuer knisterte hinter dem Schirm.

»Drei Jahre …«, flüsterte Emily.

»Hm, er ist nicht mehr oft vorbeigekommen, nachdem deine Mutter … weggegangen war. Hin und wieder brachte deine Tante ihn vorbei, wenn sie gerade nicht unterrichtete, und einmal dein Vater. Buddy hatte große Ähnlichkeit mit deinem Vater, fand ich. Ich habe ihn schrecklich vermisst, aber wir haben mehrmals die Woche miteinander telefoniert, bis er … ungefähr siebzehn war.«

»Hat er je von mir gesprochen?«, piepste Emily. Es war ziemlich selbstbezogen, diese Frage zu stellen, doch sie musste mehr erfahren über diesen Teil von Buddys Leben, von dem sie überhaupt nichts gewusst hatte.

»Ja, das hat er«, antwortete die alte Frau. »Du warst noch ganz klein, als er zum ersten Mal zu mir gekommen ist, und er war deinetwegen ganz aufgeregt. ›Nicht mehr lange und dann habe ich jemanden, mit dem ich lesen kann‹, hat er gesagt. ›Wenn sie ein bisschen älter ist, werden wir alle Bücher auf der Welt lesen.‹ Und soweit ich weiß, habt ihr das auch gemacht, oder? Wenn wir telefonierten, hat er mir immer erzählt, was ihr lest und was du davon hältst. Er sagte, du bist sehr klug. Sehr … intuitiv, hat er, glaube ich, gesagt.«

»Ich bin nicht klug«, meinte Emily und starrte ins Feuer. »Ich kann nur Hunde abrichten.«

»Aber du liest doch, oder?«, fragte Mrs Foxworth.

»Nein«, antwortete Emily knapp. Darüber wollte sie nicht sprechen – weder mit dieser fabelhaften alten Hexe noch mit Lulu.

»Das ist aber schade«, meinte Mrs Foxworth, was allerdings nicht als Tadel gemeint war.

Draußen über dem Fluss leuchtete der Himmel auf, erstrahlte in den Farben silber, blau, rot und grün.

»Ach Gott, das verdammte Feuerwerk«, sagte Mrs Foxworth. »Dann bin ich wohl wieder ein Jahr älter. Diesmal habe ich es wirklich verpasst. Lulu, bring mir bitte das Gewehr.«

Lulu erhob sich, verließ das Zimmer und kam mit einem Gewehr zurück. Emily spürte, wie sich ihr Magen zusammenkrampfte und ihr die Galle hochkam. Sie konnte weder etwas sagen noch sich rühren. Das Gewehr war alt, poliert, mit Silber und Schnitzereien versehen – es war wunderschön. Als Mrs Foxworth es von Lulu entgegennahm, zuckte Emily zusammen und stieß unabsichtlich einen leisen Schrei aus, der von ihrem Schmerz und ihrer Abscheu kündete.

Mit dem Gewehr in der Armbeuge drehte Mrs Foxworth sich um und studierte Emily.

»Es war eine Purdey, nicht wahr?«, fragte sie leise.

Emily nickte und drückte fest die Augen zu, um die Tränen zurückzuhalten und weil sie das Gewehr nicht sehen mochte.

»Ach, Kind, es tut mir ja so leid. Komm und setz dich zu mir, dann erzähle ich dir eine Geschichte über die Purdeys. Diese Gewehre sind wahre Meisterwerke, gefertigt mit großem handwerklichen Geschick, und es würde mir gar nicht gefallen, wenn du dich dein ganzes Leben lang vor ihnen fürchtest. Da du Jagdhunde ausbildest, wirst du bestimmt noch viele Purdeys zu Gesicht kriegen. Und du kannst nicht jedes Mal davor weglaufen.«

Sie klopfte auf ihre Armlehne, doch Emily rührte sich nicht.

»Ich kann nicht«, flüsterte sie und da kamen die Tränen. »Sie können mich nicht zwingen. Ich will nach Hause. Lulu, ich will jetzt heim.«

»Oma, meinst du wirklich …?«, begann Lulu, brach dann aber ab. Ihr Blick wanderte von Emily zu ihrer Großmutter und wieder zurück. Es war ganz offensichtlich, dass sie nicht begriff, worum es hier ging, aber merkte, dass es Emily sehr zusetzte.

»Ja, das denke ich«, sagte Mrs Foxworth. »Das denke ich wirklich. Dennoch liegt die Entscheidung selbstverständlich bei Emily.«

Emily machte Anstalten, aufzustehen und das Zimmer zu verlassen. Sie konnte im Laster auf Lulu warten. Nie wieder wollte sie einen Fuß in dieses verrückte Puppenhaus setzen. Die alte Frau, die junge – warum wollten die beiden sie überreden, Dinge zu tun, die ihr einfach unmöglich waren? Hatten sie denn vergessen, dass sie noch nicht mal dreizehn Jahre alt war? Sie hatte das Gefühl, ihren ungeheuren Erwartungen nicht standhalten zu können.

Ganz tief drinnen meldete Buddy sich laut und deutlich zu Wort: Es ist wichtig für mich, dass du das tust, Emily, damit du verstehst.

Fast wie ein Roboter drehte Emily sich um, ging steifbeinig zu Mrs Foxworths Stuhl und setzte sich auf die Armlehne. Sie zitterte so stark, dass die steifen weißen Falten ihres Kleides bebten.

Die alte Mrs Foxworth legte den Arm um sie und hielt mit der anderen Hand das Gewehr auf ihrem Schoß.

»Das sind königliche Gewehre«, sagte sie. »Es gibt keinen anderen Gegenstand, der seinen Zweck so perfekt erfüllt wie ein Purdey-Gewehr. Die Londoner Firma, die sie herstellt, ist sehr alt und die meisten Gewehre sind Spezialanfertigungen, ganz auf die Bedürfnisse ihrer zukünftigen Besitzer zugeschnitten. Die wenigsten gehen über den Ladentisch. Ein Großteil von ihnen wird von Generation zu Generation weitervererbt. Dieses hier wurde 1929 für meinen Vater gemacht. Siehst du das hier, auf dem Schaft? Da ist sein Name so eingraviert, dass er Teil des Musters wird, und der Büchsenmacher, der das Gewehr hergestellt hat, hat darunter seine Initialen graviert. Siehst du?«

Sie nahm Emilys steife Finger und fuhr mit ihnen sanft über die wunderschöne Gravierung auf dem silbernen Schaft. Emily hatte vermutet, es würde sich kalt anfühlen, doch dem war nicht so – das Gewehr strahlte eine große Wärme aus.

Mrs Foxworth fuhr mit Emilys Hand über den Lauf. »Der Lauf ist siebzig Zentimeter lang«, erläuterte sie. »Derjenige, der den Lauf macht, ist wahrlich ein Künstler. Viele gibt es davon nicht. Als dieses Gewehr gemacht wurde, gab es in England nur eine Handvoll. Und die beiden besten arbeiteten für Purdey.«

Unter den runzligen alten Fingern spürten Emilys Finger den glatten, ebenfalls warmen Stahl.

Als Mrs Foxworth sich zurücklehnte, folgte Emily ihrem Beispiel, faltete die Hände und wartete.

»Der Wert einer perfekten Arbeit liegt ausschließlich darin, wie man den Gegenstand benutzt«, fuhr die alte Frau fort. »Wird so ein Gewehr mit einem klaren Ziel und einer gewissen Ehrerbietung verwendet, ist auch das Ergebnis nobel. Nur wenn sie einem falschen Zweck dienen, richten sie Schaden an. Selbst mit siebzehn war Buddy entschlossener und mutiger als alle anderen Menschen, die mir seit damals begegnet sind, und er hat die Purdey genauso eingesetzt, wie es sein Wille war. Er benutzte sie, um einen tödlichen Feind zu besiegen. Und ich glaube wirklich, dass ihm das gelungen ist.«

Emily dachte an die hingekritzelte Zeile unter dem Gedicht von John Donne, das er ihr hinterlassen hatte: »Ich habe ihn besiegt, Emily.« Sie nahm den Kopf herunter und ließ den Tränen freien Lauf. Heiß waren sie und wollten nicht versiegen, nahmen ihr jedoch nicht die Luft zum Atmen, kullerten einfach weiter. Ein paar fielen auf das Gewehr auf Mrs Foxworths Schoß. Die alte Dame rührte sich nicht und ließ Emily einfach weinen. Als Emily schließlich den Kopf hob, sagte Mrs Foxworth: »Jetzt komm mit mir nach draußen. Es ist höchste Zeit, einen Geburtstag zu feiern. Wenn wir uns nicht beeilen, kommt die Meute aus dem Haus wie ein

Rudel Bluthunde angerannt, um nachzusehen, ob alles in Ordnung ist. Ich werde den ersten Schuss abfeuern. Und dann möchte ich, dass du schießt. Zu Ehren von Buddy.«

Zu dritt begaben sie sich in den stillen, mondbeschienenen Garten. Die alte Mrs Foxworth stützte sich auf ihre Enkelin. Hier draußen herrschte vollkommene Ruhe – nur das schnelle dunkle Rauschen des Flusses hinter dem steilen Ufer war zu hören. Kein Geschöpf regte sich; kein Tier sang, zirpte oder bellte. Die Stille dieser Nacht trug merklich zum Zauber bei, den das Haus und die alte Frau ausübten. Emilys Atem ging ganz flach. Alle Kraft schien aus ihren Lungen gewichen zu sein.

Mrs Foxworth lehnte sich an die steinerne Gartenmauer, hob das Gewehr, zielte auf einen Punkt über dem Fluss und drückte ab. Der Lärm, den der Schuss machte, rollte weiter und immer weiter und verebbte bestimmt erst ganz unten im Süden über dem Atlantischen Ozean. Emily hatte erwartet, dass der Rückschlag die alte Dame umwerfen würde, doch sie stand noch – aufrecht, den Rücken durchgedrückt, regungslos.

»Ich wünsche mir alles Gute zum Geburtstag«, sagte sie und reichte Emily das Gewehr. Zitternd und zutiefst verängstigt nahm Emily die Purdey entgegen. Wer konnte schon sagen, was sie tötete, wenn sie einfach so in die Luft ballerte? Wer wusste, was der Schuss auslöste?

»Kannst du mit einer Waffe umgehen, Emily?«, fragte Mrs Foxworth.

»Ja«, presste Emily zwischen den Zähnen hervor.

»Dann wappne dich innerlich, wie ich das getan habe, und drück den Schaft fest an die Schulter. Hier, nimm meinen Schal als Puffer. Und dann spannst du langsam den Hahn. Ganz langsam.«

Emily legte die Waffe an die Schulter, wie ihr Vater sie das im Alter von acht Jahren gelehrt hatte, visierte einen unsichtbaren Punkt über dem Fluss an und kniff die Augen zu.

Mach die Augen auf, drängte Buddy sie leise, du brauchst vor nichts die Augen zu verschließen.

Emily, die auf Buddy hörte, erblickte funkelnde Sterne und drückte ab. Der Lärm machte sie taub, schüttelte sie durch, ließ ihre Welt entzweibrechen. Sie nahm das Gewehr herunter und blickte zu Mrs Foxworth hinüber. Da setzte sich die Welt wieder nahtlos zusammen und sah aus wie zuvor. Vom Haus drang gedämpfter Jubel herüber.

Mrs Foxworth legte den Arm um Emilys Schulter und verlagerte ein bisschen von ihrem Fliegengewicht auf Emily, während sie zusammen zum Haus zurückschlenderten. Im Lichtschein der Haustürlampen bedachte sie Emily mit einem Lächeln. Lulu, die nur die Hälfte dessen begriff, was hier vorging, lächelte auch zaghaft.

»Wie ich sehe, liegt Mut bei euch in der Familie, Emily«, meinte die alte Mrs Foxworth. »Jetzt lasst uns schnell ins Haus gehen, bevor eine Horde Neugieriger mit Champagner auftaucht. Ich werde uns heiße Schokolade machen. Wie hört sich das an?«

»Ganz toll«, sagte Emily und begann wieder leise zu weinen.

Danke, Emily, sagte Buddy.

Kapitel Zwölf

Hinterher fühlte Emily sich so erleichtert wie nach einem Zahnarztbesuch. Sie kuschelte sich in das tiefe Sofa und redete wie ein Wasserfall. Die Worte sprudelten nur so aus ihr heraus – als hätte jemand sie aufgezogen wie eine Uhr. Obwohl ihr die Lächerlichkeit ihres Handelns bewusst war, konnte sie einfach nicht aufhören. Die ganze Situation kam ihr höchst albern vor, doch alles, was ihr in den Sinn kam, sprudelte ungehindert aus ihrem Mund. Gegenüber saß Lulu in einem der Sessel neben dem Kamin, schwieg und lächelte. Auf der anderen Seite des Kamins saß die alte Mrs Foxworth auf dem Morris-Lehnstuhl. Ein vages Lächeln umspielte ihre Lippen, während sie wie ein Schwamm Emilys Worte aufsaugte.

»Das ist die beste Schokolade, die ich je getrunken habe«, rief Emily fröhlich. »Ich könnte wetten, das ist nicht dieses Pulverzeug, das Tante Jenny kauft. Erinnert mich an Weihnachten, Skifahren und solche Sachen. Mit dem großen Unterschied, dass noch nicht mal September ist, oder? Ist mir bis eben gar nicht aufgefallen. Und das Feuer ist auch genau richtig. Hier drinnen ist es kein bisschen zu heiß. Würde ich hier wohnen, würde ich jeden Abend Feuer im Kamin machen.«

»Das macht Oma auch«, sagte Lulu und leckte den Schokorand von ihren Lippen. »Wenn es kühl ist, ist es genau das Richtige. Und wenn es warm ist, dreht sie einfach die Klimaanlage voll auf, was Mutter in den blanken Wahnsinn treibt, aber sie kann nichts dagegen machen. Da Maybud Großmutter gehört, gehört ihr auch die Klimaanlage.«

»Eigentlich gehört es mir nicht mehr«, stellte Mrs Foxworth richtig. »Nach meinem Umzug in dieses Häuschen habe ich alles auf deinen Vater überschrieben, bis auf das Cottage und den Garten. Unter der Bedingung, dass er nicht verkaufen darf, nicht mal einen kleinen Teil, und dass der ganze Besitz später an dich geht. Das hat mir Maybelle nie verziehen, doch was will eine McClellanville Cutler schon gegen eine Coltrane und eine Foxworth ausrichten? Das ganze Arrangement funktioniert bestens. Maybud bleibt in der Familie. Maybelle kann so lange und so oft in die Rolle der Hausherrin schlüpfen, wie es ihr Spaß macht. Und ich habe alles zur freien Verfügung und muss nicht auf eine Einladung warten. Und das Beste ist: Ihre Tochter erbt alles. Von daher kann niemand sie davonjagen, falls Rhett zuerst von uns geht, und sie kann dort drüben die feine Dame spielen, solange sie will. Sie weiß genau, dass ich nicht unangemeldet hereinschneie. Ich war immer der Meinung, das Haus ist zu groß und zugig, um darin zu wohnen, und nach Bradleys Tod konnte ich es dort einfach nicht mehr aushalten. Da habe ich den ganzen alten Kram – die ausgestopften Trophäen und die Fotos von acht Generationen Jagdhunden – hier rausschaffen lassen und bin eingezogen. Dieses Häuschen habe ich schon immer gemocht und den Fluss und all die wilden Kreaturen, die hier herumschleichen. Diese toten Hunde, Antilopen, Elche und anderen Tiere, die mich morgens anstarrten, konnte ich nun wirklich nicht ertragen. Es hat sogar einen Löwen gegeben. Ein richtiges Prachtexemplar, das ich dem Museum vermacht habe. Sie mussten ihn nehmen, weil wir sie schon seit Generationen finanziell unterstützen. Keine Ahnung, was mit den anderen ausgestopften Tieren passiert ist. Anschließend habe ich meine ganzen Bücher herübergebracht, die ich über die Jahre hinweg zusammengetragen habe, und Fotos von Menschen, die mir viel bedeuten, und all die Bilder, die ich gekauft habe und die mir sehr am Herzen liegen. Eine große Küche wurde eingebaut und hinten eine überdachte Veranda, wo ich sitze und den Wind genieße, der beim Gezeitenwechsel aufkommt. Ich fütterte alle streunenden Hunde, Waschbären, Beutelratten und Stinktiere, die sich in einem Radius von fünf Meilen aufhalten, und keiner kann mir das verbieten. Hierher sind auch meine Privatschüler gekommen. Buddy war der Erste, der diesen Raum zu Gesicht gekriegt hat.«

»Früher habe ich mich aus dem großen Haus geschlichen und bin so lange wie möglich hier drüben gewesen«, sagte Lulu und grinste ihre Großmutter an. »Manchmal habe ich Mutter erzählt, ich würde Tennis oder Bridge spielen gehen oder zum Mittagessen nach Charleston fahren, während ich in Wahrheit hier bei Oma war. Sie hat mich nie rausgeworfen. Und sie hat mir ein paar Dinge beigebracht, die jede ordentliche Charlestoner Debütantin wissen muss, wovon die meisten jedoch keinen Schimmer haben.«

»Gib mir mal ein Beispiel«, bat Emily. Der Adrenalinschub verebbte und ihre Lider wurden schwer. Sie warf einen Blick auf die kleine Messinguhr auf dem Kamin. Fast ein Uhr. Sie hatte den Eindruck, als wäre sie schon seit Ewigkeiten wach und in Alarmbereitschaft wie ein gut ausgebildeter Spürhund. Dennoch wollte sie diesen wunderbaren Abend noch nicht beenden.

»James Joyce, Henry Miller und das Kamasutra«, antwortete Lulu mit einem breiten Grinsen.

»Ach, Lulu, das stimmt doch nicht«, wandte ihre Großmutter ein. »Na, vielleicht James Joyce. Ich hatte allerdings nicht den Eindruck, dir auf diesem Gebiet viel beibringen zu können, obwohl du damals ja noch wesentlich jünger warst. Du hattest schon immer das Gemüt einer Kurtisane, meine Liebe, auch wenn es ein ziemlich liebenswertes Gemüt ist.«

Da lachte Lulu laut heraus und ihre Großmutter stimmte mit ein. Emily lächelte höflich. Buddy hatte ihr von James Joyce erzählt. Leider hatte sie nicht die geringste Ahnung, wer Henry Miller oder Kamasutra waren. Trotzdem war dieses Gelächter, das sie verband, ein unwiderstehlicher Teil dieses Ortes und die alte und die junge Frau bezogen sie mit ein, als wäre sie erwachsen, ihnen ebenbürtig. Dieses Gefühl machte sie so betrunken wie Wein.

»Wer ist Kamasutra?«, fragte sie. »Auch eine Kurtisane?« Sie wusste nicht, was eine Kurtisane war, doch wenn Lulus Großmutter fand, Lulu besäße die Seele einer Kurtisane, musste es ja etwas ganz Tolles sein. Es gefiel ihr, das schwierige Wort laut auszusprechen.

»Nicht wer, sondern was ist die Frage«, sagte Lulu. »Es lehrt dich, wie man eine Kurtisane wird und noch eine Menge mehr. Zum Beispiel … ähm, Bauchtanz, den Bump …«

»Lulu«, warnte ihre Großmutter. Zu spät. Lulu war schon aufgesprungen und hatte sich vor ihnen aufgebaut. Sie streifte die Sandaletten ab, stopfte den weißen Satinstoff in ihr Unterhöschen, breitete die Arme aus, schob das Becken vor und warf den Kopf in den Nacken. Die blonden Haare fielen über ihren Rücken. Sie schloss die Augen, schnippte mit den Fingern und bewegte die Hüften zu einer Musik, die nur sie hörte. Von einer Sekunde auf die andere war sie nicht mehr die Person, die mit Emily auf der Farm lebte, sondern eine Frau, die Sexualität und Hitze ausstrahlte. Für Emily bestand nicht der geringste Zweifel, was Lulu da aufführte, auch wenn sie das noch nie gesehen hatte und sich nicht vorstellen konnte. Auf einmal wusste sie Bescheid, wusste nicht nur, wie es aussah, sondern auch wie es sich anfühlte. Tief in ihrer Magengrube regte sich ein siedend heißes Prickeln. Plötzlich konnte sie nicht mehr stillsitzen. Ihr Gesicht und ihre Brust färbten sich rot.

Als Lulu leise keuchte und die Hüften immer schneller kreisen ließ, setzte sich Mrs Foxworth kerzengerade hin und runzelte die Stirn.

»Um Gottes willen, setz dich, Lulu«, sagte sie. »Nie im Leben habe ich dir das beigebracht.«

»Nein.« Lulu ließ sich in ihren Sessel fallen und strich das goldene Haar glatt. Ihr Gesicht und ihr Brustkorb waren gerötet. Ihr Atem ging schnell und flach. Sie bedachte ihre Großmutter mit einem teuflischen Grinsen und verwandelte sich in die alte Lulu zurück. Emily atmete erleichtert auf. Diese andere Frau hatte sie an einen Ort gelotst, wo sie um keinen Preis sein mochte.

»Das kann man niemandem beibringen«, erklärte Lulu Emily. »Das kann man nicht lernen. Das hat man in den Händen, in den Hüften, in den Genen. Ich könnte wetten, du hast es gehabt, Oma. Und ich bin mir sicher, Emily wird es eines schönen Tages auch haben.«

Nein, bestimmt nicht, rebellierte Emily innerlich. Niemals, nicht das.

Aus irgendeinem Grund musste sie an Kenny Rouse und seinen suchenden Blick denken und an den Tag, wo er sich angefasst hatte, während er sie und Lulu musterte. Sie erschauerte. Plötzlich wollte sie nur noch nach Hause, zu Elvis ins Bett steigen und sich unter einem ganzen Berg von Decken verstecken, obwohl es eine warme Nacht und immer noch Hochsommer war.

»Wie du zugeben musst, habe ich dir auch ein paar Dinge beigebracht, Oma«, sagte Lulu zu ihrer Großmutter.

»Liebes, das tust du immer noch«, meinte Mrs Foxworth. »Aber was das betrifft, wusste ich schon Bescheid, ehe du auf der Welt warst. Und, wenn ich das so sagen darf, beherrschte es sogar einen Tick besser als du.«

»Oma!«, gab Lulu sich schockiert. Die alte Frau und ihre Enkelin brachen in Gelächter aus. In der Hoffnung, erwachsen und verständnisvoll zu wirken, stimmte Emily mit ein. Dabei sprach sie ein stummes Gebet, dass ihr niemand eine Frage stellte, die eine kluge Antwort verlangte.

Das Gelächter verebbte. Die alte Mrs Foxworth warf Emily einen nachdenklichen Blick zu.

»Kurz bevor er seine Besuche bei mir einstellte, hat Buddy für dich ein Buch bei mir hinterlegt. Er fragte, was für Mädchen ein gutes Alter wäre, sich mit Gedichten zu beschäftigen. Woraufhin ich ihm antwortete, ich hielte fast jedes Alter für passend, aber zwölf wäre ein Alter, wo man seinen ersten eigenen Gedichtband kriegen sollte. Er hat mich außerdem gefragt, was dir meiner Meinung nach wohl am besten gefallen würde. Ich schlug Yeats vor, weil er dir von ihm schon das eine oder andere Werk vorgelesen hatte und du damit offenbar etwas anfangen konntest. Also haben wir einen Band mit gesammelten Werken ausgesucht und er hat dir ein paar Worte hineingeschrieben und mich gebeten, dir das

Buch zu geben, das er dir aus irgendeinem Grund nicht persönlich geben konnte. Ich habe es noch und werde es dir geben, bevor du gehst.«

»Ich will es nicht«, erwiderte Emily heftig. »Ich werde es eh nicht lesen.«

»Das liegt ganz bei dir«, fand Mrs Foxworth. »Aber wenn du heute Abend heimgehst, nimmst du es mit. Das habe ich ihm versprochen.«

Emily merkte, wie dieses unangenehme Kribbeln im Hals bis hinter die Augen wanderte. Das war ihr alles viel zu viel. Man hatte ihr eine Seite von Buddy offenbart, von der sie nichts geahnt hatte. Nun wusste sie nicht, was sie mit dieser neuen Erkenntnis anfangen sollte. Eigentlich wollte sie all das überhaupt nicht wissen. Das Leben, das sie mit ihm geteilt hatte, reichte ihr vollkommen.

Es klopfte kurz leise an die Tür. Dieses Klopfen hatte etwas unverkennbar Weibliches, beinah Kokettes. Die drei Frauen im Cottage verstummten.

»Ach, Mist, das ist Mutter«, flüsterte Lulu. »Oma, ich schaffe das momentan wirklich nicht. Sie kann mich einfach nicht in Ruhe lassen. Wenn ich jetzt wieder hören muss, ich soll doch endlich heimkommen, drück ich ihr die Kehle zu. Ganz bestimmt.«

Ihre Großmutter nickte, nachdem sie Lulu einen Moment lang eindringlich gemustert hatte.

»Sag kein Wort«, meinte sie. »Sie traut sich nicht herein, wenn ich sie nicht dazu auffordere.«

Von einer zur anderen blickend verstummte auch Emily. Sie fühlte sich unwohl, was sie in der Magengrube spürte.

»Was ist denn, Maybelle?«, rief Mrs Foxworth übertrieben freundlich.

»Ich wollte dir nur zum Geburtstag gratulieren, Mama

F.«, trällerte Maybelle. »Alle haben dich vermisst. Und ich würde Lulu gern kurz sprechen. Kann ich reinkommen?«

Lulu schloss die Augen und schüttelte den Kopf so heftig, dass ihr die Haare ins Gesicht flogen. In diesem Moment wirkte sie wie ein hübsches Kind, das einen Wutanfall hatte, und nicht mehr wie die hüftenschwingende Sirene, die sie gerade eben noch verkörpert hatte. Alles in allem war Emily der Wutanfall lieber.

Wieder nickte Mrs Foxworth ihrer Enkelin zu und rief: »Wie kommst du auf die Idee, Lulu könnte hier sein, Maybelle? Du liebe Zeit, es ist nach eins. Ich war gerade im Begriff, ins Bett zu gehen.«

»Na, ich habe doch ihre Stimme gehört. Glaubst du etwa, ich kenne nicht die Stimme meiner Tochter? Hör mal, ich habe eine wunderbare Überraschung für sie. Lulu, kannst du mich hören? Eine Überraschung aus dem fernen Charlotteville, Virginia. Ist das nicht toll?«

Lulu kam ein gequälter Laut über die Lippen, der die Blicke auf sich zog. Sie saß vollkommen regungslos da, wie versteinert. Ihr Gesicht war ausdruckslos und weiß wie die Wand; ihre Lippen waren blutleer. Und ihr Atem ging so schnell wie der eines kleinen Tieres, vielleicht eines Hasen, der von den Hunden in Schach gehalten wurde. Ihre blauen, ins Leere starrenden Augen wirkten tot. Mrs Foxworth starrte sie an und rief, ohne sich umzudrehen, der Frau hinter der Tür zu: »Du hast die Stimme von dem Idioten Conan O'Brien gehört, mehr nicht, Maybelle.« Während sie das sagte, ruhte ihr Blick auf dem bleichen Gesicht ihrer Enkelin.

»Lass mich doch kurz rein, um dir zu gratulieren …«

»Du gehst jetzt wieder rüber ins Haus und nimmst

deine Überraschung mit«, sagte Mrs Foxworth. »Ich bin nicht angekleidet und gehe nun zu Bett.«

»Ich muss wirklich dringend mit ihr sprechen, Mama F.«

»Dann ruf sie morgen auf der Farm an. Geh nach Hause, Maybelle. Wenn es tatsächlich so wichtig ist, komme ich morgen rüber, und dann kannst du mir alles erzählen.«

»Mama F…«

»GEH NACH HAUSE!«, rief Mrs Foxworth in einem Ton, der keine Widerrede duldete. Selbst wenn es um Leben und Tod gegangen wäre, hätte Emily es nicht gewagt, sich solch einer Aufforderung zu widersetzen. Sie bezweifelte stark, dass es viele Menschen gab, die dazu den Mut hatten. Draußen ertönte leises Gemurmel. Eine Stimme quengelte, die andere war tief und schleppend. Es dauerte einen Moment, bis sie hörten, wie Maybelle und jemand anderer über den Kiesweg liefen und sich langsam entfernten.

Mrs Foxworth zog die schweren Vorhänge beiseite und spähte nach draußen, ehe sie sich zu Lulu drehte, die immer noch keinen Ton von sich gegeben hatte. Sie war noch bleicher als zuvor und Emily meinte, dass sie gar nicht mehr atmete.

»Du kannst zur Küchentür hinaus und dann den Weg hinuntergehen«, schlug Mrs Foxworth vor. »Deine Mutter wird dort draußen bestimmt nicht ihre Blahniks ruinieren. Lulu, was ist denn eigentlich los? Hatte deine Mutter eben jemanden mitgebracht?«

In dem Moment öffnete Lulu die Augen und Emily sah, wie sich ihr Brustkorb plötzlich wieder hob und senkte. Ihre erschrocken dreinblickenden Augen hatten weiße Ringe. Emily konnte sich nicht von der Stelle rühren. Falls in dieser lauen, dunklen Nacht etwas lauerte, das Lulu so in Angst und Schrecken versetzen konnte, glaubte sie nicht, dass sie sich dort hinauswagte.

»Oma, ich kann nicht …«, wisperte Lulu.

»Na schön, mein Liebling. Ihr beide macht euch jetzt auf den Weg. Ich werde hier warten und sie abwimmeln, falls sie noch mal auftaucht. Aber, Lulu, wenn es so schlimm steht, musst du mich einweihen. Du weißt, ich habe immer auf dich aufgepasst. Und du weißt auch, dass ich mit deiner Mutter fertig werde …«

»Bei dieser Sache kannst du mir nicht helfen, Oma«, sagte Lulu mit dünner Stimme, kaum lauter als ein Atemstoß. »Da kann nur ich mir helfen. Und ich werde damit schon fertig. Oder so war es zumindest, bis Mutter ihre Nase in meine Angelegenheiten gesteckt hat.«

Wieder betrachtete die alte Frau ihre Enkeltochter die längste Zeit in dem harten weißen Licht. Schließlich humpelte sie hinüber und küsste zuerst Lulu und anschließend Emily auf die Wange.

»Dann geht jetzt. Aber vergiss nicht, ich bin immer daheim und ich *kann* helfen, egal, wie du das im Moment siehst. Ruf mich morgen an.«

Sie ging zur Küchentür und stieß sie auf. Draußen hatte die schwüle, warme, intensiv nach Fluss riechende Dunkelheit die Welt verschluckt. Der Mond war untergegangen. Inmitten des unendlichen Nebeneinander aus Wasser, Erde und Himmel waren irisierende Motten, die um das schwache gelbe Verandalicht flatterten, die einzigen Lebewesen, die Emily wahrnahm. Lulu rührte sich noch immer nicht von der Stelle. Nach einer kleinen Weile schob ihre Großmutter sie sanft nach draußen. Emily zögerte noch. Sie wollte nicht in diese alles verzehrende, geheimnisvolle Nacht hinausgehen. Nein, das wollte sie wirklich um keinen Preis tun, denn nun gab es niemanden, der sie beschützen konnte.

»Pass auf sie auf, Emily«, bat Mrs Foxworth sie leise. »Sie ist längst nicht so stark, wie sie sich einbildet. Ruf mich an, wenn das so weitergeht. Ruf mich an, so oder so. Ich stehe im Telefonbuch unter B. Foxworth Sr.«

Sie nahm Emilys kalte Hand. Ihre Hände, so zerbrechlich wie die Knochen eines Vögelchens, waren überraschend stark und warm. Emily spürte, wie ihre Stärke, ihre Kraft zurückkehrten. Jetzt trage ich die Verantwortung, dachte sie. Nun muss Lulu machen, was ich sage.

Sie nickte, packte Lulus eisige Hände, zog sie aus dem Lichtkegel und führte sie auf den finsteren Pfad.

»Ach, warte, dein Buch«, rief Mrs Foxworth ihr nach.

»Ich will es nicht!«, rief Emily zurück. Und dann überwältigte sie wieder die Angst. Heute Abend hatte sie eine eigenwillige und wunderbare alte Dame kennengelernt und miterlebt, wie die ihr vertraute Lulu Foxworth sich in zwei diametral unterschiedliche und unglaubliche Personen verwandelt hatte. Von daher war es ihr unerträglich, auch noch Buddy in einem ganz neuen Licht zu sehen. Sie brauchte etwas, das ihr Halt bot, das sich nicht veränderte.

»Du nimmst dieses Buch mit und liest es. Diese eine Sache kannst du noch für deinen Bruder tun!«, herrschte Mrs Foxworth sie an und hielt einen Band mit Yeats-Gedichten ins Licht. Hastig »Danke« murmelnd, nahm Emily das Buch entgegen. Sie beschloss, es in den rauschenden Fluss oder unterwegs ins dornige Unterholz zu werfen. Sie lief zu der Stelle, wo Lulu reglos wartete, und nahm sie am Arm.

»Komm«, meinte sie. »Wir sind schneller daheim, als du denkst.«

Es herrschte Ebbe und der Schlick roch stark. Den Weg zum Laster legten sie schweigend zurück. Mit dem Mond waren auch das Rascheln, das Zirpen und das tiefe Brummen größerer Tiere verschwunden.

Bis auf das Knistern, das sie produzierten, als sie über Wurzeln stolperten und sich durch Dornengewächse und Gräser kämpften, herrschte Totenstille. Emily hörte ihren eigenen Atem, doch Lulus nicht. Das Mädchen, das von Herzen gelacht und fröhlich die Sexbombe gespielt hatte, stapfte jetzt vor ihr wie ein Zombie durch die Dunkelheit. Die beiden Male, wo sie strauchelte, streckte Emily die Hände aus und legte sie ihr auf die Schultern. Lulu schwieg beharrlich und auch Emily sprach kein Wort. Weiter vorn war ein schwacher Lichtschein aus dem großen Haus zu erkennen und der Laster, der sich dunkel davon abhob. Da spürte Emily deutlich, dass sie wieder unbeschwerter atmen konnte. Und sie hörte, wie auch Lulu in dieser undurchdringlichen dunklen Nacht endlich tief Luft holte.

»Jetzt wird alles gut«, sagte sie mit piepsiger Stimme zu Emily. »Ich fahre uns jetzt nach Hause.«

Was sie dann auch tat. Obwohl sie den Blick nicht von der tief gefurchten Straße nahm und es ihr offenbar die Sprache verschlagen hatte, steuerte Lulu den Laster mit einer unbekümmerten Selbstverständlichkeit, über die man nur verfügte, wenn man im Lowcountry auf einer Farm oder in einer Wohnwagensiedlung aufgewachsen war. Ihr Gesicht war immer noch aschfahl und dieses Zittern hatte wieder von ihren Händen Besitz ergriffen, doch der Laster legte anstandslos Meile um Meile zurück, bis sie auf die asphaltierte Straße gelangten, die sie nach Hause brachte.

Als sie auf dem Highway 174 an der ersten Straßenlaterne vorbeirollten, streckte Emily sich und warf Lulu einen Blick von der Seite zu. Und da sie sich auf einmal sehr erwachsen vorkam, sagte sie einem Impuls folgend: »Mir ist schleierhaft, wieso du zulässt, dass deine Mutter dir so einen Schrecken einjagt. Sag ihr doch einfach, sie soll sich verziehen. Mann, das würde doch jeder …«

Lulus Kopf fuhr zu ihr herum.

»Halt den Mund, Emily!«, fauchte sie. »Halt einfach den Mund! Du hast keinen Schimmer, wovon du redest. Du bist ein Kind und genau so hörst du dich auch an!«

In diesem Moment flüchtete sich Emily, die in dieser Nacht allzu oft zwischen Kindheit und Erwachsensein oszilliert hatte, in die ihr vertraute Rolle des ohnmächtigen Kindes. Sie lehnte sich an die Tür, senkte das Haupt, vergoss heiße Tränen und schniefte laut.

Die vertrauten Wahrzeichen, die Sweetwater und Heimat symbolisierten, waren schon in ihr Blickfeld gerückt, ehe Lulu sich wieder zu Wort meldete.

»Es tut mir leid«, seufzte sie schwer. »Ich darf das alles nicht an dir auslassen. Es ist nur so … kompliziert und tut so weh, dass ich einfach nicht darüber reden kann. Dass du dich wie ein Kind verhältst, war nicht mein Ernst. Ich wollte damit nur sagen, du hast noch nicht das erlebt, was ich durchgemacht habe. Es liegt nicht an meiner Mutter, jedenfalls nicht direkt. Die meiste Zeit habe ich sie im Griff. Selbstverständlich liegst du richtig. Den ganzen Sommer über ist es mir nur ansatzweise gelungen, ihr einen Riegel vorzuschieben. Unglücklicherweise hat sie die Macht, mich zu vernichten, selbst wenn sie sich dessen gar nicht bewusst ist. Das kann ich nicht zulassen. Dafür habe ich zu hart gearbeitet …«

Sie lehnte sich nach hinten, streckte die Arme, rollte die verspannten Schultern.

»Ich hasse meine Mutter nicht, auch wenn ich mich manchmal so benehme. Ich wünschte, du hättest sie als junge Frau kennengelernt, als ich noch klein war. Damals hat sie gelacht, Klavier gespielt, mit mir getanzt, mir ihre Klamotten angezogen, ist manchmal mit mir im Boston Whaler den Fluss hinuntergefahren. Wir haben belegte Brote und Cola mitgenommen und auf einem der Hügel gepicknickt. Für mich war sie die tollste Person der Welt. Sie hat irgendwie von innen heraus gestrahlt. Ich wollte unbedingt wie sie sein. Kaum war ich im Teenageralter, hat sie sich schlagartig verändert. Es war, als müsste ich ihre Träume wahr werden lassen, als dürfte sie nichts unversucht lassen, nur damit ich all das kriege, was sie vor der Heirat mit Daddy nicht gehabt hat. Wie die Einladungen, die richtigen kleinen Untercliquen in den Cliquen, die Freundschaft mit all den Mädchen, die auf großen Plantagen in der Gegend von Charleston aufgewachsen waren, und die richtigen Schulen, Tanzkurse, Mädchenpensionate und natürlich die Amateurliga und das richtige College. Sie war so stolz auf alles, was ich in der Schule erreichte, all die Auszeichnungen und so, dass ich schon dachte, sie würde sie alle auf ein Flugblatt drucken und es anschließend im Garden Club oder im Yachtclub verteilen. Und als dann die so genannte Saison, diese Debütantinnennummer, bevorstand, verwandelte sie sich in eine Person, die mir fremd war und die ich nicht leiden konnte. Ich muss etwa dreizehn gewesen sein, als ich anfing, ihr aus dem Weg zu gehen. Ich habe mehr oder minder gemacht, worauf ich Bock hatte. Es kam mir fast so vor, als würden all die Dinge, die sie sich für mich wünschte, sie schwächen und genau das Gegenteil bewirken. Und Vater war es natürlich immer egal, wo ich steckte oder mit wem ich zusammen war. Für ihn war es selbstverständlich, dass seine Tochter schon wusste, wie sie sich verhalten musste. Traurig an der Sache ist, dass Mutter sich gar nicht hätte anstrengen müssen, denn ich kriegte all das automatisch. Dafür haben die Namen Foxworth und Coltrane schon gesorgt. Nicht mal nach ihrer Heirat hat sie das begriffen. Großmutter hat recht. Eine McClellanville-Cutler wird nicht automatisch in unsere Clique aufgenommen. Es geht vor allem darum, dass man den richtigen Namen trägt.«

»Na, so wie ich das sehe, werde ich dieses affektierte Charlotte-Hall-Getue, an dem Daddy so viel liegt, nie lernen, weil der Name Parmenter nicht zieht«, sagte Emily. Zum ersten Mal in ihrem Leben spürte sie Neid und fühlte sich benachteiligt, weil ihr der Zutritt zu dieser unvorstellbaren Welt verwehrt bleiben würde.

»Wenn du willst, wirst du etwas besitzen, das besser ist als all das«, prophezeite Lulu. »Es steckt in dir. Ich kann es erkennen, selbst wenn du es noch nicht siehst. Großmutter sieht es auch. Und wenn du auf dieses Charlotte-Hall-Getue scharf bist, geht dieser Wunsch auch in Erfüllung. Es gibt immer Möglichkeiten. Charlotte Hall ist nicht so, wie du denkst, Emily. Die meiste Zeit hat es mir dort gut gefallen. Ein Teil dreht sich natürlich um die sogenannten besseren Kreise, aber dort kriegst du die beste Ausbildung, die man im Lowcountry erhalten kann. Egal, was du später einmal machen willst, eine gute Ausbildung wirst du dafür brauchen.«

»Und wie kommt man um all die anderen Sachen herum?«, fragte Emily. »Um den ganzen … Schnickschnack?«

»Du nimmst mit, was du willst und brauchst, und alles andere lässt du links liegen. Das funktioniert. Ich habe es so gemacht. Und ich kenne eine Menge Mädels, bei denen das auch geklappt hat. Wir haben eine Ausbildung gekriegt, wie man sie sonst nirgendwo bekommt. Und für manches Mädchen und auch mich war die erste Begegnung mit dem überkandidelten Leben der besseren Kreise der Kauf eines Abendkleides für den Abschlussball. Und dir steht das Kleid viel besser, als es mir je gestanden hat.«

»Ich brauche diese ganze Bildung nicht, um eine Hundezucht zu leiten«, murrte Emily.

»O doch«, fand Lulu. »Darüber haben wir schon mal gesprochen. Und außerdem ist das Leben vergleichsweise beschränkt und grau ohne so eine Ausbildung. Dein Bruder wusste das. Er hat sich große Mühe gegeben, dir Bildung angedeihen zu lassen.«

Das Schweigen, das sich breitmachte, war alles andere als angenehm.

»Emily«, sagte Lulu schließlich, »das mit Buddy tut mir leid. Ich hatte ja keine Ahnung, dass er so gestorben ist. Wenn Oma allerdings der Meinung ist, es war ein Akt, der Mut erforderte und Format, wird es schon stimmen. Dennoch muss es für dich scheußlich gewesen sein. Ich denke, es war das Gewehr …«

»Jetzt hältst du den Mund!«, presste Emily hervor. Mit welcher Selbstverständlichkeit Lulu der Name Buddy über die Lippen kam, war ihr plötzlich unerträglich. Sie war nicht bereit, Buddy mit jemandem zu teilen – weder lebendig noch tot. »Wenn ich nicht über deine Mutter reden darf, sprichst du auch nicht über meinen Bruder!«

»Geht in Ordnung«, meinte Lulu, streckte die Hand aus und drückte die steife Emily kurz an sich.

Bis sie auf die halbrunde Auffahrt von Sweetwater fuhren, unterhielten sie sich nicht mehr. Nach der atemberaubenden Pracht auf Maybud wirkte Sweetwater, das sich vor dem dunklen Wasser im Fluss abhob, schlicht und schmucklos. Im Erdgeschoss brannte Licht – Tante Jenny wartete auf sie, was Emily unglaublich wütend machte. Sie schwor sich, mit niemandem über diesen Abend zu sprechen.

In ihren langen Kleidern und mit den dreckverkrusteten Absatzen stiegen sie aus dem Laster. Drüben bei der Scheune, unter dem unangenehm gelben Licht der Mückenlaterne, das dort nachts immer brannte, entdeckten sie einen schönen bronzefarbenen Hund: Elvis. Er wartete auf sie. Aber wieso bei der Scheune? Wartete er auf Lulu? Der Groll und die Pein lösten bei Emily sofort Magenschmerzen aus.

Mit heraushängender Zunge trottete Elvis ihnen entgegen und wedelte vergnügt mit dem Stummelschwanz. Er kam zuerst zu Emily, legte die Vorderpfoten auf ihre Hüften, leckte ihre ausgestreckten Hände und bellte einmal leise. Danach ging er zu Lulu hinüber und setzte sich neben sie, als würde ihr sein Herz gehören.

Lulu sah Emily fragend an. »Könnte ich ihn heute Nacht haben?«, flüsterte sie. »Ich brauche ihn wirklich dringend. Ich denke, er spürt das. Aber wenn du etwas dagegen …«

»Nein. Ist doch selbstverständlich, dass du ihn nimmst«, sagte Emily. Dass das unhöflich war, wusste sie. Als würde Elvis ihren Schmerz spüren, jaulte er leise.

»Geh mit Lulu, Elvis«, sagte sie, was überflüssig war, denn sie wusste, er würde sie begleiten.

In der Scheune gab es zwei neue Würfe, doch die Welpen waren noch viel zu klein fürs Training. Sie konnten gerade mal aus den Kisten krabbeln und auf dem mit

Stroh bedeckten Boden herumtollen. Für sie war alles neu und aufregend und musste genauestens untersucht werden. Ihr hohes Jaulen drang durch die Stille der Nacht und wollte gar nicht mehr aufhören.

Elvis lief zur Scheunentür hinüber und bellte einmal. So tief, durchdringend und autoritär hatte Emily ihn noch nie kläffen hören. Das Gejaule verstummte umgehend.

Emily und Lulu sahen einander an.

»Wieso überrascht mich das nicht?«, sagte Lulu und lächelte zaghaft. Ihr Gesicht war immer noch kalkweiß, ihre Hände bebten noch, doch man spürte schon die heilende Wirkung, die Sweetwater auf sie ausübte. Sie stieß die Tür auf und stieg die Treppe zu ihrem Apartment hoch. Elvis trottete hinter ihr her.

»Wirst du zurechtkommen?«, rief Emily ihr hinterher.

»Ich denke schon. Schlaf gut, Emily«, rief Lulu zurück. »Ich bin dir mehr zu Dank verpflichtet, als du ahnst.«

Elvis jaulte erneut auf. Die Tür fiel ins Schloss. Emily machte auf dem Absatz kehrt und marschierte über den dunklen Hof. Mit einem Schlag war sie so müde, dass sie kaum einen Fuß vor den anderen setzen konnte.

Kaum öffnete sie die Fliegengittertür, schallte Tante Jennys Stimme aus dem Wohnzimmer.

»Komm her und erzähl mir alles über die Party, Aschenputtel«, rief sie. »War es toll? Warst du die Schönste auf dem Ball? Hat die alte Dame um Mitternacht einen Schuss abgefeuert? Ich kann es gar nicht erwarten, alles zu erfahren.«

Emily ging nicht ins Wohnzimmer. »Es war eine nette Party«, antwortete sie knapp, ohne den Kopf in Jennys

Richtung zu drehen. »Ja, die alte Dame hat geschossen. Ich bin ziemlich müde, Tante Jenny. Ich erzähle dir morgen mehr.«

Nach einem kurzen Schweigen sagte ihre Tante: »Dann geh nur hoch, Liebes. Du kannst mir später alles erzählen. Dein Vater hat versprochen, euch ausschlafen zu lassen.«

»Gut«, sagte Emily, stieg die Treppe hoch, ging in ihr Zimmer und schloss die Tür. Hier hätte eigentlich Elvis auf sie warten sollen, und dass er es nicht tat, schmerzte sehr. Sie zog sich aus, warf die Kleider über einen Stuhl, sprang ins Bett und löschte das Licht. Sie konnte hören, wie ihre Tante unten langsam ihre Runde drehte, die Lampen ausmachte, die Treppe hochstieg und in ihrem Zimmer verschwand. In dem Zimmer, das früher Buddy gehört hatte.

Während Emily so dalag, spürte sie ganz deutlich, wie erschöpft sie war. Als ihr plötzlich der Gedichtband einfiel, den Mrs Foxworth ihr mitgegeben hatte, schaltete sie wieder das Licht an, kletterte aus dem Bett und fischte das Buch unter Lulus zerknittertem weißen Abschlussballkleid hervor. Danach kehrte sie ins Bett zurück und schlug es sacht auf.

Auf dem Vorsatzblatt stand in Buddys fließender, leicht schräger Handschrift, deren Anblick ihr ziemlich zusetzte, geschrieben: Für Emily in ihrem dreizehnten Lebensjahr. »Einer liebt' das Pilgerherz in dir«. Darunter stand nur »Buddy«.

Sie machte das Licht aus, verbarg das Gesicht im Kissen und weinte nicht zum ersten Mal an diesem Abend um ihren Bruder. Erst viel später fiel ihr auf, dass er bei der Nachricht schon damals die Vergangenheitsform verwendet hatte.

Kapitel Dreizehn

Unweit der Stelle, wo die Delphine an Land rollen, sinkt Emily ins träge dahinfließende, teebraune Wasser des Sweetwater Creek und fällt immer tiefer. Tiefer und tiefer taucht sie, dreht sich langsam in dem kläglichen Rinnsal, auf das der Priel bei Ebbe zusammenschrumpft, hinab zu den großen reglosen schwarzen Rochen, die sich auf dem Grund halb im Sand vergraben haben, hinunter in die Kälte der tiefen Garnelenhöhle, wo sie und Lulu geschwommen sind. Schwärme durchsichtiger Garnelen nagen an ihr, bis sie fast nur noch Essenz ist. Und sie fällt tiefer, hinab in die Eiseskälte auf dem Höhlengrund, und versinkt schließlich in zwei Fuß tiefen, glitschigen, anaerobischen Schlick. Da dieser Morast vor Mikroorganismen und Tieren nur so wimmelt, gibt es die These, es gäbe auf der Welt keinen anderen Ort, der mehr Leben hervorbringt. Hier – im glitschig-warmen, muffig riechenden Lowcountry-Schlick endet Emilys Fall, die nun kaum mehr als ein Atom, ein Lichtpunkt, Bewusstsein ist. Wunderbar ist es hier – tröstlich, amniotisch, unendlich warm. Endlich ist Emily daheim. Tiefer sinkt sie nicht hinab und will es auch nicht. Hier ist die Ewigkeit.

Das Geräusch muss schon seit einiger Zeit zu hören gewesen sein, als es schließlich zu ihr vordringt in den Schoß der Salzmarsch, den phlegmatisch pulsierenden Uterus des Priels. Sie versuchte, es zu verdrängen, doch es erwies sich als zu beharrlich. Es zog und zerrte an ihr, bis sie aus dem weichen Schlick gerissen wurde, aus dem Grund des dunklen Priels, hinauftrieb in die eisige Garnelenhöhle, ins warme Wasser an der Oberfläche, bis sie größer, schwerer, wieder Körper wurde, durchs Wasser stieß und dünne, kühle Luft atmete. Das Gefühl, einen Verlust erlitten zu haben, war so extrem, dass sie sich einen Augenblick lang weder rühren noch die Augen öffnen konnte. Nach einer kleinen Weile gelang es ihr, sich im Bett in ihrem Elternhaus aufzusetzen. Die Laken waren zerwühlt und sie schwitzte in der warmen Nacht. Erst da schlug sie die Augen auf und entdeckte Elvis auf ihrem Kissen, der unablässig bellte.

Es dauerte einen Moment, bis die marschtrunkene und benommene Emily diesen rotbraunen, ununterbrochen bellenden Hund auf ihrem Kissen erkannte. Zuerst versuchte sie panisch, ihn wegzuschieben, doch als ihr endlich klar wurde, wo sie war, wurde sie schlagartig wach und begriff, dass der Hund schlechte Nachrichten brachte. Dies erschreckte sie dermaßen, dass ihr Herz laut zu pochen begann.

»Elvis, schhhh, du weckst ja noch das ganze Haus auf«, flüsterte sie und versuchte, ihn in die Arme zu schließen, aber er riss sich sofort wieder los und bellte weiter.

»Was ist denn?«, presste Emily mit zugeschnürter Brust hervor. »Was willst du mir denn sagen?«

Dass irgendetwas passiert war, konnte sie an seinen goldenen Augen ablesen. Dieses Etwas war ihnen von der Party nach Hause gefolgt, hatte sie aus den schützenden Untiefen des Prielsgrundes gerissen.

Der Spaniel sprang von ihrem Bett, rannte zur Tür und warf einen Blick nach hinten. Als sie sich nicht erhob, kam er zurückgelaufen, nahm den Saum ihres Baumwollnachthemdes zwischen die Zähne und zog daran. Ein leises Knurren entwich seiner Kehle – ein Geräusch, das ihr so bislang fremd war.

Sie stieg aus dem Bett. Er rannte wieder zur Tür, setzte sich vor sie und starrte sie mit seinen warmen goldenen Augen an. Dabei war er so ruhig und reglos wie auf der Pirsch. Verwirrt schaute sie sich nach etwas zum Anziehen um. Sie brauchte jetzt die zerknitterten Shorts und das T-Shirt, das sie tagsüber getragen hatte, und nicht das weiße Abendkleid von der Party. Elvis bellte erneut. Auf diese Weise gab er ihr mit Nachdruck zu verstehen, dass sie sich beeilen sollte.

Emily kleidete sich geschwind an und schaute zu ihm hinüber.

Geht es um Lulu? fragte sie ihn stumm. Ist etwas mit Lulu? Möchtest du, dass ich mit dir zur Scheune rübergehe?

Er bellte noch mal, stürmte aus ihrem Zimmer und rannte die Treppe hinunter zu der Hundeklappe in der hinteren Fliegengittertür. Dort blieb er sitzen und wartete jaulend auf sie, während sie sich im Dunkeln am Geländer entlanghangelte und die Stufen hinunterstieg. Sie wollte niemanden im Haus aufwecken, falls Elvis die anderen Bewohner nicht schon mit seinem Gebell aus dem Schlaf gerissen hatte.

Er flitzte durch die Klappe und verschwand in der Dunkelheit. Sie folgte ihm im Laufschritt. Die Furcht ließ sie nicht los. Im taubenetzten Gras rutschte sie aus, stolperte über größere Kiesel und über einen Hundekuchen, den jemand verloren hatte. Drüben in der Scheune brannte bei Lulu immer noch Licht. Auf dem oberen Treppenabsatz vor Lulus Apartment wartete Elvis auf sie.

Atemlos und mit dem Schlimmsten rechnend erklomm sie die Stufen.

Die Wohnungstür stand halb offen. Emily widerstrebte es, das Apartment zu betreten, doch Elvis nahm sanft ihren Arm zwischen die Zähne und zog vorsichtig. Schließlich gab sie nach und ging hinein.

Zuerst sah sie Lulu gar nicht. In dem ansonsten schlichten und kargen Raum sah es aus, als hätte eine Bombe eingeschlagen. Überall lagen Kleider, Bücher und CDs herum. Es war, als schaute man durch ein Kaleidoskop. Man horte nur eine CD, die offenbar hing: Etta James sang immer wieder *At last my love has come along …*

Und es roch nach irgendetwas. Mit flatterndem Magen und pochendem Herzen folgte Emily dem durchdringenden süßlichen Gestank von Whisky und Erbrochenem bis hinter das kleine, hübsch angemalte französische Bett.

Lulu lag mit dem Rücken auf dem weißen Schaffellteppich, der nun mit allen möglichen Flüssigkeiten getränkt war. Emily bot sich ein Bild der Verzweiflung. Lulu trug nur ein weißes, ebenfalls von Flecken übersätes Seidenhöschen. Sie hatte die Augen geschlossen, war aschfahl und übergab sich immer noch. Das Erbrochene rann über ihr Kinn, tropfte auf die kleinen, sonnengebräunten Brüste. Sie musste würgen. In ihrer Brust, ihrem Hals rasselte es laut. Wäre da nicht dieses Rasseln und der stete Strom von Erbrochenem gewesen, hätte Emily sie für tot gehalten. Neben ihr auf dem Teppich lag eine leere Flasche *Maker's Mark*.

Bis Emily sich wieder rühren konnte, hatte Elvis schon beide Pfoten auf Lulus Schultern gelegt und leckte das Erbrochene von ihrem Gesicht.

Kinder, die auf einer Farm mit Tieren aufwachsen, wissen sofort und instinktiv, wie man mit dem Sterben ringen kann. Sie mögen vielleicht noch nicht begreifen, was es mit dem Tod auf sich hat, aber vom Leben, selbst wenn es zu zerrinnen droht, verstehen sie etwas. Emily lief zu Lulu und drehte sie auf die Seite. Sie musste sich immer noch übergeben, doch das Würgen hörte nun auf. Später erinnerte Emily sich nicht mehr daran, was sie alles unternommen hatte, doch sie wusste noch, dass Elvis reglos und neugierig neben Lulus verfilztem Haarschopf gesessen und gewartet hatte.

Irgendwann ließ der Strom von Erbrochenem nach und versiegte schließlich ganz. Lulu drehte sich wieder auf den Rücken. Beim Atmen stieß sie komische Pfeifgeräusche aus. Das Bewusstsein hatte sie noch nicht wiedererlangt.

»Nein, reiß dich zusammen«, schimpfte Emily. Sie zog Lulu hoch, setzte sie aufrecht hin, hielt sie an den Armen fest, zog sie ins Badezimmer und hievte sie in die Badewanne. Kaum hatte sie den Duschhahn voll aufgedreht, wurden Erbrochenes und Whisky in den Ausguss geschwemmt. Es dauerte nicht lang, bis Lulus Haare, ihr Gesicht und der Körper wieder sauber waren. Ihr weißes Antlitz war allerdings immer noch eingefallen und die Augen hatte sie auch noch nicht geöffnet.

»Wach auf, Lulu«, ermunterte Emily sie immer wieder, legte die Hände auf ihre Schultern und schüttelte sie ordentlich durch, ohne genau zu wissen, was sie da tat. »Verdammt noch mal, wach auf und setz dich hin! Das ist nicht fair. Ich weiß nicht, was ich mit dir machen soll. *Wag* ja nicht zu sterben!«

Drüben im Haus Hilfe zu holen kam ihr nicht in den Sinn. Tief in ihrem Innern wusste sie, dass sie Lulu dann vielleicht das Leben rettete, dafür jedoch ihre Seele aufs Spiel setzte. Sie schüttelte Lulu immer noch wie von Sinnen, als der ein erstickter Ton über die Lippen kam, sie die Augen aufschlug und Emily anschaute. Eine ganze Weile starrten die beiden Mädchen sich nur an, bis Lulu den Blick senkte und das dreckige Wasser und Emilys fleckige Klamotten sah, was sie sofort veranlasste, die Augen wieder zu schließen.

»Geh weg, Emily«, flüsterte sie mit der zittrigen Stimme einer alten Frau. »Lass mich allein.«

»Das werde ich bestimmt nicht tun«, meinte Emily und begann vor Erleichterung zu weinen. »Du warst am Ersticken. Du wärst beinah gestorben.«

»Das wäre mir nur recht gewesen«, sagte Lulu und fing auch an zu weinen. »Das wäre mir nur recht gewesen.«

Lulu erwachte bei Morgengrauen, als sich draußen in den Zwingern die Hunde rührten, die hungrigen Welpen wimmerten und suchten die Zitzen ihrer Mütter. Auf einem Ast in dem riesigen alten indischen Fliederbusch vor Lulus offenem Fenster stimmte ein Kardinalvogel sein erstes Lied an.

Emily, die mit steifem Nacken im Sessel neben dem zierlichen Bett döste, hörte Buddy flüstern: *»Singe, die ganze Nacht durch, dieser frühe Vogel.Dann darf kein Geist umhergehn.«*

Da wachte sie richtig auf. Ihr Herz machte einen Satz; sie hatte einen sauren Geschmack im Mund und ihre Blase drohte zu platzen. Lulu war irgendwann eingeschlafen. Seitdem hatte Emily auf dem Stuhl gesessen.

Unbequemer war es nun wirklich nicht gegangen, aber sie hatte sich nicht getraut, sich zu erheben. Wie eine Tote schlief Lulu – tief und schwer, immer noch in das feuchte Badetuch gehüllt, das Emily gefunden und in das sie sie eingewickelt hatte, auf dem Rücken liegend unter einem Leinenlaken mit Spitzenbordüre. Lulu war so weiß und still, dass Emily einmal aufgestanden war und sich über sie gebeugt hatte, um sich zu vergewissern, dass sie noch atmete. Neben Emilys Stuhl saß ein regloser Elvis, der Lulu nicht aus den Augen ließ und Wache hielt.

Mehrere Stunden hatten sie quasi Totenwache gehalten. Tief in ihrem Inneren hatte Emily genau gespürt, dass Lulu aufhören würde zu atmen, sollte sie auch nur für eine Minute dieses Zimmer verlassen. Als sie Buddys Worte vernahm, schreckte sie aus dem Halbschlaf auf, in den sie gefallen war. Sie schaute sich hektisch in dem düsteren Raum um, wusste kurz nicht, wo sie war, spürte nur den schmerzhaften Drang, zur Toilette zu gehen. Ein Blick auf das Bett verriet ihr, dass Lulu wach war. Sie rührte sich nicht und war so weiß und glasig wie eine gekochte Zwiebel. Ihre Augen, normalerweise von einem strahlenden Blau, wirkten heute fast grau. Als sie zögernd lächelte, musste Emily an den gespenstisch aufgerissenen Mund einer Totenmaske denken.

»Shakespeare war immer sehr treffsicher, nicht wahr?«, flüsterte sie heiser. Da erst begriff Emily, dass es Lulu gewesen war, die gesprochen hatte, und nicht Buddy.

»Nur dass die Geister doch umhergehen, was? Ich schäme mich ja so sehr, Emily. Unvorstellbar, was ich dir da zugemutet habe. Und das passiert ja nicht zum ersten Mal, was? Eigentlich müsste ich auf dich achtgeben.«

Sie seufzte. Da war wieder dieses Rasseln zu hören. Kopfschüttelnd schloss sie die Augen.

»Keine Ahnung, warum du geblieben bist«, fuhr sie fort. »Trotzdem bin ich froh, dass du bei mir warst. Ich wäre sonst bestimmt gestorben, da bin ich mir ganz sicher. Und vielleicht wäre das sogar besser gewesen. Woher wusstest du Bescheid?«

Benommen deutete Emily mit dem Kinn auf Elvis, der auf Lulus Bett sprang und sich in ihre Armbeuge kuschelte.

Tut mir leid, Emily, sagte seine Miene. Ich muss jetzt hier bleiben, doch ich komme bald zurück zu dir.

»Das hätte ich wissen müssen«, sagte Lulu, die abermals in Tränen ausbrach. »Nicht nur, weil ich noch am Leben bin, stehe ich bei den Parmenters, den Hunden und allen tief in der Schuld. Vergelten kann ich euch das nie.«

Emily, die gerade aus dem Badezimmer zurückkehrte, merkte, wie sich ihre Furcht in Zorn verwandelte.

»Ich wusste nicht, dass du säufst«, meinte sie kaltherzig. »Daddy hätte dich hier bestimmt nicht aufgenommen, wenn er das geahnt hätte. Aber wer weiß, vielleicht doch. Ihm ist ja nichts wichtiger, als mich nach Charlotte Hall zu verfrachten.«

Lulu drehte den Kopf auf die andere Kissenseite. Stumme Tränen kullerten ihre eingefallenen Wangen hinunter.

»Bitte, erzähl Walter nichts«, wisperte Lulu. »Bitte nicht. Unter normalen Umständen trinke ich nicht mehr so viel. Ist seit Ewigkeiten das erste Mal, dass mir das passiert. Ich habe mich wirklich bemüht, eine Menge Dinge, die mir schaden, nicht mehr zu tun, was hier draußen auch alles in allem gut funktioniert hat. Bis gestern Abend. Ich hätte die Flasche gar nicht erst kaufen dürfen, doch ich hielt das für einen guten Test – zu wissen, dass es hier in der Wohnung Whisky gibt und ich ihn nicht anrühre.«

Emily schwieg.

Lulu öffnete die Augen und sagte: »Bringst du mir ein Glas Wasser? Ich will dir alles erklären, aber mein Mund ist zu trocken zum Reden.«

»Du brauchst mir gar nichts zu erklären«, wehrte Emily schroff ab. »Und ich will es auch gar nicht wissen. Das, was ich eh schon weiß, reicht mir. Daddy werde ich nichts verraten. Lass uns die Sache einfach vergessen.«

»Nein«, beharrte Lulu. »Dass du mich verstehst, ist mir wichtiger als alles andere auf der Welt. Meine Eltern würden es nicht in einer Million Jahre verstehen und Oma möchte ich damit nicht behelligen. Ich habe da so meine Zweifel, ob sie die Wahrheit verkraften würde.«

»Wieso meinst du, ich kann das?«, fragte Emily.

»Weil du diesen Sommer mit so viel fertig werden musstest, das neu und schwierig für dich war. Ich habe dich genau beobachtet. Von daher glaube ich, dass du damit auch fertig wirst. Ich habe fast alles verloren, Emily. Dich will ich nicht auch noch verlieren. Obwohl du viele Jahre jünger bist, hatte ich nie eine bessere Freundin als dich.«

Emily merkte, wie Lulus Worte ihr die Kehle zuschnürten. Da sie um keinen Preis wollte, dass Lulu ihr Gesicht sah, ging sie zur Spüle, holte das Wasser und reichte es Lulu. Sie mochte nichts von diesen Qualen wissen und es interessierte sie auch nicht, was diese Pein auslöste, denn sie ahnte, dass dieses Wissen das Zeug hatte, sie für immer zu verändern. Und Veränderungen hatte es bei ihr in diesem Sommer schon mehr als genug gegeben. Entgegen ihrem Willen setzte sie sich wieder auf den Stuhl.

Lulu trank das Wasser in großen Zügen, stieß einen Seufzer aus und ließ sich noch etwas Zeit.

»Eigentlich kennst du mich überhaupt nicht«, sagte sie nach ein paar Minuten. »Jedenfalls nicht so, wie ich früher war. Ich war die Starke, die Freie, die, die allein ihren Weg ging und sich nicht darum scherte, was die anderen über sie dachten. Ich sprühte nur so vor Leben. Meine Freunde verstanden mich zwar nicht, haben sich aber mit meiner Art arrangiert. Meine Eltern haben alles darangesetzt, mich zu ändern, mir die Flügel zu stutzen. Nur Oma hat mich verstanden. Sie hat immer gesagt, ich hätte große Ähnlichkeit mit ihr, als sie noch jung war. Oma findet mich super und hält mich für unfehlbar. Vermutlich habe ich für Charlestoner Verhältnisse ein wildes, ungezügeltes Leben geführt, doch es hat mir Spaß gemacht und mir entsprochen.

Und dann habe ich genau vor zwei Jahren auf einer Party auf Wadmalaw Island jemanden kennengelernt und dann war Schluss mit lustig.«

»Die Person, die gestern Abend deine Mutter begleitet hat«, schlussfolgerte Emily. »Mir war gleich klar, dass du dich nicht nur vor ihr gefürchtet hast.«

»Das stimmt. Die Person, die meine Mutter begleitet hat. Der Mann. Ich weiß nicht, wie er auf die Party gekommen ist. Er lebt in Virginia und ich habe ihn seit vier Monaten nicht mehr gesehen. Ich habe mir sogar eingebildet, er wüsste nicht, wo ich bin – jedenfalls hatte ich das schwer gehofft. Nie im Leben hätte ich gedacht, dass er mich hier draußen findet. Wahrscheinlich hat meine Mutter ihn eingeladen. Sie konnte sich ausrechnen, dass ich bei Oma sein werde, und seit ich ihr gesagt habe, dass ich ihn nicht wiedersehen will, hat sie mich andauernd zu überreden versucht, wieder mit ihm zu gehen. Er ist nämlich genau das, was sich jede Charlestoner Mutter für ihre Tochter wünscht. Charmant ist er, gut aussehend und witzig obendrein. Er ist aus so vornehmem Hause. So vornehm, dass man ihm schon von fern ansieht, dass er Mitglied der einflussreichsten Familie Virginias ist. Eines Tages wird er zig Millionen Dollar erben und die größte Plantage in Virginia. Sie liegt am James River und ist fünfmal so groß wie unsere. In Gegenwart meiner Eltern ist er ausgesucht höflich und nett und natürlich Klassenbester an der Virginia Law School. Es besteht kein Zweifel, dass er – um mal meine Mutter zu zitieren – im Süden ein ganz wichtiger Vertreter der Rechtswissenschaft werden wird. Oder Gouverneur. Oder vielleicht sogar Senator. Wer weiß? Von außen betrachtet sah es ganz so aus, als würde er mich anbeten. Würde ich den Versuch unternehmen, ihnen zu erklären, was da in Wahrheit zwischen ihm und mir läuft, würden sie mir das einfach nicht glauben.«

»Was läuft denn da?«, fragte Emily, obwohl ihr bang ums Herz war. Am liebsten hätte sie sich Elvis geschnappt, sich in ihrem Zimmer verkrochen und so getan, als wäre alles wie früher, bevor Lulu Foxworth hier aufgetaucht war. Aus irgendeinem Grund blieb sie, wo sie war.

Lulu drehte den Kopf und sah Emily an. Es hatte den Anschein, als nähme sie Emilys Gesicht seit dem Aufwachen zum ersten Mal richtig wahr. Die verschwommenen blauen Augen fixierten sie.

»Um Gottes willen, was habe ich mir nur dabei gedacht? Ich kann dir das doch nicht erzählen. Du bist ja noch nicht mal dreizehn Jahre alt. Das dürfte ich niemandem erzählen und schon gar nicht dir. Mit ein bisschen Glück wird dieser Krug an dir vorübergehen. Ich sollte auf der Stelle von hier verschwinden und meinen Unrat mitnehmen, ehe ich dich zugrunde richte. Diesen Sommer habe ich dir schon genug zugesetzt.«

»Ich weiß über solche Sachen Bescheid«, meinte Emily. »In der Schule stehen auf den Toilettenwänden Sachen, das würdest du nicht glauben. Zeichnungen gibt es auch. Ich weiß, worum es da geht. Und ich habe die Jungs reden gehört. Sie haben nicht geahnt, dass ich sie belausche. Ich weiß, was die Leute tun ...«

»Nein, weißt du nicht«, fiel Lulu ihr ins Wort. Ihre Stimme war jetzt kräftiger, nicht mehr dieses leise Keuchen von vorhin. Tränen schossen ihr in die Augen.

»Du kannst dir nicht vorstellen, was wir getan haben, er und ich. Ehe ich ihn traf, hatte ich davon nicht den blassesten Schimmer. Ich wusste gar nicht, dass es so etwas gibt. Es gab nichts, das er nicht mit mir anstellte, und ich ging immer wieder zurück und wollte noch mehr. Manchmal habe ich sogar darum gebettelt. Anfangs habe ich mich noch geschämt und gedacht, ich würde sterben, doch irgendwann existierte nichts mehr, was zählte – bis auf ein Wiedersehen, bis auf das Bedürfnis, wieder mit ihm zusammen zu sein. Ich wusste ganz genau, was aus mir geworden war, und es kümmerte mich einen feuchten Kehricht.«

Emily rührte sich nicht, sagte kein Wort. Ihr war speiübel. Die Situation hier war peinlicher als peinlich. Nun warf sie also einen Blick in jenen tiefen Abgrund, der sich, wie sie sehr wohl wusste, hinter der Fassade des Alltäglichen auftat, bislang allerdings im Dunkeln geblieben war – wie der missgebildete, große, schwarze Hai, der im hintersten Winkel ihres Unterbewusstseins lauerte. Nie hatte sie über ihn ein Wort verloren, nicht mal Buddy gegenüber. Irgendwie schämte sie sich dafür, dass sie um diesen Abgrund wusste. Sie hatte immer gedacht, sie wäre die Einzige auf der Welt, deren Unterbewusstsein so einen Hai beherbergte, doch nun fischte Lulu einen Hai aus ihrem Abgrund und hielt ihn Emily vor die Nase.

Ich möchte, dass sich jemand um mich kümmert, dachte Emily niedergeschlagen. Ich brauche Buddy. Ich brauche meine Mutter.

Und weil keiner von beiden da war und ihr beistehen konnte, blieb sie sitzen und wartete, bis Lulu ihren monströsen Fisch ins Boot gezogen hatte.

»Seine Familie hat ein kleines Apartment in Charlottesville, wo sie wohnen, wenn sie zu Besuch kommen«, fuhr Lulu mit tonloser Stimme fort. »Dort sind wir hin. Jeden Freitag habe ich mich abgemeldet, er hat mich vom Campus abgeholt und wir sind schnurstracks dorthin gefahren. Meistens haben wir erst Montagmorgen wieder einen Fuß vor die Tür gesetzt, so dass ich es gerade noch ins erste Seminar geschafft habe. Er hatte dort etwas zu essen und Unmengen an Alkohol. Und auch noch anderes Zeug. Er hat mich überredet, alles auszuprobieren. Abhängig wurde ich nur vom Alkohol. Das wurde meine Sucht. Er und der Schnaps. Unter der Woche, während ich tat, was ich immer getan hatte, war ich wie besessen, weil ich es nicht erwarten konnte, bis er wieder die Wagentür aufstieß und ich einsteigen konnte. Bis er mich ansah, mich berührte. Komisch war, dass wir beide noch genug Energie für die Uni hatten. Ich pfiff schon aus dem letzten Loch, gab mir tierisch viel Mühe, nach außen hin ganz normal zu wirken. Was wir miteinander trieben, hatte anscheinend keinen Einfluss auf ihn. Weder der Schnaps noch die Drogen noch … alles andere. Er konnte einfach wieder an die UVA gehen, in noch einem Juraexamen eine Eins kassieren, noch eine brillante Hausarbeit schreiben, andere Mädchen in ihren großen Häusern am Fluss besuchen und deren Eltern genauso mit seinem Charme bezirzen wie meine. Ich wusste von den anderen Mädchen. Südstaatenunis stehen im regen Austausch – die Buschtrommeln verstummen nie. All das interessierte mich nicht, solange ich die Wochenenden kriegte. Irgendwann fingen wir an, länger zu bleiben, zwei, drei Tage ans Wochenende dranzuhängen. Keine Ahnung, welchen Bären er seinen Eltern aufgebunden und wie er das mit der Uni hingekriegt hat. Meinen Eltern habe ich erzählt, ich hätte mir viele Aufgaben außerhalb des normalen Stundenplans aufgehalst und bräuchte deswegen dringend die Generalerlaubnis, den Campus zu verlassen, wann immer ich es für richtig hielt. Ich glaube, wenn ich der Sache nicht einfach … einen Riegel vorgeschoben hätte, wäre ich für immer in diesem schrecklichen kleinen Apartment geblieben. Und dort gestorben.«

»Aber du bist nicht geblieben«, sagte Emily, nur um auch etwas beizusteuern und das unerträgliche Schweigen zu beenden. Es war ihr wichtig, dass Lulu nicht mitkriegte, wie abstoßend sie das alles fand.

»Nein, bin ich nicht. Eines schönen Morgens, nachdem wir vier Tage dort gewesen waren und wer weiß wie viel Schnaps getrunken und andere Sachen eingepfiffen hatten, hat er sich angezogen und ist in die Uni gefahren, ohne mich eines Blickes zu würdigen. Da habe ich mich ins Badezimmer geschleppt und einen Blick in den Spiegel geworfen. Und es war so, als würde ich zum ersten Mal sehen, was aus mir geworden war. Ich sah diesen erniedrigten, ausgetrockneten, blassgelben, halb verhungerten und von blauen Flecken übersäten Zombie, der nur darauf wartete, dass er zurückkam. Ich konnte mich kaum mehr erinnern, wie ich mal vor unserer ersten Begegnung gewesen war. Dahin waren die Gesundheit, die Vitalität, das Lachen, die Selbstsicherheit. Und der gesunde Menschenverstand. Der hatte sich schon an unserem ersten gemeinsamen Abend in Luft aufgelöst. Der gesunde Menschenverstand.

Auf einmal wurde mir klar, dass ich draufgehen würde, sollte ich ihn noch einmal sehen. Ich bin zur Uni getrampt, habe allen einen Bären aufgebunden und behauptet, ich hätte die Grippe. Unter diesem Vorwand habe ich mich in meinem Zimmer verkrochen und es ausgeschwitzt. Mir ging es wirklich richtig dreckig. Kein Tier sollte durchmachen müssen, was ich in dieser Zeit erleiden musste. Noch einmal würde ich das nicht durchstehen. Die ganze Geschichte hatte mich ja beinahe umgebracht. Eines Morgens schaute ich in den Spiegel und entdeckte den Geist jenes anderen Mädchens, diesmal ziemlich deutlich. In dem Moment habe ich begriffen, dass ich mich komplett von ihm lossagen musste oder er mich finden und die ganze Sache von vorn losgehen würde. Danach habe ich meine Mutter angerufen und gesagt, ich wäre schon eine ganze Weile krank und ziemlich am Ende, und ich müsste unbedingt nach Hause. Sie ist sofort gekommen und hat mich abgeholt. Daheim habe ich mich in meinem Zimmer eingeschlossen und versucht, nichts zu trinken und schon gar nicht den Hörer abzunehmen und ihn anzurufen. Mutter dachte, ich ruhe mich aus, damit ich bis Weihnachten, wenn die Saison losgeht, frisch und munter bin. Die verfluchte Charlestoner Saison mit den Bällen, Festen, Mittagessen, Tee- und Hauspartys. Und der ganze Schnaps, der nie versiegt. Ich wusste, er würde auf einer Menge Partys auftauchen, denn der Süden ist eine kleine Welt und da ist er der Prinz.

Frag mich nicht, was mit mir geschehen wäre, hätte ich euch nicht besucht und die Hunde gesehen. Und irgendwie geahnt, dass ich hier wieder mein Selbstwertgefühl aufpäppeln kann. Das Leben hier ist so geruhsam, so schön und lauschig. Für mich lief es gut. Ich habe den ganzen Tag hart gearbeitet, mit dir und den Hunden. Abends bin ich des Öfteren zu euch gekommen, damit ich nicht allein mit der Flasche bei mir drüben sitzen musste. Ja, ich habe mich wieder erinnert, wie es ist, ich zu sein, und ich habe mich langsam aufgerappelt.«

Scheherazade, fuhr es Emily durch den Kopf, Cleta hat recht gehabt. Sie hat es zuerst gemerkt. Und Tante Jenny auch. Abend für Abend hat sie uns etwas vorgespielt, damit wir sie nächsten Abend wieder bei uns haben wollten. Damit sie am Leben bleiben durfte. Und die ganze Zeit über haben wir uns eingebildet, sie würde uns mögen. Nie wieder werde ich mir eine von ihren dämlichen Charleston-Geschichten anhören. Nie wieder werde ich mit ihr zusammen am Tisch sitzen und zu Abend essen. Und auf gar keinen Fall borge ich ihr noch mal Elvis. Soll sie sich doch jemand anderen suchen, an dem sie sich festhalten kann.

Als könnte Lulu ihre Gedanken erraten, streckte sie eine zitternde Hand nach Emily aus.

»Ihr habt mich gelehrt, wieder zu leben«, flüsterte sie. »Ihr habt mich tatsächlich gerettet. Und dafür liebe ich euch. Euch alle und dich am meisten. Ihr und die Hunde seid jetzt das Beste in meinem Leben. Wenn ich hier wegmuss, werde ich das nicht lange überleben. Dazu bin ich noch nicht stark genug. Und was ihn anbelangt, werde ich vielleicht nie stark genug sein. Das Verlangen nach ihm ist genauso stark wie jede andere Sucht. Auf jeden Fall schlimmer als Alkoholismus und der ist schon grauenvoll genug.«

Da Emily keine Anstalten machte, ihre Hand zu nehmen, ließ Lulu sie fallen und wandte den Blick wieder ab.

»Jetzt habe ich alles vermasselt, was?«, fragte sie leise. »Ich kann nicht bleiben und das Risiko eingehen, dass du all das noch mal durchmachen musst. Ich kann Walter nicht ins Gesicht sehen mit dem Wissen, dass er Bescheid weiß. Aber nach Hause gehen kann ich auch nicht. Mutter würde ihn einladen, ehe ich mich versehe. Ich dachte, hier wäre ich sicher. Nun weiß er, wo ich stecke. Man ist nie wirklich sicher, oder?«

Diese Angst kannte Emily – die schiere Angst, ins Bodenlose zu fallen. Als ihre Mutter weggegangen und die Tür ins Schloss gefallen war, hatte sie diese Angst zum ersten Mal verspürt. Ein Kribbeln in der Nase kündigte einen neuen Tränenausbruch an.

Sie streckte die Hand aus und griff nach Lulus. Das Mädchen im Bett schien ihr verloren.

»Wir lassen ihn einfach nicht herein«, sagte sie. »Falls er auftaucht, jagen Daddy und die Zwillinge ihn einfach davon …«

»Sie dürfen das nicht wissen!« Lulus Miene verwandelte sich in eine zornige Fratze.

»Dann hindern die Hunde und ich ihn eben daran«, versprach Emily. »Tagsüber, wenn wir mit den Hunden arbeiten, bin ich eh bei dir und nachts bleibe ich auch bei dir. Elvis und ich werden hier übernachten. Den anderen können wir ja sagen, wir lesen noch. Oder du erzählst ihnen, du bringst mir alles bei, was eine Dame von Welt wissen muss …«

Der Geist eines Lächelns huschte über Lulus blutleeres Gesicht.

»An dir und den Hunden kommt nicht mal Yancey vorbei«, sagte sie.

»Yancey? Was ist denn das für ein Name?«, fragte Emily angriffslustig. Dieser verzogene, kranke Prinz würde nicht an ihr vorbeikommen.

»Yancey Byrd. Überall in den Vereinigten Staaten öffnet dir dieser Name Tür und Tor.«

»Hm, die hier aber nicht«, meinte Emily, ging hinüber und setzte sich zu Lulu aufs Bett. Elvis grinste und leckte ihren Arm ab.

»O Gott, ich verstecke mich hinter einer Zwölfjährigen und einem Spaniel«, sagte Lulu und brach wieder in Tränen aus. »Das kann ich dir nicht antun. Ich kann nicht erwarten, dass du das für mich tust …«

»Pst«, sagte Emily und strich ihr das goldene Haar aus dem müden Gesicht. »Pst, alles wird gut.«

Diese Worte kramte sie aus dem hintersten Winkel ihres Gedächtnisses hervor. Jemand hatte sie irgendwann einmal zu ihr gesagt – mit sanfter, warmer Stimme. Sie hatte keine Ahnung, ob tatsächlich alles gut geworden war, doch seit jenem Tag waren diese Worte für sie so etwas wie ein Talisman.

»Alles wird gut.« Diese Worte waren ihr Geschenk an Lulu.

Während draußen der Morgen graute, drehte Lulu sich auf dem Leinenlaken um und schlief ein.

Kapitel Vierzehn

Als Emily am späten Nachmittag mit einer neuen Klasse junger Hunde die Befehle »Platz« und »Sitz« übte, tauchte Lulu vorm Hundezwinger auf. Die Eltern dieses Wurfes niedlicher Welpen waren die schöne Phoebe und Elvis' Vater Elijah – auf Sweetwater auch unter dem Spitznamen »The Hunk« bekannt. Elvis saß regungslos neben dem Zwingertor und sah zu, wie die jungen Spaniels ihre Befehle erhielten. Er bewegte sich kaum, doch hin und wieder, wenn ein aufsässiger junger Hund sich von der Gruppe entfernte oder ein fauler Welpe trödelte, bellte er kurz, woraufhin die kleinen Störenfriede sofort wieder spurten.

»Ich bräuchte eigentlich gar nicht hier sein«, beschwerte Emily sich bei Elvis, der grinste und das rote Haupt neigte. »Warum übernimmst du hier nicht das Ruder?«

»Er könnte uns mit einem Schlag arbeitslos machen«, sagte Lulu, als sie in den Zwinger kam und sich neben Emily stellte.

Ohne den Blick richtig zu heben, musterte Emily Lulu. Sie fürchtete sich ein bisschen vor dem, was sie wohl sehen würde, aber die Furcht wich der Überraschung und Erleichterung. Die im schräg einfallenden Sonnenlicht stehende Lulu lächelte. In den frisch gebügelten weißen Shorts, dem sauberen T-Shirt und dem geschrubbten Gesicht wirkte sie wie neugeboren. Das goldblonde Haar war noch feucht und sie roch nach Shampoo und der französischen Lavendelseife, die sie immer benutzte. Ihr Blick war klar, die Hände zitterten nicht mehr. Elvis verließ seinen Posten neben dem Tor, trottete zu ihr hinüber, stieß mit dem Kopf gegen ihr Bein und hob schwanzwedelnd den Blick. Die Welpen, die merkten, dass sie von ihren Pflichten entbunden waren, fielen über ihre Schuhe her und kauten mit den kleinen Zähnen auf den Schnürsenkeln herum.

»Hallo, ihr alle«, grüßte sie, beugte sich hinunter und nahm ein paar Welpen auf die Arme. »Ich kann nur hoffen, ihr benehmt euch bei Tante Emily besser, sonst werdet ihr solche Ausstellungshündchen und kriegt weder die Marsch noch ein Boot zu sehen.«

Emily schmunzelte vor Erleichterung. Lulu hatte den Ton für diesen Nachmittag festgelegt, was völlig in Ordnung ging. Nein, es war mehr als in Ordnung. Ihr Grinsen wurde breiter. In der Welt der Jagdhunde waren Ausstellungshunde verwöhnte, zahnlose Kreaturen, die auf Hundeschauen herumgezeigt wurden. Die Züchter und Jäger im Lowcountry hatten für diese Tiere nur Verachtung übrig.

»Keine Chance«, erwiderte sie. »Wenn ich ihnen keine Manieren beibringen kann, schafft das Elvis auf alle Fälle.«

Obschon die Sonne am Ende des Sommers tiefer stand, hatte sie noch genug Kraft, wie man deutlich auf Unterarmen und nackten Beinen merkte. Die Kleider klebten am Körper und der Schweiß lief in Strömen. Nachdem sie die Welpen gebürstet und wieder bei ihren Müttern abgeliefert hatten, wischte Lulu sich die feuchte Stirn ab und schaute zu Emily hinüber.

»Komm, wir sehen nach den Delphinen«, schlug sie vor. »Dazu reicht die Zeit vor dem Abendessen noch.«

»Ist schon zu spät für sie«, meinte Emily. »So spät im Jahr habe ich sie noch nie gesehen.«

»Ich glaube, sie sind da«, beharrte Lulu lächelnd. »So habe ich es jedenfalls geträumt.«

Sie liefen quer über die Felder und durch die Bäume, die den Priel säumten. Um diese Uhrzeit war es hier heiß und still. Nichts und niemand regte sich. Nur ein paar Bienen summten und hier und dort hing ein Grashüpfer an einem hohen Grashalm. Die Luft roch nach Staub und getrocknetem Schlick. Während dieser verträumten Tage zwischen den Jahreszeiten, wo die Zeit stillzustehen schien, roch der Schlick nie so stark. Alles ruhte in der trockenen Hitze, bis die Nacht hereinbrach.

Als sie zum Sweetwater Creek und der Stelle, wo die Delphine an Land gingen, gelangten, musste Emily überrascht feststellen, dass die Furchen am Strand noch feucht waren.

»Dein Traum hat Hand und Fuß«, sagte sie, woraufhin Lulu grinste.

Sie lagen auf dem Bauch zwischen den trockenen Farnen auf dem kleinen Felsvorsprung, wechselten gelegentlich ein paar Worte und schliefen fast ein, während sie darauf warteten, dass der Wasserpegel weiter sank. Schon stand das grüne Schlickgras am Flussufer hoch und ragte über das sandige Flussbett und das Meer aus Grün, das bis zum westlichen Horizont reichte, schimmerte golden in der untergehenden Sonne. Als die Delphine den Fluss hinuntergeschwommen kamen, schreckten die beiden Mädchen aus dem Halbschlaf auf. Lulu setzte sich auf. Ihre Augen funkelten vor Begeisterung. Von einer Sekunde auf die andere verwandelte sich der schläfrige Fluss in einen trüben, tosenden Strom. Wie sonst auch produzierten die großen, glänzenden Tiere eine große Welle, die ans Ufer schwappte. Dieses Mal war ihre Ausbeute allerdings dürftig. Für Meeräschen war es schon zu spät. Die meisten hatten sich aufgemacht und waren aufs Meer hinausgeschwommen.

Die Delphine folgten den wenigen zappelnden Meeräschen ans Ufer, lagen wie immer dicht an dicht auf der Seite, verschlangen einen Fisch nach dem anderen und richteten ein Blutbad an. Das eine große, schwarze, kalt dreinblickende Auge, das Emily und Lulu sehen konnten, schien auf sie gerichtet zu sein. Die Delphine grinsten immer noch, als sie nach den Meeräschen schnappten und diese verschlangen.

Ein paar Sekunden später hatten sich die Wogen schon wieder gelegt und die Delphine verschwanden. Einer blieb jedoch zurück. Er lag noch auf der Seite im Sand. Seine silberne gummiartige Haut funkelte in der Sonne. Er rührte sich nicht, starrte sie nur an und grinste.

»Was meinst du? Ist er verletzt?«, fragte Emily. »Ich habe noch nie erlebt, dass sich einer von ihnen so verhält.«

Vorsichtig erhob Lulu sich auf dem Felsvorsprung und kletterte fast lautlos zum Ufer hinunter. Der Delphin bewegte sich nicht. Ohne seine Artgenossen, außerhalb des durchsichtigen, bräunlichen Wassers wirkte er riesig, beinah so groß wie ein Wal. Äußerst behutsam kniete Lulu sich neben das Tier auf den Sand, streckte die Hand aus und berührte die glänzende Haut. Der Delphin regte sich nicht, grinste sie an, gab sich einen Ruck, rutschte in den Fluss und schwamm davon. Stumm schauten sie ihm hinterher. Elvis, der sich die ganze Zeit über so mustergültig wie ein Spaniel aus einem Hundezuchtfachbuch verhalten hatte, hüpfte den Felsvorsprung hinunter und sprang, einen großen kupfernen Bogen beschreibend, ins

Wasser. Den nassen Kopf aus dem Wasser reckend, paddelte er zielstrebig dem davonschwimmenden Delphin hinterher, bis der in das dunkle, schnell fließende Wasser tauchte und Richtung Meer verschwand. Fröhlich grinsend schwamm Elvis zurück, krabbelte zu ihnen hoch, schüttelte funkelnde Wassertropfen aus dem Fell und setzte sich grinsend und keuchend neben Emily.

Das ist meine Bestimmung, sagten ihr seine bernsteinfarbenen Augen.

Emily umarmte ihn und drehte dann den Kopf in Lulus Richtung. Sie saß ganz still da, starrte auf den leeren Fluss, weinte leise und lächelte.

»Alles wird gut werden, was?«, sagte sie leise. »Du hast das gesagt und danach die Delphine und jetzt Elvis. Mehr Garantie kann man nun wirklich nicht verlangen.«

»Natürlich wird alles gut«, meinte Emily forsch. »Ich möchte wissen, wieso sie gekommen sind? Die Meeräschen sind doch schon vor einer Woche weitergezogen.«

»Um sich zu verabschieden«, sagte Lulu. »Sie sind gekommen, um sich zu vergewissern, ob wir sie noch brauchen, und wenn nicht, um tschüss zu sagen.«

Hinterher erwähnte keine von ihnen diese schreckliche Nacht – nicht mal indirekt. Emily dachte hin und wieder schon daran. Es war nicht so, dass sie oder Lulu sich schämten, nein, es war einfach … vorbei. Es war, als hätte nach langer Dunkelheit eine gewaltige tektonische Verschiebung stattgefunden, und auf einmal war Sweetwater eine Insel der Geborgenheit, geschützt durch einen Zauber. Alles würde gut werden, geradeso, als hätte sich in jener warmen Nacht etwas grundlegend verändert und Emily besäße nun Macht. Emily, die Hüterin des Zaubers. Emily, die Äbtissin, und Lulu, die Bittstellerin.

Falls Lulu dies spürte, erwähnte sie das Emily gegenüber mit keiner Silbe. In der Nacht, als sie die Delphine gesehen hatte, hatte Emily halb wach im Bett gelegen und gedacht, dass sie nicht geahnt hatte, dass es möglich war, in einer Nacht erwachsen zu werden. Dennoch war es so geschehen und ihr nicht einmal schwergefallen.

Als sie an jenem Abend im Kerzenschein bei Tisch saßen, naschte sie von dem Huhn und den Knödeln und spielte dabei ihre neuen erwachsenen Gedanken durch. Innerlich schäumte sie vor Ungeduld. Ihr Vater, ihre Brüder, ihre Tante kamen ihr wie dumme Kinder vor. Sie sprach nicht über die Party, obwohl Jenny Raiford sie drängte.

»Komm schon, Emily«, bat sie lächelnd. »Mehr werde ich von so einer Party nie mitkriegen. Also, erzähl uns doch, wie es war.«

Walter und die Zwillinge, die um den Tisch saßen, richteten den Blick auf sie und warteten. Heute Abend war sie vielleicht nur die alte Emily in Jeans, Clogs und mit Pferdeschwanz, wohingegen sie gestern Abend jemand anderer gewesen war, ein Wechselbalg in ihrem Haus, ein fremdes, außergewöhnliches Mädchen, ihrer wunderschönen Mutter wie aus dem Gesicht geschnitten, das auf Partys ging, die in den berühmten großen Lowcountry-Häusern veranstaltet wurden. Und mit diesem Mädchen wollten sie sich jetzt unterhalten.

Emily scheute die Unterhaltung jedoch. Die Geschehnisse waren so überwältigend, zu krass. All das konnte sie nicht in Worte fassen und sie verspürte auch nicht das Verlangen, diese Erfahrung mit jemand anderem als Lulu zu teilen.

»Es war in Ordnung. Es war nett«, sagte sie, ohne von ihrem Teller aufzublicken.

»Es war mehr als nett«, konstatierte Lulu. Wie üblich saß sie in ihrem Baumwollrock und dem Trägerhemdchen links von Walter. Emily fand, dass heute ein unheimliches Feuer in ihr loderte. Sie fragte sich, ob die anderen das auch bemerkten.

»Die Party war ganz toll und Emily war die Ballkönigin«, fuhr Lulu fort. »Einfach umwerfend hat sie ausgesehen. Und Oma war ganz vernarrt in sie. Sie möchte, dass Emily so oft wie möglich vorbeikommt und sie besucht. Und sie hat gesagt, ich dürfte auch mitkommen, müsste aber den Mund halten, wenn sie und Emily sich unterhalten.«

Obwohl Emily den Blick nicht hob, spürte sie sehr wohl den langen, prüfenden Blick ihrer Tante Jenny und wie unglaublich zufrieden Lulus Schilderung ihren Vater machte.

Na, jetzt weiß ich wenigstens, was er gut findet, dachte sie, ich muss mich nur in Schale werfen und auf eine Party gehen – so wie Mutter.

»Ich habe Emily gebeten, ein paar Nächte bei mir drüben zu schlafen«, verkündete Lulu. »Platz ist ja reichlich und ein Gästebett gibt es auch. Ich habe Unmengen von Büchern, von denen ich möchte, dass sie sie liest, und eine Menge Musik, die sie meiner Meinung nach kennenlernen sollte. All das hat sie in letzter Zeit sträflich vernachlässigt. Da wir dann nachts länger auf sein werden, hielte ich es für eine gute Idee, wenn sie gleich drüben schläft.«

Schweigen machte sich breit. Emily warf ihrem Vater einen Blick von der Seite zu.

»Vielleicht werde ich ihr sogar noch Unterricht geben, wie sich eine Dame benimmt«, schob Lulu schnell nach.

»Na, das ist doch eine prima Idee«, rief Walter begeistert. »Lassen Sie sich aber bitte nicht von ihr stören, Lulu.«

»Ach was«, sagte sie.

Wieder sagte keiner ein Wort. »Lassen Sie uns heute Abend abwaschen, Mrs Raiford«, schlug Lulu schließlich vor. »Gespült haben wir seit Ewigkeiten nicht mehr und dann können Sie die Beine hochlegen und mit Walter fernsehen.«

»Heute Abend nicht«, erwiderte Jenny. »Ihr beide seid gestern spät ins Bett gekommen. Ihr könnt mir wann anders zur Hand gehen.«

Sie stand auf und verschwand in der Küche. Niemand schien sich daran zu stören – bis auf Lulu. Sie schaute ihr hinterher. Es dauerte einen Moment, bis sie den Kopf wieder Richtung Tisch drehte und den Gesprächsfaden aufnahm. Im Kerzenschein redete sie in einem fort und die anderen hörten ihr zu.

In jener Nacht schlief Emily zum letzten Mal in ihrem alten Zimmer. Am kommenden Tag wollte sie ihre Sachen in Lulus Apartment hinüberschaffen. Sie fand lange keine Ruhe. Ob ihr die Erlebnisse des vergangenen Abends nachgingen oder die bevorstehende Veränderung zu schaffen machte, konnte sie nicht sagen. Elvis, der sich in ihren Schoß gekuschelt hatte, zuckte hin und wieder im Traum und wimmerte einmal. Als Emily ihn sanft streichelte, seufzte er, beruhigte sich und drehte sich, bis er eine Position fand, die noch bequemer war. Von da an rührte er sich nicht mehr.

Vor ihrem Fenster, dessen Vorhang zugezogen war, hing ein riesiger weißer Mond, der den nahenden Herbst ankündigte. In seinem Licht waren die vertrauten Umrisse von Emilys Möbeln deutlich zu erkennen. Emily starrte sie lange an. Seit sie sich erinnern konnte, hatten diese Gegenstände sie durch ihre Nächte begleitet. Selbst wenn ihr nur noch der Tastsinn bliebe, würde sie sich in diesem Zimmer problemlos zurechtfinden. In dieser Nacht vermittelten sie ihr ein behagliches Gefühl. Dennoch warf sie sich auf der Matratze hin und her und fragte sich, wie wohl die Nächte in Lulus Apartment sein würden. Vom Mondschein durchflutet, das durch die durchscheinenden Vorhänge drang und die weiß getünchten Wände leuchten ließ. Sie ging davon aus, dass dort auch andere Dinge existierten, die für sie bald die Totems der Finsternis, ihre Fixsterne werden würden. Und dort gab es diese Bücherwand, genau wie in Buddys Zimmer, und die geschwungene Lehne des kleinen Sofas und den zierlichen französischen Sekretär vor einem der Fenster. Es war davon auszugehen, dass diese Möbel von nun an ihre nächtlichen Gefährten waren. Plötzlich musste sie an das große und brutale Bild denken, das sie einmal sehr verunsichert hatte, auch wenn sie den Blick nie davon abwenden konnte. Sie hoffte inständig, dass man vom Bett aus die kreisenden schwarzen Vögel, die große Pyramide und den kalten kobaltblauen Himmel nicht sehen konnte. Und schon gar nicht den braunen Mann, der die roten Hände hochhielt. Zweifellos würden diese Hände nach ihr greifen, wenn sie nachts aufstand.

Sei nicht närrisch, ermahnte sie sich, das Bild hat dir doch von Anfang an gefallen und Lulu und ihre Großmutter mögen es auch.

Aber nicht nachts, meldete sich ganz tief drinnen eine Stimme. So behütet sie in der kleinen Wohnung über der Scheune auch sein mochten – vor dem rotarmigen Priester und den herabstürzenden Vögeln waren sie nicht sicher. Sie gehörten zu dem Zimmer, lagen innerhalb des magischen Walls, der sie schützte.

Ihr ging alles Mögliche durch den Kopf: die vertrauten Geräusche aus den Zwingern, die lauten Zikaden in den Wäldern, das verhaltene Trommeln, wenn der Regen aufs Scheunendach prasselte, Lulus gleichmäßiger, leiser Atem und Elvis, der sich mit seinem warmen Körper an sie schmiegte. Niemals würde Elvis zulassen, dass ihr nachts etwas zustieß.

Und dennoch wurde ihr plötzlich ganz bang ums Herz. Sie wollte in diesem Zimmer bleiben, dem einzigen Refugium, das sie kannte.

Muss ich ihr denn alles geben, fragte sie sich, rief nach Buddy, wie sie das in diesem Sommer so oft getan hatte, und sagte: Wo steckst du? Ich muss mit dir reden.

Er antwortete nicht. Auf einmal kam ihr in den Sinn, dass er Lulus Apartment vielleicht nicht mochte, dass er sie dort nicht besuchte, dass die Grausamkeit, mit der diese Nacht zu Ende gegangen war, und diese neue Zuversicht, die sie nun besaß, ihn verschreckt hatten.

Vielleicht denkt er, ich brauche ihn nicht mehr, fuhr es ihr durch den Sinn, doch da täuscht er sich. Er vermittelt mir Sicherheit – genau wie Elvis. Wenn er sich nicht wieder meldet, werde ich nicht dort drüben bleiben. Dich, Buddy, werde ich ihr auf gar keinen Fall opfern.

Im Mondlicht leckte Elvis verschlafen ihre Hand. Die kindischen Zweifel verschwanden wie der Priel bei Ebbe. Unter dem alten geblümten Oberleintuch streckte die neue, erwachsene Emily Arme und Beine.

Sie braucht mich, dachte diese neue Emily. Nur ich kann ihr helfen. Sonst niemand. Und wenn es mein Wunsch ist, kann ich wieder hier einziehen.

Sie hörte nicht wie sonst um diese Uhrzeit ihren Vater

und ihre Tante, die sich unterhielten. Kein Wortfetzen, kein Laut war zu vernehmen. Emily lauschte noch kurz und döste schließlich ein.

Am nächsten Morgen schaffte sie ein paar Sachen in das Apartment, doch nach der letzten Sitzung mit den Welpen ging sie nicht in die Scheune, sondern ins Haupthaus. Unbewusst wartete sie darauf, dass sich jemand von ihr verabschiedete, doch alle waren weg. Ihr Vater und die Jungs hatten vier von den neuen Welpen zum Kastrieren gebracht, und obwohl sie ihre Tante in der Küche umherlaufen hörte, ging sie nicht zu ihr und Jenny kam nicht heraus. Bockig stapfte Emily die Treppe hoch und schimpfte, dass anscheinend alle davon ausgingen, dass sie ausgezogen war, was wiederum niemanden davon abhielt, wie gewohnt weiterzumachen. Diese Stunde nach der Arbeit, nach dem Duschen und Umziehen, verbrachte sie normalerweise mit Jenny.

An diesem Abend erschien Lulu freudestrahlend und mit geröteten Wangen beim Essen. In den Händen hielt sie einen dampfenden Schmortopf.

»Heute lade ich Sie zum Abendessen ein«, verkündete sie schüchtern, woraufhin alle wohlwollend schmunzelten. Eine köstlich duftende, verlegen lächelnde Lulu war unerhört charmant.

»Das wäre doch nicht nötig gewesen«, meinte Jenny. »Sie haben den ganzen Tag in dieser Bruthitze gearbeitet. Ich bin es gewöhnt zu kochen und tue es wirklich gern.«

»Hm, auf einmal ist es mir in den Sinn gekommen, dass ich auch gern mal kochen würde«, sagte Lulu. »Das sind meine berühmten Shrimps mit Grütze. Sie wissen schon, das Rezept, das die Mitglieder vom Carolina Yacht Club genossen haben. Leider hatte ich nur tiefgefrorene Shrimps, doch dafür ist die Grütze echtes Carolina Gold. Meine Mutter hat mir eine Tüte mitgegeben. Wenn Sie mich fragen, glaubt sie allen Ernstes, Carolina Gold könnte böse Geister verscheuchen.«

Das Shrimpsgericht war ein voller Erfolg. Alle bejubelten es und wollten einen Nachschlag, und Lulu strahlte von innen heraus, war total zufrieden und errötete wie ein kleines Kind, das gelobt wurde.

Nach dem Essen wandte sie sich an alle, die sich am Tisch versammelt hatten, und sagte: »Hören Sie, ich möchte einen Vorschlag machen. Von nun an würde ich gerne öfter für Sie kochen. Alles, was ich dazu brauche, habe ich drüben in meiner Wohnung und Emily kann mir helfen. Eine Charlestoner Dame sollte schon in der Lage sein, sich in der Küche zurechtzufinden, egal, ob sie nun selbst kocht oder nicht. Irgendwann hat jeder Koch mal frei. Und keine vornehme Dame im Lowcountry hat je eine Pizza bestellt. Mrs Raiford hat sich den ganzen heißen Sommer lang in der Küche abgerackert und ich würde sie gern ablösen. Bitte, lassen Sie mich kochen. Ich würde das wirklich gerne für Sie tun.«

Walter lächelte Lulu zu.

»Das halte ich für eine hervorragende Idee«, behauptete er. »Sie sind wirklich eine gute Köchin. Bessere Shrimps und Grütze habe ich noch nie gegessen. Aber nur, wenn Sie versprechen, dass Sie es lassen, sobald es zu anstrengend wird. Zwischen der Arbeit mit den Hunden und dem Abendessen werden Sie nicht mehr viel Zeit haben, mit Emily zu lesen und Musik zu hören, wie Sie das vorgehabt haben.«

»Wir brauchen nicht viel Schlaf«, antwortete Lulu grinsend. Im Kerzenlicht sah sie wie ein Wesen aus, das weder schlief noch aß, noch trank, wie ein unvergängliches Geschöpf, das nur von Licht lebte.

»Na, dann versuchen wir es doch«, sagte Walter. »Falls Jenny einverstanden ist?« In diesem Moment sah er zum ersten Mal zu Jenny Raiford hinüber.

Sie nickte bedächtig.

»Doch wenn ich der Meinung bin, Sie machen einen müden Eindruck, werde ich darauf bestehen, dass Sie das Kochen lassen«, fuhr er fort. »Dazu ist schließlich Jenny da.«

Lulus Blick wanderte blitzschnell zu Jenny hinüber, die am Tischende saß. Emily sah ebenfalls zu ihrer Tante. Jenny verzog keine Miene.

»Schön, eine Hilfe zu haben«, sagte sie.

Als sie und Lulu nach dem Essen quer über den Rasen zum Apartment gingen, sagte Emily: »Willst du wirklich kochen? Du hast nie erwähnt, dass du gern kochst.«

»Doch«, sagte Lulu und schmunzelte. »Ich habe früher oft bei Oma drüben gekocht. Sie hat es mir beigebracht.«

»Hm, ich weiß nicht, ob ich Lust habe, dir zu helfen«, murrte Emily.

»Brauchst du ja nicht, wenn du nicht willst«, meinte Lulu. »Aber es macht echt Spaß. Und ich glaube, wir wären ein gutes Team.«

Entgegen Emilys Erwartung blieben sie in dieser Nacht nicht lange auf, um sich zu unterhalten. Lulu zog das Gästebett heraus, richtete es für Emily her und sagte: »Du kannst als Erste ins Badezimmer. Ich stelle den Wecker auf sieben Uhr.«

So ging Emily pflichtschuldig ins Badezimmer, wusch

sich das Gesicht, putzte ihre Zähne und zog zum ersten Mal das neue Batistnachthemd an, das ihre Tante ihr geschenkt hatte. Anschließend legte sie sich in das kleine, niedrige Bett. Sie hatte erwartet, dass es im Vergleich zu ihrem riesigen, weichen Bett schmal und beengt sein würde, aber die glatten, nach Lavendel duftenden Laken waren ganz wunderbar und Elvis' Körper, der sich an sie schmiegte, sorgte dafür, dass sie sich nicht fremd fühlte. Von ihrem Bett aus konnte sie das Bild nicht sehen und die nächtlichen Geräusche, die von draußen hereindrangen, wirkten viel beruhigender, als es das Rauschen des Flusses je vermocht hatte. Als Lulu in einem kurzen, weißen Pyjama ins Zimmer kam, schlief Emily schon tief und fest und rührte sich erst wieder, als die kleine Uhr auf dem Nachttisch sie weckte.

Zum Frühstück gab es Toast, frische Pfirsiche und Kaffee. Lulu legte eine CD mit langsamer, verträumter Musik auf, die Emily komischerweise zu Tränen rührte.

»Das gefällt mir«, sagte sie. »Was ist das?«

»Pavane pour une Infante Défunte«, sagte Lulu. »Pavane für eine tote Prinzessin. Eine Elegie, die anlässlich des Todes einer kleiner Prinzessin gespielt wurde. Maurice Ravel hat sie geschrieben. Beerdigungsmusik zum Frühstück ist eine meiner Spezialitäten.«

»Das, was du eben gesagt hast, war Französisch, oder?«, fragte Emily. »Das Erste? Sprichst du Französisch?«

»Man geht nicht von Charlotte Hall ab, ohne eine Fremdsprache zu sprechen, und Französisch gilt immerhin als die Sprache der Diplomaten und feinen Damen.« Lulu grinste. »Ich kann dir Unterricht geben.«

»Da bleibe ich lieber bei dem verdammten Latein«, sagte Emily. Die beiden brachen in Gelächter aus und machten sich an die Arbeit.

Kapitel Fünfzehn

Während jener heißen Tage Anfang Herbst blickte Emily des Öfteren zur geschmeidigen, goldbraunen Lulu hinüber, wenn sie tagsüber mit den Hunden im Zwinger arbeiteten oder abends im Kerzenschein saßen. Zu jener Zeit keimte in ihr zum ersten Mal jene unerschütterliche, alles überlagernde Liebe auf, wie Eltern sie für ihre Kinder empfinden.

Hätte sie ihre Gefühle analysiert, wäre ihr aufgefallen, dass sie nur eine Täuschung waren und dass das durch einen Zauber geschützte Sweetwater als Ersatzwelt fungierte, die sich in den Nebeln der Unwirklichkeit abzeichnete wie das verzauberte Schloss in *Le Mort d'Arthur*. Doch weder analysierte sie ihre Gefühle, noch wäre sie dazu in der Lage gewesen.

Und so stand ganz Sweetwater – Haus, Fluss, Marsch, Priel und alle Lebewesen, die es bevölkerten, Menschen, Hunde, Delphine, selbst die namenlosen Einzeller in den tieferen Schichten des Schlicks – unter dem Schutz von Emilys Macht. Wie ein großer schwebender Planet hing das Motto »Alles wird gut« in der schwülen Septemberluft.

Der nächste Tag war der Samstag vor Schulbeginn. Emily und Lulu hatten das Wochenende frei. Lulu schlief lang, gammelte im Nachthemd in ihrem Apartment, in dem es morgens angenehm kühl war, herum, trank Kaffee und räumte gedankenverloren in der kleinen Küche auf. Morgens war sie immer ziemlich abwesend, wie Emily feststellen musste. Da plauderte man besser nicht mit ihr und machte auch keine Vorschläge, wie man den Tag verbringen konnte.

»Immer mit der Ruhe, Emily«, sagte sie an ihrem ersten gemeinsamen Morgen. »Der Morgen ist die einzige Zeit, wo ich wirklich nicht gut drauf bin. Was der Tag noch bringt, wird sich schon finden.«

Emily, die nicht stillsitzen konnte, schnappte sich Elvis und einen Pfirsich, rannte quer über den Hof zum Fluss und zur Anlegestelle hinunter, wo sie sich hinsetzten und zusahen, wie die Flut die Wassermassen aus dem fernen Meer in den Fluss rauschen ließ. Sie schwelgte in dem Anblick, in den Geräuschen, den Gerüchen eines größeren Sumpfgebietes, eines ferneren Gewässers. Anders als am Priel roch die Luft hier nach Salz und die Tiere, die durchs Schlickgras schlichen, waren hier auch größer als jene am Priel. In diesem Sommer war Emily nur selten am Fluss gewesen. Da war wieder dieses lebendige Licht, das sie so sehr mochte. Es war gegen elf Uhr, als jemand auf der Auffahrt hupte und sie aus ihren Träumereien riss.

Sie hörte gerade noch, wie Lulu nach ihr rief. Sie und Elvis standen auf, liefen die Anlegestelle hoch und gingen ums Haus herum zur Auffahrt. Als hätte eine Hexe Hand angelegt, funkelte das rote BMW-Cabrio in der Sonne. Der reflektierende Kühlergrill schoss Lichtpfeile in die Luft. In weißen Hosen und einem schwarzen T-Shirt stand Lulu neben dem Fahrzeug. Sie hatte die Haare gewaschen, eine dunkle Pilotenbrille aufgesetzt und grinste breit. Ohne genau begründen zu können, woran es lag, fand Emily, dass sie wie eine italienische Filmschauspielerin aussah. Schließlich konnte sie sich nicht erinnern, jemals eine gesehen zu haben.

»Wo kommt der denn her?«, fragte Emily und lief um den Wagen. So würdevoll wie ein Portier setzte Elvis sich neben das Sportcabrio, starrte zuerst den Wagen und dann Emily an.

Fahren wir damit irgendwohin?, fragten seine bernsteinfarbenen Augen. Elvis kannte mit Hundekisten voll gepackte Laster, Geländewagen und alte Klapperkisten, doch ein Transportmittel mit sonnenbeschienenen, glatten hellgelben Ledersitzen war ihm neu.

Keine Ahnung, sagte Emily zu ihm. Hättest du denn Lust?

Er wedelte mit dem Schwanz und grinste mit heraushängender Zunge.

»Leland hat ihn zusammen mit ein paar Büchern und anderen Sachen, die Oma uns schicken lässt, rausgebracht. Als er mich gestern angerufen hat, habe ich ihn darum gebeten. Die Tage der Entsagung sind vorbei. Von nun an kutschierst du wie eine von diesen Prinzessinnen herum, die südlich der Broad wohnen.«

»Wohin denn?«, fragte Emily skeptisch. Sie hatte praktisch den ganzen Sommer hier draußen auf der Farm verbracht und Lulu war – soweit sie wusste – nur einmal, anlässlich der Party ihrer Großmutter, weg gewesen.

»Zum Beispiel zum Supermarkt. Und dann nach Bowen's Island zu diesem Laden, der immer die frischesten Austern verkauft. Und wer weiß, wohin noch? Warst du schon mal auf Kiawah?«

»Nein, und ich habe auch keine Lust dazu«, murrte Emily. »Ich habe gehört, dort gibt es ein Tor und Sicherheitspersonal, das einen nicht reinlässt, wenn man da nicht wohnt, und noch größere Häuser als auf der Battery. Hört sich ganz grauenvoll an.«

»Na ja, irgendwie schon«, räumte Lulu schmunzelnd ein. »Ich sehe es nicht so, weil Omas Familie dort viele Jahre lang ein großes altes Holzhaus am Strand hatte, ehe das Grundstück vom Resorthotel aufgekauft wurde. Oma kann sich noch daran erinnern, wie die Strände ganz leer, weiß und wunderschön waren. Da ist sie den ganzen Tag lang splitterfasernackt herumgelaufen, ohne einer anderen Menschenseele zu begegnen. Familienangehörige selbstverständlich ausgenommen. Na schön, dann halt nicht Kiawah. Was hältst du von Folly Beach?«

Dort war Emily schon öfter gewesen. Die lockere und legere Atmosphäre, die dort herrschte, und die dicht am Wasser stehenden Strandhütten auf Pfählen konnten sie nicht so einschüchtern wie ein von einem Zaun umgebenes Wohnviertel.

»Gut«, sagte sie. »Aber ich will nicht schwimmen oder so. Nur dorthin fahren.«

»Geht klar. Steig ein. Wir werden bei Sandy Don's Shrimps essen und am frühen Nachmittag wieder hier sein. Es gibt eine Menge Bücher, die ausgepackt werden müssen. Oma hat gleich mehrere Kisten geschickt.«

Als sie in den Wagen stiegen, jaulte Elvis, der neben der Tür saß.

»Er kann doch mitkommen, oder?«, meinte Emily. »Er kommt immer mit – entweder mit mir und den Jungs oder mit Tante Jenny. Ich fahre nicht weg und lass ihn hier zurück.«

»Bleibt er sitzen oder versucht er rauszuspringen?«

»Was denkst du denn? Natürlich bleibt er sitzen.«

Kaum dass Lulu nickte, klopfte Emily schon auf den heißen Ledersitz. Elvis sprang über die geschlossene Tür und zwängte sich zwischen die beiden Sitze.

Lulu ließ den Motor an. Mit einem leisen Schnurren rollte das Cabrio die Auffahrt und dann den Schotterweg zum Highway hinunter. Der Wind fühlte sich kühl auf dem Gesicht an, doch die Sonne wärmte Schultern und Arme. Da man in diesem Cabrio tief unten saß, hatte man das Gefühl, Teil der Straße zu sein. Elvis regte sich überhaupt nicht in Emilys Armbeuge. Mit geschlossenen Augen hielt er den Kopf in den Fahrtwind, der mit seinen Schlappohren spielte. Kaum waren sie auf die asphaltierte Straße gebogen, drückte Lulu aufs Gaspedal. Die Landschaft rauschte nur so an ihnen vorbei und der Wind übte die gleiche berauschende Wirkung wie Gin aus. Außer dem leise knurrenden Motor und dem Wind war nichts zu hören. Emily lehnte sich zurück, streckte sich und fühlte sich pudelwohl. Lulu lächelte ihr zu.

»Ist doch etwas ganz anderes als ein blöder Toyota, was?«, fragte sie.

In dem großen, klimatisierten Publix am Rande von Hollywood stapelte Lulu Lebensmittel in den Einkaufswagen. Emily trottete brav hinter ihr her. Anschließend luden sie die Sachen in den Kofferraum des BMW, breiteten eine Isolierdecke darüber und bretterten vom Parkplatz. Die Leute verdrehten die Köpfe, als das schlanke kleine Biest von einem Wagen mit den drei hübschen, im Wind flatternden Haarschöpfen – einer goldblond und zwei rot – vorbeirauschte. Motorrad- und Pick-up-Fahrer brüllten und pfiffen ihnen hinterher.

»Ein rotes BMW-Cabrio ist das ultimative Sexspielzeug«, erklärte Lulu mit breitem Grinsen. Sie rasten den Highway 171 entlang und dann Richtung Meer, legten einen kurzen Zwischenstopp auf Bowen's Island ein, kauften dort einen Sack fangfrischer Austern und brausten anschließend nach Folly Beach. Elvis döste, als sie in das geschmacklose klimatisierte Restaurant am Strand gingen, frische Shrimps aus den Schalen pulten und sie in eine rote Soße tunkten. Elvis brachten sie einen Hamburger mit, den er genüsslich verzehrte, nachdem er Emily einen fragenden Blick zugeworfen hatte. Sie hielten noch mal an, um geröstete Haselnüsse zu kaufen, und waren gegen drei Uhr wieder daheim. Nachdem sie die Lebensmittel verstaut hatten, betrachteten sie die Bücherkisten, die in dem Apartment auf dem nackten und matt glänzenden Holzfußboden standen. Elvis, der es sich auf dem Schaffellteppich bequem gemacht hatte, beobachtete sie. Erst in diesem Augenblick begriff Emily, dass sie den magischen Schutzwall verlassen hatten, woran sie vorhin keinen Gedanken verschwendet hatte. Vielleicht existierte dieser schützende Zauber immer, wenn sie beide zusammen waren. Eigenartig. Darüber musste sie später noch mal in Ruhe nachdenken.

An der ersten Kiste hing eine Haftnotiz, auf der in zittriger Schrift »Viel Spaß« geschrieben stand.

»Oma«, meinte Lulu. »Als ich sie um ein paar Bücher gebeten habe, hat sie sofort ja gesagt, aber unter der Bedingung, dass ich ihr die Auswahl überließ. Was für mich völlig okay war. Sie kennt meinen Geschmack und weiß wahrscheinlich auch, was dir gefällt, wo sie doch deinen Bruder kannte.«

In der ersten Kiste waren ausschließlich Gedichtbände – mehr Gedichtbände, als Emily je gesehen hatte. Die meisten waren alt und verstaubt; solche hatte Buddy auch gehabt. Er hatte Gedichte gern laut gelesen, Emily jedoch nicht ermuntert, sie allein zu lesen.

»Poesie ist dann genau richtig, wenn dein Verstand mit deinem Herzen gleichzieht«, hatte er behauptet. »Warte, bis du dreizehn bist.«

Plötzlich widerstrebte es Emily, Gedichte von jemand anderem als ihm vorgelesen zu bekommen. »Ich weiß nicht, ob ich all die vielen Gedichte lesen will«, sagte sie, während sie Lulu dabei zusah, wie sie die Bücher auftürmte. »Ich kann Gedichte nicht sonderlich leiden.«

»Wirst du schon noch, wenn wir erst mal losgelegt haben«, versprach Lulu. »Ein paar sind neu, aber die meisten sind alte Klassiker. Oma und ich haben sie zusammen gelesen. Hin und wieder hat sie aufgehört und mich gefragt, was ich davon halte, oder mir etwas vorgelesen, was sie für außerordentlich hielt. Ich kann mich noch an ganze Verse erinnern und höre deutlich ihre Stimme, die mir vorliest.«

»Das haben Buddy und ich auch gemacht«, entsann Emily sich. Die Erinnerung schnürte ihr die Kehle zu. »Und seine Stimme höre ich auch noch.«

»Ich könnte mir denken, das hat er sich bei Oma abgeschaut«, meinte Lulu. »So war ihr Unterricht. Und da sie so gut über dich Bescheid wusste, muss er ihr während des Unterrichts von dir erzählt haben. Sie hat mich extra darum gebeten, dich auf die Party mitzubringen. Du hast bestimmt wunderbare Erinnerungen an deinen Bruder und das gemeinsame Lesen.«

»Nein. Ich meine, ich höre ihn«, sagte Emily. »Seine Stimme ist irgendwo in mir und wir reden.«

Als sie hörte, was sie da sagte, brach sie ab.

»Ich fürchte, das klingt irre«, sagte sie.

»Nein, das klingt toll«, fand Lulu. »Ich wünschte, da wäre eine Stimme in mir, die zu mir spricht. Dein Bruder hätte mir vermutlich gefallen.«

»Ja«, sagte Emily, »das glaube ich auch.«

Aber geliebt hat er nur mich, dachte sie.

»Ach, da ist es ja«, rief Lulu und zog ein kleines Notizbuch mit trockene, vergilbten Seiten aus der Kiste. Auf dem Deckel stand in eleganter, zierlicher Schrift *Die Recepte meiner Mutter.*

»Die Lieblingsrezepte meiner Urgroßmutter«, erklärte Lulu. »Nur dass man sie früher Recepte nannte. Jetzt werden wir wie die feinen Lowcountry-Damen des 19. Jahrhunderts speisen.«

Am darauffolgenden Montag ging die Schule wieder los. Emily, für die nun das letzte Jahr an dieser Schule begann, langweilte sich vom ersten Tag an und war ziemlich unruhig. Natürlich hatte sie sich auch schon früher gelangweilt, aber diese Unruhe war ganz neu für sie. Darüber nachzudenken, was es damit auf sich hatte, vermied sie jedoch. Sie saß in dem klimatisierten Klassenzimmer mit der abgestandenen Luft, folgte dem eintönigen Unterricht, hörte das anzügliche Geschwätz über Sex während der Mittagspause und zwischen den Unterrichtsstunden, ohne sich irgendwo zu beteiligen. In diesem Jahr kam ihr die Schule ganz unwirklich vor. Erst wenn sie wieder hinter dem Schutzwall auf Sweetwater war, hatte sie den Eindruck, in die Wirklichkeit zurückzukehren und ihr Leben zu leben.

An jenem ersten Montag zog sie nach der Schule ihre Caprihose und ein Trägerhemdchen an und ging hinüber in das Apartment. In dem geblümten, langen Voilérock, dem ärmellosen Pulli und den hochgesteckten Haaren sah Lulu viel älter und eleganter als sonst aus. Sie griff nach einer zugedeckten Schüssel und einem dünnen, langen französischen Brot.

»Das nennt man Baguette«, sagte sie zu Emily. »Passt ganz prima zu den meisten Schmorgerichten.«

»Normalerweise essen wir Maisbrot oder Brötchen«, sagte Emily.

»Na, heute versuchen wir mal das hier. Vielleicht magst du es ja.«

An diesem Abend aßen sie nach einem Rezept aus dem Heft von Lulus Großmutter braunen Austerneintopf mit Sesamkörnern und Grütze.

»Oder Maisgrütze, um genau zu sein«, verkündete Lulu lächelnd.

Wie sehr sie sich über die Zustimmung von Walter, Jenny und sogar von den Zwillingen freute, verriet ihre Miene.

»Wir können sogar noch bessere Austern als die hier organisieren«, meinte Walt junior. »Im Sweetwater Creek findet man sie zuhauf. Sie können sie auch selbst holen. Das ist cool. Emily weiß, welche Austern man mitnimmt und wie man sie aufmacht.«

»Nächstes Mal machen wir das«, versprach Lulu. »Daran habe ich überhaupt nicht gedacht. Stell sich das mal einer vor – unsere eigenen Austern.«

Emily schaute sich am Tisch um, ob jemandem das »unser« aufgefallen war. Walter und die Jungs strahlten. Jenny Raiford lächelte – ein eigenartiges, distanziertes Lächeln, das Emily beunruhigte. Normalerweise tauchten die Krähenfüßchen auf, wenn ihre Tante lachte oder übers ganze Gesicht strahlte.

Dienstag brachte Lulu einen Shrimpsauflauf mit, den sie und Emily in der kleinen Küche zubereitet hatten. Obwohl der Platz ziemlich knapp bemessen war, hatte Lulus Mutter hübsche mattschwarze Töpfe und eine ganze Ansammlung von Gerätschaften besorgt, die Emily in Cletas Küche noch nie gesehen hatte.

»Austerngabeln«, erläuterte Lulu. »Und das hier sind Spargelzangen. Und eine Weintraubenschere. Mutter wollte nur angeben. So was benutzt doch niemand mehr, außer vielleicht bei einem extrem vornehmen Bankett, wo ich schon seit Jahren nicht mehr gewesen bin.«

Am Mittwoch bejubelten die Parmenters ein Shrimpspilaw, das laut Lulu »Pörluu« ausgesprochen wurde.

Donnerstag gab es Tante Maudies überbackene Austern. Diesmal stammten die Austern von einer Bank im Sweetwater Creek unweit der Stelle, wo die Delphine an Land kamen. Emily hatte Lulu beigebracht, wie man sie erntete und aufmachte, und hinterher hatten sie das Gericht gemeinsam in der kleinen Küche zubereitet.

»Ich glaube, Tante Maudie ist mal Sklavin gewesen«, meinte Lulu. »Im Gegensatz zu Oma erinnere ich mich natürlich nicht mehr an sie. Sie entsinnt sich noch, wie ihre Mutter ehemalige Sklaven als Hausangestellte hatte.«

Am Freitag servierten sie frische Pompano-Pilze, gefüllt mit Shrimps von Bowen's Island. Nachdem alle das Essen gelobt und zufrieden gestöhnt hatten, fragte Lulu Jenny Raiford, ob sie die Mahlzeiten nicht hin und wieder in der großen Küche im Haus kochen könnte.

»Emily und ich stoßen dauernd aneinander«, sagte sie. »Und wir machen hinterher auch bestimmt sauber. An den meisten Abenden wird Mrs Raiford die Küche gar nicht mehr von innen sehen müssen.«

Wieder lächelte Tante Jenny dieses sonderbare Lächeln und nickte. Die letzten paar Abende hatte sie nicht viel geredet. Emily fiel ihr Schweigen nicht direkt auf, aber irgendwo in ihr hatte sich ein Vakuum aufgetan, wo ansonsten das Echo der fröhlichen, gut gelaunten Stimme ihrer Tante hallte.

Am ersten Abend in der großen Küche machte sie püriertes Bries, was allen schmeckte, bis Lulu ihnen verriet, woraus das Gericht gemacht war. Walter und die Jungs schnappten nach Luft und verdrehten die Augen, doch Emily wusste, dass ihre Empörung nur gespielt war. Inzwischen war sie zu der Überzeugung gelangt, die Parmenter-Männer würden freudestrahlend eine Hyäne verspeisen, solange Lulu sie ihnen vorsetzte.

Am Sonntag gab es zum Mittagessen Huhn mit Maisgrütze.

»Ich weiß noch ganz genau, wie meine Mutter das gekocht hat«, sagte Walter, »habe aber seit Jahren nicht mehr daran gedacht. Und bei Ihnen schmeckt es viel besser als bei ihr.«

»Besser kann man einen zähen alten Gockel gar nicht loswerden«, meinte Lulu, was alle am Tisch erheiterte. Auf der Farm gab es keine Hühner und Emily war sich ziemlich sicher, dass man Hähne nicht im Supermarkt kriegte. Lulu hatte ihr erzählt, das Tier sei ein männlicher Kapaun, was nicht ganz dasselbe wie ein Hahn war.

»Hat aber auch einen leicht strengen Geschmack«, fand sie. »Die Früchte und Gewürze können alles überdecken.«

Nach dem Essen an diesem Abend erhob Walter sich von seinem Stuhl, stellte sich hinter Jenny Raiford und verkündete schmunzelnd: »Nun, Sie haben Jenny arbeitslos gemacht. Los, erzähl es ihnen, Jenny.«

Sie lächelte allen zu. Im Kerzenschein besaß sie mit einem Mal die Schönheit einer Madonna. Emily musste daran denken, wie Buddy mal gesagt hatte, sie besäße eine natürliche Eleganz.

»Mir wurde eine Stelle im Saint Francis Hospital in Charleston angeboten«, berichtete sie. »Und ich habe sie angenommen. Die Bezahlung ist wirklich gut. Von nun an mache ich also Öffentlichkeitsarbeit. Ich werde viel reisen, wie ich mir das immer gewünscht habe, und irgendwann vielleicht einmal in der Lage sein, ein kleines Haus zu kaufen. Eine Freundin aus Collegezeiten hat mich gefragt, ob ich zu ihr ziehe, in ein Haus in West Ashley, und da wir immer hervorragend miteinander ausgekommen sind, werde ich dieses Angebot wohl annehmen.«

Und dann schwieg sie. Alle anderen am Tisch schwiegen ebenfalls. Emily starrte sie an. Für einen kurzen Moment bröckelte der Putz und der Schutzwall drohte in sich zusammenzufallen. Sie dachte daran, wie Jenny und Cleta wie alte Freundinnen in der Küche plauderten, wie Jennys und Walters Gelächter nachts bis in ihr Zimmer hochdrang. Ihr Blick fiel auf Jennys silberne Kerzenleuchter, die auf dem Tisch funkelten. Sie spürte noch einmal die Umarmung ihrer Tante, die sie fest an sich drückte an jenem Tag, wo sie zum ersten Mal ihre Periode gekriegt und geglaubt hatte, sterben zu müssen. Kurzzeitig wurde die Welt um sie herum schwarz und ein Heulen ertönte. Jenny Raiford war eine Art Puffer zwischen Emily und ihrem Vater gewesen.

Immer noch lächelnd blickte Jenny am Tisch von einem zum anderen. »Ihr braucht mich jetzt doch nicht mehr«, behauptete sie. »Ihr Mädchen seid beide erwachsen und kümmert euch ganz prima um alles. Cleta wird wie immer morgens kommen, aufräumen, das Mittagessen zubereiten und ihre Nichte kommt nach dem Abendessen und wäscht ab. Und ich habe jetzt genau das gefunden, was ich mir immer gewünscht habe: einen richtig guten Job. Endlich kann ich viel reisen und habe doch die Gewissheit, dass Emily glücklich und beschäftigt ist. Jetzt sind, wie es mir scheint, alle glücklich. Wir sind Lulu zu großem Dank verpflichtet.«

Lulu senkte den Kopf und nahm ohne die Miene zu

verziehen die Dankesworte entgegen. Emily sah zu ihr hinüber. Wie üblich saß sie auf dem Platz links von Walter. Sie hatte die Stirn gerunzelt und man merkte deutlich, wie verdutzt sie war.

»Ich werde dich vermissen«, gestand Emily, der es in der Nase und im Hals kribbelte. »Ja, bestimmt.«

Walter, der immer noch hinter Jenny stand, drückte ihre schmalen Schultern.

»Na, ziemlich lange wären wir ohne sie ja gar nicht zurechtgekommen«, meinte er. »Aber sie hat es verdient, jetzt ihr eigenes Leben zu leben. Wir werden schon klarkommen.«

Jenny Raiford schloss kurz die Augen, und als sie sie nach einem Moment wieder öffnete, schenkte sie der Runde am Tisch wieder ihr Lächeln. Da fiel es Emily plötzlich wie Schuppen von den Augen und sie wusste die geschlossenen Augen ihrer Tante richtig zu deuten. Sie schaute auf und betrachtete ihren Vater. Im Schein der Kerzen wirkte sein Gesicht auf einmal jünger, wärmer und da war eine anrührende Sanftheit, die Emily fremd war. In diesem Augenblick konnte sie sich erstmals vorstellen, wie er bei seiner ersten Begegnung mit ihrer Mutter ausgesehen hatte, und erkannte mit Erstaunen, dass ihr Vater ein Mann war, in den eine Frau sich verlieben konnte.

»Wir werden schon klarkommen«, wiederholte er, den Blick auf Lulu gerichtet, die auf ihren Teller starrte. Das Kribbeln in Emilys Hals wuchs sich zu einem Kloß aus, so dass ihr das Schlucken schwerfiel.

Als sie in das Apartment gingen, verloren sie und Lulu kein Wort darüber, dass Jenny wegging, was merkwürdig war.

»Morgen musst du wieder in die Schule und ich arbeite mit den Hunden«, sagte Lulu, ehe sie sich ins Bett legten und Lulu das Licht ausschaltete, doch es dauerte ewig, bis Emily einschlief.

Als sie am nächsten Nachmittag von der Schule nach Hause kam, war Jenny Raiford nicht mehr da. Das große, düstere Haus war leer und die Stille tönte lauter, als Geschrei es vermocht hätte. Emily ging in ihr verlassenes stickiges Zimmer hoch und lud einen Berg Klamotten auf ihren Arm, den sie zu Lulu hinüberschaffen wollte. Elvis jaulte.

Bevor sie die Treppe hinunterstiegen, blieben sie vor dem Zimmer ihrer Tante stehen. Vor Buddys Zimmer. Die Tür war abgeschlossen – so wie früher. Ehe Jenny nach Sweetwater gekommen war, hatte jahrelang niemand einen Fuß in diesen Raum gesetzt. Elvis lief nervös im Flur hin und her. Das Klacken seiner Nägel war auf den Bodendielen zu hören.

Erst als Emily sich umdrehte, entdeckte sie an ihrer Zimmertür die gelbe Haftnotiz von ihrer Tante.

»Hier sind meine Adresse und die Telefonnummern von daheim und dem Büro. Falls du mich nicht erreichst, sprich auf den Anrufbeantworter. Ich rufe dann so schnell wie möglich zurück. Du kannst mich *jederzeit* anrufen, wenn du etwas brauchst oder auch einfach nur plaudern möchtest. Anfangs werde ich viel zu tun haben, aber einmal die Woche melde ich mich auf jeden Fall bei dir. Lass es dir gutgehen, Emily. Und pass auf dich auf. Ich liebe dich. Ich habe dich immer geliebt und daran wird sich auch in Zukunft nichts ändern. Tante Jenny.«

Ganz langsam setzte Emily sich in dem leeren Haus auf die oberste Stufe der staubigen Treppe, vergrub das Gesicht in Elvis' gelocktem Fell und weinte.

Kapitel Sechzehn

Nach Emilys Empfinden verloren sie ewig kein Wort über Jenny. Ab und an fragte Walter beim Essen: »Hast du mal mit Jenny gesprochen? Ich habe nichts von ihr gehört. Ruf sie doch mal an, ja?«

Doch irgendwie kam es nie dazu. Aus schwer verständlichen Gründen hatte Emily das Gefühl, mit einem Anruf würde sie die Tür zu dem großen inneren Abgrund aufstoßen, die sie seit Jennys Weggang stets verschlossen hielt. Lulu hatte sich in letzter Zeit wortkarg und abwesend gegeben. Und wenngleich auch niemand über sie sprach, war Jenny Raiford unterschwellig doch immer präsent.

An einem Abend Ende September blätterten sie Lulus abgegriffenes, altes Schulbuch mit dem Titel *Zeitgenössische Poesie* durch, als Lulu das Buch weglegte und Emily einen prüfenden Blick zuwarf.

»Läuft da etwas zwischen deiner Tante und deinem Vater?«, wollte sie wissen.

Emily, die auf diese Frage nicht gefasst gewesen war, fiel erst mal überhaupt keine Antwort ein, da die Frage wesentlich komplexer war, als man im ersten Moment vermutete.

»Hm, früher mal schon, glaube ich«, antwortete sie zögernd. »Er hat sich mit Tante Jenny getroffen, bevor er meiner Mutter begegnet ist. Manchmal ist er hier rausgekommen und hat sie besucht. In der Bibliothek gibt es ein Foto von den beiden. Aber dass sie sich noch gesehen haben, nachdem Mutter auf der Bildfläche aufgetaucht ist, glaube ich nicht.«

Meines Erachtens liebt sie ihn immer noch, dachte Emily, sprach ihren Gedanken jedoch nicht laut aus. Ihn laut zu formulieren würde sie zu dicht an den Abgrund führen.

Obwohl Lulu schnell das Gesicht abwandte, kriegte Emily mit, wie ihr die Tränen in die Augen stiegen.

»Du gehst jetzt besser nach unten und legst dich ins Bett«, sagte sie. »Ich will noch eine Weile lesen und du hast morgen Schule.«

Emily, die es nicht gewohnt war, von Lulu weggeschickt zu werden, rutschte verlegen auf dem Sofa herum und musterte sie. Schließlich stand sie auf und ging wortlos die Scheunentreppe hinunter in ihr Schlafzimmer. Elvis folgte ihr und stieß mit der kalten Schnauze gegen ihre Beine. Emily ging nicht davon aus, dass sie heute Abend schnell einschlafen würde.

Nachdem sie zwei Wochen zusammengewohnt hatten, wurde deutlich, dass das Apartment in vielerlei Hinsicht für sie beide zu klein war. Wenn sie sich beim Anziehen, beim Lesen oder Musikhören nach dem Abendessen arrangieren mussten, war das kein Problem. Sie lachten viel und Emily fing an, Lulus warme, leise Stimme zu mögen, die sie ganz tief drinnen berührte. Um die Schlafenszeit und gelegentlich auch am Nachmittag kollidierten ihre Interessen und keine von beiden schien in der Lage zu sein, der anderen entgegenzukommen. Emily war es gewohnt, im Bett fernzusehen, oft bis spät in die Nacht, und Lulu verabscheute diese Freizeitbeschäftigung geradezu. Sie versteckte ihren Apparat im Wandschrank, so dass Emily jedes Mal extra fragen musste, wenn sie sich etwas anschauen wollte. Lulu sagte nichts, klopfte allerdings ungeduldig mit dem Fuß auf den Boden, wenn der Fernseher lief, und versuchte ostentativ zu lesen, was ihr in den seltensten Fällen gelang. Oftmals war Emily einfach müde, wollte nur mit Elvis zwischen die nach Lavendel duftenden Laken kriechen und schlafen, wovon Lulus CDs und ihre Leselampe sie dann abhielten. Ein paar Tage lang sagte keine von beiden etwas, doch die Abende wurden zusehends unerquicklicher, bis Lulu es schließlich ansprach: »So funktioniert das nicht. Die meiste Zeit bin ich liebend gern mit dir zusammen. Es tut mir gut, dich in der Nähe zu wissen, aber es dauert nicht mehr lange, bis wir uns richtig in die Wolle kriegen, was mir gar nicht gefallen würde. Ich habe da so eine Idee.«

Am nächsten Abend fragte sie Walter, ob sie und Emily den kleinen Futterraum links neben der Treppe, die zu Lulus Apartment hochführte, kriegen konnten.

»Soweit ich weiß, gibt es eine Wasserleitung. Sie führt zum dem großen Trog. Und Strom ist auch da. Ich dachte, wir könnten den Raum herrichten und daraus ein kleines Schlafzimmer machen. Unter der Woche, wenn Emily zur Schule muss, halte ich sie vom Schlafen ab und ich möchte nicht, dass sie wieder ins Haus zieht, nur um ein paar Stunden ungestört ruhen zu können. Und im Stall stehen genug Möbel von mir, mit denen man das Zimmer ausstatten könnte.«

Innerhalb von einer Woche hatten Walter, die Zwillinge und Cletas Sohn GW den trostlosen Raum mit Zypressenholz vertäfelt, auf dem alten Beton Hartholzdielen verlegt und ein winziges Badezimmer improvisiert. Nun stand in der Ecke eine Fiberglasduschkabine hinter einem Regal und einem roten Wandschirm, den

Lulu aus ihrem Apartment verbannt hatte. Die Gasleitung, über die im Winter der Zwinger der Welpen nebenan beheizt wurde, hatte man in das neue Zimmer gelegt und an einen Wasserboiler und einen kleinen Heizkörper angeschlossen. Auf dem Scheunenspeicher hatte Emily zwei alte Ahornbetten entdeckt, die sie zuletzt als Kleinkind mal gesehen hatte, einen Schaukelstuhl aus Ahorn und ein spatkrankes Sofa von Gott weiß wo. Nachdem die Möbel abgestaubt, poliert und nach unten geschafft worden waren, machten sie sich ganz hübsch im Licht der Lampen, die Lulus Mutter Anfang Sommer nach Sweetwater gebracht hatte. Ein exotischer persischer Bettüberwurf mit passenden Vorhängen, helle Kissen und mexikanische Teppiche – alles Gegenstände, mit denen Lulu nichts anfangen konnte – verliehen dem dunklen Raum mit der niedrigen Decke eine behagliche Atmosphäre.

Kommode, Spiegel und Schreibtisch waren die einzigen Möbel von drüben, die Emily in ihrem neuen Zimmer aufstellte – und ein Berg Bücher von Buddy durfte natürlich auch nicht fehlen. Fürs Erste reichten die Buchbände; sie vermittelten Emily das Gefühl, Buddy in ihrer Nähe zu haben.

Sie hatte gedacht, sie würde in ihrem Elternhaus ein paar Drucke oder Bilder für ihre Wände finden, doch sie wollte nichts aus Buddys Zimmer entfernen, und alles andere, was im Haus hing, waren entweder Jagddrucke oder Fotos längst verstorbener preisgekrönter Boykins. Am liebsten hätte sie das Gemälde mit der Plantage mitgenommen, das über dem Kamin im Esszimmer hing, doch es schien einfach dorthin zu gehören. Aus Mangel an Alternativen gab sie sich mit Fotos von Elvis in verschiedenen Stadien, angefangen von dem kleinen Welpen bis hin zu dem erwachsenen Hund, zufrieden. Auf manchen Bildern mimte er den perfekten Vorstehhund, auf anderen sprang er in großem Bogen in den Fluss oder lag auf Emilys Bett, schaute in die Kamera und grinste.

Ein einzelnes hohes, schmales Fenster ging auf eine Gruppe Bäume hinaus, deren Äste oben Lulus Fenster berührten. Unter diesem Fenster stand eine mit üppigen Schnitzereien verzierte mexikanische Kommode, die eigentlich für Lulus Wohnung bestimmt, allerdings sofort daraus verbannt worden war. Tagsüber schlief Elvis gern davor auf einem griechischen Teppich, doch nachts schmiegte er sich so eng wie möglich an Emily. Es hatte etwas Beruhigendes für sie, in den kühler werdenden Nächten aufzuwachen, nicht genau zu wissen, wo sie war, und seine Wärme zu spüren. Wo immer sie auch schlafen mochte, fühlte sie sich heimisch, solange er nur neben ihr lag.

Emily liebte diesen höhlenartigen kleinen Raum, und obwohl sie die meiste Zeit oben bei Lulu verbrachte, schlich sie sich ab und an doch voller Dankbarkeit am Ende des Abends nach unten in ihre Höhle, schaute sich zusammen mit Elvis Wiederholungen von *Stargate* und *Akte X* an. Lulu hatte sich über ihre Präferenzen kaputtgelacht und für den Theaterkanal und alte Spielfilme plädiert – vergeblich. Emily war noch nicht bereit, die vertraute Welt der Science-Fiction aufzugeben, die ihr in jener kalten, dumpfen Zeit nach Buddys Tod und vor Lulus Erscheinen Geborgenheit geschenkt hatte.

Am nächsten Morgen war Lulu wieder ganz die Alte. Während sie Emily in dem roten Cabrio in die Schule fuhr, sang sie aus voller Kehle: *»I didn't know God made honky-tonk Angels. I might have known you'd never make a* *wife. You gave up the only one that ever loved you, and went back to the wild side of life.«*

Ihre volle, warme Stimme kletterte Note um Note höher, bis sie diesen näselnden Hillbilly-Ton perfekt hinkriegte. Als sie auf den Schulparkplatz rauschten, musste Emily lachen. Alle drehten die Köpfe und legten ihr cooles Getue ab, kaum dass sie den schnittigen roten Wagen und Lulu sahen, deren blondes Haar schimmerte, deren Augen hinter einer riesigen Sonnenbrille versteckt waren und die so laut Hank Williams sang, dass ihre Stimme trotz der Motorgeräusche deutlich zu hören war.

»Jetzt werden sich alle über mich das Maul zerreißen«, prophezeite Emily und stieg aus dem Wagen. Die Schüler starrten sie immer noch an. Da färbten sich ihre Wangen und ihr Hals rot.

»Viel Spaß«, wünschte Lulu und brauste mit quietschenden Reifen vom Parkplatz.

Niemand erwähnte Emily gegenüber den Wagen direkt, doch ein paar von den älteren Jungs kamen in der Mittagspause angeschlichen und fragten: »Wer ist die Süße?« Und eine von den Cheerleadern fragte sie, ob sie sich zum Essen nicht zu ihnen setzen wollte. Dieses ganze unverdiente Interesse machte Emily plötzlich mundtot. Leise murmelnd schlug sie das Angebot aus und aß ihr Sandwich auf der Treppe mit einer Ausgabe von Tennysons *Idylls of the King*, was Lulu für den richtigen Einstieg in die Welt der Poesie hielt.

Da Lulu Emily fast jeden Morgen in die Schule brachte, fiel der BMW schon bald nicht mehr auf und die offensichtliche Bewunderung legte sich wieder. Nichtsdestotrotz wusste Emily, dass das rote BMW-Cabrio zu einer beträchtlichen Steigerung ihres Ansehen in der Schule geführt hatte.

Lulus gute Laune hielt eine ganze Woche an. Beim von ihr und Emily zubereiteten Abendessen war sie wieder die wild gestikulierende, alle verzaubernde Geschichtenerzählerin. Und das Lachen der Anwesenden vermochte den im Esszimmer unter der Decke schwebenden Geist von Jenny Raiford zu bannen.

Ihr Trainingsprogramm wurde Emilys Stundenplan angepasst. Von nun an richteten sie die älteren Welpen und Fortgeschrittenen ab, verpassten ihnen den letzten Schliff. Morgens, wenn Emily in der Schule war, kümmerte Lulu sich um die ganz Kleinen und arbeitete öfter mit Walter zusammen, was eigentlich nicht nötig gewesen wäre, denn Lulu konnte mit den neuen Welpen fast so gut umgehen wie Emily. Ihn freute zu sehen, wie gut der letzte Wurf sich machte. Wenn Emily nicht alles täuschte, machte es ihm große Freude, mehr Zeit mit Lulu zu verbringen. Nachdem sich seine Ehrfurcht vor ihrer Herkunft gelegt hatte, war er im Umgang mit ihr gelassener, beinah unbekümmert, was nichts daran änderte, dass seine Augen aufleuchteten, wenn der Name Foxworth fiel. Die Zwillinge schlichen immer noch so lange um Lulu herum, wie der Anstand es gerade noch zuließ, aber die Hoffnung, sie zu beeindrucken, hatten sie längst aufgegeben. Inzwischen gaben sie sich damit zufrieden, sie aus der Ferne anzuhimmeln. Morgens kam GW und kümmerte sich um die Zwinger und am späten Nachmittag trainierten Walter und die Jungs die Fortgeschrittenen. Cleta kam immer noch am Morgen, bereitete das Frühstück zu und machte sauber, ehe sie sich nachmittags auf den Heimweg machte. Da ihre Nichte Tijuan, die labile Mutter der Kleinen Robert und Wanda, gerade in einer ihrer häuslichen Phasen war, kam sie nach dem Abendessen, um aufzuräumen und zu spülen, während Cleta auf die Kinder aufpasste. Das neue Arrangement bewährte sich alles in allem und das Leben auf Sweetwater verlief mehr oder minder so wie früher.

Mit einer Ausnahme: Emily bekam Cleta kaum mehr zu Gesicht. Sie und Lulu machten sich morgens, bevor sie zur Schule fuhren, ihr Frühstück selbst, und wenn Emily nach Hause kam, hatte Cleta sich schon verabschiedet. Die Hunde, Lulu und der schöne Lowcountry-Herbst zogen sie so sehr in ihren Bann, dass Cleta ihr nur selten fehlte. Doch hin und wieder streifte ein kühles Lüftchen ihren Nacken, als täte sich hinter ihrem Rücken eine große Leere auf. Und manchmal kam es vor, dass sie etwas sah oder hörte, was ihr gefiel, und dann dachte sie: Ach, ich darf nicht vergessen, Cleta davon zu erzählen. Kurze Zeit später hatte sie ihr Vorhaben schon wieder vergessen. Dennoch spürte sie das kalte Lüftchen in jenem Herbst recht häufig. Jenny und Cleta hatten sie vor dieser Leere abgeschirmt.

An einem Abend Mitte Oktober, als sie gemeinsam am Tisch saßen, sagte Walter: »Wie ich hörte, hat Jenny einen neuen Verehrer. Weißt du irgendwas darüber?«

»Nein«, antwortete Emily. »Woher weißt du es denn?«

»Cleta hat es mir heute Morgen erzählt. Anscheinend telefoniert sie öfter mit Cleta und erkundigt sich, wie es hier so läuft. Eigenartig, dass sie dich nicht angerufen hat, Emily, aber auf der anderen Seite bist du ja auch nicht viel hier gewesen. Am Wochenende könntest du sie bestimmt daheim erwischen.«

»Das mache ich«, meinte Emily. »Wer ist denn dieser Freund?«

»Soweit ich weiß, ein Mann aus der Krankenhausverwaltung«, sagte Walter. »Das freut mich jedenfalls für sie. Sie ist hübsch und hat sich viel zu lange um andere gekümmert. Höchste Zeit, dass sie sich auch mal amüsiert.«

Aus einem unerfindlichen Grund ärgerte sich Emily. Ob anwesend oder nicht – Jenny Raiford war Teil dieser Familie. Emily hatte keine Lust, dass hier irgendein fremder Krankenhausverwaltungsmensch auftauchte. Sie warf der ihr gegenübersitzenden Lulu einen Blick zu, doch die starrte nur auf ihren Teller und versteckte sich hinter ihren langen, blonden Wimpern.

Am nächsten Morgen marschierte Emily vor der Schule über den taubenetzten Rasen, um Cleta einen Besuch in der warmen Küche abzustatten.

»Hallo«, sagte sie und stibitzte ein heißes Brötchen von einem Tablett, das Cleta in den Frühstücksraum bringen wollte.

»Auch hallo«, sagte Cleta. »Beehrst du uns heute Morgen mit deiner Gegenwart?«

»Mir fehlen deine Brötchen«, sagte Emily und schnappte sich noch eins. »Und du fehlst mir auch. Warum hast du mir nichts von Tante Jennys neuem Freund erzählt?«

»Wann kriege ich dich denn mal zu Gesicht?«, fragte Cleta und legte die Teller in der Spüle. »Ich bin immer hier und du wohnst jetzt im Futterlager. Da hat dich Lulu wohl aus ihrer Wohnung gejagt?«

»Nein, meistens bin ich bei ihr oben. Wir lesen und hören gemeinsam Musik, doch wir brauchen getrennte Schlafzimmer, damit wir uns nicht gegenseitig auf den Wecker fallen.«

»Na, du hast hier ein Zimmer ganz für dich, ein schönes großes Zimmer in der oberen Etage. Ist meiner Meinung nach wesentlich komfortabler als ein ehemaliges Futterlager.«

»Du musst mal vorbeikommen und es dir ansehen. Es ist wirklich schön geworden«, verteidigte sich Emily.

»Darauf könnte ich wetten«, meinte Cleta. Und dann machte sich Schweigen breit. Da Cleta offenbar keine Lust zum Plaudern hatte, machte Emily auf dem Absatz kehrt, schlenderte langsam ins fahle Sonnenlicht hinaus und rief über die Schulter: »Wenn Tante Jenny wieder anruft, richte ihr doch bitte aus, dass ich mit ihr sprechen möchte.«

Cleta sagte nichts.

»Cleta benimmt sich echt merkwürdig. Ist ganz ruhig und mürrisch«, erzählte sie Lulu am gleichen Abend. »Meinst du, sie ist krank?«

»Jedenfalls nicht so, wie du meinst«, antwortete Lulu und sagte für den Rest des Abends kein Wort mehr. Leicht beklommen und der kleinen Stimmungsschwankungen überdrüssig, die über ihren Horizont gingen, verbannte Emily diese Fragen aus ihren Gedanken, während die goldenen Oktobertage kamen und gingen.

An einem herrlich warmen Sonntagnachmittag, einem von diesen wie gemalten Herbsttagen, wo die goldene Sonne hoch am kristallblauen Himmel steht und das Grün leuchten lässt, lagen Emily und Lulu im Schatten eines Welpengeheges auf einer Decke, spielten mit den Kleinen und lasen Keats.

»Hör mal, Emily, das ist doch perfekt, oder?«, fand Lulu. »›*Gezeit der Nebel, reicher Ernte Zeit*‹. Er könnte damit den Herbst in dieser Marsch, an diesem Fluss gemeint haben.«

»Hm«, murmelte Emily, die fast am Einschlafen war, während die Welpen mit ihren winzigen Zähnen an ihren Schnürsenkeln nagten und Elvis, dessen rotes Fell leuchtete und nach Sonne und Staub roch, seufzte und sich an ihr ausgestrecktes Bein schmiegte.

Zikaden und Grillen surrten summend durch die laue, intensiv nach Schlick riechende Luft. Als jemand die Auffahrt hochgelaufen kam und das Knirschen der Schritte ertönte, war es vorbei mit der Stille. Eine träge, raue Stimme sagte: »Ich hätte mir ja denken können, dass ihr beide bei den Welpen seid und in der Sonne döst.«

»Oma!«, rief Lulu, setzte sich auf, legte die Hand über die Augen und betrachtete ihre Großmutter. Die alte Frau, die da im Schatten stand, kam Emily noch zerbrechlicher als beim letzten Mal vor. Dabei sah sie ganz wunderbar aus in ihrem schicken Tweedkostüm mit den Lederflicken auf Ellbogen und Schultern, den auf Hochglanz polierten Schnürschuhen und dem schräg auf ihrem Kopf sitzenden Tweed-Fedora, der eines ihrer blauen Augen verdeckte. Für Emily, die gerade aus dem Halbschlaf gerissen worden war, sah sie wie eine zum Leben erwachte Gestalt aus einem Buch über englische Landhäuser aus, aus denen Lulu ihr vorgelesen hatte.

»Du siehst aus, als wolltest du auf Moorhuhnjagd gehen«, fand Lulu und grinste. »Wo hast du nur dieses Kostüm aufgetrieben?«

»Um ehrlich zu sein, ich habe es mal anlässlich einer Moorhuhnjagd getragen«, antwortete ihre Großmutter. »So haben sich die Damen früher gekleidet, wenn sie im Herbst auf die Jagd gingen. Du hättest erst mal sehen sollen, was dein Großvater anhatte. Knickerbocker, auch wenn du es nicht glauben magst. Ich dachte, das hier wäre genau das Richtige für einen Nachmittag auf dem Land bei den besten Jagdhunden der Welt, wie Rhett mir versichert hat.«

Sie gab Leland, auf dessen Arm sie sich stützte, ein Zeichen. Er klappte einen kleinen Campingstuhl auf, stellte ihn auf die Decke und sie setzte sich hinein. Als sie nickte, ging er die Auffahrt hinunter und lief quer über den Rasen zu einem riesigen, schwarzen Wagen, der wie Mahagoni in der Sonne funkelte.

»Wie ich sehe, bist du im Rolls gekommen«, sagte Lulu und strahlte übers ganze Gesicht. »Ich denke, ein ordinärer Mercedes hätte auch gereicht.«

»Warum sollte man ihn nicht nutzen, wenn man schon einen hat?«, fragte ihre Großmutter. »Sonst fährt ja doch niemand damit. Und es macht mir Spaß, mich wie die Königinmutter zu fühlen, die einen Bazar der Kirchengemeinde eröffnet. Ist dieses wunderbare Geschöpf neben Emily einer von den Boykins? Hoffentlich sehen die Kleinen hier, wenn sie groß sind, wie er aus.«

Sie zeigte auf Elvis und die Welpen. Elvis neigte den Kopf, musterte sie, grinste mit heraushängender Zunge, trottete hinüber und bettete den Kopf auf ihre Knie.

»Das ist Elvis«, verkündete Emily voller Stolz auf ihren Hund. »Das ist mein Hund. Er jagt nicht, ist aber aus dem gleichen Bestand wie all unsere anderen Boykins. Sie abzurichten und mit ihnen auf die Jagd zu gehen, ist traumhaft, doch Elvis halten wir für klüger als die anderen.«

»Na, auf jeden Fall weiß er, wie man sich bei einer alten Frau einschmeichelt«, sagte Mrs Foxworth und streichelte Elvis' Ohren. »O Gott, wie Bradley dieser Hund gefallen hätte. Er hat immer gesagt, Spaniels sind die besten Spürhunde. Er hatte immer English Water Spaniels, hätte aber gewiss seine Meinung geändert, wenn er diese hier gesehen hätte.«

»Was, um Himmels willen, hat dich hierher geführt?«, wollte Lulu wissen. »Nicht, dass ich mich nicht über dein Kommen freuen würde. Wie lange ist es her, seit du Maybud mal verlassen hast? Zehn, fünfzehn Jahre?«

»Mach dich nicht lächerlich. Ich gehe regelmäßig bummeln und zum Friseur«, meinte Mrs Foxworth. »Ich wollte einfach mal nach dir sehen. Du hast dich seit Wochen nicht mehr gemeldet, und wenn ich dich anrufe, springt immer nur dieser grässliche Anrufbeantworter an.«

Lulu antwortete nicht. Emily musterte sie kritisch. Hatte sie ihr nicht erzählt, sie würde regelmäßig mit ihrer Mutter und Großmutter telefonieren? Warum tischte Lulu ihr Lügen auf?

»Komm mit nach oben und schau dir das Apartment an«, schlug Lulu vor und nahm den Arm ihrer Großmutter. »Ich werde uns einen Tee kochen und habe noch etwas von diesem Jacksons-of-Piccadilly-Zeug, das Mutter gekauft hat, und eine Kiste von diesen englischen Teekeksen, die wie Toilettenpapier schmecken.«

In der kleinen Wohnung, die nachmittags wie eine dunkle Höhle wirkte, legte Mrs Foxworth den Hut ab, warf ihn auf Lulus Bett und machte es sich auf dem Sofa bequem. Das dicke silberne Haar, das im Halbdunkel Lulus hätte sein können, hatte sie an diesem Nachmittag, passend zum Hut, zu einem Chignon hochgesteckt, aber die winzigen braunen Hautfältchen, die Krähenfüße, die ihre blauen Augen einrahmten, und der blutrote Lippenstift – all das war noch genau wie an ihrem Geburtstag. Sie schaute sich in dem Raum um und nickte.

»Du hast es sehr hübsch hier«, befand sie. »Sehr südländisch, sehr … asketisch. Als dein Vater sagte, du würdest über einer Scheune wohnen, wurde mir ganz schwer ums Herz, und als deine Mutter dann gleich mehrere Laster mit schicken Sachen voll geladen hat, habe ich schon das Schlimmste befürchtet, doch das hier … entspricht dir und wird mir gut in Erinnerung bleiben.«

»Na, ich hoffe doch, dass du heute nicht zum ersten und letzten Mal zu Besuch kommst«, sagte Lulu und schenkte mit derselben Anmut wie beim Geburtstag der alten Dame den Tee ein.

»Wahrscheinlich doch«, meinte Mrs Foxworth. »Du weißt ja, wie verhasst mir solche Besuche sind. Da du mich weder besuchst noch anrufst, ist mir jedoch nichts anderes übriggeblieben. Deine Mutter behauptet, mit ihr und mit deinem Vater würdest du auch nicht sprechen. Und sie treibt mich in den blanken Wahnsinn mit ihren Fragen: ›Was ist mit Thanksgiving? Oder Weihnachten? Was ist mit der Ballsaison? Was soll ich den Leuten nur erzählen?‹

Sag ihnen doch, sie ist jetzt Novizin in einem Kloster, habe ich ihr geraten. Oder sie hat Aussatz gekriegt und muss in Abgeschiedenheit leben. Mit dem Begriff Aussatz konnte Maybelle nichts anfangen, doch ihre Reaktion legte nahe, ich hätte sie gedrängt zu sagen, du hättest Gonorrhö.«

»Was ist das?«, fragte Emily neugierig.

»Lepra. Ich bezweifle, dass man heute noch daran erkrankt. Früher wurden Leprakranke weggesperrt, weil die Krankheit sie entstellt hat. Wie auch immer, Lulu, ich habe ihr versprochen nachzusehen, ob bei dir alles in Ordnung ist, damit sie mich endlich in Ruhe lässt. Aus diesem Grund bin ich hier. Du kannst jetzt ganz offen sprechen, Liebling. Ich werde nicht tratschen, ich werde auch bestimmt nicht nörgeln, aber ich muss wissen, ob etwas nicht stimmt. Dafür hast du doch sicher Verständnis.«

Lulu schwieg eine ganze Weile, rührte ihren Tee um, ohne ihn zu trinken. Anstatt ihre Großmutter anzusehen, starrte sie ins Leere. Schließlich stieß sie einen Seufzer aus und stellte die Teetasse ab.

»Ich hätte mich melden sollen. Das tut mir leid«, sagte sie. »Es ist wirklich nicht so, dass etwas nicht stimmt. Ganz im Gegenteil. Ich bin so *glücklich*, dass ich hier sein kann, Oma. Die Hunde, die Marsch, der Fluss und der Wald, die Musik, das Lesen und Emily – es ist schon Ewigkeiten her, seit ich einfach nur … *sein* konnte. Ich denke, ich hatte das Gefühl, wenn ich daheim anrufe … ach, ich weiß auch nicht … würde ich dieses schreckliche Chaos heraufbeschwören, unter dem ich so gelitten habe, als ich von der Uni kam. Und das würde im Moment meine Kräfte übersteigen, Oma. Die Feiertage daheim zu verbringen, Mutter um mich herum zu haben, das schaffe ich einfach nicht. Du weißt, sie würde mich auf all die Partys schleppen, bevor ich auch nur Piep sagen kann, und das geht einfach nicht. Die Ballsaison kann warten. Das ist, weiß Gott, nicht die letzte. Vielleicht denke ich nach Neujahr darüber nach …«

»Deine Einwände gegen diese grässliche Saison kann ich dir nicht verdenken und das mit deiner Mutter auch nicht, obwohl man fairerweise sagen muss, sie versucht wirklich, sich nicht wie eine Idiotin aufzuführen. Dass sie dich drängt, ist nur zu verständlich. Ihr ganzes Leben lang hat sie danach gegiert, auf diese verfluchten Bälle gehen zu dürfen, und der Gedanke, dass sie bei einer dieser Gelegenheiten über- … ach, ich bin ungerecht. Sie liebt dich und dein Vater auch. Beide sind so stolz auf dich.

Aber ich mache mir auch Sorgen. Es ist fast so, als würdest du dich hier draußen verstecken. Ich wünschte, ich wüsste, wovor. Ich vermisse dich. Ich muss wenigstens hin und wieder mit dir reden. Falls etwas im Argen liegt, kann ich dir helfen, das weißt du. Vergiss es also nicht. Wenn du dich in Zukunft meldest, sorge ich dafür, dass deine Mutter dich in Ruhe lässt. Schau, dass du zur Ruhe kommst, Lulu. Und irgendwann musst du heimkommen.«

Nachdem die alte Dame beide Mädchen geküsst hatte und abgefahren war, saßen Emily und Lulu schweigend im Apartment und sahen zu, wie es auf Sweetwater langsam dämmerte.

Lulu brach als Erste das Schweigen und als sie das tat, glaubte Emily, noch nie so viel Verzweiflung in einer Stimme gehört zu haben.

»Großmutter hat selbstverständlich recht«, sagte sie lustlos. »Irgendwann muss ich wieder nach Hause. Schließlich kann ich nicht für immer hier bleiben.«

»Vielleicht solltest du ihr, du weißt schon, von der anderen Sache erzählen«, meinte Emily. »Du weißt, sie würde dich nicht verurteilen. Und wahrscheinlich könnte sie wirklich helfen, wie sie gesagt hat.«

»Nein«, entgegnete Lulu heftig. »Eine Person muss es geben, die mich für perfekt hält. Das ist mir sehr wichtig. Außerdem bin ich mir nicht mal sicher, ob sie mir glauben würde. Ich habe versucht, Mutter und Vater zu erklären, dass ich süchtig bin, dass ich mich von Orten fernhalten muss, wo es Alkohol gibt. Mutter hat behauptet, ich sei erschöpft und müsste mich nur ausruhen, dann würde es mir schon wieder gutgehen. Mit meiner Familie halte ich es nicht aus und in deine kann ich mich nicht hineinzwängen.«

»Warum denn nicht?«, fragte Emily tränenerstickt. »Du *kannst* doch zu unserer Familie gehören. Das tust du doch schon.«

»Weil es in Wahrheit nicht meine Welt ist«, sagte Lulu. »Ich habe nur so getan, als ob das der Fall wäre. Ich würde alles tun, um zu tauschen, aber … das kann ich nicht. Das ist einfach unmöglich. Wenn ich hier noch viel länger bleibe, werde ich nur jemandem wehtun. So läuft das bei mir immer. Jenny habe ich schon verletzt …«

»Nein, hast du nicht. Daddy sagt, sie ist glücklich wie ein Fisch im Wasser. Du hast es doch gehört. Lulu, bitte bleib wenigstens noch über Thanksgiving, Weihnachten, bis Neujahr. Allein stehe ich diese Feiertage nämlich auch nicht durch. Das ist mein Ernst. Und zudem habe ich an Neujahr Geburtstag.«

Lulu hob den Blick und begann zu schmunzeln.

»Okay«, versprach sie. »Vorher gehe ich nicht weg.«

Niemals in ihrem Leben würde Emily vergessen, wie in diesem Jahr der Herbst ganz allmählich und kaum spürbar in den Winter überging. Falls es im Lowcountry früher schon mal einen Herbst wie diesen gegeben hatte, dann vor ihrer Zeit. Das schien sogar den Erwachsenen aufzufallen.

»Das ist der schönste Herbst, seit ich denken kann«, bemerkte Walter an einem Oktoberabend, als der Mond wie eine weiße Galeone über dem Fluss stand und die hell funkelnden Sterne tief hingen.

Jeder Tag war so perfekt, dass man einfach glaubte, so einen könnte es gar nicht noch mal geben – und der nächste war dann wider Erwarten genauso schön. Die endlos weiten Schlickgrasfelder, die bis zur Baumreihe am fernen Horizont reichten und um diese Jahreszeit eigentlich die Farbe des Fells eines betagten Löwen hatten, leuchteten in der wohltuenden Sonne immer noch so grün wie die kleinen Eidechsen, die man im Lowcountry fand. Das Gras wiegte sich in den vom Meer kommenden Böen und die warme Luft roch nach Salz, Seetrauben und Blumen von fernen und fremden Gestaden. Der wolkenlose Himmel war von einem zarten, um die Mittagszeit fast indigofarbenen Blau und die kleinen Tiere, die in der Marsch, am Fluss und in dem Priel lebten, zirpten, pfiffen, planschten und raschelten durchs Unterholz. Kein Wesen schien es eilig zu haben, sich auf den Winter einzustellen. Große, träge Schildkröten bevölkerten die Prielufer, Schlangen wickelten sich um die tiefhängenden Äste der Lebenseichen. Man konnte beobachten, wie das Rotwild über die entlegenen Hügel lief, wie Riesenstörche, Fischreiher und ganz selten auch ein Adler träge durch die Luft schwebten und sich von den warmen Luftströmungen davontragen ließen. Nur die Delphine, die das Ticken ihrer inneren Uhr anscheinend nicht überhörten, waren nicht länger dem Zauber der Priele erlegen und davongeschwommen.

»Woher wissen sie, wann es so weit ist?«, fragte Lulu. Elvis, Emily und sie verbrachten einen phlegmatischen Nachmittag am Sweetwater Creek und labten sich an Äpfeln und Käse.

»Vielleicht sind sie einfach nur blöd«, meinte Emily und stieß den laut schnarchenden Elvis mit dem nackten Zeh an. Er zuckte zusammen, warf ihr einen vorwurfsvollen Blick zu und döste wieder ein.

»Das sind die schlausten Kreaturen mit Flossen, die

ich je gesehen habe«, fand Lulu. »Sie wissen etwas, wovon wir keine Ahnung haben.«

Walter und Cleta hingen auch dieser Theorie an.

»Letztes Mal, als wir solches Wetter hatten, das war im Herbst nach Hugo«, erinnerte sich Walter. »Gott sei Dank, dass wir die Hurrikansaison schon hinter uns haben.«

»Dieses Wetter kündigt einen schlimmen Winter an«, lautete Cletas ominöse Prophezeiung an einem der wenigen Morgen, wo Emily ihr in dem großen Haus über den Weg lief. »Spielt den Viechern und Blumen einen Streich. Und wenn sie dann noch da sind oder blühen, kommt Blitzeis und dann ist es zu spät. Das habe ich alles schon erlebt.«

Doch für Emily, die von der lauen Luft und der Sonne wie berauscht war, hatte dieser Herbst einfach etwas Magisches. Inmitten des Schutzwalls schien das abgeschiedene Sweetwater wie verzaubert.

Bei diesem Wetter fiel es einem sogar leichter, den schützenden Ring zu verlassen – es hatte fast etwas Abenteuerliches. Den Wall hinter sich zu lassen, im roten BMW durch die grüne Welt zu rauschen, war, als begebe man sich Wimpel schwenkend in silberner und goldener Rüstung auf einen Kreuzzug. Zwei- oder dreimal die Woche machte Lulu mit ihr und Elvis einen Ausflug in die Marsch. Sie polterten über den von Schlaglöchern übersäten Asphalt oder über Schotterwege, wo man meistens weit und breit keinem anderen Fahrzeug begegnete, und landeten am Ende dort, wo der Weg sie eben hingeführt hatte. Wenn der Abend dämmerte, kehrten sie um, und erst wenn sie auf die Sweetwater-Auffahrt rollten, merkte Emily, dass sie unbewusst die Muskeln angespannt hatte.

Ende Oktober statteten Lulu und Emily Charleston zum ersten Mal einen richtigen Besuch ab. Emily willigte allerdings erst ein, nachdem Lulu das Verdeck hochgemacht hatte. In dem alten Viertel südlich der Broad holperten sie über die Pflastersteine und Ziegelpflaster. Emilys Blick wanderte über die wunderschönen alten Single-Häuser in den Straßen, alle in sanften Sommertönen gestrichen, ohne dass ihr vor Angst die Haare zu Berge standen.

Lulu kannte jedes dieser Häuser und erzählte Emily Geschichten von den Familien, die dort lebten. Lulu zeigte ihr, in welchen von Mauern umgebenen Gärten sie gespielt hatte, wo ihr Kindergarten gewesen war, wo sie erstmals an einem Kotillon teilgenommen und wo sie ihren ersten Kuss gekriegt hatte.

»Mann, was *der* alles ausgelöst hat«, sagte sie voller Reue. »Und das, obwohl es nur der dicke, sommersprossige Austin Cavannagh war, der mich beim Flaschendrehen geküsst hat.«

Manchmal drückte sie auf die Hupe und winkte Leuten auf der Straße zu, die sie kurz anstarrten und schließlich zurückwinkten. Emily, die auf dem Ledersitz so weit nach unten rutschte wie möglich, fiel auf, wie sich Überraschung und Neugier in den Mienen der Winkenden spiegelten.

»Warum hupst du jeden an, an dem wir vorbeifahren?«, murrte Emily bockig. »Die starren uns an, als wären wir Geister oder so.«

»Na, mit den meisten bin ich verwandt«, entgegnete Lulu unaufgeregt. »Und außerdem zeige ich hin und wieder gern Flagge und lasse alle wissen, dass ich noch lebe und es mir gutgeht. Sie werden Mutter erzählen, dass sie mich gesehen und den Eindruck haben, ich wäre gut drauf – mit dem Ergebnis, dass Mutter mich wenigstens eine Woche lang nicht nervt.«

»Sie werden sich fragen, wer ich bin«, spekulierte Emily.

»Nicht, wenn du dich auf dem Boden versteckst. So sieht dich doch niemand«, meinte Lulu und grinste. »Sie werden sich fragen, wem dieser absolut fabelhafte Hund wohl gehört, den ich dabeihabe, und früher oder später tauchen sie auf der Farm auf, weil sie auch so ein Prachtexemplar besitzen möchten. Das hier sind keine reinen Vergnügungstrips, meine liebe Emily. Hier wird die Werbetrommel gerührt.«

Auf einem von diesen Ausflügen besuchte Lulu mit Emily die King Street. Stundenlang schlenderten sie von einem bekannten Geschäft zum nächsten, während Elvis untadelig bei Fuß ging. In Emilys Augen unterschieden sich die Läden nicht voneinander – überall funkelndes Gold und Silber und durchsichtiges Porzellan in höhlenartigem Halbdunkel. Einmal abgesehen von den müde dreinblickenden Touristen mit ihren Fotoapparaten und Reiseführern sahen alle Menschen auf der Straße wie Lulu aus. Die King Street schien einem Märchen entsprungen zu sein. Emily, hinter jeder Biegung aufs Neue eingeschüchtert, beschloss prompt, hier nie wieder herzukommen.

Lulu schleppte Emily in einen von diesen kleinen dunklen Läden, wo schwere Stoffe schimmerten, wunderbare Schuhe die Wände schmückten, Schubladen mit Schmuck das Auge überwältigten, und stellte sie einer großen, dünnen Frau vor, die in Emilys Augen wie ein eleganter Ibis aussah.

»Helen, das hier ist meine Freundin Emily Parmenter«, stellte Lulu sie vor. »Emily, Helen Mills. Sie sorgt seit vielen Jahren dafür, dass die Foxworth-Damen glamourös aussehen. Helen, ich möchte für Emily ein Abendkleid, eines, das sie ein paar Jahre tragen kann und das dann immer noch elegant wirkt.«

Der prüfende Blick des Ibis nahm bei Emily Maß, ehe der Frau ein Lächeln übers Gesicht huschte.

»Ich denke, wir sollten etwas Passendes finden«, versprach sie. »Dass sie nicht sonderlich groß ist, können wir kaschieren. Und ihr hübscher Teint macht das wett. Lassen Sie mich nur machen.«

Sie verschwand im hinteren Teil der Höhle und kehrte mit einem Arm voller aufwändiger und üppiger Abendkleider zurück, die sie in eine Umkleidekabine hängte.

»Probieren Sie sie an, meine Liebe. Dann werden wir sehen, was Ihnen am besten steht.«

Ein Blick von Lulu verhinderte, dass Emily auf dem Absatz kehrtmachte. Widerspruchslos zwängte sie sich in die Kabine und probierte ein Kleid nach dem anderen an. Alle waren exquisit und so prächtig wie mittelalterliche Rüstungen. Wenn Emily sich im Spiegel betrachtete, hatte sie mit niemandem mehr Ähnlichkeit, den sie kannte.

Sie verließen die kleine Boutique mit einem hauchdünnen Kleidersack, in dem ein moosgrünes Samtkleid mit langen Ärmeln und tiefem Rückendekolleté steckte. Bis auf die Länge saß es wie angegossen und verwandelte Emily in eine von diesen Frauen, die sie auf Mrs Foxworths Party zu sehen erwartet hatte. Sie konnte das Kleid, das Lulu für sie ausgesucht hatte, nicht ausstehen.

»Wo soll ich das denn anziehen?«, meckerte sie. »Wenn ich zu einer Hundeschau gehe? Oder zum Tierarzt? Wenn ich helfe, ein paar Welpen auf die Welt zu bringen?«

»Du wirst schon Gelegenheiten finden«, erwiderte Lulu selbstsicher. »So ein Kleid schafft sich seine Anlässe selbst. Jetzt schau nicht so finster drein, Emily. Die nächsten Jahre brauchst du nicht noch mal ein Abendkleid kaufen.«

An einem anderen Nachmittag fuhren sie in eine andere, ebenfalls von Fächerpalmen, Lebenseichen und herrschaftlichen Häusern gesäumte Straße. Lulu ging vom Gaspedal und blieb vor dem größten Gebäude stehen. Das massive Haus mit den schlanken Säulen war wunderschön. Wie eine von ihren Küken eingekreiste Henne stand es inmitten von kleineren, ebenso anmutigen Häusern. Ein makelloser grüner Rasen wurde von einem hübschen Schmiedeeisenzaun eingefasst. Durch den Zaun und das große Tor konnte Emily junge Frauen sehen, die alle ein paar Jahre jünger als Lulu wirkten. Lachend und plaudernd liefen sie die Wege hinunter oder quer über den Rasen. Diese Szene erinnerte an ein viktorianisches Geschichtenbuch.

»Charlotte Hall«, verkündete Lulu schmunzelnd. »Du liebe Zeit, was für Erinnerungen dieser Anblick heraufbeschwört. Jeden Zentimeter von diesem Haus, den anderen Gebäuden, vom Rasen kenne ich. Da, siehst du das kleine Haus aus Muschelkalk? Da dürfen nur die älteren Semester hinein. Weiter hinten gibt es einen Steinbau, den der ursprüngliche Besitzer für sein Haustier, einen Bären, hat bauen lassen. Ich rieche immer noch die Kreide und höre den monotonen Singsang, für den die Charlestoner Lehrer berühmt sind. Ich könnte wetten, dass ich die meisten der Lehrer, die heute hier unterrichten, noch kenne. Was hältst du davon, wenn wir kurz reingehen? Ich kann dich herumführen und dich einigen Lehrern vorstellen und du kannst dich davon überzeugen, dass es hier keine Folterkeller gibt. Vielleicht gefällt es dir sogar.«

»Wenn du mich zwingst, da reinzugehen, springe ich aus dem Wagen und trampe nach Hause«, zischte Emily mit zitternder Stimme. »Ich werde es tun. Das ist mein Ernst, Lulu.«

»Na schön«, sagte Lulu und grinste sie an. »Das sparen wir uns für ein anderes Mal auf. Aber sei gewarnt, irgendwann gehen wir da hinein.«

Emily sagte kein Wort. Auf dem Heimweg versetzte die Welt außerhalb des Schutzwalls sie wieder einmal in Angst und Schrecken und die laue Luft ließ sie erzittern. Sie richtete den Blick auf die kurvenreiche Straße, über die der kleine Wagen rollte. Erst als sie von der Asphaltstraße auf den Schotterweg bogen, der nach Sweetwater führte, holte sie tief Luft und spürte, wie ihr Herz einen Takt langsamer schlug. Innerhalb des Walls waren die restlichen Stunden des Tages wieder ganz fabelhaft.

Kurz vor Thanksgiving tauchte Lulus Vater auf Sweetwater auf. Er kam in einem riesigen, funkelnden Geländewagen, auf dessen Tür in schöner Schrift Maybud stand, und brachte vier Männer mit, die in Emilys Augen zum Verwechseln ähnlich waren: breitschultrig, gebräunt, langsame Sprechweise, somnambule Bewegungen. Selbst wenn Emily diesen Männern auf einem Bazar in Algerien begegnet wäre, hätte sie gewusst, dass sie – genau wie Rhett Foxworth – Plantagenbesitzer waren.

Am Abend zuvor hatte Walter verkündet, dass »ein

paar Leute vorbeikommen, um sich die Hunde anzusehen« und er Lulu und Emily wirklich dankbar wäre, wenn sie die Herren in Empfang nehmen würden.

»Und vielleicht ein paar von diesen kleinen Sesamkörnerdingern servieren, die Sie machen, Lulu. Ich werde Cleta bitten, für uns Eistee aufzusetzen. Sich Hunde anzuschauen, macht durstig.«

Wäre Emily von dem Sonnenbad am Prielufer und der warmen Dusche nicht ganz benommen gewesen, hätte sie womöglich bemerkt, dass ihr Vater diese selbstgefällige, pausbackige Miene hatte, die er immer aufsetzte, wenn er meinte, einen tollen Coup gelandet zu haben, doch sie und Lulu unterhielten sich, als sie von der Scheune kamen und die Auffahrt hochliefen, und hoben den Blick erst, als sie vor dem Geländewagen standen.

»Ach, Mist«, flüsterte Lulu. »Das ist ja Daddy. Wie *konnten* Sie nur, Walter? Jetzt kann ich mir wieder die ganze Leier anhören, wann ich endlich heimkomme, und ich bezweifle stark, dass ich das momentan verkraften kann.«

Nachdem er seine Tochter fest an sich gedrückt und Emily freundlich zugenickt hatte, sagte Rhett Foxworth nur: »Seit ich meinen Hund hier gefunden habe, habe ich diesen Jungs wegen der Sweetwater Boykins in den Ohren gelegen, und inzwischen können sie es einfach nicht mehr hören und haben beschlossen, sich selbst ein Bild von den Hunden zu machen. Nachdem ich ihnen dann noch berichtet habe, dass meine Tochter und ihre Freundin Emily sie ausbilden, siegte wieder ihre Skepsis. Und da habe ich mir gedacht, ich zeige ihnen alles.«

Kaum hatte Rhett die lächelnden und nickenden Männer vorgestellt, sagte Walter: »Ich hoffe, es macht euch

Mädchen nicht allzu große Umstände, ein paar Hunde vorzuführen und zu zeigen, was sie alles draufhaben. Am besten fangt ihr mit den Welpen an und zeigt hinterher die Fortgeschrittenen. Danach werden die Jungs und ich mit unseren Gästen zum Fluss hinuntergehen und demonstrieren, wie sie bei Gewehrfeuer reagieren und apportieren. Und dann dürften wir uns allemal einen Eistee verdient haben.«

Da man ihm diese Bitte ja nicht abschlagen konnte, führten Lulu und Emily die Welpen in ihrem Gehege vor. Die Kleinen leisteten sich keine Fehler und die Männer nickten viel und unterhielten sich leise miteinander. Doch Elvis, der wie ein Wächter neben dem Zwingertor saß, erregte die größte Aufmerksamkeit. Emily hatte vergessen, ihn in die Scheune zu sperren. Sie wich dem Blick ihres Vaters nicht aus, als ihr Hund in den Ring lief. Er starrte sie an und nickte schließlich.

»Was für ein wunderbarer Hund«, meinten die Männer, »und wenn er so jagt, wie er aussieht, bestelle ich gleich fünf Junge aus dem nächsten Wurf.«

»Er jagt nicht«, erläuterte Walter. »Wir setzen ihn ausschließlich in der Zucht ein. Er hat denselben Stammbaum wie unsere Besten. Lernt schneller als jeder andere Hund, der mir untergekommen ist.«

»Emily hat ihn ausgebildet«, sagte Lulu laut und deutlich. »Sie arbeitet mit den meisten Welpen. Und sie verhext sie.«

Emily errötete und senkte den Kopf.

Während die Männer mit Walter zum Fluss gingen, um die älteren Hunde im Freien zu erleben, blieb Lulus Vater zurück. Walter hatte ihn gedrängt, sie zu begleiten, woraufhin er nur erwidert hatte: »Bei mir würden Sie ja nur offene Türen einrennen, Parmenter. Ich denke, ich bleibe lieber hier und plaudere ein bisschen mit meiner verlorenen Tochter. Schließlich habe ich sie den ganzen Sommer über nicht zu Gesicht gekriegt.«

Und so marschierten Walter und die Plantagenbesitzer zu dem flachen Trainingsplatz am Fluss und Rhett Foxworth setzte sich neben seine Tochter, die auf der untersten Stufe der Verandatreppe kauerte.

»Emily, hol uns doch ein Glas Eistee, ja?«, bat sie, ohne den Kopf zu heben. Emily lief schnell in die dunkle Küche, wo sie sich schamlos ans offene Fenster stellte und lauschte. Ihr Herz pochte heftig. Emily, die allmächtige Beschützerin, regte sich wieder. Sie würde nicht zulassen, dass Lulu etwas Angst machte oder man ihr wehtat. Nicht mal ihr Vater durfte das tun.

Wie sich herausstellte, wurden ihre Dienste gar nicht benötigt.

»Na, kannst du schon eine Hundezuchtfarm leiten?«, fragte Rhett Foxworth seine Tochter und schlang locker den Arm um sie.

»Bald«, antwortete Lulu leise und warf ihm einen Blick von der Seite zu. Emily kam es vor, als wäre sie auf einmal geschrumpft und nun so zerbrechlich wie ihre Großmutter. Das Feuer, das normalerweise in ihr brannte, schien erloschen zu sein.

»Ich wette, du könntest es«, meinte er. »Diese Hunde sind wirklich phänomenal und zuzusehen, wie du mit ihnen arbeitest, macht Spaß. Ich wusste gar nicht, dass du ein Händchen für Hunde hast.«

»Ich auch nicht«, sagte Lulu. »Aber seit ich hier draußen bin, habe ich erkannt, dass ich nichts lieber tue als die Arbeit, die ich hier verrichte.«

»Es spricht ja auch nichts dagegen«, fand ihr Vater. »Im Lowcountry gibt es einige Frauen, die eine eigene

Zucht haben und selbst ihre Hunde ausbilden. Fast jede Ehefrau, die ich kenne, geht irgendeiner Beschäftigung in der Art nach. Ist eine ordentliche Leistung und allemal interessanter als der Bridgeclub oder Gartenverein. Ja, das ist genauso wertvoll wie jede andere Aufgabe, aber, Liebling, du musst mir helfen. Ich muss deine Mutter irgendwie beruhigen. Sie will unbedingt, dass du nach Hause kommst. Sie hat mich überredet nachzufragen, ob du an Thanksgiving und Weihnachten heimkommst. Deine Großmutter versteht sich hervorragend darauf, sie mundtot zu machen, aber auch all deine Freunde erkundigen sich nach dir. Nach dem, was deiner Mutter zugetragen wurde, denken alle, du wärst schwanger.«

Lulu lachte und in diesem Lachen schwang große Erleichterung mit.

»Abwegiger geht es nicht, Daddy«, meinte sie. »Leider kann ich noch nicht nach Hause kommen. Ich kann diese Partys einfach nicht ertragen und hier werde ich wirklich gebraucht. Ich möchte noch eine Weile lang bleiben. Die neuen Welpen sind nach Neujahr so weit. Dann sehe ich weiter. Und nächstes Jahr gibt es ja wieder eine Ballsaison. Bälle wird es hier bis ans Ende aller Tage geben.«

Nun lachte ihr Vater.

»Da hast du auch wieder recht. Na, an Thanksgiving kann ich mit ihr nach Yemassee in South Carolina fahren, wo Beau Troutman eine große Jagd veranstaltet. Da wollte sie immer schon mal hin. Und an Weihnachten könnte ich mit ihr vielleicht nach St. Thomas oder Anguilla oder sonst wohin reisen. Immerhin habe ich eine ganze Menge gespart. Eigentlich war das Geld für dein Debüt bestimmt. Doch du musst sie anrufen, Lulu. Ich kann ihr erzählen, wie prächtig du dich hier draußen entwickelst, aber sie muss es selbst hören.«

»Das werde ich, Daddy. Versprochen«, sagte Lulu. Emily bezweifelte stark, dass sie ihr Versprechen hielt.

Plaudernd und lachend kehrten Walter und die Männer vom Trainingsplatz zurück. Schon aus der Ferne konnte Emily erkennen, wie begeistert, wie glücklich ihr Vater war. Er klopfte mal dem einen, mal dem anderen Farmer auf den Rücken und redete dabei unablässig.

»Insgesamt haben sie sechzehn Welpen bestellt«, verkündete er beim Abendessen. »Und sie werden überall im Lowcountry erzählen, was für Hunde wir züchten, und zwei oder drei haben sogar verlauten lassen, wie gern sie mal auf unserem Land mit unseren Hunden jagen würden. Das wäre für uns *die* Chance. Dieses Weihnachten werden wir eine eigene Jagd veranstalten, genau wie die anderen. Jeden werden wir einladen. Nun verfügen wir über die entsprechenden Beziehungen.«

Emily zuckte zusammen. Sie wusste, dass er, wenn er von Beziehungen sprach, Lulu Foxworth meinte, die bei ihnen wohnte. In diesem Moment kam er ihr wie ein kleiner Junge vor, der sich endlich bewusst wurde, wer er war und es mit dem neuen Selbstbild ein bisschen übertrieb.

Emily warf Lulu einen versteckten Blick zu. Sie rechnete damit, dass ihre Freundin wütend oder verletzt war. Weit gefehlt! Mit heiterer Miene schaute Lulu über die Kerzen und lächelte Walter zu.

»Wenn Sie möchten, spiele ich gern die Gastgeberin«, erbot sie sich.

Walter lachte voller Vorfreude.

»Dann mal los«, meinte er.

Als sie nach dem Essen zur Scheune hinübergingen, sagte Emily voller Verzweiflung: »Niemand wird kommen. Die haben ihre eigenen Jagdgesellschaften. Und ihn haben sie dazu nie eingeladen. Wieso sollten sie auf einmal kommen, nur weil er eine Jagd veranstaltet?«

Lulu grinste sie an. In dem unheimlichen schattenlosen Licht der Scheinwerfer hatte ihr Gesicht etwas Erhabenes, Archaisches, Heidnisches. Diana, die Jägerin, von Dalí.

»Sie werden kommen«, lautete ihre Prophezeiung.

Kapitel Siebzehn

Und sie kamen tatsächlich. Als am Silvestertag der Abend dämmerte, brausten die großen Geländewagen den Schotterweg hoch und rollten durch die Torpfosten auf die halbkreisförmige Auffahrt von Sweetwater. Emily, Lulu und die Zwillinge hatten die lange Auffahrt mit Kerzen in Papiertüten geschmückt – nichts Ausgefallenes, hatte Lulu postuliert. Vor dem Haus zeichneten Fackeln den Halbkreis nach. Auf den Verandastufen brannten Votivkerzen. Und auch hinter den hohen Fenstern flackerten Dutzende von Lichtern.

Der angenehme Herbst war einem milden Winter gewichen mit viel Nebel, der vom Fluss und vom Priel hochzog. Da an diesem Abend auch Nebel herrschte, waren alle Lichter von einem opaleszierenden Hof eingerahmt. Kurz vor der Ankunft der Gäste hatten sich Emily und Elvis zum Ende des Schotterwegs geschlichen, um das Gebäude aus der Ferne zu betrachten. Haus und Auffahrt schienen in eine Aureole aus weichem weißen Licht getaucht zu sein und schimmerten sanft in den dahinziehenden Nebelschwaden. Dieser Anblick erinnerte an alte Märchen. In diesem diffusen Licht wirkte Sweetwater schöner als die strahlend hell erleuchtete Plantage der Foxworths am Geburtstag der alten Dame. Und Maybuds Anblick war schon beeindruckend gewesen. Doch Sweetwater, sinnierte Emily, hat heute etwas Geheimnisvolles, fast Überirdisches. Sie grinste in sich hinein. Niemals würde sie irgendjemandem verraten, was sie empfand, denn sie ahnte, was ihr Vater und die Jungs entgegnen würden. Na, vielleicht würde sie mit Lulu darüber sprechen. Oder vielleicht würde sie dieses Bild von Sweetwater für sich behalten und es von nun an immer daran messen.

Als sie unten am Ende des Schotterweges ein lautes Knirschen hörte, das die ersten Fahrzeuge ankündigte, hob sie den Rock und lief zum Haus zurück. Die eintreffenden Gäste wurden von Walter Parmenter in seinem neuen Smoking auf der Treppe begrüßt. Eingerahmt wurde er von Emily in ihrem grünen Samtkleid und Lulu in einem schlichten bodenlangen, schwarzen Samtkleid und den Perlen ihrer Urgroßmutter. Neben Emily saß ein würdevoller und aufmerksamer Elvis. Während Walter steif und verlegen war und Emily kein Wort herausbrachte, lief Lulu zu wahrer Größe auf. Immerhin waren das hier alte Freunde ihrer Familie. Dementsprechend hieß sie diese Menschen willkommen, lächelte, begrüßte jeden und verteilte kleine Küsschen auf die Wangen.

Gleich nach Thanksgiving hatte die Planung für diesen Abend begonnen. Thanksgiving selbst war relativ ruhig über die Bühne gegangen. Jenny hatte angerufen und verlauten lassen, ihr neuer Freund hätte Karten für das Spiel Clemson gegen South Carolina ergattert und von daher könnte sie zum Fest nicht kommen, doch an Weihnachten wollte sie auf alle Fälle da sein. Zum ersten Mal, seit Emily denken konnte, war Cleta nicht erschienen, um das Fest auszurichten. Wo sie nur zu fünft waren, gab Walter ihr frei, damit sie den ganzen Tag mit ihrer Familie verbringen konnte. Emily und Lulu würden das schon hinkriegen, versprach er und sollte mit seiner Einschätzung recht behalten. Am Abend zuvor hatten sie einen fetten wilden Truthahn in einen großen Futtereimer in Salzlake gelegt. Diese Zubereitung fand Emily komisch und suspekt.

»Vertrau mir«, bat Lulu. »Das wird der beste Truthahn, den du je gegessen hast.«

Und so war es dann auch. Der prächtige Vogel, goldbraun und knusprig, wurde auf der großen Haviland-Platte mit Äpfeln, Kumquats und großen roten Weintrauben serviert. In einem Extrapfännchen wurde heiße Austern-Pekannuss-Soße gereicht. Die Süßkartoffeln kamen diesmal als Püree mit Rosinen, Nüssen und Sherry verfeinert statt mit klebrigen Marshmallows auf den Tisch. Zum Dessert gab es einen Lady Baltimore Cake, für den Lulu den ganzen Nachmittag gebraucht hatte. Das Rezept stammte, wie sie behauptete, von dem Koch auf Maybud, doch wie alt es war, wusste sie nicht zu sagen.

»Ist alles aus Omas Rezeptbuch«, sagte sie, als man sie für ihre Kochkünste lobte. »Bis auf den in Salzlake eingelegten Truthahn ist alles genauso wie zu Weihnachten auf einer Charlestoner Plantage. Und Emily hat mir die Hälfte der Arbeit abgenommen.«

Zwei Tage nach dem Feiertag setzte Walter sich abends mit einem Notizblock und einer Liste an den Esstisch.

»Die Planung für die Jagd ist fertig«, sagte er. »Ich und die Jungs werden in der Schlafbaracke übernachten. Wenn sich zwei zusammentun, reichen die Schlafzimmer. Cleta, ihre Schwester und ihre Nichte werden zum Abendessen ein Rehgericht servieren. Die Band ist von Bowen's Island und der beste Barbecue-Lieferant wird am Tag der Jagd das Frühstück bringen. An Neujahr wird dann den ganzen Tag lang gejagt und noch mal gemeinsam zu Abend gegessen, ehe sich unsere Gäste am nächsten Tag nach dem Frühstück verabschieden.«

Freudestrahlend schaute er sich am Tisch um. Wie versteinert senkte Emily den Blick auf den Tisch. Eine Band von Bowen's Island? Aristokratische Plantagenbesitzer, die sich wie Zehnjährige ein altes Doppelbett teilten oder in Holzkojen nächtigten? Barbecue zum Frühstück?

Erst als sie hörte, wie sich Lulu freundlich, aber bestimmt zu Wort meldete, hob sie den Kopf.

»Überlassen Sie die Planung doch uns«, schlug sie vor. »Sie werden schon genug damit zu tun haben, sich um die Felder, Weiden und Hunde zu kümmern. Und jemand muss die Scheune ausmisten, falls ein paar von den Gästen eigene Hunde mitbringen. Das Haus muss ebenfalls ein bisschen auf Vordermann gebracht werden. Um alles andere kümmern sich Emily und ich.«

Die kommenden drei Tage verbrachte Lulu die freie Zeit nach dem Hundetraining und vor der Zubereitung des Abendessens am Telefon. Emily hatte keine Ahnung, wen sie alles anrief. Die Einladungen schrieb sie auf dickes elfenbeinfarbenes Pergamentpapier, das sie mitgebracht hatte, und verschickte sie bald. Innerhalb von zwei Tagen hatte sie von fast allen eine Zusage erhalten.

»Meine Herren, werfen Sie die Motoren an«, rief Walter derart überschwänglich, dass Emily grinsen musste, obwohl sie nicht begriff, was er damit meinte.

Der lange Marsch, dessen Ziel Silvester war, hatte begonnen. Gemäß Walters Anweisung wurde das Training bis nach den Feiertagen ausgesetzt. Lulu und GW fingen an, die einzelnen Punkte von Lulus Schlachtplan abzuarbeiten. Nachmittags wurden sie dabei tatkräftig von Emily und den Zwillingen unterstützt. Emily stand der ganzen Sache zunehmend skeptisch gegenüber, weil alles so schlicht, ja beinahe spartanisch war. Nichts, aber auch gar nichts würde mit der herrschaftlichen Erscheinung ihrer Gäste konkurrieren können.

»Natürlich können wir da nicht mithalten und darum sollten wir es auch gar nicht versuchen«, fand Lulu. »Dieses Haus hat seinen ganz eigenen Charakter und ist genauso schön wie die anderen am Fluss oder Priel gelegenen Anwesen. Das hier ist eines der ältesten Plantagenhäuser im Charlestoner Umland und diese frühen Bauten waren weder prunkvoll noch protzig. Sie waren eben genau wie dieses Haus hier – schlicht, funktional, nah an Wald und Fluss gelegen. Und auf seine Weise ist es wesentlich distinguierter als die späteren Bauten. Außerdem hat es ein paar sehr schöne Details, die ich nur aus Büchern kenne, wie diese wunderbaren Schnitzereien im Esszimmer und über den Kaminen und die schlichte, aber perfekte Treppe im frühgeorgianischen Stil. Die offene, ums ganze Haus laufende Veranda, die Backsteinpfosten unter dem Haus – wobei ich wetten könnte, dass Sklaven diese Backsteine geformt haben –, die unaufdringlichen dünnen Säulen und das Blechdach – all das ist mustergültig für die am Fluss gelegenen Plantagen. Für die Dekoration sollten wir das verwenden, was die Plantagenbesitzer von damals genommen hätten. Alles, was grün und von hier ist: Moos, Muscheln, Beeren. Warte nur, es wird auf seine Art genauso schön sein wie die späteren nobleren Häuser. So etwas hat noch keiner gesehen.«

Unter ihrer Anleitung begannen sie zu arbeiten.

»Die Gäste werden wir in der Schlafbaracke übernachten lassen«, schlug sie vor. »Dazu sind sie ja schließlich da. Vertraut mir. Alle werden begeistert sein.«

Also wurde die Schlafbaracke ausgemistet, gereinigt

und auf Vordermann gebracht. Die Wände erhielten einen frischen Anstrich und die beiden großen, mit Brettern vernagelten Kamine an den beiden Enden wurden ausgebrannt und saubergemacht, das Messing wurde poliert, bis es funkelte und glänzte. Die zwei großen, brachliegenden Gemeinschaftsbäder wurden weiß gestrichen, frisch gefliest und die elektrischen Anschlüsse wurden erneuert. Auf dem leicht unebenen Betonboden wurden mehrere dicke Schafwollteppiche ausgelegt. Woher sie stammten, fragte niemand. Jeden Tag tauchte ein Geländewagen von Maybud auf, mit Leland hinterm Steuer, und brachte eine neue Lieferung.

»Wie hast du nur deine Mutter überreden können, dir all diese Sache auszuleihen?«, fragte Emily an einem Tag Anfang Dezember, während sie zusah, wie Leland und eine paar von Maybuds Arbeitern einen riesigen geschnitzten Kiefernschrank abluden, der die Patina vieler Jahrhunderte besaß.

»Mutter weiß nicht Bescheid«, sagte sie und zeigte, wo das Möbel in der Schlafbaracke aufgestellt werden sollte. »Ich habe mit Daddy einen Deal gemacht. Ich komme gleich nach Neujahr für ein paar Tage nach Hause, wenn er mir ein paar Sachen von Maybud borgt. An die meisten Stücke hat Mutter seit Jahren keinen Gedanken verschwendet, weil sie auf dem Speicher oder in irgendwelchen Nebengelassen stehen. Und außerdem sind sie und Daddy schon unterwegs in die Karibik. Ehe sie zurückkehren, ist alles wieder an Ort und Stelle. In dieses Monster hier kommt die Bettwäsche. Und die Wolldecken, Kissen und Daunenbetten. Solange die Bettwäsche von erstklassiger Qualität ist, taugt das schlichteste Bett. Und, Emily, lass dir gesagt sein – das hier ist erst der Anfang.«

Lulus Prophezeiung bewahrheitete sich. Jeden Tag tauchte ein neuer Lastwagen mit kostbaren Stücken auf.

»Alle werden wissen, dass das nicht unsere Sachen sind«, meinte Emily, als sie sah, wie Kisten mit hauchdünnen Tischdecken und Silber ins Haus geschafft wurden. »Wahrscheinlich kennen sie das alles von deinem Zuhause.«

»Wen kümmert es?«, fragte Lulu mit breitem Grinsen. »Es kommen ja doch nur Männer und von denen hat keiner jemals mitgekriegt, wovon er isst oder worin er schläft. Sie werden nur registrieren, dass alles schwer und alt ist und glänzt, falls sie überhaupt Notiz davon nehmen. Pappteller, Papierservietten und Servierplatten von Wal-Mart würde ihnen allerdings schon auffallen, ohne dass sie genau sagen könnten, was sie daran stört.«

»Ein Riesenschwindel ist das«, meckerte Emily. »Und ich dachte immer, du hättest etwas gegen Schwindeleien.«

»Nein, das ist es nicht«, erwiderte Lulu ernst. »Wenn man schwindelt, gibt man vor, etwas zu sein, was man nicht ist, damit die Leute einen für etwas Besseres halten. Hier geht es darum, dass die Leute sich hier wohl fühlen. Wir tun nicht so, als wäre Sweetwater Maybud oder eins von diesen anderen großen alten Anwesen. Hier geht es um die anderen und bei einem Schwindel geht es um die eigene Person.«

In jenen letzten Tagen vor dem Jahreswechsel war sie so lebhaft und heiter, wie Emily sie nie erlebt hatte. Es machte Spaß, Lulu im Welpenzwinger oder am Tisch ihres Vaters zu beobachten, aber eine Lulu zu erleben, die sich elegant zwischen alter Wäsche und Silber bewegte und fröhlich lachte, während Sweetwater unter ihrer

Regie aufblühte, war faszinierend. Emily hatte fast begonnen, ihr außergewöhnliches Auftreten als normal zu erachten, doch während jener stillen und düsteren Tage vor der Jagd sah sie Lulu wieder so wie bei ihrem ersten Zusammentreffen: In der Finsternis der ersten Wintertage leuchtete sie.

Emily bemerkte, dass auch ihr Vater von dieser Veränderung Notiz nahm. Sein Blick ruhte des Öfteren auf Lulu, wenn sie auf der Plantage herumlief, und manchmal lief er, stumm und die Hände tief in den Hosentaschen vergraben, einfach hinter ihr her. Die Zwillinge strichen die nachmittäglichen Treffen mit ihren Kameraden bei der Harley-Niederlassung in Hollywood oder dem Quik-Silver-Markt in Meggett und kamen sofort nach dem Unterricht nach Hause, um ihr zur Hand zu gehen. Nur Cleta, die zusah, wie sich all die Sachen in ihrer Küche, Kammer und auf dem Esstisch stapelten, war alles andere als entzückt.

»Esel im Pferdegeschirr«, beklagte sie sich einmal bei Emily, als Leland Berge von seidigem, nach Lavendel duftendem Damast brachte. »Wer soll all das waschen und bügeln? Wer soll die Platten und Tabletts tragen? Wer soll so viel kochen, damit auch alle satt werden?«

Lulu, die im Esszimmer mit Emily Servietten und Deckchen für die Tabletts sortierte, sagte: »Ein paar von unseren Leuten kommen von Maybud herüber, um zu kochen und sich um die schweren Sachen zu kümmern. Ich verspreche, sie werden niemandem im Weg stehen. Und sie machen genau das, was Sie ihnen sagen. Wenn Sie nicht möchten, brauchen Sie gar nicht kommen, denn es wird eh eine lange Nacht.«

»Das hier ist meine Küche und aus der lasse ich mich nicht vertreiben«, stellte Cleta klar. »Und aus dieser Küche wird nichts in Esszimmer gebracht, ehe ich nicht meine Zustimmung gegeben habe.«

»Das ist nur fair«, fand Lulu. »Es besteht gar kein Zweifel, dass das hier Ihre Küche ist.«

»Hm«, meinte Cleta noch und von da an sagte sie nicht mehr viel.

Anfang Dezember überredete Lulu Walter, sie zur letzten Anprobe von Emilys Kleid nach Charleston zu begleiten. »Nur um sich die Weihnachtsdekoration anzuschauen«, behauptete sie. »Wir fahren die Battery hinunter und danach rüber zur King Street. Sie brauchen nicht mal auszusteigen. Kommen Sie doch mit. Sie begleiten uns nie irgendwohin.«

Doch als es dann so weit war, sagte er: »Ihr müsst ohne mich gehen. Ich muss heute die Fortgeschrittenen ans Gewehrfeuer gewöhnen.«

»Na, die Hunde können doch einen Tag warten«, meinte Lulu. »Walter, Sie haben es versprochen. Habe ich Sie denn je um etwas gebeten?«

Und so fuhren sie zu dritt nach Charleston, an der Battery vorbei, durch die alten Straßen südlich der Broad und schließlich die King Street hinunter. Walter wartete im Lieferwagen, während Emily zur Anprobe ging. (»Meine Liebe, erstaunlich«, sagte der Ibis.) Anschließend fuhren sie noch nicht nach Hause. Emily überredete Walter zu parken und steuerte ihn dann entschlossen in Ben Silvers berühmtes Oberbekleidungsgeschäft.

»Seit Menschengedenken werden hier die Foxworth-Männer ausstaffiert«, erzählte Lulu und lächelte den diskreten, gut aussehenden junger Verkäufer an, der ihnen entgegenkam. Er war von Kopf bis Fuß in Flanell und Karo gehüllt und kannte sie offenbar.

»Miss Foxworth«, begrüßte er sie. »Wie kann ich Ihnen behilflich sein? Sind Sie auf der Suche nach einem kleinen Weihnachtspräsent für Ihren Vater?«

»Nein«, antwortete Lulu. »Wir brauchen einen Smoking für Mr Parmenter, Armitage. Etwas Zurückhaltendes und Traditionelles, vielleicht mit einem karierten Kummerbund oder so etwas in der Art. Er wird ihn hauptsächlich auf dem Land tragen.«

»Aber selbstverständlich«, sagte der aalglatte junge Mann. »Würden Sie mir bitte hier entlang folgen, Sir? Diese Saison haben wir ein paar schöne Stücke aus England hereinbekommen.«

Aus Walters schamgerötetem Gesicht stachen die weißen Nasenflügel hervor. Emily verdrückte sich, denn diesen Blick kannte sie zur Genüge.

»Danke«, war alles, was ihr Vater sagte. Nachdem er Lulu kurz mit einem zornigen Blick bedacht hatte, folgte er dem jungen Mann nach hinten in den dunkleren und nach Holz riechenden Teil des Geschäftes. Lulu und Emily nahmen in Sesseln Platz, die mit einem Stoff mit Fischgrätmuster bezogen waren, und warteten. Ein anderer junger Mann servierte ihnen Tee in dünnen, weißen Tassen und Butterkekse.

»Anscheinend kommst du andauernd hierher«, sagte Emily, die sich in ihrer Jeans und der Arbeitsjacke wie eine Landarbeiterin in einem Palast fühlte. Lulu, die exakt die gleichen Sachen wie sie trug, sah genauso aus wie das, was sie war – die Tochter eines vermögenden Plantagenbesitzers, die nachmittags eben Freizeitkleidung trägt.

»Früher sind Mutter und ich oft hierher gekommen«, sagte sie. »Oma auch. Keiner der Foxworth-Männer hat jemals freiwillig einen Fuß hier hereingesetzt. Selbst die Anproben waren ihnen ein Graus. Normalerweise schickt der Laden jemanden nach Maybud hinaus und dann halten wir sie in Schach, während der Mann die Anzüge absteckt.«

»Daddy wird alles andere als erfreut sein«, meinte Emily.

Und vielleicht war er auch nicht erfreut, aber als Walter Parmenter in einem Smoking aus edler, hauchdünner Wolle, in einem schneeweißen Hemd mit plissierter Front, einer schwarzen Fliege und einem rot-grün karierten Kummerbund aus der Umkleidekabine kam, verschlug es ihnen die Sprache. Nach ein paar Sekunden klatschte Lulu in die Hände und lachte aus voller Kehle.

»Sie sehen wirklich fabelhaft aus«, sagte sie. »Sie könnten als Model für Ralph Lauren arbeiten, stünde Ihnen der Hundezüchter nicht so deutlich ins Gesicht geschrieben. Auf dieser Jagd wird es niemanden geben, der sich mit Ihnen messen kann. Haben Sie mal einen Blick in den Spiegel geworfen und sich angeschaut?«

Emily konnte den Blick nicht von ihrem Vater abwenden. Mit Hilfe von Stoff und Alchemie hatte Walter Parmenter sich in jemanden verwandelt, der ihr gänzlich unbekannt war. Auf einmal stand da ein menschlich wirkender, eleganter Mann in Abendkleidung. Das Deckenlicht ließ sein hellblondes Haar schimmern, sein schmales Gesicht wirkte im Halbdunkel recht markant und seine stark gebräunte, lederne Haut so glatt und goldbraun wie die von Lulu. Als er sich umdrehte und zu ihnen hinüberschaute, waren seine Augen im schmeichelhaften Licht des Ladens von einem Blau wie der Mittagshimmel im Oktober. Für einen Augenblick stockte Emily der Atem. Ihr war klar, dass sie den Mann sah, den die junge Caroline Carter vor vielen, vielen Jahren an jenem Sommertag kennengelernt und der sie dazu gebracht hatte, alle Geschütze aufzufahren, um ihn ihrer Schwester auszuspannen. In diesem Augenblick konnte sie sogar verstehen, warum ihre Mutter so gehandelt hatte. Lulu, die neben ihr saß, gluckste vergnügt.

»Und jetzt sagen Sie mir, dass ich unrecht hatte«, sagte sie.

Er betrachtete sich kurz im Spiegel und sah – fast verlegen – wieder zu ihr hinüber.

»Das ist ein schöner Anzug«, befand er. »Allerdings werde ich viel zu elegant sein. Schließlich sind wir ja auf dem Land.«

»Alle werden einen Smoking tragen«, sagte sie. »Aus irgendeinem Grund tun sie das immer am Abend vor der Jagd. Der einzige Unterschied wird sein, dass ihre Smokings an den Ellbogen glänzen, am Hinterteil spannen oder langsam die Farbe verlieren. Nachdem sie Sie gesehen haben, werden sie alle losrennen und sich einen neuen zulegen.«

Walter stand ganz brav da, während ein älterer Herr mit krummen Schultern kam und mit einer Kreide Linien auf den Smoking malte. Als er dann in seinen ganz normalen Sachen aus der Kabine kam, fragte er den jungen Verkäufer: »Nehmen Sie auch einen Scheck? Ich habe keine Kreditkarte bei mir.«

»Das ist schon erledigt«, meinte Lulu. »Das ist mein Weihnachtsgeschenk für Sie. Und es ist mehr als fair, Walter. Schließlich haben Sie mich die letzten sechs Monate bei sich wohnen lassen. In dieser Angelegenheit lasse ich keine Einwände gelten.«

Im letzten Licht der Winterdämmerung redeten Lulu und Walter auf der ganzen Fahrt nach Sweetwater über die bevorstehende Jagd und lachten hin und wieder über eine von ihren absurden Geschichten. Emily, die auf der

Rückbank saß, schwieg. Das Bild des eleganten großen Fremden würde sie niemals vergessen. Aus irgendeinem Grund sorgte es dafür, dass sie eine Gänsehaut kriegte.

An jenem Abend blieben Emily und Lulu nach dem Essen noch lange auf und hörten eine CD, auf der Dylan Thomas *Eines Kindes Weihnachten in Wales* vorlas, wovon Emily richtig hingerissen war.

»Buddy hätte diese Geschichte gefallen«, sagte sie. »Ich wünschte, er hätte gehört, wie Thomas sie vorliest.«

»Vielleicht hat er diese CD ja gehört«, meinte Lulu. »Sie gehört Oma. Ich habe sie ihr gleich nach Erscheinen gekauft. Sie hat sie schon ewig.«

Als sie in dieser Nacht im Bett lag und Elvis schweren warmen Körper an ihrer Seite spürte, ging sie in ihrem Innern auf Spurensuche.

Wo steckst du denn?, fragte sie, du verpasst alles, was gut ist. Du solltest dieses Haus sehen und Daddy im Smoking. Und mich auch. Ich habe ein wunderbares langes, grünes Kleid, das ganz neu ist. Ach, Buddy, du würdest mich gar nicht erkennen.

Er antwortete ihr nicht, doch in ihrem Kopf hörte sie ganz deutlich die Worte: Das tue ich jetzt schon nicht mehr.

Das waren nicht seine Worte. Wer das sagte, wusste Emily jedoch nicht.

»Denke ich das?«, flüsterte sie Elvis in der dunklen Stille zu. »Falls ja, finde ich das überhaupt nicht lustig.«

Er wimmerte leise und döste wieder ein.

Es dauerte eine ganze Weile, bis sie endlich Schlaf fand.

Kapitel Achtzehn

Das milde Wetter und der Nebel hielten bis Weihnachten an. Am Wochenende vor dem Fest gingen alle in Begleitung einer Legion übermütiger Boykins in den Wald und sammelten ganze Wagenladungen voller Kieferzweige, Magnolienblätter, Stehwinden, Stechpalmenwedeln, Efeu, Greisenbart, Moos, getrockneter Farnwedel und zarter Schlickgrashalme. Die Zwillinge suchten zwei große, buschige Sumpfkiefern aus, fällten sie und schleppten sie nach Sweetwater. Ein Baum wurde in der Halle aufgestellt, der andere in der Schlafbaracke.

Emily hatte noch nie einen richtigen Christbaum gehabt. Seit sie sich erinnern konnte, hatten sie Jahr für Jahr dieses Aluminiumding aufgestellt, das ihr Vater bei K-Mart gekauft hatte, als sie noch klein gewesen war. Der Baum war ein scharfkantiges, am Reißbrett entworfenes Ungetüm, das Glitzerspäne verlor. Das grässliche Ding wurde in der Scheune mit rotem, blauem und grünem Schmuck behängt, mit einer Lichterkette geschmückt und anschließend in dem kleinen Zimmer aufgestellt, wo sie frühstückten und mittlerweile auch einen großen Teil ihrer freien Zeit verbrachten. Wie ein aus spitzen Messern zusammengesetztes Gewächs funkelte er gegen die Winterdämmerung an. Abends von draußen betrachtet, wirkte er wie ein verzaubertes Lichterschiff auf dunkler See. Unter dem Baum lagen gewöhnlich ein paar meistens von Tante Jenny oder Cleta eingepackte Geschenke.

Nach dem Auspacken bedankte man sich leise, grinste vor Freude bis über beide Ohren und räumte sie bald weg. Bei den Geschenken für die Zwillinge neigte Walter zu allem, was mit Hunden zu tun hatte – Bronzestatuen von preisgekrönten Spaniels, neue Arbeitskleidung, Jagdstiefel. Für Emily wählte er immer etwas durch und durch Praktisches wie Shetlandpullover, Kniestrümpfe und Röcke.

»Ich glaube, er kauft sie in einem Laden für Schuluniformen«, hatte Buddy mal lächelnd erwähnt, als sie ihm die Sachen zeigte. »Trag sie einmal, zum Beispiel beim Essen an Heiligabend, dann freut er sich. Ihm wird bestimmt nicht auffallen, wenn du sie danach nie wieder anziehst.«

Buddy verschenkte Bücher, wunderbare Bücher. Cleta buk Teekuchen und malte mit Zuckerguss die Namen der Beschenkten auf, machte Fondant und Meringuen. Jenny schenkte ausschließlich Kleinigkeiten, die jedoch stets einzigartig und sehr persönlich waren: eine Strickkrawatte mit Spaniels für Walter, Dale-Earnhart-Jacken für die Zwillinge, ein sehr seltenes Buch für Buddy, kleine, ledergebundene Tagebücher, Füllfederhalter und Briefpapier für Emily. Die Tagebücher vermittelten ihr das Gefühl, groß zu sein, denn Erwachsene erlebten Dinge, die man einem Tagebuch anvertraute, und führten ein Leben, das später einmal ein verständnisvolles Lächeln auf das Gesicht eines Unbekannten zaubern konnte.

In diesem Jahr war jedoch alles ganz anders als sonst. Cleta, Emily und Lulu hatten das Haus geputzt, noch im letzten Winkel Staub gewischt und die Holzböden gewachst, bis es getrost mit den prächtigen Wäldern und Marschen mithalten konnte. An kühlen Tagen während der Dämmerung roch es drinnen nach Bäumen, Sumpf,

Fluss und Priel. Dieses Potpourri war so durchdringend und beschwor so viele Erinnerungen herauf, dass Emily nie einen Fuß ins Haus setzen konnte, ohne dass es ihr die Kehle zuschnürte und sie mit den Tränen kämpfen musste. Zum ersten Mal schien Sweetwater ein lebendiger Teil der Außenwelt zu sein. Das Leben in den Lowcountry-Marschen besaß die gleiche Üppigkeit wie die Pflanzenwelt, wie der dunkle Lebenssaft der Priele, wie das köstliche Salz ferner Meere.

Lulu verfügte, dass der echte Baum nur mit Greisenbart, Tannenzapfen, getrocknetem Moos und kleinen Stechpalmenfrüchten geschmückt wurde. Von Maybud kam eine große Kiste mit duftenden getrockneten, schneeweißen Sanddollars, die sie und Emily an einem Nachmittag aus der Watte fischten und an die Zweige hängten.

»Die habe ich im Sommer immer auf Kiawah oder Edisto Beach gesammelt«, verriet Lulu. »Daheim haben wir sie auch an den Baum gehängt. Leider sind sie zwischen all dem anderen Christbaumschmuck untergegangen. Dafür passen sie hier aber sehr gut her.«

Emily schloss sich Lulus Einschätzung an. Wie Sterne funkelten sie an dem großartigen Baum.

Wenn Emily sich später an diese Weihnachtstage erinnerte, dachte sie immer an die verträumte Stille, an das warme Licht, an den frischen kalten Wind aus der Marsch, an die merkwürdig schöne und traurige Musik aus einem anderen Jahrhundert. Abends zündete Lulu überall im Haus Kerzen an: in der Küche, im Ess- und im Frühstückszimmer, auf Fensterbänken und Tischen. Und da in jedem Kamin ein Feuer brannte, breitete sich der Duft von getrocknetem, leicht säuerlich riechendem Treibholz im ganzen Haus aus. Ihr CD-Spieler begleitete

Lulu überall hin. Man hörte Saiteninstrumente, die eindringliche, gefühlsbetonte Musik hervorbrachten, oder gedämpfte Stimmen ohne instrumentale Begleitung. Diese Musik hatte Emily anfangs irritiert und eigenartigerweise auch verstört, doch bald schon gehörte sie einfach zu diesen Weihnachtstagen, und sie saugte sie wie Luft in sich auf.

»Gregorianische Gesänge«, meinte Lulu schmunzelnd. »Cantus planus. Sternensingerlieder. Einmal abgesehen von ein paar oberflächlichen Liedern und Walzern hat man zu der Zeit, als dieses Haus gebaut wurde, an Weihnachten nur Kirchenmusik gehört. *I saw Mommy kissing Santa Claus* kam erst viel später auf.«

Obwohl Emily nicht sagen konnte, ob ihr Vater und ihre Brüder ihren Frieden mit dieser Musik machten, glaubte sie, dass sie ihnen unter die Haut ging. Wenn sie sich abends beim Essen unterhielten, wirkten sie sanftmütiger, bedächtiger und legten öfter Pausen ein, in denen die Musik in den Vordergrund rückte. Elvis, der keine Lust hatte, nach draußen zu gehen, wich Emily kaum von der Seite. Er saß ganz zufrieden da, lauschte der Musik, schloss dabei manchmal die goldbraunen Augen, döste oder wiegte sich sanft im Takt. In jenen Tagen schlief er viel und legte sich dazu unter den Baum oder vor eins der vielen knisternden Kaminfeuer.

»Da kommt das 18. Jahrhundert in ihm durch«, fand Lulu. »Ihm ist Bach lieber als Rockmusik.«

An Heiligabend klopfte Lulu in der Dämmerung unten an Emilys Tür. In einem langen Regenmantel, den sie über eine Samthose und eine Satinbluse geworfen hatte, stand sie auf der Türschwelle und hielt eine große Plastiktüte von Wal-Mart mit seltsamen Ausbeulungen in der Hand.

»Zieh deinen Mantel an und komm mit«, flüsterte sie theatralisch.

Emily tat, wie ihr geheißen.

»Wohin gehen wir denn?«

»Das wirst du schon noch sehen. Beeil dich. Die Austern sind so weit fertig und müssen gleich zum Überbacken in den Ofen.«

Emily und Elvis folgten ihr durch den Hof und in das Wäldchen am Ufer des Sweetwater Creek. Schweigend lief Lulu vor ihnen den Weg hinunter. Der Saum ihres Mantels wirbelte den Bodennebel auf. An diesem stillen Abend und mit der Kapuze hätte sie auch ein Geist sein können, der hier haust. Auf einmal hatte Emily das Gefühl, auf Zehenspitzen gehen zu müssen. Elvis trabte wie sediert neben ihr her, ließ Lulu nicht aus den Augen und stürmte zum ersten Mal nicht nach vorn.

Als sie zu dem kleinen Felsvorsprung über der Stelle gelangten, wo die Delphine an Land gingen, drehte Lulu sich um und deutete lächelnd auf das Gestrüpp.

Am Rande der Felswand stand eine kleine, dürre Zeder, die Emily bisher noch nie aufgefallen war, inmitten von Farnen, Fächerpalmen und Lebenseichensetzlingen. Das kompakte, rundliche Bäumchen war vielleicht ein Meter hoch und hübsch gewachsen. Mit dem Fuß schob Lulu ein paar Äste beiseite und stellte die Tüte ab.

»Weihnachten für die Tiere«, sagte sie.

Aus der Tüte holte sie mit Erdnussbutter bestrichene Brotkanten und Tannenzapfen, altbackenes Popcorn, getrocknete Maiskolben, verschrumpelte Äpfel und Orangen, runzlige Früchte und Beeren, kleine Säckchen mit Nüssen und Samen. Emily klatschte vor Freude in die Hände.

»Ach, wäre mir das nur eingefallen«, klagte sie.

Sie begannen, den kleinen Baum mit all den Leckereien zu behängen, und Lulu sagte: »Hast du eigentlich gewusst, dass es eine alte Sage gibt, in der es heißt, am Heiligen Abend hätte jedes Tier, das an der Krippe stand, sprechen können? Vielleicht unterhalten sie sich ja später über das hier, wer weiß? Und treffen sich an der Wasserstelle.«

»Am liebsten würde ich um Mitternacht noch mal herkommen und nachschauen«, sagte Emily.

»Ich nicht«, sagte Lulu. »Das wäre ja so, als wollte man sie belauschen. Und außerdem wissen wir doch, dass sie sprechen, oder? Ich meine, sieh dir doch Elvis an.«

Erhobenen Hauptes hatte er sich vor den Baum gelegt und stierte in die nebelverhangene Ferne. Hielt er Wache? Wartete er auf etwas?

Was siehst du da?, fragte Emily ihn in Gedanken.

Geheimnisvolle Dinge.

Beim Abendessen und bis in die frühen Morgenstunden am Weihnachtsfeiertag sah Emily vor ihrem geistigen Auge den kleinen Baum am dunklen Prielufer, umgeben von einem friedlichen kleinen Königreich, das von innen heraus leuchtete.

Am ersten Weihnachtsfeiertag brach zwischen den Wolken zögernd eine schwache Sonne hervor. Das Land, die Marsch und die Hügel dampften, als hätten sich die Nebelschwaden noch nicht verzogen. Emily und Lulu wachten früh auf und trotteten gähnend und sich die Augen reibend ins große Haus hinüber, um mit den Vorbereitungen für das Abendessen zu beginnen. Selbst zu dieser frühen Stunde strahlte das Haus Lebendigkeit und Wärme aus. Walter und die Jungs waren vor ihnen aufgestanden, hatten überall Feuer gemacht, ein paar Kerzen angezündet und eine Kanne herrlich duftenden Kona-Kaffee aufgesetzt, den Lulu von Maybud mitgebracht hatte. Der Geruch von knisterndem Kaminholz und frischem Grün verlieh dem Haus eine festliche Atmosphäre und einen Hauch von Ewigkeit.

Zum ersten Mal, seit Emily sich entsinnen konnte, waren Walter und die Jungs am Weihnachtsmorgen nicht mit den Hunden zum Fluss hinuntergegangen. Stattdessen saßen sie in frischen Karohemden und mit feuchtem gekämmten Haar gut gelaunt am Frühstückstisch, tranken Kaffee, blätterten im *Post and Courier* herum und warteten ganz offensichtlich auf Lulu und womöglich auch auf Emily. Emily schnürte es die Kehle zu, denn sie konnte sich beim besten Willen nicht erinnern, dass ihr Vater, ihre Brüder einmal auf sie gewartet hatten.

»Wo habt ihr denn so lange gesteckt?«, fragte Walter Parmenter. »Die Elfen sind schon da gewesen und längst wieder weg.«

Lulu hatte am Abend zuvor einen Teig gemacht, den sie Maybud Sally Lunn nannte und der nun im Ofen war, während sie frischen Kaffee aufbrühte.

»Ich war immer der Meinung, er schmeckt irgendwie künstlich, doch den hat es bei uns zu Weihnachten immer zum Frühstück gegeben. Wenn mich nicht alles täuscht, ist das Rezept ziemlich alt«, erzählte sie, als sie Scheiben von dem noch dampfenden Brot auf ihre Teller legte. »Hier, gebt etwas von diesem Sirup darauf. So kann man es genießen.«

Und das Sally Lunn war tatsächlich nicht übel, nur etwas befremdlich und fade für den Gaumen, der an

Cletas Zimtschnecken oder knusprige, luftige Pfirsichwaffeln gewöhnt war. Sie aßen fast alles auf, hoben allerdings eine ordentliche Portion für Elvis auf, der geduldig neben Emilys Stuhl saß, zu ihr hoch grinste und erwartungsvoll die Zunge herausstreckte. Zuerst roch er am Sally Lunn, kostete davon, legte die Scheibe dann behutsam neben Emilys Schuh, drehte sich ostentativ um und legte sich wieder hin.

»Was für ein verwöhnter Hund«, meinte Lulu lachend. »Sally Lunn haben schon viel edlere Hunde als er zum Frühstück gekriegt. Ich setze ihn jetzt auf Wasser und Brot.«

Elvis schlug zweimal mit dem Stummelschwanz auf den Boden, aber weder drehte er sich um, noch stand er auf. Im Kühlschrank stand eine marinierte Hochrippe, die er nicht vergessen hatte. Er konnte warten.

Dieses Jahr wurde das Abendessen um die Mittagszeit serviert. Cleta, die tags zuvor zum Putzen und Aufräumen gekommen war, kochte nicht für die Parmenters. Lulu hatte ihr gesagt, sie würde nicht im Traum daran denken, Cleta am ersten Weihnachtstag vom Abendessen im Kreis ihrer Familie abzuhalten, und ihr versichert, sie und Emily brächten einen einfachen Braten schon zustande. In ihren nicht vorhandenen Bart grummelnd, hatte Cleta sich am Heiligabend früh verzogen. Auf dem Weg nach draußen war sie kurz bei Emily stehen geblieben, die gerade Stechpalmenzweige und Beeren an einem Efeukranz befestigte und sich mehrmals in den Finger stach.

»Falls du dich morgen kurz freimachen kannst, könntest du vielleicht nachmittags zu uns kommen«, sagte Cleta. »GW hat eine Kleinigkeit für dich gemacht und es wird noch genug Truthahn, Soße und Kartoffelgratin übrig sein.«

»Ach, Cleta, ich komme gern, wenn ich kann«, sagte Emily und lächelte. »Wir essen früh, also vielleicht hinterher … Sag GW schon mal Danke von mir und hebt mir eine Keule auf. Ich finde es schade, dass ich euch und auch Tante Jenny an den Feiertagen gar nicht sehe.«

In dem Moment, wo sie das sagte, wurde ihr schmerzlich bewusst, dass das stimmte, dass ihr die surrende Wärme, die aus Cletas Küche drang, fehlte, dass sie das leise Lachen, den Geruch von frisch gewaschener Baumwolle und die kleinen, kurzen Umarmungen, die Jenny immer verteilte, vermisste.

»Ich denke mal, wir kommen wieder, wenn ihr uns fragt«, meinte Cleta düster. »Ich auf jeden Fall. Sieht ganz danach aus, als hätte Miss Jenny sich einen Mann, der gern und viel unterwegs ist, zum Freund genommen. Und nun reist sie so weit, wie es nur irgend geht. Sie sind in Kanada zum Skifahren, oder?«

»Ja«, antwortete Emily ohne aufzuschauen. Ihr Vater und nicht Jenny hatte ihr erzählt, dass ihre Tante Weihnachten nicht mit ihnen verbringen werde. Seit sie fortgegangen war, hatte Emily nicht mehr mit ihr gesprochen.

»Sie hat gestern Abend angerufen, als du schon im Bett warst«, hatte Walter gesagt. »Da wollte ich dich nicht aufwecken. Jenny hat mich gebeten, dir auszurichten, dass ihr beide vielleicht in den Frühjahrsferien irgendwohin fahren könntet. Nach Hilton Head oder so. Sie wird dich vorher noch mal anrufen.«

Emily rechnete nicht damit, dass dieser Anruf kam. Und sie glaubte auch nicht, dass sie am Nachmittag des ersten Weihnachtsfeiertages Cleta in ihrem kleinen Haus mit der blauen Tür besuchen würde. Im Verlauf dieser grauen Feiertage war der Wall nur noch dicker geworden und sie konnte sich nicht vorstellen, jemals wieder auf die andere Seite zu gehen, während ein kleiner Teil von ihr schon am Tor stand, in den Nebel spähte, der dort drüben hing, und sich nach Menschen sehnte, die nicht mehr hereinkamen.

Zum Essen gab es eine im Ofen geschmorte rosabraune Hochrippe – ein Gericht, das Emily nicht kannte – und dazu luftigen Yorkshire Pudding, den Lulu in allerletzter Minute aus Mehl und heißem Fett zusammengerührt hatte. Das Essen zerging auf der Zunge und wurde von allen so frenetisch gelobt, dass Lulu immer wieder neu auftrug. Nach dem Essen, als das Geschirr gespült war und Elvis mit großem Trara die Fleischreste vorgesetzt bekam, servierte Lulu einen eisgekühlten, milchigweißen Drink in langstieligen Gläsern, der so gut schmeckte, dass Emily gleich noch ein zweites Glas trank. Und danach noch eins.

»Da ist ein ordentlicher Schuss Whisky drin«, meinte Lulu und betrachtete schmunzelnd Emilys gerötetes Gesicht. »Whisky, Eigelb, Zucker, Zimt und Milch. Das nennt man einen Flip. Haben die Lord Proprietors aus England mitgebracht. Kein Wunder, dass ihre Nasen auf den Porträts immer so rot sind. Bei uns haben wir nach dem Weihnachtsessen immer einen Flip getrunken und da dachte ich mir, ihr könntet ja auch mal einen probieren. Du kriegst jetzt nichts mehr, Emily. Du verdrehst ja schon die Augen.«

Alle lachten. Wenn Emily sich später an diesen Tag erinnerte, dann an einen, wo viel gelacht wurde, in allen Kaminen ein Feuer brannte, wo man exotische Gerichte und Getränke zu sich nahm und andere Weihnachtslieder gespielt wurden als die, die Lulu ihnen in den vorangegangenen Tagen vorgesetzt hatte. Man hörte Blechblasinstrumente, Schellen und einen vielstimmigen Chor, der laut Hosanna schmetterte. Lulu und Walter sangen bei *Hark! The Herald Angels Sing, Joy to the World* und *I Saw Three Ships Come Sailing In* mit.

Emily, der vom Flip ziemlich warm war, starrte die beiden ungläubig an. Dass ihr Vater singen konnte, hatte sie bislang nicht gewusst.

Lulu beschenkte sie mit schlichten kleinen Dingen: Walter kriegte einen sehr alten, vergilbten und zusammengerollten Druck mit einem Jagdmotiv, die Jungs bekamen Tauchuhren mit einem Stahlgehäuse (»Rite Aid, aber sie werden euch von Nutzen sein«), Elvis kriegte ein rotkariertes Halsband mit kleinen goldenen Glöckchen und Emily ein Kristalleinhorn.

»Das ist nur eine Kleinigkeit«, sagte Lulu, als Emily sich bei ihr bedankte und das Einhorn streichelte, das sich kalt und lebendig anfühlte. »An deinem Geburtstag kriegst du etwas Großes.«

Am Tag vor Silvester schlug das Wetter schließlich um. Ein eisiger Wind kam von weit her über die Marsch und fegte über das wogende Schlickgras, dessen Halme sich graubraun gefärbt hatten. An den Ufern des Sweetwater Creeks bildete sich Eis, die Schlammpfützen und die Wassertröge der Hunde froren zu. Das Wasser in Priel und Fluss wirkte dunkler als sonst. Auf den Hügeln zitterten die Palmwedel. Walter setzte das Training aus. Emily und Lulu waren wegen des Kälteeinbruchs ziemlich verzweifelt, doch Walter und die Jungs jubelten.

»Das heißt, wir können mit Enten rechnen«, verkündete Walter. »Habe dieses Jahr am Fluss noch kein einziges Exemplar zu sehen bekommen. Nur wenn es richtig kalt ist, kommen sie zum Fressen herunter. Und nun kommt bestimmt ein ganzer Schwung.«

Für die kurze Strecke vom Haus zur Scheune zog Emily eine Daunenjacke an und legte einen dicken Schal um. Die armen Enten taten ihr leid. Da landeten sie, nachdem sie die ganze Nacht gegen den heftigen, vom Meer kommenden Wind angeflogen waren, auf einem abgelegenen ruhigen Gewässer, um Entengrütze zu fressen, und wurden mit Waffen, Hunden und dem Tod konfrontiert.

»Ich bin gottfroh, dass ich dich nie habe jagen lassen«, sagte sie zu Elvis, als er an jenem Abend in ihr Bett kroch. Elvis schmiegte sich an sie, stöhnte zufrieden und bettete die Schnauze an ihren Hals.

In jener Nacht träumte sie, am Tor des Schutzwalls zu stehen und in die Dunkelheit auf der anderen Seite zu spähen. In der Ferne, am Ende des Schotterwegs, der auf den Highway führte, leuchtete der kleine Baum wie eine Kerze in der kalten, mondlosen Finsternis. Wie auf einem Tableau hatten sich die Tiere des Lowcountry um das Bäumchen geschart. Und in ihrer Mitte stand ein gesunder blondschimmernder Buddy kerzengerade wie eine mit Blattgold überzogene Statue. Er strahlte sie an, lief ihr jedoch nicht entgegen, um sie am Tor zu treffen.

»Komm schon her«, rief Emily, vor Freude schier jubilierend. »Ich weiß, du schaffst es.«

»Nein«, antwortete er. »Ich muss jetzt hier drüben sein.«

»Na, kannst du mir dann helfen, zu dir zu kommen? Allein traue ich mich nicht durchs Tor.«

»Das kann ich auch nicht tun«, sagte er. »Das ist verboten.«

»Und nun? Ich muss mit dir reden«, flüsterte Emily, während ihre Freude schwand und ihr die Tränen in die

Augen stiegen. »Ich habe es immer wieder versucht. Warum hast du mir nicht geantwortet?«

»Das habe ich doch«, widersprach er. Seine Stimme schimmerte jetzt genauso wie er. »Du hast mich nicht gehört.«

»Ich werde in Zukunft mehr die Ohren spitzen …«

»Das wird nichts ändern. Deine Ohren sind verstopft. Wenn du wirklich bereit bist, mich zu hören, dann hörst du mich auch.«

»Und wann wird das sein?« Tränen kullerten ihr die Wangen hinunter.

»Keine Ahnung. Vielleicht nie. Ich werde mich trotzdem melden.«

Dunkelheit legte sich wie ein herabfallender Vorhang über die Straße und kurz darauf waren Buddy, der Baum und die Tiere verschwunden. Laut schluchzend wachte Emily in ihrem dunklen Zimmer in der Scheune auf. Elvis leckte ihr Gesicht ab.

»Hast du ihn gesehen?«, wisperte sie.

Ich sehe ihn immer, antwortete er ihr stumm.

»Hast du geweint?«, fragte Lulu am nächsten Morgen, als sie nach unten kam.

»Nein.«

Später am Nachmittag standen sie vor dem alten kippbaren Standspiegel in Lulus Zimmer und kleideten sich an. Trotz der eingeschalteten Lampen hatte Lulu auch noch Kerzen angezündet. In dem fleckigen alten Spiegel sahen sie und Emily in den langen Samtkleidern und mit den hochgesteckten Haaren aus, als wären sie einem anderen Jahrhundert entsprungen. Lulu legte die Perlenkette ihrer Großmutter an, drehte sich um und musterte Emily. Sie griff in eine Kommodenschublade, nahm ein Knäuel Taschentücher heraus und reichte es Emily.

»Eigentlich wollte ich warten, bis du Geburtstag hast, aber die brauchst du heute Abend«, sagte sie.

Emily faltete das Knäuel auf, in dessen Mitte ein paar Ohrringe lagen. Durchsichtige und grüne Steine funkelten in alten Rotgoldfassungen. Emily stockte der Atem. Sie sah zu Lulu auf.

»Sind das …?«

»Smaragde und Diamanten. Sie haben Omas Oma gehört. Oma hat sie mir zum 18. Geburtstag geschenkt, doch ich habe sie nie getragen und werde das auch in Zukunft nicht tun. Für Smaragde habe ich nichts übrig.«

»Warum das denn?«

»Ich habe irgendwo gelesen, sie bringen Unglück«, sagte Lulu. »Und davon habe ich schon mehr als genug.«

»Willst du damit sagen, dass ich ruhig Pech haben kann?«, fragte Emily, die den Kopf hin und her drehte, um zu sehen, wie die glitzernden Ohrringe sich von ihren nackten Hals abhoben.

»Auf gar keinen Fall. Deine Zukunft wird nur glücklich sein. Und außerdem bringen sie nur Blondinen Unglück. Sieh uns doch mal an, ja? Samt, Perlen, Smaragde und Kerzenschein. Gut möglich, dass John Singer Sargent uns gemalt hätte.«

Als Emily Lulu fest an sich drückte, spürte sie trotz des Samtes die spitzen Knochen, roch das frischgewaschene Haar und den altmodischen Nachthyazinthenduft.

»Ich werde sie immer tragen«, flüsterte sie in Lulus Ohr.

»Ist nicht ganz das Richtige für den Welpenzwinger«, meinte Lulu. Emily spürte auf der Wange, dass sie lachte. »An dir sehen sie umwerfend aus, gerade so, als wären sie für dich gemacht. Na, bist du jetzt nicht froh, dass ich dich im Herbst überredet habe, dir Löcher stechen zu lassen? Morgen, wenn alle auf der Jagd sind, veranstalten wir eine richtige Geburtstagsparty mit Kuchen, Konfetti, Ballons und Hunden – mit allen Schikanen eben. Von zwölf auf dreizehn ist ein Riesenschritt.«

»Warum?«

»Weil man mit dreizehn anfängt, Dinge zu begreifen.«

»Was für Dinge?«

»Dinge eben. Die Welt, die Menschen, sich selbst. Das Leben. Dinge, die für den Rest deines Lebens wichtig sind, die dir aber niemand erzählt, solange du noch ein Kind bist.«

»Schlimme Dinge?«

»Gut und schlimm. Seltsam. Wunderbar. Schön. Manche Dinge wirst du hassen und trotzdem nicht wieder vergessen. Und manche Dinge sind so wundervoll, dass nur ein komplex denkender, bewusster Geist sie versteht. Und mit dreizehn wirst du auch schwieriger, Emily.«

»Ich weiß nicht, ob ich all das wissen möchte.«

»Das kannst du dir nicht aussuchen. Doch das Wissen kommt ja nach und nach. Kein Mensch würde es ertragen, alles auf einmal zu erfahren.«

Sie stiegen die Scheunentreppe hinunter und schlenderten auf das grasbewachsene Feld hinter dem Hundering. Es war noch ziemlich früh. Eine apokalyptische purpurne Sonne färbte die im Westen liegende Marsch blutrot, während im Osten ein riesiger fahler Mond am rosanen Himmel hing und nur darauf wartete, dass es dunkel wurde.

»Bei so einem Mond heulen die Wölfe«, sagte Lulu. »Morgen früh wird es kalt und klar sein. Genau das richtige Wetter für die Jagd.«

Emily bibberte in dem dünnen Regenmantel, was nicht an der beißenden Kälte lag. Der Mond und die Wölfe ...

Sie gingen früh ins Haus hinüber, damit Lulu Emily zeigen konnte, wo alles für die Party war und was damit geschehen sollte.

»Wieso muss ich das überhaupt wissen?«, hatte Emily gemeckert. »Du wirst doch da sein und außerdem – das ist deine Party.«

»Nein, ist es nicht«, widersprach Lulu bestimmt. »Das ist die Party deines Vaters und damit ist es auch deine. Du bist die Dame des Hauses, Emily. Und die Dame des Hauses ist immer diejenige, die sich um das Wohlergehen der Herren kümmert. Wie auch immer, ich habe bei den Vorbereitungen geholfen, aber jetzt musst du wissen, wie das hier abläuft.«

»Diese Männer wissen doch, wie es läuft. Sie machen so etwas andauernd und können sich um sich selbst kümmern. Und deine Bediensteten wissen auch, was zu tun ist. Sie können sich um die Gäste kümmern. Die einzigen Leute, die keinen Schimmer haben, sind Daddy und ich.«

»Na, wenn der heutige Abend vorbei ist, weißt du auch, wie es geht«, sagte Lulu verzweifelt. »Emily, falls du auf dieser Farm in Zukunft eine Rolle spielen oder sie eines schönen Tages leiten willst, musst du auf Sweetwater die Gastgeberin spielen. Und du wirst keine Leute aus dem VFW oder den John's Island Lanes empfangen.

Nach dem heutigen Abend wird diese Farm auf der gesellschaftlichen Landkarte ganz woanders stehen. Und zu wissen, wie man sie mit einer gewissen Eleganz führt, kann nicht schaden.«

»Hast du all das lernen müssen?«

»Ja, jedes Detail. Was denkst du denn, woher ich Bescheid weiß?«

Am frühen Nachmittag waren sie durch die Schlafbaracke geschlendert. In den großen Steinkaminen brannten Feuer und auf den schmalen Kojen lagen weiche Federdecken und alte Bettwäsche. Neben jeder Koje stand eine grobe Holzkiste, auf die Lulu ein Windlicht mit Kerze und ein Väschen mit Stechpalmenzweigen und Efeu gestellt hatte. Auf dem Steinboden lagen schneeweiße Schaffelle und zwischen den beiden Kaminen stand die andere herrschaftliche Kiefer ohne Baumschmuck und verbreitete den herrlichen Duft des Waldes. An den schmalen Enden des Raumes waren vor den Kaminen Tische aufgestellt worden. Jemand hatte grüne Tischtücher auf ihnen ausgebreitet und Holzstühle besorgt.

»Heute Nacht wird hier garantiert gepokert«, meinte Lulu.

Dahinter warteten schmalere Tische – Sägeböcke und Platten, vermutete Emily – mit weißen Tischtüchern. Darauf verteilt war eine ganze Batterie an Schnapsflaschen und Silberschalen mit Sesamcrackern und gerösteten Erdnüssen. Hinter den Tischen standen zwei lässige schwarze Männer in weißen Jacketts und unterhielten sich leise.

»Miss Lulu«, riefen sie, als Lulu und Emily durch die Tür kamen.

»Simon«, grüßte Lulu warmherzig. »Charles. Ich kann Ihnen gar nicht sagen, wie dankbar ich Ihnen bin.«

»Das haben wir doch gern gemacht, Miss Lulu.«

Bevor sie in die Schlafbaracke gegangen waren, hatten sie einen kurzen Blick in die alten, inzwischen ausgemisteten und geheizten Ställe geworfen. Überall lag frisches Stroh. Sie wollten sich die altmodischen und einfachen Kutschen ansehen, die mittags aus Maybud herübergebracht worden waren, und die vier gestriegelten stoischen Maulesel, die ebenfalls hergebracht worden waren und morgen früh die Kutschen ziehen sollten.

»Maulesel?«, fragte Emily und schaute zu Lulu hoch.

»Aus irgendeinem Grund werden bei Jagdveranstaltungen im Winter immer Maulesel und Kutschen verwendet. Die Männer kommen in eine, die Hunde in die andere. Das sind die Kutscher und Maulesel, die wir auch auf Maybud einsetzen. Die Männer werden Kaffee, Cognac, Whisky pur oder sonst was trinken und dazu wahrscheinlich Schinken und Brötchen vertilgen. Gegen Mittag fährt eine Kutsche los und bringt Bloody Marys und eine warme Mahlzeit. Die Kutscher decken und servieren. Am späten Nachmittag kommen dann alle mit den Hunden und den Enten zurück, und während die Männer duschen und sich umziehen, werden unsere Leute die Enten rupfen und ausnehmen, falls jemand in letzter Minute noch Appetit auf sie kriegt.«

»Du liebe Zeit, was für ein Aufwand für ein paar Enten«, fand Emily, holte tief Luft und saugte das liebliche Aroma von frischen Holzspänen und Mauleselfell in sich auf.

»So verkauft man eine Menge Boykins«, entgegnete Lulu.

Drüben im Haus liefen Emily und Lulu erst einmal durch die Zimmer. Überall brannten Kerzen, hinter den Schirmen knisterten Feuer und die Geländer, Kaminsimse und Anrichten waren mit Girlanden aus frischen Zweigen geschmückt. Der große Baum in der Halle mit der hohen Decke sah genauso aus, wie Lulu ihn beschrieben hatte – wie ein gefangen genommener Waldgigant im Halbdunkel. Für jedes Fenster hatten sie einen Kranz gebunden, in dessen Mitte nun eine hohe weiße Kerze stand, und an die Eingangstür hatten sie einen großen Kranz aus Kiefern- und Zedernzweigen gehängt, der mit Muscheln, Moos und Stechpalmenzweigen verziert war. Da die Lampen auf der Veranda schon brannten, zog der Kranz trotz zunehmender Dunkelheit alle Blicke auf sich. In der Bibliothek standen kleine Stechpalmen in Töpfen vor dem Kamin und die grünen Stehwinden- und Magnolienblätter leuchteten. Jemand hatte kleine Tischchen mit weißen Damastdecken vor das alte Sofa gerückt und eine ganze Reihe goldener, von Maybud geborgter Stühle.

»Wahrscheinlich werden die Herren ihre Teller nehmen und hier essen«, meinte Lulu. »Am Esstisch ist nicht genug Platz und zudem will es die Tradition, dass man am Abend vor der Jagd zum Büffet lädt.«

Im Speisesaal war über den ovalen Tisch eine hauchdünne weiße Damastdecke gebreitet, auf der fein ziselierte silberne Platten, Terrinen und das Besteck lagen. Die Kerzen in dem hohen Silberständer brannten und in der Mitte des Tisches stand eine riesige, alte durchbrochene Silberschüssel auf einem Sockel, in der Stechpalmenfrüchte, Granatäpfel und Efeuzweige lagen. Ein Tafelaufsatz, wie Lulu erläuterte. Diese Schüssel hatten auch die Lord Proprietors mitgebracht, was man ihr – wie Emily fand – ansah.

Die Anrichte zierte ein schweres Silberservice, Tassen und Saucieren aus durchscheinendem Porzellan und trübe alte Karaffen mit verschiedenen Cognacs und Likören. In der Halle, gleich neben dem Baum, gab es eine richtige Bar. Der weiß gedeckte Tisch ächzte unter den vielen Wein- und Schnapsflaschen. Auch hier brannten die Kerzen. Die Wedel der Stechpalmen schimmerten blassgrün im Kerzenschein. Hinter der Bar stand ein Mann aus Maybud in einem weißen Kittel und musterte die verschiedenen Knabbereien in den Silberschälchen.

»Miss Lulu«, grüßte er.

»Guten Abend, Peter«, sagte Lulu. »Sie sehen aus, als könnten Sie sofort loslegen.«

»Also, so wird es ablaufen«, verkündete Lulu, nachdem sie Halle, Bibliothek und den Speisesaal inspiziert hatten.

»Du wirst an der Seite deines Vaters neben der Tür stehen und die eintreffenden Gäste begrüßen. Ich werde dich vorstellen und du wiederholst ihre Namen, lächelst und sagst, wie sehr du dich über ihr Kommen freust. Die Zwillinge nehmen ihnen die Mäntel und das Gepäck ab und bringen alles in die Schlafbaracke, während dein Vater sie bittet, sich an der Bar einen Drink zu genehmigen und ihn anschließend in der Bibliothek mit ihrer Gesellschaft zu erfreuen. Wenn jeder einen Drink hat und sich ein bisschen eingelebt hat, gehst du umher und erkundigst dich, ob jeder hat, was er braucht, oder ob du noch etwas bringen kannst. Und immer lächeln, Emily. Danach entschuldigst du dich, gehst in die Küche und machst dich dort an die Arbeit.«

Lulus Anweisungen versetzten Emily derart in Panik, dass sie kurzatmig wurde.

»Du verlangst doch nicht von mir, dass ich all das ganz allein mache«, presste sie hervor.

»Ach, sei doch nicht dumm. Selbstverständlich nicht«,

meinte Lulu. »Aber du passt besser auf, denn beim nächsten Mal bist *du* allein für alles verantwortlich. Und mach es richtig. Jetzt ab in die Küche.«

In der riesigen, hellen Küche hing eine Mischung aus wundervollen Gerüchen in der Luft. Jemand hatte zusätzliche Arbeitstische aufgestellt und auf dem großen alten Eichentisch in der Mitte standen Töpfe, Schüsseln und unzählige Tabletts. Es gab kleine gegrillte Wachteln, Rinder- und Rehlende, eine Platte mit rosanen Entenbrustscheiben. Alles war bereit und konnte bei Bedarf in den Speisesaal gebracht oder in den heißen Ofen geschoben werden. Auf dem Herd standen Töpfe, deren Inhalt auf leiser Flamme kochte. Der Geruch von Shrimps, Austern, Sherry, Kräutern und frisch gebackenem Brot sorgte dafür, dass Emily das Wasser im Mund zusammenlief, der gerade eben vor Angst noch ganz trocken gewesen war. Beschürzte schwarze Frauen aus Maybud liefen hin und her, stellten mit unbekannten Gerichten unergründliche Dinge an, sie schnatterten und lachten miteinander. Und in ihrer Mitte türmte sich Cleta wie ein riesiger dunkler Berg auf. Heute trug sie ausnahmsweise eine weiße Schürze und schwenkte den Schneebesen wie einen Baseballschläger. Sie sagte kein Wort, doch ihr Blick folgte jeder Bewegung der Maybud-Angestellten. Ihr Schmollmund verriet, wie ablehnend sie diesem Treiben gegenüberstand.

Emily lief zu ihr hinüber und umarmte sie voller Dankbarkeit, dass es in diesem Chaos einen Fels in der Brandung gab. Auch Cleta schloss sie in die Arme, schob sie ein Stück nach hinten und betrachtete sie. Ihre Miene wurde sanfter, als sie lächelte.

»Sieh dich nur an, Emily«, sagte sie. »Siehst ja aus wie aus *Vom Winde verweht*. Sind diese Ohrringe neu?«

»Das sind Smaragde«, berichtete Emily voller Stolz. »Lulu hat sie mir zum Geburtstag geschenkt.«

»Hm«, meinte Cleta.

Lulu zeigte Emily, wie man jedes Gericht, bevor es umgefüllt und in den Speisesaal gebracht wurde, kontrollierte. Sie riet Emily, während der ersten Einladungen eine kleine Liste zu machen und diese Punkt für Punkt abzuarbeiten.

»Du hast das nicht gemacht«, meinte eine schmollende Emily.

»Aber sicher.«

Auf der Türschwelle saß ein regloser Elvis mit seinem neuen karierten Halsband und beobachtete jede Bewegung, die in der Küche gemacht wurde.

»Er hat seine eigene Liste«, sagte Lulu.

»Wenn der Tisch gedeckt und die heißen Speisen aufgetragen sind, kontrollierst du noch mal den Tisch und prüfst, ob genug Vorlegebesteck, Servietten, Saucieren und Pfeffer- und Salzstreuer da sind. Anschließend gehst du in die Küche, bedankst dich beim Personal, gehst danach in die Bibliothek und sagst: ›Ich glaube, wir können essen, Daddy. Würdest du den Gästen Bescheid geben?‹ Er wird seine Gäste zu Tisch bitten, die sich in den Speisesaal begeben. Von da an läuft alles wie am Schnürchen und du musst nur noch zusehen, dass alle zufrieden sind. Du plauderst mit jedem, legst nach, falls der eine oder andere Gast noch Hunger hat, und reichst das Desserttablett herum. Ich glaube, heute Abend gibt es Profiteroles. Mir ist wieder eingefallen, dass du sie gemocht hast, als wir bei Oma waren, und darum habe ich welche bestellt. Etwas später sagst du: ›Auf der Anrichte stehen Kaffee und Cognac und die Bar ist immer noch offen. Bitte, bedienen Sie sich selbst. Ich hoffe, Sie morgen vor der Jagd zu sehen.‹ Dann kannst du ins Bett gehen. Das Küchenpersonal kümmert sich um alles andere.«

»Jesus«, stöhnte Emily. »Das ist ja schlimmer als eine mündliche Prüfung in der Schule. Was ist mit Elvis?«

»Ich denke, wir können darauf vertrauen, dass Elvis sich dorthin setzt, wo er am bestem zur Geltung kommt«, antwortete Lulu lachend. »Er weiß genau, wo was zu holen ist.«

»Da kommen sie«, wehte es leise vom unteren Ende der Auffahrt hoch, wo die Zwillinge als Empfangskomitee postiert waren. Den Jungs, die sich schlichtweg geweigert hatten, einen Smoking zu tragen und sich unter die plaudernden Plantagenbesitzer zu mischen, war erlaubt worden, ihre guten Shetlandpullover und Wollhosen zu tragen, die sie vermutlich einmal alle zwei Jahre aus dem Schrank holten, und als Späher zu fungieren.

Walter und die beiden Mädchen, die in der Halle standen, hörten den Ruf. Walter strich seinen Smoking glatt, atmete tief durch und warf Lulu einen nervösen Blick zu. Als Emily Luft holen wollte, fühlten sich ihre Lungen an, als wären sie mit Zement ausgegossen worden. Lulu lächelte ihnen zu.

»Nun ist es so weit«, verkündete sie und öffnete die Eingangstür. Zu dritt traten sie in den kalten, klaren Silvesterabend hinaus, um Plantagenbesitzer aus drei Bezirken auf Sweetwater zu begrüßen.

Kapitel Neunzehn

Gegen halb acht Uhr abends blieb Emily mit einer Platte Krabbenkanapees und warmen Käsestangen im Türrahmen der Bibliothek stehen und lauschte der Tonlage des Hauses.

Diesen Klang hatte sie bisher noch nie gehört, denn bis zu diesem Abend war das Haus stumm gewesen. Und nun drangen die unterschiedlichsten Töne in ihre Ohren, als wäre das Haus ein großes lebendiges Gebilde. Heute sah Emily es mit völlig anderen Augen und spürte ganz deutlich, wie ihr Bild von Sweetwater sich unwiderruflich verändert hatte.

Die Klangfarbe des Hauses war maskulin und sehr alt, durchwoben von den trägen und nebulösen Männergesprächen, durchsetzt von heiserem Gelächter, vom Knarren der auf Hochglanz polierten, breiten, alten Bohlen, von einem hellen Klirren, wenn Silber gegen Silber stieß, vom leisen Knistern der Holzscheite im Kamin und vom aufgeregten Gebell der Hunde, das von fern herüberschallte. Auf einmal kam es Emily so vor, als wäre dieses Timbre schon lange, vielleicht sogar schon seit Jahrhunderten zu hören gewesen, während sie es heute zum ersten Mal wahrnahm. Und so sollte dieses Haus, das auf einmal Offenheit und Zwanglosigkeit ausstrahlte, auch klingen – dies wusste sie, ohne benennen zu können, woher dieses Wissen plötzlich kam.

Ich frage mich, ob die anderen das auch hören, überlegte sie. Falls ja, dann lassen sie es sich nicht anmerken. Ich könnte wetten, Buddy hat es gehört. Und Elvis hört es auch.

Sie sah zu Elvis hinunter, der neben ihrem linken Fuß saß.

Hörst du es?, fragte sie ihn in Gedanken.

Sicher.

Emily stieg der Geruch des Hauses in die Nase: Es roch nach gutem Tabak, brennendem Apfelholz, ganz schwach nach den klammen alten Teppichen und feuchter Wolle und ein bisschen auch nach altem Whisky. Und dahinter, quasi als konstanter Unterton, der angenehme Duft der Spaniels, den Emily ganz besonders mochte.

Ihre Lippen, von der gesellschaftlichen Verantwortung, die Lulu ihr übertragen hatte, unbeweglich und blutleer, wurden weicher, sanfter – wie die Tonlage des alten Anwesens. Und dann lächelte sie, wie es sich für die Tochter des Hauses gehörte. Als sie mit der Platte in die Bibliothek trat, kostete es Emily an diesem Abend erstmals keine sonderliche Anstrengung, ihre Rolle zu spielen.

»Bitte, kosten Sie doch von den Käsestangen«, bat sie einen großen Smokingträger nach dem anderen. »Sie sind Cletas Spezialität. Und die Krabben kommen aus unseren Gewässern. Lulu und ich haben diese Kanapees heute Nachmittag gemacht.«

Und die Männer bedienten sich, bissen in die Appetithappen, nickten anerkennend und bedachten Emily mit dem gleichen gutmütigen Lächeln wie Lulu.

»Du bist das kleine Mädchen, das Rhett Foxworths Boykins ausgebildet hat? Er behauptet, du wärst etwas ganz Besonderes, aber dass du schon so groß und hübsch bist, hat er nicht erwähnt. Walter, wo haben Sie denn dieses Mädchen versteckt gehalten?«

»Sie ist meine Geheimwaffe«, entgegnete Walter Parmenter in einem Anfall von ungewohntem Großmut und lächelte Emily zu. Lulu, die auf der anderen Seite des Raumes einem großen, rotgesichtigen Mann, der in Emilys Augen genau wie alle anderen Herren aussah, einen neuen Drink reichte, lächelte ebenfalls.

»Na, mein Fräulein, dein Vater hat mir erzählt, du hast den Sommer und Herbst über hier gewohnt und alles über Spaniels gelernt«, sagte der Mann zu Lulu. »Du willst wohl selber Züchterin werden, oder?«

»Nichts würde mir mehr Spaß machen, Mr Aiken«, meinte Lulu.

»Hmm, es wäre besser, du würdest dich wieder in der Stadt blicken lassen. Die Hälfte aller jungen Burschen ist am Boden zerstört, seit du weg bist.«

»Junge Burschen wird es immer geben«, sagte Lulu. »Solche Spaniels nicht.«

Alle brachen in Gelächter aus.

Als Emily Lulu in der geschäftigen Küche traf, stieß sie einen langen Seufzer aus.

»Wie schlage ich mich?«

»Gut. Besser als gut. Was habe ich dir gesagt? Ich denke, es steckt in deinen Genen.«

»Na, wenn das so ist, habe ich das von einem Vorfahren aus einem anderen Jahrhundert vererbt bekommen«, sagte Emily und brach dann ab. Sie dachte an ihre schöne, berühmt-berüchtigte Mutter und deren Partys und Dinnereinladungen; sie dachte an Jennys lässiges Gebaren an ihrem Esstisch. Vielleicht hatte sie diese Gabe ihnen zu verdanken.

»Hm, jetzt sind die warmen Gerichte dran«, verkündete Lulu. »Du gehst hinein und bittest deinen Vater, dass er alle an den Tisch holt, während ich noch einen letzten Blick auf die Speisen werfe. Danach können wir uns ins Frühstückszimmer verziehen, die Beine hochlegen und einen Bissen essen, denn eure Gäste werden fürs Erste beschäftigt sein.«

Emily war schon auf dem Weg Richtung Bibliothek, als jemand lautstark an die Eingangstür klopfte. Sie drehte den Kopf und sah zu Lulu hinüber. Für einen normalen Gast war es schon ziemlich spät.

»Ich kümmere mich darum«, sagte Lulu. »Geh du nur in die Bibliothek.«

Emily hörte, wie die Eingangstür knarzend aufging. Dann war es einen Moment ganz still und dann rief Lulu: »Daddy! Was hat dich denn hierher geführt? Ich dachte, ihr wärt noch auf St. Bart's. Hast du Mutter mitgebracht?«

Emily blieb stehen, um zu lauschen.

»Nein«, brummte Rhett Foxworth mit seiner tiefen Stimme. »Sie ist vor ein paar Tagen ein paar alten College-Freundinnen aus Sweetbriar über den Weg gelaufen, die gerade die Scheidung einer dieser Frauen feierten. Und als der Tratsch und das Bridge kein Ende nehmen wollten, bin ich nach Hause gekommen. Außerdem wollte ich die Jagd nicht verpassen. Wunderbar siehst du aus, Liebes. Und es hört sich so an, als würden sich alle prima amüsieren.«

»Ich glaube auch«, meinte Lulu. »Es freut mich, dich zu sehen, Daddy. Komm doch rein. Ich glaube, vor dem Essen bleibt noch genug Zeit für einen Drink.«

»Solch ein Angebot habe ich noch nie ausgeschlagen«, sagte Rhett Foxworth. »Ich habe eine Überraschung für dich. Habe ihn im Yachtclub in der Men's Bar gefunden.

Er ist von der UVA direkt hierher gekommen. Wenn man ihm Glauben schenken darf, habt ihr euch seit Ewigkeiten nicht mehr gesehen. Er hat versucht, dich zu finden. Ich glaube, er denkt, du versteckst dich vor ihm.«

Betretenes Schweigen machte sich breit. Emily schlich sich in die Halle. Rhett Foxworth, der einen älteren Smoking trug, hatte den Arm um Lulu gelegt und grinste sie an. Reglos wie eine Statue stand Lulu da und schaute zu dem jungen Mann in Abendgarderobe auf, der vorsichtig ihre Hand hielt.

Er war umwerfend schön – alles andere wäre eine Untertreibung gewesen. Braun gebrannt war er, hatte ein schön geschnittenes Gesicht, so wie Lulu strahlend blaue Augen und kurzes, lockiges schwarzes Haar. Sein Lächeln hatte etwas Archaisches und erinnerte Emily an das vollmundige Lächeln, das sie auf Abbildungen von Statuen aus der Zeit von Theseus und Ariadne gesehen hatte. Wie ein wunderschöner Primitiver sah er aus oder wie eine griechische oder etruskische Gottheit. Emily, die sofort wusste, um wen es sich bei diesem Gast handelte, spürte, wie sich eine eisige Hand um ihr Herz legte.

Einen Moment später sagte Lulu in leichtem, fröhlichem Tonfall: »Wie schön, dich zu sehen, Yancey. Willkommen auf Sweetwater. Komm doch in die Bibliothek und lern meine Freundin Emily und ihren Vater kennen. Die beiden haben mir alles über Boykin Spaniels beigebracht, was man wissen muss. Ich werde euch einen Drink besorgen.«

»Danke, Lu«, antwortete Yancey Byrd mit tiefer, träger Stimme, die genau so schön wie alles andere an ihm war. Sein schiefes Lächeln hatte etwas Gewinnendes und verriet, dass er gern und viel lächelte. Wenn er lachte, tauchten Falten auf seinen Wangen auf und Krähenfüßchen rahmten seine blauen Augen ein. Trotz seiner angenehmen Erscheinung lauerte da noch etwas anderes, das – wie Emily vermutete – ganz spontan und so schnell wie ein Hai aus der Tiefe des Ozeans auftauchen konnte. Auf seinen Handrücken wuchsen dicht an dicht schwarze Härchen.

»War gar nicht leicht, dich zu finden, Lu«, gestand er grinsend. »Noch mal wird es dir nicht gelingen, mir zu entwischen. Ich habe den größten Ball in Richmond abgesagt, nur um dich zu sehen.«

»Hier entlang«, sagte Lulu gefasst, drehte sich um und glitt am Arm ihres Vaters Richtung Bibliothek. Yancey Byrd entdeckte die im Türrahmen erstarrte Emily und zwinkerte ihr doch tatsächlich zu, ehe er Rhett und Lulu folgte.

Im Türrahmen verharrend, wurde Emily ganz krank vor Angst.

Entgegen ihren Erwartungen passierte nichts. Lulu wirkte im Umgang mit Yancey Byrd gut gelaunt und geradezu zärtlich. So behandelte sie auch die ältesten Freunde ihres Vaters, mit denen sie spaßte, denen sie schmeichelte, neue Drinks brachte und das Dessert servierte. Emily, die nicht von ihrer Seite wich, musterte sie mehrmals eindringlich, doch Lulu lächelte nur und schüttelte den Kopf. »Mir geht es gut.«

Nach dem Essen saßen sie eine Weile mit den Herren vor dem Kamin, die Cognac tranken, Zigarren hervorkramten, lachten und Geschichten erzählten. Emily betrachtete ihren Vater, der vor dem Kamin stand, einen Arm auf den schön verzierten Sims stützte, ein Glas Courvoisier schwenkte und lachte. Irgendwie kam er ihr unwirklich vor: weitaus jugendlicher und attraktiver als die anderen Männer im Raum – mit Ausnahme von

Yancey Byrd. Und er wirkte ganz locker in der Gesellschaft von Männern, die ihn so lange eingeschüchtert hatten. Während sie ihn beobachtete, sah Emily vor ihrem geistigen Auge, wie sich Sweetwaters Zukunft änderte. Ihr Blick wanderte zu Lulu hinüber, die diese Veränderung initiiert hatte. Lulu saß auf der Armlehne des Sessels, in dem ihr Vater es sich bequem gemacht hatte, und gab eine komische Geschichte zum Besten. Mit leicht gerötetem Gesicht schilderte sie, wie sie den ersten Versuch gemacht hatte, einem Boykin-Welpen die Befehle »Platz« und »Sitz« beizubringen. Dabei leuchtete sie wie ein außer Kontrolle geratenes Feuer. Alle Augen im Raum waren auf sie gerichtet und sie bedachte die alten Freunde ihrer Familie abwechselnd mit einem Lächeln. Nur Yancey Byrd, der auf dem bequemen alten Ledersessel neben ihr saß, würdigte sie keines Blickes, wohingegen er sie keine Sekunde aus den Augen ließ.

Zu Emily sah sie auch nicht hinüber. Elvis, der neben Emily saß, sich an ihr Bein presste und mit seinem glänzenden rotbraunen Fell und dem karierten Halsband so hübsch aussah, dass sich jeder einmal vor ihn kniete, als müsste man ihm seine Aufwartung machen, begann zu knurren. Emily, die ihn nicht hörte, spürte dafür ein gleichmäßiges lautloses Wummern, wie von einem Innenbordmotor, was ihr unheimlich war.

Emily war vor lauter Sorge richtig erschöpft, als Lulu endlich aufstand und sagte: »Nun, meine Herren, ich denke, Emily und ich überlassen Sie nun Ihrem Amüsement. In der Schlafbaracke finden Sie eine Bar und Pokertische, falls jemand ein Spielchen machen möchte, und Peter wird Bloody Marys und belegte Brote bereithalten, ehe Sie morgen früh aufbrechen. Viel Glück. Wir sehen uns dann nach der Jagd wieder.«

Mit Emily im Schlepptau verließ Lulu den Raum. Der eiserne Griff der eisigen Hand, die sich um Emilys Herz gelegt hatte, lockerte sich etwas. Endlich verschwanden sie von hier. Und nichts war geschehen. Sie würden ihre Nachthemden anlegen, heiße Schokolade trinken, lachen und den Abend durchsprechen. Lulu würde Geschichten über die Männer erzählen, die zu Besuch gekommen waren, und damit alles übertreffen, was sie bisher am Esstisch der Parmenters zum Besten gegeben hatte.

Als sie in der Halle die Hand nach ihrem Daunenmantel ausstreckte, berührte Lulu sanft ihren Arm.

»Mir war nicht klar, dass alle so lange aufbleiben würden«, sagte sie. »Emily, du musst heute Nacht hier schlafen. Solange dein Vater Gäste im Haus hat, solltest du auch hier sein.«

»Lulu ...«, begann Emily verzweifelt. Die Furcht kehrte zurück und schlug wie eine gigantische Welle über ihrem Kopf zusammen.

»So läuft das nun mal, Emily«, meinte Lulu und drückte Emily kurz und fest an sich.

»Du hast dich heute Abend phantastisch geschlagen«, lobte sie. »Dein Vater kann wirklich stolz auf dich sein.«

Damit machte sie auf dem Absatz kehrt, verließ die Halle und trat hinaus in die eisige Stille. Ehe die Tür ins Schloss fiel, konnte Emily noch einen Blick auf ihre gertenschlanke, kerzengerade Gestalt erhaschen, die über den gefrorenen Rasen ging. Ein langer Schatten folgte ihrer Silhouette, die sich gegen den hoch am Himmel stehenden Mond abzeichnete.

Emily, die sich in ihrem staubigen alten Zimmer wie in jedem Winter zuvor unter ihren Decken vergrub, lag da und lauschte, bis die fröhlichen Stimmen der Männer in der Halle verklungen waren und die Eingangstür ein letztes Mal ins Schloss fiel. Und damit verhallte der Klang des Hauses.

Neben ihr lag Elvis. Ohne sich zu rühren, spitzte auch er die Ohren.

Kapitel Zwanzig

Am Morgen zog Emily mit steifen Gliedern ihre alte Jeans und einen dicken Pulli an und ging in die Küche hinunter.

»Hast du Lulu gesehen?«, fragte sie Cleta, die das Geschirr spülte und dabei vor sich hin summte. In der makellos sauberen Küche war es warm. Die wuseligen Angestellten von Maybud waren verschwunden.

»Sie hat heute früh mal kurz den Kopf hereingesteckt und gesagt, sie geht mit auf die Jagd«, berichtete Cleta. »Hat mich gebeten, dir auszurichten, dass sie dich heute Nachmittag sieht, wenn sie mit den anderen zurückkommt. Und sie hat gesagt, sie möchte deinen Geburtstag feiern, ehe der Braten serviert wird. Hoffentlich vergisst sie das nicht. Ich habe gestern zwei Stunden damit verbracht, daheim diesen Karottenkuchen zu backen, den du so magst. Siehst du? Da steht dein Name und dreizehn Kerzen gibt es auch. Herzlichen Glückwunsch zum Geburtstag, Emily. Kommt mir vor, als läge dein letzter hundert Jahre zurück.«

»Auf die Jagd …«, wiederholte Emily nachdenklich. »Lulu geht nicht jagen. Sie hasst die Jagd. Sie sagte, sie wollte heute Morgen ausschlafen …«

»Na, gut geschlafen hat sie auf alle Fälle nicht«, meinte Cleta und warf Emily einen Blick von der Seite zu. »Sie hat ausgesehen, als wäre sie ordentlich durch die Mangel gedreht und anschließend nass aufgehängt worden. Hat gezittert und war bleich und ihre blauen Augen wirkten riesig. Wie letzten Sommer, als sie hier zum ersten Mal aufgetaucht ist, hat sie ausgesehen.«

»Was will sie nur auf der Jagd?«, überlegte Emily unglücklich. »Wir wollten uns heute Nachmittag eigentlich einen Film anschauen, vor der Party. Sie hat *Frühstück bei Tiffany* ausgeliehen, weil sie meinte, es wäre höchste Zeit, dass ich den sehe.«

»Ich glaube nicht, dass das Was die Frage ist«, sagte Cleta. »Ich glaube, es geht um das Wer. Dieser große schwarzhaarige Mann, der gestern Abend in Begleitung von Mr Foxworth aufgetaucht ist, hat hinter ihr auf der Veranda gestanden. Er hatte zwei Gewehre dabei und die beiden hatten diese gewachsten Jacken an, die man auf der Jagd trägt. Und Stiefel. Ich würde sagen, Miss Lulu wird schon Beute machen, aber auf Enten ist sie nicht aus.«

Emily schluckte so schwer, dass Cleta es hörte und sich umdrehte.

»Heute Abend ist sie wieder da«, meinte sie und strich Emily das zerzauste Haar aus dem Gesicht. »Und es ist ja nicht so, als hätten wir geglaubt, sie hätte noch nie einen Freund gehabt. So hübsch wie sie ist, gibt es natürlich viele, die sich für sie interessieren. Morgen nach dem Frühstück verschwindet er und ihr könnt wieder kichern und mit den Hunden arbeiten. Himmel, Emily, du bist so heiß wie ein Ofen. Hast du Fieber?«

»Nein«, antwortete Emily mit zitternder Stimme und entzog sich ihr. Sie glaubte, auf der Stelle einschlafen zu können, wenn es ihr nur gelänge, sich in ihr kleines Zimmer drüben in der Scheune zu schleichen, ins Bett zu kriechen und sich die weichen Decken von Lulus Mutter über den Kopf zu ziehen. Und wenn sie dann aufwachte, wäre Lulu wieder da, würde sie necken, den Geburtstagskuchen anschneiden, Elvis mit den Krümeln füttern und die vergangene Nacht wäre nur ein langer Traum.

»Na, setz dich hin und iss etwas von dem French Toast. Für Elvis habe ich eine Portion mitgemacht.«

»Ich frühstücke drüben in der Scheune«, murmelte Emily. »Da gibt es süße Teilchen. Danke für den Kuchen, Cleta. Der ist ganz toll. Ich werde etwas davon für GW und die Kinder aufheben, das du ihnen mitbringen kannst.«

Sie trat in das blasse, eiskalte Sonnenlicht hinaus. Nachdem die Tür hinter ihr ins Schloss gefallen war, verschränkte Cleta die Arme und starrte den Kuchen mit den dreizehn Kerzen an, ohne ihn zu sehen.

»Dreizehn Jahre ist zu jung, um noch mal verlassen zu werden«, flüsterte sie. »Ich wusste gleich, als sie hier aufgetaucht ist, dass dieses Mädchen eine dunkle Seite hat. Miss Jenny muss dringend zurückkommen.«

Doch Cleta war klar, dass Jenny Raiford nicht zurückkommen würde. Ein goldener Kuckuck hatte sie aus dem Nest geworfen und brütete nun ihr Ei aus. Cleta neigte den Kopf und sprach ein kurzes Gebet. Sie bat darum, dass das Ei keinen Schaden nahm, wenn der Kuckuck abschwirrte.

Lulu kehrte am Nachmittag nicht mit der Jagdgesellschaft zurück. Emily stand wartend an ihrem Fenster, als die Maulesel fröhliche Männer, zappelige Hunde und die großen Leinensäcke mit den Enten in den Hof karrten. Lulu war nicht bei der Truppe – Yancey Byrd auch nicht.

Auch am Abend, als unten auf der Anlegestelle der Braten mit der Austernsoße serviert wurde, erschien sie nicht. Als Tochter des Hauses kam Emily ihren Pflichten nach, bedachte die Plantagenbesitzer mit einem lustlosen Lächeln, erkundigte sich, wie für sie die Jagd gelaufen war, reichte Platten mit fangfrischen, dampfenden Austern von den Ufern des Sweetwater Creek herum und kümmerte sich, falls jemand einen neuen Drink brauchte.

Woher weiß ich, was ich tun muss, überlegte sie einmal benommen. Lulu hat recht behalten. Es sind wohl die Gene. Ach, Lulu.

Als der Braten zur Hälfte verspeist war, nahm Rhett Foxworth sie beiseite.

»Hast du meine unberechenbare Tochter und diesen Freund von ihr gesehen?«, erkundigte er sich. »Es passt mir gar nicht, dass sie dir die ganze Arbeit überlässt.«

»Nein, Sir«, sagte Emily, den Blick auf die feuchten Gummistiefel gerichtet. Stand man nicht direkt am Feuer, war es relativ kalt. Ihr Atem malte silberne Wölkchen in die frostige Luft. Über dem Fluss hing der Vollmond und warf ein blasses Licht auf das Dock. Immerhin hell genug, damit sie seine Miene studieren konnte, doch allem Anschein nach war der Mann eher belustigt als verärgert.

»Ich könnte mir vorstellen, die beiden sind in die Stadt oder sonst wohin gefahren. Lulus Wagen habe ich seit gestern Abend nicht mehr gesehen.«

Das »sonst wohin« hatte eine versteckte Bedeutung. Alle anwesenden Männer kriegten mit, was Rhett Foxworth sagte, und lachten nachsichtig.

»Na, vielleicht haben sie sich miteinander ausgesöhnt«, meinte ein drahtiger Mann mit graubraunem

Teint. »Meine Tochter war in der Schule ein paar Klassen unter deiner. Sie sagt, die beiden wären lange Zeit ein Paar gewesen, bis Miss Lulu mit ihm Schluss gemacht hat und nach Hause gefahren ist. Doch das hier kommt mir gar nicht wie Schluss machen vor.«

»Ist das dieser Byrd-Junge, der nach dem Studium bei Comer Tarleton einsteigt? Gehört er zu den Virginia-Byrds? Falls dem so ist, war ich mit seinem Vater in Princeton. Die Familie nagt nicht gerade am Hungertuch. Wäre klug von deinem Mädchen, wenn sie ihn sich schnell angelt.«

»Das kann man bei Lulu nie wissen«, meinte ihr Vater. »Aus irgendeinem Grund war sie fest entschlossen, ihn nicht wiederzusehen, als sie nach Hause gekommen ist. Na, falls sie ihn nicht heiratet, nimmt ihn garantiert Maybelle zum Mann. Sie lag ihm gleich bei ihrer ersten Begegnung zu Füßen.«

Nach diesem kurzen Wortwechsel widmeten sie sich wieder anderen Themen. Emily stand regungslos auf der Anlegestelle, die sich unter ihren Füßen zu bewegen schien. In ihrem ganzen Leben war sie noch nie so müde gewesen. Sie schaute zu ihrem Vater hinüber. Mit sanfter, entrückter Miene starrte er auf den Fluss hinaus. Vielleicht hatte er von dem Gespräch nichts mitbekommen.

Als er sich jedoch zu ihr umdrehte, wusste sie, dass er alles gehört hatte. Emily hatte schon mit angesehen, wie Fische auf dem Dock starben, wie sie an zu viel Luft erstickten. Die Fische sahen tot nicht anders aus, aber ihre Augen, ihre Schuppen verloren jeden Glanz. So etwas Ähnliches war gerade eben mit Walter Parmenter geschehen.

»Geh nur hoch ins Haus, Emily«, sagte er. »Du wirkst erschöpft. Wir können morgen hier aufräumen. Cleta kommt dann auch. Danke … dass du eingesprungen bist.«

»Ja, Sir«, murmelte Emily. Die genetisch vererbte Gastgeberin schien sich zu verflüchtigen. Sie machte auf dem Absatz kehrt und schleppte sich in Begleitung von Elvis zum Haus hoch.

Oben angekommen schlenderte sie in die immer noch warme und erleuchtete Küche, die inzwischen leer war. Das ganze Haus war leer – das konnte man spüren wie die Leere in einer großen Höhle. Ihr Blick huschte zum Karottenkuchen hinüber, der inzwischen hart geworden war. Die Schrift, die Cleta darauf gespritzt hatte, war weich geworden und verlief, und die dreizehn Kerzen, die niemand angezündet hatte, wirkten wie ein kleiner Käfig. Emily ging hinüber, bohrte einen Finger in den Guss und leckte ihn ab.

»Alles Gute zum Geburtstag«, wünschte sie sich laut. »Jetzt bin ich schon einen ganzen Tag lang dreizehn und begreife überhaupt nichts.«

Sie verließ die Küche, stieg die Treppe zu ihrem alten Zimmer hoch. Drüben in der großen Scheune zu schlafen, wo Lulu nicht war, war ihr vollkommen unmöglich.

»Lulu, wo bist du?«, flüsterte sie wohlwissend, dass ihr niemand antworten würde.

Als sie am Fenster vorbeikam, das auf die Veranda, den Hof und die dahinterliegende Scheune hinausging, sah sie, dass der kleine, rote Wagen zurück war. Im fahlen Licht der Scheinwerfer und des Mondes wirkte das Cabrio eher pink. Mit einem Mal keimte Freude in ihr auf – wie das letzte Aufflackern eines erlöschenden Feuers. Emily riss die Tür auf und rannte los. Elvis folgte ihr mit heraushängender Zunge. Irgendwie spürte sie, dass ihr kalt war, doch das kümmerte sie in diesem Augenblick nicht. In Lulus Apartment würde es warm sein.

Doch als sie die Stufen hochlief, musste sie feststellen, dass Lulus Tür abgesperrt war. Zögernd legte sie die Hand auf den Türknauf, drehte daran und klopfte schließlich.

»Lulu?«

Keine Antwort. Da begriff sie, dass das Apartment genau so leer war wie das große Haus. Es gab einen alten Song, den Tante Jenny gern trällerte, einen Song aus ihrer Jugend. *The Sound of Silence* – das Geräusch der Stille. Ja, das hier war damit gemeint.

Emily schloss die Augen und lehnte sich an die Tür. Sie bezweifelte stark, dass ihre Kraft reichte, ins große Haus zurückzukehren.

»Lulu, wo bist du denn nur?«, flüsterte sie immer wieder.

Und plötzlich wusste sie ganz genau, wo ihre Freundin steckte. Sie war schon halb über das mondbeschienene Stoppelfeld gelaufen, das vor dem kleinen Wäldchen am Sweetwater Creek endete, bis sie kapierte, wo sie war. Und sie fror so sehr, dass sie sicher sterben würde, wenn sie darüber länger nachdachte.

Elvis lief mit gesenktem Haupt neben ihr her. Ohne einen Muckser zu machen, nahm er die Fährte auf.

Laut keuchend rannte sie in einen dunklen Tunnel, der durch den Wald führte. Da im Winter kaum Blätter an den Bäumen hingen, wurde sie von Zweigen gepiekst, von Dornen gestochen. Um diese Jahreszeit konnte man weiter sehen als im Sommer. Mit nach vorn gerichtetem Blick entdeckte Emily an der Stelle, wo der kleine Baum gestanden hatte, ein flackerndes gelbes Licht, direkt auf dem Felsvorsprung oberhalb der Stelle, wo die Delphine an Land kamen. Ein Feuer. Lulu wartete beim Feuer. Was für eine schöne Idee. Das sah Lulu ganz ähnlich …

Sie ging schneller, eilte dem Wegende entgegen. Ein- oder zweimal stolperte sie, landete auf einem Knie, aber sie spürte keinen Schmerz. Von der Kälte bekam sie auch nichts mit. Nur noch ein paar Schritte und dann konnte sie sich wärmen.

Elvis blieb so abrupt vor ihr stehen, dass sie über ihn springen musste.

»Los, komm«, rief sie, ohne anzuhalten, doch er gehorchte ihr nicht. Stattdessen begann er wütend zu bellen. Emily rannte weiter.

In dem Moment hörte sie kurz hintereinander drei dünne, gutturale Schreie. Einer klang schriller als der andere.

Lulu. Lulu hatte Schmerzen. Sie war mit diesem unanständigen primitiven Gott zusammen, der ihr Schmerzen zufügte. All die Gefühle, die sich seit heute Morgen aufgestaut hatten, fielen von ihr ab. Nun war sie wieder Emily, die Beschützerin, die potente Wohltäterin, die Hoffnung vermittelt. Sie lief den Weg hinunter zur Lichtung, zum Licht. Dass sie die Hände zu Fäusten ballte und die Zähne zusammenbiss, merkte sie nicht. Furios bellend schoss Elvis an ihr vorbei. Bis zu diesem Tag hatte sie nicht geahnt, dass Boykins solch wilde Laute von sich geben konnten.

Wir werden ihn kriegen, sagte sie in Gedanken zu Elvis.

Da blieb er unvermittelt vor ihr stehen, versperrte ihr den Weg, fletschte die funkelnden weißen Zähne und knurrte in einem fort, mal lauter, mal leiser. Dieses Knurren signalisierte Gefahr. So mussten vor vielen Jahrtausenden auch die wilden Hunde, die sich in einer tiefen Höhle um ein Feuer geschart hatten, geklungen haben, wenn die Lage bedrohlich ernst wurde.

Halt! Sie hörte ihn laut und deutlich.

Emily, bleib stehen!, warnte Buddy zur gleichen Zeit. Seine Stimme war so gut zu verstehen, als stünde er ganz dicht neben ihr.

Sie hörte auf die Warnungen, machte allerdings noch ein paar Schritte, weil sie viel zu viel Schwung draufhatte, und landete auf der freien Fläche auf einem Knie.

Sie erhob sich nicht. Die Luft vor ihren Augen waberte und zog sich zusammen, als betrachte sie die Szene durch einen Nebelschleier oder in einem angelaufenen Spiegel. Die ganze Lichtung schien in grelles Licht getaucht, das gewiss kein Mondschein war. Später las sie irgendwo, dass sich die Pupille bei Schock oder großer Furcht so zusammenzieht, dass einem die Welt für einen kurzen Moment unerträglich hell erscheint.

Das Feuer, das sie schon von ferne gesehen hatte, flackerte neben dem kleinen Baum, den sie erst vor ein paar Tagen für die Tiere geschmückt hatten. Emily fiel auf, dass die meisten Geschenke weg waren. Gut. Die Tiere waren also hier gewesen. Sie würden noch mehr Köstlichkeiten für sie an die Zweige hängen. In einer Aluminiumwanne brannte ein Feuer, das auszugehen drohte. Ihr Blick wanderte zum Schlickgrasmeer hinüber, das bis zum westlichen Horizont reichte. Schwarz und silbern schimmerte es im Mondschein. Funkelnde schwarze Priele, in deren Wasser sich der Mond spiegelte, schlängelten sich durch die Gräser. Das Wasser steht hoch, dachte sie, bald setzte die Ebbe ein.

Und als ihr Blick dann in die Mitte der Lichtung gelenkt wurde, gaben ihre Beine nach und sie landete mit einem harten Aufprall auf dem kalten Boden zwischen den Dornbüschen. Unablässig knurrend wich Elvis zurück und stellte sich neben sie.

Mitten auf dem kargen, kleinen Felsvorsprung hatte jemand eine schwarz-golden gestreifte Decke ausgebreitet, auf der Lulu lag. Nackt und mit geschlossenen Augen, auf dem Rücken, die kraftlosen Beine weit gegrätscht. Ihre Rippen hoben und senkten sich mit jedem Atemzug. Ihr Fleisch wirkte weich und dellig wie reifes Obst. Auf ihren Brüsten und ihrem Bauch waren rot-schwarze Striemen zu erkennen. Die ganze Lichtung stank so stark nach Whisky und Erbrochenem, dass es Emily den Magen umdrehte.

Der Mann, der auf ihr lag, war nicht nackt, doch seine Hose war auf Höhe der Knöchel, als hätte er es eilig gehabt. Er richtete sich ein bisschen auf, indem er sich auf die Unterarme stützte, mit denen er Lulus Arme nach unten gedrückt hatte. Emily sah, dass er immer noch in ihr war. Langsam drehte er sich zu Emily um, die in Büßerstellung auf dem Boden kniete, und grinste. In diesem Moment glitt sein Penis aus Lulu und fiel schlaff auf ihren Bauch. Lang, dünn und weiß war er. Während Emily ihn betrachtete, begann er sich auf dem malträtierten Fleisch zu regen und steif zu werden.

»Hast du Lust, dich uns anzuschließen?«, fragte Yancey Byrd zu ihr herüber.

Emily brachte kein Wort heraus und regen konnte sie sich auch nicht. Elvis knurrte ununterbrochen. Yancey Byrd griff nach unten und berührte sich. »Das hier reicht für alle«, meinte er.

»Emily, hau ab«, sagte Lulu. Ihre Stimme klang so dünn und zerbrechlich wie die eines Kindes. Die Augen schlug sie nicht auf.

»HAU AB!«, kreischte sie, als Emily sich nicht rührte. In ihrem Schrei lag keine Zuneigung, kein Erkennen, nichts Menschliches. Noch ehe er verhallte, war Emily auf den Beinen und rannte schon den schwarzen Tunnel hinunter.

Lauf schneller, flüsterte Buddy ihr ins Ohr. *Lauf schneller!*

Emily gab sich auch wirklich Mühe, aber ihre Füße waren ganz taub vor Kälte und ihre Beine zitterten so sehr, dass sie meinte, durch taillenhohes Wasser zu waten – wie in einem von diesen Träumen, wo man rennt und doch nicht von der Stelle kommt. Hinter ihr bellte Elvis, als würde er Vieh treiben.

Auf halber Strecke ließ die Benommenheit nach und Emily begann zu weinen. Übelkeit und Entsetzen, Trauer und Ekel schnürten ihr die Kehle zu. Ihre Gefühle waren so stark, dass sie fast umkippte. Plötzlich wusste sie, dass etwas den Weg herunterkam und sie verfolgte, mit dem Ziel, sie zu vernichten, ihr so großen Schaden zuzufügen, dass sie dafür mit dem Leben bezahlte. Yancey Byrd war es nicht – Emily hörte wieder die dünnen, verlorenen Klagelaute, die vom Delphinufer herüberschallten. Nun hatte er also ein weiteres Mal seinen Willen gekriegt. Aber es war etwas *von* ihm. Etwas, das er ausdünstete wie Schweiß. Gewaltig war es, düster und alles beherrschend. Es roch so intensiv nach Verzweiflung, Krankheit, nach Fisch und Sex, nach vollkommener Verderbtheit, dass es sie würgte und sie zu Boden ging. Wie Rauch breitete sich hinter ihrem Rücken die Finsternis aus, wurde von Minute zu Minute undurchdringlicher, bewegte sich unaufhaltsam vorwärts wie eine große Nebelbank im Herbst. Sollte die Finsternis sie einholen, würde sie darin ertrinken, auf immer und ewig wie ein toter Gegenstand auf dem Meeresboden durchgeschüttelt werden, langsam verrotten, unwiederbringlich zu Grunde gerichtet. Am Boden kauernd zögerte sie.

LAUF ZUM LICHT, EMILY! LAUF INS LICHT!, brüllte Buddy ihr ins Ohr. Elvis, der jetzt hinter ihr lief und immer wieder mit der Schnauze gegen ihre Absätze stieß, um sie anzutreiben, schaute sich um.

Nun mach schon, drängte er.

Als Emily sich aufrichtete, sah sie weiter vorn, wo der Pfad aufs Feld führte, die Tunnelmündung. Dahinter war es strahlend hell, Licht, so weit das Auge reichte – wie silberner Raureif über dem Acker. Sie atmete richtig durch und stürmte los, ohne zu merken, wie die Zweige ihr ins Gesicht peitschten, die Dornen sich in ihr Fleisch bohrten. Langsam fand sie einen Rhythmus und die Bewegungen ihrer Arme passten sich ihrem Laufschritt an. *LAUF, EMMY!*, rief Buddy wieder, doch seine Worte schienen jetzt von weiter her zu kommen.

»Ich laufe doch«, sagte sie zu ihm. »Siehst du denn nicht, wie ich laufe?«

LEG NOCH MAL EINEN ZAHN ZU, EMMY, riet er ihr. Sie atmete so tief durch, dass ihr fast schwindelig wurde, und stürmte ins Licht hinaus.

Für einen Moment hielt sie am Waldrand inne, legte die Arme auf den Bauch, ließ Kopf und Oberkörper hängen und schnappte nach Luft. Und dann hob sie den Kopf und streifte mit ihrem Blick über das Feld Richtung Fluss. In dem kalten Mondlicht zeichnete sich Sweetwater wie ein schwarzer Schatten gegen den Himmel ab. Hinter ein paar Fenstern brannte gelbliches Licht und aus dem Schornstein, der zum Kamin in der Bibliothek gehörte, stieg Rauch. Ihr Vater. Ihr Vater war noch wach. Ob er um Lulu trauerte oder auf Emily wartete, war für sie nicht von Belang. Nur dass er wach war, zählte.

Auf einmal war es lebenswichtig, essenziell, eine Frage auf Leben und Tod, dass er noch wach war, wenn sie endlich nach Hause gelangte. Hinter ihr, ein gutes Stück den Weg hinunter, roch sie den Pesthauch des Todes, der sie immer noch verfolgte, wenn auch langsamer.

Du hast es noch nicht ganz geschafft, Emmy, meinte Buddy. *Los, lauf weiter*

Wieder richtete sie sich auf, saugte die eiskalte Luft in die Lungen und spurtete los. Ohne einen Ton von sich zu geben, lief Elvis wie ein Geisterhund neben ihr her.

Unter dem riesigen, desinteressierten Mond rannte die dreizehnjährige Emily Parmenter, die inzwischen um die Dinge wusste, um ihr Leben.

Kapitel Einundzwanzig

In jenem Winter herrschte Totenstille auf Sweetwater. Und diese Stille schien Gewicht, Masse, Kraft zu besitzen – eine Kraft, die Emily veranlasste, sich in sich selbst zurückzuziehen. Sie kriegte von der Außenwelt schon noch das eine oder andere Detail mit, jedoch so gefiltert, als schwömme sie unter Wasser. Buddy schwieg beharrlich. Das Haus hatte seinen Klang verloren. Lediglich die Hunde konnte man laut und deutlich hören. Wenn sie nachmittags hinüberging und die Welpen trainierte, rührte ihr fröhliches Gebell sie an: Du bist da! Du bist gekommen! Spiel mit uns! Mach gute Hunde aus uns!

Ich bin hier, wiederholte Elvis ständig, ich bin hier. Mehr sagte er nicht, doch während jener Tage, wo sie sich ganz benommen und taub fühlte, erwartete sie auch nichts anderes von ihm.

Emily wusste nicht, ob die anderen die Stille auch als niederdrückend empfanden. Sie sah, wie sie die Lippen bewegten, wie Türen geöffnet und geschlossen wurden, wie die Hunde in die Drahtkäfige auf der Ladefläche des Lieferwagens geladen wurden, wie Gewehre vom Ständer geholt und mit zum Training auf dem Feld unten am Fluss genommen wurden. Jeden Abend sah sie das gespenstisch-blaue Licht des Fernsehers im Wintergarten flackern, da sich ihr Vater und die Jungs gleich nach dem Essen vor den Apparat setzten, als hätten sie niemals bei

Kerzenlicht am Esstisch gesessen, gelacht und fasziniert die Ohren aufgesperrt.

Doch Emily hörte nichts, jedenfalls nicht wirklich.

Sie musste annehmen, dass die anderen etwas hörten, denn das Leben im Haus ging seinen gewohnten Gang – genau wie vor Lulus Erscheinen. Wie immer kam Cleta morgens, machte das Frühstück, räumte auf. Inzwischen kam auch ihre Nichte Anisha, um das Abendessen zu kochen und hinterher abzuspülen. Alle redeten mit ihr; sie sah schließlich, wie sie die Lippen bewegten. Hin und wieder drangen ein paar Satzfetzen zu ihr durch.

»Emily, du bist ganz schmächtig geworden. Iss dein Frühstück.«

»Emily, hast du die Stachelhalsbänder in den Welpenzwinger gebracht? Wir brauchen sie für die großen Hunde.«

»Wie gefällt es dir diesen Winter in der Schule?«, fragte ihr Vater. »Wie macht sich der neue Wurf? Vier stehen noch aus. Hoffentlich schaffst du das.«

Sie gab sich dann Mühe, konzentrierte sich, zwang ihren Verstand, das Gehörte zu verarbeiten.

Immer lächelte sie breit und sagte: »Gut.«

In der Schule konnte sie sich hinter ihren Büchern verkriechen und die Unterhaltungen ihrer Klassenkameraden ausblenden, doch sie nahm sie durch eine Milchglasscheibe wahr. »Wo ist die heiße Mieze mit dem Cabrio? Du bist nicht mehr halb so toll wie damals, als du in diesem Wagen herumkutschiert bist. Hatte sie das Leben der gewöhnlichen Menschen satt? Haben dein Vater und deine Brüder sie angebaggert?«

Emily grinste und ging zum Unterricht. In der Mittagspause blieb sie im Klassenzimmer, aß die Brote, die Cleta für sie gemacht hatte, und las. Lesen war real und nahm sie voll und ganz in Anspruch. In den Büchern konnte sie sich verlieren. Überhaupt – es existierten nur noch Bücher und sonst nichts. Buddy hatte das begriffen.

Gelegentlich gingen ihr die unterschiedlichsten Gedanken durch den Kopf: Fühlt sich so eine Depression an? Oder ein Nervenzusammenbruch? Ich glaube nicht, dass ich depressiv oder mit den Nerven am Ende bin, aber ich empfinde nichts. Sollte ich mit jemandem darüber sprechen? Nur wem könnte ich davon erzählen?

Und dann dachte sie, dass Lulu sie verstehen würde, was jedoch sehr, sehr wehtat. Der stechende Schmerz setzte so schnell ein, dass sie eine Sekunde brauchte, bis sie ihn tatsächlich spürte. So fühlte sich bestimmt der Stich eines Rasiermessers an.

Da sich Sweetwater grundlegend verändert hatte, konnte sie kommen und gehen, ohne einen Gedanken daran zu verschwenden, dass irgendwann einmal ein Schutzwall existiert hatte. Und obwohl es nichts mehr gab, das bedrohlich wirkte, war da auch nichts, das wie auch immer gearteten Trost spendete. Gehen und Kommen waren ein und dasselbe – es fand nur zu unterschiedlichen Tageszeiten statt. Nach der Schule verbrachte sie viel Zeit mit Elvis und den Welpen und mit ihrer drolligen Art und Unbeholfenheit gelang es ihnen immer noch, Emily abzulenken, wenn auch nicht mehr ganz so stark wie früher.

Ich bin wieder da, sagte sie in Gedanken zu dem frischen Wurf kupferfarbener Boykins, seid ihr bereit?

Ihre grenzenlose Freude bewirkte, dass Emily gute Laune kriegte und dieser Zustand anhielt, solange sie sich mit ihnen beschäftigte.

Elvis wich nicht von ihrer Seite.

Auf Sweetwater herrschte größere Betriebsamkeit als früher. Lulus Prophezeiung war in Erfüllung gegangen: Nach der Jagd hatte sich schnell herumgesprochen, was für bemerkenswerte Boykins Walter Parmenter züchtete. Aus dem ganzen Bundesstaat gingen Bestellungen und Anfragen nach Trainingsstunden ein. Neuerdings tauchten regelmäßig potenzielle Kunden auf Sweetwater auf, um sich die Hunde anzusehen, die Emily, Walter und die Jungs auf Nachfrage vorführten. Und ehe die Besucher sich verabschiedeten, gaben sie noch schnell eine Bestellung auf. Ein Gutteil der Kundschaft brachte eigene Hunde vorbei, damit Emily und die beiden neuen Trainer, die Walter von anderen Züchtern aus South Carolina abgeworben hatte, sie abrichteten. Walter war in letzter Zeit eher selten daheim. Er fuhr mit den Hunden zu Übungen und Ausstellungen. Auf dem Kaminsims im Wintergarten stapelten sich die Pokale und Medaillen. Irgendwann erschien in *The State* ein Foto von Walter, auf dem er mit einem Arm voller Welpen in die Kamera grinste.

WALTER PARMENTER VON DER SWEETWATER PLANTAGE AUF WADMALAW ISLAND UND SEINE PREISGEKRÖNTEN BOYKIN SPANIELS lautete die Bildunterschrift.

Ein Großteil der wettergegerbten Männer, die sich die Welpen anschauten, besaßen Plantagen im Lowcountry und viele von ihnen nahmen Walters Einladung, mit den Spaniels auf Sweetwater zu jagen, nur allzu gern an.

Bedauerlicherweise luden diese Männer Walter nie zu ihren Jagden ein. Alles war grundlegend anders und dennoch genau wie früher. Walter hatte neue Trainer, neue Käfige, einen neuen Geländewagen, auf dessen Türen »Sweetwater« stand, größere Quartiere und für die älteren Hunde einen neuen Ring, aber er kriegte nichts von dem, wonach sich sein Herz verzehrte. Falls er nach den Gründen fragte, behielt er seine Überlegungen für sich. Emily hätte ihm Antwort geben können.

Kein Lowcountry-Plantagenbesitzer würde jemals einen Mann bei sich aufnehmen, der nicht in der Lage gewesen war, auf Rhett Foxworths Tochter aufzupassen.

Denn Lulu kehrte nicht zurück – nicht nach Sweetwater, nicht nach Maybud und offenbar auch nicht nach Charleston, Randolph Macon oder einen anderen Ort, wo man hoffen konnte, ihr über den Weg zu laufen. Seit dem Morgen nach der Jagd war sie nicht wieder aufgetaucht. Lulus Vater, der packte, um nach Maybud zurückzukehren, fragte Emily aufgebracht, ob sie wusste, wo seine Tochter steckte.

»Das ist verdammt unhöflich«, kochte er vor Wut. »Nicht nur mir gegenüber. Diese Leute hier sind die ältesten Freunde ihrer Familie. Hast du sie gesehen, Emily?«

Mit hinterm Rücken gekreuzten Fingern antwortete Emily: »Seit gestern Abend nicht mehr. Ich habe heute Nacht hier im Haus geschlafen und sie ist rüber in ihr Apartment gegangen. Ich halte es allerdings für möglich, dass Sie mit diesem Mann aus Virginia zusammen war, den Sie mitgebracht haben.«

Verdruss und Nachsicht spiegelten sich auf Rhett Foxworths Babygesicht.

»Yancey Byrd. Das hätte ich mir denken können. Er war ganz versessen darauf, sie zu finden. Keine Ahnung, wohin die beiden wohl gefahren sind. Na, dann will ich mir mal keine Sorgen machen, jedenfalls jetzt noch nicht. Zweifellos führt sie nichts Gutes im Schilde, aber wenigstens weiß ich jetzt, mit wem sie unterwegs ist.

Und Maybelle wird sich freuen. Sie wird annehmen, die beiden sind weggerannt, um zu heiraten. Das wäre die richtige Entschädigung für die verpasste Saison. Falls sie auftaucht, schick sie nach Hause. Wir werden ihr noch ein paar Tage zugestehen, ehe wir uns Sorgen machen.«

Sie hätten sich ihretwegen schon vor Monaten sorgen müssen, dachte Emily. Trauer und Abscheu schnürten ihr die Kehle zu. Sie glaubte nicht, dass sie die schreckliche Szene, wo Lulu nackt, schlaff und betrunken in den Armen dieses finsteren Satyr lag, jemals vergessen würde. Im Gegenteil – sie hatte den Eindruck, dass dieses Bild sich auf ihre Retina gebrannt hatte wie das Nachbild einer heftigen Explosion. Dennoch würde sie lieber sterben, als irgendjemandem von Lulu in diesem speziellen Augenblick zu erzählen.

Von daher hielt sie den Mund. Nach dem Frühstück verabschiedeten sich die fröhlichen Plantagenbesitzer und verteilten Komplimente. Nachdem die Karawane aus Geländewagen und Jeeps in Sonderausführungen sich in Bewegung gesetzt hatte, kehrten Ruhe und Stille nach Sweetwater zurück.

Walter erwähnte Lulu Emily gegenüber mit keinem Wort – weder damals noch später. Er sagte nur: »Du hast an diesem Wochenende gute Arbeit geleistet, Emily. Ich bin stolz auf dich.« Dann verschwand er und ging mit den älteren Hunden zum Feld unten am Fluss. Während sie beobachtete, wie er über den Rasen marschierte, sah sie nicht mehr den gebräunten dynamischen Mann der vergangenen Tage, sondern wieder ihren wie üblich abwesenden Vater. Von dem manischen Ehrgeiz, dem Selbstbewusstein und der Freude des vergangenen Herbstes war nichts mehr zu spüren. Wie gern hätte sie seinetwegen geweint, doch stattdessen wurde sie von

Zorn überwältigt, von Zorn darüber, dass er zugelassen hatte, dass Lulu Foxworth sein Polarstern wurde, von Wut auf Lulu, weil ihre Freundin sie und ihre Familie für dieses gemeine Monster aufgegeben hatte. Es hätte Alternativen gegeben, dachte Emily erbost. Sie hätte die Party verlassen, sich in ihrem Apartment einsperren können. Sie hätte bei Emily im großen Haus übernachten können. Sie hätte ihrem Vater sagen können, dass sie krank war und dringend nach Hause musste.

Ganz tief drinnen wusste sie wiederum, dass Lulu nicht in der Lage war, eine dieser Alternativen zu wählen. Die Ergebenheit, die sie diesem finsteren Typen entgegenbrachte, war absolut und drohte sie diesmal sogar umzubringen.

Ich hätte ihrem Vater Bescheid sagen sollen, dachte sie, als die Schuldgefühle sie überwältigten. Oder Cleta oder sonst jemandem. Ich habe zugelassen, dass ihr das widerfährt. Geschworen habe ich, sie zu beschützen, und dann bin ich einfach weggerannt und habe es geschehen lassen. Niemandem habe ich davon erzählt und daran wird sich auch in Zukunft nichts ändern.

Ein paar Tage lang waren die Schuldgefühle derart stark, dass sie unter der Last zusammenzubrechen drohte, bis sich – wie von den Gewissensbissen gerufen – diese Stille einstellte, in die sie sich nur zu gern flüchtete, denn sie tilgte die Schuld und alles andere auch.

Ein paar Tage später erschien eine fuchsteufelswilde Maybelle Foxworth mit karibischer Bräune und Pelzmantel auf der Farm. An diesem Tag sah sie überhaupt nicht wie eine ältere Lulu aus, sondern wie eine Hexe, eine Furie, eine Megäre.

»Wie konnten Sie nur zulassen, dass so etwas passiert?«, rief sie und stürmte auf Walter zu. »Sie hat unter

Ihrem Dach gelebt. Sie war Ihr Gast. Wie konnten Sie nur zulassen, dass sie einfach so – verschwindet?«

Walter verteidigte sich nicht.

»Es tut mir schrecklich leid«, sagte er. »Sie ist so sehr Teil unserer Familie geworden, dass mir nie der Gedanke gekommen ist, ich ... müsste die ganze Zeit über auf sie aufpassen. Soweit ich weiß, hat sie außer uns nie jemanden gesehen. Sie war immer mit Emily zusammen. Und von diesem Byrd-Burschen erfuhr ich erst, als er hier aufgetaucht ist.«

Nun knöpfte Maybelle sich Emily vor.

»Du musst doch etwas gewusst haben!«, kreischte sie. »Du hast mit ihr zusammengewohnt, hast da unten geschlafen, bist fast sieben Monate Tag und Nacht mit ihr zusammen gewesen. Sie wäre doch nie weggegangen, ohne dir Bescheid zu geben.«

Emily schwieg. Stattdessen ergriff ihr Vater das Wort. »Emily weiß auch nicht mehr als wir«, sagte er mit schneidender Stimme, was Emily gar nicht von ihm kannte. »Wenn dem so wäre, würde sie es Ihnen sagen. Und falls Sie sich erinnern möchten – Sie und Ihr Mann sind es gewesen, die gefragt haben, ob Lulu eine Weile hier wohnen könnte, und Sie haben behauptet, sie würde bestimmt keine Umstände machen. Und so war es auch. Uns gegenüber wurde nicht angedeutet, dass man von uns erwartet, dass wir auf sie achtgeben. Hat sie denn nicht mit Ihnen in Verbindung gestanden? Uns hat sie erzählt, sie würde fast jeden Tag mit Ihnen telefonieren.«

An Maybelle Foxworths Miene las Emily, dass Lulu das nicht getan hatte.

»Für den Fall, dass Sie etwas von ihr hören, erwarte ich, umgehend von Ihnen darüber informiert zu werden«, sagte sie kalt. »Ich werde Leland schicken und dafür sorgen, dass er dieses Wochenende Ihre Scheune ausräumt. Von Anfang an war ich der Meinung, es wäre unangemessen, im oberen Stockwerk einer Scheune zu wohnen, aber …«

Aber Lulu wollte es so und du hast es zugelassen, dachte Emily, und hast alles Mögliche probiert, um sie zur Heimkehr zu überreden, zum Trinken und zum Feiern, und im Grunde genommen warst doch du es, die ihr Yancey Byrd immer wieder schmackhaft gemacht hat. Und für den Fall, dass du nicht von dem Schnaps und den Dingen gewusst hast, die er ihr angetan hat, könnte man dir durchaus vorwerfen, dass andere Mütter Bescheid gewusst *hätten*. Denn sie hat ja versucht, dich einzuweihen.

Selbstverständlich behielt sie ihre Gedanken für sich und Maybelle rauschte in ihrem staubigen Mercedes Richtung Highway und nach Maybud. Keiner auf Sweetwater bekam sie je wieder zu Gesicht.

»Das war nicht fair«, sagte Emily, die mit den Tränen zu kämpfen hatte.

Ihr Vater, der sie nachdenklich musterte, schien sie endlich einmal wahrzunehmen.

»Nein«, stimmte er ihr zu. »Das war es nicht.«

Leland tauchte tatsächlich mit einer Truppe von Maybud-Angestellten auf, räumte Lulus hübsche Sachen aus der Scheune und fuhr wieder weg. Von einem Tag auf den anderen war die Scheune wieder leer und hallte, als hätten die beiden Mädchen hier nie gelacht, sich herausgeputzt und bis spät nachts geschwatzt.

Emily hörte nie wieder etwas von Lulu Foxworth. Ob ihr Vater etwas gehört hatte, konnte sie nicht sagen, und sie fragte ihn auch nicht danach. Sie hatte keine

Ahnung, ob Lulu wieder aufgetaucht oder immer noch verschwunden war und mit Yancey Byrd herumzog. Ihr Name fiel auf Sweetwater lange Zeit nicht mehr. Der Platz, den sie früher eingenommen hatte, war nun erschreckend leer und alle bewegten sich mit Bedacht, als fürchteten sie, auf ihren Schatten zu treten.

Und so hieß Emily, die sich – von Schuldgefühlen geplagt – durch die Tage schleppte, das Schweigen, als es sich schließlich einstellte, wie ein Familienmitglied, wie einen Liebhaber willkommen.

Anfang März stellte UPS zwei Pakete für Emily zu. Als sie von der Schule nach Hause kam, lagen sie auf dem Bett in ihrem Zimmer. Cleta hatte sie hier hochgebracht. Elvis lag daneben, die Schnauze auf die Pfoten gebettet, und schaute zu ihr auf.

Sieh mal. Wir haben Geschenke gekriegt.

Emily machte das Größere zuerst auf. Es war sehr groß, fast so groß wie ein Fenster, und ziemlich leicht. Als sie das braune Packpapier wegriss, blitzten grelle, bunte Farben auf – das Stahlblau eines leeren Himmels, das Schwarz kreisender Raubtiere mit Schwingen, das Rot eines Mannes mit blutigen Händen, der eine Schale mit einem grauenerregenden Inhalt einer indifferenten Sonne entgegenstreckte. Das war das Gemälde von Richard Hagerty, das Lulu so gemocht und das ihre spartanische Nonnenzelle über der Scheune in den Tempel einer heidnischen Priesterin verwandelt hatte. Lulu! Lulu war irgendwo in Sicherheit oder zumindest so sicher, dass sie ihr diese primitive und schöne Nachricht schicken konnte. Emilys Herz pochte vor Freude.

Das Gemälde zeugte von Macht und Kraft. Und in seiner Gegenwart verflüchtigen sich die Gewissensbisse, die wie ein Damoklesschwert über Emilys Kopf hingen.

»Mal sehen, was Lulu uns da geschickt hat«, flüsterte sie Elvis zu. »Sie hat uns nicht vergessen! Es geht ihr gut, wo auch immer sie stecken mag.«

Er antwortete nicht.

Sie stand auf, trug das Gemälde zur Wand, in der die Fenster eingelassen waren und von wo aus man die hintere Veranda, die Anlegestelle und den Fluss sehen konnte. Dort passte das Bild hin, verschmolz mit den erhabenen Elementen Wasser, Erde, Himmel. Danach kehrte Emily zu dem Berg Packpapier zurück und suchte nach der Nachricht, die garantiert beilag. Und so war es auch.

Schwere schwarze Tinte auf einer Karte aus elfenbeinfarbenem Pergamentpapier – solche Karten hatte Lulu immer benutzt. Oben war der Name Louisa Coltrane Foxworth in einem schlichten Schrifttyp eingestanzt. Ihr Blick wanderte nach unten.

Unterschrieben war sie mit: Oma.

Zuerst begriff sie gar nicht, was das bedeutete, und als sie es schließlich verstand, war sie zutiefst bestürzt. Steif und reglos wartete sie ab, bis sie sich wieder einigermaßen gefangen hatte.

Oma. Lulus Großmutter, die alte Mrs Foxworth. Aber sicher. Lulu hieß Louisa Cobb Foxworth, war nach einer vergessenen Verwandten genannt worden. Das hatte Lulu ihr irgendwann erzählt. Seit Lulus Verschwinden hatte Emily keinen Gedanken an ihre Großmutter verloren.

Leicht betäubt begann sie zu lesen.

Meine liebe Emily, mir ist wieder eingefallen, wie sehr du dieses Bild gemocht hast, und da habe ich mir gedacht, dass es meiner Enkelin bestimmt gefallen würde, wenn du es kriegst. Auf Maybud kann niemand etwas damit anfangen, und da ich mir nicht sicher bin, ob ich das Cottage behalten werde, braucht es ein Heim. Wenn du möchtest, kannst du es aufbewahren und irgendwann vielleicht einmal Lulu zurückgeben. Der Tag ihrer Heimkehr wäre ein glücklicher Tag, nicht wahr?

Dann wissen sie also nicht, wo sie steckt, fuhr es Emily durch den Sinn. Jedenfalls nicht zu dem Zeitpunkt, wo ihre Großmutter diese Zeilen geschrieben hat …

Sie las weiter.

Ich habe dir einen Gedichtband geschickt, den ich für Lulu herausgesucht habe, doch nachdem ich ihn noch mal durchgeblättert habe, denke ich, dir wird er auch gefallen. Die Gedichte sind leidenschaftlich, kraftvoll und sehr sinnlich, erzählen höchst eindringlich von Liebe, Verlust und der Schönheit dieser Welt – alles Dinge, die dir inzwischen leider auch vertraut sein dürften. Manch einer könnte zu bedenken geben, sie sind zu erwachsen für eine Dreizehnjährige – du hattest doch an Neujahr Geburtstag, oder? –, doch ich denke, sie können dich eventuell trösten. Für meinen Geschmack musstest du ziemlich schnell erwachsen werden und deshalb glaube ich, dass dir bestimmte Passagen etwas bedeuten werden. Viele Gedichte habe ich für Lulu angestrichen und darunter gibt es mehrere, die geradezu auf dich gemünzt sind. Beim Lesen wirst du schon wissen, welche ich meine. Wenn du mich fragst, sind die Gedichte am besten, die von dem sprechen, was man fühlt. Auf diese Weise hat man immer etwas, worauf man sich verlassen kann.

Nach und nach hast du Menschen verloren, die du ge-

liebt hast. Wie und ob du diese Leerstellen füllen kannst, weiß ich nicht zu sagen. Doch wenn du mich fragst, ist man nie wirklich allein, solange man Gedichte hat. Hoffentlich gelangst du auch zu dieser Überzeugung. Ruf mich an und sag mir, wie du das siehst.

Und unter der Unterschrift stand:

Ich habe dir das Buch mit den alten Foxworth-Rezepten geschickt, das Lulu nach Sweetwater mitgenommen hat. Sie hat gesagt, du hättest gern danach gekocht. Vielleicht kochst du ja hin und wieder eins der Gerichte für deine Familie. Die altmodische Küche besitzt heilende Kräfte, habe ich immer gefunden. Hast du zufälligerweise das Gedicht gelesen, aus dem die Widmung in dem Yeats-Band stammt, das Buddy dir vermacht hat? Es heißt: ›Bist du einst alt‹. Ich denke, du wirst schon verstehen, was er dir damit sagen wollte. Buddy verfügte über die unheimliche Gabe, im Voraus zu wissen, was und wann die Menschen etwas brauchen.
O.

Emily stand auf, zog ihre Jeans und den alten Pulli von Buddy an, den sie nach seinem Tod aus seinem Schrank gefischt hatte, und machte es sich mit dem Gedichtband auf dem Bett bequem. Das Buch mit dem schlichten Titel *Poems* stammte von einer Frau namens Anne Michaels.

Sie blätterte im Buch, bis sie auf die erste angestrichene Passage stieß: *›Die Toten lassen uns, den Schlund randvoll mit Liebe, hungrig zurück.‹*

Wie erstarrt saß sie da und spürte, wie diese Zeile in ihrem Innern erblühte, wie sie ihre Bedeutung selbst in den Fingerspitzen, in den Haarwurzeln spürte. Mutter. Buddy. Lulu.

Sie blätterte weiter bis zur nächsten Stelle:

Es gibt Dinge,
um die Bruder und Schwester wissen -
Kleinigkeiten von der Sorte, die Spione zur
Feststellung ihrer Identität verwenden -
Ängste, die durchs hohe Gras der Kindheit streifen,
Dinge, die später plötzlich zu Tage treten,
und Hochgefühle, farbenprächtig wie Tukane,
unter deren Gewicht die Äste sich biegen.
Wer – wenn nicht ein Bruder auf der
anderen Seite der Erdkugel – rät einem,
einen Absatz zu lesen, in dem ein ulkiger
Moment in der Evolution beschrieben wird, als
Reptilien wie ›mit Alligatoren bedeckte
Couchtische‹ aussahen.

So was würde Buddy tun, dachte Emily. Ja, das sähe ihm ganz ähnlich. Dieser tröstliche Gedanke breitete sich wie heiße Schokolade in ihrer Magengrube aus.

Und dann folgte:

Kraft der Sprache kommen die Geister auf die Welt.
Sich verrenkend, zwängen sie sich durch dunkle Ritzen.
Die Toten lesen rückwärts,
als schauten sie in einen Spiegel.
Versammeln sich auf dem weißen Feld,
heben den Blick und warten,
dass jemand ihren Namen schreibt.

»Ich werde eure Namen schreiben«, flüsterte sie ihrer Mutter und Buddy zu, aber nicht Lulu. Noch nicht.

Die nächste Passage lautete:

Fühlt der Mond sich geliebt, gestattet er
unserem Blick, ihm übers Feld zu folgen,
während er sich seiner Kleider entledigt,
in Falten gelegte Seide verteilt. Fühlt der
Mond sich geliebt, gestattet er unserem Blick,
ihm zu folgen,
wenn er des Nachts über den Fluss gleitet.

Ja! Solange ich denken kann, habe ich den Mond und den Priel geliebt, dachte Emily und lächelte unbewusst. Von diesen Fenstern aus habe ich ihn gesehen. Von der Stelle am Sweetwater Creek, wo die Delphine an Land rollen. Diese Frau kann meine Gedanken lesen.

Und:

Stirbt ein geliebtes Wesen,
ist dies – laut Colette – längst kein Grund,
ihm keine Briefe mehr zu schreiben.

Seit du gestorben bist, habe ich dir jeden Tag einen Brief geschrieben, versicherte sie Buddy stumm.

Und schließlich:

Sucht die Liebe dich heim;
wurdest du zu Sternen geschmolzen,
wirst du mit Lunge und Kieme lieben,
als Kalt- und als Warmblüter.
Mit Federn und Schuppen.

Emily wusste, dass diese Stelle für Lulu angestrichen worden war. Sie schloss die Augen. Tränen brannten hinter ihren Lidern. Hatte Lulus Oma vielleicht doch von diesem bösen Mann gewusst?

Sie kroch unter die Decke und las mit glühenden Wangen und mit loderndem Herzen den Band von der ersten bis zur letzten Seite durch. Zum Abendessen ging sie nicht nach unten. Anisha erzählte sie, sie hätte sich wahrscheinlich eine Erkältung eingefangen, und bat die junge Frau, ihr eine Kleinigkeit zum Essen auf ihr Zimmer zu bringen. Anisha brachte ihr ein Stück Hühnchenauflauf, grüne Erbsen, Eiscreme und eine Schüssel Eukanuba für Elvis. Emily gab Wasser in ihre Eiscremeschüssel, damit er etwas zu trinken hatte, schmiegte sich an ihn und las weiter. Sie konnte gar nicht mehr aufhören damit.

Sie bildete sich ein, kein Auge zugetan zu haben, doch sie musste ein paar Stunden geschlafen haben, denn plötzlich war Samstagmorgen und Elvis jaulte, weil er vor die Tür wollte. Emily stolperte die Treppe hinunter, ließ ihn in den Hof und spitzte, während sie wartete, die Ohren. Im Haus herrschte Stille. Da fiel ihr wieder ein, dass ihr Vater und ihre Brüder frühmorgens nach South Georgia gefahren waren, um dort auf einer ganz berühmten Plantage vier ausgebildete Boykins bei ihrem neuen Besitzer abzuliefern. Sie würden erst nach Einbruch der Dunkelheit zurückkehren. Am Wochenende kamen weder Cleta noch Anisha zur Arbeit. Anisha bereitete immer genug Speisen vor, die man kalt essen oder aufwärmen konnte, und normalerweise klingelte Cleta jeden Morgen durch und sprach mit Walter oder Emily. Emily streckte sich ausgiebig. Von dem Mangel an Schlaf und den aufwühlenden Gedichten war ihr ziemlich schwummerig. Ein ganzer Tag. Ein ganzer Tag zum Lesen …

Elvis kam wieder hereingetrottet. Sie schnappte sich ein Sandwich von dem Teller im Kühlschrank und Elvis' Trockenfutter und ging wieder nach oben. Sie trug immer noch die Jeans und Buddys Pulli, die inzwischen ein bisschen klebten und leicht nach ihrem Schweiß rochen. Sie sprang kurz unter die Dusche, zog ein langes weißes Flanellnachthemd an, das Tante Jenny ihr vor einem Jahr gekauft hatte, band die feuchten Haare zu einem Pferdeschwanz zusammen und kroch wieder in das warme, zerwühlte Bett. Sie griff nach Anne Michaels' Gedichten und las weiter.

Sie las die letzte Zeile und legte das Buch weg. Draußen war fast Nacht. Als ihr Vater und ihre Brüder ins Haus kamen und roten Schlamm aus Georgia von ihren Stiefeln klopften, rief sie ihnen vom Treppenabsatz zu, dass sie erkältet war und im Bett bleiben würde und dass kalter Schinken und Kartoffelsalat im Kühlschrank standen.

Kurze Zeit später ertönte die leise seelenlose Stimme des Fernsehapparates in der Bibliothek. Da wusste sie, dass sie alles hatten, was sie brauchten. Sie schlich nach unten, nahm kalten Schinken und Milch mit nach oben, sprang wieder ins Bett und vertiefte sich erneut in die Gedichte. Elvis lag neben ihr und schlief, doch gelegentlich wachte er auf, schaute ihr in die Augen und wimmerte.

Was tun wir hier? Wieso bleiben wir hier oben? fragte er sie.

Wir lesen Gedichte, antwortete sie. Das müssen wir tun, denn es ist sehr, sehr wichtig.

Seufzend drehte er sich um und schlief weiter.

In dieser Nacht, am nächsten Morgen und Tag las Emily Gedichte. Elvis lag neben ihr. Er schlief jetzt nicht mehr, sondern saß mit erhobenem Haupt da, musterte sie hin und wieder und hielt Wache.

Ihr Vater und die Zwillinge waren wieder verschwunden. Die Jungs wollten sich unten in Folly Beach bei Sandy Don's das Motorradrennen in Daytona auf dem großen Plasmafernseher anschauen. Und ihr Vater war nach Columbia gefahren, um mit einem dort ansässigen Züchter über eine neue Hündin zu sprechen, die er sich zu Zuchtzwecken zulegen wollte. Im Haus war es dunkel und still und in den Ecken sammelten sich langsam die Wollmäuse. Weil Emily kaum geschlafen hatte, fühlte sie sich zerknautscht und verschwitzt und außerdem hatte sie vom vielen Lesen ganz trockene Augen. Und trotzdem ging sie nur kurz nach unten, um sich aus der Küche etwas zu essen zu holen und Elvis vor die Tür zu lassen. Oben, in ihrem Zimmer, verschlang sie die Gedichte, die ihr unter die Haut gingen.

Sie las in *Contemporary Poetry*, einem Gedichtband von Lulu: *›Gezeit der Nebel, reicher Ernte Zeit …‹* Allem Anschein nach hatte Keats über den Herbst im Lowcountry geschrieben, so wie Emily ihn kannte. Sie fand Gedichtbände in Buddys dunklem Zimmer mit den geschlossenen Fensterläden, wo es immer noch nach Kaminfeuer, staubigen Büchern und irgendwie nach ihm roch. Sie nahm die Bücher mit und stieg wieder in ihr Bett. Von Thomas Hardy las sie:

Hat die Gegenwart verriegelt ihre Nebenpforte
hinter meinem zaghaften Verweilen,
und der Monat Mai lässt seine fröhlich-grünen
Blätter wie Schwingen flattern,
so zart wie frisch gesponnene Seide, werden
die Nachbarn sagen,
›Er war ein Mensch, dem derlei Dinge auffielen.‹

Das war mit Sicherheit für und über Buddy geschrieben worden.

Und später las sie Gerard Manly Hopkins wegen seiner Sprache, die einem die Kehle zuschnürte und Tränen in die Augen trieb:

Gelobt sei Gott für gesprenkelte Schöpfung –
für Himmel, vielfarbig, wie Vieh gefleckt;
für schwimmende Forellen mit rosigen Stellen übersät

Und Hart Crane:

Und weiter, während San Salvadors Glocken
grüßen den weithin strahlenden Sternenglanz
inmitten der Weihnachtssternfelder ihrer Gezeiten –
die Ruhe der Inseln

Das Telefon läutete immer wieder, laut machte es sich in dem leeren Haus bemerkbar.

Später an dem Sonntagnachmittag entdeckte sie Lawrence Durell und las:

Etwas ist an diesem Fluss gestorben
seit die Nachtigall das letzte Mal gesungen hat.

Und plötzlich hatte sie den verwesten, übel riechenden kalten Odem des Abgrunds in der Nase.

»Ich kann da nie wieder hingehen«, flüsterte sie Elvis ins Ohr und fing an, um Lulu zu weinen.

Sie wimmerte immer noch leise, als sie sich an Omas Frage nach Buddys Widmung erinnerte, die er ihr in den Yeats-Band geschrieben und zum Geburtstag geschenkt hatte. Sie suchte diesen Band heraus und blätterte so lange, bis sie auf *Wenn du alt bist* stieß. Den Zeilen mit dem Finger folgend las sie:

Doch einer liebt' das Pilgerherz in dir
Die Trauer in dem wechselnden Gesicht

Da presste sie das Gesicht ins Kissen und schluchzte bitterlich. Elvis leckte vor Verzweiflung ihre Wange.

Woher hatte er nur wissen können, dass die Trauer schon so bald ihre Spuren in Emilys Gesicht hinterlassen würde?

»Ich verstehe«, murmelte sie ins Kissen.

Das wird auch Zeit, antwortete Buddy ihr.

Danach döste sie ein, schlief bis nach Einbruch der Dunkelheit, als Elvis' herrisches Gebell sie aufweckte. Die Luft in ihrem finsteren Zimmer war abgestanden und ihr Mund so trocken, dass das Schlucken Schmerzen verursachte. Sie begriff nicht so richtig, wo sie war. Sie lag in ihrem Bett, die Nachttischlampe brannte, ein angenehmes Gewicht lag neben ihr auf dem Bett und ihre Tante Jenny war auch da. Mit der einen Hand strich sie ihr das zerzauste Haar aus der Stirn und mit der anderen streichelte sie Elvis.

Ich bin froh, dass du da bist, hörte Emily ihn ganz deutlich. Ich konnte niemanden finden. Irgendetwas stimmt nicht. Wir sind schon seit Ewigkeiten hier oben.

Da begriff Emily, dass er nicht mit ihr, sondern mit ihrer Tante sprach.

»Emily«, fragte Jenny, »was in Gottes Namen treibst du hier oben? Laut Cleta ist hier seit zwei Tagen keiner mehr ans Telefon gegangen. Bist du krank, Schätzchen?«

Emily setzte sich auf, schlang die Arme um den Hals

ihrer Tante und schmiegte sich an sie. Erst als sie die Kuhle, wo ihre Wange genau hineinpasste, spürte und den Duft von Zitrone und Leinen roch, der ihrer Tante anhaftete, erkannte sie, dass ein Großteil des dumpfen Schmerzes, unter dem sie litt, ihrer Sehnsucht nach Jenny geschuldet war.

»Nein«, antwortete sie mit zittriger Stimme. »Ich habe Gedichte gelesen.«

——— •◆• ———

Gegen zehn Uhr abends hatte ihre Tante die ganze Geschichte erfahren. Sie stand vor Emilys dunklem Fenster, mit dem Rücken zum Raum, und spähte nach draußen. So hatte sie dort eine ganze Weile ausgeharrt.

Kann sie den Fluss sehen, fragte Emily sich. Sieht sie, wie der Mond sich auf dem Fluss spiegelt? Gibt es überhaupt einen Mond? Ach, ich weiß nicht mehr … *›Fühlt der Mond sich geliebt, gestattet er unserem Blick, ihm zu folgen, wenn er des Nachts über den Fluss gleitet …‹*

Jenny, die Emily überredet hatte, ein Bad zu nehmen, einen frischen Schlafanzug anzuziehen, war nach unten gegangen, hatte Elvis rausgelassen und etwas von Anishas Okrasuppe und ein Glas kalte Milch nach oben gebracht. Emily schlang die Suppe so gierig hinunter, dass sie ihr in der Speiseröhre brannte. Danach trank sie die kalte Milch in einem Zug aus – sie war am Verhungern und Verdursten gewesen. Wann hatte sie zum letzten Mal gegessen? Und wann Elvis?

»Na schön«, sagte ihre Tante, nachdem Emily den letzten Tropfen Suppe aus dem Teller gelöffelt und ihn weggestellt hatte. »Jetzt leg mal los.«

Es war, als bräche bei Emily ein Damm. Wie ein Wasserfall schwappten die Worte aus ihrem Mund und überschlugen sich.

Selbst wenn sie es gewollt hätte, sie hätte nicht aufhören können. Eine Kraft – so elementar wie die Erdanziehungskraft, wie die Gezeiten – zwang sie zu reden. Und als der Redefluss schließlich nachließ, war auch ein Großteil ihres Kummers weggespült – vielleicht in die Ohren ihrer Tante, vielleicht auch nur in die Luft. Emily spürte nur, dass sie endlich wieder tief durchatmen konnte.

Während ihrer Schilderung hatte Jenny schweigend neben ihr auf dem Bett gesessen und eine tröstende Hand auf Emilys Stirn liegen lassen. Emily fing mit dem lächerlichen Salzlakentruthahn und dem Erntedankfest an, berichtete von den fahlen, nebelverhangenden Tagen vor dem wahrlich sagenhaften Weihnachten und den verzauberten Tagen vor der Jagd. Sie erzählte von Federdecken in rauen Kojen, frischen Tannenzweiggirlanden aus den Wäldern, von dem Geschirr, Kristall, Silber, Damast und den Dienern aus Maybud. Sie berichtete, wie sie vor dem alten Standspiegel von Lulus Großmutter grünen Samt und Smaragde, schwarzen Samt und Perlen angelegt hatten. Und wie ihr vollkommen veränderter Vater, ein strahlender Mann in einem englischen Smoking, die Plantagenbesitzer des Lowcountry in seinem Heim willkommen geheißen hatte. Wie sie mit Lulu nach drüben gegangen war, wo alles bereitstand und wartete, wie sie gelernt hatte, die Tochter des Hauses zu spielen. Und wie dieser fürchterliche, böse Mann aufgetaucht war, dass ihre Geburtstagsfeier nicht stattgefunden hatte und sie schließlich, von Kobolden gejagt, durch den dunklen Wald zu der Stelle gerannt war, wo die Delphine an Land gingen, wo das kleine Bäumchen stand, das sie für die Tiere geschmückt hatten, dass sie dort eine betrunkene und völlig fertige Lulu unter dem Leib dieses Unholds entdeckt hatte. Sie wiederholte die Worte, die er lachend Emily zugeflüstert, was Lulu entkräftet gerufen hatte. Was Buddy ihr unmissverständlich ins Ohr geschrien hatte. Und wie sie ohne zu überlegen über das Stoppelfeld gerannt war, geradewegs auf die von fern funkelnden Lichter von Sweetwater zu.

»Irgendetwas hat mich verfolgt«, schwor sie. Ihre Stimme war ganz rau vom vielen Reden und Weinen und ihre Kehle so ausgedörrt, dass ihr das Schlucken schwerfiel. Ihre Lippen bebten.

»Es war nicht er, aber ich habe mir eingebildet, es wäre etwas, das von ihm ausging. Es war wie … schwarzer Rauch, der sich mir an die Fersen heftete. Und ich wusste, ich würde sterben, falls es mich einholt.«

An der Stelle, wo Emily schilderte, wie dieser böse Mann zusammen mit Lulus Vater auf Sweetwater aufgetaucht war, war Jenny aufgestanden, hatte sich ans Fenster gestellt und sich – soweit Emily das mitgekriegt hatte – nicht mehr von der Stelle gerührt.

Emily verstummte. Das Schweigen, das sich im Zimmer ausbreitete, schien eine ganze Ewigkeit zu dauern. Von unten aus dem Fernsehzimmer drangen leise Stimmen hoch. Irgendwann drehte Jenny Raiford sich um und betrachtete sie. Ihr Gesicht war leichenblass, der Mund ein dünner Strich und ihre Stimme bebte vor Zorn.

»Was, um Gottes willen, hat sich dieses Mädchen *gedacht*?«, wisperte sie, als würden ihre Lungen nicht mit ausreichend Luft versorgt. »Wie konnte sie nur all diesen … Schmutz, diese Widerwärtigkeiten bei dir abladen? Herrje, du warst erst zwölf. Solche … Schweinereien erzählt man keinem Kind. So etwas erzählt man überhaupt nicht herum, es sei denn, irgendetwas stimmt nicht mit einem oder man hat den Verstand verloren …«

»Ich bin kein Kind«, war alles, was Emily dazu einfiel. Nie hätte sie sich vorstellen können, dass diese Geschichte jemanden derart wütend machen konnte. Sie hatte mit Anteilnahme gerechnet, mit Mitgefühl für sie und Lulu.

»Es tut mir leid, Lulu«, flüsterte sie.

»Nein«, meinte ihre Tante langsam. »Nein, das bist du nicht. In Wahrheit bist du viel weniger Kind, als du es sein solltest. Allerdings bist du auch nicht erwachsen. Eigentlich müssten noch ein paar Jahre ins Land ziehen, bevor du dich mit derlei Dingen beschäftigst – wenn überhaupt. Es reicht schon, darüber zu hören, aber es auch noch mit eigenen Augen zu sehen … Und dann deine Geburtstagsparty zu vergessen. Und dich außerdem bitten, niemandem von der Trinkerei zu erzählen! Ich möchte ihr nichts Böses wünschen, aber ich bin heilfroh, dass sie weg ist. Nicht auszudenken, welchen negativen Einfluss sie auf dich und alle anderen, die in diesem Haus leben, hätte ausüben können, wenn sie geblieben wäre.«

Als Emily anfing, den Kopf zu schütteln, setzte Jenny sich wieder zu ihr aufs Bett, doch diesmal berührte sie Emily nicht. Sie saß einfach nur da und hörte zu – wie ein leeres Gefäß, das darauf wartete, gefüllt zu werden.

»So war es nicht«, stellte Emily erregt klar. »Sie hat es mir gesagt, weil sie wollte, dass ich den Grund für ihr Trinken begreife. Und sie hat meine Hilfe gebraucht, damit sie nicht wieder anfängt. Seit sie hier aufgetaucht ist, hat sie dagegen angekämpft. Ihre Familie hat nicht auf sie gehört und sie glaubte, ihrer Großmutter nichts davon erzählen zu können, weil ihr dieses Wissen zu großen Kummer bereiten würde. Und ich habe ihr geholfen, Tante Jenny. Ich war die ganze Zeit mit ihr zusammen, bis dieser grässliche Kerl aufgetaucht ist. Wenn du sie gesehen hättest, als er in der Tür stand, wenn du ihr Gesicht gesehen hättest, würdest du es verstehen. Sie konnte sich gegen … das, was er ihr antat, nicht wehren.«

»Wahrscheinlich nicht«, meinte ihre Tante nach einer längeren Pause. »Sie ist nicht die Erste, der es so geht, und wird auch nicht die Letzte sein, die an dieser abartigen und süchtig machenden Obsession leidet. Aber dich hätte sie da nicht reinziehen *dürfen*. Wie ist sie nur auf die Idee gekommen, eine Zwölfjährige könnte ihr da helfen, wo sie sich selbst nicht helfen kann? Dass sie das getan hat, werde ich ihr nie verzeihen.«

»Was hätte sie denn tun sollen?«, fragte Emily verzweifelt. Dass ihre Tante es verstand, war ihr in diesem Moment wichtiger als alles andere.

»Sie wäre gestorben, wenn Elvis nicht gekommen wäre und mich geholt hätte. Sie war im Begriff zu ersticken. Ich konnte sie doch nicht einfach so liegen lassen …«

»Nein, Liebes. Du hast ganz richtig gehandelt. Dennoch hätte es eine Handvoll Möglichkeiten gegeben, die sie hätte ergreifen können, anstatt dich da mit reinzuziehen. Sie hätte sich bei dir bedanken können, als sie wieder nüchtern war, und sich um ihren eigenen Kram kümmern müssen. Sie hätte sich noch stärker auf das Abrichten der Hunde konzentrieren können. Oder, um Himmels willen, nach Hause gehen, mit ihren Eltern sprechen und damit aufhören können, diese Familie um den kleinen Finger zu wickeln. Ihr seid alle so …

verwundbar, weil ihr auf diesen Prunk und Glamour steht. Du hast das nie erlebt und bei deinem Vater liegt es schon so lange zurück, dass er vergessen hat, welcher Zauber davon ausgeht. Damit hat sie gespielt. Ich habe sie dabei beobachtet. Und Cleta hat es auch mitgekriegt. Wir hätten etwas dagegen tun müssen.«

»Wenn man dich hört, war sie so eine Art Hexe, aber das war sie nicht – das ist sie nicht. Sie hat uns zum Lachen gebracht, sich um uns gekümmert. Zum ersten Mal haben wir alle zusammen gesessen. Und mich hat sie gebraucht. Überall sind wir zusammen hin, über alles haben wir miteinander geredet. Kein einziges Mal hat sie mich wie ein kleines Kind behandelt.«

»Doch genau so hätte sie dich behandeln sollen«, fauchte Jenny Raiford. »Egal, wie klug du bist und wie sehr du ihr geholfen hast, du warst zwölf Jahre alt. Du hättest noch eine ganze Weile lang ein Kind bleiben können. Niemand hat das Recht, dir deine Kindheit wegzunehmen. Andererseits hat sich nie einer Gedanken darüber gemacht, wie jung du bist, nicht wahr? Jedenfalls nicht in diesem Haus. Sie überlassen dich … einfach dir selbst. Da ist es nur natürlich, dass du sie angebetet hast. Denn wer unterhält sich hier denn schon mit dir?«

»Ich spreche mit Cleta«, murmelte sie. »Außerdem unterhalte ich mich andauernd mit Buddy. Und Buddy spricht mit mir. Und Elvis auch …«

Ihre Tante streckte die Hände aus und zog Emily an sich. Emily spürte, wie Jennys Lippen Worte auf ihre Wange hauchten, wie der Atem ihrer Tante ihren Hals streifte.

»Ach, Kleines, was ist das für ein Leben, wenn ein toter Junge und ein Hund deine besten Freunde sind?«

Danach schwiegen sie. Jenny wiegte sie eine ganze Weile in den Armen. Emily spürte, wie eine Wärme in sie strömte, die sie ganz weich machte.

Nach einer Weile sagte Jenny: »Erzähl mir doch von den Gedichten.«

Emily, die der Bitte ihrer Tante entsprach, spürte, wie ihr Gesicht vor Freude errötete, wie ihre Stimme kräftiger wurde, wie das Fieber wieder aufflackerte.

»Lulus Großmutter hat mir das Buch geschickt«, sagte sie. »Sie ist der Ansicht, dass Gedichte dir etwas geben, das dich versteht. Und sie sagt, solange man Gedichte hat, ist man nie allein. Damit hat sie recht, Tante Jenny. Ich habe gelesen, nur gelesen, das ganze Wochenende, und nicht mal mitgekriegt, dass ich hier allein bin!«

»Lass mich das Buch mal sehen«, bat Jenny. Emily reichte es ihr. Es dauerte einen Moment, bis ihre Tante den Blick von den Seiten hob und sie anschaute, und als sie das tat, wirkte ihre Miene wieder verkniffen.

»Was für Menschen *sind* diese Foxworths nur? Das sind niederschmetternde Zeilen, Emily. Alles ist düster, dreht sich um Tod, immer geht es um die zerstörerische Kraft der Liebe. Diese Familie hat dir eine zu schwere Bürde aufgehalst. Und das Bild da! Natürlich ist es phantastisch, doch gehört es in das Zimmer einer Dreizehnjährigen? Mein Gott. Ich hätte mehr Verständnis von der alten Mrs Foxworth erwartet.«

»Kennst du sie denn?«

»Ja, ein bisschen. Buddy hat mir oft von ihr erzählt. Er hat sie verehrt. Ich bin ihr einmal begegnet, als ich ihn dort vom Unterricht abholte. Ich weiß auch, dass du sie gemocht hast, als du sie auf der Geburtstagsparty kennengelernt hast, aber trotzdem …«

Emily wollte ihr davon erzählen, wie sie mit der Purdey

geschossen hatte, ließ es aber lieber bleiben. Sie glaubte nicht, dass es eine Möglichkeit gab, ihrer Tante all das begreiflich zu machen. Darüber hinaus dachte sie, dass es Buddy lieber wäre, wenn außer ihnen niemand davon wusste, wenn es so etwas wie ein Geheimnis zwischen ihnen beiden blieb.

Sie zeigte Jenny die Notiz, die mit den Büchern und dem Bild gekommen war. Nachdem Jenny sie gelesen hatte, legte sie sie weg und lächelte. »Na, dann begreift die alte Dame anscheinend doch mehr, als ich vermutet hatte«, räumte sie ein. »Sie kennt dich fast genauso gut wie Buddy. Und es ist offensichtlich, dass sie ihre Enkeltochter liebt. Bestimmt schmerzt die jüngste Entwicklung sie sehr. Warum konnte Lulu sie nicht in all das einweihen? Sicher hätte sie dafür Verständnis aufgebracht, auch wenn die anderen Foxworths dazu nicht in der Lage waren.«

»Lulu behauptete, es würde sie umbringen.«

»Ihre Großmutter würde es also umbringen, während dieses Wissen bei dir keinen Schaden anrichtet. Eigenartige Denkweise.«

Emily legte den Kopf wieder an die Schulter ihrer Tante und Jenny drückte sie sanft an sich.

»Glaubst du, sie ist tot?«, fragte Emily schließlich.

»Nein«, antwortete Jenny. »Aber ich glaube nicht, dass wir je erfahren werden, wo sie steckt, es sei denn, die Foxworths geben uns Bescheid. Falls sie tot wäre, hätte sich das herumgesprochen – so etwas kann man nicht geheim halten. Doch ich könnte wetten, dass man nur das erfahren würde.«

Emily flüsterte in die Leinenjacke ihrer Tante: »Weißt du, wo meine Mutter ist? Weiß es Daddy?«

»Ja, ich denke, er weiß es«, flüsterte Jenny ihr ins

Haar. »Ich weiß es wirklich nicht. Ich weiß nur, dass sie mit ziemlicher Sicherheit noch am Leben ist.«

Ein stechender Schmerz ließ Emily zusammenzucken. Eine tote Mutter konnte nicht zu einem zurückkehren. Eine Mutter, die lebte, hingegen schon – so sie denn den Wunsch verspürte.

»Hast du Daddy mal danach gefragt?«

»Nein. Ich glaube, er würde mir die Wahrheit sagen, aber ich habe ihn nicht danach gefragt. Als sie zu dieser Tür hinausgegangen ist, hat sie mehr verlassen als euch.«

»Und, wirst du es tun? Ich meine, ihn fragen? Dann wüsste ich …«

»Nein, mein Liebling. Das zu tun, ist deine Aufgabe.«

»Tante Jenny, das kann ich nicht!«

»Vielleicht jetzt noch nicht. Wenn du so weit bist, wirst du es schon merken. Emily, du leidest schon genug. Mehr kannst du im Moment nicht bewältigen. Und dein Vater kann im Moment auch nicht mehr Seelenschmerz ertragen. Er hat dieselben drei Personen verloren wie du.«

»Meinst du … er hat sie geliebt?«

Ihre Tante überlegte eine ganze Weile, ehe sie ihr antwortete. Währenddessen wiegte sie Emily in den Armen und fuhr ihr geistesabwesend übers Haar.

»Nein. Ich glaube, ihm hat gefallen, wie er sich in ihrer Gegenwart fühlte. Da war er ein anderer Mensch, ein Mann, der mit den großen Tieren gleichziehen konnte. Dieses Gefühl hat sie ihm eine Zeit lang vermittelt und es ihm dann wieder weggenommen. Du musst dir jetzt auch über ihn Gedanken machen, Emily.«

»Warum? Er macht sich auch keine über mich.«

»Dann komm ihm zuvor und reich ihm die Hand. Du brauchst doch nicht darauf zu warten, dass er den ersten Schritt tut. Mach du ihn. Inzwischen bist du doch alt genug dafür.«

»Und was, wenn er nicht darauf reagiert?«

»Ach, Emily«, seufzte Jenny.

»Die Antwort darauf wirst du nie erfahren, wenn du es nicht versuchst, oder?«

»Wie soll ich das nur anstellen?«

»Dir wird schon etwas einfallen. Dir wird genau das Richtige einfallen. Warte einfach ab. Jetzt musst du schlafen. Und ich werde mich mit deinem Vater unterhalten.«

»Kommst du später noch mal hoch und siehst nach mir?«

»Das lasse ich mir auf gar keinen Fall nehmen«, versprach ihre Tante.

»Tante Jenny«, sagte Emily. »Meinst du, ich soll ihre Oma anrufen? Sie würde mir die Wahrheit sagen, falls sie weiß, wo sie steckt. Da bin ich mir ganz sicher.«

»Nein«, meinte Jenny Raiford nach einer ganzen Weile. »Lass mich das machen. Ich nehme mal an, sie steht im Telefonbuch …«

»Stimmt«, sagte Emily. »Das hat sie mir an ihrem Geburtstag gesagt. Sie sagte, ich soll sie anrufen, falls Lulu in Schwierigkeiten steckt.«

Sie spürte, wie ihr die Tränen in die trockenen, heißen Augen stiegen.

»Das ist nicht deine Aufgabe, mein Liebling«, befand ihre Tante und küsste sie auf die Stirn. »Und das war es auch nie. Schlaf jetzt. Du hast morgen Schule.«

Sie stand auf und verließ auf leisen Sohlen das Zimmer.

Diese vier banalen und vertrauten Worte taten Emily in der Seele gut. Auf einmal fühlte sie sich schläfrig, richtiggehend behaglich, nur halb bei Sinnen wie ein frisch gewickeltes Baby. Sicher.

»Ich bin dreizehn Jahre alt und morgen muss ich zur Schule«, flüsterte sie und ließ sich in die Kissen fallen.

Elvis rannte fröhlich die Treppe hoch und sprang mit solcher Wucht zu ihr ins Bett, dass es bebte. Er roch nach feuchter Erde und nach Hundefutter. Zweimal drehte er sich um, ehe er sich an sie schmiegte. Das Mädchen und der Hund schliefen tief und fest, ehe Jenny Raifords Schritte auf der Treppe verhallt waren.

Kapitel Zweiundzwanzig

Am darauffolgenden Wochenende zog Jenny Raiford wieder nach Sweetwater zurück. Ihre Stelle im Krankenhaus behielt sie, doch von nun an lebte sie wieder in dem Raum, den sie früher bewohnt hatte – in Buddys Zimmer.

»Wirst du das Haus und deine Mitbewohnerin vermissen?«, fragte Emily.

»Gewiss nicht. Hinter dem Haus liegt die Flughafenstartbahn und meine Mitbewohnerin lässt ihre Haare im Ausguss liegen.«

»Und was ist mit deinem Freund?«

»Er fischt seine Haare auch nicht aus dem Ausguss.«

»Wirst du irgendwann wieder fortgehen?«

»Nur wenn du mich davonjagst«, antwortete ihre Tante.

Seit dem vorigen Wochenende, wo sie ihrer Tante all die unschönen Ereignisse aus der Zeit mit Lulu anvertraut hatte, fühlte Emily sich erleichtert, zerbrechlich und ausgelaugt, als erhole sie sich von einer langen und schweren Krankheit, was allerdings kein unangenehmes Gefühl war. Und wenn sie nach draußen ging und sich den Märzwind um die Nase wehen ließ, hatte sie oftmals den Eindruck, dass er sie davontragen könnte über das Marschland, über den Fluss bis aufs Meer hinaus.

An dem Samstag, wo Jenny wieder nach Sweetwater zog, stand Emily früh auf, zog ihre älteste Jeans an, schnappte sich den Austernhandschuh und das Messer und ruderte mit dem Flachboot über den Fluss zu dem steilen Ufer, wo die dicken und leckeren Austern hingen. Wieder daheim öffnete sie die Muscheln, studierte das Rezeptbuch, das Lulus Großmutter ihr gesandt hatte, und rollte vorsichtig einen üppigen Teig auf dem alten Marmorbrett aus, das Cleta immer verwendete. In den Pastetenteig schichtete sie mehrere Lagen Austern, gab Butter, Sherry und eine Prise Muskat dazu, legte den Teigdeckel darauf und stellte die Backform zum Durchziehen auf die Veranda. So machte das Cleta immer. Emily hatte jedoch keine Ahnung, warum sie das tat.

Als die Familie an diesem Abend in der Bibliothek einen Sherry am Kamin trank, schob Emily die Pastete in den Ofen und servierte sie dann goldbraun und dampfend, nachdem sich alle zum Essen am Tisch eingefunden hatten. Mit Lulus abendlichen Kreationen war das hier nicht vergleichbar – solche Dinner fanden in diesem Haus nicht mehr statt. Dennoch war es ein angenehmer und heiterer Abend. Die schlanken weißen Kerzen in Tante Jennys silbernen Kerzenleuchtern und das Haviland-Geschirr, das extra herausgeholt worden war, verliehen dem Raum eine gewisse Eleganz. Jenny hatte einen Weißwein mit einem blumigen Bouquet mitgebracht, und als die Pastete angeschnitten wurde, breitete sich der wohlriechende Dampf wie heißer Atem im Frühstückszimmer aus.

Ihr Vater kostete von der Pastete.

»Das schmeckt herrlich«, befand er. »Die hast du noch nie gemacht, oder, Jenny?«

»Nein, früher nicht und heute ebenfalls nicht«, stellte Jenny klar. »Emily hat sie gemacht. Sie ganz allein hat die Austern gefischt, das Fleisch aus den Schalen geholt und den Teig angerührt. Das ist, wenn ich mich nicht irre, ein ziemlich altes Rezept.«

Walter betrachtete seine Tochter eine Zeit lang. In dem von Kerzenlicht erhellten Raum wirkten seine Augen sehr blau.

»Das schmeckt wirklich ganz wunderbar, Emily«, sagte er. »Bist du das gleiche Mädchen, das letztes Jahr noch nicht mal eine Portion Welpenfutter mixen konnte?«

»Ja, die bin ich«, gab Emily zu und erwiderte sein Lächeln. Zum ersten Mal, seit sie sich erinnern konnte, schien es, als lächle er nur für sie.

»Das ist ein altes Familienrezept.«

»Von wessen Familie?«, fragte er grinsend.

»Natürlich von unserer«, meinte Emily, woraufhin ihr Vater schallend lachte.

»Natürlich«, stimmte er ihr zu.

Am Sonntagmorgen spazierten Emily und Jenny zur Anlegestelle am Fluss hinunter, von wo aus man einen schönen Ausblick auf die Marsch hatte. Während der vergangenen Woche war im Lowcountry wie so oft mit einem Schlag der Frühling ausgebrochen. Nun war überall Licht; die Vögel zwitscherten und die Insekten summten. Die Sonne war noch gnädig – in ein paar Wochen würde einem die Hitze zu schaffen machen, aber momentan war die Temperatur noch angenehm. Wie ein silbrig-grünes Meer wiegte sich das Sumpfgras im Wind. Alle Vogelarten, die Emily kannte, und sogar noch ein paar gänzlich unbekannte trällerten in den Lebenseichen oder staksten durchs Unterholz. Die Blätter der Pflanzen wirkten so transparent, als würden sie von hinten mit Kerzen beleuchtet. Und die Luft roch nach Meer, Marsch, all den Lebewesen, die zurückgekehrt waren, und vor allem nach Schlick. An so einem Tag konnte einem schwindelig werden. Die Welpen aus einem frischen Wurf waren am Morgen vor lauter Freude über den Frühling wie von Sinnen gewesen. Und Elvis hatte sie zur Abwechslung mal nicht in ihre Schranken verwiesen, sondern sich im jungen Gras auf den Rücken gerollt und die Kleinen einfach machen lassen. Nun lag er zwischen Jenny und Emily und hatte die Schnauze auf die Vorderpfoten gebettet. In der Sonne schimmerte sein Fell feuerrot.

Sie saßen eine ganze Weile in der Sonne und genossen die Ruhe. Irgendwann sagte Jenny: »Emily, ich muss dir etwas sagen. Ich wollte diese Woche die alte Mrs Foxworth auf Maybud anrufen. Eine Frau hat abgenommen und gesagt, sie hätte einen Herzinfarkt gehabt und sei vor ein paar Tagen gestorben. Es muss passiert sein, kurz nachdem sie dir das Bild und die Bücher geschickt hat. Ich habe sie gefragt, ob sie etwas von Lulu gehört haben, doch sie meinte, darauf könne sie mir wirklich keine Antwort geben, und dann hat sie aufgelegt. Es tut mir leid, mein Liebling.«

Emily stiegen Tränen in die Augen. Die Nachricht stimmte sie sehr traurig, doch diese Trauer entsprach den Empfindungen eines jungen Mädchens. Sie merkte, dass ihre vielschichtige Wut auf Lulu sie zermürbt hatte. Dafür hätte Lulus Großmutter mit Sicherheit Verständnis aufgebracht.

Während jener Frühlingstage beobachtete ihr Vater sie des Öfteren bei der Arbeit mit den kleinen Welpen. Mit den Händen in den Hosentaschen lehnte er am Zaun und sah ihr zu. Meistens saß Elvis neben ihm und schmiegte sich an sein Bein. Emily musste daran denken, wie er zu Weihnachten genauso dagestanden und Lulu beobachtet hatte, während sie seine Plantage in Camelot verwandelte.

»Na, wie mache ich mich?«, rief Emily ihm dann zu.

»Besser als jeder andere«, lautete seine Antwort.

Wenn sie von der Schule nach Hause kam, bot sich ihr etliche Male der gleiche Anblick: Ihr Vater und ihre Tante saßen in den alten Schaukelstühlen auf der Veranda und tranken Eistee.

An einem dieser milden Tage sagte ihr Vater: »Du bist ganz schön groß und dünn geworden, was? Wann ist das denn passiert? Inzwischen hast du große Ähnlichkeit mit Jenny. Ist dir das auch schon aufgefallen?«

»Irgendwie schon«, murmelte Emily. Sie wusste, dass ihr Vater den Nagel auf den Kopf getroffen hatte – schließlich brauchte sie nur in den Spiegel zu schauen.

»Ja, irgendwie schon«, meinte ihr Vater. »Ich finde, du siehst jetzt mehr wie … du aus.«

In der ersten Woche, nachdem ihre Tante wieder eingezogen war, lag Emily abends wach im Bett und horchte, ob unten jemand lachte. Dieses Geräusch war auf Sweetwater fast in Vergessenheit geraten. Ende April hörte sie kurz vor dem Einschlafen dieses Lachen, das sich mit dem sanften Plätschern des gemächlich dahintreibenden Flusses und dem Quaken der Frösche vermischte. Und da lächelte sie im Schlaf.

»Bei der Schulabschlussfeier soll ich die Begrüßungsrede halten«, verkündete sie irgendwann Anfang Mai schüchtern beim Abendessen. Draußen herrschte noch dieses grünliche Zwielicht, das so typisch ist für den Frühling im Lowcountry, und der Duft von Mimosen und dem Fluss hatte etwas Berauschendes. Emily wusste nicht so richtig, wie sie über die Ansprache reden sollte. Als ihre Mitschüler ihr die Neuigkeit überbrachten, war sie ziemlich überrascht gewesen. Sie fand nicht, dass ihre Noten in diesem Schuljahr sonderlich gut gewesen waren, und hatte nicht die geringste Ahnung, wen man mit einer Begrüßungsrede grüßte.

»Das ist doch keine große Sache«, wiegelte sie ab, als alle am Tisch jubelten und ihr gratulierten. »Auf die Abschlussrede kommt es an. Wer die halten will, muss richtig gute Noten haben.«

»Aber du wurdest doch wegen deiner Noten ausgewählt, oder?«, meinte ihre Tante, die im Kerzenschein von innen heraus zu leuchten schien.

»Ach, meine liebe Emmy«, sagte ihr Vater, lehnte sich zurück und grinste übers ganze Gesicht. »Soweit ich weiß, ist das die erste Rede, die ein Mitglied unserer Familie hält. Und da werden wir natürlich alle kommen, um dir zuzuhören.«

»O nein«, wehrte sie leise ab. »Vielleicht verzichte ich ja und überlasse die Ehre der nächsten Person auf der Liste. Hunde sind doch das einzige Thema, über das ich reden kann.«

»Das wirst du nicht tun«, sagte Jenny. »Wir nehmen Elvis mit und du kannst zu ihm sprechen, aber sprechen wirst du. Emily, wir sind ja so stolz auf dich!«

»Kaum zu glauben, dass du demnächst auf die High School gehst« meinte ihr Vater später. Sie saßen auf der

Vorderveranda und sahen zu, wie der gelbe Vollmond langsam über dem Fluss aufstieg. *›Fühlt der Mond sich geliebt, gestattet er unserem Blick …‹*

»Dann hast du dich also für Hammond entschieden, oder? Ich weiß nicht mal, welche High Schools es hier in der Gegend gibt. Ich bin dir ja ein schöner Vater.«

»Gut möglich«, sagte Emily. »Drüben auf John's Island gibt es eine angesagte Schule. Der Berater an meiner Schule sagt, sie würden mich dort wahrscheinlich nehmen. Ich weiß es noch nicht. Und ich muss mich ja auch noch nicht entscheiden.«

»Nein«, sagte ihr Vater und verpasste der Schaukel einen Schubs, dass sie richtig in Schwung kam und laut knarzte. »Du hast ja noch den ganzen Sommer.«

Eine Woche nach dieser Unterhaltung brachte Walt junior Nachrichten über Lulu mit.

»Spencer Hardins ältere Schwester, die in New York lebt, hat gesagt, sie hätte Lulu in einer Wartehalle auf dem Kennedy Airport gesehen. Dünn wie ein Skelett soll sie gewesen sein, schmuddelig und mit ungepflegten Haaren. Anscheinend hat sie auf dem Boden gelegen, den Kopf aufs Gepäck gebettet. Und sie hat entweder geschlafen, war betrunken oder high – auf alle Fälle war sie irgendwie daneben und hat wie schon mal gestorben ausgesehen. Sie war in einem Terminal, von wo aus man nach Übersee fliegt, an einem Gate nach Afrika oder Ägypten oder so.«

Tanger, dachte Emily. Dorthin hatte Lulu schon immer reisen wollen. Sie hatte gesagt, in Tanger hätte alles die Farbe von Hitze und man müsste nie frieren.

Sie stand auf und ging nach oben in ihr Zimmer. Von dem hinteren Fenster aus konnte sie das erleuchtete Apartment über der Scheune sehen, wo Lulu gewohnt hatte. Nun gehörte es einem langweiligen jungen Pärchen, beide vielversprechende Hundetrainer. Mit geschlossenen Augen dachte Emily an die weißen Wände, die durchscheinenden Vorhänge am Bett, in denen sich der Wind verfing, an Lulus dickes, wohlriechendes goldenes Haar, das ihre gebräunten Wangen einrahmte. Sie roch die Lavendelseife, die frischen Hobelspäne unten in der Scheune, hörte Lulus Lachen.

Tränen quollen ihr unter den Wimpern hervor.

»Ach, Lulu«, wisperte sie. »Hoffentlich hast du es warm.«

Zwei Tage später – als von Westen ein Gewitter heranzog und grünliche Wolken vor sich hertrieb – fand Emily nach der Schule Post auf ihrem Bett. Einen dicken cremefarbenen Umschlag. Oben in der linken Ecke war Charlotte Hall eingestanzt. Der Anblick sorgte dafür, dass Emilys Herz plötzlich hektisch pochte. Sie legte den Umschlag weg, zog sich um und ging zum Welpenzwinger. Als sie wieder in ihr Zimmer zurückkehrte, lag der Brief immer noch da.

Er begann mit »Liebe Miss Parmenter«. Und dann zog sich ein eleganter Schrifttyp über die ganze Seite. Die Buchstaben verschwammen Emily teilweise vor den Augen, doch einige Passagen konnte sie ohne Probleme lesen:

> *... die erste Empfängerin des Louisa-Cobb-Foxworth-Stipendiums. In diesem Fall handelt es sich um ein*

vierjähriges Vollzeitstipendium für Englisch und Literaturwissenschaften, das erst kürzlich von Mrs Louisa Coltrane Foxworth, einer der ältesten und besten Freundinnen von Charlotte Hall, zu Ehren ihrer Enkelin gestiftet wurde, die ebenfalls eine Charlotte-Hall-Absolventin ist. Normalerweise bitten wir um die Zusendung von Schulunterlagen, führen einen Aufnahmetest durch und vereinbaren ein Treffen mit Ihnen und Ihren Eltern, was wir auch in Kürze tun werden, doch Mrs Foxworth hat uns versichert, dass Sie die richtige und ihrer Meinung nach die einzig mögliche Kandidatin für das erste Stipendium sind. Selbstredend ist es uns eine Ehre, ihren Wünschen zu entsprechen. Wie Sie vielleicht wissen, ist Mrs Foxworth kürzlich verstorben. Wir alle werden ihre Kraft, ihre Hingabe und ihr außergewöhnliches Verhältnis zu jungen Menschen schmerzlich vermissen. Ich glaube, die Einrichtung dieses Stipendiums war eine der letzten guten Taten vor ihrem Tod.

Wir hoffen, in Bälde von Ihnen Nachricht zu erhalten, dass Sie das Stipendium annehmen, und freuen uns schon darauf, Sie und Ihre Familie demnächst kennenzulernen. Bitte rufen Sie mich unter der 697-0000 an, damit wir einen Termin vereinbaren können.

Willkommen in der Charlotte-Hall-Familie
Mit freundlichen Grüßen
Rose Curry Ashmead
Rektorin

Emily faltete den Brief zu einem winzigen Quadrat zusammen. Ihrem Vater, ihrer Tante gegenüber erwähnte sie ihn mit keiner Silbe. Und trotzdem trug sie ihn immer bei sich, entweder in der Tasche oder im Büstenhalter, wo er sich abwechselnd siedend heiß oder eiskalt anfühlte. Obwohl das Ende des Schuljahres näher rückte, erzählte Emily niemandem von dem Brief – bis auf Elvis, der sie fragte: Ändert sich dann etwas? Und Buddy, der dazu keine Meinung äußerte.

Nachts lag der Brief unter ihrem Kopfkissen. In jener Zeit träumte sie von eigenartigen Dingen, phantasierte endlos von Wasser, Docks und an Anlegestellen vertäuten Booten. Eins der Boote war ein wunderschöner aufgetakelter Schoner, der bei Wind an den Tauen zerrte und von dem sie schon mal letzten Herbst geträumt hatte. Dieses Mal war allerdings niemand an Bord. Nur ein Berg Koffer stand auf dem glänzenden Teakholzdeck. Die Kofferanhänger konnte sie nicht lesen. Sie warf sich hin und her und fiel schließlich in einen noch tieferen Schlaf.

Eine Woche vor der Abschlussfeier war Emily mit den Vorbereitungen für die Begrüßungsrede eigentlich noch keinen Schritt weiter. Zu diesem Zeitpunkt spannte sich ein milchigweißer Himmel über das Lowcountry und die erste Hitzewelle rollte heran. Alle schalteten einen Gang herunter, bewegten sich schwerfälliger. Selbst die Zeit schien langsamer als sonst zu vergehen. Walter Parmenter und die Jungs stellten das Mittagstraining unten am Fluss ein. Nachmittags kam Walter bei Emily vorbei und schaute zu, wie sie mit den neuen Welpen arbeitete. Das schattige Gehege stand unter einer riesigen Lebenseiche. Manchmal saß ihr Vater im Schneidersitz unter dem Baum oder lehnte sich an den dicken alten Stamm. Mittlerweile saß oder lag Elvis fast immer neben ihm, den Blick auf Emily gerichtet.

Am zweiten Tag der Hitzewelle, als Emily die Welpen gerade zu ihren Müttern in die Scheune brachte, begann Elvis wie von Sinnen zu bellen. Sein Gebell hatte nichts Ermahnendes, war keine Warnung, sondern zeigte von grenzenloser Freude.

Sie kam aus dem Gehege und ging zu ihrem Vater und zu Elvis hinüber. Elvis rannte ein Stück vor, lief dann zu ihnen zurück und schaute zu Emily hoch. Dabei bellte er ohne Unterlass.

»Er will, dass wir ihm folgen«, erklärte Emily ihrem Vater.

»Wohin?«

»Keine Ahnung. Nur er kennt das Ziel.«

Ihr Vater stand auf, wischte sich den Schweiß von der Stirn. Wie er da so in der Sonne stand, wirkte er braun gebrannt und schlank und sein blondes Haar glänzte. Emilys Herz verkrampfte sich.

Er ist nicht alt, fuhr es ihr durch den Sinn. Warum habe ich nur gedacht, er wäre alt?

»Dann mal los«, sagte er zu Elvis. Der Mann und das Mädchen liefen neben dem Boykin her, der vor lauter Eifer wie ein wilder Derwisch herumsprang.

Er lief quer über das sengende Feld zu der ersten Baumreihe des Wäldchens. Der Weg führte schließlich zu der Stelle am Sweetwater Creek, wo die Delphine an Land kamen.

»Ich weiß, wohin er will«, sagte Emily plötzlich und lachte laut heraus. »Beeil dich, Daddy. Sonst kommen wir noch zu spät!«

Walter Parmenter schüttelte den Kopf, machte jedoch größere Schritte, um mit seiner Tochter mithalten zu können. Kurz darauf liefen sie durch den grünen Schatten. Die Hitze war so groß, dass sich kein Lüftchen rührte. Die ganze Vegetation ächzte unter den hohen Temperaturen. Nur das Summen der Insekten war zu hören. Wie eine bronzene Kugel rannte Elvis mit flatternden Ohren vor ihnen her.

Schließlich ließen sie den Wald hinter sich und traten auf den Felsvorsprung über dem Priel. Da fast Ebbe herrschte, schlängelte sich nur ein dünnes, blaues Rinnsal durch das Meer aus Schlickgras, das sich kaum bewegte. Draußen auf dem Wasser fiel etwas Großes von einem Ast der umgefallenen Eiche ins Wasser. Und ein Krächzen war zu hören. Für einen Moment sah Emily vor ihrem geistigen Auge von blauen Flecken und Striemen überzogenes Fleisch, ein verglühendes Feuer, roch den Geruch von Sex, den Gestank von Erbrochenem, von beißendem Rauch. Kurz darauf war all das wieder vergessen und nur die Hitze, die Stille und das träge Plätschern des zurückweichenden Wassers existierten.

Aber irgendetwas war hier passiert. Ein Stück den Priel hinunter konnte man ganz deutlich frische Schlieren im nassen Sand erkennen und sanfte Wellen schlugen ans Ufer. Weiter flussabwärts beruhigte sich das aufgepeitschte Gewässer.

»Ach, wir haben sie verpasst!«, rief Emily. »Sie sind früher gekommen. Elvis wusste, dass sie hier waren. Und wir haben sie verpasst! Ich wollte unbedingt, dass du das mal siehst …«

Direkt unter ihnen türmte sich eine Welle auf und brach. Ein riesiger, spitzer silberner Kopf stieß durch die Wasseroberfläche und verharrte dort. Das große, alles sehende Auge betrachtete sie. Der Delphin grinste sie an, drehte sich um die eigene Achse, tauchte unter und schwamm lautlos stromabwärts zu seinen Kameraden.

»Er hat auf uns gewartet!«, kreischte Emily. Schweiß

und Tränen brannten ihr in den Augen. »Das hat er schon mal gemacht, als Lulu und ich hier waren. Lulu hat gesagt, sie denkt, dass die Delphine kommen, wenn sie wissen, dass man sie braucht.«

Ihr Vater sah zu ihr hinunter und lächelte.

»Mein Gott«, meinte er. »Die Flussdelphine. Ich habe sie vollkommen vergessen. Ich habe sie gesehen, als ich zum ersten Mal hier war, genau an diesem Ufer.«

»Hat … meine Mutter dich hierher geführt?«

Da lachte Walter Parmenter fast so unbeschwert wie ein Junge.

»Deine Mutter ist nie freiwillig nach draußen gegangen. Nein, das war deine Tante Jenny, die ich vor deiner Mutter kennengelernt habe. Diese Delphine sind wirklich etwas ganz Besonderes, nicht wahr?«

Unter den Weiden und kleinen Lebenseichen setzten sie sich ins Gras. Elvis, der seine Mission erfolgreich zu Ende gebracht hatte, legte sich mit heraushängender Zunge neben Emily und grinste. Lange Zeit saßen sie einfach nur da und schwiegen.

Irgendwann ergriff ihr Vater das Wort. »Hast du gewusst, dass das Verhältnis von Salz zu Wasser im Meer genauso ist wie im menschlichen Blut? Das habe ich irgendwo gelesen. Kein Wunder, dass die Menschen so sehr vom Meer fasziniert sind.«

Emily schenkte ihm ein Lächeln.

»Kannst du dich noch erinnern, wie du gekommen bist und mich aus dem Ferienlager in den Bergen geholt hast? Als alle gedacht haben, ich hätte Heimweh und würde mich wie ein Baby aufführen? So war das überhaupt nicht. So weit weg vom Salzwasser, vom Fluss und Priel konnte ich einfach nicht atmen. Und so geht es mir heute immer noch.«

»Sieh an«, sagte ihr Vater. »Das habe ich nicht gewusst.« Er legte den Arm um ihre Schulter und zog sie an sich. Ganz langsam und vorsichtig legte Emily den Kopf auf seine Schulter, als fürchte sie, die Schulter besäße einen eigenen Willen und könnte sie davon abhalten, sich anzulehnen.

»Ich weiß nicht viel von dir, nicht wahr?«, meinte er. »Da habe ich offensichtlich noch eine ganze Menge nachzuholen.«

Wieder saßen sie nur da und schwiegen. Emily ließ ihren Kopf, wo er war. Elvis schnarchte gleichmäßig. Sie berührte die Brusttasche ihres T-Shirts und spürte die harte Kante des zusammengefalteten Papiers.

»Erzähl mir von meiner Mutter«, sagte sie.

Epilog

An einem strahlend blauen Septembermorgen, wo es zum ersten Mal seit langer Zeit weder diesig noch stickig, noch heiß war, stand ein hübsches Mädchen in einem langen, geblümten Rock und einem pinkfarbenen Trägerhemdchen vor einem großen schmiedeeisernen Tor und spähte durchs Gitter. Junge Frauen, die ihr nicht unähnlich waren, schlenderten über den frisch gemähten Rasen, flanierten weiß gepflasterte Wege hinunter, stiegen lachend und schwatzend aus einer ganzen Reihe auf Hochglanz polierter Minibusse.

Trotz der äußerlichen Ähnlichkeit war Emily sich darüber im Klaren, dass diese Mädchen nicht wie sie waren. Ihr Herz war nicht schwer. Das Blut in ihren Adern kochte nicht vor Beklommenheit und sprachlos waren sie auch nicht.

Abrupt drehte sie sich um und ging zu dem grünen Geländewagen auf der Rutledge Street hinüber, der im Schatten am Straßenrand parkte und staubig war von der Kiesauffahrt auf Sweetwater. Sie steckte den Kopf durch das Fenster auf der Fahrerseite und gab ihrem Vater einen Kuss auf die Wange. Seine Haut war glatt und rosa von der Rasur und in den feuchten Haaren konnte man noch die Furchen erkennen, die der Kamm gezogen hatte.

»Du verspätest dich, meine liebe Emmy«, warnte Walter Parmenter. »Beeil dich. Jenny oder ich holen dich hier um vier Uhr wieder ab.«

Sie schlenderte um das Auto herum, trat ans andere Fenster, beugte sich hinein und küsste einen Kopf mit kupferfarbenen Locken.

»Ich komme wieder. Und werde dann immer noch ich sein.«

Ich weiß.

Bedächtig überquerte sie die ruhige Straße und ging zum Tor, vor dem sie wieder stehen blieb.

Du musst ja nicht alles mitmachen, hörte sie ganz deutlich Lulus Stimme. *Du nimmst einfach mit, was dich interessiert, und alles andere lässt du links liegen.*

Geh und zeig es ihnen, riet ihr Buddy.

Emily straffte die Schultern, spuckte auf ihre Finger, strich sich das zerzauste Haar aus der Stirn und betrat den Hof von Charlotte Hall.